ବନଚାରୀ

ବନଚାରୀ

(ବଙ୍ଗଳା ଉପନ୍ୟାସ "ଆରଣ୍ୟକ"ର ଅନୁବାଦ)

ମୂଲ
ବିଭୂତିଭୂଷଣ ବନ୍ଦ୍ୟୋପାଧ୍ୟାୟ

ଅନୁବାଦ
ଲକ୍ଷ୍ମୀନାରାୟଣ ମହାନ୍ତି

ବ୍ଲାକ୍ ଇଗଲ୍ ବୁକ୍ସ
ଭୁବନେଶ୍ୱର, ଓଡ଼ିଶା

BLACK EAGLE BOOKS
Dublin, USA

ବନଚାରୀ / ମୂଳ: ବିଭୂତିଭୂଷଣ ବନ୍ଦ୍ୟୋପାଧ୍ୟାୟ

ଅନୁବାଦ: ଲକ୍ଷ୍ମୀନାରାୟଣ ମହାନ୍ତି

ବ୍ଲାକ୍ ଇଗଲ୍ ବୁକ୍ସ : ଭୁବନେଶ୍ୱର, ଓଡ଼ିଶା ● ଡବ୍ଲିନ୍, ଯୁକ୍ତରାଷ୍ଟ୍ର ଆମେରିକା

 BLACK EAGLE BOOKS

USA address:
7464 Wisdom Lane
Dublin, OH 43016

India address:
E/312, Trident Galaxy, Kalinga Nagar,
Bhubaneswar-751003, Odisha, India

E-mail: info@blackeaglebooks.org
Website: www.blackeaglebooks.org

First edition 1963, United Book House, Cuttack

International Edition Published by
BLACK EAGLE BOOKS, 2025

BANACHARI
by **Bibhutibhushan Bandyopadhyay**
Translated by Lakshminarayan Mohanty

Cover & Interior Design: Ezy's Publication

ISBN- 978-1-64560-639-0 (Paperback)

Printed in the United States of America

ଭୂମିକା

ବିଭୂତିଭୂଷଣ ବନ୍ଦୋପାଧ୍ୟାୟଙ୍କ "ଆରଣ୍ୟକ" କେବଳ ବଙ୍ଗଳା ଓ ଭାରତୀୟ ସାହିତ୍ୟରେ କାହିଁକି, ଯେ କୌଣସି ସାହିତ୍ୟରେ ଏକ ଉଚ୍ଚକୋଟୀର କ୍ଷୁଦ୍ରଗ୍ରନ୍ଥ। ଏହା ଅରଣ୍ୟାନୀର ଏକ ଗଦ୍ୟମୟ ଗୀତିକାବ୍ୟ;– ଏବଂଲେଖକ ମାନବ-ପୁତ୍ର ବର୍ଦ୍ଧିଷ୍ଣୁ ବଂଶଧରମାନଙ୍କର ବସବାସ ଉଦ୍ଦେଶ୍ୟରେ ବିନଷ୍ଟ ହେଉଥିବା ଅକ୍ଷତ ଅରଣ୍ୟର ପଟଭୂମି ଉପରେ, ନିଜର ସହାନୁଭୂତିଶୀଳ ଓ ବୋଧଗମ୍ୟ ଶୈଳୀରେ ଅରଣ୍ୟ ଓ ଆଦିମ ଗ୍ରାମ ପରିବେଶ ମଧ୍ୟରେ ମାନବର ବାସ୍ତବ ଚିତ୍ର ଅଙ୍କନ କରିଛନ୍ତି। ତେଣୁ ଏହା ଗୋଟିଏ କବିତା ହୋଇ ଯାଇଛି, ଯେଉଁଥିରେ ପ୍ରକୃତି ଓ ମଣିଷ ଉଭୟର ବିବରଣୀ ପ୍ରଦତ୍ତ ହୋଇଅଛି, ଏବଂ ଜ୍ଞାନ ଓ ସହାନୁଭୂତି ଉପରେ ପର୍ଯ୍ୟବେସିତ ଉଭୟର ଏକ ଶ୍ରେଷ୍ଠ ମନୋମୁଗ୍ଧକର ଚିତ୍ର ଉପସ୍ଥାପିତ ହୋଇଅଛି।

ଚିର-ଉର୍ବର ଓ ସଦା-ବହୁରୂପୀ ପ୍ରକୃତିର କୋଳରେ ଲାଳିତ ନିମ୍ନ-ବଙ୍ଗର ଗ୍ରାମ୍ୟ ଜୀବନର ଜଣେ ରୂପକାର ଭାବରେ ବଙ୍ଗଳା ସାହିତ୍ୟରେ ବିଭୂତିଭୂଷଣ ବନ୍ଦୋପାଧ୍ୟାୟ ପ୍ରସିଦ୍ଧି ଲାଭ କରିଛନ୍ତି। ଆଜିକାଲି ପ୍ରକୃତି-ପ୍ରେମୀମାନେ ଅବଶ୍ୟ ବିରଳ ନୁହଁନ୍ତି; ବିଶେଷତଃ, ଯେତେବେଳେ ସର୍ବତ୍ର ପ୍ରକୃତିମାତାର ପୁଣ୍ୟ ସୀମା ଆକ୍ରମଣକାରୀ ଏକ ଅଗ୍ରଗାମୀ ସଭ୍ୟତା ଭିତରେ, ଆମ୍ଭେମାନେ ଆରଣ୍ୟ ପରିବେଶରେ ବୃକ୍ଷ ଓ ବନ, ମୁକ୍ତ ପ୍ରାନ୍ତର ଓ ପର୍ବତ, ଏବଂ ଝରଣା ଓ ନଦୀ ସହିତ ଆମ୍ଭମାନଙ୍କର ଆବଶ୍ୟକୀୟ ଓ ଘନିଷ୍ଠ ସମ୍ପର୍କ ତୁଟାଉଅଛୁଁ। ଆମ୍ଭେମାନେ ପ୍ରକୃତି ପ୍ରତି ଆକର୍ଷଣ ଅନୁଭବ କରୁଁ, କାରଣ ବଡ଼ ବଡ଼ ସହରର ଶ୍ୱାସରୋଧୀ ବାତାବରଣ ଠାରୁ ଆମ୍ଭେମାନେ ମୁକ୍ତି ଚାହୁଁ। ଏପର୍ଯ୍ୟନ୍ତ, ଆଧୁନିକ ମାନବର ମାନସିକ ଗଠନରେ ଏହା ଏକ ଅତି ସାଧାରଣ ଓ ସହଜ ଗୁଣ ହୋଇଅଛି।

କିନ୍ତୁ ଏହା ଛଡ଼ା, ବିଭୂତିଭୂଷଣ ବନ୍ଦୋପାଧ୍ୟାୟଙ୍କ ରଚନାବଳୀରେ ଏପରି କିଛି ଅଛି, ଯାହା ଆମ୍ଭମାନଙ୍କ ମନର ଗଭୀରତମ ପ୍ରଦେଶରେ ପ୍ରବେଶ କରେ,

ଆମ୍ଭମାନଙ୍କୁ ଜାଗ୍ରତ କରେ ଏବଂ ଆମ୍ଭମାନଙ୍କ ଅନ୍ତରରେ ପ୍ରକୃତିର ଆମ୍ଭର ଏକ ପ୍ରକାର ଅସ୍ପଷ୍ଟ ଅନୁଭୂତି ସଞ୍ଚାର କରେ। ସେ ଗଛ-ଲତା, ଫୁଲ-ଫଳ, ଚେର-ମୂଳ, ଓ ବନ୍ୟ ଜୀବନର ଖାଲି ପୂଜାରୀ ନୁହଁନ୍ତି, ମାତ୍ର ସେ ସବୁର ଜଣେ ପର୍ଯ୍ୟବେକ୍ଷକ ମଧ୍ୟ, —କଟୁରୀ ଓ ଅଣୁବୀକ୍ଷଣ ଧରି ଜଣେ ଉଦ୍ଭିଦବିତ୍ ଭାବରେ ଅବଶ୍ୟ ନୁହେଁ, କିନ୍ତୁ ଜଣେ ବାସ୍ତବିକ ମଣିଷ ଭାବରେ, ଯାହାଙ୍କ ପକ୍ଷରେ ଡାଲ ଓ ପତ୍ର, ଫୁଲ ଓ ଫଳ ଏବଂ ଗଛ ଓ ଲତା, ସବୁର ଏକ ନିଜସ୍ୱ ବାର୍ତ୍ତା ଅଛି ଏବଂ ତାଙ୍କ ନିକଟରେ ସେ ସବୁର ଗୋଟିଏ ଗୋଟିଏ ନାମ ଓ ବ୍ୟକ୍ତିତ୍ୱ ମଧ୍ୟ ଅଛି। ବନ ଓ ବୃକ୍ଷ ପ୍ରତି ତାଙ୍କର ଉତ୍ସାହ ସଂକ୍ରାମକ। ଅନନୁକରଣୀୟ ପ୍ରାକୃତିକ ପୃଷ୍ଠଭୂମି ଉପରେ ତାଙ୍କ ଦ୍ୱାରା ରଚିତ, ଏହି ମହାନ୍ ଗ୍ରନ୍ଥ ପାଠ କରି ତାଙ୍କର ପାଠକବୃନ୍ଦ ଆନନ୍ଦରେ ଆମ୍ଭହରା ହୋଇଯାଇଅଛନ୍ତି।

ଏହି ପୁସ୍ତକଟିରେ ବର୍ଣ୍ଣନା କିମ୍ବା କାହାଣୀ ଅତି ଅଳ୍ପ ଅଛି। ଏହା ଜଣେ ଉଚ୍ଚ ସଂସ୍କୃତି-ସମ୍ପନ୍ନ ତରୁଣ ବଙ୍ଗୀୟ ସ୍ନାତକଙ୍କର ଅନୁଭୂତି ଯେ ଗୋଟିଏ ବିଦ୍ୟାଳୟରେ ଦିନେ ଶିକ୍ଷକ ଥିଲେ ଏବଂ କର୍ମଚ୍ୟୁତ ହୋଇ ଆଶ୍ରୟହୀନ କଲିକତା ନଗରୀରେ ଘୂରି ବୁଲୁଥିଲେ। ସୌଭାଗ୍ୟକୁ ଦିନେ ତାଙ୍କର ଜଣେ ପୁରୁଣା କଲେଜ ବନ୍ଧୁଙ୍କ ସହିତ ଭେଟ ହୋଇଗଲା, ଯେ ତାଙ୍କୁ ଜାଣିଥିଲେ ଏବଂ ତାଙ୍କର ସାହିତ୍ୟିକ ଗୁଣ ପାଇଁ ତାଙ୍କୁ ପ୍ରଶଂସା କରୁଥିଲେ। ଏହାର ଫଳ ସ୍ୱରୂପ ତାଙ୍କୁ ଜଣେ ଜମିଦାରୀଙ୍କର ମ୍ୟାନେଜର ପଦ ମିଳିଲା ଗୋଟିଏ ଜଙ୍ଗଲ ମାହାଲରେ, ଯେଉଁଠି ଏହି ଜମିଦାର ଏକ ଅରଣ୍ୟ-ବେଷ୍ଟିତ ଅଞ୍ଚଲରେ ଗୋଚର ଓ ଚାଷ ପାଇଁ ପ୍ରଜାମାନଙ୍କ ଭିତରେ ଜମି ବନ୍ଦୋବସ୍ତ କରିବାକୁ ବସିଥିଲେ। ଏହି କାହାଣୀର ନାୟକ, ଯେ ନିଜର ଅନୁଭୂତି ବର୍ଣ୍ଣନା କରୁଛନ୍ତି, ତାଙ୍କୁ ପଶ୍ଚିମବଙ୍ଗ ନିକଟବର୍ତ୍ତୀ ଉତ୍ତର ବିହାରରେ ଏକ ଅକ୍ଷତ ଅରଣ୍ୟରେ ପ୍ରାନ୍ତ- ସୀମାରେ ଅବସ୍ଥାନ କରିବାକୁ ପଡ଼ିଥିଲା। ଜଙ୍ଗଲକୁ ଚାଷୋପଯୋଗୀ କରିବା ନିମନ୍ତେ ସେ ପ୍ରଜାମାନଙ୍କୁ ବସାଇଥିଲେ। ସେମାନେ ଜମି ଆବାଦ କରିବା ପାଇଁ ଗଛସବୁ କାଟି ପକାଇ ବା ପୋଡ଼ି ଦେଇ ଚାଷ କରୁଥିଲେ, ଅବା ଦୂରବର୍ତ୍ତୀ ସହରକୁ ଚାଲାଣ କରିବା ପାଇଁ ଜଙ୍ଗଲଜାତ ଦ୍ରବ୍ୟ ସଂଗ୍ରହ କରୁଥିଲେ, ଅବା ପାହାଡ଼ିଆ ଅଞ୍ଚଲରେ ସରସ ବହଲ ଘାସ ଥିବା ଜାଗାରେ ଗୋରୁ-ମଇଁଷି ଚରାଉଥିଲେ। ଏହିସବୁ କାର୍ଯ୍ୟ ମଧ୍ୟରେ, ଯେଉଁ ଅରଣ୍ୟକୁ ସେ ଭଲ ପାଇବାକୁ ଶିଖିଥିଲେ, ତାହାର ଏକ ବୃହତ୍ ଅଂଶର ଧ୍ୱଂସ ପାଇଁ ତାଙ୍କୁ ନିଜେ ଦାୟୀ ହେବାକୁ ପଡ଼ିଥିଲା।

ଏହି ବିଶାଲ ଆରଣ୍ୟ-କାହାଣୀରେ ବିଷାଦ-ଭାବନାର ଏକ ଫଲ୍ଗୁ ଧାରା ପ୍ରବାହିତ ହେଉଅଛି। ଲେଖକ ଆମକୁ ମଧ୍ୟ ତାହା ଉପଲବ୍ଧି କରିବାକୁ ଏବଂ ତାଙ୍କ ସହିତ ଅଂଶ ଗ୍ରହଣ କରିବାକୁ ଯତ୍ନ କରିଛନ୍ତି। କିନ୍ତୁ ୨୮୩ ପୃଷ୍ଠା ବ୍ୟାପୀ ଏହି

ପୁସ୍ତକଟିରେ ଗୋଟିଏ ଗୋଟିଏ ଅକ୍ଷତ ଅରଣ୍ୟର ସକଳ ଗୌରବ ଓ ସୌନ୍ଦର୍ଯ୍ୟ, ଶୋଭା ଓ କୋମଳତା ତଥା ଶୂନ୍ୟତା ଓ ଆତଙ୍କର ଅଦ୍ଭୁତ ଶବ୍ଦ-ଚିତ୍ର ସେ ପ୍ରଦାନ କରିଛନ୍ତି । ଜମି ଲୋଭରେ ଯେଉଁ ଲୋକମାନେ ତାଙ୍କଠାକୁ ସୁଦୂର କଲିକତା ନିବାସୀ ଜଣେ ବଡ଼ ଜମିଦାରଙ୍କର ମ୍ୟାନେଜର ଭାବି ଆସନ୍ତି, ସେମାନେ ସମସ୍ତେ ହେଉଛନ୍ତି ଅତିଶୟ ଗରିବ ଓ ବିନୀତ ବ୍ୟକ୍ତି । କିନ୍ତୁ ତଥାପି ସେମାନଙ୍କର ଚରମ ଦାରିଦ୍ର୍ୟ ଭିତରେ ମଧ୍ୟ ଜୀବନର ଏକ ଦର୍ଶନ ଅଛି, ଯାହା ସେମାନେ ପାଇଛନ୍ତି ଏବଂ ଯାହା ସମ୍ଭବତଃ ନୈରାଶ୍ୟଜନକ ଆର୍ଥିକ ସ୍ଥିତିର ପରିବର୍ତ୍ତନ ନିମନ୍ତେ ଦୁଃଖ-ଦାରିଦ୍ର୍ୟ ଓ ଏପରିକି ଚିରନ୍ତନ କ୍ଷୁଧାର ଦଂଶନକୁ ମଧ୍ୟ ନିଜର କ୍ଷମତା ବଳରେ ବିନାଶ କରିଦିଏ । ନୂଆ ପ୍ରଜାଙ୍କ ଭିତରେ ଜମି ବନ୍ଦୋବସ୍ତ କରିବାରେ ତାଙ୍କୁ ସାହାଯ୍ୟ କରିବା ପାଇଁ ଜମିଦାରଙ୍କର କର୍ମଚାରୀ ହୁଅନ୍ତୁ କିମ୍ବା ନିଜେ ଏହି ଭାବି ପ୍ରଜା ହୁଅନ୍ତୁ, କିମ୍ବା ସମାଜର ନିମ୍ନତର ସ୍ତରର ଅନ୍ୟ ଲୋକ ହୁଅନ୍ତୁ, ଯେଉଁମାନେ କୃଷି ଓ ଗ୍ରାମ ଗଠନ ଉଦ୍ଦେଶ୍ୟରେ ଏହି ଅରଣ୍ୟ-ଭୂଭାଗର ବଡ଼ ବଡ଼ ଅଂଶ କାଟି ପକାଇ ସଂପ୍ରସାରିତ ଅରଣ୍ୟ ବସତିର ଅବିଚ୍ଛେଦ୍ୟ ଅଙ୍ଗ ହୋଇ ପଡ଼ିଥିଲେ, ସେହି ବିଭିନ୍ନ ଚରିତ୍ର ସବୁ ତାଙ୍କୁ ବେଢ଼ି ରହିଥିଲେ । ସେହିମାନଙ୍କୁ ସେ ଅସାଧାରଣ ଅନ୍ତର୍ଦୃଷ୍ଟି ଦ୍ୱାରା ନାନା ବିଚିତ୍ର ଚରିତ୍ର ରୂପେ ଏବଂ ମଣିଷର ନିଷ୍କପଟ ଓ ବିଶ୍ୱସ୍ତ ପ୍ରେମ ଦେଇ ମଣିଷ ରୂପେ ଚିତ୍ରଣ କରିଛନ୍ତି ।

ତାଙ୍କ ବର୍ଣ୍ଣନା ମଧ୍ୟରେ ଯେଉଁ ବିବିଧ ଚରିତ୍ର ଆମର ଦୃଷ୍ଟି ପଥାରୂଢ଼ ହୋଇଛନ୍ତି, ସେମାନଙ୍କ ଭିତରୁ ପ୍ରତ୍ୟେକ ହେଉଛନ୍ତି ଜଣେ ଜଣେ ଜୀବନ୍ତ ବ୍ୟକ୍ତି, ଏବଂ ସାଧାରଣତଃ, ସହର ଠାରୁ ଅତି ଦୂରେ ଥିବାରୁ, ସେମାନଙ୍କ ଠାରେ ଆଦିମ ମାନବର ସରଳତା ଓ ସାଧୁତା ନିହିତ ଅଛି । ଭାରତର ଗ୍ରାମାଞ୍ଚଳରେ ତଥା ଜଙ୍ଗଲର ସୀମାରେ କି ମଝିରେ ବାସ କରୁଥିବା ନରନାରୀଙ୍କର ସମାବେଶକୁ ଏହି ବିବିଧ ଚରିତ୍ର ପ୍ରତ୍ୟେକ ସମୃଦ୍ଧ କରିଛନ୍ତି । ରାଜୁ ପାଣ୍ଡେ, ସରଳ ବୃଦ୍ଧ ବ୍ରାହ୍ମଣ, ତାହାର ଜୀବନର ଏକମାତ୍ର ଆନନ୍ଦ ହେଲା ତୁଳସୀ ଦାସଙ୍କ ରାମାୟଣ ପଠନ; ବାଳକ ଧାତୁରିଆ ହେଲା ନୃତ୍ୟ କଳାର ଜଣେ ବାସ୍ତବ ଶିଳ୍ପୀ; ବିଧବା କୁନ୍ତୀ ନିଜର ଶୋଚନୀୟ ଦରିଦ୍ର ପରିବେଶ ଭିତରେ ବି ଅଭୁତ ସାହସ ଓ ସେବା ଭାବର ପରିଚୟ ଦେଇଛି; ଯୁଗଳପ୍ରସାଦ ହେଉଛି ସୁନ୍ଦର ଫୁଲ ଓ ଅଭୁତ ଗଛଲତା ପ୍ରତି ଆସକ୍ତ ଜଣେ ସଙ୍ଗୀ ଉଭିଦବିତ୍; ବିହାରର ଗୋଟିଏ ଗ୍ରାମରେ ରହୁଥିବା ଜଣେ ବଙ୍ଗୀୟ ଡାକ୍ତରଙ୍କ ନିରାଶ୍ରୟା ଝିଅଟି, ନିଜର ପରିବେଶ ପାଇଁ ଜଣେ କୃଷକ କନ୍ୟା ହୋଇଯାଇଛି, ଦାରିଦ୍ର୍ୟ ଓ ପରିସ୍ଥିତିର କଷାଘାତରେ ତାକୁ ନିଜ ସମକ୍ଷରେ ଅସ୍ପଷ୍ଟ ପ୍ରତିଭାତ ଏକ ସମ୍ପୂର୍ଣ୍ଣ ଜୀବନର ଆଶା ଛାଡ଼ି ଏକ କର୍ମବହୁଳ ଜୀବନଯାପନ କରିବାକୁ ପଡ଼ିଥିଲା; ସ୍କୁଲ ଶିକ୍ଷକ ଗିରୋରୀ

ତେଓ୍ୱାରୀ ଡଗୋଟିଏ ପ୍ରାଥମିକ ବିଦ୍ୟାଳୟ ଖୋଲିବା ପାଇଁ ଏକ ବସତିରୁ ଅନ୍ୟ ବସତିକୁ ଘୁରି ବୁଲୁଥିଲା, ବିହାରରେ ଏକ ଗ୍ରାମୀଣ କବି ଶୁଦ୍ଧ ଓ ବ୍ୟାକରଣ ସମ୍ମତ ହିନ୍ଦୀରେ କବିତା ରଚନା କରି ପାରୁଥିଲେ ଓ ସେଥିପାଇଁ ସେ ଏକ ସ୍ଥାନୀୟ ହିନ୍ଦୀ ପତ୍ରିକାରେ ସମ୍ପାଦକଙ୍କର ପ୍ରଶଂସା ଅର୍ଜନ କରିଥିଲେ, ତାଙ୍କର ନିରାଡ଼ମ୍ବର ଜୀବନଯାତ୍ରା ଏବଂ ନିଜର ମନୋରମା ଓ ତଦ୍ରୂପ ସରଳା ପତ୍ନୀ; ଅନାକର୍ଷଣୀୟ ବର୍ବର ବୈଭବ ମଧ୍ୟରେ ବାସ କରୁଥିବା ସୁଧଖୋର ଗ୍ରାମ୍ୟ ମହାଜନ-ସମ୍ପୂର୍ଣ୍ଣ ଶ୍ରଦ୍ଧାହୀନ ଚରିତ୍ରଟିଏ; ସିପାହୀ ମୁନେଶ୍ୱର ସିଂ; ମୁକୁଟନାଥ ପଣ୍ଡିତ ପବିତ୍ର ସଂସ୍କୃତ ଭାଷାରେ କେତୋଟି ପିଲାଙ୍କୁ ଶିକ୍ଷା ଦେବା ସକାଶେ ଗୋଟିଏ ଟୋଲ ଖୋଲିବାକୁ ସତତ ବ୍ୟାକୁଳ ଥିଲେ; ପ୍ରାଚୀନ ଅନାର୍ଯ୍ୟ ସର୍ଦ୍ଦାର ଦୋବରୁ ପାନ୍ନା, ଯାହାଙ୍କର ନିଜ ସମ୍ପ୍ରଦରେ ପ୍ରକୃତ ରାଜକୀୟ ଅଭିମାନ ଥିଲା, ଆଉ ତାଙ୍କର ଅଣନାତୁଣୀ ତରୁଣୀ ଅନାର୍ଯ୍ୟ ଲଳନ ଭାନୁମତୀ, ଲେଖକଙ୍କ ଦ୍ୱାରା ଏଭଳି ଚରମ ସହାନୁଭୂତି ଓ ଭାବାବେଗ ସହକାରେ ଚିତ୍ରିତ ହୋଇଛି ଯେ ଲେଖକ ତାହାର ଚତୁର୍ଦ୍ଦିଗରେ ଯେଉଁ ପ୍ରେମ ଭାବନାର ଜାଲ ବୁଣିଛନ୍ତି ପ୍ରତ୍ୟେକ ପାଠକ ତଦ୍ୱାରା ତାହା ପ୍ରତି ଆକୃଷ୍ଟ ହୋଇ ପଡ଼ିବେ ଏବଂ ତାହା କଥା ସ୍ମରଣ କରି ଅନ୍ତରେ ଯନ୍ତ୍ରଣା ଅନୁଭବ କରିବେ– ଏହି ସବୁ ମିଶି ଜୀବନ୍ତ ଛବିର ଏକ ଚିତ୍ରଶାଳା ସୃଷ୍ଟି କରିଛନ୍ତି । ଯେଉଁ ଗଛ, ପତ୍ର, ଫୁଲ, ପାର୍ବତ୍ୟ ଝରଣା, ଲମ୍ବ ଘାସ ଓ ନୀଳ ଆକାଶ ମଧ୍ୟରେ ସେମାନେ ବାସ କରୁଥିଲେ, ସେସବୁ ଯେମିତି ସତ୍ୟ ଏହି ଚରିତ୍ର ଗୁଡ଼ିକ ମଧ୍ୟ ସେହିପରି ସତ୍ୟ ।

ଭାରତୀୟ ସାହିତ୍ୟରେ ପରମ୍ପରା ଯୁଗ ଯୁଗ ଧରି ପ୍ରାଚୀନ । ବୈଦିକ ଯୁଗରୁ ଭାରତୀୟ "ଓ୍ୱେଲଟେନ୍‌ସାଉଉଙ୍ଗ" କିମ୍ବା ବିଶ୍ୱ ଦର୍ଶନ କ୍ରମାଗତ ଭାବରେ ଚାଲି ଆସିଛି । ବିଭୂତିଭୂଷଣଙ୍କ "ଆରଣ୍ୟକ" ଅତି ଚମକ୍ରାର ଭାବରେ ଏହି ସୁନ୍ଦର ଶ୍ଲୋକ ସହିତ ଅରଣ୍ୟର ଆମ୍ମାକୁ ଖାପ ଖୁଆଇଛି– ଅରଣ୍ୟାନି – ଯାହା ଈରମ୍ମଦଙ୍କ ପୁତ୍ର ଦେବମୁନୀଙ୍କ ରଚିତ ରଗ୍‌ବେଦର ଦଶମ ଅଧ୍ୟାୟରେ, ୧୪୬ଶ ସୂକ୍ତରେ ଆମ୍ଭେମାନେ ଦେଖିବାକୁ ପାଉଁ । ଏହା ଆଦିମ ଅରଣ୍ୟ ପ୍ରାନ୍ତରେ ବୈଦିକ ଯୁଗରେ ସ୍ଥାପିତ ଏକ ଆଦିମ ଗ୍ରାମର ଚିତ୍ର । ପକ୍ଷୀର କୂଜନ, ବୃକ୍ଷର ଛାୟା, ଗଛ କାଟୁଥିବା କୁରାଢ଼ିର ଶବ୍ଦ ଏବଂ ଅରଣ୍ୟର ରହସ୍ୟ ଓ ପ୍ରେମ ପ୍ରଭୃତି ଯେଉଁ ବିଷୟର ଚର୍ଚ୍ଚା ସେହି ମନ୍ତ୍ରରେ ହୋଇଅଛି, ସେସବୁର ପ୍ରତିଧ୍ୱନି ବିଭୂତି ଭୂଷଣ ବନ୍ଦ୍ୟୋପାଧ୍ୟାୟଙ୍କର "ଆରଣ୍ୟକ"ରେ ପ୍ରତିଧ୍ୱନିତ ହୁଏ । ବେଦର କବି ଏହି ପ୍ରାର୍ଥନାରେ ସମାପ୍ତ କରିଛନ୍ତି:

ଅଞ୍ଜନ-ଗନ୍ଧିଂ ସୁରଭିଂ ବହ୍ୱନ୍ନାମକୃଷୀବଲାମ୍
ପ୍ରାହଂ ମୃଗାଣାଂ ମାତରମରଣ୍ୟାନିମଶଂସିଷମ୍

"ଯେ ଅଞ୍ଜନ ପରି ସୁବାସିତ, ସୌରଭମୟ, ଏବଂ ଯେ ଆକର୍ଷିତ ହୋଇ ସୁଦ୍ଧା ପ୍ରଚୁର ଶସ୍ୟ ପ୍ରଦାନ କରେ, ଏବଂ ଯେ ବନ୍ୟ ଜୀବ-ଜନ୍ତୁଙ୍କର ମଧ୍ୟ ମାତା, ସେହି ଅରଣ୍ୟାନୀ, ଅରଣ୍ୟର ଦେବୀଙ୍କୁ, ମୁଁ ପ୍ରଶଂସା କରୁଅଛି।"

ଭାରତୀୟ ମାନବ ଯେଉଁ ପରିବେଶରେ ରହିଥିଲା, ସେଥିରେ ସେ ଭାରତର ଆଦିମ ଅରଣ୍ୟକୁ ଭଲ ପାଉଥିଲା। ବେଦରେ ଏହାର ଯଥେଷ୍ଟ ନିଦର୍ଶନ ମିଳେ। ଅଥର୍ବ ବେଦର "ପୃଥ୍ବୀ-ସୂକ୍ତ" ଅରଣ୍ୟ-ଭୂମି ଓ କୃଷି ଭୂମିରେ ନିଜର ଉତ୍ପାଦନ ଦ୍ୱାରା ସର୍ବ ପାଳୟିତ୍ରୀ ରୂପେ ଧରଣୀ ପ୍ରତି ପ୍ରେମରେ ସୁରଭିତ। ମହାଭାରତର ବହୁ ଅଂଶର ପୃଷ୍ଠଭୂମି ହେଉଛି ଅରଣ୍ୟ। ରାମାୟଣ ମଧ୍ୟ ତଦ୍ରୁପ- ଏହା ହେଉଛି ସେହି ପ୍ରାଚୀନ କାଳୀନ ବୀର ପୁଙ୍ଗବ ତଥା ଶାଶ୍ୱତ ଅକ୍ଷତ ଅରଣ୍ୟ ଉଭୟର ଏକ ବିରାଟ ମହାକାବ୍ୟ। ବାଣଭଟ୍ଟଙ୍କର ସେହି ଅତି ଆଭିଜାତ୍ୟପୂର୍ଣ୍ଣ ସଂସ୍କୃତ ପ୍ରେମଗାଥା "ହର୍ଷ-ଚରିତ"ରେ, ସପ୍ତମ ଉଚ୍ଛ୍ୱାସର ଶେଷଭାଗରେ, ଭାରତୀୟ ସାହିତ୍ୟର ଏହି ମହାଶଦ-ଶିଙ୍ଗୀ କେନ୍ଦ୍ର ଭାରତର ବିନ୍ଧ୍ୟାଞ୍ଚଳ ପର୍ବତ ସନ୍ନିକଟ ଏକ ଅରଣ୍ୟ ବସତିର (ବନ ଗ୍ରାମକମ୍) ଏକ ଅତୀବ ବିଶଦ ବିବରଣୀ ପ୍ରଦାନ କରିଛନ୍ତି। ସପ୍ତମ ଶତାଦ୍ଧୀରେ ଉତ୍ତର ଭାରତୀୟ ସଂସ୍କୃତ ଲେଖକଙ୍କର ଏହି ମନୋରମ ଅନୁଚ୍ଛେଦ ପାଠ କରି ବିଂଶ ଶତାଦ୍ଧୀର ଆଧୁନିକ ବଙ୍ଗୀୟ ଲେଖକଙ୍କର "ଆରଣ୍ୟକ" ପାଠ କଲେ ନିଶ୍ଚୟ ଅଧିକ ଆନନ୍ଦ ଓ ଜ୍ଞାନ ଲାଭ ହେବ।

ଧରଣୀ ମାତାର ଅନ୍ତର୍ଭୁକ୍ତ ପ୍ରାକୃତିକ ପରିବେଶରେ ମାନବକୁ ଅଧ୍ୟୟନ କରି ଯେଉଁମାନେ ଆନନ୍ଦ ଲାଭ କରନ୍ତି, ସେମାନଙ୍କ ପକ୍ଷରେ ଭାରତୀୟ ସାହିତ୍ୟରେ ପ୍ରକୃତି ଓ ତାହାର ସ୍ଥାନ ନିଶ୍ଚୟ ଏକ ଅତ୍ୟନ୍ତ ମନୋରମ ବିଷୟ ହେବ। ଏହା ପ୍ରତୀତ ହୁଏ ଯେ ଭାରତୀୟ ମାନବ ସର୍ବଦା ପୃଥିବୀର ଅନ୍ୟାନ୍ୟ ଅନେକ ଦେଶର ମାନବଠାରୁ ପ୍ରକୃତିକୁ ନିଜର ନିକଟତର ବିଚାରିଛି। ପ୍ରାଚୀନ ଭାରତୀୟ କଳାରେ, ଓ ଯୁଗ ଯୁଗାନ୍ତରର ଭାରତୀୟ ସାହିତ୍ୟରେ ଏହାର ଯଥେଷ୍ଟ ପରିଚୟ ମିଳେ। ଏହା ସ୍ୱୀକୃତ ଯେ, ଭାରତ ତୁଳନାରେ, ତାହାର ପଡ଼ୋଶୀ ଚୀନ ଠାରେ ପ୍ରକୃତି ଠାରୁ ବିଚ୍ଛିନ୍ନ ହେବାର ଭାବ ବହୁ ପୂର୍ବରୁ ବୃଦ୍ଧି ପାଇଥିଲା, ଏବଂ ତହିଁ ସଙ୍ଗେ ସଙ୍ଗେ ପ୍ରକୃତି ପ୍ରତି ଏକ ଅଭିଜାତ ଓ ଉଚ୍ଚ ସଂସ୍କୃତି ସମ୍ପନ୍ନ ଦୃଷ୍ଟିଭଙ୍ଗୀ ମଧ୍ୟ, ଯାହାକୁ ଆମେ ଆଧୁନିକ ମାନବର ଚାରିତ୍ରିକ ଗୁଣ ବୋଲି ବିବେଚନା କରିବା। ଅନ୍ତର୍ମୁଖୀନତାର ବିକାଶ ଓ ନଗରୀରେ ଏକତ୍ରିତ ମାନବର ଆବାସ ସୋରୁ ଅରଣ୍ୟର ବିଚ୍ଛିନ୍ନତା ହେତୁ ବର୍ତ୍ତମାନ ଏହି ଦୃଷ୍ଟିଭଙ୍ଗୀ ଆଜିକାଲିର ନରନାରୀଙ୍କ ପକ୍ଷରେ ଅତି ସାଧାରଣ ହୋଇଯାଇଛି। ବିଭୂତିଭୂଷଣ ବନ୍ଦୋପାଧ୍ୟାୟଙ୍କ "ଆରଣ୍ୟକ" ବାସ୍ତବିକ ଏହି ଦୁଇଟି ପ୍ରବୃତିର ଏକ

ସମନ୍ୱୟ ରୂପେ ପରିଚିତ– ସେ ପ୍ରକୃତିର ସୀମା ମଧ୍ୟରେ ଗଭୀର ଭାବରେ ଆବଦ୍ଧ– ଏବଂ ତହିଁ ସଙ୍ଗେ ସଙ୍ଗେ ସେ ନିଜକୁ ପ୍ରକୃତି ଠାରୁ ବିଚ୍ଛିନ୍ନ କରି ପାରିଛନ୍ତି ଏବଂ ତାହାର ସୌନ୍ଦର୍ଯ୍ୟ, ଆଦ୍ୟମର ଓ ସର୍ବାଞ୍ଚନ୍ଦକାରୀ ଅବସ୍ଥା କଳ୍ପନା କରି ପାରିଛନ୍ତି, ମାତ୍ର ତାହା ଦ୍ୱାରା ପ୍ରଭାବିତ ହୋଇ ନାହାନ୍ତି। ଆଗରୁ କହିଛି, ପ୍ରକୃତି ପ୍ରତି ତାଙ୍କର ଦୃଷ୍ଟିଭଙ୍ଗୀ ହେଉଛି, ମାନବର ସର୍ବଗ୍ରାସୀ ପ୍ରୟୋଜନୀୟତା ସମକ୍ଷରେ ପରାଭୂତ ପ୍ରକୃତି ଓ ତାହାର ଅନ୍ତର୍ଭୁକ୍ତ ଅରଣ୍ୟ ପ୍ରତି ଏକ ଗଭୀର ବିଷଣ୍ଣ ଦୃଷ୍ଟିଭଙ୍ଗୀ। ଯେଉଁଠି ଆଦିମ ଜଙ୍ଗଲର କେବଳ ଏକଛତ୍ର ରାଜତ୍ୱ ଥିଲା, ସେଠାରେ ମଣିଷର ବର୍ଦ୍ଧିତ ବସତି ସ୍ଥାପନ କରି ଧରଣୀର ମୁଖ ପରିବର୍ତ୍ତନ ଦିଗରେ ସେ ଯେଉଁ ସ୍ୱ-ଶ୍ରମ ଜନିତ ଲୀଳାସ୍ଥଳୀ ରଚନା କରିଥିଲେ, ତାହାଠାରୁ ବିଦାୟ ନେଲାବେଳେ ସେ ମନେ ମନେ ଏହିପରି ଭାବରେ ଚିନ୍ତା କରିଛନ୍ତି:

"ନାଢ଼ା ବଇହାରର ସୀମା ଟପିଲା କ୍ଷଣି, ମୁଁ ପାଲିଙ୍କିରୁ ମୁହଁ କାଢ଼ି ଥରେ ପଛକୁ ଚାହିଁ ଦେଖିଲି।

"ବହୁ ବସ୍ତି, ଚାଳକୁ ଚାଳ ଲଗାଲଗି ଘର, ଲୋକଙ୍କର କଥାବାର୍ତ୍ତା, ବାଳକବାଳିକାଙ୍କର କଳହାସ୍ୟ ଓ ଚିତ୍କାର, ଗୋରୁ-ମଇଁଷି ଓ ଫସଲର ଗୋଲା। ଘଞ୍ଚ ବଣ କାଟି ଛ–ସାତ ବର୍ଷ ଭିତରେ ମୁଁ ହିଁ ଏହି ହାସ୍ୟଦୀପ୍ତ ଶସ୍ୟପୂର୍ଣ୍ଣ ଜନପଦ ବସାଇଅଛି। କାଲି ସମସ୍ତେ ସେୟା କହୁଥିଲେ: 'ବାବୁଜୀ, ଆପଣଙ୍କ କାମ ଦେଖି ଆମେ ସମସ୍ତେ ବି ଅବାକ ହୋଇଯାଇଛୁଁ– ନାଢ଼ା ଲବଟୁଲିଆ କ'ଣ ଥିଲା, ଆଉ ଆଜି କ'ଣ ହେଲା।'

"ମୁଁ ବି କଥାଟା ଭାବି ଭାବି ଚାଲିଛି, ନାଢ଼ା ଲବଟୁଲିଆ କଣ ଥିଲା, ଆଉ ଏବେ କ'ଣ ହୋଇଛି।"

ଦିଗନ୍ତଲୀନ ମହାଲିଖାରୂପ ପାହାଡ଼ ଓ ମୋହନପୁରାର ଅରଣ୍ୟାନୀ ଉଦ୍ଦେଶ୍ୟରେ ମୁଁ ଦୂରରୁ ନମସ୍କାର କଲି।

"ହେ ଅରଣ୍ୟାନୀର ଆଦିମ ଦେବତାଗଣ, ମୋତେ କ୍ଷମା କର। ବିଦାୟ।"

ଅରଣ୍ୟାନୀ ଓ ଗ୍ରାମ-ବସତିର ଆମ୍ଭାକୁ ଆମ୍ଭମାନଙ୍କ ସମକ୍ଷରେ ଉପସ୍ଥାପନ କରି, ଏବଂ ପ୍ରକୃତି ତଥା ମାନବ ଉଭୟକୁ ଭଲ ପାଇବାକୁ ଶିକ୍ଷା ଦେଇ, ଏହି ପୁସ୍ତକଟି ଅତି ଉଚ୍ଚ କୋଟୀର ସୃଜନଶୀଳ ସାହିତ୍ୟ ରୂପେ ତାହାର ମୂଲ୍ୟାଙ୍କନ କରିଛି। ତାହା ଛଡ଼ା ଏହି କୃତିର ଅନ୍ୟଏକ ମହତ୍ତ୍ୱ ମଧ ଅଛି। ଯେଉଁ ମଣିଷ ପ୍ରକୃତିକୁ ନିଜର ସେବାରେ ଲଗାଏ ଏବଂ ନିଜର ଆବଶ୍ୟକତା ପୂରଣ ନିମନ୍ତେ ଧରଣର ରୂପ ପରିବର୍ତ୍ତନ କରେ– ତାହାର ଏକ ସବିଶେଷ ପରିସ୍ଥିତିରେ ସେହି ମଣିଷର ବହୁରୂପଦର୍ଶୀ ଯନ୍ତର ଏହା ହେଉଛି ଏକ ବାସ୍ତବ ଦଲୀଲ। ବଙ୍ଗା ସନ୍ନିକଟ ବିହାରର ଏକ କୋଣରେ,

ଯେଉଁଠି ମଣିଷର ଅନିବାର୍ଯ୍ୟ ଆକ୍ରମଣ ଫଳରେ ପ୍ରକୃତି ଧୀରେ ଧୀରେ ପଛକୁ ହଟି ଯାଉଥିଲା, ସେଠାରେ ଜୀବନର ଏକ ଅଂଶର ସଜୀବ ଓ ବାସ୍ତବ ଚିତ୍ର ରୂପେ, ଏହି ପୁସ୍ତକ ମାନବ ମନକୁ ପ୍ରସନ୍ନ ଓ ଭାବାକୁଳ କରିବା ଦିଗରେ ଏକ ଅଦ୍ୱିତୀୟ ଓ ଅମୂଲ୍ୟ ଅଭିଲେଖ ରୂପେ ପରିଗଣିତ ହେବ।

ମୋର ଆଶା ଯେ ସାହିତ୍ୟ ଆକାଡେମୀ ଦ୍ୱାରା ଆୟୋଜିତ ଅନୁବାଦର ମାଧ୍ୟମରେ ଭାରତର ବିବିଧ ଭାଷାର ପାଠକ ବର୍ଗ ଏହି ମହାନ୍ ସାହିତ୍ୟିକ କୃତି ପାଠ କରିପାରିବେ। ଏହି ଭୂମିକାର ଲେଖକଙ୍କ ପରି, ସେମାନେ ମଧ୍ୟ ଏହାକୁ ଥରେ ପଢ଼ିବାକୁ ବସିଲେ ଆଦୌ ଛାଡ଼ି ପାରିବେ ନାହିଁ।

ସୁନୀତି କୁମାର ଚାଟର୍ଜୀ

ଗୌରୀଙ୍କୁ ଦେଲି

ଜନ ବସତି ପାଖରେ କେଉଁଠି ନିବିଡ଼ ଅରଣ୍ୟ ନାହିଁ। ଅରଣ୍ୟ ଅଛି ଦୂର ଦେଶରେ, ଯେଉଁଠି ପତିତ ପକ୍ ଜମ୍ବୁଫଳର ଗନ୍ଧରେ ଗୋଦାବରୀ ତୀରର ସମୀରଣ ଭାରାକ୍ରାନ୍ତ ହୋଇଯାଏ। "ଆରଣ୍ୟକ" ସେହି କଳ୍ପନା-ଲୋକର ବିବରଣ। ଏହା ଭ୍ରମଣବୃତ୍ତାନ୍ତ ବା ଡାୟେରୀ ନୁହେଁ- ଉପନ୍ୟାସ। ଅଭିଧାନରେ ଅଛି, "ଉପନ୍ୟାସ" ମାନେ ମନଗଢ଼ା ଗଳ୍ପ। ଅଭିଧାନକାର ପଣ୍ଡିତମାନଙ୍କ କଥା ଆମେ ମାନିବାକୁ ବାଧ୍ୟ। ମାତ୍ର "ଆରଣ୍ୟକ"ର ପଟଭୂମି ସମ୍ପୂର୍ଣ୍ଣ କାଳ୍ପନିକ ନୁହେଁ। କୋଶୀ ନଦୀର ଅପର ତୀରରେ ଏପରି ଦିଗନ୍ତ-ବିସ୍ତୀର୍ଣ୍ଣ ଅରଣ୍ୟ-ପ୍ରାନ୍ତର ପୂର୍ବେ ଥିଲା, ଏବେ ବି ଅଛି। ଦକ୍ଷିଣ ଭାଗଲପୁର ଓ ଗୟା ଜିଲ୍ଲାର ବଣ ପାହାଡ଼ ତ ବିଖ୍ୟାତ।

ପ୍ରସ୍ତାବନା

ଦିନସାରା ଅଫିସରେ ହାଡ଼ଭଙ୍ଗା ଖଟଣୀ ପରେ ଗଡ଼ମାଠକୁ ଯାଇ ଫୋର୍ଟ ନିକଟରେ ବସିଥିଲି ।

ନିକଟରେ ଗୋଟାଏ ବାଦାମ ଗଛ । କିଛି କ୍ଷଣ ନୀରବରେ ବସି ରହିଲାପରେ ବାଦାମ ଗଛ ଆଗରେ ଫୋର୍ଟର ପରିଖାର ଢେଉ ଢେଉକା ଭୂମି ଦେଖି ହଠାତ୍ ମୋର ମନେ ହେଲା, ଯେମିତି ସନ୍ଧ୍ୟା ବେଳେ ଲବଟୁଲିଆର ଉତ୍ତର ଦିଗରେ ସରସ୍ୱତୀ କୁଣ୍ଠୀ କୂଲରେ ମୁଁ ବସି ରହିଛି । ପର ମୁହୂର୍ତ୍ତରେ ପଲାଶୀ ଗେଟର ରାସ୍ତାରେ ମଟର ହର୍ଣ୍ଡର ଶବ୍ଦ ଶୁଭିଲା ମାତ୍ରେ ମୋର ସେହି ଭ୍ରମ ଭୁଟିଗଲା ।

ଅନେକ ଦିନ ତଳର କଥା ହେଲେ ସୁଦ୍ଧା ତାହା କାଲି ପରି ବୋଧ ହେଉଛି ।

କଲିକତା ସହରର ହେ ଟେ, କର୍ମ କୋଲାହଲ ଭିତରେ ଅହରହ ବୁଡ଼ି ରହି ଏବେ ଯେତେବେଲେ ଲବଟୁଲିୟା ବଇହାରା କି ଆଜମାବାଦର ସେହି ଅରଣ୍ୟ ଭୂଭାଗ, ସେହି ଜ୍ୟୋସ୍ନା, ସେହି ତିମିରମୟୀ ସ୍ତବ୍ଧ ରାତ୍ରି, ସୁବିସ୍ତୃତ ଝାଉଁବଣ ଓ କାଶବଣର ବାଲିଚର, ଦିଗ୍‌ବଲୟହୀନ ଧୂସର ଶୈଲଶ୍ରେଣୀ, ଗଭୀର ନିଶୀଥରେଦଲ ଦଲ ନୀଲ ଗାଈର ଦ୍ରୁତ ପଦଧ୍ୱନି, ଖର ରୌଦ୍ର-ମଧ୍ୟାହ୍ନରେ ସରସ୍ୱତୀ କୁଣ୍ଠଲୀ ଜଲ ଧାରରେ ପିପାସର୍ତ ବନ୍ୟ ମହିଷ, ସେହି ଅପୂର୍ବ ମୁକ୍ତ ଶିଲାସ୍ତୃତ ପ୍ରାନ୍ତରରେ ରଙ୍ଗୀନ ବଣଫୁଲର ଶୋଭା ଓ ଫୁଟିଲା ରକ୍ତ ପଲାଶର ଘନ ଅରଣ୍ୟ କଥା ଭାବେ, ସେତେବେଲେ ମୋର ମନେ ହୁଏ ବୋଧହୁଏ, କେଉଁ ଅବସର ଦିବସର ଶେଷ ଭାଗରେ ସନ୍ଧ୍ୟାରେ ନିଦ୍ରାରେ ଅଚେତନ ଥାଇ ମୁଁ ଯେମିତି ଏକ ସୌନ୍ଦର୍ଯ୍ୟମୟୀ ଜଗତର ସ୍ୱପ୍ନ ଦେଖୁଥିଲି । ପୃଥିବୀରେ ସେପରି ଦେଶ ଯେମିତି ଆଉ କେଉଁଠି ନାହିଁ ।

ଖାଲି ବନ-ପ୍ରାନ୍ତର ନୁହେଁ, କେତେ ପ୍ରକାରର ମଣିଷ ବି ଦେଖିଥିଲି । କୁନ୍ତା...ସୁଶୀଲା ! କୁନ୍ତା କଥା ମୋର ମନେ ପଡ଼େ । ଏବେ ବୋଧହୁଏ ସ୍ୱ'ଠିୟା ବଇହାରର ବିସ୍ତୀର୍ଣ୍ଣ ବଣ କୋଲି ପୂର୍ଣ୍ଣ ଜଙ୍ଗଲରେ ସେହି ଦରିଦ୍ର ଝିଅଟି ନିଜର ପୁଅଝିଅଙ୍କୁ

ସାଙ୍ଗରେ ଧରି ବଣ କୋଲି ସଂଗ୍ରହ କରି ତାର ଦୈନନ୍ଦିନ ଜୀବନ ଯାତ୍ରା ନିର୍ବାହ କରିବାରେ ବ୍ୟସ୍ତ ଥିବ ।

ନୋହିଲେ ଜ୍ୟୋସ୍ନାଭରା ଗଭୀର ଶୀତ ରାତିରେ ମୋ ପତରୁ ଅଇଁଠା କଣ୍ଡା ତୋଳି ନେବା ଆଶାରେ ସେ ଆଜମାବାଦ କଚେରୀ ପ୍ରାଙ୍ଗଣରେ ଗୋଟାଏ କୋଣରେ, ବାଣ୍ଟୀ ପାଖରେ ଠିଆ ହୋଇ ରହିଛି ।

ଧାତୁରିଆ କଥା ମନେ ପଡେ... ନାଟୁଆ ବାଳକ ଧାତୁରିଆ !...

ଦକ୍ଷିଣ ଅଞ୍ଚଳରେ ଧରମପୁର ପରଗଣାରେ ଫସଲ ନଷ୍ଟ ହୋଇଯିବାରୁ ଧାତୁରିଆ ନାଚଗୀତ କରି ପେଟକୁ ଗଣ୍ଡେ ଦାନା ଯୋଗାଇବା ପାଇଁ ଆସିଥିଲା, ଲବଟୁଲିଆ ଅଞ୍ଚଳର ଜନବିରଳ ବନ୍ୟ ଗ୍ରାମଗୁଡ଼ିକୁ ... ଚୀନା ଦାନାର ଖଇ ଓ ଆଖୁ ଗୁଡ଼ ଖାଇବାକୁ ପାଇ ତାର ମୁହଁରେ କି ଅପୂର୍ବ ଆନନ୍ଦର ହସ ମୁଁ ଦେଖିଥିଲି ! କୁଞ୍ଚକୁଞ୍ଚିଆ ବାଳ, କମନୀୟ ଆଖି, ଟିକିଏ ନାରୀ ସୁଲଭ ଭାବଭଙ୍ଗୀ, ତେର ଚଉଦ ବର୍ଷର ସୁଶ୍ରୀ ବାଳକଟି; ସଂସାରରେ ତାର ବାପ ନାହିଁ, ମାଆ ନାହିଁ କି କେହି କେଉଁଠ ନାହିଁ । ତେଣୁ ସେହି ଅଳ୍ପ ବୟସରେ ତାକୁ ନିଜ ଚେଷ୍ଟା ବଳରେ ନିଜକୁ ଚଲାଇବାକୁ ପଡ଼ୁଥିଲା । ... ସଂସାର-ସ୍ରୋତରେ ସେ ପୁଣି କୁଆଡ଼େ ଭାସିଗଲା । ମନେପଡ଼େ ସରଳ ମହାଜନ ଧାଓଟାଲ ସାହୁ କଥା । ମୋର ଚାଳଘରର ଗୋଟାଏ କଣରେ ବସି ସେ ଖିଲିକାତିରେ ବଡ଼ ବଡ଼ ଗୁଆଗୁଡ଼ାଏ କାଟୁଛି । ଗଭୀର ଜଙ୍ଗଲ ଭିତରେ ଛୋଟ କୁଡ଼ିଆ ଘର ପାଖରେ ବସି ଦରିଦ୍ର ବ୍ରାହ୍ମଣ ରାଜୁ ପାଁଡ଼େ ତିନୋଟି ମଇଁଷି ଚରାଉଛି ଏବଂ ନିଜ ମନେମନେ ଗାଉଛି–

ଦୟା ହୋଇ ଜୀ–

ମହାଲିଖାରୂପ ପାହାଡ଼ର ପାଦ ଦେଶରେ ବିଶାଳ ବନ ପ୍ରାନ୍ତରରେ ବସନ୍ତର ଆଗମନ, ଲବଟୁଲିଆ ବଇହାରର ଚାରିଆଡ଼େ ହଳଦିଆ ରଙ୍ଗର ଗୋଲକୋଲି ଫୁଲର ମେଳା, ଦ୍ୱିପ୍ରହରରେ ତାମ୍ରାଭ ରୌଦ୍ର-ଦଗ୍ଧ ଦିଗନ୍ତ ବାଲି-ଝଡ଼ରେ ଝାପ୍‌ସା, ରାତିରେ ଦୂରବର୍ତ୍ତୀ ମହାଲିଖାରୂପ ପାହାଡ଼ରେ ଆଲୋକମାଳା, ଶାଲ ବଣରେ ନିଆଁ ଲାଗିଛି । କେତେ ଅତି ଦରିଦ୍ର ବାଳକ ବାଳିକା ଓ ନରନାରୀ, କେତେ ଦୁର୍ଦ୍ଧାନ୍ତ ପ୍ରକୃତିର ମହାଜନ, ଗାୟକ, କାଠୁରିଆ ଓ ଭିକାରୀଙ୍କର ବିଚିତ୍ର ଜୀବନ ଯାତ୍ରା ସହିତ ମୋର ପରିଚୟ ହୋଇଥିଲା । ଅନ୍ଧକାର ପ୍ରାନ୍ତରରେ ଚାଳଘରେ ବସିରହି ବଣୁଆ ଶିକାରୀଙ୍କ ମୁହଁରୁ କେତେ ଅଭୁତ ଗପ ଶୁଣୁଥିଲି । ମୋହନପୁର ସଂରକ୍ଷିତ ଜଙ୍ଗଲ ଭିତରେ ଗଭୀର ରାତିରେ ବଣ ମଇଁଷି ଶିକାର କରିବାକୁ ଯାଇ ଡାଲପତ୍ର-ଆଚ୍ଛାଦିତ ଗର୍ତ୍ତ ନିକଟରେ ସେମାନେ ବିରାଟକାୟ ବଣ ମଇଁଷିର ଦେବତାଙ୍କୁ ଦେଖିଥିଲେ ।..

ଏହିମାନଙ୍କ କଥାହିଁ କହିବି। ଜଗତରେ ଯେଉଁ ପଥରେ ସଭ୍ୟ ମଣିଷର ଯାତାୟାତ କମ, ସେହି ପଥରେ କେତେ ଅଭୁତ ଜୀବନଧାରାର ସ୍ରୋତ ଆପଣାମାନଙ୍କୁ ମନ ଉପଲବିକୀର୍ଷ ଅଜଣା ନଦୀ-ନାଲ ବାଟେ କ୍ଷୀଣ ରେଖାରେ ବହି ଚାଲନ୍ତି, ସେମାନଙ୍କ ସହିତ ପରିଚୟର ସ୍ମୃତି ମୁଁ ଆଜି ବି ଭୁଲି ପାରୁନାହିଁ।

କିନ୍ତୁ ମୋର ଏ ସ୍ମୃତି ଆନନ୍ଦଦାୟକ ନୁହେଁ, ଦୁଃଖପ୍ରଦ। ଏହି ସ୍ବଚ୍ଛନ୍ଦ ପ୍ରକୃତିର ଲୀଳାଭୂମି ମୋରି ହାତରେ ବିନଷ୍ଟ ହୋଇଯାଇଥିଲା। ସେଥିଯୋଗଁ ବଣର ଦେବତାମାନେ ମୋତେ କେବେ ହେଲେ କ୍ଷମା କରିବେ ନାହିଁ, ମୁଁ ଏହା ପରିଷ୍କାର ଭାବରେ ଜାଣେ। ଶୁଣିଛି, ନିଜର ଅପରାଧ କଥା ନିଜ ତୁଣ୍ଡରେ କହି ବୁଲିଲେ ଅପରାଧର ଭାର ଲାଘବ ହୋଇଯାଏ।

ତେଣୁ ଏହି କାହାଣୀର ଅବତାରଣା।

ପ୍ରଥମ ପରିଚ୍ଛେଦ

୧

ପନ୍ଦର ଷୋଳ ବର୍ଷ ତଳର କଥା। ବି.ଏ. ପାସ କରିସାରି କଲିକତାରେ ବେକାର ହୋଇ ବସି ରହିଥିଲି। ଅନେକ ସ୍ଥାନ ବୁଲି ବୁଲି ବି ମୋତେ ଚାକିରି ଖଣ୍ଡିଏ ମିଳୁନଥାଏ।

ସରସ୍ୱତୀ ପୂଜା ଦିନ। ଢେର ଦିନ ହେଲା ମେସ୍‌ରେ ରହିଲିଣି ବୋଲି ସେମାନେ ମୋତେ ତଡ଼ି ଦେଉନଥାନ୍ତି। କିନ୍ତୁ ତାଗଦା ଉପରେ ତାଗଦା କରି କରି ମେସ୍‌ର ମ୍ୟାନେଜର ମୋତେ ଅସ୍ଥିର କରି ପକାଇଲାଣି। ମେସ୍‌ରେ ମୂର୍ତ୍ତି ତିଆରି କରି ପୂଜା କରୁଥାନ୍ତି– ଆଡ଼ମ୍ବରଟା ବି ମନ୍ଦ ନୁହେଁ। ସକାଳୁ ଉଠି ଭାବୁଛି ଆଜି ସବୁ ବନ୍ଦ, ଗୋଟିଏ କି ଦୁଇଟି ଜାଗାରେ ଟିକିଏ ଆଶା ମିଳିଥିଲା, ମାତ୍ର ଆଜି କେଉଁଠାକୁ ଗଲେ କିଛି କାମ ହେବ ନାହିଁ। ତାହା ନକରି ବରଂ ଚାରିଆଡ଼େ ବୁଲି ବୁଲି ମୂର୍ତ୍ତି ଦେଖିବା ଭଲ।

ଏତିକିବେଳେ ମେସ୍‌ର ଚାକର ଜଗନ୍ନାଥ ମୋ ହାତକୁ ଖଣ୍ଡିଏ କାଗଜ ବଢ଼ାଇଦେଲା। ପଢ଼ିଦେଖିଲି ମ୍ୟାନେଜରଙ୍କର ତାଗଦା ଚିଠି। ଆଜି ମେସ୍‌ରେ ପୂଜା ଉପଲକ୍ଷେ ଭଲ ଖାଦ୍ୟପେୟର ବ୍ୟବସ୍ଥା ହୋଇଛି, ଏଣେ ମୋ ଉପରେ ଦୁଇ ମାସର ଟଙ୍କା ବାକୀ, ମୁଁ ଯେମିତି ଚାକର ହାତରେ ଅନ୍ତତ ଦଶୋଟି ଟଙ୍କା ପଠାଏ। ନୋହିଲେ କାଲିଠୁଁ ମୋତେ ଭୋଜନ ଲାଗି ଅନ୍ୟତ୍ର ବ୍ୟବସ୍ଥା କରିବାକୁ ହେବ।

କଥାଟା ଖୁବ୍ ନ୍ୟାୟସଙ୍ଗତ ସତ। କିନ୍ତୁ ମୋର ସମ୍ବଳ ଥିଲା ମାତ୍ର ଦୁଇଟି ଟଙ୍କା ଓ କେତେ ଅଣା। ତେଣୁ କୌଣସି ଜବାବ ନଦେଇ ମୁଁ ମେସ୍‌ରୁ ବାହାରି ପଡ଼ିଲି। ପଡ଼ାର ନାନା ସ୍ଥାନରେ ପୂଜାର ବାଜଣା ବାଜୁଛି, ଗଲିର ଛକରେ ଠିଆହୋଇ

ବାଲକବାଲିକାମାନେ ପାଟିତୁଣ୍ଡ କରୁଛନ୍ତି, ଅଭୟ ସାହୁର ଜଲଖିଆ ଦୋକାନରେ ହରେକ କିସମର ନୂଆ ନୂଆ ମିଠେଇ ଥାଲିରେ ସଜା ହୋଇ ରଖାଯାଇଛି- ବଡ଼ ରାସ୍ତା ସେପେଟ କଲେଜ ହସ୍ଟେଲର ଫାଟକରେ ଯୋଡ଼ି ନାଗରା ବାଜୁଛି। ଫୁଲମାଲା ଓ ପୂଜାର ଉପକରଣସବୁ କିଣିସାରି ଲୋକମାନେ ଦଳଦଳ ହୋଇ ବଜାରରୁ ଫେରୁଛନ୍ତି।

ଭାବିଲି, କେଉଁଠାକୁ ଯିବି। ଆଜିକି ବର୍ଷକରୁ ଅଧିକ ହେବ ଜୋଡ଼ାସାଙ୍କୋ ସ୍କୁଲରୁ ଚାକିରୀ ଛାଡ଼ି ଦେଇ ବସି ରହିଛି- କିମ୍ବା ବସିଛି ବୋଲି କହିଲେ ଠିକ୍ ହେବ ନାହିଁ, ଚାକିରୀ ଅନୁସନ୍ଧାନରେ ଏମିତି କୌଣସି ବ୍ୟବସାୟୀ ଅଫିସ ନାହିଁ, କି ବଡ଼ ଲୋକର ଘର ନାହିଁ, ଯେଉଁଠାକୁ ଅନ୍ତତ ଦଶଥର ମୁଁ ନ ଦୌଡ଼ିଛି। କିନ୍ତୁ ସମସ୍ତଙ୍କର ସେହି ଏକା କଥା, ଚାକିରୀ ଖାଲି ନାହିଁ।

ହଠାତ୍ ବାଟରେ ସତୀଶ ସାଙ୍ଗରେ ଭେଟ ହୋଇଗଲା। ହିନ୍ଦୁ ହସ୍ଟେଲରେ ସତୀଶ ଓ ମୁଁ ଏକା ସାଙ୍ଗରେ ରହୁଥିଲୁ। ବର୍ତ୍ତମାନ ସେ ଆଲିପୁରରେ ଓକିଲାତି କରୁଛି। ତାର ବିଶେଷ କିଛି ଆୟ ହୁଏ ବୋଲି ମୋର ମେନ ହେଉନାହିଁ। ବାଲିଗଞ୍ଜରେ କେଉଁଠି ଗୋଟାଏ ଜାଗାରେ ସେ ଟିଉସନ କରୁଛି। ଏବେ ତାହାହିଁ ସଂସାର ସାଗରରେ ତା ପକ୍ଷରେ ଭେଲା ପରି କାମ କରୁଛି। ମୋର ଭେଲା ତ ଦୂରର କଥା, ଖଣ୍ଡିଏ ଭଙ୍ଗା ମାସ୍ତୁଲର କାଠ ବି ନାହିଁ, ଯେତେ ଦୂର ଉବୁଟୁବୁ ହେବାର କଥା ମୁଁ ହେଉଛି- ସତୀଶକୁ ଦେଖି ଆପାତତ। ସେହି କଥାଟା ପାଶୋରିଦେଲି। ପାଶୋରି ଦେବାର ମଧ ଆଉ ଗୋଟାଏ କାରଣ ଥିଲା। ସତୀଶ କହିଲା- ଆରେ ସତ୍ୟଚରଣ, କୁଆଡ଼େ ଯାଉଛୁ ? ଚାଲ, ହିନ୍ଦୁ ହସ୍ଟେଲରେ ଠାକୁର ଦେଖି ଆସିବା- ଆମର ପୁରୁଣା ଜାଗା। ଆଉ ଉପର ଓଲି ବି ବଡ଼ ଧରଣର ଗୋଟାଏ ସଙ୍ଗୀତ ବୈଠକ ବସିବ- ଆ। ଷଷ୍ଠଶ୍ରେଣୀରେ ପଢ଼ିଲା ବେଳେ ସେହି ଅବିନାଶକୁ ତ ତୁ ଜାଣିଥିଲୁ, ସେହି ଯେ ମୟମନସିଂହର ଜଣେ ଜମିଦାରର ପୁଅ, ସେ ଆଜିକାଲି ଜଣେ ବଡ଼ ଗାୟକ। ସେ ଗୀତ ଗାଇବ, ମୋତେ ଫେର ସେ ଖଣ୍ଡିଏ ନିମନ୍ତ୍ରଣ ପତ୍ର ଦେଇଛି- ମଝିରେ ମଝିରେ ତାଙ୍କ ଜମିଦାରୀର ଗୋଟାଏ ଦୁଇଟା କାମ କରିଦିଏଁ ନା! ଆ, ତୋତେ ଦେଖିଲେ ସେ ଭାରି ଖୁସି ହେବ।

କଲେଜରେ ପଢ଼ିବା ବେଳେ, ଆଜିକି ପାଞ୍ଚ ଛଅ ବର୍ଷ ତଳେ, ଆମୋଦ ପ୍ରମୋଦ ହେଲେ ମୁଁ ଆଉ କିଛି ଚାହୁଁ ନଥିଲି-ଦେଖିଲି, ଏବେ ବି ମନରୁ ସେହି ଭାବଟି ହଟି ଯାଇନାହିଁ। ହିନ୍ଦୁ ହସ୍ଟେଲକୁ ଠାକୁର ଦେଖିବାକୁ ଯାଇ ସେଠାରେ ମଧ୍ୟାହ୍ନ ଭୋଜନ ପାଇଁ ନିମନ୍ତ୍ରଣ ମିଳିଲା। କାରଣ ଆମ ଅଞ୍ଚଲର ଅନେକ ପରିଚିତ ପିଲା

ଏଠାରେ ଥାଆନ୍ତି, ସେମାନେ କୌଣସିମତେ ମୋତେ ଛାଡ଼ି ଦେଲେ ନାହିଁ। କହିଲି-
ଆର ଓଲି ତ ଯାଇ ବୈଠକ ହେବ, ଏକ୍ଷଣି ଆଉ କଣ କରିବି ? ଯାଉଛି ମେସରୁ
ଖାଇ ଆସେ।

ସେମାନେ ମୋ କଥା ଆଦୌ କାନକୁ ନେଲେ ନାହିଁ।

କାନକୁ ନେଇଥିଲେ, ସରସ୍ବତୀ ପୂଜା ଦିନଟା ମୋତେ ପେଟରେ ଓଦା କନା
ଦେଇ କଟାଇବାକୁ ପଡ଼ିଥାନ୍ତା। ମ୍ୟାନେଜରଙ୍କର ଏମିତି କଡ଼ା ଚିଠି ପରେ ମେସକୁ
ଯାଇ ମୁଁ ଲୁଚି ପାୟସ ଇତ୍ୟାଦି ଖାଇ ପାରିନଥାନ୍ତି- ଯେତେବେଳେ ଟଙ୍କାଟିଏ ହେଲେ
ଚାନ୍ଦା ଦେଇ ନାହିଁ। ଏଟା ବରଂ ଭଲ ହେଲା- ପେଟ ପୂରା ନିମନ୍ତ୍ରଣ ଖାଇ ଉପରବେଳା
ଯାଇ ସଙ୍ଗୀତ ବୈଠକରେ ବସିଲି। ପୁଣି ତିନିବର୍ଷ ତଳର ଛାତ୍ର-ଜୀବନର ଉଲ୍ଲାସ
ଫେରି ଆସିଲା- କିଏ ଜାଣୁଛି ଯେ ମୁଁ ଚାକିରୀ ପାଇଲିଣି କି ନା। ଠୁମ୍ରୀ ଓ କୀର୍ତ୍ତନର
ସମୁଦ୍ରରେ ବୁଡ଼ିଯାଇ ମୁଁ ଭୁଲିଗଲି ଯେ ପାଉଣା ମେଣ୍ଟାଇ ନ ପାରିଲେ କାଲି ସକାଳୁ
ମୋତେ ପବନ ଖାଇ ରହିବାକୁ ହେବ। ବୈଠକ ଭାଙ୍ଗିଲାବେଳକୁ ରାତି ଏଗାରଟା।
ଅବିନାଶ ସାଙ୍ଗରେ ମୋର ଆଲାପ ହେଲା। ହିନ୍ଦୁ ହଷ୍ଟେଲରେ ଥିବାବେଳେ ସେ ଓ
ମୁଁ ଡିବେଟିଂ କ୍ଲବର ପ୍ରଧାନ ଉଦ୍ୟୋକ୍ତା ଥିଲୁଁ- ଥରେ ଆମ ସାର୍ ଗୁରୁଦାସ
ବନ୍ଦୋପାଧ୍ୟାୟଙ୍କୁ ସଭାପତି କରିଥିଲୁଁ। ବିଷୟ ଥିଲା, "ସ୍କୁଲ କଲେଜରେ ବାଧତାମୂଳକ
ଧର୍ମଶିକ୍ଷା ପ୍ରବର୍ତ୍ତନ କରିବା ଉଚିତ।" ଅବିନାଶ ପ୍ରସ୍ତାବକ, ଆଉ ମୁଁ ବିରୋଧୀ ପକ୍ଷର
ନାୟକ। ଉଭୟ ପକ୍ଷର ତୁମୁଳ ତର୍କ-ବିତର୍କ ପରେ ସଭାପତି ଆମ୍ଭମାନଙ୍କ ସପକ୍ଷରେ
ମତ ଦେଲେ। ସେହି ଦିନରୁ ଅବିନାଶ ସାଙ୍ଗରେ ମୋର ଖୁବ୍ ବନ୍ଧୁତା ହୋଇଗଲା।
ଯଦିଚ କଲେଜ ଛାଡ଼ି ଚାଲିଆସିବା ପରେ ଏହି ପ୍ରଥମଥର ପୁଣି ତା ସାଙ୍ଗରେ ମୋର
ଦେଖା ସାକ୍ଷାତ ହେଲା।

ଅବିନାଶ କହିଲା- ଚାଲ, ମୋର ଗାଡ଼ି ଅଛି-ତୋତେ ଛାଡ଼ିଦେଇ ଆସିବି।
କେଉଁଠ ରହୁଛୁ ?

ମେସ ଦୁଆର ମୁହଁରେ ଓହ୍ଲାଇଦେଇ ସେ କହିଲା- ଶୁଣ, କାଲି ହ୍ୟାରିଂଟନ
ଷ୍ଟ୍ରୀଟ୍‌ରେ ଉପର ଓଲି ଚାରିଟା ବେଳେ ଆମ ଘରେ ଚା' ଖାଇବୁ। ଯେମିତି ଭୁଲି
ନଯାଉ। ଆମ ଘରର ନମ୍ବର ହେଉଛି ୩୩/୨। ତୋ ନୋଟ ବହିରେ ଟିପି ରଖ।

ତହିଁ ଆର ଦିନ ଖୋଜି ଖୋଜି ହ୍ୟାରିଂଟନ ଷ୍ଟ୍ରୀଟ ବାହାର କଲି, ଏବଂ ବନ୍ଧୁର
ଘର ମଧ ପାଇଲି। କୋଠାଟି ଖୁବ୍ ବଡ଼ ନୁହେଁ। ତଥାପି ତାର ଆଗରେ ଓ ପଛରେ
ବଗିଚା ଅଛି। ଫାଟକରେ ଉଇଷ୍ଟେରିୟା ଲତା ମାଡ଼ିଛି, ନେପାଳୀ ଦରୱାନ ଅଛି ଏବଂ
ପିତଳ ନାମ-ପ୍ଲେଟ ମରିଛି। ନାଲି ମାଟିର ବଙ୍କା ରାସ୍ତା-ରାସ୍ତାର ଗୋଟାଏ ପଟରେ

ସବୁଜ ଘାସ ଭୂମି ଏବଂ ଆର ପଟରେ ବଡ଼ ବଡ଼ ମୁଚୁକୁନ୍ଦ, ଚମ୍ପା ଓ ଆମ୍ୱ ଗଛ। ଓସାରିଆ ବାରଣ୍ଡାରେ ଗୋଟାଏ ବଡ଼ ମଟର ଗାଡ଼ି। ବଡ଼ଲୋକର ଘର ନୁହେଁ ବୋଲି ଭୁଲ କରିବାର କୌଣସି ଦିଗରୁ ଟିକିଏ ହେଲେ ଉପାୟ ନାହିଁ। ପାହାଚରେ ଉପରକୁ ଉଠିଗଲେ ପ୍ରଥମେ ବୈଠକଖାନା ପଡ଼ିବ। ଅବିନାଶ ଦୌଡ଼ିଆସି ମୋତେ ଆଦର ଯତ୍ନ କରି ନେଇଯାଇ ଘରେ ବସାଇଲା ଏବଂ ପ୍ରାୟ ସଙ୍ଗେ ସଙ୍ଗେ ଆମେ ଦୁହେଁ ଅତୀତ ଦିନର କଥାବାର୍ତ୍ତାରେ ମଜ୍ଜିଗଲୁଁ। ଅବିନାଶର ବାପା ମୟମନସିଂହର ଜଣେ ବଡ଼ ଜମିଦାର। କିନ୍ତୁ ବର୍ତ୍ତମାନ କଲିକତାର ଏହି ଘରେ ସେମାନେ କେହି ନ ଥାନ୍ତି। ଗତ ମାର୍ଗଶୀର ମାସରେ ଅବିନାଶର ଗୋଟିଏ ଭଉଣୀର ବିବାହ ଉପଲକ୍ଷେ ସେମାନେ ନିଜ ଗାଁକୁ ଯାଇଥିଲେ- ଏଯାଏଁ କେହି ଫେରି ନଥାନ୍ତି।

ଏଣୁ ତେଣୁ କଥାବାର୍ତ୍ତା ପରେ ଅବିନାଶ ପଚାରିଲା-ଏକ୍ଷଣି କଣ କରୁଛୁ, ସତ୍ୟ ?

ଜବାବ ଦେଲି- ଜୋଡ଼ାସାଙ୍କୋ ସ୍କୁଲରେ ଶିକ୍ଷକତା କରୁଥିଲି। ବର୍ତ୍ତମାନ ପ୍ରାୟ ବେକାର ହୋଇ ବସି ରହିଛି। ଭାବୁଛି ଆଉ ଶିକ୍ଷକତା କରିବି ନାହିଁ। ଦେଖୁଛି ଯଦି ଅନ୍ୟ କୌଣସି ଜାଗାରେ - ଗୋଟାଏ ଦୁଇଟା ଜାଗାରେ ଆଶା ବି ମିଳିଛି।

ଆଶା ମିଳିବା କଥା ସତ ନୁହେଁ। କିନ୍ତୁ ଅବିନାଶ ବଡ଼ଲୋକର ପୁଅ। ସେମାନଙ୍କର ଖୁବ୍ ବଡ଼ ଜମିଦାରୀ ଅଛି। ତା' ପାଖରେ ଚାକିରି ପାଇଁ ଆବେଦନ କରୁଛି ବୋଲି ଯେମିତି ସେ ଜାଣିନପାରୁ। ସେଥିପାଇଁ ଏ କଥାଟା କହିଲି।

ଅବିନାଶ ଟିକିଏ ଭାବି କହିଲା- ତୋ ପରି ଜଣେ ଉପଯୁକ୍ତ ଲୋକ ପକ୍ଷରେ ଚାକିରି ପାଇବାକୁ ଅବଶ୍ୟ କିଛି ସମୟ ଲାଗିବ ନାହିଁ। ମାତ୍ର ମୋର ଗୋଟାଏ କଥା ପଚାରିବାକୁ ଅଛି। ତୁ ପରା ଆଇନ ପଢ଼ୁଥିଲୁ- ନୁହେଁ ?

କହିଲି- ପାସ୍ ବି କରିଛି। କିନ୍ତୁ ଓକିଲାତି କରିବା ପାଇଁ ମୋର ଆଦୌ ମନ ଯାଉନାହିଁ।

ଅବିନାଶ କହିଲା- ପୂର୍ଣ୍ଣିୟା ଜିଲ୍ଲାରେ ଆମର ଗୋଟାଏ ଜଙ୍ଗଲ ମାହାଲ ଅଛି। ସେଠାରେ ପ୍ରାୟ କୋଡ଼ିଏ କି ତିରିଶ ହଜାର ବିଘା ଜମି ଅଛି। ସେଠାରେ ଆମର ନାୟେବ ରହିଛି। କିନ୍ତୁ ତାକୁ ବିଶ୍ୱାସ କରି ଏତେ ଜମିର ବନ୍ଦୋବସ୍ତ କରିବା ଭାର ତା' ଉପରେ ଦେଇ ହେଉ ନାହିଁ। ସେଥିପାଇଁ ଆମେ ଜଣେ ଉପଯୁକ୍ତ ଲୋକ ଖୋଜୁଛୁଁ। ତୁ ଯିବୁ ?

ଜାଣିଥିଲି କାନ ଅନେକ ସମୟରେ ମଣିଷକୁ ପ୍ରବଞ୍ଚନା କରେ। ସତରେ ଅବିନାଶ କଣ କହୁଛି ! ଯେଉଁ ଚାକିରୀର ସନ୍ଧାନରେ ଆଜିକି ବର୍ଷେ ହେଲା କଲିକତାର

ବାଟଘାଟରେ ଘୁରି ବୁଲୁଛି, ଚାହା ପାନ ପାଇଁ ଆସି ସମ୍ପୂର୍ଣ୍ଣ ଅଯାଚିତ ଭାବରେ ସେହି ଚାକିରିର ପ୍ରସ୍ତାବ ଆପେ ଆପେ ଆସି ମୋ ଆଗରେ ଉପସ୍ଥିତ ହେଲା ?

ତେବେ ବି ନିଜର ସମ୍ମାନ ବଜାୟ ରଖିବାକୁ ହେବ । ଅତି ସଂଯମ ସହକାରେ ମନର ଭାବକୁ ଚାପି ରଖି ମୁଁ ଉଦାସୀନ ଭାବରେ କହିଲି– ଆଚ୍ଛା ! ହେଉ, ଭାବି କରି କହିବି । କାଲି ରହୁଛୁ ତ ?

ଅବିନାଶ ଖୁବ୍ ଖୋଲା ଓ ଦିଲଦାରିଆ ମିଜାଜର ଲୋକ । କହିଲା– ତୋର ଭାବାଭାବି ରଖି ଦେ । ମୁଁ ଆଜି ବାପାଙ୍କୁ ଚିଠି ଦେଉଛି । ଆମେ ଜଣେ ବିଶ୍ୱାସୀ ଲୋକ ଖୋଜୁଛୁଁ । ଜମିଦାରୀର ଘୁଣଲଗା କର୍ମଚାରୀ ଆମର ଲୋଡ଼ା ନାହିଁ– କାରଣ ସେମାନେ ସମସ୍ତେ ପ୍ରାୟ ଚୋର । ସେଠାରେ ତୋ ଭଲି ଜଣେ ଶିକ୍ଷିତ ଓ ବୁଦ୍ଧିମାନ ଲୋକର ପ୍ରୟୋଜନ । ଆମେ ନୂଆ ପ୍ରଜାଙ୍କ ସାଙ୍ଗରେ ଜଙ୍ଗଲ-ମାହାଲ ବନ୍ଦୋବସ୍ତ କରିବୁ । ତିରିଶ ହଜାର ବିଘାର ଜଙ୍ଗଲ । ଏଡ଼େ ଦାୟିତ୍ୱପୂର୍ଣ୍ଣ କାମ କଣ ଯାହା ତାହା ହାତରେ ଛାଡ଼ି ଦିଆଯାଇ ପାରେ ? ତୋ ସାଙ୍ଗରେ ମୋର ତ ଆଜି ନୂଆ ଚିହ୍ନା ହେଲା ନାହିଁ । ତୋର ନାଡ଼ି-ନକ୍ଷତ୍ର ସବୁ ମୋତେ ଜଣା । ତୁ ରାଜି ହୋଇଯା– ମୁଁ ଏକ୍ଷଣି ବାପାଙ୍କୁ ଲେଖି ନିଯୁକ୍ତି ପତ୍ର ମଗାଇ ନେଉଛି ।

୨

କିପରି ଭାବରେ ଚାକିରୀ ପାଇଲି ତାହା ବେଶୀ କହିବା ଦରକାର ନାହିଁ । କାରଣ ଏ କାହାଣୀର ଉଦ୍ଦେଶ୍ୟ ସମ୍ପୂର୍ଣ୍ଣ ଭିନ୍ନ । ସଂକ୍ଷେପରେ କହିଦେଉଛି– ଅବିନାଶର ଘରେ ଚା'ପାନ ନିମନ୍ତ୍ରଣରେ ଦୁଇ ସପ୍ତାହ ପରେ ମୁଁ ଦିନେ ନିଜର ଜିନିଷପତ୍ର ଧରି ବି.ଏନ୍.ଡବଲିଉ. ରେଲୱେର ଗୋଟାଏ ଛୋଟ ଷ୍ଟେସନରେ ଓହ୍ଲାଇଲି ।

ଶୀତ ଦିନର ଅପରାହ୍ନ । ବିସ୍ତୀର୍ଣ୍ଣ ପ୍ରାନ୍ତରରେ ଘନ ଛାୟା ମାଡ଼ିଯାଇଛି । ଦୂରରେ ବନଶ୍ରେଣୀର ମୁଣ୍ଡ ଉପରେ ଅଛ ଅଛ କୁହୁଡ଼ି ଜମି ଯାଇଛି । ଦୂରରେ ବନଶ୍ରେଣୀର ମୁଣ୍ଡ ଉପରେ ଅଛ ଅଛ କୁହୁଡ଼ି ଜମି ଯାଇଛି । ରେଲ ଲାଇନର ଦୁଇ କଡ଼ରେ ମଟର-କ୍ଷେତ । ଶୀତଳ ସାନ୍ଧ୍ୟ ପବନରେ ତତ୍କା ମଟର ଗଛର ସ୍ନିଗ୍ଧ ସୁଗନ୍ଧରେ ମୋର ଯେମିତି ମନେହେଲା, ମୁଁ ଯେଉଁ ଜୀବନ ଆରମ୍ଭ କରିବାକୁ ଯାଉଛି, ତାହା ଅତି ନିର୍ଜନ ହେବ । ଏହି ଶୀତର ସନ୍ଧ୍ୟା ଯେମିତି ନିର୍ଜନ, ଏହି ଉଦାସ ପ୍ରାନ୍ତର ଓ ସେହି ଦୂର ନୀଳ ବର୍ଣ୍ଣ ବନଶ୍ରେଣୀ ଯେମିତି ନିର୍ଜନ, ମୋର ଜୀବନ ମଧ୍ୟ ସେମିତି ନିର୍ଜନ ହେବ ।

ଗୋରୁ ଗାଡ଼ିରେ ପ୍ରାୟ ପନ୍ଦର ଶୋଳ କୋଶ ବାଟ ଚାଲିଯିବାକୁ ଗୋଟିଏ ରାତି ଲାଗିଲା– କଲିକତାରୁ ଆଣିଥିବା ରଗ୍ କମ୍ବଳ ଇତ୍ୟାଦି ଗାଡ଼ି ଭତରେ ବି ଶୀତରେ ପାଣି ହୋଇଗଲା– କିଏ ଜାଣିଥିଲା ଯେ ଏହିସବୁ ଅଞ୍ଚଳରେ ଏତେ ଭୟଙ୍କର ଶୀତ! ସକାଳେ ଖରା ପଡ଼ିଲା ବେଳକୁ ବି ମୁଁ ଚାଲିଥାଏ। ଦେଖିଲି, ଭୂମିର ପ୍ରକୃତି ବଦଳି ଯାଇଛି– ପ୍ରାକୃତିକ ଦୃଶ୍ୟ ବି ଅନ୍ୟ ମୂର୍ତ୍ତି ପରିଗ୍ରହ କରିଛି– ଖେତ-ଖମାର ନାହିଁ, ଗାଁ ଗଣ୍ଡା କି ଘର ଦୁଆର ବି ପ୍ରାୟ ଦେଖା ଯାଉନାହିଁ– କେବଳ ଛୋଟବଡ଼ ବଣ, କେଉଁଠି ନିବିଡ଼, କେଉଁଠି ପତଳା, ମଝିରେ ମଝିରେ ମୁକ୍ତ ପ୍ରାନ୍ତର, କିନ୍ତୁ ସେଥିରେ ଫସଲ ଅମଲ ହେଉ ନାହିଁ।

ଦଶଟା ବେଳେ କଚେରୀରେ ପହଞ୍ଚିଲି। ଜଙ୍ଗଲ ଭିତରେ ପ୍ରାୟ ଦଶ-ପନ୍ଦର ବିଘା ଜମି ପରିଷ୍କାର କରି କେତେଗୁଡ଼ିଏ ଚାଳଘର ଜଙ୍ଗଲର କାଠ, ବାଉଁଶ ଓ ଛଣରେ ତିଆରି ହୋଇଛି– ଘରେ ଶୁଖିଲା ଘାସ ଓ ବଣ ଝାଉଁର ସରୁ ସରୁ ଡାଙ୍ଗିରାର ବାଡ଼ ଉପରେ ମାଟି ଲିପା ଯାଇଛି।

ଘରଗୁଡ଼ିକ ନୂଆ ତିଆରି ହୋଇଛି। ଘର ଭିତରେ ପ୍ରବେଶ କଲାମାତ୍ରେ ସଦ୍ୟ କଟା ହୋଇଥିବା ଛଣ, ଦର ଶୁଖିଲା ଘାସ ଓ ବାଉଁଶର ଗନ୍ଧ ନାକରେ ବାଜିଲା। ପଚାରି ବୁଝିଲି, ଆଗରୁ ଜଙ୍ଗଲର ଅନ୍ୟ କେଉଁଠି କଚେରୀ ଥିଲା। କିନ୍ତୁ ଶୀତ ଦିନରେ ସେଠାରେ ଜଳାଭାବ ଘଟିବାରୁ ଏହି ଘରଟି ନୂଆ ତିଆରି ହୋଇଛି, କାରଣ ନିକଟରେ ଗୋଟିଏ ଝରଣା ଥିବାରୁ ଏଠାରେ ଜଳ କଷ୍ଟ ନାହିଁ।

୩

ଜୀବନର ବେଶୀ ସମୟ ମୁଁ କଲିକତାରେ ବିତାଇଛି। ବନ୍ଧୁବାନ୍ଧବଙ୍କ ସଙ୍ଗ, ଲାଇବ୍ରେରୀ, ଥିଏଟର, ସିନେମା, ଗୀତର ଆଉଡ଼ା– ଏ ସବୁ ଛଡ଼ା ମୁଁ ଜୀବନ କଳ୍ପନା କରିପାରୁନାହିଁ। ଏପରି ଅବସ୍ଥାରେ ଚାକିରୀର କେତୋଟି ଟଙ୍କାର ଖାତିରେ ମୁଁ ଯେଉଁଠି ଆସି ପହଞ୍ଚିଲି, ଏତେ ନିର୍ଜନ ସ୍ଥାନର କଳ୍ପନା ବି ମୁଁ କେବେ ହେଲେ କରିନଥିଲି। ଦିନ ପରେ ଦିନ ଗଡ଼ିଯାଏ। ପୂର୍ବକାଶରେ ଦୂରର ପାହାଡ଼ ଓ ଜଙ୍ଗଲର ମୁଣ୍ଡ ଉପରେ ମୁଁ ସୂର୍ଯ୍ୟୋଦୟ ଦେଖେଁ। ପୁଣି ସନ୍ଧ୍ୟା ବେଳେ ସମଗ୍ର ବଣଝାଉଁ ଓ ଦୀର୍ଘ ଘାସ ବଣର ଶୀର୍ଷ ସିନ୍ଦୂରରେ ରଞ୍ଜିତ କରି ସୂର୍ଯ୍ୟଙ୍କୁ ବୁଡ଼ିଯିବା ଦେଖେଁ। ଏହା ଭିତରେ ଶୀତ କାଳର କେଉଁ ଏଗାର ଘଣ୍ଟିଆ ଦିନ, ତାହା ଯେମିତି ଶୂନ୍ୟରେ ଖାଁ ଖାଁ ଗୋଡ଼ାଏ। କିପରି ଭାବରେ ତାହା ବିତାଇବି ପ୍ରଥମେ ପ୍ରଥମେ ସେଟା ମୋ ପକ୍ଷରେ ମହା ସମସ୍ୟା

ହୋଇପଡ଼ିଲା । କାମଦାମ କଲେ ଅନେକ କିଛି କରାଯାଇ ପାରେ ସତ । କିନ୍ତୁ ମୁଁ ତ ନିତାନ୍ତ ନବ ଆଗନ୍ତୁକ, ଏବେ ବି ଏଠାକାର ଲୋକଙ୍କ ଭାଷା ଭଲ ଭାବରେ ବୁଝି ପାରୁନାହିଁ, କାମର କୌଣସି ବ୍ୟବସ୍ଥା କରି ପାରୁନାହିଁ, ନିଜ ଘରଟି ଭିତରେ ବସି ରହି ଯେଉଁ କେତେଖଣ୍ଡ ବହି ସାଙ୍ଗରେ ଆଣିଥିଲି ତାହା ପଢ଼ି ପଢ଼ି କୌଣସି ପ୍ରକାରେ ମୋର ଦିନ କଟାଏ । କଚେରୀରେ ଯେଉଁ ଲୋକସବୁ ଅଛନ୍ତି ସେମାନେ ନିତାନ୍ତ ବର୍ବର, ନା ସେମାନେ ବୁଝନ୍ତି ମୋ କଥା, ନା ମୁଁ ଭଲ ଭାବରେ ବୁଝିପାରେ ସେମାନଙ୍କ କଥା । ପ୍ରଥମ ଦଶ ପନ୍ଦର ଦିନ ଯେ କି କଷ୍ଟରେ କଟିଲା ! କେତେ ଥର ମୋର ମନେ ହେଲା ଆଉ ଚାକିରୀ ଦରକାର ନାହିଁ, ଏଠାରେ ଅଣନିଶ୍ୱାସୀ ହୋଇ ମରିବା ଠାରୁ କଲିକତାରେ ଦରପେଟ ଖାଇ ରହିବା ବରଂ ଭଲ । ଅବିନାଶର ଅନୁରୋଧରେ ଏହି ଜନହୀନ ଜଙ୍ଗଲକୁ ଆସି ମୁଁ କି ଭୁଲଟାଏ ନ କରିଛି ! ଏ ଜୀବନ ମୋ ଭଲି ଲୋକ ପାଇଁ ନୁହେଁ ।

ରାତିରେ ନିଜ କୋଠରୀରେ ବସି ଏହିସବୁ କଥା ଭାବୁଛି, ଏତିକିବେଳେ ଘରର ଦୁଆର ଠେଲିଦେଇ କଚେରୀର ବୃଦ୍ଧ ଗୁମାସ୍ତା ଗୋଷ୍ଠ ଚକ୍ରବର୍ତ୍ତୀ ପ୍ରବେଶ କଲେ । ଏହି ଏକମାତ୍ର ଲୋକ ଯାହାଙ୍କ ସାଙ୍ଗରେ ବଙ୍ଗଳା କଥା କହି ମୁଁ ଟିକିଏ ନିଶ୍ୱାସ ମାରେ । ଗୋଷ୍ଠ ବାବୁ ଏଠାରେ ସତର ଅଠର ବର୍ଷ ହେଲା ଅଛନ୍ତି । ବର୍ଦ୍ଧମାନ ଜିଲ୍ଲାରେ ବନପାଶ ଷ୍ଟେସନ ନିକଟରେ କେଉଁ ଗ୍ରାମରେ ତାଙ୍କର ଘର । କହିଲି, ବସନ୍ତୁ ଗୋଷ୍ଠ ବାବୁ–

ଗୋଷ୍ଠ ବାବୁ ଆଉ ଗୋଟିଏ ଚୌକିରେ ବସିଲେ । କହିଲେ ଆପଣଙ୍କୁ ନିରୋଲାରେ ଗୋଟାଏ କଥା କହିବାକୁ ଆସିଲି । ଏଠାରେ କୌଣସି ମଣିଷକୁ ବିଶ୍ୱାସ କରିବେ ନାହିଁ । ଏ ବଙ୍ଗ ଦେଶ ନୁହେଁ । ଲୋକମାନେ ସମସ୍ତେ ଭାରି ଖରାପ–

– ବଙ୍ଗ ଦେଶର ମଣିଷ ମାତ୍ରେ ସମସ୍ତେ ଯେ ଖୁବ୍ ଭଲ, ତାହା ନୁହେଁ ଗୋଷ୍ଠ ବାବୁ–

– ସେ କଥା ଆଉ ମୋତେ ଅଜଣା ନାହିଁ, ମ୍ୟାନେଜର ବାବୁ । ସେଇ ଦୁଃଖରେ ଓ ମ୍ୟାଲେରିଆର ତାଡ଼ନାରେ ମୁଁ ପ୍ରଥମେ ଏଠାକୁ ଆସିଲି । ପ୍ରଥମେ ଆସି ବଡ଼ କଷ୍ଟ ହେଉଥିଲା, ଏ ଜଙ୍ଗଲରେ ମନ ଅଣନିଃଶ୍ୱାସୀ ହୋଇ ଯାଉଥିଲା– ଆଜିକାଲି ଏମିତି ହୋଇଛି, ଦେଶ ତ ଦୂରର କଥା, ପୂର୍ଣ୍ଣିୟା କି ପାଟନାକୁ କାମରେ ଯାଇ ଦୁଇଦିନରୁ ବେଶୀ ରହିପାରେ ନା ।

ଗୋଷ୍ଠ ବାବୁଙ୍କ ମୁହଁକୁ କୌତୁକରେ ଚାହିଁଲି– କ'ଣ କହୁଛନ୍ତି !

ପଚାରିଲି– ରହି ପାରନ୍ତି ନାହିଁ କାହିଁକ ? ଜଙ୍ଗଲ ଲାଗି କଣ ମନ ଗୁଡ଼ାଇ ହୁଏ ?

ଗୋଷ୍ଠ ବାବୁ ମୋ ଆଡ଼କୁ ଚାହିଁ ଟିକିଏ ହସିଲେ। କହିଲେ, ଠିକ୍ ସେୟା, ମ୍ୟାନେଜର ବାବୁ। ଆପଣ ବି ବୁଝି ପାରିବେ। କଲିକତାରୁ ନୂଆ ଆସିଛନ୍ତି, କଲିକତା ପାଇଁ ମନ ଉତ୍ ପଡ଼ ହେଉଛି, ବୟସ ବି ଆପଣଙ୍କର କମ। କିଛି ଦିନ ଏଠାରେ ରହନ୍ତୁ- ତା'ପରେ ଦେଖିବେ।

– କଣ ଦେଖିବି ?

– ଜଙ୍ଗଲ ଆପଣଙ୍କୁ ଅଭିଭୂତ କରି ପକାଇବ। କୌଣସି ଗୋଲମାଲ କି ଲୋକଙ୍କ ମେଣ୍ଟ କ୍ରମେ କ୍ରମେ ଆଉ ଭଲ ଲାଗିବ ନାହିଁ। ମୋର ସେୟା ହୋଇଛି, ମହାଶୟ। ଏହିଗଲା ମାସ ମକଦ୍ଦମା କାମରେ ମୁଙ୍ଗେର ଯାଇଥିଲି- ଖାଲି ଅନବରତ ମନେ ହେଉଥିଲା କେବେ ଏଠାରୁ ବାହାରିବି।

ମନେ ମନେ ଭାବୁଥିଲି, ଭଗବାନ ସେ ଦୁରବସ୍ଥାର ହାତରୁ ମୋତେ ଉଦ୍ଧାର କରନ୍ତୁ। ତା ଆଗରୁ ଚାକିରୀ ଇସ୍ତଫା ଦେଇ କେବେଠୁ କଲିକତାକୁ ଫେରି ଯାଇଥିବି ଯେପରି !

ଗୋଷ୍ଠ ବାବୁ କହିଲେ, ଜାଗାଟା ଭଲ ନୁହେଁ, ରାତିରେ ବନ୍ଦୁକଟା ପାଖରେ ରଖି ଶୋଇବେ। ୟା ଆଗରୁ ଥରେ କଚେରୀରେ ଡକାୟତି ହୋଇ ଯାଇଛି। ତେବେ ଯାହାହେଉ, ଆଜିକାଲି ଏଠାରେ ଆଉ ଟଙ୍କା ପଇସା ରହୁନାହିଁ।

କୌତୁହଲରେ କହିଲି, କ'ଣ କହୁଛନ୍ତି ! କେତେ ଦିନ ତଳେ ଡକାୟତି ହୋଇଥିଲା ?

– ବେଶୀ ନୁହେଁ। ଏହି ଆଠ ନଅ ବର୍ଷ ଆଗରୁ। କିଛି ଦିନ ରହନ୍ତୁ, ତାହେଲେ ସବୁ କଥା ଜାଣି ପାରିବେ। ଏ ଅଞ୍ଚଲ ଖୁବ୍ ଖରାପ। ତାହାଛଡ଼ା, ଏହି ଭୟାନକ ଜଙ୍ଗଲରେ ଡକାୟତି କରି ମାରିଦେଲେ ଦେଖିବ ବା କିଏ ?

ଗୋଷ୍ଠ ବାବୁ ଚାଲିଗଲାରୁ ଥରେ ଘରର ଝରକା ପାଖରେ ଯାଇ ଠିଆ ହେଲି। ଦୂରରେ ଜଙ୍ଗଲର ମୁଣ୍ଡ ଉପରେ ଜହ୍ନ ଉଠୁଥାଏ- ଆଉ ସେହି ଉଦୀୟମାନ ଚନ୍ଦ୍ରର ପଛଭୂମିରେ ଖଣ୍ଡିଏ ବଙ୍କାତେଢ଼ା ବଣଝାଉଁର ଡାଲ, ଠିକ୍ ଯେମିତି ଜାପାନୀ ଚିତ୍ରକର ହକୁସାଇଙ୍କ ଅଙ୍କିତ ଖଣ୍ଡିଏ ଛବି ପରି ଦିଶୁଥାଏ।

ଚାକିରୀ କରିବାକୁ ଆଉ ଜାଗା ଖୋଜି ପାଇଲି ନାହିଁ। ଏସବୁ ବିପଜ୍ଜନକ ସ୍ଥାନ କଥା ଆଗରୁ ଜାଣିଥିଲେ କେବେହେଲେ ଅବିନାଶକୁ ଜବାବ ଦେଇନଥାନ୍ତି।

ଦୁର୍ଭାବନା ସତ୍ତ୍ୱେ ବି ଉଦୀୟମାନ ଚନ୍ଦ୍ରର ସୌନ୍ଦର୍ଯ୍ୟ ମୋତେ ଅତିଶୟ ମୁଗ୍ଧ କଲା।

୪

କଚେରୀର ଅନତି ଦୂରରେ ଗୋଟିଏ ଛୋଟ ପଥର ମୁଣ୍ଡିଆ, ତା ଉପରେ ଗୋଟିଏ ପ୍ରାଚୀନ ଓ ସୁବୃହତ୍ ବରଗଛ। ଏହି ବରଗଛର ନାମ ହେଉଛି ଗ୍ରାଣ୍ଟ ସାହେବଙ୍କ ବରଗଛ। କାହିଁକି ଏ ନାମକରଣ ହୋଇଛି, ସେତେବେଳେ ଅନୁସନ୍ଧାନ କରି ସୁଦ୍ଧା କିଛି ଜାଣିପାରିନଥିଲି। ଦିନେ ନିସ୍ତବ୍ଧ ଅପରାହ୍ନରେ ବୁଲୁ ବୁଲୁ ପଶ୍ଚିମ ଦିଗନ୍ତରେ ସୂର୍ଯ୍ୟାସ୍ତର ଶୋଭା ଦେଖିବାକୁ ମୁଣ୍ଡିଆ ଉପରକୁ ଚଢ଼ିଗଲି।

ମୁଣ୍ଡିଆ ଉପରେ ବରଗଛ ତଳେ ଆସନ୍ନ ସନ୍ଧ୍ୟାର ଘନ ଛାୟାରେ ଠିଆ ହୋଇ ରହି ଏକ ଦୃଷ୍ଟିରେ କେତେ ଦୂର ପର୍ଯ୍ୟନ୍ତ ଦେଖିବାକୁ ପାଇଲି- କଲୁଟୋଲାର ମେସ୍, କପାଲୀଟୋଲାର ସେହି ବ୍ରିଜ ଖେଳର ଆଡ୍ଡା, ଗୋଲଦୀଘିରେ ମୋର ପ୍ରିୟ ବେଞ୍ଚ ଖଣ୍ଡିକ- ପ୍ରତିଦିନ ଏତିକିବେଳେ ଯାଇ ଯେଉଁଥିରେ ବସି କଲେଜ ସ୍ତ୍ରୀଟର ବିରାମହୀନ ଜନସ୍ରୋତ ଓ ମଟରବସର ଭିଡ଼ ଦେଖୁଥିଲି-ହଠାତ୍ ସେସବୁ ଯେମିତି କେତେ ଦୂରରେ ପଡ଼ି ରହିଛନ୍ତି ବୋଲି ମନେ ହେଲା। ମନ ହାହାକାର କରି ଉଠିଲା- କେଉଁଠି ଅଛି! କେଉଁଠିକାର କେଉଁ ଜହ୍ନୀନ ଅରଣ୍ୟ-ପ୍ରାନ୍ତରେ ଚାଳ ଘରେ ଚାକିରୀର ଖାତିରରେ ବାସ କରୁଛି! ମଣିଷ ଏଠାରେ ରହେ? ଜନ ପ୍ରାଣୀ ନାହାନ୍ତି, ସମ୍ପୂର୍ଣ୍ଣ ନିଃସଙ୍ଗ-ପଦିଏ କଥା କହିବାକୁ ବି ଜଣେ ହେଲେ ମଣିଷ ନାହିଁ। ଏ ଦେଶର ଏହି ସବୁ ମୂର୍ଖ, ବର୍ବର ମଣିଷ, ପଦିଏ ଭଲ କଥା କହିଲେ ଏମାନେ ବୁଝିପାରନ୍ତି ନାହିଁ- ଏହିମାନଙ୍କ ସାହଚର୍ଯ୍ୟରେ ଦିନ ପରେ ଦିନ ମୋତେ କଟାଇବାକୁ ହେବ? ସେହି ଦୂରବିସର୍ପୀ ଦିଗନ୍ତବ୍ୟାପୀ ଜନହୀନ ସନ୍ଧ୍ୟା ମଝିରେ ଠିଆ ହୋଇ ମନ ମୋର ଉଦାସ ହୋଇଗଲା, କେମିତି ଭୟ ବି ହେଲା। ସେତେବେଳେ ସଂକଳ୍ପ କଲି, ଏ ମାସର ଆଉ କେତେଟା ଦିନ ବାକୀ, ଆସନ୍ତା ମାସଟା କୌଣସି ପ୍ରକାରେ ଆଖି ବୁଜି କଟାଇଦେବି, ତା ପରେ ଅବିନାଶକୁ ଖଣ୍ଡିଏ ଲମ୍ବା ଚିଠି ଲେଖି ଚାକିରୀ ଇସ୍ତଫା ଦେଇ କଲିକତା ଫେରିଯାଇ ସଭ୍ୟ ବନ୍ଧୁବାନ୍ଧବଙ୍କ ଠାରୁ ଅଭ୍ୟର୍ଥନା ପାଇ, ସଭ୍ୟ ଖାଦ୍ୟ ଖାଇ, ସଭ୍ୟ ସ୍ୱରର ସଙ୍ଗୀତ ଶୁଣି, ମଣିଷଙ୍କ ମେଳରେ ପଶି, ବହୁ ମାନବର ଆନନ୍ଦ-ଉଲ୍ଲାସଭରା କଣ୍ଠସ୍ୱର ଶୁରି ବଞ୍ଚିବି।

ପୂର୍ବରୁ କଣ ଜାଣିଥିଲି ମଣିଷଙ୍କ ମଝିରେ ରହିବାକୁ ମୁଁ ଏତେ ଭଲ ପାଏଁ। ମଣିଷଙ୍କୁ ଏତେ ଭଲ ପାଏ। ସେମାନଙ୍କ ପ୍ରତି ମୋର ଯେ କର୍ତ୍ତବ୍ୟ, ହୁଏତ ସବୁ ସମୟରେ ତାହା ମୁଁ ପାଳନ କରିପାରେ ନା- କିନ୍ତୁ ସେମାନଙ୍କୁ ନିଶ୍ଚୟ ଭଲ ପାଏ। ନଚେତ୍ ସେମାନଙ୍କୁ ଛାଡ଼ି ଆସି ଏତେ କଷ୍ଟ ବା ମୁଁ କାହିଁକି ପାଇବି?

ପ୍ରେସିଡେନ୍ସି କଲେଜର ରେଲିଂରେ ସେହି ଯେଉଁ ବୃଦ୍ଧ ମୁସଲମାନଟି ବହି ବିକ୍ରୀ କରେ, କେତେ ଦିନ ତା ଦୋକାନାରେ ଠିଆ ହୋଇ ପୁରୁଣା ବହି ଓ ମାସିକ ପତିକାର ପୃଷ୍ଠା ଓଲଟାଇଛି-ହୁଏତ କିଣିବା ଉଚିତ ଥିଲା, କିନ୍ତୁ କିଣା ହୋଇନାହିଁ- ସେ ବି ଯେମିତି ଜଣେ ପରମ ଆତ୍ମୀୟ ବୋଲି ମନେ ହେଲା- ତାହାକୁ ଆଜିକି କେତେ ଦିନ ହେଲା ଦେଖି ନାହିଁ !

କଚେରୀକୁ ଫେରି ଆସି ନିଜ କୋଠରୀକୁ ଯାଇ ଟେବୁଲରେ ଆଲୁଅ ଜଳାଇ ଖଣ୍ଡିଏ ବହି ଧରି ବସିଛି କି ନାହିଁ, ସିପାହୀ ମୁନେଶ୍ୱର ସିଂ ଆସି ସଲାମ କରି ଠିଆ ହେଲା। ପଚାରିଲା- କଣ ମୁନେଶ୍ୱର ?

ଇତି ମଧ୍ୟରେ କିଛି କିଛି ଗାଉଁଲି ହିନ୍ଦୀ କହିବା ଶିଖି ଯାଇଥିଲି।

ମୁନେଶ୍ୱର କହିଲା- ହଜୁର, ମୋତେ ଖଣ୍ଡିଏ ଲୁହା କରେଇ କିଣି ଦେବା ଲାଗି ଯଦି ମୁହୁରୀ ବାବୁଙ୍କ ହୁକୁମ ଦିଅନ୍ତେ।

– କଣ ହେବ ଲୁହା କରେଇ ?

ମୁନେଶ୍ୱରର ମୁଖ ପ୍ରାପ୍ତିର ଆଶାରେ ଉଜ୍ଜ୍ୱଳ ହୋଇ ଉଠିଲା। ସେ ବିନୀତ ସ୍ୱରରେ କହିଲା- ଖଣ୍ଡିଏ ଲୁହା କରେଇ ଥିଲେ କେତେ ସୁବିଧା ହଜୁର। ଯେଉଁ ଠାକୁ ପାରେ ସେଠାକୁ ସାଙ୍ଗରେ ନେଇଗଲେ ଭାତ ରନ୍ଧା ଯାଏ, ଜିନିଷପତ୍ର ରଖାଯାଏ, ସେଥିରେ ଭାତ ବି ଖାଆଯାଏ, ତାହା ଭାଙ୍ଗିଯାଏ ନାହିଁ। ମୋର ଖଣ୍ଡିଏ ହେଲେ କରେଇ ନାହିଁ। କେତେଦିନ ହେଲା ଖଣ୍ଡିଏ କରେଇ କଥା ଭାବୁଛି- କିନ୍ତୁ ହଜୁର, ବଡ଼ ଗରିବ, ଖଣ୍ଡିଏ କରେଇର ଦାମ ଛଅ ଆଣା, ଏତେ ଦାମ୍ ଦେଇ କଣ ମୁଁ କରେଇ କିଣି ପାରିବି ? ତେଣୁ ହଜୁରଙ୍କ ପାଖକୁ ଆସିଲି, ମୋର ଅନେକ ଦିନର ଇଚ୍ଛା, ମୋର ଖଣ୍ଡିଏ କରେଇ ହୁଅନ୍ତା। ହଜୁର ଯଦି ମଞ୍ଜୁର କରନ୍ତି, ହଜୁର ମାଲିକ।

ଖଣ୍ଡିଏ ଲୁହା କରେଇର ଯେ ଏତେ ଗୁଣ, ତାରି ପାଇଁ ଯେ ଏଠାରେ ଲୋକ ରାତିରେ ସ୍ୱପ୍ନ ଦେଖନ୍ତି, ଏ ଧରଣର କଥା ଏହି ପ୍ରଥମ ମୁଁ ଶୁଣିଲି। ଏଡ଼େ ଗରିବ ଲୋକ ପୃଥିବୀରେ ଅଛି ଯେ ଛଅଆଣା ଦାମର ଖଣ୍ଡିଏ ଲୁହା କରେଇ ହେଲେ ସେ ହାତରେ ସ୍ୱର୍ଗ ପାଇବ ? ଶୁଣିଥିଲି ଏ ଦେଶର ଲୋକ ଭାରି ଗରିବ। ଏତେ ଗରିବ ବୋଲି ଜାଣିନଥିଲି। ଖୁବ୍ ମାୟା ହେଲା।

ପରଦିନ ମୋର ସଇ-କରା ଚିରକୁଟ୍ ବଳରେ ମୁନେଶ୍ୱର ସିଂ ନଉଗାଛିୟା ବଜାରରୁ ଖଣ୍ଡିଏ ପାଞ୍ଚନମ୍ବର କରେଇ କିଣି ଆସି ମୋ କୋଠରୀର ଚଟାଣରେ ଥୋଇଦେଇ ମୋତେ ସଲାମ କରି ଠିଆ ହେଲା।

– ହୋ ଗୈଲ, ହଜୁର କି କୃପାସେ– କଡ଼ାଇଆ ହୋ ଗୈଲ ! ତାହାର ହର୍ଷୋତ୍ଫୁଲ୍ଲ ମୁଖ ଆଡ଼କୁ ଚାହିଁ ଏହି ମାସକ ଭିତରେ ମୋର ସର୍ବପ୍ରଥମେ ଆଜି ମନେ ହେଲା– ବେଶ୍ ଲୋକଗୁଡ଼ିକ ତ ! ବଡ଼ କଷ୍ଟ ତ ଏମାନଙ୍କର ।

ଦ୍ୱିତୀୟ ପରିଚ୍ଛେଦ

୧

କିନ୍ତୁ କୌଣସି ମତେ ଏଠାରେ ରହି ଜୀବନ ସାଙ୍ଗରେ ମୁଁ ନିଜକୁ ମିଶାଇ ପାରୁନାହିଁ। ବଙ୍ଗ ଦେଶରୁ ସଦ୍ୟ ଆସିଛି, ଚିରକାଳ କଲିକତାରେ କଟାଇଛି, ଏହି ଅରଣ୍ୟଭୂମିର ନିର୍ଜନତା ଛାତିରେ ପଥର ମାଡ଼ି ବସିଲା ପରି ମନେ ହୁଏ।

ଦିନେ ଦିନେ ଦିପହରରେ ବୁଲୁ ବୁଲୁ ଅନେକ ଦୂରକୁ ଚାଲିଯାଏ। ତଥାପି କଚେରୀ ନିକଟରେ ଲୋକମାନଙ୍କର ପାଟି ଶୁଣିବାକୁ ପାଏ। ଦୁଇ-ତିନି ରସି (ପ୍ରାୟ ଅଶୀ ହାତ) ଗଲେ କଚେରୀ ଘରଗୁଡ଼ିକ ଯେତେବେଳେ ଦୀର୍ଘ ବଣଝାଉଁ ଓ କାଶ ଜଙ୍ଗଲର ଅନ୍ତରାଲରେ ଲୁଚିଯାଏ, ସେତେବେଳେ ମନେହୁଏ ସମଗ୍ର ପୃଥିବୀରେ ମୁଁ ଏକାକୀ। ଆହୁରି ଦୂରକୁ ଗଲେ, ବିସ୍ତୃତ ପଡ଼ିଆର ଦି ପଟେ ଘନ ବଣର ଧାର ବହୁ ଦୂରକୁ ଲମ୍ବି ଯାଇଛି- ଖାଲି ବଣ ଓ ବୁଦା, ଗଜାରି ଗଛ, ବାବଲା, ବନ୍ୟ କଣ୍ଟା ବାଉଁଶ, ବେତ ବୁଦା। ଗଛ ଓ ବୁଦାର ମୁଣ୍ଡ ଉପରେ ଅସ୍ତୋନ୍ମୁଖ ସୂର୍ଯ୍ୟ ସିନ୍ଦୂର ବିନ୍ଦୁ ଦେଇଛନ୍ତି- ସାନ୍ଧ୍ୟ ସମୀରଣରେ ବନ୍ୟ ପୁଷ୍ପ ଓ ତୃଣ ଗୁଳ୍ମର ସୁଘ୍ରାଣ, ପ୍ରତି ବୁଦା ପକ୍ଷୀର କାକଲୀରେ ମୁଖର, ତା ଭିତରେ ହିମାଲୟର ବଣଶୁଆ ବି ଅଛନ୍ତି। ମୁକ୍ତ, ଦୂରପ୍ରସାରୀ ତୃଣାବୃତ ପ୍ରାନ୍ତର ଓ ଶ୍ୟାମଳ ବନଭୂମିର ମେଳା।

ଏହି ସମୟରେ ମଝିରେ ମଝିରେ ମନେ ହୁଏ ଯେ, ଏଠାରେ ପ୍ରକୃତିର ଯେଉଁ ରୂପ ଦେଖୁଛି, ଏମିତି ଆଉ କେଉଁଠି ଦେଖି ନାହିଁ। ଯେତେ ଯେତେ ଦୂରକୁ ଆଖି ପାଏ, ଏସବୁ ଯେମିତି ମୋର, ମୁଁ ଏଠାରେ ଏକମାତ୍ର ମଣିଷ, ମୋର ନିର୍ଜନତା ଭଙ୍ଗ କରିବାକୁ କେହି ଆସିବେ ନାହିଁ- ମୁକ୍ତ ଆକାଶ ତଳେ ନିସ୍ତବ୍ଧ ସନ୍ଧ୍ୟାରେ ଦୂର ଦିଗନ୍ତର ସୀମାରେଖା ପର୍ଯ୍ୟନ୍ତ ମୁଁ ମନ ଓ କଳ୍ପନାକୁ ପ୍ରସାରିତ କରିଦିଏ।

କଚେରୀ ଠାରୁ ପ୍ରାୟ ଏକ କ୍ରୋଶ ଦୂରରେ ଗୋଟାଏ ନୀଚା ଜାଗା ଅଛି, ସେଠାରେ କେତୋଟି କ୍ଷୁଦ୍ର ପାହାଡ଼ୀ ଝରଣା କୁଳୁକୁଳୁ ହୋଇ ବହିଯାଉଅଛି, ତାର ଦୁଇ ପାଖରେ ଜଙ୍କଜ ଲିଲ୍ଲିର ବଣ, କଲିକତାର ଉଦ୍ୟାନରେ ଯାହାକୁ କହନ୍ତି ସ୍ପାଇଡାର-ଲିଲି। ବନ୍ୟ ସ୍ପାଇଡାର-ଲିଲି କେବେ ଦେଖି ନାହିଁ, ଜାଣି ନଥିଲି ଯେ ଏମିତି ନିଭୃତ ଝରଣାର ପଥର-ବିଛା ତୀରରେ ଫୁଟିଲା ଲିଲିର ଫୁଲ ଏମିତି ଶୋଭା ଧାରଣ କରେ ବା ପବନରେ ସେମାନେ ଏତେ ମୃଦୁ କୋମଳ ସୁବାସ ବିସ୍ତାର କରନ୍ତି। କେତେଥର ଯାଇ ଏହି ସ୍ଥାନଟିରେ ଚୁପ୍ ହୋଇ ବସି ଆକାଶ, ସନ୍ଧ୍ୟା ଓ ନିର୍ଜନତା ଉପଭୋଗ କରିଛି !

ମଝିରେ ମଝିରେ ଘୋଡ଼ାରେ ଚଢ଼ି ବୁଲେଁ। ପ୍ରଥମେ ପ୍ରଥମେ ଭଲ ଚଢ଼ି ପାରୁନଥିଲି, କ୍ରମେ ଭଲ କରି ଶିଖିଗଲି। ଶିଖିଯିବାରୁ ବୁଝିଲି ଜୀବନରେ ଏତେ ଆନନ୍ଦ ଆଉ କେଉଁଠରେ ନାହିଁ। ଯେ କେବେ ଏମିତି ନିର୍ଜନ ଆକାଶ ତଳେ ଦିଗନ୍ତବ୍ୟାପୀ ବନ ପ୍ରାନ୍ତରରେ ଇଚ୍ଛାନୁଯାୟୀ ଘୋଡ଼ା ଦଉଡ଼ାଇ ନ ବୁଲିଛି, ତାହାକୁ ବୁଝାଇ ହେବ ନାହିଁ, ସେ କି ଆନନ୍ଦ ! କଚେରୀ ଠାରୁ ଦଶ-ପନ୍ଦର ମାଇଲ ଦୂରବର୍ତ୍ତୀ ସ୍ଥାନରେ ସର୍ଭେ ପାର୍ଟି କାମ କରୁଛି। ପ୍ରାୟ ଆଜିକାଲି ସକାଳେ ପିଆଲାଏ ଚା ପାନ କରି ଘୋଡ଼ା ପିଠିରେ ଜିନ୍ କସି ଦେଇ ଘୋଡ଼ାରେ ବସେ ଯେ କେଉଁଦିନ ଫେରେ ଉପରଓଳିକୁ, କେଉଁ ଦିନ ବା ଫେରନ୍ତା ବାଟରେ ଜଙ୍ଗଲର ମୁଣ୍ଡ ଉପରେ ନକ୍ଷତ୍ର ଦେଖାଦିଏ; ବୃହସ୍ପତି ନକ୍ଷତ୍ର ଝଲସି ଉଠେ। ଜ୍ୟୋସ୍ନା ରାତିରେ ବଣଫୁଲର ସୁବାସ ଜ୍ୟୋସ୍ନା ସହିତ ମିଶେ, ଶୃଗାଲର ରବ ପ୍ରହର ଘୋଷଣା କରେ, ଜଙ୍ଗଲର ଝିଙ୍କାରୀ ପୋକ ଦଳ ବାନ୍ଧି ଡାକିବାକୁ ଲାଗନ୍ତି।

୬

ଯେଉଁ କାମରେ ଏଠାକୁ ଆଗମନ, ସେଥିପାଇଁ ଅନେକ ଯନ୍ କରାଯାଉଛି। ଏତେ ହଜାର ବିଘା ଜମି, ହଠାତ୍ ବଦୋବସ୍ତ ହେବା ବି ସହଜ କଥା ନୁହେଁ। ଆଉ ଗୋଟିଏ କଥା ଏଠାକୁ ଆସି ଜାଣିଛି, ଏହି ଜମି ଆଜିକି ତିରିଶ ବର୍ଷ ତଳେ ନଦୀଗର୍ଭରେ ବିଲୀନ ହୋଇ ଯାଇଥିଲା- କୋଡ଼ିଏ ବର୍ଷ ହେଲା ପୁଣି ବାହାର ହୋଇଛି- କିନ୍ତୁ ଯେଉଁମାନେ ପିତୃପିତାମହଙ୍କର ଜମି ଗଙ୍ଗାରେ ବିଲୀନ ହୋଇଯିବା ପରେ ଅନ୍ୟତ୍ର ଉଠିଯାଇ ବାସ କରୁଥିଲେ, ସେହି ପୁରାତନ ପ୍ରଜାମାନଙ୍କୁ ଜମିଦାର ଏହିସବୁ ଜମିରେ ଦଖଲ ଦେବାକୁ ଚାହୁଁନାହାନ୍ତି। ମୋଟା ସଲାମୀ ଓ ବର୍ଦ୍ଧିତହାରର ଖଜଣା ଲୋଭରେ

ସେ ନୂତନ ପ୍ରଜାମାନଙ୍କ ନାମରେ ବନ୍ଦୋବସ୍ତ କରିବାକୁ ଚାହାଁନ୍ତି । ଅଥଚ ଯେଉଁସବୁ ଗୃହହୀନ, ଆଶ୍ରୟହୀନ ଅତି ଦରିଦ୍ର ପୁରାତନ ପ୍ରଜାଙ୍କୁ ସେମାନଙ୍କର ନ୍ୟାୟ୍ୟ ଅଧିକାରରୁ ବଞ୍ଚିତ କରା ହୋଇଛି, ସେମାନେ ବାରମ୍ବାର ଅନୁରୋଧ-ଉପରୋଧ କନ୍ଦାକଟା କରି ସୁଦ୍ଧା ଜମି ପାଉ ନାହାନ୍ତି ।

ମୋ ପାଖକୁ ବି ଅନେକେ ଆସିଥିଲେ । ସେମାନଙ୍କର ଅବସ୍ଥା ଦେଖିଲେ କଷ୍ଟ ହୁଏ; କିନ୍ତୁ ଜମିଦାରୀଙ୍କର ହୁକୁମ, କୌଣସି ପୁରାତନ ପ୍ରଜାକୁ ଜମି ଦିଆଯିବ ନାହିଁ । କାରଣ ଥରେ ମାଡ଼ି ବସିଲେ ସେମାନଙ୍କର ପୁରାତନ ସ୍ୱତ୍ୱ ସେମାନେ ଆଇନତଃ ଦାବୀ କରିପାରନ୍ତି । ଜମିଦାରଙ୍କ ଲାଠିର ଜୋର ବେଶୀ । ପ୍ରଜାମାନେ ଆଜିକି କୋଡ଼ିଏ ବର୍ଷ ହେଲା ଭୂମିହୀନ ଓ ଗୃହହୀନ ଅବସ୍ଥାରେ ଦେଶରେ ବୁଲି ବୁଲି ମୂଲ ଲାଗି ଖାଆନ୍ତି, କେହି କେହି ସାମାନ୍ୟ ଚାଷବାସ କରନ୍ତି, ଅନେକ ମରି ଗଲେଣି, ସେମାନଙ୍କର ଛୁଆପିଲାମାନେ ନାବାଲକ ବା ଅସହାୟ- ପ୍ରବଳ ପ୍ରତାପୀ ଜମିଦାରଙ୍କ ବିରୁଦ୍ଧରେ ସେମାନେ ସୁଅ ମୁହାଁରେ କୁଟା ଖିଅ ଭଳି ଭାସିଯିବେ ।

ଏଣେ ନୂତନ ପ୍ରଜା ବା କେଉଁଠୁ ସଂଗ୍ରହ କରାଯାଇ ପାରେ ? ମୁଙ୍ଗେର, ପୂର୍ଣ୍ଣିୟା, ଭାଗଲପୁର, ଛାପ୍ରା ପ୍ରଭୃତି ନିକଟବର୍ତ୍ତୀ ଜିଲ୍ଲାରୁ ଯେଉଁ ଲୋକମାନେ ଆସନ୍ତି, ଦର ଶୁଣି ପଛାଇ ଯାଆନ୍ତି । ଦି-ଚାରି ଜଣ କିଛି କିଛି ବି ନେଇଛନ୍ତି । ଏହିପରି ମୃଦୁ ଗତିରେ ଅଗ୍ରସର ହେଲେ ଦଶହଜାର ବିଘା ଜଙ୍ଗଲୀ ଜମି ପ୍ରଜାଙ୍କୁ ପଟା ଦେବାକୁ କୋଡ଼ିଏ ପଚିଶ ବର୍ଷ ଲାଗିଯିବ ।

ଆମର ଗୋଟିଏ ଜଙ୍ଗଲୀ କଚେରୀ ଅଛି- ସେ ବି ଘୋର ଜଙ୍ଗଲମୟ ମାହାଲ- ଏଠାରୁ ଉଣେଇଶ ମାଇଲ ଦୂରରେ । ଜାଗାଟିର ନାମ ଲ୍ୟବ୍ଟୁଲିୟା, କିନ୍ତୁ ଏଠାରେ ଯେମିତି ଜଙ୍ଗଲ, ସେଠାରେ ବି ସେମିତି । କେବଳ ସେଠାରେ କଚେରୀ ରଖିବାର ଉଦ୍ଦେଶ୍ୟ ଏହା ଯେ, ସେହି ଜଙ୍ଗଲଟା ପ୍ରତିବର୍ଷ ଗଉଡ଼ମାନଙ୍କୁ ଗୋରୁ ମଇଁଷି ଚରାଇବା ପାଇଁ ପଟା ଦିଆଯାଏ । ଏହା ଛଡ଼ା ସେଠାରେ ପ୍ରାୟ ଦୁଇତିନିଶହ ବିଘା ଜମିରେ ବଣକୋଲିର ଜଙ୍ଗଲ ଅଛି, ଲାଖ-ପୋକ ପୋଷିବା ପାଇଁ ଲୋକେ ଏହି କୋଲି- ବଣ ନେଇ ଥାଆନ୍ତି । ଏହି ଟଙ୍କା ଆଦାୟ କରିବା ଲାଗି ସେଠାରେ ଦଶଟଙ୍କା ଦରମାରେ ଜଣେ ପଟୁଆରୀ ଓ ତାର ଗୋଟିଏ ଛୋଟ କଚେରୀ ଅଛି ।

କୋଲି-ବଣ ପଟା ଦେବା ସମୟ ଆସୁଛି, ଦିନେ ଘୋଡ଼ାରେ ଚଢ଼ି ଲବ୍ଟୁଲିୟା ଅଭିମୁଖେ ଗଲି । ଆମ କଚେରୀ ଓ ଲବ୍ଟୁଲିୟା ମଝିରେ ଗୋଟାଏ ଛଚ ରଙ୍ଗ ମାଟି ଡିଙ୍ଗାର, ପ୍ରାୟ ସାତ-ଆଠ ମାଇଲ ଲମ୍ୱ, ଏହାର ନାମ "ଫୁଲକିୟା ବଇହାର"- କେତେ ପ୍ରକାରର ଗଛ ପତ୍ର ଓ ବଣ ବୁଦାରେ ପରିପୂର୍ଣ୍ଣ । ଠାଏ ଠାଏ ବଣ ଏତେ ଘଞ୍ଚ

ଯେ, ଘୋଡ଼ା ଦେହରେ ଡାଲପତ୍ର ବାଜେ। "ଫୁଲକିୟା ବଇହାର" ଯେଉଁଠି ଯାଇ ସମତଳ ଭୂମି ସହିତ ମିଶିଛି, ଚାନନ୍ ବୋଲି ଗୋଟାଏ ପାହାଡ଼ୀ ନଦୀ ସେଠାରେ ଉପଲଖଣ୍ଡ ଉପରେ ସିରିସିରି ହୋଇ ବହି ଯାଉଛି। ବର୍ଷା କାଳରେ ସେଠାରେ ଜଳ ଖୁବ୍ ଗଭୀର– ଶୀତ କାଳରେ ଏକ୍ଷଣି ତେତେ ଜଳ ନାହିଁ।

ଏହି ପ୍ରଥମେ ଲବ୍‌ଟୁଲିୟାକୁ ଆସିଲି। ଖଣ୍ଡିଏ ଅତି ଛୋଟ ଚାଳ ଘର, ତାର ଚଟାଣ ଜମି ସାଙ୍ଗରେ ସମତଳ, ଘରର ପାଚିରୀ ସୁଦ୍ଧା ଶୁଖିଲା କାଶ ଓ ବଣଝାଉଁର ଡାଲପତ୍ର ଦେଇ ବନ୍ଧା ଯାଇଛି। ସନ୍ଧ୍ୟାର କିଞ୍ଚିତ୍ ପୂର୍ବରୁ ସେଠାରେ ପହଞ୍ଚିଲି– ଏତେ ଶୀତ ଆଉ କେଉଁଠି ନାହିଁ, ବେଳ ନ ବୁଡ଼ୁଣୁ ଶୀତରେ ଦେହ ଥରିବାର ଉପକ୍ରମ ହେଲା।

ସିପାହୀମାନେ ବଣର ଡାଲପତ୍ର ଜଳାଇ ନିଆଁ କଲେ। ସେହି ନିଆଁ ପାଖରେ କ୍ୟାମ୍ପ ଚୌକିରେ ବସିଲି। ଅନ୍ୟ ସମସ୍ତେ ଗୋଲ ହୋଇ ନିଆଁ ଚାରିପଟେ ବସିଲେ।

ପଟୁଆରୀ କେଉଁଠୁ ଗୋଟାଏ ପାଞ୍ଚ ସେରିଆ ରୋହୀ ମାଛ ଆଣିଥିଲା। ଏବେ କଥା ପଡ଼ିଲା, ରୋଷାଇ କିଏ କରିବ ? ମୁଁ ସାଙ୍ଗରେ ପୂଜାରୀ ନେଇ ନଥିଲି। ନିଜେ ବି ରୋଷାଇ କରି ଜାଣେ ନା। ମୋ ସହିତ ସାକ୍ଷାତ କରିବା ପାଇଁ ସାତ ଆଠ ଜଣ ଲୋକ ଲବ୍‌ଟୁଲିୟାରେ ଅପେକ୍ଷା କରିଥିଲେ– ସେମାନଙ୍କ ଭିତରୁ କନ୍ଦୁ ମିଶ୍ର ନାମକ ଜଣେ ମୈଥିଲୀ ବ୍ରାହ୍ମଣକୁ ପଟୁଆରୀ ରୋଷାଇ ପାଇଁ ନିଯୁକ୍ତ କଲା।

ପଟୁଆରୀକୁ ପଚାରିଲା–ଏହି ସବୁ ଲୋକମାନେ କଣ ନିଲାମ ଡାକିବେ ?

ପଟୁଆରୀ କହିଲା– ନା, ହଜୁର। ସେମାନେ ଖାଇବା ଲୋଭରେ ଆସିଛନ୍ତି। ଆପଣଙ୍କ ଆସିବା କଥା ଶୁଣି ଆଜିକି ଦୁଇ ଦିନ ହେଲା ସେମାନେ କଚେରୀରେ ଆସି ବସିଛନ୍ତି। ଏ ଅଞ୍ଚଳର ଲୋକଙ୍କର ଏହି ରକମ ଅଭ୍ୟାସ। ଆହୁରି ଅନେକ ବୋଧହୁଏ କାଲି ଆସିବେ।

ଏମିତି କଥା ତ କେବେ ଶୁଣି ନଥିଲି। କହିଲି– ଏ କି କଥା ! ମୁଁ ତ ଏମାନଙ୍କୁ ନିମନ୍ତ୍ରଣ କରି ନାହିଁ ?

– ହଜୁର, ଏମାନେ ବଡ଼ ଗରିବ। ଭାତ ତ ଖାଇବାକୁ ପାଆନ୍ତି ନାହିଁ। ବିରି ଛତୁ, ମକା ଛତୁ, ଯାକୁ ଏମାନେ ବାରମାସ ଖାଆନ୍ତି। ଭାତ ଗଣ୍ଡେ ମିଳିଲେ ଏମାନଙ୍କର ଭୋଜି। ଆପଣ ଆସୁଛନ୍ତି, ଏଠାରେ ଭାତ ଖାଇବାକୁ ପାଇବେ, ଏହି ଲୋଭରେ ସମସ୍ତେ ଆସିଛନ୍ତି। ରୁହନ୍ତୁ ଦେଖିବେ, ଆହୁରି କେତେ ଆସିବେ।

କାହିଁକି ଜାଣେ ନା, ଏହି ଅନ୍ନ ଭୋଜନ–ଲୋଲୁପ ସରଳ ବ୍ୟକ୍ତିଗୁଡ଼ିଙ୍କୁ ସେହି ରାତିରେ ମୋତେ ଏତେ ଭଲ ଲାଗିଲା ! ନିଆଁ ଚାରିପେଟ ବସି ସେମାନେ ଗପସପ

କରୁଥିଲେ, ଆଉ ମୁଁ ଶୁଣୁଥିଲି। ମୋ ପ୍ରତି ସମ୍ମାନସୂଚକ ଦୂରତ୍ୱ ବଜାୟ ରଖିବା ପାଇଁ ପ୍ରଥମେ ସେମାନେ ମୋ ନିଆଁ ପାଖେ ବସିବାକୁ ଚାହିଁଲେ ନାହିଁ–ତେଣୁ ମୁଁ ସେମାନଙ୍କୁ ଡାକି ଆଣିଲି। କଣ୍ଠ ମିଶ୍ର ପାଖରେ ବସି ଆସନ କାଠର ଡାଲପତ୍ର ଜଳାଇ ମାଛ ଭାଜୁଥିଲା– ଧୂଆଁରୁ ଝୁଣା ଜଳିଲା ଭଳି ସୁଗନ୍ଧ ବାହାରୁଥିଲା– ନିଆଁ କୁଣ୍ଡ ଠାରୁ ବାହାରକୁ ଗଲେ ମନେ ହେଉଥିଲା, ଯେମିତି ଆକାଶରୁ ବରଫ ଗଳୁଛି– ଏତେ ଶୀତ।

ଖିଆପିଆ ହେବା ବେଳକୁ ରାତି ଢେର ହୋଇଗଲା। କଚେରୀରେ ଯେତେ ଲୋକ ଥିଲେ, ସମସ୍ତେ ଖାଇଲେ। ତା' ପରେ ପୁଣି ନିଆଁ ପାଖରେ ସମସ୍ତେ ଗୋଲ ହୋଇ ବସିଲୁ। ମନେ ହେଉଥାଏ, ଶୀତରେ ଯେମିତି ଶରୀରର ରକ୍ତ ସୁଦ୍ଧା ଜମାଟ ବାନ୍ଧିଯିବ। ଫାଙ୍କା ଜାଗା ବୋଲି ଶୀତ ବୋଧହୁଏ ଏତେ ବେଶୀ, କିମ୍ବା ହିମାଳୟ ବୋଧହୁଏ ବେଶୀ ଦୂର ନୁହେଁ ବୋଲି।

ନିଆଁ ପାଖରେ ଆମେ ସାତ ଆଠ ଜଣ ଲୋକ, ସମାନରେ ଛୋଟ ଛୋଟ ଦୁଇଟି ବଖରା ଚାଳ ଘର। ଗୋଟିକରେ ରହିବି ମୁଁ, ଆଉ ଅନ୍ୟଟିରେ ବାକୀ ଏତେଗୁଡ଼ିଏ ଲୋକ। ଆମ ଚାରିପଟେ ଘେରି ରହିଥାଏ ଅନ୍ଧକାର ବଣ ଓ ପ୍ରାନ୍ତର, ଆଉ ମୁଣ୍ଡ ଉପରେ ନକ୍ଷତ୍ର–ଖଚିତ ଚିର ପରିଚିତ ପୃଥିବୀରୁ ନିର୍ବାସିତ ହୋଇ ମହାଶୂନ୍ୟରେ ଗୋଟିଏ ଗ୍ରହରେ ଅନ୍ୟ ଏକ ଅଜ୍ଞାତ ରହସ୍ୟମୟ ଜୀବନ ଧାରା ସହିତ ଜଡ଼ିତ ହୋଇପଡ଼ିଚି।

ଏହିଦଳ ଭିତରେ ଜଣେ ତିରିଶ–ବତିଶ ବର୍ଷର ଲୋକ ମୋର ମନୋଯୋଗକୁ ବିଶେଷ ଭାବରେ ଆକୃଷ୍ଟ କରିଅଛି। ଲୋକଟିର ନାମ ଗନୋରୀ ତେଓ୍ୱାରୀ; ଶ୍ୟାମଳ ବର୍ଣ୍ଣ, ପତଲା ଚେହେରା, ମୁଣ୍ଡରେ ଲମ୍ବବାଲ, କପାଳରେ ଦୁଇଟି ଲମ୍ବା ଚିତା, ଏହି ଶୀତରେ ଦେହରେ ଖଣ୍ଡିଏ ମୋଟ ଚାଦର ଛଡ଼ା ଆଉ କିଛି ନାହିଁ। ଏ ଦେଶର ରୀତି ଅନୁଯାୟୀ ଦେହରେ ଗୋଟାଏ ମେରଜାଇ ଥିବା ଉଚିତ ଥିଲା, ତାହା ସୁଦ୍ଧା ନାହିଁ। ଅନେକ ବେଳୁ ମୁଁ ଲକ୍ଷ୍ୟ କରୁଥିଲି, ସେ ସମସ୍ତଙ୍କ ଆଡ଼କୁ କିପରି କୁଣ୍ଠିତ ଭାବରେ ଚାହୁଁଥିଲା, କାହାରି କଥାର କୌଣସି ପ୍ରତିବାଦ କରୁନଥିଲା, ଅଥଚ ସେ ଯେ କମ କଥା କହୁଥିଲା ତାହା ନୁହେଁ।

ମୋର ପ୍ରତି କଥାର ଉତ୍ତରରେ ସେ ଖାଲି କହେ– ହଜୁର।

ଏ ଅଞ୍ଚଳର ଲୋକମାନେ ଯେତେବେଳେ କୌଣସି ମାନ୍ୟଗଣ୍ୟ ଓ ଉଚ୍ଚପଦସ୍ଥ ବ୍ୟକ୍ତିଙ୍କ କଥା ମାନି ନିଅନ୍ତି, ସେତେବେଳେ ସେମାନେ କେବଳ ସାମନାକୁ ଟିକିଏ ମୁଣ୍ଡ ନୁଆଁଇ ସନ୍ତ୍ରମରେ କହନ୍ତି– ହଜୁର।

ଗନୋରୀକୁ ପଚାରିଲି– ତୁମେ କେଉଁଠି ଥାଅ, ତେଓ୍ୱାରୀଜି ?

ମୁଁ ଯେ ତାକୁ ସିଧା ସଳଖ ପ୍ରଶ୍ନ କରିବି, ଏତେଟା ସମ୍ମାନ ଯେମିତି ତା ପକ୍ଷରେ ସମ୍ପୂର୍ଣ୍ଣ ଅପ୍ରତ୍ୟାଶିତ, ଏହି ଭାବରେ ସେ ମୋ ଆଡ଼କୁ ଅନାଇଲା। କହିଲା– ଭୀମଦାସଟୋଲା, ହଜୁର।

ତା ପରେ ସେ ତା ଜୀବନର ଇତିହାସ ବର୍ଣ୍ଣନା କରିଗଲା, ଏକାଦିକ୍ରମେ ନୁହେଁ, ମୋ ପ୍ରଶ୍ନର ଉତ୍ତରରେ ଖଣ୍ଡ ବିଖଣ୍ଡ ଭାବରେ।

ଗନୋରୀ ତେଓ୍ୱାରୀର ବୟସ ଯେତେବେଳେ ବାରବର୍ଷ, ସେତେବେଳେ ତାର ବାପ ମରିଗଲା। ଜଣେ ବୃଦ୍ଧା ପିଉସୀ ତାକୁ ମଣିଷ କଲା। ସେ ପିଉସୀ ବି ବାପର ମୃତ୍ୟୁର ପାଞ୍ଚ ବର୍ଷ ପରେ ଯେତେବେଳେ ମରିଗଲା, ସେତେବେଳେ ଗନୋରୀ ଭାଗ୍ୟ ଅନ୍ୱେଷଣ କରିବା ପାଇଁ ଜଗତକୁ ବାହାରିଲା। କିନ୍ତୁ ତାହାର ଜଗତ ପୂର୍ବରେ ପୂର୍ଣ୍ଣିୟା ସହର, ପଶ୍ଚିମରେ ଭାଗଲପୁର ଜିଲ୍ଲାର ସୀମା, ଦକ୍ଷିଣରେ ଏହି ନିର୍ଜନ ଅରଣ୍ୟମୟ ଫୁଲକିୟା ବଇହାର, ଉତ୍ତରରେ କୋଶୀ ନଦୀ– ଏହାରି ଭିତରେ ସୀମାବଦ୍ଧ। ଏହାରି ଭିତରେ ଗ୍ରାମେ ଗ୍ରାମେ ଗୃହସ୍ଥଙ୍କ ଦୁଆର ଦୁଆର ବୁଲି, କେତେବେଳେ ଠାକୁର ପୂଜା କରି, ଆଉ କେତେବେଳେ ଗ୍ରାମ୍ୟ ପାଠଶାଳାରେ ଅବଧାନଗିରି କରି କାୟକ୍ଲେଶରେ ନିଜର ଆହାର ନିମନ୍ତେ ବିରି ଛତୁ ଓ ଚିନା ଦାନାର ରୁଟିର ଆୟୋଜନ କରି ଆସିଛି। ବର୍ତ୍ତମାନେ ଦୁଇମାସ ହେଲା ଚାକିରୀ ନାହିଁ, ପର୍ବତା ଗ୍ରାମର ପାଠଶାଳା ଉଠି ଯାଇଛି, ଫୁଲକିୟା ବଇହାରର ଦଶ ହଜାର ବିଘା ଅରଣ୍ୟମୟ ଅଞ୍ଚଳରେ ଲୋକ ବସତି ନାହିଁ–ଏଠାକୁ ଯେଉଁ ମଇଁଷିଆଲମାନେ ଜଙ୍ଗଲକୁ ମଇଁଷି ଚରାଇବାକୁ ଆଣନ୍ତି, ସେମାନଙ୍କର ଖୁଆଡ଼ ଖୁଆଡ଼ ବୁଲି ସେ ଖାଦ୍ୟ ଭିକ୍ଷା କରି ବୁଲୁଥିଲା– ଆଜି ମୋର ଆସିବା ଖବର ପାଇ ଅନେକଙ୍କ ସାଙ୍ଗରେ ଏଠାକୁ ଆସିଛି।

ଆସିଛି କାହିଁକି, ସେ କଥା ଆହୁରି ଚମତ୍କାର।

– ଏଠାକୁ ଏତେ ଲୋକ କାହିଁକି ଆସିଛନ୍ତି ତେଓ୍ୱାରୀଜି ?

– ହଜୁର, ସମସ୍ତେ କହିଲେ ଫୁଲକିୟା କଚେରୀକୁ ମ୍ୟାନେଜର ଆସିଛନ୍ତି, ସେଠାକୁ ଗଲେ ଭାତ ଖାଇବାକୁ ମିଳିବ। ତେଣୁ ସେମାନେ ଆସିଲେ। ମୁଁ ବି ସେମାନଙ୍କ ସାଙ୍ଗରେ ଆସିଲି।

– ଏଆରେ ଲୋକେ କ'ଣ ଭାତ ଖାଇବାକୁ ପାଆନ୍ତି ନାହିଁ ?

– କେଉଁଠୁ ପାଇବେ, ହଜୁର। ନିଉଗାଛିୟାରେ ମାରୁଆଡ଼ିମାନେ ରୋଜ ଭାତ ଖାଆନ୍ତି। ବୋଧହୁଏ ତିନିମାସ ପରେ ମୁଁ ନିଜେ ଆଜି ଭାତ ଖାଇଲି। ଗତ ଭାଦ୍ର ମାସରେ ସଂକ୍ରାନ୍ତିରେ ରାସବିହାରି ସିଂ ରାଜପୁର ଘରେ ନିମନ୍ତ୍ରଣ ଥିଲା, ସେ ବଡ଼ ଲୋକ, ଭାତ ଖୁଆଇଥିଲା। ତା ପରେ ଆଉ ଖାଇନାହିଁ।

ଯେତେ ଗୁଡ଼ିଏ ଲୋକ ଆସିଥିଲେ, ଏହି ଭୟାନକ ଶୀତରେ କାହାରି ଘୋଡ଼ିହେଲା ଖଣ୍ଡେ ନାହିଁ, ରାତିରେ ନିଆଁ ପୁହାଇ ରାତି କଟାନ୍ତି। ଶେଷ ରାତିରେ ଯେତେବେଳେ ବେଶୀ ଶୀତ ପଡ଼େ, ଆଉ ଶୀତର ପ୍ରକୋପରେ ନିଦ ହୁଏନା- ଭୋର ଯାଏ ନିଆଁ ପାଖକୁ ଲାଗି ବସି ରହନ୍ତି।

ଜାଣେ ନା କାହିଁକି, ହଠାତ୍ ମୋତେ ଏମାନଙ୍କୁ ଏତେ ଭଲ ଲାଗିଲା। ଏମାନଙ୍କର ଦାରିଦ୍ର୍ୟ, ଏମାନଙ୍କର ସାରଲ୍ୟ, କଠୋର ଜୀବନ-ସଂଗ୍ରାମରେ ଏମାନଙ୍କର ଯୁଝିବାର କ୍ଷମତା- ଏହି ଅନ୍ଧକାର ଅରଣ୍ୟ ଭୂମି ଓ ହିମବର୍ଷୀ ମୁକ୍ତ ଆକାଶ ଏମାନଙ୍କୁ ବିଲାସିତାର କୋମଳ ପୁଷ୍ପାସ୍ତୃତ ପଥରେ ଯିବାକୁ ଦିଏ ନାହିଁ, କିନ୍ତୁ ଏମାନଙ୍କୁ ପ୍ରକୃତ ପୁରୁଷ ମଣିଷ କରି ଗଢ଼ିଛି। ଗଣ୍ଡେ ଭାତ ଖାଇବାକୁ ପାଇବାର ଆନନ୍ଦରେ ଯେଉଁମାନେ ଭୀମଦାସଟୋଲା ଓ ପର୍ବତାରୁ ବିନା ନିମନ୍ତ୍ରଣରେ ନଅ ମାଇଲ ବାଟ ଚାଲି ଚାଲି ଆସିଛନ୍ତି- ସେମାନଙ୍କ ମନର ଆନନ୍ଦ ଗ୍ରହଣ କରିବାର ଶକ୍ତି କେତେ ସତେଜ ଭାବି ବିସ୍ମିତ ହେଲି।

ଅନେକ ରାତିରେ ଗୋଟାଏ କି ଶବ୍ଦରେ ନିଦ ଭାଙ୍ଗିଗଲା-

ଶୀତରେ ମୁହଁ ବାହାର କରିବା ମଧ୍ୟ କଷ୍ଟକର। ଏଠାରେ ଶୀତ ଯେ ଏମିତି ତାହା ନ ଜାଣିଥିବା ଯୋଗୁଁ ଉପଯୁକ୍ତ ଗରମ ପୋଷାକ ଓ ରେଜେଇ ତୋଷକ ଇତ୍ୟାଦି ଆଣି ନଥିଲି। କଲିକତାରେ ଯେଉଁ କମ୍ବଳ ଘୋଡ଼େଇ ହେଉଥିଲି ସେଟା ଆଣିଥିଲି- ଶେଷ ରାତିର ଶୀତରେ ସେଟା ଯେମିତି ପ୍ରତି ଦିନ ଥଣ୍ଡା ପାଣି ହୋଇଯାଏ। ଯେଉଁ କଡ଼ରେ ଶୋଇଥାଏଁ, ଶରୀରର ଉଷ୍ମରେ ସେ ପାଖଟା ହେଲେ ଥାଏ ଏକ ରକମ, କିନ୍ତୁ ଅନ୍ୟକଡ଼ ଲେଉଟାଇବାକୁ ଯାଇ ଦେଖେଁ, ସେ କଡ଼ରେ ବିଛଣା ହିମ ଶୀତଳ- ମନେହୁଏ ଯେମିତି ପୌଷ ମାସର ରାତିରେ ଥଣ୍ଡା ପୋଖରୀ ପାଣିରେ ଗାଧୋଇ ପଡ଼ିଲି। ନିକଟରେ ଜଙ୍ଗଲ ଭିତରେ ଯେମିତି କାହାର ସମ୍ମିଳିତ ପଦଶବ୍ଦ-ଯେମିତି କିଏ ସବୁ ଦଉଡ଼ୁଛନ୍ତି- ଗଛପତ୍ର, ଶୁଖିଲା ବଣ ଝାଉଁ ଗଛ, ମଟମଟ ଶବ୍ଦରେ ଭାଙ୍ଗିପକାଇ ଊର୍ଦ୍ଧ୍ୱଶ୍ୱାସରେ ଦଉଡ଼ୁଛନ୍ତି।

ଘଟଣା କଣ, କିଛି ବୁଝି ନପାରି ସିପାହୀ ବିଷ୍ଣୁ ରାମ ପାଣ୍ଡେ ଓ ସ୍କୁଲ ମାଷ୍ଟର ଗିନୋରୀ ତେଓ୍ୱାରୀକୁ ଡାକ ପକାଇଲି। ସେମାନେ ନିଦ୍ରା ଜଡ଼ିତ ଆଖିରେ ଉଠି ବସିଲେ-କଟେରୀର ଚଟାଣରେ ଯେଉଁ ନିଆଁ ଜଳା ହୋଇଥିଲା ତାର ଶେଷ ଦୀପ୍ତି ଟିକକରେ ସେମାନଙ୍କ ମୁଖରେ ଆଳସ୍ୟ, ସମ୍ଭ୍ରମ ଓ ନିଦ୍ରାଳୁତାର ଭାବ ଫୁଟି ଉଠିଲା। ଗିନୋରୀ ତେଓ୍ୱାରୀ କାନ୍ ଡେରି ଟିକିଏ ଶୁଣି କହିଲା- କିଛି ନାହିଁ, ହଜୁର, ନୀଳଗାଈ ଦଲ ଜଙ୍ଗଲରେ ଦୌଡ଼ୁଛନ୍ତି।

କଥା ଶେଷ କରି ସେ ନିଶ୍ଚିନ୍ତ ମନରେ କଡ଼ ଲେଉଟାଇ ଶୋଇବାକୁ ଯାଉଥିଲା, ମୁଁ ପଚାରିଲି– ହଠାତ୍ ଏତେ ରାତିରେ ନୀଳଗାଈ ଏମିତି ଦୌଡ଼ିବାର କାରଣ କଣ ?

ବିଷ୍ଣୁରାମ ପାଣ୍ଡେ ଆଶ୍ୱାସ ଦେବାର ଢଙ୍ଗରେ କହିଲା– ହୁଏତ କୌଣସି ଜାନୁଆର ଗୋଡ଼ାଇଥିବ ହଜୁର– ଏହା ଛଡ଼ା ଆଉ କ'ଣ ?

– କି ଜାନୁଆର ?

– ଆଉ କି ଜାନୁଆର ହଜୁର, ଜଙ୍ଗଲର ଜାନୁଆର ବାଘ ହୋଇପାରେ– ନହେଲେ ଭାଲୁ–

ଯେଉଁ ଘରେ ଶୋଇଛି, ନିଜର ଅଜ୍ଞାତସାରରେ କାଶ ଡାଙ୍ଗରେ ତିଆରି ତାଟି ଉପରେ ଦୃଷ୍ଟି ପଡ଼ିଲା। ସେ ତାଟି ଏତେ ହାଲୁକା ଯେ, ବାହାରୁ ଗୋଟାଏ କୁକୁର ଠେଲି ଦେଲେ ସେଟା ଘର ଭିତରେ ଖସି ପଡ଼ିବ– ଏମିତି ଅବସ୍ଥାରେ ଘର ସାମନା ଜଙ୍ଗଲରେ ନିସ୍ତବ୍ଧ ନିଶୀଥ ରାତିରେ ବାଘ କିମ୍ବା ଭାଲୁ ବନ୍ୟ ନୀଳଗାଈ ଦଳକୁ ଗୋଡ଼ାଇ ନେଇ ଯାଉଛି–

– ଏ ସମ୍ବାଦଟିରେ ଯେ ବିଶେଷ ଆଶ୍ୱସ୍ତ ହେଲି ନାହିଁ, ତାହା କହିବା ବାହୁଲ୍ୟ।

୩

ଦିନ ଯେତେ ଗଡ଼ି ଯିବାକୁ ଲାଗିଲା, ଜଙ୍ଗଲର ମୋହ କ୍ରମେ କ୍ରମେ ମୋତେ ସେତେ ବେଶୀ ଆକ୍ରାନ୍ତ କରିବାକୁ ବସିଲା। ଏହାର ନିର୍ଜନତା ଓ ଅପରାହ୍ନ ସିନ୍ଦୁରବୋଲା ବର୍ଣଖୋଇଁ ଜଙ୍ଗଲର କି ଆକର୍ଷର ଅଛି କହିପାରିବି ନାହିଁ– ଆଜିକାଲି କ୍ରମେ କ୍ରମେ ମନେ ହୁଏ, ଏହି ଦିଗନ୍ତବ୍ୟାପୀ ବିଶାଲ ବନପ୍ରାନ୍ତର ଛାଡ଼ି, ଏହାର ରୌଦ୍ର-ଦଗ୍ଧ ମାଟିର ତାଜା ସୁଗନ୍ଧ, ବନପୁଷ୍ପର ସୁଗନ୍ଧ, ଏହି ସ୍ୱାଧୀନତା, ଏହି ମୁକ୍ତି ଛାଡ଼ି କଲିକତାର ଗୋଲମାଲ ଭିତରକୁ ଆଉ ଫେରିଯାଇ ପାରିବି ନାହିଁ।

ଏହି ମନୋଭାବ ଦିନକରେ ହୋଇ ନାହିଁ। କେତେ ରୂପରେ କେତେ ସାଜରେ ଯେ ବନ୍ୟ ପ୍ରକୃତି ମୋର ମୁଗ୍ଧ ଅନଭ୍ୟସ୍ତ ଦୃଷ୍ଟି ସମ୍ମୁଖକୁ ଆସି ମୋତେ ଭୁଲାଇଲା !– କେତେ ସନ୍ଧ୍ୟା ଆସିଲା ଅପୂର୍ବ ରକ୍ତ ମେଘର ମୁକୁଟ ମଥାରେ ପିନ୍ଧି, ଦ୍ୱିପ୍ରହର ଖରତର ରୌଦ୍ର ଆସିଲା ଉନ୍ମାଦିନୀ ଭୈରବୀର ବେଶରେ, ଗଭୀର ନିଶୀଥ ଆସିଲା ଜ୍ୟୋସ୍ନା– ବରଣୀ ସୁରସୁନ୍ଦରୀର ସାଜରେ ହିମ ସ୍ନିଗ୍ଧ ବନ କୁସୁମର ସୁବାସ ଲେପି, ଆକାଶ ଭରା ତାରିକା ମାଲା ଗଳାରେ ପିନ୍ଧି– ଅନ୍ଧକାର ରଜନୀରେ କୋଳ ପୁରୁଷର ଅଗ୍ନି-ଖଡ୍ଗ ହାତରେ ଦିଗବିଦିଗ ବ୍ୟାପୀ ବିରାଟ କାଳୀ ମୂର୍ତିରେ।

ଦିନକର କଥା କଦାବି ଭୁଲି ପାରିବି ନାହିଁ। ମନେ ଅଛି, ସେ ଦିନ ଦୋଲପୂର୍ଣ୍ଣିମା। କଚେରୀର ସିପାହୀମାନେ ଛୁଟି ନେଇ ଦିନସାରା ଢୋଲ ବଜାଇ ହୋରି ଖେଳିଛନ୍ତି। ସନ୍ଧ୍ୟା ବେଳେ ବି ନାଟଗୀତର ବିରାମ ନାହିଁ ଦେଖି ମୁଁ ନିଜ କୋଠରୀରେ ଟେବୁଲରେ ଆଲୁଅ ଜଳାଇ ଢେର ରାତି ଯାଏ ହେଡ଼ଅଫିସ ପାଇଁ ଚିଠିପତ୍ର ଲେଖାଲେଖି କଲି। କାମ ଶେଷ ହୁଅନ୍ତେ ଘଡ଼ିକୁ ଚାହିଁ ଦେଖିଲି, ରାତି ପ୍ରାୟ ଗୋଟାଏ ହେବ। ଶୀତରେ ଦେହ ଜମାଟ ବାନ୍ଧି ଯିବାର ଉପକ୍ରମ ହେଉଛି। ଖଣ୍ଡିଏ ସିଗାରେଟ୍ ଲଗାଇ ଝରକା ବାଟେ ବାହାରକୁ ଉଙ୍କି ମାରି ମୁଗ୍ଧ ଓ ବିସ୍ମିତ ହୋଇ ଠିଆ ହୋଇ ରହିଲି। ଯେଉଁ ଜିନିଷଟା ମୋତେ ମୁଗ୍ଧ କଲା ତାହା ହେଉଛି ପୂର୍ଣ୍ଣିମା ନିଶୀଥିନୀର ଅବର୍ଣ୍ଣନୀୟ ଜ୍ୟୋସ୍ନା।

ହୁଏତ ଯେତେ ଦିନ ହେଲା ଆସିଲିଣି, ଶୀତ କାଳବେଲି ଗଭୀର ରାତିରେ କେବେ ବାହାରକୁ ଆସି ନାହିଁ କିମ୍ବା ଅନ୍ୟ ଯେ କୌଣସି କାରଣରୁ ହେଉ, ଫୁଲକିୟା ବଇହାରର ପରିପୂର୍ଣ୍ଣ ଜ୍ୟୋସ୍ନା ରାତ୍ରିର ରୂପ ମୁଁ ଏହି ପ୍ରଥମ ଦେଖିଲି। ଦୁଆର ଖୋଲି ବାହାରେ ଠିଆ ହେଲି। କେହି କେଉଁଠି ନାହାନ୍ତି, ସିପାହୀମାନେ ଦିନସାରା ଆମୋଦ ପ୍ରମୋଦ ପରେ କ୍ଲାନ୍ତ ଦେହରେ ଶୋଇ ପଡ଼ିଛନ୍ତି। ନିଃଶବ୍ଦ ଅରଣ୍ୟ ଭୂମି, ନିସ୍ତବ୍ଧ ଜନହୀନ ନିଶୀଥ ରାତ୍ରି। ସେ ଜ୍ୟୋସ୍ନା–ରାତ୍ରିର ବର୍ଣ୍ଣନା ନାହିଁ। ସେହିପରି ଛାୟାହୀନ ଜ୍ୟୋସ୍ନା ଜୀବନରେ କେବେ ହେଲେ ଦେଖି ନାହିଁ। ଏଠାରେ ଅବଶ୍ୟ ଖୁବ୍ ବଡ଼ ବଡ଼ ଗଛ ନାହିଁ, ଛୋଟ ଛୋଟ ବଣଝାଉଁ ଓ କାଶ ବଣ– ସେଥିରେ ସେମିତି ଛାୟା ହୁଏନା। ଚକଚକିଆ ସାଦା ବାଲିମିଶା ଜମି ଓ ଶୀତର ରୌଦ୍ରରେ ଅର୍ଦ୍ଧ ଶୁକ୍ଲ କାଶ ବଣରେ ଜ୍ୟୋସ୍ନା ପଡ଼ି ଏମିତି ଏକ ଅପାର୍ଥିବ ସୌନ୍ଦର୍ଯ୍ୟ ସୃଷ୍ଟି କରିଛି, ଯାହା ଦେଖିଲେ ମନରେ କେମିତି ଭୟ ଜାତ ହୁଏ। ମନରେ ଯେମିତି ଗୋଟାଏ କେମିଟିକା ଉଦାସ ବନ୍ଧନହୀନ ମୁକ୍ତ ଭାବ– ମନ ହାହାକାର କରି ଉଠେ, ଚାରିଆଡ଼କୁ ଚାହିଁ ସେହି ନୀରବ ନିଶୀଥ ରାତିରେ ଜ୍ୟୋସ୍ନାଭରା ଆକାଶ ତଳେ ଠିଆ ହୋଇ ମନେ ହେଲା ଗୋଟାଏ ଅଜଣା ପରୀ ରାଜ୍ୟରେ ଆସି ପହଁଚିଛି– ମଣିଷର କୌଣସି ନିୟମ ଏଠାରେ ଖାଟିବ ନାହିଁ। ଏହିସବୁ ଜନହୀନ ସ୍ଥାନ ଗଭୀର ରାତିରେ ଜ୍ୟୋସ୍ନାଲୋକରେ ପରୀମାନଙ୍କ ବିଚରଣ ଭୂମିରେ ପରିଣତ ହୁଏ। ଅନଧିକାର ପ୍ରବେଶ କରି ମୁଁ ଭଲ କରି ନାହିଁ।

ତାପରେ ଫୁଲକିୟା ବଇହାରର ଜ୍ୟୋସ୍ନା ରାତି କେତେ ଥର ଦେଖିଛି– ଫଗୁଣ ମାସର ମଝାମଝିରେ ଯେତେବେଳେ ଦୁଧଆରି ଫୁଲ ଫୁଟି ସମଗ୍ର ପ୍ରାନ୍ତରରେ ରଙ୍ଗୀନ ଫୁଲର ଗାଲିଚା ବିଛାଇ ଦିଏ, ସେତେବେଳେ କେତେ ଜ୍ୟୋସ୍ନା ଶୁଭ୍ର ରାତିରେ

ପବନରେ ଦୁଧୁଆରି ଫୁଲର ମିଷ୍ଟ ସୁବାସ ପ୍ରାଣ ଭରି ଆଘ୍ରାଣ କରିଛି– ପ୍ରତିଥର ମନେ ହୋଇଛି ଜ୍ୟୋସ୍ନା ଯେ ଏତେ ଅପରୂପ ହୋଇପାରେ, ବଙ୍ଗ ଦେଶରେ ରହି ତାହା ତ କେବେ ଭାବି ବି ନାହିଁ! ଫୁଲକିୟାର ସେ ଜ୍ୟୋସ୍ନା ରାତ୍ରିର ବର୍ଣ୍ଣନା ଦେବାକୁ ଚେଷ୍ଟା କରିବି ନାହିଁ। ସେହିପରି ସୌନ୍ଦର୍ୟ୍ୟ-ଲୋକ ସହିତ ପ୍ରତ୍ୟକ୍ଷ ପରିଚୟ ଯେତେ ଦିନ ଯାଏ ନହୋଇଛି, ସେତେଦିନ ଯାଏ ଖାଲି କାନରେ ଶୁଣି ବା ଲେଖା ପଢ଼ି ତାହା ଉପଲବ୍ଧ କରିହେବ ନାହିଁ– କରିବା ସମ୍ଭବ ନୁହେଁ। ଏମିତି ମୁକ୍ତ ଆକାଶ, ଏମିତି ନିସ୍ତବ୍ଧତା, ଏମିତି ନିର୍ଜନତା, ଏମିତି ଦିଗ-ଦିଗନ୍ତ-ବିସର୍ପିତ ବନାନୀ ମଝିରେ କେବଳ ଏପରି ରୂପଲୋକ ଫୁଟି ଉଠେ। ଜୀବନରେ ଥରେ ହେଲେ ସୁଦ୍ଧା ସେହି ଜ୍ୟୋସ୍ନା ରାତି ଦେଖିବା ଉଚିତ। ଯେ ନ ଦେଖିଛି, ଭଗବାନଙ୍କ ସୃଷ୍ଟିର ଗୋଟିଏ ଅପୂର୍ବ ରୂପ ତା ନିକଟରେ ଚିର ଅପରିଚିତ ରହିଯାଏ।

ꕥ

ଦିନେ ଜଙ୍ଗଲୀ ଆଜମାବାଦର ସର୍ଭେ କ୍ୟାମ୍ପରୁ ଫେରିବା ବେଳେ ସନ୍ଧ୍ୟା ସମୟରେ ବଣ ଭିତରେ ବାଟ ହୁଡ଼ିଗଲି। ବଣର ଭୂମି ସବୁଟି ସମତଳ ନୁହେଁ, କେଉଁଠି ଉଚ୍ଚ ଜଙ୍ଗଲାବୃତ ବାଲିଆ କୁଦ, ତା’ପରେ ଦୁଇଟି କୁଦ ମଧ୍ୟବର୍ତ୍ତୀ ଛୋଟକାଟର ଉପତ୍ୟକା। କିନ୍ତୁ ଜଙ୍ଗଲର କେଉଁଠି ବିରାମ ନାହିଁ– କୁଦ ଉପରକୁ ଉଠି ଚାରିଆଡ଼କୁ ଚାହିଁ ଦେଖିଲି କେଉଁ ଦିଗରେ କଚେରୀର ମହାବୀର ଧ୍ୱଜାର ଆଲୁଅ ଦେଖା ଯାଉଛି କି ନାହିଁ– କେଉଁଆଡ଼େ ଆଲୁଅର ଚିହ୍ନ ବର୍ଣ୍ଣ ନାହିଁ– ଖାଲି ଉଚ୍ଚ ନୀଚ କୁଦ ଓ ଝାଉଁ ବଣ ଆଉ କାଶବଣ– ମଝିରେ ଶାଲ ଓ ଆସନ ଗଛର ବଣ ବି ଅଛି। ଦୁଇ ଘଣ୍ଟା ଘୂରି ଘୂରି ଯେତେବେଳେ ଜଙ୍ଗଲର କୂଳ କିନାରା ପାଇଲି ନାହିଁ, ସେତେବେଳେ ହଠାତ୍ ମନେପଡ଼ିଲା ନକ୍ଷତ୍ର ଦେଖି ଦିଗ ନିର୍ଣ୍ଣୟ କରୁନାହିଁ କାହିଁକି! ଗ୍ରୀଷ୍ମକାଳ, ଦେଖିଲି କାଳ ପୁରୁଷ ପ୍ରାୟ ମୁଣ୍ଡ ଉପରେ ରହିଛି। ବୁଝି ପାରିଲି ନାହିଁ କାଳ ପୁରୁଷ କେଉଁ ଦିଗରୁ ଆସି ମୁଣ୍ଡ ଉପରେ ଉଠିଛି– ଖୋଜି ଖୋଜି ସପ୍ତର୍ଷିମଣ୍ଡଳ ପାଇଲି ନାହିଁ। ସୁତରାଂ ନକ୍ଷତ୍ର ସାହାଯ୍ୟରେ ଦିଗ ନିରୂପଣର ଆଶା ପରିତ୍ୟାଗ କରି ଘୋଡ଼ାକୁ ଇଚ୍ଛାମତେ ଛାଡ଼ିଦେଲି। ଦୁଇ ମାଇଲ ଯାଆନ୍ତେ ଜଙ୍ଗଲ ମଧ୍ୟରେ ଗୋଟାଏ ଆଲୁଅ ଦେଖାଗଲା। ଆଲୁଅକୁ ଲକ୍ଷ୍ୟ କରି ସେଠାରେ ଉପସ୍ଥିତ ହୋଇ ଦେଖିଲି, ଜଙ୍ଗଲ ଭିତରେ ଅନ୍ଦାଜ କୋଡ଼ିଏ ବର୍ଗ ହାତ ପରିଷ୍କାର ଜାଗାରେ ଗୋଟାଏ ଖୁବ୍ ନୁଆଁଣିଆ ଘାସର କୁଡ଼ିଆ। କୁଡ଼ିଆ ସାମନାରେ ଖରା ଦିନେ ବି ନିଆଁ ଜଳୁଛି। ନିଆଁ ଠାରୁ ଟିକିଏ ଦୂରରେ ଜଣେ ଲୋକ ବସି କଣ କରୁଛି।

ମୋ ଘୋଡ଼ାର ଟାପୁ ଶବ୍ଦ ଶୁଣି ଲୋକଟି ଚମକି ପଡ଼ି ଠିଆ ହୋଇ ପଚାରିଲା– କିଏ ? ତା ପରେ ମୋତେ ଚିହ୍ନିପାରି ସେ ତତ୍‌କ୍ଷଣାତ୍‌ ପାଖକୁ ଆସିଲା ଏବଂ ମୋତେ ଖୁବ୍‌ ଖାତିର୍‌ କରି ଘୋଡ଼ାରୁ ଓହ୍ଲାଇଦେଲା ।

ପରିଶ୍ରାନ୍ତ ହୋଇ ପଡ଼ିଥିଲି, ପ୍ରାୟ ଛଅଘଣ୍ଟା ହେଲା ଘୋଡ଼ା ଉପରେ ବସିଛି, କାରଣ ସର୍ଭେ କ୍ୟାମ୍ପର ଅମିନ ପଛେ ପଛେ ଘୋଡ଼ାରେ ଚଢ଼ି ଜଙ୍ଗଲ ଭିତରେ ଘୂରିଛି । ଲୋକଟାର ଦେବା ଖଣ୍ଡିଏ ଘାସର ଚଟାଇରେ ବସିଲି । ପଚାରିଲି– ତୁମର ନାମ କଣ ? ଲୋକଟି ଜବାବ ଦେଲା– ଗନୁ ମାହାତୋ, ଜାତି ଗାଙ୍ଗୋତା । ଏ ଅଞ୍ଚଳରେ ଗାଙ୍ଗୋତା ଜାତିର ଉପଜୀବିକା ହେଉଛି ଚାଷବାସ ଓ ପଶୁପାଳନ, ତାହା ମୁଁ ଏହା ଭିତରେ ଜାଣି ଯାଇଥିଲି– କିନ୍ତୁ ଏହି ଲୋକଟି ଏହି ଜନହୀନ ଗଭୀର ବଣ ଭିତରେ ଏକା କ'ଣ କରୁଛି ?

ପଚାରିଲି– ତୁମେ ଏଠାରେ କ'ଣ କରୁଛ ? ତୁମର ଘର କେଉଁଠି ?

– ହଜୁର, ମଇଁଷି ଚରାଏଁ । ମୋ ଘର ଏଠୁ ଦଶ ମାଇଲ ଉତ୍ତରରେ ଧରମପୁର, ଲକ୍ଷ୍ମନିୟାଟୋଲା ।

– ନିଜର ମଇଁଷି ? କେତେଟା ଅଛି ?

ଲୋକଟି ଗର୍ବ କରି କହିଲା– ପାଞ୍ଚଟା ମଇଁଷି ଅଛି ହଜୁର ।

ପାଞ୍ଚଟା ମଇଁଷି ! ଏକବାରେ ଅବାକ ହୋଇଗଲି । ଦଶ କୋଶ ଦୂରରେ ଗ୍ରାମରୁ ମାତ୍ର ପାଞ୍ଚଟା ମଇଁଷି ସମ୍ବଳ କରି ଲୋକଟି ଏହି ବିଜନ ବଣ ଭିତରେ ମଇଁଷି ଚରାର ଖଜଣା ଦେଇ ଗୋଟାଏ କୁଡ଼ିଆ କରି ମଇଁଷି ଚରାଏ– ଦିନ ପରେ ଦିନ, ମାସ ପରେ ମାସ, ଏହି ଛୋଟ କୁଡ଼ିଆଟିଏରେ ସେ କିପରି ସମୟ କଟାଏ–କଲିକତାରୁ ନୂଆ ଆସିଛ, ସହରର ଥ୍ୟେଟର ସିନେମାର ଲାଳିତ ପାଳିତ ଯୁବକ ମୁଁ– ବୁଝି ପାରିଲି ନାହିଁ ।

କିନ୍ତୁ ଏ ଦେଶର ଅଭିଜ୍ଞତା ଆହୁରି ବେଶୀ ହେଲାରୁ ବୁଝିଲି, କାହିଁକି ଗନୁ ମାହାତୋ ଏପରି ଭାବରେ ରହେ । ଏହା ଛଡ଼ା ତାର ଅନ୍ୟ କୌଣସି କାରଣ ନାହିଁ ଯେ, ଗନୁ ମାହାତୋର ଜୀବନ-ଧାରଣ ହିଁ ଏହିପରି । ଯେତେବେଳେ ତାର ପାଞ୍ଚଟି ମଇଁଷି ଅଛନ୍ତି, ସେତେବେଳେ ସେମାନଙ୍କୁ ଚରାଇବାକୁ ହେବ; ଏବଂ ଯେତେବେଳେ ଚରାଇବାକୁ ହେବ, ସେତେବେଳେ ସେ ଜଙ୍ଗଲରେ ରହିଛି ଓ ତାକୁ କୁଡ଼ିଆ ବାନ୍ଧି ରହିବାକୁ ହେବ । ଏହା ଅତିଶୟ ସାଧାରଣ କଥା, ଏହା ଭିତରେ ପୁଣି ଆଶ୍ଚର୍ଯ୍ୟ ହେବାର କ'ଣ ଅଛି ?

ଗନୁ କଞ୍ଚା ଶାଲ ପତ୍ରର ଗୋଟାଏ ଲମ୍ବା ପିକା ବା ଚୁରୁଟ ତିଆରି କରି

ସମ୍ଭ୍ରମ ସହକାରେ ମୋ ହାତରେ ଦେଇ ମୋତେ ଅଭ୍ୟର୍ଥନା କଲା। ନିଆଁର ଆଲୁଅରେ ତାର ମୁହଁ ଦେଖି ପାରିଲି- ଖୁବ୍ ଚଉଡ଼ା କପାଳ, ଉଚ୍ଚ ନାକ, ବର୍ଣ୍ଣ କଳା- ମୁଖଶ୍ରୀ ସରଳ, ଚକ୍ଷୁର ଦୃଷ୍ଟି ଶାନ୍ତ। ବୟସ ଷାଠିଏ ଉପରେ ହେବ, ମୁଣ୍ଡରେ ଗୋଟିଏ ହେଲେ କଳା ବାଳ ନାହିଁ। କିନ୍ତୁ ଶରୀର ଏମିତି ସୁଗଠିତ ଯେ, ଏ ବୟସରେ ବି ତାର ପ୍ରତ୍ୟେକ ମାଂସପେଶୀ ଅଲଗା ଅଲଗା କରି ଗଣି ହୁଏ।

ଗନୁ ନିଆଁରେ ଆହୁରି ବେଶୀ କାଠ ପକାଇ ଦେଇ ନିଜେ ବି ଗୋଟିଏ ଶାଲପତ୍ରର ପିକା ଲଗାଇଲା। ନିଆଁର ଆଭାରେ କୁଡ଼ିଆ ଭିତରେ ଖଣ୍ଡେ ଅଧେ ପିତଳ ବାସନ ଚକ୍ ଚକ୍ କରୁଥାଏ। ନିଆଁ କୁଣ୍ଡର କୁଣ୍ଡଳୀ ବାହାରେ ଘୋର ଅନ୍ଧାର ଓ ଘନ ବଣ। କହିଲି- ଗନୁ, ଏକା ଏଠାରେ ରୁହ, ଜୀବଜନ୍ତୁକୁ ଡର ଲାଗେ ନାହିଁ? ଗନୁ କହିଲା- ଡର ଭୟ କଲେ କଣ ଆମର ଚଳିବ ହଜୁର? ଯେତେ ହେଲେ ଆମର ତ ଏଇ ବେଉସା। ସେ ଦିନ ତ ରାତିରେ ମୋ କୁଡ଼ିଆ ପଛକୁ ବାଘ ଆସିଥିଲା। ଦୁଇଟା ମଇଁଷି ଛୁଆ ଅଛି, ତାଙ୍କରି ଉପରେ ଚଢ଼ାଉ। ରାତିରେ ଶବ୍ଦ ଶୁଣି ଉଠିପଡ଼ି ଟିଣ ବଜାଇଲି, ମଶାଲ ଜାଳିଲି, ଚିତ୍କାର କଲି। ରାତିରେ ଆଉ ନିଦ ହେଲାନାହିଁ ହଜୁର। ଶୀତ କାଳରେ ତ ରାତି ସାରା ଏହି ବଣରେ ଭେରେଣ୍ଡା ଡାକେ।

- ଖାଅ କଣ ଏଠାରେ? ଦୋକାନ ବଜାର ତ ନାହିଁ, ଜିନିଷ ପତ୍ର କେଉଁଠୁ ପାଅ? ଚାଉଳ ଡାଲି-

- ହଜୁର, ଦୋକାନରୁ ଜିନିଷ କିଣିବା ଭଳି ପଇସା କଣ ଆମର ଅଛି, ନା ଆମେ ବଙ୍ଗାଳୀ ବାବୁମାନଙ୍କ ପରି ଭାତ ଖାଇବାକୁ ପାଉଁ? ଏହି ଜଙ୍ଗଲ ପଛରେ ମୋର ଦୁଇ ବିଘା ଶୁଆଁ ଖେତ ଅଛି। ଶୁଆଁ ସିଝା ଆଉ ଜଙ୍ଗଲରେ ବଥୁଆ ଶାଗ ହୁଏ, ତାକୁ ସିଝାଇ ନିଏ, ଆଉ ଟିକିଏ ଲୁଣ, ଏୟା ଖାଏଁ। ଫଗୁଣ ମାସରେ ଜଙ୍ଗଲରେ ଗୁଡ଼ମୀ ଫଳ ହୁଏ, ଲୁଣ ଲଗାଇ କଞ୍ଚା ଖାଇବାକୁ ବେଶ ଭଲ ଲାଗେ- ଲତା ଗଛ, ଛୋଟ ଛୋଟ କାକୁଡ଼ି ପରି ଫଳ ହୁଏ। ସେହି ସମୟରେ ମାସେ କାଳ ଏ ଅଞ୍ଚଳରେ ଯେତେ ଗରିବ ଲୋକ ଅଛନ୍ତି, ସମସ୍ତେ ଗୁଡ଼ମୀ ଫଳ ଖାଇ ଦିନ କଟାଇ ଦିଅନ୍ତି। ଗୁଡ଼ମୀ ଫଳ ତୋଳିବାକୁ ଦଳ ଦଳ ହୋଇ ପିଲାଛୁଆ ଜଙ୍ଗଲକୁ ଆସନ୍ତି।

ପଚାରିଲି- ନିତି ନିତି ଶୁଆଁ ସିଝା ଓ ବଥୁଆ ଶାଗ ଭଲ ଲାଗେ?

- କ'ଣ କରିବୁ ହଜୁର, ଆମେ ଗରିବ ଲୋକ, ବଙ୍ଗାଳୀ ବାବୁଙ୍କ ପରି ଭାତ ଖାଇବାକୁ ପାଇବୁ କେଉଁଠୁ? ଏ ଅଞ୍ଚଳରେ କେବଳ ରାସବିହାରୀ ସିଂ ଓ ନନ୍ଦଲାଲ ପାଣ୍ଡେ ଦୁଇ ବେଳା ଭାତ ଖାଆନ୍ତି। ଦିନ ସାରା ମଇଁଷିଙ୍କ ପଛରେ ଭୂତ ପରି ଖଟେ

ହଜୁର । ସନ୍ଧ୍ୟା ସମୟରେ ଯେତେବେଳେ ଫେରେଁ, ସେତେବେଳେ ଏତେ ଭୋକ ଲାଗେ ଯେ, ଖାଇବାକୁ ଯାହା ମିଳେ ତାହା ଭଲ ଲାଗେ ।

ଗନୁକୁ ପଚାରିଲି– କଳିକତା ସହର ଦେଖିଛ ଗନୁ?

– ନା, ହଜୁର । କାନରେ ଶୁଣିଛି, ଥରେ ଭାଗଲପୁର ସହରକୁ ଯାଇଛି, ଖୁବ ବଡ଼ ସହର । ସେଠି ହାଓ୍ୱା ଗାଡ଼ି ଦେଖିଛି, ବଡ଼ ତାଜୁବ୍ ଜିନିଷ ହଜୁର । ଘୋଡ଼ା ନାହିଁ, କିଛି ନାହିଁ, ନିଜେ ନିଜେ ରାସ୍ତାରେ ଚାଲୁଛି ।

ଏହି ବୟସରେ ତାର ସ୍ୱାସ୍ଥ୍ୟ ଦେଖି ଅବାକ୍ ହେଲି । ତାର ସାହସ ଯେ ଅଛି, ଏହା ମନେ ମନେ ସ୍ୱୀକାର କରିବାକୁ ହେଲା ।

ଗନୁର ଜୀବିକା ନିର୍ବାହର ଏକମାତ୍ର ଅବଲମ୍ବନ ମଇଁଷି କେତୋଟି । ତାଙ୍କର ଦୁଧ ଅବଶ୍ୟ ଏ ଜଙ୍ଗଲରେ କିଏ କିଣିବ? ସେ ଦୁଧରୁ ଲହୁଣୀ କାଢ଼ି ନେଇ ଘିଅ କରେ ଏବଂ ଦୁଇ ତିନି ମାସରେ ଘିଅ ଏକାଠି ଜମାଇ ନଅ ମାଇଲ ଦୂରବର୍ତ୍ତୀ ଧମରପୁର ବଜାରରେ ମାରୁଆଡ଼ିଙ୍କ ନିକଟରେ ବିକିଦେଇ ଆସେ । ଆଉ ସମ୍ପତ୍ତି ଭିତରେ ତାର ସେହି ଦୁଇ ବିଘା ଖେଡ଼ୀ, ଅର୍ଥାତ୍ ଶୁଆଁ ଖେତ, ଯାହାର ଦାନା ସିଝ । ଏ ଅଞ୍ଚଲର ପ୍ରାୟ ସବୁ ଗରିବ ଲୋକଙ୍କର ଗୋଟାଏ ପ୍ରଧାନ ଖାଦ୍ୟ । ସେହି ରାତିରେ ଗନୁ ମୋତେ କଟେରୀରେ ପହଞ୍ଚାଇ ଦେଲା, କିନ୍ତୁ ମୋତେ ଗନୁକୁ ଏତେ ଭଲ ଲାଗିଲା ଯେ, ପରେ କେତେ ଥର ଶାନ୍ତ ମଧ୍ୟାହ୍ନରେ ତାର କୁଡ଼ିଆ ସାମନାରେ ନିଆଁ ପୋହୁ ପୋହୁ ଗପ କରି କଟାଇଛି । ସେ ଦେଶର ନାନା ପ୍ରକାର ତଥ୍ୟ ଗନୁଠାରୁ ଯେପରି ଭାବରେ ଶୁଣିଥିଲି, କେହି ଏତେ ଦେଇପାରି ନଥିଲେ ।

ଗନୁର ମୁହଁରୁ କେତେ ଅଭୁତ କଥା ଶୁଣୁଥିଲି– ଉଡ଼ନ୍ତା ସାପ କଥା, ଜୀବନ୍ତ ପଥର ଓ ପଙ୍ଗୁ ପିଲାର ଚଲାବୁଲା କରିବା କଥା, ଇତ୍ୟାଦି ।

ସେହି ନିର୍ଜନ ଜଙ୍ଗଲର ପାରିପାର୍ଶ୍ୱିକ ଅବସ୍ଥା ସାଙ୍ଗକୁ ଗନୁର ସେହିସବୁ ଗପ ଅତି ଉପାଦେୟ ଓ ଅତି ରହସ୍ୟମୟ ବୋଧ ହୁଏ– ମୁଁ ଜାଣେ କଳିକତା ସହରରେ ବସି ସେ ସବୁ ଗପ ଶୁଣିଲେ ତାହା ନିଶ୍ଚୟ ଅଭୁତ ଓ ମିଥ୍ୟା ମନେ ହେବ । ଯେଉଁଠି ପାରେ ସେଇଠି ଯେ କୌଣସି ଗପ ଶୁଣିବା ଚଲେ ନା, ଗପ ଶୁଣିବାର ପୃଷ୍ଠଭୂମି ଓ ପାରିପାର୍ଶ୍ୱିକ ଅବସ୍ଥା ଉପରେ ତାହାର ମାଧୁର୍ଯ୍ୟ ଯେ କେତେ ପରିମାଣରେ ନିର୍ଭର କରେ, ତାହା ଗପପ୍ରିୟ ବ୍ୟକ୍ତି ମାତ୍ରେ ଜାଣନ୍ତି । ଗନୁର ସରଲ ଅଭିଜ୍ଞତା ଭିତରୁ ବଣ ମଇଁଷିର ଦେବତା ଟାଁଡ଼ବୋରୋର କଥା ମୋତେ ଆଶ୍ଚର୍ଯ୍ୟ ବୋଲି ମନେ ହୋଇଥିଲା ।

କିନ୍ତୁ, ଯେହେତୁ ଏହି ଗପର ଗୋଟିଏ ଅଭୁତ ଉପସଂହାର ଅଛି– ସେଥିପାଇଁ ସେ କଥା ଏକ୍ଷଣି ନ କହି ଯଥା ସ୍ଥାନରେ କହିବି । ଏଠାରେ କହି ରଖେ, ଗନୁ

ମୋତେ ଯେଉଁସବୁ ଗପ କହୁଥିଲା– ତାହା ରୂପ କଥା ନୁହେଁ, ତାହାର ବ୍ୟକ୍ତିଗତ ଅଭିଜ୍ଞତାର ବିଷୟ। ଗନୁ ଜୀବନକୁ ଦେଖିଛି, ମାତ୍ର ଅନ୍ୟ ଭାବରେ। ଆରଣ୍ୟ ପ୍ରକୃତିର ଘନିଷ୍ଠ ସଂସ୍ପର୍ଶରେ ଆଜୀବନ କଟାଇ ସେ ଆରଣ୍ୟ ପ୍ରକୃତି ସମ୍ବନ୍ଧରେ ଜଣେ ରୀତିମତ ବିଶେଷଜ୍ଞ ବ୍ୟକ୍ତି ହୋଇଛି। ତାହାର କଥା ହଠାତ୍ ଉଡ଼ାଇ ଦେଇ ହୁଏନା। ମିଥ୍ୟା ବନାଇ କହିବା ଭଳି କଳ୍ପନା ଶକ୍ତି ଗନୁର ଅଛି ବୋଲି ମୋର ମନେ ହୁଏ ନାହିଁ।

ତୃତୀୟ ପରିଚ୍ଛେଦ

୧

ଗ୍ରୀଷ୍ମ ରୁତୁର ଆଗମନରେ ପୀରପେଣ୍ଟି ପାହାଡ଼ ଆଡୁ ଦଳେ ବଗ ଉଡ଼ି ଆସି ଗ୍ରାଣ୍ଟ ସାହେବଙ୍କ ବରଗଛ ଉପରେ ବସିଲେ। ଦୂରରୁ ମନେହୁଏ, ଯେମିତି ବରଗଛର ଅଗଟା ଧଳା ଧଳା ଫୁଲ ପେଣ୍ଟାରେ ଭରି ଯାଇଛି।

ଦିନେ ଅର୍ଦ୍ଧ ଶୁଷ୍କ କାଶ ବଣ କଡ଼ରେ ଟେବୁଲ ଚୌକି ପକାଇ କାମ କରୁଛି, ସିପାହୀ ମୁନେଶ୍ୱର ସିଂ ଆସି କହିଲା– ହଜୁର, ନନ୍ଦଲାଲ ଓଝା ଗୋଲାବାଲା ଆପଣଙ୍କ ସାଙ୍ଗରେ ଦେଖା କରିବାକୁ ଆସିଛି।

ଟିକିଏ ପରେ ପ୍ରାୟ ପଚାଶ ବର୍ଷର ଜଣେ ବୃଦ୍ଧ ବ୍ୟକ୍ତି ମୋ ଆଗକୁ ଆସି ସଲାମ କଲା ଏବଂ ମୋ ନିର୍ଦ୍ଦେଶ ଅନୁସାରେ ଗୋଟାଏ ଟୁଲ ଉପରେ ବସିଲା। ବସି ସାରି ସେ ଗୋଟାଏ ପଶମ ଥଲି ବାହାର କଲା। ତାପରେ ଥଲି ଭିତରୁ ଗୋଟିଏ ଖୁବ୍ ଛୋଟ ଗୁଆକାଟି ଓ ଦୁଇଟି ଗୁଆ ବାହାର କରି ଗୁଆ କାଟିବାକୁ ଆରମ୍ଭ କଲା। ତା ପରେ କଟା ଗୁଆ ହାତରେ ରଖି ଦୁଇ ହାତ ଏକତ୍ର କରି ମୋ ସାମନାରେ ମେଲାଇ ଧରି ସନ୍ତ୍ରମରେ କହିଲା– ଗୁଆ ନିଅନ୍ତୁ, ହଜୁର।

ସେପରି ଭାବରେ ଗୁଆ ଖାଇବା ଅଭ୍ୟାସ ନଥିଲେ ସୁଦ୍ଧା ଭଦ୍ରତାର ଖାତିରରେ ଖାଇଲି। ପଚାରିଲି–କେଉଁଠୁ ଆସିଛନ୍ତି, କି କାମ?

ଉତ୍ତରରେ ଲୋକଟି କହିଲା, ତାହାର ନାମ ନନ୍ଦଲାଲ ଓଝା, ମୈଥିଲୀ ବ୍ରାହ୍ମଣ। ଜଙ୍ଗଲର ଉତ୍ତର ପୂର୍ବ କୋଣରେ କଟେରୀ ଠାରୁ ପ୍ରାୟ ଏଗାର ମାଇଲ ଦୂରରେ ସୁଠିୟା ଦିୟାରାରେ ତାହାର ଘର। ଘରେ ଚାଷବାସ ଅଛି, କିଛି ମହାଜନୀ କାରବାର ବି ଅଛି– ଆସନ୍ତା ପୂର୍ଣ୍ଣିମା ଦିନ ତାହାର ଘରକୁ ଯିବା ଲାଗି ମୋତେ ନିମନ୍ତ୍ରଣ କରିବାକୁ

ସେ ଆସିଛି- ମୁଁ କ'ଣ ତାହାର ଘରେ ଦୟା ପୂର୍ବକ ପଦଧୂଲି ଦେବାକୁ ରାଜି ଅଛି ? ଏ ସୌଭାଗ୍ୟ କଣ ତାହାର ହେବ ?

ଏହି ଖରାରେ ଏଗାର ମାଇଲ ଦୂରକୁ ଯାଇ ନିମନ୍ତ୍ରଣ ଖାଇବାର ଲୋଭ ମୋର ନଥିଲା- କିନ୍ତୁ ନନ୍ଦଲାଲ ଓଝା ନିହାତି ଜିଦ୍ ଧରିବାରୁ ଅଗତ୍ୟା ରାଜି ହେଲି- ତା ଛଡ଼ା ଏ ଅଞ୍ଚଳର ଘର ସଂସାର ସମ୍ବନ୍ଧରେ ଅଭିଜ୍ଞତା ସଞ୍ଚୟ କରିବାର ଲୋଭ ମଧ୍ୟ ସମ୍ବରଣ କରି ପାରିଲି ନାହିଁ।

ପୂର୍ଣ୍ଣିମା ଦିନ ବେଳ ଗଡ଼ିଗଲା ପରେ ଦୀର୍ଘ କାଶ ଜଙ୍ଗଲ ଭିତର ଦେଇ କାହାର ହାତୀଟିଏ ଆସୁଥିବାର ଦେଖାଗଲା। ହାତୀ କଚେରୀକୁ ଆସିବାରୁ ମାହୁନ୍ତର ମୁହଁରୁ ଶୁଣିଲି, ହାତୀଟି ନନ୍ଦଲାଲ ଓଝାର ନିଜର- ମୋତେ ନେଇଯିବା ପାଇଁ ପଠାଇଛି। ହାତୀ ପଠାଇବାର ଆବଶ୍ୟକତା ନ ଥିଲା- କାରଣ ମୋ ନିଜ ଘୋଡ଼ାରେ ଅପେକ୍ଷାକୃତ ଅଳ୍ପ ସମୟରେ ପହଞ୍ଚ ପାରିଥାନ୍ତି।

ଯାହାହେଉ, ହାତୀରେ ଚଢ଼ି ନନ୍ଦଲାଲର ଗୃହ ଅଭିମୁଖେ ଯାତ୍ରା କଲି। ସବୁଜ ବନଶୀର୍ଷ ମୋ ପାଦ ତଳେ, ଆକାଶ ଯେମିତି ମୋ ମୁଣ୍ଡକୁ ଲାଗୁଛି- ଦୂର, ଦୂର-ଦିଗନ୍ତର ନୀଳ ଶୈଳମାଲାର ରେଖା ଯେମିତି ବଣ ଦେଶକୁ ଘେରି ମାୟାଲୋକ ରଚନା କରିଛି- ମୁଁ ସେ ମାୟାଲୋକର ଅଧିବାସୀ-ବହୁ ଦୂର ସ୍ୱର୍ଗର ଦେବତା। କେତେ ମେଘର ତଳେ ତଳେ ପୃଥିବୀର କେତେ ଶ୍ୟାମଳ ବଣଭୂମିର ଉପରିସ୍ଥ ନୀଳ ବାୟୁମଣ୍ଡଳ ଭେଦ କରି ଯେମିତି ମୋର ଅଦୃଶ୍ୟ ଯାତାୟାତ।

ବାଟରେ ଚାମ୍ଚାର ବିଲ ପଡ଼ିଲା, ଶୀତ ଶେଷରେ ବି ସିଲ୍ଲୀ ଓ ଲାଲ ହଂସ ପଞ୍ଝା ପଞ୍ଝା ହୋଇ ବସିଛନ୍ତି। ଆଉ ଟିକିଏ ଗରମ ପଡ଼ିଲେ ଉଡ଼ି ପଲାଇବେ। ମଝିରେ ମଝିରେ ନିତାନ୍ତ ଦରିଦ୍ର ପଲ୍ଲୀ। ସପ୍ତଫେଣୀ-ଘେରା ଧୂଆଁପତ୍ର ଖେତ ଓ ଖପରଲି ଛିଆ ଦୀନ କୁଟୀର।

ହାତୀ ସୁଠିୟା ଗ୍ରାମରେ ପହଞ୍ଚଲା କ୍ଷଣି ଦେଖାଗଲା ମୋତେ ଅଭ୍ୟର୍ଥନା କରିବା ପାଇଁ ରାସ୍ତାର ଦି କଡ଼ରେ ଧାଡ଼ି ଧାଡ଼ି ହୋଇ ଲୋକ ଠିଆ ହୋଇଛନ୍ତି। ଗ୍ରାମରେ ପହଞ୍ଚ ଅଳ୍ପ ଦୂର ପରେ ନନ୍ଦଲାଲର ଘର ପଡ଼ିଲା।

ଖପରଲି ଛିଆ ଆଠଦଶଟି ମାଟି ଘର- ସବୁ ଛଡ଼ା ଛଡ଼ା, ପ୍ରକାଣ୍ଡ ଅଗଣା ମଝିରେ ଇତସ୍ତତଃ ଛଡ଼ାଛଡ଼ି ହୋଇ ରହିଛି। ମୁଁ ଘରେ ପ୍ରବେଶ କଲା ମାତ୍ରେ ହଠାତ୍ ଦୁଇଥର ବନ୍ଦୁକର ଆବାଜ ହେଲା। ଚମକି ପଡ଼ିଲି- ଏହି ସମୟରେ ନନ୍ଦଲାଲ ଓଝା ସହାସ୍ୟ ମୁଖରେ ଆସି ମୋତେ ଅଭ୍ୟର୍ଥନା କରି ଖଞ୍ଜା ଭିତରକୁ ନେଇଯାଇ ଗୋଟିଏ ବଡ଼ କୋଠରୀର ବାରଣ୍ଡରେ ଚୌକିରେ ବସାଇଦେଲା। ଚୌକି ଖଣ୍ଡିକ ଏଠାର

ଶିଶୁ କାଠରେ ତିଆରି ଏବଂ ସ୍ଥାନୀୟ ଗାଉଁଲି ମିସ୍ତ୍ରୀ ଦ୍ୱାରା ନିର୍ମିତ। ତା ପରେ ଦଶ-ଏଗାର ବର୍ଷର ଗୋଟାଏ ସାନ ଝିଅ ଆସି ମୋ ସାମନାରେ ଗୋଟିଏ ଥାଲିଆ ଦେଖାଇଲା- ଥାଲିଆରେ କେତୋଟି ଗୋଟା ପାନ, ଗୋଟା ଗୁଆ, ଗୋଟିଏ ଛୋଟ ଗିନାରେ ମଧୁପର୍କ ପରି ସାମାନ୍ୟ ଟିକିଏ ଅତର, କେତୋଟି ଶୁଖିଲା ଖଜୁରୀ; ଏହି ସବୁକୁ ନେଇ କଅଣ କରିବାକୁ ହୁଏ ମୋତେ ଜଣା ନାହିଁ- ମୁଁ ଓଲୁଙ୍କ ପରି ହସିଲି ଓ ଗିନାରୁ ଆଙ୍ଗୁଲି ଅଗରେ ଟିକିଏ ଅତର ନେଇଗଲି ଖାଲି। ଝିଅଟିକୁ ପଦେ ଦି ପଦ ଭଦ୍ରତାସୂଚକ ମିଠା କଥା ବି କହିଲି। ଝିଅଟି ମୋ ସାମନାରେ ଥାଲିଆଟି ଥୋଇଦେଇ ଚାଲିଗଲା।

ତା ପରେ ଭୋଜନର ବ୍ୟବସ୍ଥା। ନନ୍ଦଲାଲ ଯେ ଆଡ଼ମ୍ବର କରି ଖୁଆଇବାର ବ୍ୟବସ୍ଥା କରିଛି, ତାହା ମୋର ଧାରଣା ନଥିଲା। ପ୍ରକାଣ୍ଡ କାଠ ପିଢ଼ାର ଆସନ-ସାମନାରେ ଏଡ଼େ ବଡ଼ ଆକାରର ଖଣ୍ଡିଏ ପିତଳ ଥାଲି ଆସି ରହିଲା, ଯେଉଁଥିରେ ଆମ ଦେଶର ଦୁର୍ଗା ପୂଜାରେ ବଡ଼ ଭୋଗ ସଜାନ୍ତି। ଥାଲିରେ ହାତୀର କାନ ଭଳି ପୁରୀ, ବଥୁଆ ଶାଗ ଭଜା, ପାଚିଲା କାକୁଡ଼ି ରାଇତା, କଞ୍ଜା ତେନ୍ତୁଳି ଝୋଳ, ମଇଁଷି ଦହି, ପେଡ଼ା। ଖାଦ୍ୟ ସାମଗ୍ରୀର ଏମିତି ଅଭୁତ ଯୋଗାଯୋଗ କେବେ ହେଲେ ଦେଖି ନାହିଁ। ମୋତେ ଦେଖିବା ପାଇଁ ଅଗଣାରେ ଲୋକକରଣ୍ୟ ହୋଇ ଯାଇଛି ଏବଂ ଲୋକମାନେ ମୋ ଆଡ଼କୁ ଏମିତି ଭାବରେ ଅନାଇଛନ୍ତି ଯେ, ମୁଁ ଯେମିତି ଏକ ଅଦୃଷ୍ଟପୂର୍ବ ଜୀବ। ଶୁଣିଲି, ଏମାନେ ସମସ୍ତେ ହେଉଛନ୍ତି ନନ୍ଦଲାଲର ପ୍ରଜା।

ସନ୍ଧ୍ୟା ଆଗରୁ ଚାଲି ଆସିବା ବେଳେ ନନ୍ଦଲାଲ ମୋ ହାତରେ ଗୋଟିଏ ଛୋଟ ଥଲି ଦେଇ କହିଲା- ହଜୁରଙ୍କ ପ୍ରଣାମୀ। ଆଶ୍ଚର୍ଯ୍ୟ ହୋଇ ଗଲି। ଥଲିରେ ଅନେକ ଟଙ୍କା, ପଚାଶରୁ କମ୍ ନୁହେଁ। ଏତେ ଟଙ୍କା କେହି କାହାକୁ ଭେଟି ଦିଏ ନାହିଁ, ତା'ଛଡ଼ା ନନ୍ଦଲାଲ ବି ମୋର ପ୍ରଜା ନୁହେଁ। ପ୍ରଣାମୀ ପ୍ରତ୍ୟାଖ୍ୟାନ କରିବା ମଧ ଗୃହସ୍ଥ ପକ୍ଷରେ କୁଆଡ଼େ ଅପମାନଜନକ - ସୁତରାଂ ମୁଁ ଥଲି ଫିଟାଇ ଗୋଟିଏ ଟଙ୍କା ନେଇ ଥଲିଟି ତା ହାତକୁ ଫେରାଇ ଦେଇ କହିଲି, ତୁମ ଛୁଆପିଲାଙ୍କୁ ପେଡ଼ା ଖୁଆଇବ।

ନନ୍ଦଲାଲ କୌଣସି ମତେ ନ ଛାଡ଼େ- ମୁଁ ସେ କଥାକୁ କାନ ନଦେଇ ବାହାରକୁ ଚାଲି ଆସି ହାତୀରେ ଚଢ଼ିଲି।

ତା' ପର ଦିନ ନନ୍ଦଲାଲ ଓଝା ମୋ କଚେରୀକୁ ଗଲା, ସାଙ୍ଗରେ ତାହାର ବଡ଼ ପୁଅ। ମୁଁ ସେମାନଙ୍କୁ ସମାଦର କଲି- କିନ୍ତୁ ଭୋଜନ ପ୍ରସ୍ତାବରେ ସେମାନେ ରାଜି ହେଲେ ନାହିଁ। ଶୁଣିଲି, ମୈଥିଲୀ ବ୍ରାହ୍ମଣ ଅନ୍ୟ ବ୍ରାହ୍ମଣଙ୍କ ହସ୍ତରେ ପ୍ରସ୍ତୁତ କୌଣସି ଖାଦ୍ୟ ଖାଇବେ ନାହିଁ। ଅନେକ ବାଜେ କଥା ପରେ ନନ୍ଦଲାଲ ଏକାନ୍ତରେ

ମୋ ପାଖରେ କଥା ପକାଇଲା, ତାହାର ବଡ଼ ପୁଅ ଫୁଲକିୟା ବଇହାରର ତହସିଲଦାର ପଦ ନିମନ୍ତେ ପ୍ରାର୍ଥୀ – ତାହାକୁ ମୋତେ ନିଯୁକ୍ତ କରିବାକୁ ହେବ। ମୁଁ ବିସ୍ମିତ ହୋଇଯାଇ କହିଲି– କିନ୍ତୁ ଫୁଲକିୟାର ତହସିଲଦାର ତ ଅଛି– ସେ ପଦ ତ ଖାଲି ନାହିଁ। ତାହାର ଉତ୍ତରରେ ନନ୍ଦଲାଲ ମୋତେ ଆଖି ଠାରି ଇଶାରା କରି କହିଲା, ହଜୁର, ଆପଣ ତ ମାଲିକ। ଆପଣ ଇଚ୍ଛା କଲେ କଣ ନ କରି ପାରିବେ ?

ମୁଁ ଆହୁରି ଅବାକ୍ ହୋଇଗଲି। ସେ ବା କିପରି କଥା ! ଫୁଲକିୟାର ତହସିଲଦାର ଭଲ କାମ କରୁଛି– କେଉଁ ଅପରାଧରେ ତାହାକୁ ଅନ୍ତର କରିଦେବି ?

ନନ୍ଦଲାଲ କହିଲା– କେତେ ଟଙ୍କା। ହଜୁରଙ୍କୁ ପାନଖିଆ ଦେବାକୁ ହେବ କୁହନ୍ତୁ, ମୁଁ ଆଜି ସଞ୍ଜ ସୁଦ୍ଧା। ହଜୁରଙ୍କ ଗୋଡ଼ ତଳେ ପହଞ୍ଚାଇ ଦେବି। କିନ୍ତୁ ହଜୁର, ମୋ ପୁଅକୁ ତହସିଲଦାର ପଦ ଦେବାକୁ ପଡ଼ିବ। କହନ୍ତୁ କେତେ, ହଜୁର। ପାଞ୍ଚ ଶହ ? ଏତେବେଳକୁ ବେଶ୍ ବୁଝି ପାରିଲି, ନନ୍ଦଲାଲ ଯେ ମୋତେ କାଲି ନିମନ୍ତ୍ରଣ କରିଥିଲା ତାହାର ପ୍ରକୃତ ଉଦ୍ଦେଶ୍ୟ କଣ। ଏ ଅଞ୍ଚଲର ଲୋକ ଯେ ଏମିତି ଧୂର୍ତ, ତାହା ଜାଣିଥିଲେ କେବେ ସେଠାକୁ କଣ ଯାଇଥାନ୍ତି ? ଆଚ୍ଛା ବିପଦରେ ପଡ଼ିଲି ତ !

ନନ୍ଦଲାଲକୁ ସ୍ପଷ୍ଟ କଥା କହି ବିଦାୟ ଦେଲି। ବୁଝିପାରିଲି, ନନ୍ଦଲାଲ ଆଶା ଛାଡ଼ି ନାହିଁ।

ଆଉ ଦିନେ ଦେଖିଲି, ଘଞ୍ଚ ବଣ କଡ଼ରେ ନନ୍ଦଲାଲ ମୋ ଅପେକ୍ଷାରେ ଠିଆ ହୋଇରହିଛି।

କି କୁକ୍ଷଣରେ ତା’ ଘରକୁ ନିମନ୍ତ୍ରଣ ଖାଇବାକୁ ଯାଇଥିଲି– ଦୁଇଖଣ୍ଡ ପୁରୀ ଖୁଆଇ ସେ ଯେ ମୋର ଜୀବନକୁ ଏମିତି ହିନସ୍ତା କରି ପକାଇବ– ତାହା ଆଗରୁ ଜାଣିଥିଲେ କଣ ତାହାର ଛାଇ ମାଡ଼ିଥାନ୍ତି ?

ନନ୍ଦଲାଲ ମୋତେ ଦେଖି ମଧୁର ମୁଲାୟମ ହସ ହସି କହିଲା– ନମସ୍କାର, ହଜୁର।

– ହୁଁ। ତା ପରେ, ଏଠାରେ କାହିଁକି ?

– ହଜୁର ସବୁ ଜାଣନ୍ତି। ମୁଁ ଆପଣଙ୍କୁ ନଗଦ ବାରଶହ ଟଙ୍କା ଦେବି। ମୋ ପୁଅକୁ କାମରେ ବାହାଲ୍ କରି ଦିଅନ୍ତୁ।

– ତୁମେ ପାଗଳ ହେଲ କି ନନ୍ଦଲାଲ ? ମୁଁ ବାହାଲ କରିବାର ମାଲିକ ନୁହେଁ। ଯାହାଙ୍କର ଜମିଦାରୀ, ତାଙ୍କ ପାଖକୁ ଦରଖାସ୍ତ କରିପାର। ତା ଛଡ଼ା ବର୍ତ୍ତମାନ ଯେ ରହିଛି– ତାହାକୁ କେଉଁ ଅପରାଧରେ ବାହାର କରିଦେବି ?

ଆଉ ବେଶୀ କଥା ନକହି ଘୋଡ଼ା ଦଉଡ଼ାଇ ଦେଲି।

କ୍ରମେ ମୋର କଡ଼ା ବ୍ୟବହାରରେ ମୁଁ ନନ୍ଦଲାଲକୁ ମୋର ଓ ଜମିଦାରୀର ମହାଶତ୍ରୁ କରିଦେଲି। ସେତେବେଳେ ବୁଝି ନଥିଲି, ନନ୍ଦଲାଲ କିପରି ଭୟାନକ ପ୍ରକୃତିର ମଣିଷ। ଏହାର ଫଳ ମୋତେ ଭଲ ଭାବରେ ଭୋଗିବାକୁ ପଡ଼ିଥିଲା।

9

ଊଣେଇଶୀ ମାଇଲ ଦୂରବର୍ତ୍ତୀ ଡାକ ଘରୁ ଡାକ ଆଣିବା ଏଠାକାର ଅତି ଆବଶ୍ୟକୀୟ ଘଟଣା। ଏତେ ଦୂରକୁ ପ୍ରତି ଦିନ ଲୋକ ପଠାଇ ହୁଏ ନାହିଁ ବୋଲି ସପ୍ତାହରେ ଦୁଇଥର ମାତ୍ର ଲୋକ ଡାକ ଘରକୁ ଯାଏ। ମଧ୍ୟ ଏସିଆର ଜନହୀନ, ଦୁସ୍ତର ଓ ଭୀଷଣ ଟାକ୍ଲା-ମାକାନ ମରୁଭୂମିର ତମ୍ବୁରେ ବସି ବିଖ୍ୟାତ ପର୍ଯ୍ୟଟକ ସେଭେନ୍ ହେଡିନ୍ ବି ବୋଧହୁଏ ଏମିତି ଆଗ୍ରହରେ ଡାକକୁ ଚାହିଁ ରହିଥିଲେ। ଆଜିକି ଆଠ-ନଅ ମାସ ହେଲା ଏଠାକୁ ଆସିବା ଫଳରେ ଦିନ ପରେ ଦିନ, ରାତି ପରେ ରାତି ଏହି ଜନହୀନ ବଣ-ପ୍ରାନ୍ତରରେ ସୂର୍ଯ୍ୟାସ୍ତ, ନକ୍ଷତ୍ର-ରାଜି, ଚନ୍ଦ୍ରୋଦୟ, ଜ୍ୟୋସ୍ନା ଓ ବଣ ଭିତରେ ନୀଳ ଗାଈର ଦଉଡ଼ ଦେଖୁଁ ଦେଖୁଁ ଯେଉଁ ବହିର୍ଜଗତ ସହିତ ସମସ୍ତ ସଂଯୋଗ ହରାଇ ପକାଇଛି- ଡାକରେ ଆସୁଥିବା କେତେ ଖଣ୍ଡ ଚିଠି ଜରିଆରେ ପୁଣି ତାହା ସହିତ ଗୋଟାଏ ସଂଯୋଗ ସ୍ଥାପିତ ହୁଏ।

ନିର୍ଦ୍ଧିଷ୍ଟ ଦିନ ଜଓ୍ୱାହିରଲାଲ ସିଂ ଡାକ ଆଣିବାକୁ ଯାଇଛି। ଆଜି ଦିପହରେ ସେ ଫେରିବ। ମୁଁ ଓ ବଙ୍ଗାଳୀ ମୋହରୀର ବାବୁଟି ଘନ ଘନ ଜଙ୍ଗଲ ଆଡ଼କୁ ଚାହୁଁଛୁ। କଚେରୀ ଠାରୁ ଦେଢ଼ ମାଇଲ ଦୂରରେ ଗୋଟାଏ ଉଚ୍ଚ ଢିପ ଉପର ଦେଇ ରାସ୍ତା ଯାଇଛି। ସେଠାକୁ ଆସିଲେ ଜଓ୍ୱାହିରଲାଲ ସିଂ ଖୁବ୍ ସ୍ପଷ୍ଟ ଭାବରେ ଦେଖାଯିବ।

ବେଳ ଦିପହର ହୋଇଗଲା। ତେବେ ବି ଜଓ୍ୱାହିରଲାଲର ଦେଖା ନାହିଁ। ମୁଁ ଘନ ଘନ ଘର ଓ ବାହାର ହେଉଛି। ଏଠାରେ ଅଫିସର କାମର ପରିମାଣ ନିତାନ୍ତ କମ ନୁହେଁ। ବିଭିନ୍ନ ଅମୀନଙ୍କ ରିପୋର୍ଟ ଦେଖିବା, ଦୈନିକ କ୍ୟାଶ ବହି ଦସ୍ତଖତ କରିବା, ସଦର ଅଫିସର ଚିଠିପତ୍ର ଉତ୍ତର ଦେବା, ପଟ୍ଆରୀ ଓ ତହସିଲଦାରମାନଙ୍କର ଆଦାୟର ହିସାବ ପରୀକ୍ଷା, ନାନା ପ୍ରକାର ଦରଖାସ୍ତର ଡିଗ୍ରୀ ଡିସ୍ମିସ୍ କରିବା, ପୂର୍ଣ୍ଣିୟା ମୁଙ୍ଗେରି ଭାଗଲପୁର ପ୍ରଭୃତି ସ୍ଥାନରେ ନାନା ଅଦାଲତରେ ନାନା ପ୍ରକାର ମାମଲା ଚାଲିଛି- ସେହି ସବୁ ସ୍ଥାନର ଓକିଲ ଓ ମାମଲା-ତଦ୍ବିରକାରୀମାନଙ୍କର ରିପୋର୍ଟ ପଠନ ଓ ତାର ଉତ୍ତର ପ୍ରଦାନ- ଆହୁରି ନାନା ପ୍ରକାର ବଡ଼ ଓ ଖୁଚୁରା କାମ ପ୍ରତି ଦିନ ନିୟମ ମୁତାବକ ନ କଲେ ଦୁଇ ତିନି ଦିନ ଭିତରେ ସେ ସବୁ ଏତେ ଜମି ଯାଏ ଯେ,

ସେତେବେଳେ କାମ ଶେଷ କରିବାକୁ ନାକେଦମ୍ ହୋଇଯିବାକୁ ପଡ଼େ। ଡାକ ଆସିବା ସଙ୍ଗେ ସଙ୍ଗେ ପୁଣି ବୋଝେ କାମ ଆସି ପଡ଼ିଯାଏ- ସହରର ନାନା ଧରଣର ଚିଠି, ନାନା ଧରଣର ଆଦେଶ, ଅମୁକ ଜାଗାକୁ ଯାଅ, ଅମୁକ ସାଙ୍ଗରେ ଅମୁକ ମାହାଲର ବନ୍ଦୋବସ୍ତ କର, ଇତ୍ୟାଦି।

ତିନିଟା ବେଳେ ଜଓୟାହିରଲାଲର ସାଦା ପଗଡ଼ି ଖରାରେ ଚକ୍‌ଚକ୍‌ କରୁଥିବାର ଦେଖାଗଲା। ବଙ୍ଗାଳୀ ମୋହରୀର ବାବୁ ପାଟି କଲେ- ମ୍ୟାନେଜର ବାବୁ, ଆସନ୍ତୁ, ଡାକ ପିଆଦା ଆସୁଛି- ହେଇ ଦେଖନ୍ତୁ।

ଅଫିସରୁ ବାହାରି ଆସିଲି। ଇତି ମଧ୍ୟରେ ଜଓୟାହିରଲାଲ ପୁଣି ଢିପରୁ ଓହ୍ଲାଇ ଜଙ୍ଗଲ ଭିତରେ ପଶି ଯାଇଛି। ମୁଁ ଅପେରା-ଗ୍ଲାସ ଅଣାଇ ଦେଖିଲି, ଦୂରରେ ଜଙ୍ଗଲ ଭିତରେ ଲମ୍ବ ଲମ୍ବ ଘାସ ଓ ବଣଝାଡ଼ ଭିତରେ ସେ ସତରେ ଆସୁଛି। ଅଫିସ କାମରେ ଆଉ ମନ ଲାଗିଲା ନାହିଁ। ସେ କି ଆକୁଳ ପ୍ରତୀକ୍ଷା! ଯେଉଁ ଜିନିଷ ଯେତେ ଦୁଷ୍ପ୍ରାପ୍ୟ, ମଣିଷର ମନ ପାଖରେ ତାହାର ମୂଲ୍ୟ ସେତେ ଅଧିକ। ଏ କଥା ଖୁବ୍‌ ସତ ଯେ, ଏହି ମୂଲ୍ୟ ମଣିଷର ମନ ଗଢ଼ା ଗୋଟିଏ କୃତ୍ରିମ ମୂଲ୍ୟ, ପ୍ରାର୍ଥିତ ଜିନିଷର ପ୍ରକୃତ ଉତ୍କର୍ଷ ବା ଅପକର୍ଷ ସହିତ ଏହାର କୌଣସି ସମ୍ବନ୍ଧ ନାହିଁ। କିନ୍ତୁ ସଂସାରର ଅଧିକାଂଶ ଜିନିଷ ଉପରେ ଗୋଟାଏ କୃତ୍ରିମ ମୂଲ୍ୟ ଆରୋପ କରି ତ ଆମେ ତାକୁ ବଡ଼ ବା ଛୋଟ କରୁ।

ଜଓୟାହିରଲାଲକୁ କଚେରୀ ସାମନାରେ ଗୋଟାଏ ଅପରିସର ବାଲୁକାମୟ ନୀଚା ଜମିର ସେପଟେ ଦେଖାଗଲା। ମୁଁ ଚୌକିରୁ ଉଠି ପଡ଼ିଲି। ମୋହରୀର ବାବୁ ଆଗେଇ ଗଲେ। ଜଓୟାହିରଲାଲ ଆସି ସଲାମ କରି ଠିଆ ହେଲା ଏବଂ ପକେଟରୁ ବିଡ଼ାଏ ଚିଠି ବାହାର କରି ମୋହରୀର ବାବୁଙ୍କ ହାତକୁ ବଢ଼ାଇ ଦେଲା।

ମୋର ବି ଦୁଇ ଖଣ୍ଡ ଚିଠି ଅଛି- ଅତି ପରିଚିତ ହାତର ଲେଖା। ଚିଠି ପଢ଼ୁ ପଢ଼ୁ ଚାରିପାଖର ଜଙ୍ଗଲ ଆଡ଼େ ଚାହିଁ ନିଜେ ଅବାକ୍‌ ହୋଇଗଲି। କେଉଁଠି ଅଛି, କେବେ ଭାବିନଥିଲି ଯେ ମୁଁ ଏଠାରେ କେଉଁ ଦିନ ରହିବି, କଲିକତାର ଆଡ୍ଡ଼ା ଛାଡ଼ି ଏମିତି ଜାଗାରେ ଦିନ ପରେ ଦିନ କଟାଇବି। ଖଣ୍ଡିଏ ବିଲାତି ପତ୍ରିକାର ଗ୍ରାହକ ହୋଇଛି, ଆଜି ସେ ଖଣ୍ଡିକ ଆସିଛି। ପୁଡ଼ା ଉପରେ ଲେଖା ଯାଇଛି “ଉଡ଼ା ଜାହାଜର ଡାକରେ”। ଜନାକୀର୍ଣ୍ଣ କଲିକତା ସହରର ବକ୍ଷରେ ବସି ବିଂଶ ଶତାବ୍ଦୀର ଏହି ବୈଜ୍ଞାନିକ ଆବିଷ୍କାରର ସୁଖ କି ବୁଝିହେବ? ଏଠାରେ -ଏହି ନିର୍ଜନ ବଣରେ- ସକଳ ବିଷୟରେ ଭାବିବାର ଓ ଅବାକ୍‌ ହେବାର ଅବକାଶ ଅଛି- ଏଠାର ପାରିପାର୍ଶ୍ୱିକ ଅବସ୍ଥା ସେହି ଅନୁଭୂତି ଆନୟନ କରେ।

ଯଦି ସତ କଥା କହିବାକୁ ହୁଏ, ଜୀବନରେ ଭାବିଚିନ୍ତି ଦେଖିବାର ଶିକ୍ଷା ଏଠାକୁ ଆସି ହିଁ ପାଇଛି। କେତେ କଥା ମନରେ ଉଠେ, କେତେ ପୁରୁଣା କଥା ମନେ ପଡ଼େ– ନିଜର ମନକୁ ଏମିତି କେବେ ହେଲେ ଉପଭୋଗ କରିନାହିଁ। ଏଠାରେ ସହସ୍ର ପ୍ରକାର ଅସୁବିଧା ଭିତରେ ବି ସେହି ଆନନ୍ଦ ମୋତେ ଯେମିତି ଗୋଟାଏ ନିଶା ଭଳି ଦିନ କୁ ଦିନ ଆକ୍ରାନ୍ତ କରିବାରେ ଲାଗିଛି।

ଅଥଚ ସତରେ ମୁଁ ପ୍ରଶାନ୍ତ ମହାସାଗରର କୌଣସି ଜନହୀନ ଦ୍ୱୀପରେ ଏକା ପରିତ୍ୟକ୍ତ ହୋଇ ରହିନାହିଁ। ରେଳ ଷ୍ଟେସନ ଏଠାକୁ ବୋଧହୁଏ ବତିଶ ମାଇଲ। ସେଥାରୁ ରେଳ ଗାଡ଼ିରେ ଚଢ଼ି ଘଣ୍ଟାକ ଭିତରେ ପୂର୍ଣ୍ଣିୟା ଯାଇପାରେ। ତିନିଘଣ୍ଟା ଭିତରେ ମୁଙ୍ଗେର ଯାଇ ପାରେ। କିନ୍ତୁ ପ୍ରଥମେ ତ ରେଳ ଷ୍ଟେସନକୁ ଯିବା ବେଜାୟ କଷ୍ଟ– ସେ କଷ୍ଟ ସ୍ୱୀକାର କରିପାରେ, ଯଦି ପୂର୍ଣ୍ଣିୟା ବା ମୁଙ୍ଗେର ସହରକୁ ଯାଇ କିଛି ଲାଭ ମିଳେ। ଦେଖୁଛି ମୋର କୌଣସି ଲାଭ ନାହିଁ, ନା ମୋତେ ସେଠାରେ କେହି ଚିହ୍ନନ୍ତି ନା ମୁଁ ବା କାହାକୁ ଚିହ୍ନେ। କଣ ହେବ ଯାଇ?

କଲିକତାରୁ ଆସି ବହି ଓ ବନ୍ଧୁବାନ୍ଧବଙ୍କ ସାଙ୍ଗରେ ଗପ ଓ ଆଲୋଚନାର ଅଭାବ ଏତେ ବେଶୀ ଅନୁଭବ କରେ ଯେ କେତେଥର ଭାବିଛି ଏ ଜୀବନ ମୋ ପକ୍ଷରେ ଅସହ୍ୟ। କଲିକତାରେ ହିଁ ମୋର ସବୁ, ପୂର୍ଣ୍ଣିୟା ବା ମୁଙ୍ଗେରରେ କିଏ ଅଛି ଯେ ସେଠାକୁ ଯିବି? କିନ୍ତୁ ସଦର ଅଫିସର ବିନା ଅନୁମତିରେ କଲିକତାକୁ ଯାଇପାରେ ନା– ତା ଛଡ଼ା ଅର୍ଥ ବ୍ୟୟ ବି ଏତେ ବେଶୀ ଯେ ଦୁଇଦିନ ପାଇଁ ଗଲେ ପୋଷାଏ ନାହିଁ।

୩

କେତେ ମାସ ସୁଖ-ଦୁଃଖରେ ବିତିବା ପରେ ଚୈତ୍ର ମାସର ଶେଷ ଠାରୁ ଏମିତି ଗୋଟାଏ କାଣ୍ଡର ସୂତ୍ରପାତ ହେଲା, ଯାହା ମୋ ଅଭିଜ୍ଞତା ଭିତରେ କେବେ ନଥିଲା। ପୌଷ ମାସରେ ଅଳ୍ପ ଅଳ୍ପ ବର୍ଷା ହୋଇଥିଲା। ମାତ୍ର ତା'ପରଠୁ ଘୋର ଅନାବୃଷ୍ଟି ଦେଖାଦେଲା। ମାଘ ମାସରେ ବୃଷ୍ଟି ନାହିଁ, ଫଗୁଣରେ ନାହିଁ, ଚୈତ୍ରରେ ନାହିଁ, ବୈଶାଖରେ ମଧ ନାହିଁ। ସଙ୍ଗେ ସଙ୍ଗେ ଯେମିତି ଅସହ୍ୟ ଗ୍ରୀଷ୍ମ, ସେମିତି ନିଦାରୁଣ ଜଳ କଷ୍ଟ।

ଖାଲି କଥାରେ ଗ୍ରୀଷ୍ମ ବା ଜଳ ନଷ୍ଟ କହିଲେ ଏ ବିଭୀଷିକାମୟ ପ୍ରାକୃତିକ ବିପର୍ଯ୍ୟୟର ସ୍ୱରୂପ କୌଣସି ମତେ ବୁଝାଇ ହେବ ନାହିଁ। ଉତ୍ତରରେ ଆଜମାବାଦ

ଠାରୁ ଦକ୍ଷିଣରେ କିଷଣପୁର-ପୂର୍ବରେ ଫୁଲକିୟା ବଇହାର ଓ ଲବଟୁଲିୟା ଠାରୁ ପଶ୍ଚିମରେ ମୁଙ୍ଗେର ଜିଲ୍ଲାର ସୀମା ପର୍ଯ୍ୟନ୍ତ ସବୁଦୁୟ ଜଙ୍ଗଲ ମାହାଲ ଭିତରେ ଯେଉଁଠି ଯେତେ ଖାଲ, ଗଡ଼ିଆ, କୁଣ୍ଡୀ ଅର୍ଥାତ୍ ବଡ଼ ଜଳାଶୟ ଥିଲା- ସବୁ ଶୁଖ୍ଖିଗଲା। କୂଅ ଖୋଲିଲେ ପାଣି ମିଳେ ନା- ଯଦି ବାଲିର ଖାତରୁ କିଛି କିଛି ଜଳ ଝରେ, ଛୋଟ ବାଲ୍ଟିଏ ଜଳ କୂଅରେ ଜମିବାକୁ ଘଣ୍ଟାକରୁ ବେଶୀ ସମୟ ଲାଗେ। ଚାରିଆଡ଼େ ହାହାକାର ପଡ଼ି ଯାଇଛି। ପୂର୍ବରେ ଏକମାତ୍ର କୋଶୀ ନଦୀ ଭରସା- ସେ ବି ଆମ ମାହାଲର ପୂର୍ବତମ ସୀମା ଠାରୁ ସାତ ଆଠ ମାଇଲ ଦୂରରେ ବିଖ୍ୟାତ ମୋହନପୁରା ସଂରକ୍ଷିତ ଜଙ୍ଗଲର ଆର ପଟରେ। ଆମ ଜମିଦାରୀ ଓ ମୋହନପୁରା ଅରଣ୍ୟ ମଝିରେ ଗୋଟିଏ ଛୋଟ ପାହାଡ଼ୀ ନଦୀ ନେପାଳର ତରାଇ ଅଞ୍ଚଳରୁ ବହି ଆସିଛି- କିନ୍ତୁ ବର୍ତ୍ତମାନ ଖାଲି ଶୁଷ୍କ ବାଲୁକାମୟ ଖାତରେ ତାର ଉପଲାବୃତ ଚରଣ ଚିହ୍ନ ବିଦ୍ୟମାନ। ବାଲି ଖୋଲିଲେ ଯେଉଁ ଜଳ ଟିକକ ମିଳେ, ତାରି ଲୋଭରେ କେତେ ଦୂର ଗ୍ରାମରୁ ଝିଅମାନେ କଳସୀ ଧରି ଆସନ୍ତି ଓ ଦିପହରଟା ଯାକ ବାଲି-କାଦୁଅ ଛାଣି ଛାଣି ଶେଷକୁ ଅଧ କଳସିଏ ଗୋଲିଆ ପାଣି ନେଇ ଘରକୁ ଫେରନ୍ତି।

କିନ୍ତୁ ପାହାଡ଼ି ନଦୀ- ସ୍ଥାନୀୟ ନାମ ମିଛି ନଦୀ- ଆମର କୌଣସି କାମରେ ଆସେ ନାହିଁ- କାରଣ ଆମ ମାହାଲ ଠାରୁ ବହୁତ ଦୂରରେ। କଚେରୀରେ ବି ବଡ଼ ବାମ୍ଫିଟିଏ ହେଲେ ନାହିଁ- ଯେଉଁ ଛୋଟ କୂଅଟି ଅଛି, ସେଥିରୁ ପାନୀୟ ଜଳର ସଂସ୍ଥାନ ହେବା ଏକ ବିଷମ ସମସ୍ୟା ହୋଇ ଉଠିଲା। ତିନି ବାଲ୍ଟି ଜଳ ସଂଗ୍ରହ କରିବାକୁ ଦିପହରଟା କଟି ଯାଏ।

ଖରା ବେଳେ ବାହାରେ ଠିଆ ହୋଇ ତାମ୍ରାଭ ଅଗ୍ନିବର୍ଷୀ ଆକାଶ ଓ ଅର୍ଦ୍ଧଶୁଷ୍କ ବଣଝାଉଁ ଓ ଲମ୍ବା ଘାସର ବଣ ଦେଖିବାକୁ ଭୟ ଲାଗେ- ଚାରିଦିଗ ଯେମିତି ହୁ ହୁ ହୋଇ ଜଳୁଛି, ମଝିରେ ମଝିରେ ଅଗ୍ନି ଶଲାକ ପରି ଉତ୍ତପ୍ତ ପବନ ସର୍ବାଙ୍ଗ ଝଲସାଇ ବହୁଛି- ସୂର୍ଯ୍ୟଙ୍କର ଏ ରୂପ, ଦ୍ୱିପ୍ରହରର ରୌଦ୍ର ଏ ଭୟାନକ ରୁଦ୍ର ରୂପ କେବେ ଦେଖି ନାହିଁ, କି କଳ୍ପନା ସୁଦ୍ଧା କରି ନାହିଁ। ଦିନେ ଦିନେ ପଶ୍ଚିମ ଦିଗରୁ ବାଲି ଝଡ଼ ବହେ- ଏ ସବୁ ଅଞ୍ଚଳରେ ଚୈତ୍ର ବୈଶାଖ ମାସ ପଶ୍ଚିମା ପବନର ସମୟ- କଚେରୀ ଠାରୁ ଶହେ ଗଜ ଦୂରର ଜିନିଷ ଘନ ବାଲି ଓ ଧୂଲି ରାଶିର ଅନ୍ତରାଲରେ ଢାଙ୍କି ହୋଇଯାଏ।

ଅଧେ ଦିନ ଟହଲିଆ ରାମଧନିୟା ଆସି ଜଣାଏ- କୂଅରେ ପାଣି ନାହିଁ, ହଜୁର। କେଉଁ କେଉଁ ଦିନ ଘଣ୍ଟାଏ ଖଣ୍ଡେ ଧରି ଛାଣି ଛାଣି ବାଲି ଭିତରକୁ ଅଧ ବାଲ୍ଟିଏ ତରଳ କର୍ଦମ ସ୍ନାନ ପାଇଁ ମୋ ସାମ୍ନାରେ ଆଣି ରଖିଦିଏ। ସେହି ଭୟାନକ ଗ୍ରୀଷ୍ମରେ ତାହା ହିଁ ସେତେବେଳେ ଅମୂଲ୍ୟ।

ଦିନେ ବେଳ ଗଡ଼ିଗଲା ପରେ କଚେରୀ ପଛରେ ଗୋଟାଏ ହରିଡ଼ା ଗଛତଳେ ସାମାନ୍ୟ ଛାଇରେ ଠିଆ ହୋଇଛି– ହଠାତ୍ ଚାରିଆଡ଼କୁ ଚାହିଁ ମୋର ମନେ ହେଲା, ଖରାବେଳର ଏମିତି ଚେହେରା ମୁଁ କେବେ ହେଲେ ଦେଖି ତ ନାହିଁ, ଏ ଜାଗାରୁ ଚାଲିଗଲେ ଆଉ କେଉଁଠି ମଧ ଦେଖି ପାରିବି ନାହିଁ। ଆଜନ୍ମ ବଙ୍ଗ ଦେଶର ଖରାବେଲ ଦେଖିଛି– ଜ୍ୟେଷ୍ଠ ମାସର ଖରା ରୌଦ୍ରଭରା ଖରା ବେଳ ଦେଖିଛି– କିନ୍ତୁ ଏ ରୁଦ୍ର ମୂର୍ତ୍ତି ତାହାର ନାହିଁ। ଏ ଭୀମ-ଭୈରବ ରୂପ ମୋତେ ମୁଗ୍ଧ କଲା। ସୂର୍ଯ୍ୟଙ୍କ ଆଡ଼କୁ ଅନାଇ ଦେଖିଲି, ଗୋଟା, ବିରାଟ ଅଗ୍ନି କୁଣ୍ଡ– କ୍ୟାଲ୍‌ସିୟମ ପୋଡୁଛି, ହାଇଡ୍ରୋଜେନ ପୋଡୁଛି, ଲୁହା ପୋଡୁଛି, ନିକେଲ ପୋଡୁଛି, କୋବାଲ୍‌ଟ ପୋଡୁଛି– ଜଣା ଅଜଣା ଶିହ ଶିହ ରକମର ଗ୍ୟାସ ଓ ଧାତୁ କୋଟି ଯୋଜନ ବ୍ୟାସଯୁକ୍ତ ଦୀପ୍ତ ଚୁଲିରେ ଏକା ସାଙ୍ଗରେ ପୋଡୁଛି– ତାହାରି ଉତ୍ତପ୍ତ ଅଗ୍ନିର ଢେଉ ଅସୀମ ଶୂନ୍ୟର ଛାଥାରର ସ୍ତରଭେଦ କରି ଫୁଲକିଆ ବଇହାର ଓ ଲୋଧାଇଟୋଲାର ତୃଣ ଭୂମିରେ ବିସ୍ତୀର୍ଣ୍ଣ ଅରଣ୍ୟରେ ଆସି ଲାଗି ପ୍ରତି ତୃଣ ପତ୍ରର ଶିରା ଉପଶିରାର ସବୁ ରସ ତକ ଶୁଖାଇ ସିଠା କରାଇ, ଦିଗ୍‌ ଦିଗନ୍ତ ଝଲସାଇ ପୋଡ଼ାଇ ଧ୍ୱଂସର ଏକ ତାଣ୍ଡବ ଲୀଳା ଆରମ୍ଭ କରିଛି। ଚାହିଁ ଦେଖିଲି ଦୂରରେ, ଅତି ଦୂରରେ ପ୍ରାନ୍ତରର ସର୍ବତ୍ର କମ୍ପମାନ ତାପ-ତରଙ୍ଗ ଓ ତାହାର ସେ ପଟରେ ତାପଜନିତ ଏକ ଅସ୍ପଷ୍ଟ କୁହୁଡ଼ି। ଗ୍ରୀଷ୍ମ ଖରାବେଲେ ଏଠାରେ କେବେ ହେଲେ ନୀଲ ଆକାଶ ଦେଖିଲି ନାହିଁ– ସର୍ବଦା ତାମ୍ରାଭ ବା ଧୂସର– ଚାରିଆଡ଼ ଶୂନ୍ୟ, ଗୋଟିଏ ଚିଲ-ଶାଗଣା ବି ନାହିଁ– ପକ୍ଷୀସବୁ ରାଜ୍ୟ ଛାଡ଼ି ପଳାଇଛନ୍ତି। ଖରାବେଳର କି ଅଭୁତ ସୌନ୍ଦର୍ଯ୍ୟ ଫୁଟିଅଛି! ଖରା ଉତ୍ତାପକୁ ଅଗ୍ରାହ୍ୟ କରି ସେହି ହରିଡ଼ା ଗଛ ତଳେ କେତେବେଲ ଯାଏ ଠିଆ ହୋଇ ରହିଲି। ସାହାରା ଦେଖି ନାହିଁ, ସେଭେନ୍ ହେଡ଼ିନ୍‌ର ବିଖ୍ୟାତ ଟାକ୍‌ଲା-ମାକାନ୍ ମରୁଭୂମି ଦେଖି ନାହିଁ, ଗୋବି ଦେଖି ନାହିଁ– କିନ୍ତୁ ଏଠାରେ ମଧାହ୍ନର ଏହି ରୁଦ୍ର ଭୈରବ ରୂପ ଭିତରେ ସେହିସବୁ ସ୍ଥାନର ଅସ୍ପଷ୍ଟ ଆଭାସ ଫୁଟି ଉଠିଲା।

କଚେରୀ ଠାରୁ ତିନି ମାଇଲ ଦୂରରେ ଗୋଟିଏ ବଣ ବେଷ୍ଟିତ କ୍ଷୁଦ୍ର କୁଣ୍ଡିରେ ସାମାନ୍ୟ ଟିକିଏ ଜଲ ଥିଲା। ଗତ ବର୍ଷର ଜଲରେ କୁଣ୍ଡିଟାରେ ଖୁବ୍ ମାଛ ହୋଇଥିଲେ ବୋଲି ଶୁଣିଥିଲି– ଖୁବ୍ ଗଭୀର ବୋଲି ଏଇ ଗରମରେ ବି ତାର ପାଣି ଏକାବେଲକେ ଶୁଖି ଯାଇନଥିଲା। କିନ୍ତୁ ସେ ପାଣିରେ କାହାରି କୌଣସି କାମ ହୁଏ ନାହିଁ। ପ୍ରଥମତଃ, ତାହାର ପାଖ ଆଖରେ ଅନେକ ଦୂର ଯାଏ କୌଣସି ଜନବସତି ନାହିଁ– ଦ୍ୱିତୀୟତଃ, ଜଲ ଓ ତୀର ଭୂମି ମଝିରେ ଏତେ ଗଭୀର ପଙ୍କ ଯେ ଅଣ୍ଟା ଯାଏ ପଶିଯାଏ– କଲସୀରେ ଜଲ ଭରି ପୁରି ଘାଟକୁ ଉଠିବାର ଆଶା ଖୁବ୍ କମ। ଆଉ ଗୋଟିଏ କାରଣ ଏହି ଯେ,

ପାଣି ଖୁବ୍ ଭଲ ନୁହେଁ– ଗାଧୋଇବା ବା ପିଇବାରେ ଆଦୌ ଉପଯୁକ୍ତ ନୁହେଁ, ପାଣିରେ କି ଜିନିଷ ମିଶିଛି ଜାଣେ ନା– କିନ୍ତୁ କେମିତିକା ଗୋଟିଏ ଅପ୍ରୀତିକର ଧାତବ ଗନ୍ଧ ।

ଦିନେ ସନ୍ଧ୍ୟାବେଳେ ପଶ୍ଚିମା ପବନ ଓ ଉତ୍ତାପ କମ ଥିବାରୁ ଘୋଡ଼ାରେ ଚଢ଼ି ସେହି କୁଣ୍ଡୀ ପାଖର ଉଚ୍ଚ ବାଲି ଢ଼ିପ ଓ ଉଚ୍ଚ ବଣଝାଉଁ ଜଙ୍ଗଲର ରାସ୍ତାରେ ଉପସ୍ଥିତ ହେଲି । ପଛରେ ଗ୍ରାଣ୍ଟ ସାହେବଙ୍କ ସେହି ବଡ଼ ବରଗଛର ଆଢୁଆଲରେ ସୂର୍ଯ୍ୟ ଅସ୍ତ ହେଉଥିଲେ । କଚେରୀର କିଛି ପାଣି ବଞ୍ଚାଇବା ପାଇଁ ଭାବିଲି, ଏଠାରେ ଘୋଡ଼ାଟିକୁ ଥରେ ପାଣି ପିଆଇ ନିଏ । ଯେତେ ପଙ୍କ ହେଉ ପଛକେ, ଘୋଡ଼ା ଠିକ୍ ଉଠି ପାରିବ । ଜଙ୍ଗଲ ପାର ହୋଇ କୁଣ୍ଡୀ ପାଖକୁ ଯାଇ ଗୋଟାଏ ଅଭୁତ ଦୃଶ୍ୟ ଆଖିରେ ପଡ଼ିଲା । କୁଣ୍ଡୀର ଚାରି ଧାରରେ ପଙ୍କ ଉପରେ ଆଠ–ଦଶଟା ଛୋଟ ବଡ଼ ସାପ, ଅନ୍ୟ ଦିଗରେ ତିନୋଟି ପ୍ରକାଣ୍ଡ ମଇଁଷି ଏକା ସାଙ୍ଗରେ ପାଣି ପିଉଥିଲେ । ସାପଗୁଡ଼ିକ ପ୍ରତ୍ୟେକଟି ବିଷାକ୍ତ, କରାତ ଓ ଶଙ୍ଖଚିତି ଶ୍ରେଣୀର, ଯାହା ଏ ଅଞ୍ଚଲରେ ସାଧାରଣତଃ ଦେଖାଯାନ୍ତି ।

ମଇଁଷି ଦେଖି ମନେ ହେଲା ଏ ପ୍ରକାର ମଇଁଷି ଆଉ କେବେ ଦେଖି ନାହିଁ । ପ୍ରକାଣ୍ଡ ଯୋଡ଼ିଏ ଶିଙ୍ଗ, ଦେହରେ ଲମ୍ବ ଲୋମ– ବିପୁଲ ଶରୀର । ନିକଟରେ ବି କୌଣସି ଲୋକାଲୟ କିମ୍ବା ମଇଁଷି ଖୁଆଡ଼ ନାହିଁ– ତାହେଲେ ଏ ମଇଁଷି କେଉଁଠୁ ଆସିଲେ ବୁଝି ପାରିଲି ନାହିଁ । ଭାବିଲି, ଚରାର ଖଜଣା ଫାଙ୍କି ଦେବା ଉଦ୍ଦେଶ୍ୟରେ ହୁଏତ କେହି ଲୁଚାଇ ଜଙ୍ଗଲ ଭିତରେ କେଉଁଠି ଖୁଆଡ଼ କରିଥିବ । କଚେରୀ ନିକଟରେ ପହଞ୍ଚିଲା କ୍ଷଣି, ଚକଲାଦାର ମୁନେଶ୍ୱର ସିଂ ସାଙ୍ଗରେ ଦେଖା ହେଲା । ଏ ବିଷୟ ତାକୁ କହିବା ମାତ୍ରେ ସେ ଚମକି ପଡ଼ିଲା– ଆରେ ସର୍ବନାଶ ! କଣ କହୁଛନ୍ତି ହଜୁର ! ହନୁମାନଜୀ ଖୁବ୍ ବଞ୍ଚାଇ ଦେଇଛନ୍ତି ଆଜି ! ସେ ପୋଷା ମଇଁଷି ନୁହେଁ ସେ ହେଉଛି ବଣୁଆ ମଇଁଷି ହଜୁର, ମୋହନପୁର ଜଙ୍ଗଲରୁ ପାଣି ପିଇବାକୁ ଆସିଛନ୍ତି । ସେ ଅଞ୍ଚଲରେ କେଉଁଠି ଟୋପାଏ ହେଲେ ପାଣି ନାହିଁ ! ଜଲ କଷ୍ଟରେ ପଡ଼ି ସେମାନେ ଆସିଛନ୍ତି ।

ତତ୍କ୍ଷଣାତ୍ କଥାଟା କଚେରୀରେ ରାଷ୍ଟ ହୋଇଗଲା । ସମସ୍ତେ ଏକ ବାକ୍ୟରେ କହିଲେ– ଉଃ, ହଜୁର ଖୁବ୍ ବଞ୍ଚ ଯାଇଛନ୍ତି ! ବାଘ ହାବୁଡ଼ରେ ପଡ଼ିଲେ ବରଂ ରକ୍ଷା ମିଳିପାରେ, ମାତ୍ର ବଣୁଆ ମଇଁଷି ହାବୁଡ଼ରେ ପଡ଼ିଲେ ଆଉ ନିସ୍ତାର ନାହିଁ । ଆଉ ଏକ ସନ୍ଧ୍ୟାବେଳେ ନିର୍ଜନ ଜାଗାରେ ଯଦି ଥରେ ସେମାନେ ଆପଣଙ୍କୁ ଗୋଡ଼ାଇଥାନ୍ତେ, ତାହା ହେଲେ ହଜୁର ଘୋଡ଼ା ଦଉଡ଼ାଇ ସୁଦ୍ଧା ତ୍ରାହି ପାଇ ପାରି ନଥାନ୍ତେ ।

ତା ପରଠୁଁ ଜଙ୍ଗଲ ବେଷ୍ଟିତ ସେହି ଛୋଟ କୁଣ୍ଡୀଟା ବନ୍ୟ ଜନ୍ତୁମାନଙ୍କର ଜଲପାନର ଗୋଟାଏ ପ୍ରଧାନ ଆଡ୍ଡ଼ା ହୋଇଗଲା । ଅନାବୃଷ୍ଟି ଯେତେ ପ୍ରଚଣ୍ଡ

ହେବାକୁ ଲାଗିଲା, ରୌଦ୍ରର କ୍ରମ-ବର୍ଦ୍ଧମାନ ପ୍ରଖରତାରେ ଦାବଦାହ ସେତେ ପ୍ରଚଣ୍ଡ ହେବାକୁ ଲାଗିଲା–ଖବର ମିଳିଲା, ସେହି ଜଙ୍ଗଲ ଭିତରର କୁଣ୍ଡୀରେ ଲୋକେ ବାଘକୁ ପାଣି ପିଇବାର ଦେଖିଛନ୍ତି, ବଣ ମଇଁଷି ଓ ହରିଣ ପଲକୁ ପାଣି ପିଇବାର ଦେଖିଛନ୍ତି, ନୀଳଗାଈ ଓ ବନ୍ୟ ଶୂକର ତ ଅଛନ୍ତି– କାରଣ ଶେଷ ଦୁଇ ପ୍ରକାରର ଜନ୍ତୁ ଏ ଜଙ୍ଗଲରେ ବହୁତ ଅଛନ୍ତି। ଆଉ ଦିନେ ଜ୍ୟୋସ୍ନା ରାତିରେ ମୁଁ ନିଜେ ଘୋଡ଼ାରେ ଚଢ଼ି ଶୀକାର ଉଦ୍ଦେଶ୍ୟରେ କୁଣ୍ଡୀକୁ ଗଲି– ସାଙ୍ଗରେ ତିନି ଚାରିଜଣ ସିପାହୀ ଥିଲେ– ଦୁଇ ତିନୋଟି ବନ୍ଦୁକ ବି ଥିଲା। ସେହି ରାତିରେ ଯେଉଁ ଦୃଶ୍ୟ ଦେଖିଥିଲି, ତାହା ମଧ ଜୀବନରେ ଭୁଲିବାର ନୁହେଁ। ତାହା ବୁଝିବାକୁ ହେଲେ ଏକ ଜନହୀନ ଜ୍ୟୋସ୍ନାମୟୀ ରାତ୍ରି ଓ ବିସ୍ତୀର୍ଣ୍ଣ ବନପ୍ରାନ୍ତରର ଛବି କଳ୍ପନାରେ ଆଙ୍କି ନେବାକୁ ହେବ! ଆହୁରି କଳ୍ପନା କରି ନେବାକୁ ହେବ, ସମଗ୍ର ବନଭୂମି ଏକ ଅଭୁତ ନିସ୍ତବ୍ଧତାର ରାଜ୍ୟ, ଯଦିଓ ଅଭିଜ୍ଞତା ନ ଥିଲେ ସେ ନିସ୍ତବ୍ଧତା କଳ୍ପନା କରିବା ପ୍ରାୟ ଅସମ୍ଭବ।

ଉଷ୍ଣ ପବନ ଅର୍ଦ୍ଧ ଶୁଷ୍କ କାଶ-କାଣ୍ଡର ଗନ୍ଧରେ ନିବିଡ଼ ହୋଇ ଯାଇଛି, ଲୋକାଳୟ ଠାରୁ ବହୁ ଦୂରକୁ ଆଛି, ଦିଗ୍‍ବିଦିଗର ଜ୍ଞାନ ହରାଇ ଦେଇଛି।

କୁଣ୍ଡୀରେ ପ୍ରାୟ ନିଃଶବ୍ଦରେ ପାଣି ପିଉଛନ୍ତି ଏକ ଦିଗରେ ଦୁଇଟି ନୀଳ ଗାଈ, ଅନ୍ୟ ଦିଗରେ ଦୁଇଟି ହେଟା ବାଘ। ନୀଳ ଗାଈ ଦୁଇଟି ଥରେ ଥରେ ହେଟାଙ୍କ ଆଡ଼କୁ ଚାହୁଁଛନ୍ତି– ଆଉ ଦୁଇଦଳଙ୍କ ମଝିରେ ଦୁଇ-ତିନି ମାସର ଗୋଟିଏ ଛୋଟ ନୀଳ ଗାଈର ଛୁଆ। ଏପରି କରୁଣ ଦୃଶ୍ୟ କେବେ ଦେଖି ନାହିଁ– ଦେଖି ପିପାସାର୍ତ୍ତ ବନ୍ୟ ଜନ୍ତୁଙ୍କର ନିରୀହ ଶରୀରକୁ ଅତର୍କିତରେ ଗୁଳି ମାରିବା ପାଇଁ ମୋର ମନ ଡାକିଲା ନାହିଁ।

ଏଣେ ବୈଶାଖ୍ୟ ବି କଟିଗଲା। କେଉଁଠି ଟୋପାଏ ଜଲ ନାହିଁ। ଗୋଟାଏ ବିପଦ ଦେଖା ଦେଲା। ଏହି ସୁବିସ୍ତୀର୍ଣ୍ଣ ବନ ପ୍ରାନ୍ତରରେ ଆଗରୁ ଲୋକମାନେ ମଝିରେ ମଝିରେ ଦିଗ ହରାଇ ବାଟ ବଣା ହୋଇ ଯାଉଥିଲେ– ଏଷଣି ଜଲାଭାବରେ ଏହିସବୁ ପଥହରା ପଥିକଙ୍କର ପ୍ରାଣ ହରାଇବାର ସମୂହ ଆଶଙ୍କା ହେଲା, କାରଣ ଫୁଲକିୟା ବଇହାର ଠାରୁ ଗ୍ରାଣ୍ଟ ସାହେବଙ୍କ ବରଗଛ ପର୍ଯ୍ୟନ୍ତ ବିଶାଲ ତୃଣ ଭୂମି ମଧରେ କେଉଁଠି ବିନ୍ଦୁଏ ଜଲ ନାହିଁ। ଗୋଟାଏ ଅଧେ ଶୁଷ୍କ ପ୍ରାୟ କୁଣ୍ଡ ଯେଉଁଠି ଅଛି, ଅନଭିଜ୍ଞ ଦିଗ୍‍ଭ୍ରାନ୍ତ ପଥିକ ପକ୍ଷରେ ତାହା ଖୋଜି ପାଇବା ସହଜ ନୁହେଁ। ଦିନକର ଘଟଣା କହୁଛି।

୪

ସେ ଦିନ ଚାରିଟା ବେଳେ ଅତ୍ୟଧିକ ଗରମ ହେତୁ କାମରେ ମନ ନ ଲାଗିବାରୁ ଖଣ୍ଡିଏ ବହି ଧରି ପଢୁଛି, ଏତିକିବେଳେ ରାମବିରିଜ ସିଂ ଆସି ଏତଲା ଦେଲା, କଚେରୀର ପଶ୍ଚିମ ଦିଗରେ ଉଚ୍ଚ ମୁଣ୍ଡିଆ ଉପରେ ଜଣେ ଅଭୁତ ଧରଣର ପାଗଳା ଲୋକ ଦେଖା ଯାଉଛି– ସେ ହାତ ଗୋଡ଼ ହଲାଇ ଦୂରରୁ କଣ ଯେମିତି କହୁଛି। ବାହାରକୁ ଯାଇ ଦେଖିଲି ସତରେ ଦୂରରେ ମୁଣ୍ଡିଆଟା ଉପରେ କିଏ ଜଣେ ଠିଆ ହୋଇଛି– ମନେ ହେଲା ମାତାଲଙ୍କ ପରି ଚଳି ଚଳି ସେ ଏ ଆଡ଼କୁ ଆସୁଛି। କଚେରୀଟା ଯାକର ଲୋକମାନେ ଜମା ହୋଇ ସେ ଆଡ଼କୁ ଆଁ କରି ଅନାଇ ରହିଛନ୍ତି ଦେଇ ଲୋକଟିକୁ ଏଠାକୁ ନେଇ ଆସିବା ପାଇଁ ମୁଁ ଦୁଇଜଣ ସିପାହୀଙ୍କୁ ପଠାଇ ଦେଲି।

ଯେତେବେଳେ ଲୋକଟିକୁ ଅଣାଗଲା, ଦେଖିଲି ତାହାର ଦେହରେ କୌଣସି ଜାମାପଟା ନାହିଁ– ପରିଧାନ ମାତ୍ର ଖଣ୍ଡିଏ ସାଦା ଧୋତି, ଚେହେରା ଭଲ, ରଙ୍ଗ ଗୌର ବର୍ଣ୍ଣ। କିନ୍ତୁ ତାହାର ମୁଖରେ ଆକୃତି ଅତିଶୟ ଭୀଷଣ, ଗାଲର ଦୁଇ ପାଖରୁ ଫେଣ ବାହାରୁଛି, ଆଖି ଦୁଇଟି ମନ୍ଦାର ଫୁଲ ପରି ଲାଲ, ଆଖିରେ ଉନ୍ମାଦଙ୍କ ପରି ଦୃଷ୍ଟି। ମୋ ଘରର ମେଲାରେ ବାଲ୍‌ଟିଏ ପାଣି ଥିଲା– ତାହା ଦେଖି ସେ ପାଗଲଙ୍କ ପରି ବାଲ୍‌ଟି ଆଡ଼କୁ ଧାଇଁଗଲା। ଚକଲାଦାର ମୁନେଶ୍ୱର ସିଂ ବ୍ୟାପାରଟା ବୁଝି ପାରି ତୁରନ୍ତ ବାଲ୍‌ଟି ସେଠାରୁ ଉଠାଇନେଲା। ତାପରେ ତାକୁ ବସାଇ ତାହାର ପାଟି ମେଲା କରି ଦେଖାଗଲା, ତାହାର ଜିଭ ଫୁଲି ଯାଇ ବିଭସ୍ୟ ବ୍ୟାପାର ହୋଇଛି। ଅତି କଷ୍ଟରେ ଜିଭଟା ମୁହଁରୁ ଏକ ପାଖକୁ ଘୁଞ୍ଚାଇ ତାହାର ମୁହଁରେ ଟିକିଏ ଟିକିଏ କରି ଜଳ ଦେବାରୁ ଅଧଘଣ୍ଟାଏ ପରେ ଲୋକଟି କିଞ୍ଚିତ୍ ସୁସ୍ଥ ବୋଧ କଲା। କଚେରୀରେ ଲେମ୍ବୁ ଥିଲା। ଗରମ ଜଳରେ ଲେମ୍ବୁରସ ମିଶାଇ ଗିଲାସେ ତାକୁ ପିଇବାକୁ ଦେଲି। କ୍ରମେ ପ୍ରାୟ ଘଣ୍ଟାକ ପରେ ସେ ସମ୍ପୂର୍ଣ୍ଣ ସୁସ୍ଥ ହୋଇଗଲା। ଶୁଣିଲି ତାହାର ଘର ପାଟନାରେ। ଲାଖ ଚାଷ କରିବା ଉଦ୍ଦେଶ୍ୟରେ ସେ ଏ ଅଞ୍ଚଲରେ କୋଲିର ଜଙ୍ଗଲ ଅନୁସନ୍ଧାନ କରିବାକୁ ଆଜିକି ଦୁଇ ଦିନ ହେଲା ପୂର୍ଣ୍ଣିୟାରୁ ବାହାରିଛି। ତା ପରେ ଖରା ବେଳେ ସେ ଆମ ମାହାଲରେ ପହଞ୍ଚିଛି, ଏବଂ ଟିକିଏ ପରେ ଦିଗ୍‌ଭ୍ରାନ୍ତ ହୋଇ ଯାଇଛି। କାରଣ ଏଭଳି ଏକବାଗିଆ ଏକ ପ୍ରକାର ଗଛରେ ପୂର୍ଣ୍ଣ ଜଙ୍ଗଲରେ ଦିଗ ହୁଡ଼ିଯିବା ଖୁବ୍ ସହଜ, ବିଶେଷତଃ ବିଦେଶୀ ଲୋକଙ୍କ ପକ୍ଷରେ। କାଲିର ଭୀଷଣ ଉତ୍ତାପରେ ଓ ଗରମ ପଶ୍ଚିମା ପବନର ଝାଁ ଭିତରେ ସେ ଖରାବେଳଟା ଯାକ ଭୁଆ ବୁଲିଛି– କେଉଁଠି ଟୋପାଏ ପାଣି ପାଇ ନାହିଁ, ଜଣେ ହେଲେ ମଣିଷ ସାଙ୍ଗରେ ଦେଖା ହୋଇ ନାହିଁ– ରାତିରେ ଅବସନ୍ନ ଅବସ୍ଥାରେ ଗୋଟିଏ ଗଛ ତଳେ ଶୋଇଥିଲା– ଆଜି

ସକାଳୁ ପୁଣି ଭୂଆଁ ବୁଲିବାରେ ଲାଗିଛି- ମୁଣ୍ଡ ଠିକ୍ ଥିଲେ ସୂର୍ଯ୍ୟ ଦେଖି ଦିଗ ନିର୍ଣ୍ଣୟ କରିବା ହୁଏତ ତା ପକ୍ଷରେ ଖୁବ୍ କଠିନ ହୋଇ ନଥାନ୍ତା- ଅନ୍ତତଃ ପୂର୍ଣ୍ଣିୟାକୁ ବି ଫେରିଯାଇ ପାରିଥାନ୍ତା- କିନ୍ତୁ ଭୟରେ ବାଟବଣା ହୋଇ ଥରେ ଏଣେ ତ ଥରେ ତେଣେ ଦୌଡ଼ା ଦୌଡ଼ି କରିଛି, ତାପରେ ଆଜି ଖରାବେଳ ସାର। ଖୁବ୍ ଚିକ୍କାର କରି ଲୋକଙ୍କୁ ଡାକିବାକୁ ଚେଷ୍ଟା କରିଛି-କେଉଁଠ ଲୋକ ? ଫୁଲକିୟା। ବଇହାରର କୋଲି ଜଙ୍ଗଲ ଯେଉଁଆଡ଼େ, ସେହି ଆଡ଼ୁ ଲବ୍‍ଟୁଲିଆ ପର୍ଯ୍ୟନ୍ତ ଦଶ-ବାର ବର୍ଗ ମାଇଲ ବ୍ୟାପୀ ବଣ-ପ୍ରାନ୍ତର ସମ୍ପୂର୍ଣ୍ଣ ଜନମାନବ ଶୂନ୍ୟ। ସୁତରାଂ ଆଶ୍ଚର୍ଯ୍ୟର ବିଷୟ କିଛି ନୁହେଁ ଯେ, ତାହାର ଚିକ୍କାର କେହି ଶୁଣି ନାହାନ୍ତି। ଆହୁରି ମଧ ତାହାର ଆତଙ୍କିତ ହେବାର କାରଣ, ସେ ଭାବିଥିଲା ଜଙ୍ଗଲ ଭିତରେ କୌଣସି ଭୂତ-ପ୍ରେତ ତାକୁ ମାଡ଼ି ବସିଛି- ପ୍ରାଣରୁ ନ ମାରି ଛାଡ଼ିବ ନାହିଁ। ତାହାର ଦେହରେ ଖଣ୍ଡିଏ ଜାମା ଥିଲା, କିନ୍ତୁ ଆଜି ଖରା ବେଳ ପରେ ଅସହ୍ୟ ପିପାସାରେ ତାହାର ଦେହ ଏମିତି ଜଳିବାକୁ ଲାଗିଲା ଯେ, ଜାମାଟା ଖୋଲି କୁଆଡ଼େ ଫୋପାଡ଼ି ଦେଲା। ଏ ଅବସ୍ଥାରେ ଦୈବ କ୍ରମେ ଆମ କଚେରୀର ହନୁମାନ ଧ୍ୱଜାର ଲାଲ ନିଶାଣଟା ଦୂରରୁ ତାହାର ଆଖିରେ ନ ପଡ଼ିଥିଲେ ଲୋକଟି ଆଜି ନିଶ୍ଚୟ ମରି ଯାଇଥାନ୍ତା।

ଦିନେ ଏହି ଘୋର ଉତ୍ତାପ ଓ ଜଳ କଷ୍ଟ କାଳରେ ଠିକ୍ ଖରା ବେଳେ ସମ୍ବାଦ ପାଇଲି, ନୈରିତ କୋଣରେ ମାଇଲ ଖଣ୍ଡେ ଦୂରରେ ଜଙ୍ଗଲରେ ଭୟଙ୍କର ନିଆଁ ଲାଗିଛି ଏବଂ ନିଆଁ କଚେରୀ ଆଡ଼କୁ ମାଡ଼ି ଆସୁଛି। ସମସ୍ତେ ମିଶି ତୁରନ୍ତ ବାହାରକୁ ଯାଇ ଦେଖିଲୁ ପ୍ରଚୁର ଧୂଆଁ ସାଙ୍ଗରେ ଲୋହିତ ଅଗ୍ନିଶିଖା ଲହ ଲହ କରି ବହୁ ଦୂର ଆକାଶକୁ ଉଠୁଛି ! ସେ ଦିନ ପୁଣି ଦକ୍ଷିଣ-ପଶ୍ଚିମା ପବନ, ଲମ୍ବା ଲମ୍ବା ଘାସ ଓ ବଣ – ଝାଉଁର ଜଙ୍ଗଲ ସୂର୍ଯ୍ୟ ତାପରେ ଅର୍ଦ୍ଧ ଶୁଷ୍କ ହୋଇ ବାରୁଦ ପରି ହୋଇଛି, ସ୍ଫୁଲିଙ୍ଗଟିଏ ପଡ଼ିବା ମାତ୍ରେ ବୁଦାଟା ଜଳି ଉଠୁଛି- ସେ ଆଡ଼କୁ ଯେତେ ଦୂର ଦୃଷ୍ଟି ଗଲା କେବଳ ଘନ ନୀଳ ବର୍ଷ ଧୂମରାଶି ଓ ଅଗ୍ନିଶିଖା – ଆଉ ବଡ଼ ବଡ଼ ଶବ୍ଦ। ଝଡ଼ ମୁହଁରେ ପଶ୍ଚିମରୁ ପୂର୍ବ ଦିଗକୁ ବଙ୍କା ଅଗ୍ନି ଶିଖା ଠିକ୍ ଯେମିତି ଡାକଗାଡ଼ି ବେଗରେ ଆମର କେତେ ଖଣ୍ଡ ଚାଳ ଘର ଆଡ଼କୁ ଛୁଟି ଆସୁଛି। ସମସ୍ତଙ୍କ ମୁହଁ ଶୁଖିଗଲା, ଏଠାରେ ରହିଲେ ଆପାତତଃ ଘେର ନିଆଁରେ ସିଝି ଯାଇ ମରିବାକୁ ହେବ- ଦାବାନଲ ତ ଆସି ପହଞ୍ଚିଲା।

ଭାବିବାକୁ ସମୟ ନାହିଁ। କଚେରୀର ଦରକାରୀ କାଗଜପତ୍ର, ତହବିଲ ଟଙ୍କା, ସରକାରୀ ଦଲିଲ, ମ୍ୟାପ, ସର୍ବସ୍ୱ ମହଯୁଦ- ଏହା ଛଡ଼ା ଆମର ଯେଉଁାର ଯେଉଁାର ବ୍ୟକ୍ତିଗତ ଜିନିଷ ତ ଅଛି। ଏସବୁ ତ ଯିବ ! ସିପାହୀମାନେ ଶୁଖିଲା ମୁହଁରେ ଭୀତ କଣ୍ଠରେ କହିଲେ- ନିଆଁ ତ ଆସିଗଲା, ହଜୁର ! କହିଲି- ସବୁ ଜିନିଷ ବାହାର କର।

ଆଗେ ସରକାରୀ ତହବିଲ ଓ କାଗଜପତ୍ର ।

ନିଆଁ ଓ କଟେରୀ ମଝିରେ ଯେଉଁ ଜଙ୍ଗଲ ପଡ଼େ ତହିଁରୁ ଯେତେ ପାରିବେ କାଟି ପରିଷ୍କାର କରିବାରେ କେତେ ଜଣ ଲୋକ ଲାଗିଗଲେ । ଜଙ୍ଗଲ ଭିତରେ ମଇଁଷି ଖୁଆଡ଼ରୁ ନିଆଁ ଦେଖିପାରି ମଇଁଷିଆଳ ଚରାର ପ୍ରଜା ଦଶ କୋଡ଼ିଏ ଜଣ କଟେରୀ ରକ୍ଷା ପାଇଁ ଆସିଲେ, କାରଣ ପଶ୍ଚିମା ପବନର ବେଗ ଦେଖି ସେମାନେ ବୁଝି ପାରିଲେ କଟେରୀ ଘୋର ବିପନ୍ନ ।

କି ଅଦ୍ଭୁତ ଦୃଶ୍ୟ ! ଜଙ୍ଗଲ ଦଳି ଚକଟି ପଶ୍ଚିମରୁ ପୂର୍ବ ଦିଗକୁ ନୀଳଗାଈ ଦଳ ଦଳ ହୋଇ ଧାଇଁ ପଳାଉଛନ୍ତି, ଶିଆଳ ପଳାଉଛି, କାନ ଠିଆ କରି ଠେକୁଆ ଧାଉଁଛି, ଦଳେ ବଣ ଘୁଷୁରି ଛୁଆପିଲା ଧରି କଟେରୀର ଅଗଣା ଦେଇ ଦିଗ୍‌ବିଦିଗ ଜ୍ଞାନଶୂନ୍ୟ ଅବସ୍ଥାରେ ଦୌଡ଼ିଗଲେ- ସେ ଅଞ୍ଚଳର ଖୁଆଡ଼ରୁ ପୋଷା ମଇଁଷି ଦଳ ଦଳ ହୋଇ ପ୍ରାଣ ପଣେ ଦଉଡ଼ୁଛନ୍ତି, ଦଳେ ବଣଶୁଆ ମୁଣ୍ଡ ଉପର ଦେଇ ସାଁ କରି ଉଡ଼ି ପଳେଇଲେ, ତା ପଛେ ପଛେ ବଡ଼ ଦଳେ ଲାଲ ହଂସ । ପୁଣି ଦଳେ ବଣଶୁଆ, କେତେଟା ସିଲ୍ଲି । ଚକଲାଦାର ରାମବିରିଜ ସିଂ ଅବାକ ହୋଇ କହିଲା- ପାଣି କେଉଁଠି ନାହିଁ... ଆରେ ଏ ଲାଲ ହଂସ କେଉଁଠୁ ଆସିଲେ, ଭାଇ ରାମଲଗନ ? ଗୋସ୍ତ ମୋହରିର ବିରକ୍ତ ହୋଇ କହିଲା- ଆଃ, ରଖ୍ ବାପା ! ଏକ୍ଷଣି ପ୍ରାଣ ଲାଗି ଟଣାଟଣି, ଲାଲ ହଂସ କେଉଁଠୁ ଆସିଲେ ତାର କୈଫିୟତର କି ଦରକାର ?

କୋଡ଼ିଏ ମିନିଟ୍ ଭିତରେ ନିଆଁ ଆସି ପହଞ୍ଚଗଲା । ତା ପରେ ଦଶ ପନ୍ଦର ଜଣ ଲୋକ ମିଳି ପ୍ରାୟ ଘଣ୍ଟାଏ କାଳ ନିଆଁ ସାଙ୍ଗରେ ସେ କି ଯୁଦ୍ଧ ! ପାଣି କେଉଁଠି ନାହିଁ- ଦରଶୁଖିଲା ଗଛର ଡାଲ ଓ ବାଲି ଏକମାତ୍ର ଅସ୍ତ୍ର । ସମସ୍ତଙ୍କର ମୁହଁ ଆଖି ନିଆଁ ଓ ରୌଦ୍ରର ତାପରେ ଦୈତ୍ୟଙ୍କ ପରି ବିଭୀଷଣ ହୋଇ ଯାଇଛି, ସର୍ବାଙ୍ଗରେ ପାଉଁଶ ଓ କଳା, ହାତରେ ଶିରା ଫୁଲି ଯାଇଛି, ଅନେକଙ୍କ ଦେହ ହାତରେ ଫୋଟକା- ଏଣେ କଟେରୀର ସବୁ ଜିନିଷପତ୍ର, ବାକ୍ସ, ଖଟ, ଟେବୁଲ ଆଲମାରୀ ସେତେବେଳେ ଟାଣି ଓଟାରି ବାହାର କରି ବିଶୃଙ୍ଖଳ ଭାବରେ ପଦାରେ ପକା ଯାଉଛି । କେଉଁଠିକାର ଜିନିଷ ଯେ କୁଆଡ଼େ ଗଲା, କିଏ ତାର ହିସାବ ରଖୁଛି ! ମୋହରିର ବାବୁଙ୍କୁ କହିଲି- ଟଙ୍କା ଆପଣଙ୍କ ଜିମାରେ ରଖନ୍ତୁ, ଆଉ ଦଲିଲ ବାକ୍ସଟା ମଧ୍ୟ ।

କଟେରୀର ହତା ଓ ପରିଷ୍କୃତ ସ୍ଥାନରେ ବାଧା ପାଇ ନିଆଁର ଗତି ଉତ୍ତର ଓ ଦକ୍ଷିଣ ପାଖ ଦେଇ ନିମିଷକ ଭିତରେ ପୂର୍ବକୁ ମୁହାଁଇଲା-

କଟେରୀଟା କୌଣସି ମତେ ଏ ଯାତ୍ରାରୁ ରକ୍ଷା ପାଇଗଲା । ଜିନିଷ ପତ୍ର ପୁଣି ଘରକୁ ଉଠାଗଲା, କିନ୍ତୁ ବହୁ ଦୂରରେ ପୂର୍ବାକାଶ ଲାଲ କରି ଲୋଲ ଜିହ୍ୱା ପ୍ରଳୟଙ୍କରୀ

ଅଗ୍ନିଶିଖା ରାତି ସାରା ଜଳି ଜଳି ସକାଳ ଆଡ଼କୁ ମୋହନପୁରା ସଂରକ୍ଷିତ ଜଙ୍ଗଲ ସୀମାରେ ଯାଇ ପହଞ୍ଚିଲା।

ଦୁଇ-ତିନି ଦିନ ପରେ ଖବର ମିଳିଲା କାରୋ ଓ କୋଶୀ ନଦୀର ତୀରବର୍ତ୍ତୀ ପଙ୍କରେ ଆଠ-ଦଶୋଟି ବଣ ମଇଁଷି, ଦୁଇଟି ଚିତାବାଘ, କେତୋଟି ନୀଳଗାଈ ପୋଡ଼ି ହୋଇ ପଡ଼ିଛନ୍ତି। ଏମାନେ ନିଆଁ ଦେଖି ମୋହନପୁରା ଜଙ୍ଗଲରୁ ପ୍ରାଣ ବିକଳରେ ନଦୀ କୂଳେ କୂଳେ ଦୌଡ଼ି ଯାଉ ଯାଉ ପଙ୍କରେ ପଡ଼ି ଯାଇଛନ୍ତି- ଯଦିଛ ସଂରକ୍ଷିତ ଜଙ୍ଗଲ ଠାରୁ କୋଶୀ ଓ କାରୋ ନଦୀ ପ୍ରାୟ ଆଠ-ନଅ ମାଇଲ ଦୂରରେ।

ଚତୁର୍ଥ ପରିଚ୍ଛେଦ

୧

ବୈଶାଖ ଜ୍ୟେଷ୍ଠ ଗଡ଼ିଯାଇ ଆଷାଢ଼ ଆସିଲା। ଆଷାଢ଼ ମାସରେ ପ୍ରଥମେ କଚେରୀର ପୁଣ୍ୟାହ ଉସ୍ତବ। ଏ ଜାଗାରେ ମଣିଷ ମୁହଁ ଦେଖିବା ସାତ ସପନ ବୋଲି ମୋର ଗୋଟାଏ ମନ ହେଲା କଚେରୀର ପୁଣ୍ୟାହ ଦିନରେ ଅନେକ ଲୋକଙ୍କୁ ନିମନ୍ତ୍ରଣ କରି ଖୁଆଇବି। ନିକଟରେ କୌଣସି ଗ୍ରାମ ନଥିବାରୁ ଆମେ ଗନୋରୀ ତେଓୟାରୀକୁ ପଠାଇ ଦୂର ଦୂର ଗାଁର ଲୋକମାନଙ୍କୁ ନିମନ୍ତ୍ରଣ କଲୁ। ପୁଣ୍ୟାହର ପୂର୍ବ ଦିନରୁ ଆକାଶ ମେଘାଚ୍ଛନ୍ନ ରହି ବୃଷ୍ଟି ଟପ ଟପ ହୋଇ ପଡ଼ିବାକୁ ଲାଗିଲା, ପୁଣ୍ୟାହ ଦିନ ଆକାଶ ଭାଙ୍ଗି ପଡ଼ିଲା। ଏଣେ ମଧ୍ୟାହ୍ନ ହେଉ ନ ହେଉଣୁ ଦଳେ ଦଳେ ଲୋକ ନିମନ୍ତ୍ରଣ ଖାଇବା ଲୋଭରେ ଧାରା ବର୍ଷଣକୁ ଉପେକ୍ଷା କରି କଚେରୀରେ ରୁଣ୍ଡ ହେବାକୁ ଲାଗିଲେ। ଏମିତି ମୁସ୍କିଲ୍ ହେଲା ଯେ, ସେମାନଙ୍କୁ ବସିବା ପାଇଁ ଜାଗା ଦେଇ ହେଲା ନାହିଁ। ଦଳ ଭିତରେ ଅନେକ ସ୍ତ୍ରୀ ଲୋକ ପୁଅ ଝିଅ ଧରି ଖାଇବାକୁ ଆସିଛନ୍ତି, କଚେରୀର ଅଫିସ ଘରେ ସେମାନଙ୍କର ବସିବାର ବ୍ୟବସ୍ଥା କଲୁ, ପୁରୁଷମାନେ ଯେର ଯେଉଁଠି ପାରେ ଆଶ୍ରୟ ନେଲେ।

ଏ ଅଞ୍ଚଳର ଭୋଜିଭାତରେ କୌଣସି ହେଙ୍ଗାମା ନାହିଁ। ଏତେ ଗରିବ ଅଞ୍ଚଳ ଯେ ଥାଇପାରେ ତାହା ମୋତେ ଜଣା ନଥିଲା। ବଙ୍ଗ ଦେଶ ଯେତେ ଗରିବ ହେଉ ପଛକେ, ଏଠିକାର ସାଧାରଣ ଲୋକଙ୍କ ତୁଳନାରେ ବଙ୍ଗର ଗରିବ ଲୋକ ବି ଖୁବ୍ ବେଶୀ ଅବସ୍ଥାପନ୍ନ। ଏମାନେ ଏହି ମୁଷଳ ଧାରାର ବୃଷ୍ଟିକୁ ମୁଣ୍ଡାଇ ଖାଇବାକୁ ଆସିଛନ୍ତି ଚୀନା ଘାସର ଦାନା, ଖଟା ଦହି, ଭେଲି ଗୁଡ଼ ଓ ଲଡ଼ୁ। କାରଣ ଏହାହିଁ ଏଠାରେ ସାଧାରଣ ଭୋଜିର ଖାଦ୍ୟ।

ଦଶ-ବାର ବର୍ଷର ଗୋଟିଏ ଅଚିହ୍ନା ପିଲା ସକାଳୁ ଖୁବ୍ ଖଟୁଥିଲା। ଗରିବ ଲୋକର ପୁଅ, ନାମ ବିଷ୍ଣୁଆ। ଦୂରର କୌଣସି ଗାଁରୁ ଆସିଥିବ। ଦଶଟା ବେଳେ ସେ କିଛି ଜଳଖିଆ ମାଗିଲା। ଭଣ୍ଡାରର ଭାର ଥିଲା ଲବ୍‌ଟୁଲିଆର ପଟୁଆରୀ ଉପରେ, ସେ ତାକୁ ଦନାଏ ଚୀନାର ଦାନା ଓ ଟିକିଏ ଲୁଣ ଆଣି ଦେଲା।

ମୁଁ ପାଖରେ ଠିଆ ହୋଇଥିଲି। ପିଲାଟି ତ୍ରିପଣ୍ଡ କଳା, ମୁଖଟା ସୁଶ୍ରୀ, ଯେମିତି ପଥରର କୃଷ୍ଣ ମୂର୍ତ୍ତି। ସେ ଯେତେବେଳେ ବ୍ୟସ୍ତ ହୋଇ ମଇଲା ମୋଟା ମାର୍କିନ ଆଠ-ହାତି ଥାନ ଲୁଗାର କାନି ପତାଇ ସେହି ତୁଚ୍ଛ ଜଳଖିଆ ନେଲା, ସେତେବେଳେ ତାହାର ମୁଖରେ କି ଆନନ୍ଦର ହସ! ମୁଁ କହିପାରେ ଅତି ଗରିବ ଅବସ୍ଥାରେ କୌଣସି ବଙ୍ଗାଳୀ ପିଲା କଦାପି ଚୀନାର ଦାନା ଖାଇବ ନାହିଁ, ଖୁସି ହେବା ତ ଦୂରର କଥା। କାରଣ, ଥରେ ସଉକ କରି ଚୀନା ଦାନା ଖାଇ ଯେଉଁ ସୁଆଦ ପାଇଛି, ସେଥିରେ ମୁଖରୋଚକ ଖାଦ୍ୟ ହିସାବରେ ତାକୁ କଦାପି ଉଲ୍ଲେଖ କରି ପାରିବ ନାହିଁ।

ବୃଷ୍ଟି ଭିତରେ କୌଣସି ପ୍ରକାରେ ବ୍ରାହ୍ମଣ ଭୋଜନ ଏକ ପ୍ରକାର ମେଣ୍ଟିଗଲା। ଦିହପର ବେଳକୁ ଦେଖିଲି ଘୋର ଅବିଶ୍ରାନ୍ତ ବୃଷ୍ଟି ଭିତରେ ଢେର ବେଳୁ ତିନୋଟି ସ୍ତ୍ରୀଲୋକ ବାହାରେ ପତ୍ର ପକାଇ ବସି ରହି ବର୍ଷାରେ ଓଦା ହୋଇ ଜଡ଼ସଡ଼ ହୋଇ ଗଲେଣି– ସାଙ୍ଗରେ ଦୁଇଟି ଛୋଟ ଛୋଟ ପୁଅ ଝିଅ ବି। ସେମାନଙ୍କ ପତ୍ରରେ ଚୀନା ଦାନା ଅଛି, କିନ୍ତୁ ଦହି ବା ଭେଲି ଗୁଡ଼ କେହି ଦେଇ ନାହାନ୍ତି, ସେମାନେ ଆଁ କରି କଟେରୀ ଘର ଆଡ଼କୁ ଅନାଇ ରହିଛନ୍ତି। ପଟୁଆରୀକୁ ଡାକି ପଚାରିଲି– ଏମାନଙ୍କୁ କିଏ ଦେଉଛି? ଏମାନେ ବସିଛନ୍ତି କାହିଁକି? ଆଉ ଏହି ବୃଷ୍ଟି ଭିତରେ ଏମାନଙ୍କୁ ବାହାରେ ବା ବସାଇଛି କିଏ?

ପଟୁଆରୀ କହିଲା– ହଜୁର, ସେମାନେ ଜାତିରେ ଦୋଷାଦ। ସେମାନଙ୍କୁ ଆଣି ଘରର ପିଣ୍ଡାରେ ବସାଇଲେ ଘରର ସବୁ ଜିନିଷ ପତ୍ର ଫିଙ୍ଗା ଯିବ। କୌଣସି ବ୍ରାହ୍ମଣ, ଛତ୍ରୀ କି ଗାଙ୍ଗୋତା ସେ ଜିନିଷ ଖାଇବେ ନାହିଁ। ଆଉ ଜାଗା ବା କେଉଁଠ ଅଛି କୁହନ୍ତୁ ତ?

ସେହି ଗରିବ ଦୋଷାଦ ସ୍ତ୍ରୀ ଲୋକ କେତେଜଣଙ୍କ ସାମନାରେ ମୁଁ ନିଜେ ଯାଇ ବର୍ଷାରେ ଓଦା ହୋଇ ଠିଆ ହେବାରୁ ଲୋମାନେ ବ୍ୟସ୍ତ ହୋଇ ସେମାନଙ୍କୁ ପରିବେଷଣ କରିବାକୁ ଲାଗିଲେ। ସାମାନ୍ୟ ଚୀନା ଦାନା, ଗୁଡ଼ ଓ ଖଟା ଘୋଲ ଦହି ଜଣେ ଜଣେ ଯେଉଁ ପରିମାଣରେ ଖାଇଲେ, ଆଖିରେ ନ ଦେଖିଲେ ତାହା ବିଶ୍ୱାସ କରିହେବ ନାହିଁ। ଏହି ଭୋଜି ଖାଇବା ଲାଗି ଏତେ ଆଗ୍ରହ ଦେଖି ଠିକ୍ କଲି, ଏହି ଦୋଷାଦ ସ୍ତ୍ରୀ ଲୋକଙ୍କୁ ଦିନେ ନିମନ୍ତ୍ରଣ କରି ଖୁବ୍ ଭଲ କରି ପ୍ରକୃତ ସଭ୍ୟ ଖାଦ୍ୟ

ଖୁଆଇବି। ସପ୍ତାହ ଖଣ୍ଡେ ପରେ ପଟୁଆରୀକୁ ପଠାଇ ଦୋଷାଦ ପଡ଼ାର ସ୍ତ୍ରୀ ଲୋକ କେତେଜଣ ଓ ତାଙ୍କର ଛୁଆ ପିଲାଙ୍କୁ ନିମନ୍ତ୍ରଣ କଲି। ସେ ଦିନ ସେମାନେ ଯାହା ଖାଇଲେ- ଲୁଚି, ମାଛ, ମାଂସ, ଷୀର, ଦହି, ପାୟସ, ଚଟଣି- ଜୀବନରେ କେଉଁ ଦିନ ସେ ରକମ ଭୋଜି ଖାଇବାକୁ କଳ୍ପନା ବି କରି ନାହାନ୍ତି। ସେମାନଙ୍କର ବିସ୍ମିତ ଓ ଆନନ୍ଦିତ ମୁହଁ-ଆଖିର ସେ ହସ କେତେ ଦିନ ଯାଏ ମୋର ମନରେ ଥିଲା। ସେହି ବାରବୁଲା ଗାଉଁଡ଼ୋଟା ଟୋକା ବିଶୁୟା ବି ସେ ଦଳରେ ଥିଲା।

9

ସର୍ଭେ-କ୍ୟାମ୍ପରୁ ଦିନେ ଘୋଡ଼ାରେ ଚଢ଼ି ଫେରିବା ବେଳେ ଦେଖିଲି ବଣ ଭିତରେ ଜଣେ ଲୋକ କାଶ-ଘାସର ବୁଦା ପାଖରେ ବସି ବିରି ଛତୁ ଗୋଲାଇ ଖାଉଛି। ପତ୍ର ଅଭାବରୁ ମଇଲା ଧାନ ଲୁଗାର କାନିରେ ଛତୁ ଗୋଲାଉଛି- ଏତେ ବଡ଼ ଗୋଟାଏ ପେଣ୍ଠୁଲା ଯେ, ଜଣେ ଲୋକ- ହିନ୍ଦୁସ୍ତାନୀ ହେଲେ ସୁଦ୍ଧା, ମଣିଷ ତ- କିପରି ଏତେ ଛତୁ ଖାଇପାରେ, ଏହା ମୋର ବୁଦ୍ଧିର ଅଗୋଚର। ମୋତେ ଦେଖି ଲୋକଟି ସମ୍ଭ୍ରମରେ ଖାଇବା ଛାଡ଼ି ଉଠି ପଡ଼ି ଠିଆ ହୋଇ ସଲାମ କରି କହିଲା- ମ୍ୟାନେଜର ସାହେବ! ଟିକିଏ ଜଳଖିଆ ଖାଉଛି, ହଜୁର ମାଫ୍ କରିବେ।

ଜଣେ ଲୋକ ନିର୍ଜନରେ ବସି, ଶାନ୍ତ ଭାବରେ ଜଳଖିଆ ଖାଉଛି, ଏହା ଭିତରେ ମାଫ୍ କରିବାର କ'ଣ ଅଛି ଖୋଜି ପାଇଲି ନାହିଁ। କହିଲି- ଖାଅ, ଖାଅ, ତୁମକୁ ଉଠିବାକୁ ହେବ ନାହିଁ। ତୁମର ନାଁ କଣ ?

ଲୋକଟି ସେତେବେଳକୁ ବସି ନଥିଲା, ଠିଆ ହୋଇ ରହି ସମ୍ଭ୍ରମରେ କହିଲା- ଗରିବର ନାମ ଧାଓତାଲ ସାହୁ, ହଜୁର।

ତା ଆଡ଼କୁ ଚାହିଁ ଦେଖି ମନେ ହେଲା ଲୋକଟିଣିର ବୟସ ଷାଠିଏ ଉପରେ ହେବ। ରୋଗା ଲମ୍ବା ଚେହେରା, ଦେହର ରଙ୍ଗ କଳା, ପରିଧାନ ଅତି ମଳିନ ଥାନ ଓ ମେରଜାଇ, ପାଦ ଖାଲି।

ଧାଓତାଲି ସାହୁ ସାଙ୍ଗରେ ଏହି ପ୍ରଥମ ମୋର ଆଲାପ।

କଚେରୀକୁ ଆସି ରାମଜୋତ୍ ପଟୁଆରୀକୁ ପଚାରିଲି- ଧାଓତାଲ ସାହୁକୁ ଚିହ୍ନିଛ ?

ରାମଜୋତ୍ କହିଲା- ହଁ, ହଜୁର! ଧାଓତାଲ ସାହୁକୁ ଏ ଅଞ୍ଚଲରେ କିଏ ନ ଜାଣେ ? ସେ ମସ୍ତ ବଡ଼ ମହାଜନ, ଲକ୍ଷପତି ଲୋକ, ଏ ଆଡ଼େ ସମସ୍ତେ ତାହାର

ଖାତକ। ନଉଗାଛିଆରେ ତାହାର ଘର। ପଟୁଆରୀର କଥା ଶୁଣି ବଡ଼ ଆଶ୍ଚର୍ଯ୍ୟ ହୋଇଗଲି। ଲକ୍ଷପତି ଲୋକ ବଣ ଭିତରେ ବସି ମଇଳା ଚାଦର କାନିରେ ପେଣ୍ଟୁଳେ ନିରୁପକରଣ ବିରିଛତୁ ଖାଉଛି- ଏ ଦୃଶ୍ୟ କୌଣସି ବଙ୍ଗାଳୀ ଲକ୍ଷପତି ସମ୍ବନ୍ଧରେ ଅନ୍ତତଃ କଳ୍ପନା କରିବା ଅତୀବ କଠିନ। ଭାବିଲି ପଟୁଆରୀ ବଢ଼ାଇ କରି କଥା କହୁଛି। କିନ୍ତୁ କଚେରୀରେ ଯାହାକୁ ପଚାରିଲି, ସେ ଏକା କଥା କହିଲା, ଧାଓତାଲି ସାହୁ? ତାହାର ଟଙ୍କାର ଲେଖା-ଯୋଖା ନାହିଁ।

ଏହା ପରେ ଆପଣା କାମରେ ଧାଓତାଲି ସାହୁ ଅନେକ ଥର କଚେରୀରେ ମୋ ସହିତ ଦେଖା କରିଛି। ପ୍ରତିଥର ଅଳ୍ପ ଅଳ୍ପ କରି ତାହା ସହିତ ଆଳାପ ଜମି ଯିବାରୁ ବୁଝିଲି, ଜଣେ ଅତି ଅଦ୍ଭୁତ ଲୋକୋତ୍ତର ଚରିତ୍ରର ମଣିଷ ସାଙ୍ଗରେ ପରିଚୟ ହୋଇଛି। ବିଂଶ ଶତାବ୍ଦୀରେ ଏ ଧରଣର ଲୋକ ଯେ ଅଛନ୍ତି, ନ ଦେଖିଲେ ବିଶ୍ୱାସ କରି ହୁଏନା।

ଧାଓତାଲର ବୟସ ଯାହା ଅନୁମାନ କଲି, ପ୍ରାୟ ତେଷଠି କି ଚୌଷଠି ହେବ। କଚେରୀର ପୂର୍ବ-ଦକ୍ଷିଣ ଦିଗର ଜଙ୍ଗଲ ସୀମାରୁ ବାର-ତେର ମାଇଲ ଦୂରରେ ନଉଗାଛିୟା ନାମକ ଗ୍ରାମରେ ତାହାର ଘର। ଏ ଅଞ୍ଚଳର ପ୍ରଜା, ଚାଷୀ, ଜମିଦାର, ବ୍ୟବସାୟୀ ପ୍ରାୟ ସମସ୍ତେ ଧାଓତାଲ ସାହୁର ଖାତକ। କିନ୍ତୁ ମଜାର କଥା ଏୟା ଯେ, ଟଙ୍କା ଧାର ଦେଇ ସେ ଜୋର କରି କଦାପି ତାଗଦା କରି ପାରେନା। କେତେ ଲୋକ ଯେ ତାହାର କେତେ ଟଙ୍କା ଫାଙ୍କି ଦେଇଛନ୍ତି! ତାହା ପରି ନିରୀହ, ଭଲ ମଣିଷର ମହାଜନ ହେବା ଉଚିତ୍ ନଥିଲା, କିନ୍ତୁ ଲୋକଙ୍କର ଉପରୋଧ ସେ ଏଡ଼ାଇ ପାରେ ନା। ବିଶେଷତଃ, ସେ କହେ, ଯେତେବେଳେ ସମସ୍ତେ ମୋଟା ସୁଧ ଲେଖି ଦେଇଛନ୍ତି, ସେତେବେଳେ ବ୍ୟବସାୟ ହିସାବରେ ତ ଟଙ୍କା ଦେଇ ଦେବା ଉଚିତ। ଦିନେ ଧାଓତାଲ ମୋ ସାଙ୍ଗରେ ଦେଖା କରିବାକୁ ଆସିଲା, ଚାଦରରେ ବନ୍ଧା ହୋଇଥିଲା ଗୋଛାଏ ପୁରୁଣା ଦଲିଲପତ୍ର। କହିଲା ହଜୁର, ମେହେରବାନି କରି ଦଲିଲ ଗୁଡ଼ାକ ଟିକିଏ ଦେଖିବେ?

ପରୀକ୍ଷା କରି ଦେଖିଲି, ପ୍ରାୟ ଆଠ-ଦଶ ହଜାର ଟଙ୍କାର ଦଲିଲ ଠିକ୍ ସମୟରେ ନାଲିଶ ନହେବା ଯୋଗୁଁ ତାମାଦି ହୋଇ ଯାଇଛି।

ଚାଦରର ଅପର ପାଖ ଫିଟାଇ ସେ ଆଉ କେତେଗୁଡ଼ିଏ ଜରାଜୀର୍ଣ୍ଣ କାଗଜ ବାହାର କରି କହିଲା- ଏଗୁଡ଼ାକ ଦେଖନ୍ତୁ ତ ହଜୁର! ଭାବୁଛି ଥରେ ଜିଲ୍ଲାର ସଦର ମହକୁମାକୁ ଯାଇ ଓକିଲଙ୍କୁ ଦେଖାଇବି, ମାଲି ମକଦ୍ଦମା ତ କେବେ କରି ନାହିଁ, କଲେ ବି ପୋଷାଇବ ନାହିଁ। ତାଗଦା କରେଁ, ମାତ୍ର ଦେଉଛି ଦେବି କହି ଅନେକେ ଟଙ୍କା ଦିଅନ୍ତି ନାହିଁ।

ଦେଖିଲି, ସବୁଗୁଡ଼ାକ ତମାଦି ଦଲିଲ। ସବୁକୁ ମୋଟ କଲେ ସେ ବି ଚାରି-
ପାଞ୍ଚ ହଜାର ଟଙ୍କା ହେବ। ଭଲ ମଣିଷକୁ ସମସ୍ତେ ଠକନ୍ତି। କହିଲି- ସାହୁଜୀ, ମହାଜନୀ
କାରବାର କରିବା ତୁମର ଠିକ୍ ନୁହେଁ। ଏ ଅଞ୍ଚଳରେ ମହାଜନୀ କରି ପାରିବେ
ରାସବିହାରୀ ସିଂ ରାଜପୁତ ପରି ଦୁର୍ଦ୍ଦାନ୍ତ ଲୋକମାନେ, ଯେଉଁମାନଙ୍କର ସାତ-ଆଠ
ଜଣ ଲାଠିଆଲ ଅଛନ୍ତି, ନିଜେ ଘୋଡ଼ାରେ ଚଢ଼ି ଖାତକର ଖେତକୁ ଯାଇ ଲାଠିଆଲ
ମୁତୟନ କରି ଆସନ୍ତି, ଫସଲ କୋରକ କରି ମୂଲ ଓ ସୁଧ ଆଦାୟ କରନ୍ତି। ତୁମ ପରି
ଭଲ ମଣିଷର ଟଙ୍କା କେହି ପରିଶୋଧ କରିବେ ନାହିଁ। ଆଉ କାହାକୁ ଟଙ୍କା ଦିଅ
ନାହିଁ।

ଧାଓତାଲକୁ ବୁଝାଇ ପାରିଲି ନାହିଁ। ସେ କହିଲା- ସମସ୍ତେ ଫାଙ୍କି ଦିଅନ୍ତି
ନାହିଁ, ହଜୁର। ଏବେ ବି ଚନ୍ଦ୍ର ସୂର୍ଯ୍ୟ ଆତୟାତ ହେଉଛନ୍ତି, ମଥା ଉପରେ ଦୀନ-
ଦୁନିଆର ମାଲିକ ଏବେ ବି ଅଛନ୍ତି। ଟଙ୍କାକୁ କଣ ବସାଇ ରଖିଲେ ଚଳିବ ? ସୁଧରେ
ନ ବଢ଼ାଇଲେ ଆମର ଚଳେ ନା, ହଜୁର। ଟଙ୍କା ହେଲା ଆମର ବେଉସା।

ମୁଁ ତାହାର ଏ ଯୁକ୍ତି ବୁଝି ପାରିଲି ନାହିଁ। ସୁଧର ଲୋଭରେ ମୂଲଟଙ୍କା ବୁଡ଼ିବାକୁ
ଦେବା ଯେ କେମିତିକା ବେଉସା ମୁଁ ଜାଣେ ନା। ଧାଓତାଲ ସାହୁ ମୋ ସାମନାରେ
ଅମ୍ଳାନ ବଦନରେ ପନ୍ଦର ଷୋହଳ ହଜାର ଟଙ୍କାର ତମାଦି ଦଲିଲ ଚିରି ପକାଇଲା-
ଏମିତି ଭାବରେ ଚିରି ପକାଇଲା ଯେମିତି ସେଗୁଡ଼ାକ ବାଜେ କାଗଜ- ଅବଶ୍ୟ,
ବାଜେ କାଗଜର ପର୍ଯ୍ୟାୟରେ ସେଗୁଡ଼ିକ ଆସି ପଡ଼ିଛନ୍ତି ସତ। ତାହାର ହାତ ଟିକିଏ
ଥରିଲା ନାହିଁ କି ଗଳାର ସ୍ୱର କମ୍ପିଲା ନାହିଁ।

କହିଲା- ସୋରିଷ ଓ ଗବ ମଁଜି ବିକ୍ରି କରି ଟଙ୍କା କରିଥିଲି ହଜୁର, ନ
ହେଲେ ମୋ ପୈତୃକ ଅମଲର ଫଟା ପାହୁଲାଟାଏ ବି ଘରେ ନଥିଲା। ମୁଁ କମାଇଛି,
ଫେର ମୁଁ ବି ଲୋକସାନ କରୁଛି। ବ୍ୟବସାୟ କରିବାକୁ ଗଲେ ଲାଭ-ଲୋକସାନ ତ
ହଛି ହଜୁର।

ତାହା ଅଛି ସ୍ୱୀକାର କରୁଛି। କିନ୍ତୁ କେତେଜଣ ଲୋକ ଏତେ ବଡ଼ କ୍ଷତି
ଏମିତି ଶାନ୍ତି ମୁଖରେ ଉଦାସୀନ ଭାବରେ ସହ୍ୟ କରି ପାରନ୍ତି, ସେହି କଥାହିଁ ଭାବୁଥିଲି।
ତାହାର ବଡ଼ଲୋକୀ ଗର୍ବ ମାତ୍ର ଗୋଟାଏ ବିଷୟରେ ଦେଖିଲି। ଗୋଟାଏ ନାଲି
କନାର ବଟୁଆରୁ ସେ ମଝିରେ ମଝିରେ ଛୋଟ ଖିଲିକାଟିଏ ଓ ଗୁଆ କାଢ଼ି ଥରକୁ
ଥର କାଟି ପାଟିରେ ପକାଇ ଦିଏ। ମୋ ଆଡ଼କୁ ଚାହିଁ ସେ ଥରେ ହସ ହସ ମୁହଁରେ
କହିଥିଲା- ରୋଜ ଏକ କନୋୟା (ଏକ ପ୍ରକାର ମାପ) ଲେଖାଏଁ ଗୁଆ ଖାଏଁ,
ବାବୁଜୀ। ଗୁଆର ଖର୍ଚ ମୋର ଖୁବ୍ ବେଶୀ। ଧନରେ ନିଃସ୍ପୃହତା ଓ ବୃହତ୍ କ୍ଷତିକୁ

ତାଚ୍ଛଲ୍ୟ କରିବାର କ୍ଷମତା ଯଦି ଦାର୍ଶନିକତା ହୁଏ, ତେବେ ଧାଉଡାଲ ସାହୁ ପରି ଦାର୍ଶନିକ ତ ମୁଁ ମୋଟେ ଦେଖି ନାହିଁ ।

୩

ଫୁଲକିୟା ଭିତର ଦେଇ ଯିବାବେଳେ ମୁଁ ପ୍ରତିଥର ଜୟପାଲ କୁମାରର ମକା-ପତ୍ର ଛାଉଣୀ ଛୋଟ ଘରଟିର ସାମ୍ନା ଦେଇ ଯାଏଁ । କୁମାର ଅର୍ଥ କୁମ୍ଭକାର ନୁହେଁ, ଭୂଇଁହାର ବ୍ରାହ୍ମଣ ।

ଗୋଟାଏ ଖୁବ୍ ବଡ଼ ପୁରୁଣା ଅଶ୍ୱତ୍ଥ ଗଛ ତଳେ ଜୟପାଲର ଘର । ସଂସାରରେ ସେ ସମ୍ପୂର୍ଣ ଏକା, ବୟସରେ ବି ଅଧିକ, ଲମ୍ବା ରୋଗା ଟେହେରା, ମୁଣ୍ଡରେ ଲମ୍ବା ପାଚିଲା ବାଳ । ଯେତେବେଳେ ଯାଏଁ, ଦେଖେଁ କୁଡ଼ିଆଟିରେ ଦୁଆର ମୁହଁରେ ସେ ଚୁପ୍ ହୋଇ ବସିଛି । ଜୟପାଲ ଧୂଆଁପତ୍ର ଖାଏ ନା, କେବେ ତାକୁ କୌଣସି କାମ କରିବାର ଦେଖିଛି ବୋଲି ମୋର ମନେ ହେଉନାହିଁ, ତାକୁ ଗୀତ ଗାଇବାର ଶୁଣି ନାହିଁ– ସମ୍ପୂର୍ଣ କର୍ମଶୂନ୍ୟ ଅବସ୍ଥାରେ ମଣିଷ କିପରି ଭାବରେ ଯେ ଏମିତି ଠାଏ ଚୁପ୍ ହୋଇ ବସି ରହିପାରେ, ଜାଣେ ନା । ଜୟପାଲକୁ ଦେଖି ଖୁବ୍ ବିସ୍ମୟ ଓ କୌତୂହଲ ବୋଧ କରୁଥିଲି । ପ୍ରତି ଥର ତା ଘର ସାମ୍ନାରେ ଘୋଡ଼ା ଅଟକାଇ ତା ସାଙ୍ଗରେ ପଦେ ଦି ପଦ କଥା ନହୋଇ ମୁଁ ଯାଇପାରେ ନାହିଁ ।

ପଚାରିଲି–ଜୟପାଲ, କଣ କରୁଛ ବସି ?

– ଏଇ, ବସିଛି ହଜୁର ।

– ବୟସ କେତେ ହେଲା ?

– ତାର ହିସାବ ରଖି ନାହିଁ । ତେବେ ଯେଉଁ ସମୟରେ କୋଶୀ ନଦୀରେ ପୋଲ ହେଲା, ସେତେବେଳେ ମୁଁ ମଇଁଷି ଚରାଇ ପାରୁଥିଲି ।

– ବିଭା ହୋଇଥିଲ ? ପିଲାଛୁଆ ଥିଲେ ?

– ଆଜିକି କୋଡ଼ିଏ ପଚିଶ ବର୍ଷ ହେଲା ସ୍ତ୍ରୀ ମଲାଣି । ଦୁଇଟି ଝିଅ ଥିଲେ, ସେମାନେ ବି ମରିଗଲେ, ପ୍ରାୟ ତେର ଚଉଦ ବର୍ଷ ତଳେ । ଏବେ ଏକା ଅଛି ।

– ଆଚ୍ଛା, ଏଇ ଯେ ଏକା ଏଠାରେ ଅଛ, କାହାରି ସାଙ୍ଗରେ କଥା କୁହନାହିଁ, କେଉଁଠାକୁ ଯାଅ ନାହିଁ କି କିଛି କର ନାହିଁ– ଏ କ'ଣ ଭଲ ଲାଗେ ? ବିରକ୍ତିକର ଲାଗେ ନା ?

ଜୟପାଲ ଅବାକ ହୋଇ ମୋ ଆଡ଼କୁ ଚାହିଁ ରହିଲା– କାହିଁକି ଖରାପ ଲାଗିବ ହଜୁର ? ବେଶ୍ ଭଲରେ ଅଛି । କିଛି ଖରାପ ଲାଗୁ ନାହିଁ ।

ଜୟପାଲର ଏହି କଥାଟି ମୁଁ କୌଣସି ମତେ ବୁଝି ପାରୁନଥିଲି। କଲିକତାର କଲେଜରେ ପଢ଼ି ମଣିଷ ହୋଇଛି। ହୁଏତ କୌଣସି କାମ, ନ ହେଲେ ସିନେମା, ନ ହେଲେ ବୁଲିବା– ଏହା ଛଡ଼ା ମଣିଷ କିପରି ରହେ ମୁଁ ବୁଝିପାରେ ନା। ଭାବିଲି, ଦୁନିଆରେ ଯେ କେତେ କି ପରିବର୍ତ୍ତନ ହୋଇଗଲା, କୋଡ଼ିଏ ବର୍ଷ ହେଲା। ଜୟପାଲ କୁମାର ତା ଘରର ଦୁଆର ମୁହଁରେ ଠାଏ ଚୁପ୍ ହୋଇ ବସି ରହି ତାର କେତେ ଖବର ରଖିଛି ? ଯେତେବେଲେ ଶୈଶବରେ ମୁଁ ସ୍କୁଲରେ ତଲ କ୍ଲାସରେ ପଢୁଥିଲି, ସେତେବେଲେ ବି ଜୟପାଲ ଏମିତି ବସି ରହୁଥିଲା। ଯେତେବେଲେ ବି.ଏ. ପାସ୍ କଲି, ସେତେବେଲେ ବି ଜୟପାଲ ଏମିତି ଭାବରେ ବସି ରହିଥାଏ। ମୋ ଜୀବନର ନାନା ଛୋଟ ବଡ଼ ଘଟଣା ଯାହା ମୋ ନିକଟରେ ପରମ ବିସ୍ମୟକର ବସ୍ତୁ, ତାହା ସହିତ ମିଲାଇ ଜୟପାଲର ଏହି ବୈଚିତ୍ର୍ୟହୀନ ନିର୍ଜନ ଜୀବନର ଅତୀତ ଦିନଗୁଡ଼ିକର କଥା ଭାବିଲି।

ଜୟପାଲର ଘର ଖଣ୍ଡିକ ଗ୍ରାମର ଏକବାରେ ମଝିରେ ହେଲେ ସୁଦ୍ଧା, ନିକଟଣରେ କେତେକ ପତିତ ଜମି ଓ ମକା ଖେତ ଅଛି। ତେଣୁ ଆଖପାଖରେ କୌଣସି ବସତି ନାହିଁ। ଫୁଲକିଆ ନିତାନ୍ତ କ୍ଷୁଦ୍ର ଗ୍ରାମ, ଦଶ-ପନ୍ଦର ଘର ଲୋକଙ୍କର ବାସ, ସମସ୍ତେ ହିଁ ଚତୁର୍ଦ୍ଦିଗ ବ୍ୟାପୀ ଜଙ୍ଗଲ ମାହାଲରେ ମଇଁଷି ଚରାଇ ଦିନ ବିତାନ୍ତି। ଦିନ ସାରା ଭୂତଙ୍କ ପରି ଖଟନ୍ତି, ଆଉ ସନ୍ଧ୍ୟା ବେଲକୁ ବିରି ଭୁଷିରେ ନିଆଁ ଲଗାଇ ପଡ଼ାଟା ଯାକର ଲୋକ ତାକୁ ଘେରି ବସି ଗପସପ କରନ୍ତି, ଦୋକ୍ତା-ଚୁନ ପାଟିରେ ପକାନ୍ତି କିମ୍ବା ଶାଲପତ୍ର ପିକା ଟାଣନ୍ତି। ହୁକାରେ ଗୁଡ଼ାଖୁ ଖାଇବାର ଚାଲ ଏ ଦେଶରେ ଖୁବ୍ କମ୍। କିନ୍ତୁ କେବେ କୌଣସି ଲୋକକୁ ଜୟପାଲ ସାଙ୍ଗରେ ଆଡ଼ୁଡ଼ା ମାରିବାର ଦେଖି ନାହିଁ।

ପୁରୁଣା ଅଶ୍ୱତ୍ଥ ଗଛର ଅଗ ଡାଲରେ ବଗଗୁଡ଼ାକ ଦଲ ଦଲ ହୋଇ ବାସ କରନ୍ତି। ଦୂରରୁ ଦେଖିଲେ ମନେ ହୁଏ ଗଛର ମୁଣ୍ଡ ଉପରେ ପେଣ୍ଟା ପେଣ୍ଟା ଧଲା ଫୁଲ ଫୁଟିଛି। ସ୍ଥାନଟା ଘନ ଛାୟାପ୍ରଦ, ନିର୍ଜନ, ଆଉ ସେଠାରେ ଠିଆ ହୋଇ ଯେଉଁ ଦିଗକୁ ଆଖି ବୁଲାଇବ ଦେଖିବ, ସେ ଦିଗରେ ନୀଲ ପାହାଡ଼ ଦୂର ଦିଗନ୍ତରେ ହାତ ଧରାଧରି ହୋଇ ସାନ ସାନ ପୁଅଝିଅଙ୍କ ପରି ମଣ୍ଡଲାକାରରେ ଠିଆ ହୋଇଛନ୍ତି। ଅଶ୍ୱତ୍ଥ ଗଛର ଘନ ଛାୟାରେ ଠିଆହୋଇ ମୁଁ ଯେତେବେଲେ ଜୟପାଲ ସାଙ୍ଗରେ କଥା କହେ, ସେତେବେଲ ଏହି ସୁବୃହତ୍ ବୃକ୍ଷ ତଲର ନିବିଡ଼ ଶାନ୍ତି ଓ ଗୃହସ୍ୱାମୀର ଅନୁଦ୍‌ବିଗ୍ନ, ନିଷ୍ପୃହ ଓ ଧୀର ଜୀବନ ଯାତ୍ରା ମୋ ମନରେ କେମିତି ଗୋଟାଏ ପ୍ରଭାବ ବିସ୍ତାର କରେ। ଦୌଡ଼ି ଦୌଡ଼ି କରି ଘୁରି ବୁଲିବାରେ କି ଲାଭ ? କି ସୁନ୍ଦର ଛାୟା

ଏହି ଶ୍ୟାମ-ବଂଶୀ-ବଟର, କେମିତି ମନ୍ଥର ଯମୁନା ଜଳ, ଅତୀତର ଶତ ଶତାବ୍ଦୀ ଧୀରେ ଧୀରେ ପାରି ହୋଇ ସମୟର ସୁଅରେ ଭାସିଯିବା କି ଆରାମ ଦାୟକ ।

କିଛି ଜୟପାଳର ଜୀବନ ଯାତ୍ରାର ପ୍ରଭାବ ଓ କିଛି ଚତୁର୍ଦ୍ଦିଗର ବାଧା-ବନ୍ଧନଶୂନ୍ୟ ପ୍ରକୃତି କ୍ରମେ କ୍ରମେ ମୋତେ ଯେମିତି ସେହି ଜୟପାଲ କୁମାର ଭଳି ନିର୍ବିକାର, ଉଦାସୀନ ଓ ନିସ୍ପୃହ କରି ପକଉଛି । ଖାଲି ସେତିକି ନୁହେଁ, ମୋର ଯେଉଁ ଆଖି ୟା ଆଗରୁ କେବେ ଫିଟି ନଥିଲା ସେ ଆଖି ଯେମିତି ଫିଟି ଯାଇଛି, ଯେଉଁ ସବୁ କଥା କେବେ ଭାବି ନଥିଲି ତାହା ଭାବିବାକୁ ବସିଛି । ଫଳରେ ଏହି ମୁକ୍ତ ପ୍ରାନ୍ତର ଓ ଘନଶ୍ୟାମା ଅରଣ୍ୟ ପ୍ରକୃତିକୁ ଏତେ ଭଲ ପାଇ ସାରିଛି ଯେ, ଦିନେ ପୂର୍ଣ୍ଣିୟା କି ମୁଙ୍ଗେର ସହରକୁ କାର୍ଯ୍ୟ ଉପଲକ୍ଷରେ ଗଲେ ମନ ଗୁଡ଼ାଇ ହୁଏ, ମନ ଆଦୌ ଲାଗେ ନା । ମନେ ହୁଏ, କେତେବେଳେ ଜଙ୍ଗଲ ଭିତରକୁ ଫେରିଯିବି, କେତେବେଳେ ପୁଣି ସେହି ଘନ ନିର୍ଜନତା ମଝିରେ, ଅପୂର୍ବ ଜ୍ୟୋତ୍ସ୍ନା ମଝିରେ, ସୂର୍ଯ୍ୟାସ୍ତ ମଝିରେ, ଦିଗନ୍ତବ୍ୟାପୀ କାଳବୈଶାଖୀ ମେଘ ମଝିରେ, ତାରକା-ଖଚିତ ନିଦାଘ ନିଶୀଥ ମଝିରେ ବୁଡ଼ିଯିବି !

ଫେରିବା ବେଳେ ସଭ୍ୟ ଲୋକାଳୟକୁ ବହୁ ଦୂର ପଛରେ ପକାଇ, ମୁକୁନ୍ଦ ଚକଲାଦାରର ହାତରେ ପୋତା ବାବଲା କାଠର ଖୁଣ୍ଟିକୁ ଟପି ଯେତେବେଳେ ନିଜ ଜଙ୍ଗଲର ସୀମାରେ ପହଞ୍ଚେ, ସେତେବେଳେ ସୁଦୂର ବିସର୍ପୀ ନିବିଡ଼ ଶ୍ୟାମ-ବନାନୀ, ପ୍ରାନ୍ତର, ଶିଳାସ୍ତୂପ, ବଣଶୁଆ ଦଳ, ନୀଳଗାଈ ପଲ, ସୂର୍ଯ୍ୟାଲୋକ, ଧରଣୀର ମୁକ୍ତ ପ୍ରସାର ମୋତେ ମୁହୂର୍ତ୍ତକରେ ଏକାବେଳେ ଅଭିଭୂତ କରି ପକାଏ ।

ପଞ୍ଚମ ପରିଚ୍ଛେଦ

୧

ପ୍ରଚୁର ଜ୍ୟୋସ୍ନା । ତା ସାଙ୍ଗକୁ ହାଡ଼ଭଙ୍ଗା ଶୀତ । ପୌଷ ମାସର ଶେଷ । ସଦର କଚେରୀରୁ ଲବ୍‌ଟୁଲିଆର ମଫସଲ କଚେରୀକୁ ତଦାରଖ କରିବାକୁ ଯାଇଥାଏଁ । ଲବ୍‌ଟୁଲିଆର କଚେରୀରେ ରାତିରେ ରୋଷାଇ କରି ସମସ୍ତେ ଭୋଜନ କରୁ କରୁ ଏଗାରଟା ବାଜିଯାଏ । ଦିନେ ଭୋଜନ ସାରି ରୋଷାଇ ଘରୁ ବାହାରକୁ ଆସି ଦେଖିଲି, ଏତେ ରାତିରେ ଓ ସେହି କନକନିଆ ହିମବର୍ଷା ଆକାଶ ତଳେ କିଏ ଜଣେ ସ୍ତ୍ରୀ ଲୋକ ତୋଫା ଜ୍ୟୋସ୍ନାରେ କଚେରୀ ହତାର ସୀମାରେ ଠିଆ ହୋଇଛି । ପଟୁଆରୀକୁ ପଚାରିଲି- ସେଠାରେ କିଏ ଠିଆ ହୋଇଛି ?

ପଟୁଆରୀ କହିଲା- ସେ କୁନ୍ତା । ଆପଣଙ୍କ ଆସିବା କଥା ଶୁଣି ମୋତେ କାଲି କହିଥିଲା- ମ୍ୟାନେଜର ବାବୁ ଆସିବେ, ତାଙ୍କ ପତରର ଅଇଁଠା ଭାତ ମୁଠିକ ମୁଁ ଯାଇ ନେଇ ଆସିବି । ମୋ ଛୁଆ ପିଲାଙ୍କର ଭାରି କଷ୍ଟ । ତେଣୁ କହିଥିଲି- ଯିବୁ ।

କଥାବାର୍ତ୍ତା ହେଉଛି, ଏହି ସମୟରେ କଚେରୀର ଟହଲିଆ ବଲୋୟ ମୋ ପତରର ଡାଲିଗୋଳା ଭାତ, ଟିକି ଟିକି ଭଙ୍ଗା ମାଛ, ତରକାରୀ ଓ ଦୁଧ ଗିନାର ଭୁକ୍ତାବିଶିଷ୍ଟ ଦୁଧ-ଭାତ- ସବୁ ନେଇ ଯାଇ ସ୍ତ୍ରୀ ଲୋକଟିର ଆନୀତ ଗୋଟିଏ ଉଚ୍ଚା ଫଂଦ ପିତଳ ଥାଳିରେ ଢାଲିଦେଲା । ସ୍ତ୍ରୀ ଲୋକଟି ଚାଲିଗଲା ।

ସେ ଥର ଲବ୍‌ଟୁଲିଆ କଚେରୀରେ ଆଠ ଦଶ ଦିନ ଥିଲି । ନିତି ରାତିରେ ଦେଖେ, ବାଙ୍ଗୀ ମୂଳରେ ପଦାରେ ସେହି ସ୍ତ୍ରୀ ଲୋକଟି ମୋ ପତରର ଭାତ ଆଶାରେ ସେହି ଗଭୀର ରାତିରେ ଓ ସେହି ଭୟାନକ ଶୀତରେ ଦେହରେ ଖାଲି ପଣତ ବେଢ଼ାଇ ଠିଆ ହୋଇ ରହିଛି । ନିତି ଦେଖି ଦେଖି ଦିନେ କୌତୁହଲ ବଶତଃ ପଟୁଆରୀକୁ

ପଚାରିଲି- କୁନ୍ତା ଯେ ରୋଜ ଭାତ ନେଇଯାଏ, ସେ କିଏ, ଆଉ ଏହି ଜଙ୍ଗଲରେ ବା କେଉଁଠି ରହେ ? ଦିନରେ ତ କେବେ ତାକୁ ଦେଖିବାକୁ ପାଏ ନାହିଁ ?

ପଟୁଆରୀ କହିଲା- କହୁଛି ହଜୁର।

ଘର ଭିତରେ ସନ୍ଧ୍ୟା ବେଳୁ କାଠ-ଗୁଣ୍ଠ ଜଳାଇ ଚ୍ୟାଣ ନିଆଁ କରା ହୋଇଥିଲା- ତାରି ନିକଟରେ ଚୌକି ପକାଇ ଢେର ସମୟ ହେଲା ବସି କିସ୍ତିର ହିସାବ ପତ୍ର ମିଳାଉଥିଲି। ଭୋଜନାଦି ସାରି ମନେହେଲା, ଦିନକ ପାଇଁ ଯଥେଷ୍ଟ କାମ କରିଛି। କାଗଜ ପତ୍ର ରଖିଦେଇ ପଟୁଆରୀର ଗପ ଶୁଣିବାକୁ ପ୍ରସ୍ତୁତ ହେଲି।

– ଶୁଣନ୍ତୁ ହଜୁର। ଦଶ ବର୍ଷ ତଳେ ଏ ଅଞ୍ଚଲରେ ଦେବୀ ସିଂ ରାଜପୁତର ଖୁବ୍ ନାମ ଡାକ ଥିଲା। ତାରି ଭୟରେ ଯେତେ ଗାଙ୍ଗୋତା ଓ ଚାଷୀ ଓ ଗୋଚର ପ୍ରଜା ସମସ୍ତେ କର ଯୋଡ଼ି ଥାଆନ୍ତି। ଦେବୀ ସିଂର ବ୍ୟବସାୟ ଥିଲା ଏହିସବୁ ଲୋକଙ୍କୁ ଖୁବ୍ ଚଢ଼ା ସୁଧରେ ଟଙ୍କା କରଜ ଦେବା- ଆଉ ତା ପରେ ଲାଠି ଦେଖାଇ ସୁଧ ଓ ମୂଲ ଟଙ୍କା ଆଦାୟ କରିବା। ତା ଅଧୀନରେ ଆଠ-ନଅ ଜଣ ଲାଠିଆଲ ପାଇକ ଥିଲେ। ଏବେ ଯେମିତି ରାସବିହାରି ସିଂ ରାଜପୁତ ଏ ଅଞ୍ଚଲର ଜଣେ ବଡ଼ ମହାଜନ, ସେତେବେଲେ ଠିକ୍ ସେମିତି ଥିଲା ଦେବୀ ସିଂ।

ଦେବୀ ସିଂ ଜୌନପୁର ଜିଲ୍ଲାରୁ ଆସି ପୂର୍ଣ୍ଣିୟାରେ ବାସ କଲା। ତା ପରେ ଟଙ୍କା ଧାର ଦେଇ ଜୋର-ଜବରଦସ୍ତି କରି ଏ ଦେଶରୁ ସବୁ ଡରୁଆ ଗାଙ୍ଗୋତା ପ୍ରଜାଙ୍କୁ ହାତ ମୁଠାରେ ରଖିଲା। ଏଠାକୁ ଆସିବାର କେତେ ବର୍ଷ ପରେ ସେ କାଶୀକୁ ଯାଇଥିଲା। ସେଠାରେ ଜଣେ ବାଇଜୀର ଘରକୁ ଗୀତ ଶୁଣିବାକୁ ଯାଇ ତାର ଚଉଦ ପନ୍ଦର ବର୍ଷର ଝିଅ ସାଙ୍ଗରେ ଦେବୀ ସିଂର ଖୁବ୍ ଭାବ ହୋଇଗଲା। ତାପରେ ଦେବୀ ସିଂ ତାକୁ ଧରି ଏଠାକୁ ପଲାଇ ଆସିଲା। ସେତେବେଲେ ଦେବୀ ସିଂର ବୟସ ସତେଇଶ-ଅଠେଇଶ ହେବ। ଏଠାକୁ ଆସି ଦେବୀ ସିଂ ତାକୁ ବିଭା ହେଲା। କିନ୍ତୁ ଯେତେବେଲେ ସମସ୍ତେ ବାଇଜୀର ଝିଅ ବୋଲି ଜାଣି ପାରିଲେ, ସେତେବେଲେ ଦେବୀ ସିଂର ନିଜ ଜାତି ଭାଇ ରାଜପୁତମାନେ ତା' ସାଙ୍ଗରେ ଖିଆ ପିଆ ବନ୍ଦ କରି ତାକୁ ଏକଘରିଆ କରି ରଖିଲେ। ପଇସା ଜୋରରେ ଦେବୀ ସିଂ ସେ ସବୁକୁ ଗ୍ରାହ୍ୟ କରୁ ନଥିଲା। ତାପରେ ବାବୁଗିରି ଓ ଅଯଥା ବ୍ୟୟ କରି ଏବଂ ଏହି ରାସବିହାରି ସିଂ ସାଙ୍ଗରେ ମକଦ୍ଦମା କରିବାକୁ ଯାଇ ଦେବୀ ସିଂ ସର୍ବସ୍ୱାନ୍ତ ହୋଇ ପଡିଲା। ଆଜିକି ଚାରିବର୍ଷ ହେଲା ସେ ମରିଗଲାଣି।

ଏହି କୁନ୍ତା ହିଁ ଦେବୀ ସିଂ ରାଜପୁତର ସେହି ବିଧବା ସ୍ତ୍ରୀ। ଏକ ସମୟରେ ସେ ଲବଟୁଲିୟାରୁ ଝାଲର ଦିଆ ପାଲିଙ୍କିରେ ବସି କୋଶୀ ଓ କଲବଲୀୟାର ସଙ୍ଗମରେ

ସ୍ନାନ କରିବାକୁ ଯାଉଥିଲା, ବିକାନୀର ମିଶ୍ରୀର ସରବତ ପିଉଥିଲା– ଆଜି ତାହାର ଏହି ଦଶା ! ଆହୁରି ବିଚିତ୍ର କଥା ହେଉଛି, ବାଇଜୀର ଝିଅ ବୋଲି ତାକୁ ସମସ୍ତେ ଜାଣିଥିବାରୁ ଏଠାରେ ତାହାର ଜାତି ନାହିଁ, ତା ସ୍ୱାମୀର ଆମ୍ମୀୟ ବନ୍ଧୁ ରାଜପୁତମାନଙ୍କ ଭିତରେ କ'ଣ, ଦେଶିଆ ଗାଙ୍ଗୋତାମାନଙ୍କ ଭିତରେ କ'ଣ। ଖେତରୁ ଗହମ କଟା ହୋଇଗଲେ ଯେଉଁ ଗହମର ଛୋଟ ଛୋଟ ଶିଷା ପଡ଼ିଥାଏ, ବିଲରେ ବୁଲି ବୁଲି ତାକୁ ଟୋକେଇରେ ଗୋଟାଇ ଆଣି ବର୍ଷର ମାସେ ଦି'ମାସ ସେ ତାହାର ସାନ ସାନ ପୁଅଝିଅଙ୍କୁ ସେଥିରେ ଦରପେଟ ଖୁଆଇ ରଖେ। କିନ୍ତୁ କେବେହେଲେ ତାକୁ ହାତ ପାତି ଭିକ ମାଗିବାର ଦେଖି ନାହିଁ, ହଜୁର। ଆପଣ ଆସିଛନ୍ତି ଜମିଦାରଙ୍କ ମ୍ୟାନେଜର, ରାଜାଙ୍କ ସମାନ, ଏଠାରେ ଆପଣଙ୍କ ପ୍ରସାଦ ପାଇଲେ ସେଥିରେ ତାହାର ଅପମାନ ନାହିଁ।

ପଚାରିଲି– ତାହାର ମାଆ ସେହି ବାଇଜୀ, ତାପରେ କେବେ କ'ଣ ତାକୁ ଖୋଜିନି ?

ପଟୁଆରୀ କହିଲା– ଦେଖି ନାହିଁ ତ କେବେ ହଜୁର। କୁନ୍ତା ବି ତ କେବେ ତା ମାଆକୁ ଖୋଜିନି। ସେ ଦୁଃଖ-ଧନ୍ଦା କରି ଛୁଆପିଲାଙ୍କୁ ଖୁଆଉଛି। ଏକ୍ଷଣି ତାକୁ କଣ ଦେଖୁଛନ୍ତି, ଏକ ସମୟରେ ତାହାର ଯାହା ରୂପ ଥିଲା, ଏ ଅଞ୍ଚଳରେ ସେ ରକମ ରୂପ କେବେ କେହି ଦେଖି ନାହିଁ। ଏବେ ବୟସ ହୋଇଗଲା, ଆଉ ବିଧବା ହେବା ପରେ ଦୁଃଖ କଷ୍ଟ ଭିତରେ ସେ ଚେହେରାର କାଣିଚାଏ ନାହିଁ। ଭାରି ଭଲ ଓ ଶାନ୍ତ ସ୍ତ୍ରୀ ଲୋକଟି କୁନ୍ତା। କିନ୍ତୁ ଏ ମୂଲକରେ କେହି ତାକୁ ଦେଖି ପାରନ୍ତି ନାହିଁ, ସମସ୍ତେ ନାକ ଟେକନ୍ତି, ନୀଚ ଦୃଷ୍ଟିରେ ଦେଖନ୍ତି, ବୋଧହୁଏ ବାଇଜୀର ଝିଅ ବୋଲି।

କହିଲି– ସବୁ ତ ବୁଝିଲି, କିନ୍ତୁ ଏହି ରାତି ବାରଟା ବେଳେ ଏହି ଘନ ଜଙ୍ଗଲ ଭିତର ଦେଇ ସେ ଏକା କେମିତି ଲବ୍‌ଟୁଲିଆ ବସ୍ତିକୁ ଯିବ– ତାହା ତ ଏଠାରୁ ପ୍ରାୟ ତିନି ପୋ ରାସ୍ତା ହେବ ?

– ତାର କଣ ଡର ଭୟ ଅଛି, ହଜୁର ? ଏହି ଜଙ୍ଗଲରେ ତାକୁ ହରବଖତ ଏକା ଚଲାବୁଲା କରିବାକୁ ପଡ଼େ। ନହେଲେ କିଏ ଅଛି ତାର, ଯେ ତାକୁ ଚଲାଇବ ?

ସେତେବେଳେ ଥିଲା ପୌଷ ମାସ। ପୌଷ କିସ୍ତିର ତାଗଦା ଶେଷ କରି ଚାଲି ଆସିଲି। ମାଘ ମାସର ମଝାମଝିରେ ଖଣ୍ଡିଏ କ୍ଷୁଦ୍ର ଚରା ମାହାଲ ପଟ୍ଟା ଦେବା ଉଦ୍ଦେଶ୍ୟରେ ଆଉ ଥରେ ଲବ୍‌ଟୁଲିୟା ଯିବାର ପ୍ରୟୋଜନ ହୋଇଥିଲା।

ସେତେବେଳକୁ ବି ଶୀତ ଆଦୌ କମି ନଥିଲା। ତା ଛଡ଼ା ଦିନ ସାରା ପଶ୍ଚିମା ପବନ ବହିବା ଫଳରେ ନିତି ସନ୍ଧ୍ୟା ପରେ ଶୀତ ଦୁଇଗୁଣ ବଢ଼ିବାକୁ ଲାଗିଲା।

ଦିନେ ମାହାଲର ଉତ୍ତର ସୀମାରେ ବୁଲୁ ବୁଲୁ କଚେରୀ ଠାରୁ ଅନେକ ଦୂରକୁ ଚାଲିଗଲି- ସେ ଆଡେ ବହୁ ଦୂର ଯାଏ ଖାଲି କୋଲି ଗଛର ଜଙ୍ଗଲ । ଏହି ସବୁ ଜଙ୍ଗଲ ଠିକା ନେଇ ଛାପ୍ରା ଓ ମୁଜାଫରପୁର ଜିଲ୍ଲାର କାଲୋୟାର ଜାତୀୟ ଲୋକେ ଲାଖ ଚାଷ କରି ବିସ୍ତର ପଇସା ଉପାର୍ଜନ କରନ୍ତି । କୋଲି ଜଙ୍ଗଲ ଭିତରେ ପ୍ରାୟ ବାଟ ହୁଡ଼ିବାକୁ ଉପକ୍ରମ କରୁଛି, ଏତିକି ବେଳେ ହଠାତ୍ ଗୋଟିଏ ନାରୀ-କଣ୍ଠର ଆର୍ତ୍ତ-କ୍ରନ୍ଦନର ଶିଘ୍ର, ବାଲକ-ବାଲିକାଙ୍କର ଗଲାର ଚିତ୍କାର ଓ କାନ୍ଦଣା ଏବଂ କର୍କଶ ପୁରୁଷ କଣ୍ଠର ଗାଲି ଗୁଲଜ ଶୁଣିବାକୁ ପାଇଲି । କିଛି ଦୂର ଅଗ୍ରସର ହୋଇ ଦେଖିଲି, ଜଣେ ସ୍ତ୍ରୀ ଲୋକକୁ ଲାଖ-ଠିକାଦାରର ଚାକରମାନେ ତାହାର ବାଲ ଧରି ଟାଣି ଟାଣିନେଇ ଆସୁଛନ୍ତି । ସ୍ତ୍ରୀ ଲୋକଟିର ପରିଧାନ ଛିନ୍ନ ମିଲନ ବସ୍ତ୍ର, ସାଙ୍ଗରେ ଦୁଇ ତିନୋଟି ଛୋଟ ଛୋଟ ରୋରୁଦ୍ୟମାନ ବାଲକ-ବାଲିକା, ଦୁଇ ଜଣ ଛତ୍ରି ଚାକରଙ୍କ ଭିତରୁ ଜଣକର ହାତରେ ଗୋଟିଏ ଛୋଟ ଟୋକେଇରେ ଅଧ ଟୋକେଇଏ ପାଚିଲା କୋଲି । ମୋତେ ଦେଖି ଛତ୍ରି ଦୁହେଁ ଉସ୍ସାହିତ ହୋଇ ଯାହା କହିଲେ ତାର ଅର୍ଥ ହେଉଛି ଯେ ତାଙ୍କ ପଟ୍ଟା ନିଆ ଜଙ୍ଗଲରେ ଏହି ଗାଙ୍ଗୋତୁଣୀ ଚୋରି କରି କୋଲି ତୋଲୁଥିଲା ବୋଲି ସେମାନେ ତାକୁ କଚେରୀକୁ ପଟୁଆରୀର ବିଚାର ପାଇଁ ଧରି ନେଇ ଯାଉଛନ୍ତି, ହଜୁର ଆସି ପହଞ୍ଚିଛନ୍ତି, ଭଲ ହୋଇଛି ।

ପ୍ରଥମେ ଧମକ ଦେଇ ସ୍ତ୍ରୀ ଲୋକଟିକୁ ସେମାନଙ୍କ ହାତରୁ ଛଡ଼ାଇଲି । ସ୍ତ୍ରୀ ଲୋକଟି ସେତେବେଳେ ଭୟରେ ଓ ଲଜ୍ଜାରେ ଜଡ଼ସଡ଼ ହୋଇ ଗୋଟିଏ କୋଲି ବୁଦା ପଛରେ ଯାଇ ଠିଆ ହୋଇଥିଲା । ତାହାର ଦୁର୍ଦ୍ଦଶା ଦେଖି ମୋତେ ବଡ଼ କଷ୍ଟ ହେଲା !

ଠିକାଦାରର ଲୋକମାନେ କଣ ସହଜରେ ଛାଡ଼ି ଦେବାକୁ ଚାହାନ୍ତି ! ସେମାନଙ୍କୁ ବୁଝାଇଦେଲି- ବାବା, ଯଦି ଗରିବ ସ୍ତ୍ରୀ ଲୋକଟିଏ ତାର ପିଲାଛୁଆଙ୍କୁ ଖୁଆଇବା ପାଇଁ ଅଧଟୋକେଇଏ ଖଟା କୋଲି ତୋଲିଥାଏ, ସେଥିରେ ତୁମ୍ମାନଙ୍କର ଲାଖ ଚାଷର କି ବିଶେଷ କ୍ଷତି ହୋଇଛି । ତାକୁ ଘରକୁ ଯିବାକୁ ଦିଅ ।

ଜଣେ କହିଲା- ଜାଣନ୍ତି ନାହିଁ ହଜୁର, ତାହାର ନାମ କୁନ୍ତା, ଏହି ଲାବଟୁଲିଆରେ ତାହାର ଘର, ତାହାର ଅଭ୍ୟାସ ହେଉଛି ଲୁଚି ଲୁଚି କୋଲି ତୋଲିବା । ଆଉ ଥରେ ଆର ବର୍ଷ ତାକୁ ଧରିଥିଲି- ଏଥର ତାକୁ ଶିକ୍ଷା ନଦେଲେ-

ପ୍ରାୟ ଚମକି ପଡ଼ିଲି । କୁନ୍ତା! ତାକୁ ତ ଚିହ୍ନି ନାହିଁ ? ତାର ଗୋଟିଏ କାରଣ ହେଉଛି, ଦିନର ଆଲୁଅରେ କୁନ୍ତାକୁ ଆଦୌ ଦେଖି ନାହିଁ, ଯାହା ଦେଖିଛି ରାତିରେ । ଠିକାଦାରର ଲୋକମାନଙ୍କୁ ତତ୍କ୍ଷଣାତ୍ ଧମକାଇ କୁନ୍ତାକୁ ମୁକ୍ତ କଲି । ସେ ଲଜ୍ଜାରେ

ମାଟି ସାଙ୍ଗରେ ମିଶି ଯାଇ ଛୁଆପିଲାଙ୍କ ନେଇ ଘରକୁ ଚାଲିଗଲା। ଯିବାବେଳେ କୋଲି ଟୋକେଇଟା ଓ ଲଗିଟା ସେଠାରେ ପକାଇ ଦେଇଗଲା। ବୋଧହୁଏ ଭୟ ଓ ସଙ୍କୋଚରେ। ଉପସ୍ଥିତ ଲୋକଙ୍କ ଭିତରୁ ଜଣକୁ ସେଗୁଡ଼ିକ କଚେରୀକୁ ନେଇ ଯିବାକୁ କହିବାରୁ ସେମାନେ ଖୁବ୍ ଖୁସି ହୋଇ ଭାବିଲେ, ଟୋକେଇ ଓ ଲଗିକୁ ସରକାର ନିଶ୍ଚୟ ବାଜ୍ୟାପ୍ତ କରିବେ। କଚେରୀକୁ ଆସି ପଟୁଆରୀକୁ କହିଲି– ତୁମ ଅଞ୍ଚଳର ଲୋକେ ଏତେ ନିଷ୍ଠୁର କାହିଁକି, ବନୋୟାରୀଲାଲ ? ବନୋୟାରୀ ପଟୁଆରୀ ଖୁବ୍ ଦୁଃଖିତ ହେଲା। ବନୋୟାରୀ ଲୋକଟି ଭାରି ଭଲ। ଏ ଅଞ୍ଚଳର ଲୋକଙ୍କ ତୁଳନାରେ ସତରେ ତାହାର ହୃଦୟରେ ଦୟାମାୟା ଅଛି। ସେ ତତ୍କ୍ଷଣାତ୍ କୁନ୍ତାର ଟୋକେଇ ଓ ଲଗିଟା ପାଇକ ହାତରେ ଲବ୍‌ଟୁଲିୟାକୁ କୁନ୍ତାର ଘରକୁ ପଠାଇ ଦେଲା।

ସେହି ରାତି ଠାରୁ କୁନ୍ତା ବୋଧହୁଏ ଲଜ୍ଜାରେ ଭାତ ନେବା ଲାଗି ଆଉ କଚେରୀକୁ ବି ଆସିଲା ନାହିଁ।

୨

ଶୀତ ଯାଇ ବସନ୍ତ ପଡ଼ିଲାଣି।

ଆମର ଏ ଜଙ୍ଗଲ ମାହାଲର ପୂର୍ବ-ଦକ୍ଷିଣ ସୀମା ଠାରୁ ସାତ ଆଠ କୋଶ ଦୂରରେ ଅର୍ଥାତ୍ ସଦର କଚେରୀ ଠାରୁ ପ୍ରାୟ ଚଉଦ-ପନ୍ଦର କୋଶ ଦୂରରେ ଫଗୁଣ ମାସରେ ହୋରି ସମୟରେ ଗୋଟାଏ ପ୍ରସିଦ୍ଧ ଗ୍ରାମ୍ୟ ମେଳା ବସେ। ଏଥର ସେଠାକୁ ଯିବି ବୋଲି ଠିକ୍ କରିଥିଲି। ଅନେକ ଦିନରୁ ବହୁ ଲୋକଙ୍କ ସମାଗମ ଦେଖି ନାହିଁ। ଏ ମୁଲକରେ ମେଳା କି ରକମ ଜାଣିବାର ଗୋଟାଏ କୌତୂହଲ ମଧ୍ୟ ମନରେ ଥିଲା। କିନ୍ତୁ କଚେରୀର ଲୋକେ ବାରମ୍ବାର ମନା କଲେ, ବାଟ ବଡ଼ ଦୁର୍ଗମ ଓ ପାହାଡ଼ ଜଙ୍ଗଲରେ ଭର୍ତ୍ତି, ତା ଛଡ଼ା ରାସ୍ତାଟା ଯାକ ପ୍ରାୟ ସବୁଠି ବାଘ ଓ ବଣ ମଇଁଷିର ଭୟ, ମଝିରେ ମଝିରେ ବସ୍ତି ଅଛି ସତ, କିନ୍ତୁ ଖୁବ୍ ଦୂରରେ ଦୂରରେ, ବିପଦରେ ପଡ଼ିଲେ ସେମାନେ ବିଶେଷ କୌଣସି ଉପକାରରେ ଆସିବେ ନାହିଁ, ଇତ୍ୟାଦି।

ଜୀବନରେ କେବେ ହେଲେ ତିଳେମାତ୍ର ସାହସର କାମ କରିବାର ଅବକାଶ ପାଇ ନାହିଁ, ଏହି ସମୟରେ ଯେତେ ଦିନ ଏହିସବୁ ଜାଗାରେ ଅଛି ଯାହା କରି ନେଇ ପାରେ, ବଙ୍ଗ ଦେଶକୁ ଓ କଲିକତାକୁ ଫେରିଗଲେ କେଉଁଠୁ ପାଇବି ବାଘ ଓ ବଣ ମଇଁଷି ? ଭବିଷ୍ୟତ କାଳରେ ମୋର ମୁଖ ନିସୃତ ଗଚ୍ଛ-ଶ୍ରବଣ-ନିରତ ପୌତ୍ର-ପୌତ୍ରୀଙ୍କ ମୁଖ ଓ ଉସ୍ୱୁକ ତରୁଣ ଦୃଷ୍ଟି କଳ୍ପନା କରି ମୁନେଶ୍ୱର ମାହାତୋ, ପଟୁଆରୀ ଓ ନବୀର

ମୋହରିରଙ୍କର ସମସ୍ତ ଆପଭି ଏଡ଼ି ଦେଇ ମେଳା ଦିନ ବାବୁ ଖୁବ୍ ସକାଳେ ଘୋଡ଼ାରେ ଚଢ଼ି ବାହାରି ପଡ଼ିଲି। ଆମ ମାହାଲର ସୀମା ଛାଡ଼ିବାକୁ ପ୍ରାୟ ଦୁଇ ଘଣ୍ଟା ଲାଗିଲା, କାରଣ ପୂର୍ବ-ଦକ୍ଷିଣ ସୀମାରେ ଆମ ମାହାଲରେ ଜଙ୍ଗଲ ବେଶୀ, ରାସ୍ତା ନାହିଁ କହିଲେ ବି ଚଳେ, ଘୋଡ଼ା ଛଡ଼ା ଅନ୍ୟ କୌଣସି ଯାନ ବାହାନ ସେ ରାସ୍ତାରେ ଯିବା ଅସମ୍ଭବ, ଏଠି ସେଠି ଛୋଟ-ବଡ଼ ଶିଳାଖଣ୍ଡ ସବୁ ପଡ଼ିଛି, ଶାଳ ଜଙ୍ଗଲ, ଦୀର୍ଘ କାଶ ଓ ବଣ-ଝାଉଁର ବଣ, ସମୁଦାୟ ରାସ୍ତାଟା ଉଚ୍ଚା-ନୀଚା, ମଝିରେ ମଝିରେ ଉଚ୍ଚ ବାଲି କୁଦ, ଲାଲ ମାଟିର ଢିପ, ଛୋଟ ପାହାଡ଼, ପାହାଡ଼ ଉପରେ ଘନ କଣ୍ଟା ଗଛର ଜଙ୍ଗଲ। ମୁଁ ଇଚ୍ଛାନୁଯାୟୀ କେତେବେଳେ ଦ୍ରୁତ ଓ କେତେବେଳେ ଧୀର ଅଶ୍ୱ-ଚାଳନା କରୁଛି, ଘୋଡ଼ାକୁ ଠିକ୍ କଦମରେ ଚଳାଇବା ସମ୍ଭବ ହେଉନାହିଁ– ଖରାପ ରାସ୍ତା ଓ ଇତସ୍ତତ ବିକ୍ଷିପ୍ତ ଶିଳାଖଣ୍ଡ ହେତୁ କିଛି ଦୂର ଅନ୍ତରରେ ଘୋଡ଼ାର ଗତି କମି ଯାଉଛି, କେତେବେଳେ ବା ଗ୍ୟାଲପ୍, କେତେବେଳେ ହଳି ହଳି, କେତେବେଳେ ବା ପଦଚାରଣ କଳା ଭଳି ମୃଦୁ ଗତିରେ ଖାଲି ଖାଲି ଯାଉଛି।

କିନ୍ତୁ ମୁଁ କଚେରୀ ଛାଡ଼ିବା ମାତ୍ରେ ଆନନ୍ଦରେ ମଗ୍ନ ହୋଇ ଯାଇଛି। ଏଠାକୁ ଚାକିରୀ କରିବାକୁ ଆସିବା ଦିନ ଠାରୁ ଏ ଅଞ୍ଚଳର ଏହି ବିରାଟ ମୁକ୍ତ ପ୍ରାନ୍ତର ଓ ବନଭୂମି ମୋତେ କ୍ରମେ କ୍ରମେ ନିଜ ଦେଶ ଭୁଲାଇ ଦେଉଛି, ସଭ୍ୟ ଜଗତର ଶତ ପ୍ରକାର ଆରାମର ଉପକରଣ ଓ ଅଭ୍ୟାସ ଭୁଲାଇ ଦେଉଛି, ଏପରି କି ବନ୍ଧୁ ବାନ୍ଧବଙ୍କୁ ବି ଭୁଲାଇ ଦେବାକୁ ଯୋଗାଡ଼ କରୁଛି। ଚାଲୁ ନା ଘୋଡ଼ା ଆସ୍ତେ କି ଜୋରରେ– ଯେତେବେଳ ଯାଏ ଶୈଳ-ସାନୁରେ ପ୍ରଥମ ବସନ୍ତରେ ପ୍ରସ୍ଫୁଟିତ ରକ୍ତ ପଳାସ ଫୁଲର ମେଳା ବସିଛି, ପାହାଡ଼ର ତଳେ ଓ ଉପରେ ପଡ଼ିଆର ଚାରିଆଡ଼େ ବୁଦାଳିଆ ଗଛର ଡାଳ ପେନ୍ଥା ପେନ୍ଥା ଧାରୀ ଫୁଲର ଭାରରେ ଅବନତ, ଗୋଲଗୋଲି ଫୁଲର ପତ୍ରହୀନ ଦୁଗ୍ଧ-ଶୁଭ୍ର କାଣ୍ଡରେ ହଳଦିଆ ରଙ୍ଗର ବଡ଼ ବଡ଼ ସୂର୍ଯ୍ୟମୁଖୀ ଫୁଲ ପରି ଫୁଲ ସବୁ ମଧ୍ୟାହ୍ନର ରୌଦ୍ରକୁ ମୃଦୁ ସୁଗନ୍ଧରେ ଅଳସ କରି ପକାଇଛି– ସେତେବେଳେ କେତେ ବାଟ ଗଲା, ତାର ହିସାବ ବା କିଏ ରଖୁଛି ?

କିନ୍ତୁ କିଛି ହିସାବ ଯେ ରଖିବାକୁ ହେବ, ନଚେତ୍ ଦିଗ୍‌ଭ୍ରାନ୍ତ ଓ ପଥଭ୍ରାନ୍ତ ହେବାର ସମ୍ପୂର୍ଣ୍ଣ ସମ୍ଭାବନା, ଆମ ଜଙ୍ଗଲର ସୀମା ଅତିକ୍ରମ କରିବା ପୂର୍ବରୁ ଏ ସତ୍ୟଟି ଭଲ ଭାବରେ ବୁଝିଲି। ସେତେବେଳେ କିଛି ଦୂର ଅନ୍ୟମନସ୍କ ଭାବରେ ଯାଇଛି କି ନା, ହଠାତ୍ ଦେଖିଲି ସାମନାରେ ବହୁ ଦୂରରେ ଗୋଟିଏ ଖୁବ୍ ବଡ଼ ଅରଣ୍ୟାନୀର ଧୂମ୍ର-ନୀଳ ଶୀର୍ଷ-ଦେଶ ରେଖାକାରରେ ଦିଗ୍‌ବଳୟର ସେହି ଅଂଶରେ ଏ ପ୍ରାନ୍ତରୁ ସେ ପ୍ରାନ୍ତ ଯାଏ ବିସ୍ତୃତ। କେଉଁଠୁ ଆସିଲା ଏତେ ବଡ଼ ବଣ ସେଠାରେ ? କଚେରୀରେ

କେହି ତ ଏ କଥା କହି ନାହାନ୍ତି ଯେ, ମେଷଖଣ୍ଟିର ମେଳା ପାଖାପାଖି କେଉଁଠି ଏମିତି ବିଶାଳ ଅରଣ୍ୟ ଅଛି ? ପର ମୁହୂର୍ତ୍ତରେ ଠଉରାଇ ଜାଣିପାରିଲି, ପଥ ହରାଇଛି, ସମ୍ମୁଖର ବନରେଖା ମୋହନପୁରା ସଂରକ୍ଷିତ ଜଙ୍ଗଲ ଛଡ଼ା ଆଉ କିଛି ନୁହେଁ– ଯାହା ଆମ କଚେରୀ ଠାରୁ ସିଧା ଉତ୍ତରପୂର୍ବ କୋଣରେ ଅବସ୍ଥିତ। ଏସବୁ ଦିଗରେ ଚଲନ୍ତା ବନ୍ଧାରାସ୍ତା ବୋଲି କୌଣସି ଜିନିଷ ନାହିଁ, ଲୋକ ବାକ ଜଣେ ଅଧେ କେହି ବି ଯିବା ଆସିବା କରନ୍ତି ନାହିଁ। ତା ଛଡ଼ା ଚାରି ଦିଗ ଦେଖିବାକୁ ଠିକ୍ ଏକା ପରି, ସେହି ଏକ ଧରଣର ଡିପ, ଏକ ଧରଣର ଗୋଲଗୋଲି ଓ ଧାତକୀ ଫୁଲର ବଣ, ତା ସାଙ୍ଗକୁ ଅଛି ଚଡ଼ା ରୌଦ୍ରର କମ୍ପମାନ ତାପ–ତରଙ୍ଗ। ଅଜଣା ଲୋକ ପକ୍ଷରେ ଦିଗ ହରାଇବାକୁ ବେଶୀ ବେଳ ଲାଗେନା

ପୁଣି ଘୋଡ଼ାର ମୁହଁ ଫେରାଇଲି। ହୁସିଆର ହୋଇ ଗନ୍ତବ୍ୟ ସ୍ଥାନର ଅବସ୍ଥାନ ନିର୍ଣ୍ଣୟ କରି ଦୂରରୁ ଗୋଟିଏ ଦିଗ୍ ଚିହ୍ନ ଅନ୍ଦାଜ କରି ବାଛି ନେଲି। ଅକୂଳ ସମୁଦ୍ରରେ ଠିକ୍ ପଥରେ ଜାହାଜ ଚାଲନା, ଅନନ୍ତ ଆକାଶରେ ଉଡ଼ାଜାହାଜର ଚାଲକ କାମ କରିବା, ଆଉ ଏହିସବୁ ସୁବିଶାଳ ପଥହୀନ ବନପ୍ରାନ୍ତରେ ଅଶ୍ୱ–ଚାଲନା କରି ତାକୁ ଗନ୍ତବ୍ୟ ସ୍ଥାନକୁ ନେଇଯିବା ପ୍ରାୟ ଏକ ଶ୍ରେଣୀର ବ୍ୟାପାର। ଯାହାଙ୍କର ଅଭିଜ୍ଞତା ଅଛି, ସେମାନଙ୍କୁ ଏ କଥାର ସତ୍ୟତା ବୁଝିବାକୁ ବିଳମ୍ୱ ଲାଗିବ ନାହିଁ।

ପୁଣି ରୌଦ୍ର–ଦଗ୍ଧ ପତ୍ରହୀନ ଗୁଲ୍ମରାଜି, ପୁଣି ବନ–କୁସୁମର ମୃଦୁ ମଧୁର ଗନ୍ଧ, ପୁଣି ଅନାବୃତ ଶିଳାସ୍ତୂପ ସଦୃଶ ପ୍ରତୀୟମାନ ଗଣ୍ଡଶୈଳମାଳା, ପୁଣି ରକ୍ତ– ପଳାଶର ଶୋଭା। ବେଳ ବଢ଼ିଗଲା। ଏହା ଭିତରେ ମନେ ହେଲା ଟିକିଏ ପାଣି ପିଇବାକୁ ପାଇଲେ ଭଲ ହୁଅନ୍ତା। ଜାଣେ, ଏ ରାସ୍ତାରେ କାରୋ ନଦୀ ଛଡ଼ା ଅନ୍ୟ କେଉଁଠି ପାଣି ନାହିଁ। ଏବେ ଆମ ଜଙ୍ଗଲର ସୀମା କେତେବେଲେ ଛାଡ଼ିବି ଠିକ୍ ନାହିଁ, କାରୋ ନଦୀ ତ ବହୁ ଦୂର– ଏହି ଚିନ୍ତା ସଙ୍ଗେ ସଙ୍ଗେ ଶୋଷ ଯେମିତି ହଠାତ୍ ବଢ଼ିଗଲା।

ମୁକୁନ୍ଦ ଚକଲାଦାରକୁ କହି ଦେଇଥିଲି, ଆମ ମାହାଲର ସୀମାରେ ସୀମାଙ୍କ୍ଷାପକ ବାବଲା କାଠର ଖୁଣ୍ଟି କିମ୍ୱା ମହାବୀର ଧ୍ୱଜା ପରି କିଛି ଗୋଟାଏ ସଙ୍କେତ ପୋତି ଦେବ। ଏ ସୀମାକୁ କେବେ ଆସି ନାହିଁ। ଦେଖି ବୁଝିପାରିଲି, ଚକଲାଦାର ସେ ଆଦେଶ ପାଲନ କରି ନାହିଁ। ସେ ଭାବିଛି, ଏହି ଜଙ୍ଗଲରେ ପଶି କଲିକତାର ମ୍ୟାନେଜର ବାବୁ ଆଉ ସୀମା ପରିଦର୍ଶନ କରିବାକୁ ଆସୁଛନ୍ତି ! କିଏ ଏତେ ଖଟି ଖଟି ମରିବ ? ଯେମିତି ଅଛି ସେମିତି ଥାଉ।

ରାସ୍ତାର କିଛି ଦୂରରେ ସୀମା ଡେଇଁ ଗୋଟାଏ ଜାଗାରେ ଧୂଆଁ ଉଠୁଛି

ଦେଖି ସେଠାକୁ ଗଲି। ଜଙ୍ଗଲ ଭିତରେ ଦଳେ ଲୋକ କାଠ ପୋଡ଼ି କୋଇଲା କରୁଛନ୍ତି- ସେମାନେ ଏହି କୋଇଲାକୁ ଶୀତ ଦିନରେ ଗ୍ରାମେ ଗ୍ରାମେ ବିକିବେ। ଏ ଅଞ୍ଚଳର ଶୀତରେ ଗରିବ ଲୋକମାନେ ଉହ୍ଲେଇରେ କୋଇଲା ନିଆଁ କରି ଶୀତ ନିବାରଣ କରନ୍ତି। କାଠ କୋଇଲା ପଇସାକୁ ଚାରି ସେର ଲେଖାଏଁ ବିକ୍ରି ହୁଏ। ତାହା ବି କିଣିବାକୁ ଅନେକଙ୍କୁ ପଇସା ମିଳେ ନାହିଁ, ଆଉ ଏତେ ପରିଶ୍ରମ କରି କାଠ କୋଇଲା ପୋଡ଼ାଇ ପଇସାକୁ ଚାରି ସେର ଦରରେ ବିକି କୋଇଲାବାଲାଙ୍କୁ କିପରି ବା ମଜୁରୀ ପୋଷାଏ, ତାହା ବି ମୁଁ ବୁଝି ପାରେ ନା। ଏ ଅଞ୍ଚଳରେ ପଇସାଟା ବଙ୍ଗ ଦେଶ ପରି ଶସ୍ତା ନୁହେଁ, ଏଠାକୁ ଆସିବା ଦିନରୁ ତାହା ଦେଖି ଆସୁଛି। କେନ୍ଦୁ ଓ ଆଁଳା ବଣରେ ଶୁଖିଲା କାଶ ଓ ସବାଇ ଘାସରେ ଛିଆ ଗୋଟିଏ ଛୋଟ କୁଡ଼ିଆ, ସେଠାରେ ଗୋଟିଏ ବଡ଼ ମାଟି ହାଣ୍ଡିରେ ମକା ସିଝାଇ କଞ୍ଚା ଶାଲ ପତ୍ରରେ ସମସ୍ତେ ଏକାଠି ବସି ଖାଉଛନ୍ତି, ମୁଁ ଯାଇ ପହଞ୍ଚିଗଲି। ଲୁଣ ଛଡ଼ା ଅନ୍ୟ କୌଣସି ଉପକରଣ ନାହିଁ। ନିକଟରେ ବଡ଼ ବଡ଼ ଗାତ ଭିତରେ ଡାଲ-ପତ୍ର ପୋଡ଼ା ହେଉଛି, ଗୋଟିଏ ପିଲା ସେଠାରେ ବସି ଖଣ୍ଡିଏ ଲମ୍ବା କଞ୍ଚା ଶାଲ ଡାଲରେ ନିଆଁରେ ଡାଲପତ୍ର ସବୁ ଓଲଟପାଲଟ କରୁଛି।

ପଚାରିଲି- କଣ ସେ ଗାତ ଭିତରେ, କଣ ପୋଡୁଛ ?

ଖାଇବା ଛାଡ଼ି ସେମାନେ ଏକା ସାଙ୍ଗରେ ଉଠିପଡ଼ି ଭୀତ ନେତ୍ରରେ ମୋ ଆଡ଼କୁ ଚାହିଁ ଥତମତ ହୋଇ କହିଲେ- କାଠ କୋଇଲା ହଜୁର।

ମୋର ଘୋଡ଼ାରେ ଚଢ଼ା ମୂର୍ତ୍ତି ଦେଖି ଲୋକମାନେ ଡରି ଯାଇଛନ୍ତି। ବୁଝି ପାରିଲି ମୋତେ ଜଙ୍ଗଲ ବିଭାଗର ଲୋକ ବୋଲି ଭାବିଛନ୍ତି। ଏ ସବୁ ଅଞ୍ଚଳର ବଣ ଜଙ୍ଗଲ ସରକାରୀ ଖାସ ମାହାଲ ଅନ୍ତର୍ଭୁକ୍ତ। ବିନା ଅନୁମତିରେ ବଣ କାଟିବା କି କୋଇଲା ପୋଡ଼ାଇବା ବେଆଇନ କାମ।

ସେମାନଙ୍କୁ ଆଶ୍ୱାସନା ଦେଲି। ମୁଁ ଜଙ୍ଗଲ ବିଭାଗର କର୍ମଚାରୀ ନୁହେଁ, ସେମାନଙ୍କର କୌଣସି ଭୟ ନାହିଁ, ଯେତେ ଇଚ୍ଛା କୋଇଲା କରନ୍ତୁ। ଏଠାରେ ପାଣି ଟିକିଏ ମିଳିପାରେ ? ଖାଇବା ଛାଡ଼ି ଜଣେ ଲୋକ ଉଠି ଯାଇ ଗୋଟିଏ ମଜା ସଫା ବେଲାରେ ପରିଷ୍କାର ପାଣି ଆଣି ଦେଲା। ପଚାରି ଜାଣିଲି, ନିକଟରେ ବଣ ଭିତରେ ଝରଣା ଅଛି, ତାରି ପାଣି।

ଝରଣା ? - ମୋର କୌତୂହଳ ହେଲା। ଝରଣା କେଉଁଠି ? କାହିଁ ମୁଁ ତ ଶୁଣି ନାହିଁ ଏଠାରେ ଝରଣା ଅଛି।

ସେମାନେ କହିଲେ- ଝରଣା ନୁହେଁ ହଜୁର, ରୁଆ ! ପଥର ଖୋଲରେ ଟିକିଏ

ଟିକିଏ ହୋଇ ପାଣି ଜମେ। ଘଣ୍ଟାକ ଭିତରେ ପ୍ରାୟ ଅଧସେର ପାଣି ହୁଏ, ଖୁବ୍‍ ସଫା ପାଣି, ଥଣ୍ଡା ବି ଖୁବ୍‍।

ଜାଗାଟା ଦେଖିବାକୁ ଗଲି। କି ସୁନ୍ଦର ଶୀତଳ ବନବାଧ୍ୟ! ପକ୍ଷୀସବୁ ବୋଧହୁଏ ଏହି ନିର୍ଜନ ଅରଣ୍ୟରେ ଶରତ ବସନ୍ତ ରତୁରେ, କି ଗଭୀର ନିଶୀଥ ରାତିରେ ଜଳକେଳି କରିବାକୁ ଶିଳା ତଳକୁ ଆସନ୍ତି। ବଣର ଖୁବ୍‍ ଘନ ଅଂଶରେ ବଡ଼ ବଡ଼ ପିଆଶାଳ ଓ କେନ୍ଦୁ ଡାଲ ପତ୍ରରେ ଘେରା ଗୋଟିଏ ନିରୋଳା ଜାଗା, ତଳଟା କଳା ପଥରର। ଖଣ୍ଡିଏ ଖୁବ୍‍ ବଡ଼ ପଥର-ବେଦୀ ଯେମିତି କାଳ କ୍ରମେ କ୍ଷୟ ହୋଇ ଢେଙ୍କି ଗଡ଼ ପରି ହୋଇଯାଇଛି। ଯେମିତି ଗୋଟାଏ ଖୁବ୍‍ ବଡ଼ ପ୍ରାକୃତିକ ପଥରର ଖୁରା। ତା ଉପରେ ସପୁଷ୍ପ ପିଆଶାଳ ଶାଖା ଢାଙ୍କି ହୋଇ ଘନ ଛାୟା ସୃଷ୍ଟି କରିଛି। ପିଆଶାଳ ଓ ଶାଳ ମାଞ୍ଜରୀର ସୁଗନ୍ଧ ବଣର ଛାୟାରେ ଆମୋଦିତ ହେଉଛି। ପଥର ଖୋଲିରେ ବିନ୍ଦୁ ବିନ୍ଦୁ ହୋଇ ପାଣି ଜମୁଛି, ଏବେ ପାଣି ନେଇ ଯାଇଛନ୍ତି, ଏଷଣି ଅଥ ଛଟାଙ୍କିଏ ପାଣି ବି ଜମି ନାହିଁ।

ସେମାନେ କହିଲେ– ଏ ଝରଣା କଥା ଅନେକ ଜାଣନ୍ତି ନାହିଁ, ହଜୁର। ଆମେ ବଣ ଜଙ୍ଗଲରେ ହରବଖତ ବୁଲୁଁ, ଆମେ ଜାଣୁ।

ଆଉ ପାଞ୍ଚ ମାଇଲ ଯିବା ପରେ କାରୋ ନଦୀ ପଡ଼ିଲା, ଖୁବ୍‍ ଉଚ୍ଚ ବାଲି ଗଦା ଦି'ପାଖରେ, କିଞ୍ଚିତ୍‍ ସିଧା ସଳଖେ ତଳକୁ ଓହ୍ଲାଇ ଗଲେ ନଦୀର ଶଯ୍ୟା, ବର୍ତ୍ତମାନ ଖୁବ୍‍ କମ୍‍ ପାଣି ଅଛି, ଦୁଇ କୂଳରେ ଅନେକ ଦୂର ପର୍ଯ୍ୟନ୍ତ ବାଲୁକାମୟ ତୀର ଲମ୍ୱି ଯାଇଛି। ମନେ ହେଲା ଯେମିତି ପାହାଡ଼ରୁ ଓହ୍ଲାଉଛି। ଘୋଡ଼ାରେ ପାଣି ପାରି ହୋଇ ଯାଉଁ ଯାଉଁ ଗୋଟିଏ ଜାଗାରେ ଘୋଡ଼ା ଜିନ୍‍ ପର୍ଯ୍ୟନ୍ତ ପାଣି ଲାଗିଗଲା, ଗୋଡ଼ ଟେକି ଅତି ସନ୍ତର୍ପଣରେ ପାରି ହେଲି। ସେ ପଟେ ଫୁଟିଲା ରକ୍ତ-ପଲାଶର ବଣ, ଉଚ୍ଚା-ନୀଚା ରଙ୍ଗୀନ ଶିଳାଖଣ୍ଡ, ଆଉ ଖାଲି ପଲାଶ ଓ ପଲାଶ, ଚାରିଆଡ଼େ ପଲାଶ ଫୁଲର ମେଲା। ଥରେ ଦୂରରେ ଗୋଟାଏ ବଣ-ମଇଁଷିକୁ ଧାତକୀ ଫୁଲର (ଜଙ୍ଗଲୀ ଫୁଲ) ବଣରୁ ବାହାରି ଆସିବାର ଦେଖିଲି– ସେଟା ପଥର ଉପରେ ଠିଆ ହୋଇ ଗୋଡ଼ର ଖୁରାରେ ମାଟି ଖୋଲିବାକୁ ଲାଗିଲା। ଘୋଡ଼ାର ମୁହଁର ଲଗାମ କଷି ଦେଇ ଟିକିଏ ରହିଗଲି। ତ୍ରିସୀମାରେ କେଉଁଠି ଜନ-ମାନବ ନାହାନ୍ତି, ଯଦି ଶିଙ୍ଗ ଦେଖାଇ ତଡ଼ି ଆସେ? କିନ୍ତୁ ସୌଭାଗ୍ୟର ବିଷୟ, ସେଟା ପୁଣି ରାସ୍ତା ପାଖରେ ବଣ ଭିତରକୁ ପଶିଯାଇ ଅଦୃଶ୍ୟ ହୋଇଗଲା।

ନଦୀ ଠାରୁ ଆଉ କିଛି ଦୂର ଗଲେ ପଥର ଦୃଶ୍ୟ କି ଚମତ୍କାର! ତେବେ ବି ତ ଠିକ୍‍ ଖରାବେଳ ଖାଁ ଖାଁ ଗୋଡ଼ାଉଛି, ଅପରାହ୍ନର ଛାୟା ନାହିଁ, ରାତିର ଜ୍ୟୋସ୍ନାଲୋକ

ନାହିଁ– କିନ୍ତୁ ସେହି ନିସ୍ତବ୍ଧ ଖର ରୌଦ୍ର ମଧ୍ୟାହ୍ନରେ ବାମ ଦିଗରେ ବନାଚ୍ଛାଦିତ ଦୀର୍ଘ ଶୈଳମାଳା, ଦକ୍ଷିଣରେ ଲୁହା ପଥର ଓ ମାଇୟୋରାଇଟ୍ ମିଶ୍ରିତ ଉଚ୍ଚ-ନୀଚ ଭୂମିରେ କେବଳ ଶୁଭ୍ର-କାଣ୍ଡ ଗୋଲଗୋଲି ଫୁଲଗଛ ଓ ରଙ୍ଗୀନ ଧାକୀ ଫୁଲର ଜଙ୍ଗଲ। ସେହି ଜାଗାଟା ସତରେ ଭାରି ଅଦ୍ଭୁତ। ଏମିତି ରୁକ୍ଷ ଅଥଚ ସୁନ୍ଦର, ପୁଷ୍ପାକୀର୍ଣ୍ଣ ଅଥଚ ଉଦ୍ଦାମ ଓ ମାତ୍ରାଧିକ ବନ୍ୟ ଭୂମିଶ୍ରୀ ମୁଁ ଜୀବନରେ କେବେ ଦେଖି ନାହିଁ। ଆଉ ତା ଛଡ଼ା ଠିକ୍ ଖରାବେଳର ସେହି ଖାଁ ଖାଁ ରୌଦ୍ର। ମୁଣ୍ଡ ଉପରେ ଆକାଶ କି ଘନ ନୀଳ! ଆକାଶରେ କେଉଁଠି ଗୋଟାଏ ହେଲେ ପକ୍ଷୀ ନାହିଁ, ଶୂନ୍ୟ ମାଟିରେ ବନ୍ୟ-ପ୍ରକୃତିର ବକ୍ଷରେ କେଉଁଠି ଗୋଟିଏ ମଣିଷ କି ଜୀବଜନ୍ତୁ ନାହିଁ– ନିଃଶବ୍ଦ, ଭୟଙ୍କର ନିରୋଳା। ଚତୁର୍ଦ୍ଦିଗକୁ ଅନାଇ ପ୍ରକୃତିର ଏହି ବିଜନ ରୂପଲୀଲା ମଝିରେ ମୁଁ ଡୁବିଗଲି- ଭାରତବର୍ଷରେ ଏମିତି ଜାଗା ଅଛି ବୋଲି ମୋତେ ଜଣା ନଥିଲା! ଏ ଯେମିତି ଚଳଚିତ୍ରରେ ଦେଖିଥିବା ଦକ୍ଷିଣ-ଆମେରିକାର ଆରିଜୋନା କିମ୍ବା ନାଭୋଜା ମରୁଭୂମି କିମ୍ବା ହଡ଼ସନ୍ଙ୍କ ପୁସ୍ତକ-ବର୍ଣ୍ଣିତ ଗିଲା ନଦୀର ଅବବାହିକା ଅଞ୍ଚଳ।

ମେଲାରେ ପହଞ୍ଚିବା ବେଳକୁ ଗୋଟାଏ ବାଜିଗଲା। ପ୍ରକାଣ୍ଡ ମେଲା। ଯେଉଁ ଦୀର୍ଘ ଶୈଳଶ୍ରେଣୀ ରାସ୍ତାର ବାମ ପଟେ ମୋ ସାଙ୍ଗେ ସାଙ୍ଗେ ତିନି କୋଶ ଯାଏ ଚାଲି ଆସୁଥିଲା, ତାରି ସର୍ବ-ଦକ୍ଷିଣ ପ୍ରାନ୍ତରେ ଗୋଟିଏ ଛୋଟ ଗ୍ରାମର ପଡ଼ିଆରେ, ପାହାଡ଼ର ଢାଲୁରେ ଚତୁର୍ଦ୍ଦିଗରେ ଶାଲ-ପଲାଶ ବଣ ମଝିରେ ଏହି ମେଲା ବସିଛି। ମହିଷାରଢ଼ି, କଡ଼ାରୀ, ତିନିଟାଙ୍ଗା, ଲଛମନିୟାଟୋଲା, ଭୀମଦାସଟୋଲା, ମହାଲିଖାରୂପ ପ୍ରଭୃତି ଦୂର ଓ ନିକଟର ନାନା ସ୍ଥାନରୁ ଲୋକମାନେ, ପ୍ରଧାନତଃ ସ୍ତ୍ରୀ ଲୋକମାନେ ଆସିଛନ୍ତି। ତରୁଣୀ ବନ-କନ୍ୟାମାନେ ଗଭାରେ ପିଆଶାଲ ଫୁଲ କି ରଙ୍ଗୀନ ଧାତକୀ ଫୁଲ ଖୋସି ଆସିଛନ୍ତି। କାହାରି କାହାରି ମଥାରେ ବଙ୍କା ଜୁଡ଼ାରେ କାଠ ପାନିଆ ଖୋସା ହୋଇଛି। ପ୍ରାୟ ଅନେକ ଝିଅଙ୍କର ଦେହର ଗଠନ ବେଶ୍ ସୁଠାମ, ସୁଲଳିତ ଓ ଲାବଣ୍ୟମଣ୍ଡିତ- ସେମାନେ ଖୁସି ହୋଇ ନକଲି ପୋହଲା ମାଳ, ଶସ୍ତା ଜାପାନୀ କି ଜର୍ମାନୀ ସାବୁନ ବାକ୍ସ, ବଂଶୀ, ଆରସୀ, ଅତି ବାଜେ ଅତର କିଣୁଛନ୍ତି। ପୁରୁଷମାନେ ପଇସାକୁ ଦଶଟା କାଳୀ ମାର୍କା ସିଗାରେଟ୍ କିଣୁଛନ୍ତି। ବାଳକ ବାଳିକା ସବୁ ତିଲୁୟା, ରେଉଡ଼ି, ରାମଦାନାର ଲଡୁ ଓ ତେଲ ଖଜା କିଣି ଖାଉଛନ୍ତି।

ହଠାତ୍ ନାରୀ-କଣ୍ଠର ଆର୍ତ୍ତ କ୍ରନ୍ଦନ ସ୍ୱର ଶୁଣି ଚମକି ପଡ଼ିଲି। ଗୋଟାଏ ଉଚ୍ଚ ପାହାଡ଼ି ଡିପରେ ଯୁବକ-ଯୁବତୀମାନେ ମେଳ ବାନ୍ଧି ଠିଆ ହୋଇ ହସ ଖୁସି, ଗପସପ, ଆଦର-ଆପ୍ୟାୟନରେ ମଜ୍ଜ ଥିଲେ- କ୍ରନ୍ଦନଟା ସେଠାରୁ ଉଠିଲା। କଥା କ'ଣ? କେହି କଣ ହଠାତ୍ ପଞ୍ଚତ୍ୱ ପ୍ରାପ୍ତ ହେଲା? ଜଣେ ଲୋକକୁ ପଚାରି ବୁଝିଲି, ତାହା

ନୁହେଁ, କୌଣସି ଜଣେ ବୋହୁ ସାଙ୍ଗରେ ତା ବାପଘର ଗ୍ରାମର କୌଣସି ଝିଅର
ଭେଟ ହୋଇଛି– ଏ ଅଞ୍ଚଳର ରୀତି କୁଆଡ଼େ ଏହିପରି, ଗ୍ରାମର ଝିଅ ବା କୌଣସି
ପ୍ରବାସିନୀ ସଖୀ, କୁଟୁମ୍ବନୀ ବା ଆତ୍ମୀୟ ସହିତ ଅନେକ ଦିନ ପରେ ଦେଖା ହେଲେ
ଉଭୟ ଉଭୟଙ୍କର ଗଳା ଫଟାଇ କାନ୍ଦଣା ଆରମ୍ଭ କରିଦେବେ। ଅନଭିଜ୍ଞ ଲୋକେ
ଭାବି ପାରନ୍ତି ସେମାନଙ୍କର କେହି ମରିଯାଇଛି, କିନ୍ତୁ ପ୍ରକୃତରେ ଏହା ଆଦର-
ଅପ୍ୟାୟନର ଏକ ଅଙ୍ଗ। ନ କାନ୍ଦିଲେ ନିନ୍ଦା ହେବ। ବାପ ଘରର ମଣିଷ ଦେଖି ଯେଉଁ
ସ୍ତ୍ରୀ ଲୋକ ନ କାନ୍ଦିଲା, ସେଥ୍ରୁ ପ୍ରମାଣ ହେବ ଯେ, ସେ ଶଶୁର ଘରେ ଖୁବ୍ ସୁଖରେ
ଅଛି– ସ୍ତ୍ରୀ ଲୋକ ପକ୍ଷରେ ଏହା କୁଆଡ଼େ ବଡ଼ ଲଜ୍ଜାର କଥା।

ଗୋଟିଏ ଜାଗାରେ ବହି ଦୋକାନୀ ଅଖା ଉପରେ ବହି ସଜାଇ ବସିଛି–
ହିନ୍ଦୀ ଗୋଲେବକାଉଲୀ, ଲୟଲା-ମଜନୁ, ବେତାଳ ପଞ୍ଚବିଂଶତି, ପ୍ରେମ ସାଗର,
ଇତ୍ୟାଦି। କେହି କେହି ପ୍ରବୀଣ ଲୋକ ବହି ଓଲଟପାଲଟ କରି ଦେଖୁଛନ୍ତି– ବୁଝିଲି
ବହି ଦୋକାନରେ ଦଣ୍ଡାୟମାନ ପାଠକର ଅବସ୍ଥା ଆନାତୋଁଲ ଫ୍ରାଁସଙ୍କ ପ୍ୟାରିସରେ
ଯେମିତି, ଏହି ବନ୍ୟ ଦେଶରେ କଢ଼ାରୀ ତିନିଟାଙ୍ଗାରେ ହୋରି ମେଳାରେ ବି ସେମିତି।
ବିନା ପଇସାରେ ଠିଆ ହୋଇ ପଢ଼ି ପାରିଲେ କେହି ବହି କିଣେ ନାହିଁ। କିନ୍ତୁ ଦୋକାନୀର
ବ୍ୟବସାୟ ବୁଦ୍ଧି ଅତି ପ୍ରଖର। ସେ ଜଣେକ ତନ୍ମୟଚିତ୍ତ ପାଠକକୁ ପଚାରିଲା– ବହି
କିଣିବ କି ? ନହେଲେ ଥୋଇ ଦେଇ ତୁମ ବାଟ ଦେଖ। ମେଳା ସ୍ଥାନ ଠାରୁ କିଛି
ଦୂରରେ ଗୋଟାଏ ଶାଳ ବଣର ଛାୟାରେ ଅନେକ ଲୋକ ରାନ୍ଧି ଖାଉଛନ୍ତି– ଏମାନଙ୍କ
ପାଇଁ ମେଳାର ଏକ ଅଂଶରେ ପନିପରିବାର ବଜାର ବସିଛି, କଞ୍ଚା ଶାଳପତ୍ରର ଠୁଙ୍ଗାରେ
ଚୁନା ଚିଙ୍ଗୁଡ଼ି ଶୁଖୁଆ ଓ ନାଲି ପିମ୍ପୁଡ଼ି ଅଣ୍ଡା ବିକ୍ରି ହେଉଛି। ନାଲି ପିମ୍ପୁଡ଼ି ଅଣ୍ଡା
ଏଠାକାର ଗୋଟାଏ ପ୍ରିୟ ସୁଖାଦ୍ୟ। ତା ଛଡ଼ା ଅଛି କଞ୍ଚା ପପେୟା, ଶୁଖିଲା କୋଲି,
ପାଚିଲା କେନ୍ଦୁ, ପିଜୁଲି ଓ ବଣ ଶିମ।

ହଠାତ୍ କାହାର ଡାକ କାନରେ ବାଜିଲା– ମ୍ୟାନେଜର ବାବୁ!

ଚାହିଁ ଦେଖେ ତ ଗହଳି ଭିତରୁ ଲବ୍‌ଟୁଲିୟାର ପଟୁଆରୀର ଭାଇ ବ୍ରହ୍ମା ମାହାତୋ
ଆଗେଇ ଆସୁଛି– ହଜୁର, ଆପଣ କେତେବେଲେ ଆସିଲେ ? ସାଙ୍ଗରେ କିଏ ?

ପଚାରିଲି– ବ୍ରହ୍ମା, ଏଠାକୁ କଣ ମେଳା ଦେଖିବାକୁ ଆସିଛ ?

– ନା, ହଜୁର, ମୁଁ ମେଳାର ପଟାଦାର। ଆସନ୍ତୁ, ଆସନ୍ତୁ, ଆମ ତମ୍ବୁକୁ
ଚାଲନ୍ତୁ, ଟିକିଏ ପଦଧୂଲି ଦେବେ।

ମେଳାର ଗୋଟିଏ ପାଖରେ ପଟାଦାରର ତମ୍ବୁ। ବ୍ରହ୍ମା ମୋତେ ଖୁବ୍ ଖାତିର
କରି ସେଠାକୁ ନେଇଯାଇ ଖଣ୍ଡିଏ ପୁରୁଣା କାଠ ଟୌକିରେ ବସାଇ ଦେଲା। ସେଠାରେ

ଜଣେ ଲୋକକୁ ଦେଖିଲି, ଏମିତି ଲୋକ ବୋଧହୁଏ ପୃଥିବୀରେ ଆଉ କେବେ ଦେଖିବି ନାହିଁ। ଲୋକଟି କିଏ ଜାଣେ, ବ୍ରହ୍ମା ମାହାତୋର କୌଣସି କର୍ମଚାରୀ ହେବ। ବୟସ ପଚାଶ-ଷାଠିଏ ବର୍ଷ, ଦେହ ଖାଲି, ରଙ୍ଗ କଳା, ମୁଣ୍ଡରେ କଞ୍ଚା-ପାଚିଲା ବାଳ। ତାହାର ହାତରେ ଗୋଟାଏ ବଡ଼ ଥଳିରେ ଧଳିଏ ପଇସା, କାଖରେ ଖଣ୍ଡିଏ ଖାତା, ବୋଧହୁଏ ମେଳାର ମାସୁଲ ଆଦାୟ କରି ବୁଲୁଛି, ବ୍ରହ୍ମା ମାହାଦୋକୁ ହିସାବ ବୁଝାଇ ଦେବ।

ତାହାର ଚକ୍ଷୁର ଦୃଷ୍ଟି ଓ ମୁଖର ଅସାଧାରଣ ଦୀନ ନମ୍ର ଭାବ ଦେଖି ମୁଗ୍ଧ ହେଲି। ଯେମିତି କିଛି ଭୟର ଭାବ ବି ସେ ଦୃଷ୍ଟିରେ ମିଶିଥିଲା। ବ୍ରହ୍ମା ମାହାତୋ ରାଜା ନୁହେଁ, ମାଜିଷ୍ଟ୍ରେଟ୍ ନୁହେଁ, କାହାର ଦଣ୍ଡ ମୁଣ୍ଡର କର୍ତ୍ତା ବି ନୁହେଁ, ସରକାରଙ୍କ ଖାସମାହାଲର ଜନେକ ବର୍ଦ୍ଧିଷ୍ଣୁ ପ୍ରଜା ମାତ୍ର- ହୁଏ ତ ମେଳା ପଟ୍ଟା ନେଇଛି, – ସେ ଲୋକଟାର ତା ପାଖରେ ଏତେ ଦୀନ ଭାବ କାହିଁକି ? ତାପରେ ମୁଁ ଯେତେବେଳେ ତମ୍ବୁକୁ ଗଲି, ସ୍ୱୟଂ ବ୍ରହ୍ମା ମାହାତୋ ମୋତେ ଏତେ ଖାତିର କରୁଥିବା ଦେଖି ଲୋକଟି ମୋ ଆଡ଼କୁ ଅତିରିକ୍ତ ସମ୍ଭ୍ରମ ଓ ଦୀନତାର ଦୃଷ୍ଟିରେ ଭୟରେ ଥରେ ଦି’ଥରୁ ବେଶୀ ଚାହିଁବାକୁ ଭରସା ପାଇଲା ନାହିଁ। ଭାବିଲି ଲୋକଟିର ଏତେ ଦୀନହୀନ ଦୃଷ୍ଟି କାହିଁକି ? ଖୁବ୍ ଗରିବ କି ? ଲୋକଟିର ମୁହଁରେ କଣ ଯେମିତି ଥିଲା, ବାରମ୍ବାର ମୁଁ ଚାହିଁ ଦେଖିବାକୁ ଲାଗିଲି। ………………… ଏଭଳି ପ୍ରକୃତ ଦୀନ-ବିନମ୍ର ମୁହଁ ମୁଁ କେବେ ଦେଖି ନାହିଁ।

ବ୍ରହ୍ମା ମାହାତୋକୁ ଲୋକଟିର କଥା ପଚାରି ଜାଣିଲି- ତାହାର ଘର କଡ଼ାରୀ ତିନିଟାଙ୍ଗାରେ, ଯେଉଁ ଗ୍ରାମରେ ବ୍ରହ୍ମା ମାହାତୋର ଘର, ନାମ ଗିରିଧାରୀ ଲାଲ, ଜାତି ଗାଙ୍ଗୋତା। ତାହାର ଏକମାତ୍ର ଛୋଟ ପୁଅଟିଏ ଛଡ଼ା ସଂସାରରେ ଆଉ କେହି ନାହାନ୍ତି। ଅବସ୍ଥା ଯାହା ଅନୁମାନ କରିଥିଲି- ସେ ଅତି ଗରିବ। ସମ୍ପ୍ରତି ବ୍ରହ୍ମା ତାକୁ ମେଳାରେ ଦୋକାନର ମାସୁଲ ଆଦାୟ କରିବା ପାଇଁ ନିଯୁକ୍ତ କରିଛି- ଦୈନିକ ଚାରି ଅଣା ଦରମା ଓ ଖାଇବାକୁ ଦେବ।

ଗିରିଧାରୀଲାଲ ସାଙ୍ଗରେ ମୋର ଆହୁରି କେତେ ଥର ଦେଖା ହୋଇଥିଲା। କିନ୍ତୁ ତା ସାଙ୍ଗରେ ଶେଷ ଥର ସାକ୍ଷାତ ବେଳର ଅବସ୍ଥା ବଡ଼ କରୁଣ, ପରେ ସେ ସବୁ କଥା କହିବି। ଅନେକ ଧରଣର ମଣିଷ ଦେଖିଛି, କିନ୍ତୁ ଗିରିଧାରୀଲାଲ ପରି ସଚ୍ଚା ମଣିଷ କେବେ ଦେଖି ନାହିଁ। କେତେ କାଳ ହୋଇଗଲା, କେତେ ଲୋକଙ୍କୁ ଭୁଲି ଯାଇଛି, କିନ୍ତୁ ଯେଉଁମାନଙ୍କ କଥା ଚିରକାଳ ମନ ଭିତରେ ଅଙ୍କିତ ଅଛି ଓ ରହିଥିବ, ସେହି ଅତି ଅଳ୍ପ କେତେ ଜଣ ଲୋକଙ୍କ ମଧ୍ୟରୁ ଗିରିଧାରୀଲାଲ ଜଣେ।

ବେଳ ବୁଡ଼ି ଆସୁଛି, ଏତିକି ବେଳେ ଫେରିଯିବା ଦରକାର। ବ୍ରହ୍ମା ମାହାତୋକୁ ସେ କଥା କହି ବିଦାୟ ମାଗିଲି। ବ୍ରହ୍ମା ମାହାତୋ ତ ଏକବାରେ ଆକାଶରୁ ପଡ଼ିଗଲା। ତମ୍ବୁରେ ଯେଉଁମାନେ ଉପସ୍ଥିତ ଥିଲେ ସେମାନେ ଆଁ କରି ମୋ ମୁହଁକୁ ଚାହିଁ ରହିଲେ। ଅସମ୍ଭବ! ଏହି ତିରିଶ ମାଇଲ ରାସ୍ତା ଅବେଳାରେ ଫେରିବେ! ହୁଜୁର କଲିକତାର ମଣିଷ, ଏ ଅଞ୍ଚଳର ରାସ୍ତାଘାଟର ଖବର ଜଣା ନାହିଁ। ତେଣୁ ଏ କଥା କହୁଛନ୍ତି। ଦଶ ମାଇଲ ନ ଯାଉଣୁ ସୂର୍ଯ୍ୟ ବୁଡ଼ିଯିବେ। ନ ହେଲା ଏବେ ଜହ୍ନ-ରାତି, ଘନ ପାହାଡ଼-ଜଙ୍ଗଲର ପଥ, ଜନ-ମାନବ କେଉଁଠି ନାହାନ୍ତି, ବାଘ ବାହାରି ପାରେ, ବଣ ମଇଁଷି ଅଛି, ବିଶେଷତଃ ପାଚିଲା କୋଲି ସମୟ, ଏକ୍ଷଣି ଭାଲୁ ତ ନିଶ୍ଚୟ ବାହାରୁ ଥିବ, କାରୋ ନଦୀର ସେ ପଟେ ମହାଲିଖାରୂପ ଜଙ୍ଗଲରେ ଏହି ତ ସେ ଦିନ ଗୋଟିଏ ବଳଦଗାଡ଼ିର ଗାଡ଼ିଆଲକୁ ବାଘ ନେଇଗଲା। ସେ ବିଚରା ଜଙ୍ଗଲ ରାସ୍ତାରେ ଏକା ଆସୁଥିଲା। ଅସମ୍ଭବ, ହୁଜୁର। ରାତିରେ ଏଠାରେ ରହନ୍ତୁ, ଖିଆପିଆ କରନ୍ତୁ, ଯେତେବେଳେ ଦୟା କରି ଗରିବର ଡେରାକୁ ଆସିଛନ୍ତି। କାଲି ସକାଳେ ଧୀରେ ସୁସ୍ତେ ଗଲେ ଚଲିବ।

ଏହି ବାସନ୍ତୀ ପୂର୍ଣ୍ଣିମାରେ ପରିପୂର୍ଣ୍ଣ ଜ୍ୟୋସ୍ନା-ରାତିରେ ଜନ-ହୀନ ପାହାଡ଼-ଜଙ୍ଗଲ ପଥରେ ଏକା ଘୋଡ଼ାରେ ଚଢ଼ି ଯିବାର ପ୍ରଲୋଭନ ମୋ ନିକଟରେ ଦୁର୍ଦ୍ଦମନୀୟ ହୋଇ ଉଠିଲା। ଜୀବନରେ ଆଉ କେବେ ଏହା ଘଟିବ ନାହିଁ, ହୁଏତ ଏହା ଶେଷ, ଆଉ ଯେଉଁ ଅପୂର୍ବ ବନ-ପାହାଡ଼ିର ଦୃଶ୍ୟ ରାସ୍ତାରେ ଦେଖି ଆସିଛି! ଜ୍ୟୋସ୍ନା ରାତିରେ- ବିଶେଷତଃ ପୂର୍ଣ୍ଣିମାୟ ଜ୍ୟୋସ୍ନାରେ ଯଦି ଥରେ ସେମାନଙ୍କର ରୂପ ନ ଦେଖେଁ, ତାହେଲେ ଏତେ କଷ୍ଟ କରି ଆସିବାର ଫଳ କଣ?

ସମସ୍ତଙ୍କର ସନିର୍ବନ୍ଧ ଅନୁରୋଧ ଏଡ଼ି ଦେଇ ବିଦାୟ ନେଲି। ବ୍ରହ୍ମା ମାହାତୋ ଠିକ୍ କହିଥିଲା, କାରୋ ନଦୀରେ ପହଞ୍ଚିବାର କିଛି କ୍ଷଣ ପୂର୍ବରୁ ଲାଲ ଚହଟହ ସୁବୃହତ୍ ସୂର୍ଯ୍ୟ ପଶ୍ଚିମ ଦିଗ୍-ଚକ୍ରବାଳରେ ଗୋଟିଏ ଅନୁଚ ଶୈଳମାଳା ପଛରେ ଅସ୍ତ ଗଲେ। କାରୋ ନଦୀ କୂଳରେ ଯେତେବେଳେ ଘୋଡ଼ା ସହିତ ବାଲି କୁଦ ଉପରକୁ ଉଠିଛି, ଏଥର ଏଠାରୁ ତାଲୁ ବାଲି ବାଟେ ନଦୀ-ଗର୍ଭକୁ ଓହ୍ଲାଇବି- ହଠାତ୍ ସେହି ସୂର୍ଯ୍ୟାସ୍ତର ଦୃଶ୍ୟ ଏବଂ ଠିକ୍ ପୂର୍ବ ଦିଗରେ କୃଷ୍ଣ ରେଖା ଭଳି ପରିଦୃଶ୍ୟମାନ ମୋହନପୁରା ସଂରକ୍ଷିତ ଜଙ୍ଗଲର ମୁଣ୍ଡ ଉପରେ ନବୋଦିତ ପୂର୍ଣ୍ଣଚନ୍ଦ୍ରଙ୍କ ଦୃଶ୍ୟ- ଯୁଗପତ ଏହି ଅସ୍ତ ଓ ଉଦୟର ଦୃଶ୍ୟରେ ଥମକି ଯାଇ ଘୋଡ଼ାକୁ ଲଗାମ କଷି ଠିଆ କରାଇଦେଲି। ସେହି

ନିର୍ଜନ ଅପରିଚିତ ନଦୀ ତୀରରେ ସମସ୍ତ ଦୃଶ୍ୟଟା ଯେମିତି ଗୋଟିଏ ଅବାସ୍ତବ ଘଟଣା ପରି ଦେଖା ଯାଉଛି–

ରାସ୍ତାରେ ସବୁଠି ପାହାଡ଼ର ଢାଲୁରେ ଓ ମୁଣ୍ଡିଆରେ ଛଡ଼ା ଛଡ଼ା ଜଙ୍ଗଲ, ମଝିରେ ମଝିରେ ସରୁ ରାସ୍ତାଟାକୁ ଯେମିତି ଦୁଇ ଦିଗରୁ ଚାପି ଧରୁଛି, ଫେର୍ କୁଆଡ଼େ କିଛି ଦୂରକୁ ହଟି ଯାଉଛି। ଚତୁର୍ଦ୍ଦିଗରେ କି ଭୟଙ୍କର ନିର୍ଜନତା, ଦିନରେ ଯାହା ହେଉ ଗୋଟାଏ ରୂପ ଥିଲା, କିନ୍ତୁ ଜହ୍ନ ପଡ଼ିବା ପରେ ମନେ ହେଉଛି ଯେମିତି ଏକ ଅଜଣା ଓ ଅଭୁତ ସୌନ୍ଦର୍ଯ୍ୟମୟ ପରୀ-ରାଜ୍ୟ ଭିତରେ ମୁଁ ଚାଲିଛି। ସଙ୍ଗେ ସଙ୍ଗେ ବାଘର ଭୟ ବି ଜାତ ହେଲା। ମନେ ପଡ଼ିଲା ମେଲାରେ ବ୍ରହ୍ମା ମାହାତୋ ଓ କଚେରୀରେ ପ୍ରାୟ ସମସ୍ତେ ରାତିରେ ଏ ବାଟରେ ଏକା ଆସିବାକୁ ବାରମ୍ବାର ବାରଣ କରିଥିଲେ। ମନେ ପଡ଼ିଲା ନନ୍ଦକିଶୋର ଗୋସାଇଁ ନାମରେ ଆମର ଜଣେ ମଇଁଷିଆଲ ପ୍ରଜା ଆଜିକୁ ଦୁଇ-ତିନି ମାସ ତଳେ କଚେରୀରେ ବସି ଗପ କରୁଥିଲା, ଏହି ମହାଲିଖାରୂପ ଜଙ୍ଗଲାରେ ସେହି ସମୟରେ କାହାକୁ ବାଘ ନେଇ ଯାଇଥିଲା। ଜଙ୍ଗଲର ଏଠି-ସେଠି ବଡ଼ ବଡ଼ କୋଲି ଗଛରେ କୋଲି ପାଚି ଡାଲ ନଇଁ ପଡ଼ିଛି– ତଳେ ବିସ୍ତର ଶୁଖିଲା ଓ ପାଚିଲା କୋଲି ପଡ଼ିଛି– ସୁତରାଂ ଭାଲୁ ବାହାରିବାର ଖୁବ୍ ସମ୍ଭାବନା ଅଛି। ବଣ ମଇଁଷି ଏ ଜଙ୍ଗଲରେ ନ ଥିଲେ ସୁଦ୍ଧା ମୋହନପୁରା ଜଙ୍ଗଲରୁ ଗୋଟାଏ ଦୁଇଟା ଖସି ଆସିବାକୁ କେତେବେଳ ବା ଲାଗିବ! ସାମନାରେ ଏବେ ନିର୍ଜନ ବଣ ପ୍ରାନ୍ତର ଉପରେ ପନ୍ଦର ମାଇଲ ବାଟ ବାକି ଅଛି।

ଭୟର ଅନୁଭୂତି ଚତୁର୍ଦ୍ଦିଗର ସୌନ୍ଦର୍ଯ୍ୟକୁ ଯେମିତି ଆହୁରି ବଢ଼ାଇ ଦେଲା। ଗୋଟିଏ ଗୋଟିଏ ଜାଗାରେ ରାସ୍ତା ଦକ୍ଷିଣରୁ ସିଧା ଉତ୍ତରକୁ ଓ ଉତ୍ତରରୁ ପୂର୍ବକୁ ଘୁରି ଯାଇଛି। ରାସ୍ତାର ଖୁବ୍ ନିକଟରେ ବାମ ପାଖକୁ ସବୁଠି ଏକ ଅନୁଚ ଶୈଲମାଳା, ତାର ଗଡ଼ାଣିରେ ଗୋଲଗୋଲି ଓ ପଲାଶ ଜଙ୍ଗଲ, ଉପର ଆଡ଼କୁ ଶାଲ ଓ ବଡ଼ ବଡ଼ ଘାସ। ଜ୍ୟୋସ୍ନା ଏଥର ଫୁଟି ଉଠୁଛି, ଗଛର ଛାୟା ହ୍ରସ୍ବତମ ହୋଇଯାଇଛି, ଗୋଟାଏ କି ବଣୁଆ ଫୁଲର ସୁବାସରେ ଜ୍ୟୋସ୍ନାଶୁଭ୍ର ପ୍ରାନ୍ତର ପରିପୂର୍ଣ, ଅନେକ ଦୂରରେ ପାହାଡ଼ରେ ଜୁଣ ଚାଷ ପାଇଁ ସାଁତାଲମାନେ ନିଆଁ ଲଗାଇ ଦେଇଛନ୍ତି, ସେ କି ଅଭିନବ ଦୃଶ୍ୟ, ମନେହେଉଛି କିଏ ଯେମିତି ପାହାଡ଼ରେ ଆଲୋକମାଳା ସଜାଇ ଦେଇଛି।

ଯଦି କେବେ ଏସବୁ ଆଡ଼କୁ ନ ଆସିଥାନ୍ତି, କେହି କହିଲେ ବି ବିଶ୍ବାସ କରି ନଥାନ୍ତି ଯେ ବଙ୍ଗ ଦେଶର ଏତେ ନିକଟରେ ଏପରି ସମ୍ପୂର୍ଣ ଜନହୀନ ଅରଣ୍ୟ-ପ୍ରାନ୍ତର ଓ ଶୈଲମାଳା ଅଛି, ଯାହା ସୌନ୍ଦର୍ଯ୍ୟରେ ଆରିଜୋନାର ପଥୁରିଆ ମରୁଦେଶ କିମ୍ବା ରୋଡ଼େସିଆର ବୁଶଭେଲ୍ଡ ଠାରୁ କେଉଁ ଗୁଣରେ କମ୍ ନୁହେଁ– ବିପଦ

ଦିଗରୁ ଦେଖିବାକୁ ଗଲେ ବି ଏ ସବୁ ଅଞ୍ଚଳ ନିତାନ୍ତ ନିରାପଦ ବୋଲି କହି ହେବ ନାହିଁ, ଯେଉଁଠି ସନ୍ଧ୍ୟା ପରେ ବାଘ-ଭାଲୁର ଭୟରେ ଲୋକେ ବାଟ ଚାଲି ପାରନ୍ତି ନାହିଁ ।

ଏହି ମୁକ୍ତ ଜ୍ୟୋସ୍ନାଶୁଭ୍ର ବଣପ୍ରାନ୍ତର ମଝିରେ ଯାଉ ଯାଉ ଭାବୁଥିଲି ଏହା ଗୋଟାଏ ଅଲଗା ଜୀବନ, ଯେଉଁମାନେ ଘରର କାନ୍ଥ ମଝିରେ ଆବଦ୍ଧ ରହିବାକୁ ଭଲ ପାଆନ୍ତି ନାହିଁ, ସଂସାର କରିବା ଯେଉଁମାନଙ୍କର ରକ୍ତରେ ନାହିଁ, ସେହିସବୁ ବାରବୁଲା ଖାପଛଡ଼ା ପ୍ରକୃତିର ମଣିଷ ପକ୍ଷରେ ଏମିତି ଜୀବନ ତ କାମ୍ୟ । କଲିକତାରୁ ଆସି ପ୍ରଥମେ ପ୍ରଥମେ ଏଠାରେ ଏହି ଭୀଷଣ ନିର୍ଜନତା ଓ ସମ୍ପୂର୍ଣ୍ଣ ବନ୍ୟ ଜୀବନ-ଯାତ୍ରା ମୋ ପକ୍ଷରେ ଅସହ୍ୟ ହୋଇ ପଡ଼ିଥିଲା । କିନ୍ତୁ ଏକ୍ଷଣି ମୋର ମନେହୁଏ ଏହା ଭଲ, ଏହି ବର୍ବର ବନ୍ୟ ରୁକ୍ଷ ପ୍ରକୃତି ମୋତେ ତାର ସ୍ୱାଧୀନତା ଓ ମୁକ୍ତି ମନ୍ତ୍ରରେ ଦୀକ୍ଷିତ କରିଅଛି, ସହରର ପିଞ୍ଜରା ଭିତରେ ଆଉ ବସି ରହି ପାରିବି କି ? ଏହି ପଥହୀନ ପ୍ରାନ୍ତରର ଶିଳାଖଣ୍ଡ ଓ ଶାଳପଲାଶ ବଣ ଭିତରେ ଏହିପରି ମୁକ୍ତ ଆକାଶ ତଳେ ପରିପୂର୍ଣ୍ଣ ଜ୍ୟୋସ୍ନାରେ ଘୋଡ଼ା ଛୁଟାଇ ଚାଲିବାର ଆନନ୍ଦ ସହିତ ମୁଁ ଦୁନିଆର କୌଣସି ସମ୍ପଦ ବିନିମୟ କରିବାକୁ ଚାହେଁ ନା ।

ଜ୍ୟୋସ୍ନା ଆହୁରି ଝଟକୁଛି, ନକ୍ଷତ୍ରରାଜି ଜ୍ୟୋସ୍ନାଲୋକରେ ପ୍ରାୟ ଅଦୃଶ୍ୟ, ଚାରିପଟକୁ ଚାହିଁ ମନେ ହୁଏ ଯେଉଁ ପୃଥିବୀକୁ ମୁଁ ଏତେ ଦିନ ହେଲା ଜାଣିଥିଲି ଏ ତାହା ନୁହେଁ, ଏ ଏକ ସ୍ୱପ୍ନଭୂମି, ଏହି ଦିଗନ୍ତବ୍ୟାପୀ ଜ୍ୟୋସ୍ନାରେ ଅପାର୍ଥିବ ଜୀବମାନେ ଗଭୀର ରାତିରେ ଏଠାରେ ବିଚରଣ କରନ୍ତି, ସେମାନେ ତପସ୍ୟାର ବସ୍ତୁ, କଳ୍ପନା ଓ ସ୍ୱପ୍ନର ବସ୍ତୁ । ଯେଉଁମାନେ ବଣ ଫୁଲକୁ ଭଲ ପାଆନ୍ତି ନାହିଁ, ସୁନ୍ଦରକୁ କେବେ ଚିହ୍ନନ୍ତି ନାହିଁ, ଦିଗ୍‌ବଳୟ ରେଖା ଯେଉଁମାନଙ୍କୁ କେବେ ହାତଠାରି ଡାକେ ନାହିଁ, ସେମାନଙ୍କ ନିକଟରେ ଏହି ପୃଥିବୀ କେଉଁ ଦିନ ଧରା ଦିଏ ନାହିଁ ।

ମହାଲିଖାରୂପ ଜଙ୍ଗଲ ଅତିକ୍ରମ କରି ଚାରି ମାଇଲ ଯିବା ପରେ ଆମ ସୀମା ଆରମ୍ଭ ହେଲା । ପ୍ରାୟ ରାତି ନଅଟା ବେଳେ କଚେରୀରେ ପହଞ୍ଚିଲି ।

କଚେରୀରେ ଢୋଲ ଶବ୍ଦ ଶୁଣି ବାହାରକୁ ଅନାଇ ଦେଖେଁ ତ କେଉଁଠୁ ଦଳେ ଲୋକ ଆସି କଚେରୀ ହତାରେ ଢୋଲ ବଜାଉଛନ୍ତି । ଢୋଲ ଶବ୍ଦ ଶୁଣି କଚେରୀର ସିପାହୀ ଓ କର୍ମଚାରୀମାନେ ଆସି ସେମାନଙ୍କୁ ଘେରି ଠିଆ ହେଲେ । କାହାକୁ ଡାକି ଘଟଣା କଣ ପଚାରିବି ଭାବୁଛି, ଏହି ସମୟରେ ଜମାଦାର ମୁକ୍ତିନାଥ ସିଂ ଦୁଆର ପାଖକୁ ଆସି ସଲାମ କରି କହିଲା- ମେହେରବାନି କରି ଟିକିଏ ବାହାରକୁ ଆସିବେ ?

– କି ଜମାଦାର, ଘଟଣା କ'ଣ ?

– ହଜୁର, ଦକ୍ଷିଣ ମୁଲକରେ ଏଥର ଧାନ ମରି ଯିବାରୁ ମରୁଡ଼ି ହୋଇଛି। ଲୋକେ ସଂସାର ଚଲାଇ ନପାରି ନାଚ ଦଳ ବାହାର କରି ଗାଁ ଗାଁ ବୁଲୁଛନ୍ତି। ସେମାନେ କଚେରୀରେ ହଜୁରଙ୍କ ସାମନାରେ ନାଚିବେ ବୋଲି ଆସିଛନ୍ତି। ଯଦି ହୁକୁମ ହେବ ତେବେ ନାଚ ଦେଖାଇବେ।

ନାଚ ଦଳ ମୋ ଅଫିସ ଘର ସାମନାକୁ ଆସି ଠିଆ ହେଲେ।

ମୁକ୍ତିନାଥ ସିଂ ପଚାରିଲା, କି ନାଚ ସେମାନେ ଦେଖାଇ ପାରିବେ। ଦଳ ଭିତରୁ ଜଣେ ଷାଠିଏ-ବାଷଠି ବର୍ଷର ବୃଦ୍ଧ ସଲାମ କରି ବିନୀତ ଭାବରେ ଜଣାଇଲା– ହଜୁର, ହୋ ହୋ ନାଚ ଆଉ ଛକ୍‌କର-ବାଜି ନାଚ।

ଦଳଟିକୁ ଦେଖି ମନେହେଲା କିଛି ନାଚ ଜାଣନ୍ତୁ ନ ଜାଣନ୍ତୁ ପେଟକୁ ମୁଠାଏ ଖାଇବା ଆଶାରେ ସବୁ ଧରଣର, ସବୁ ବୟସର ଲୋକେ ଏହା ମଧ୍ୟରେ ପଶି ଯାଇଛନ୍ତି। ଅନେକ ବେଳ ଯାଏ ସେମାନେ ନାଚିଲେ ଓ ଗାଇଲେ। ବେଳ ବୁଡ଼ିବା ବେଳକୁ ସେମାନେ ଆସିଥିଲେ, କ୍ରମେ ଆକାଶରେ ଜ୍ୟୋସ୍ନା ଫୁଟିଲା, ସେତେବେଳ ଯାଏ ବି ସେମାନେ ଘୁରି ଘୁରି ହାତ ଧରି ନାଚୁଥାନ୍ତି ଓ ଗୀତ ଗାଉଥାନ୍ତି। ଅଦ୍‌ଭୂତ ଧରଣର ସ୍ୱରର ଗୀତ। ଏହି ମୁକ୍ତ ପ୍ରକୃତିର ବିଶାଳ ପ୍ରସାର ଓ ଏହି ସଭ୍ୟ ଜଗତ ଠାରୁ ବହୁ ଦୂରରେ ଅବସ୍ଥିତ ନିଭୃତ ବନ୍ୟ ଆବେଷ୍ଟନୀ ମଧ୍ୟରେ ଏହି ଦିଗନ୍ତ ପରିପ୍ଲାବୀ ଛାୟାବିହୀନ ଜ୍ୟୋସ୍ନାଲୋକରେ ଏମାନଙ୍କର ଏହି ନାଚ ଗୀତ ଚମତ୍କାର ମିଳି ଯାଉଛି। ଗୋଟିଏ ଗୀତର ଅର୍ଥ ହେଉଛି:–

"ଶୈଶବରେ ବେଶ୍ ଥିଲି।

– ଆମ ଗ୍ରାମ ପଛରେ ଯେଉଁ ପାହାଡ଼, ତାର ମୁଣ୍ଡ ଉପରେ କେନ୍ଦୁ ବଣ, ସେହି ବଣରେ ପାଚିଲା ଫଳ ଗୋଟାଇ ବୁଲୁଥିଲି, ପିଆଲ ଫୁଲର ମାଲ ଗୁନ୍ଥୁଥିଲି।

ଦିନ ଖୁବ୍ ସୁଖରେ କଟୁଥିଲା, ଭଲ ପାଇବା କାହାକୁ କହନ୍ତି, ସେତେବେଳେ ତାହା ଜାଣି ନଥିଲି।

ପାଞ୍ଚ-ନହରୀ ଝରଣା କୂଲକୁ ସେ ଦିନ କରରା ପକ୍ଷୀ ମାରିବାକୁ ଯାଇଛି।

ମୋ ହାତରେ ବାଉଁଶ ନଳ ଓ ଅଠାକାଠି।

କୁସୁମ-ରଙ୍ଗର ଛପା ଶାଢ଼ି ପିନ୍ଧି ତୁମେ ଜଳ ଭରିବାକୁ ଆସିଥିଲ।

ଦେଖି କହିଲ– ଛି, ପୁରୁଷ ମଣିଷ କଣ ସାତ-ନଳିରେ ବଣରା ପକ୍ଷୀ ମାରେ!

ମୁଁ ଲଜ୍ଜାରେ ବାଉଁଶ ନଳ ଫିଙ୍ଗିଦେଲି, ଅଠା-କାଠି ବିଡ଼ାଟା ବି ଫିଙ୍ଗି ଦେଲି।

ବଣର ପକ୍ଷୀ ଉଡ଼ିଗଲା, କିନ୍ତୁ ମୋର ମନ-ପକ୍ଷୀ ସେ ତୁମ ପ୍ରେମର ଫାନ୍ଦରେ ଚିରଦିନ ପାଇଁ ଧରା ପଡ଼ିଗଲା!

ମୋତେ ସାତ-ନଳି ଯୋଖି ପକ୍ଷୀ ମାରିବାକୁ ବାରଣ କରି ତୁମେ ମୋର ଏ କଣ କଲ! କାମଟା କଣ ଭଲ ହେଲା, ସଖୀ?"

ସେମାନଙ୍କର ଭାଷା କିଛି ବୁଝିପାରେ, କିଛି ପାରେ ନା। ସେଇଥିପାଇଁ ଗୀତଗୁଡ଼ିକ ବୋଧହୁଏ ମୋତେ ଆହୁରି ଅଦ୍ଭୁତ ଲାଗିଲା। ଏହି ପାହାଡ଼ ଓ ପିଆଳ ବଣର ସ୍ୱରରେ ବନ୍ଧା ଏମାନଙ୍କର ଗୀତ, ଏଠାରେ ନିଶ୍ଚୟ ଭଲ ଲାଗିବ।

ଏମାନଙ୍କର ଦକ୍ଷିଣା ମାତ୍ର ଚାରି ଅଣା ପଇସା। କଚେରିର ଅମଲାମାନେ ଏକ ସ୍ୱରରେ କହିଲେ- ହଜୁର, ଅନେକ ଜାଗାରେ ସେତକ ବି ପାଆନ୍ତି ନାହିଁ, ବେଶୀ ଦେଇ ସେମାନଙ୍କର ଲୋଭ ବଢ଼ାଇବେ ନାହିଁ, ତା ଛଡ଼ା ବଜାର ନଷ୍ଟ ହେବ। ଯାହା ଦର ତା ଠାରୁ ବେଶୀ ଦେଲେ ଗରିବ ଗୃହସ୍ଥମାନେ ନିଜ ଘରେ ନାଚ କରାଇ ପାରିବେ ନାହିଁ, ହଜୁର।

ମୁଁ ଅବାକ ହୋଇଗଲି। ସତର-ଅଠର ଜଣ ଲୋକ ଅତି କମରେ ଦୁଇ-ତିନି ଘଣ୍ଟା କାଳ ପ୍ରାଣ ପଣେ ଖଟିଛନ୍ତି- ଚାରିଅଣାରେ ଏମାନଙ୍କର ଜଣ ପିଛା ଗୋଟିଏ ଲେଖାଏଁ ପଇସା ବି ତ ପଡ଼ିବ ନାହିଁ। ଏହି ଜନହୀନ ପ୍ରାନ୍ତର ଓ ବଣ ପାର ହୋଇ ଆମ କଚେରିରେ ନାଚ ଦେଖାଇବା ପାଇଁ ଏତେ ଦୂରକୁ ଆସିଛନ୍ତି। ସମୁଦାୟ ଦିନଟା ଭିତରେ ଏହା ହିଁ ରୋଜଗାର। ନିକଟରେ ଆଉ କୌଣସି ଗ୍ରାମ ନାହିଁ ଯେଉଁଠି ଆଜି ରାତିରେ ପୁଣି ନାଚ ଦେଖାଇବେ।

ରାତିରେ ସେମାନଙ୍କର ରହିବା ଓ ଖାଇବାର ବ୍ୟବସ୍ଥା କଚେରିରେ କରିଦେଲି। ସକାଳେ ସେମାନଙ୍କ ଦଳର ଓସ୍ତାଦକୁ ଡାକି ଦୁଇଟି ଟଙ୍କା ଦେବାରୁ ଲୋକଟି ହୋଇ ମୋ ମୁହଁକୁ ଚାହିଁ ରହିଲା। ନାଚ ଦେଖି କେହି ଖାଇବାକୁ ଦିଅନ୍ତି ନାହିଁ, ତା ଉପରେ ଫେର୍ ଦୁଇ ଟଙ୍କା ଦକ୍ଷିଣା।

ସେମାନଙ୍କ ଦଳରେ ଗୋଟିଏ ବାର-ତେର ବର୍ଷର ପିଲା ଅଛି। ପିଲାଟିର ଚେହେରା ଅବିକଳ ଯାତ୍ରା ଦଳର କୃଷ୍ଣ ପରି। ମୁଣ୍ଡରେ ଲମ୍ବା ଲମ୍ବା ବାଳ, ଭାରି ଶାନ୍ତ, ସୁନ୍ଦର ମୁହଁ-ଆଖି, ଦେହର ରଙ୍ଗ ତ୍ରିପଣ୍ଡ କଳା। ଦଳର ସାମନାରେ ଠିଆ ହୋଇ ସେ ପ୍ରଥମେ ସ୍ୱର ଧରେ ଓ ଯେତେବେଳେ ପାଦରେ ଘୁଙ୍ଗୁର ବାନ୍ଧି ନାଚେ- ତା ଓଠର କୋଣରେ ହସ ମିଳାଇଯାଏ। ସୁନ୍ଦର ଭଙ୍ଗିରେ ହାତ ହଲାଇ ମଧୁର ସ୍ୱରରେ ଗାଏ-

ରାଜା ଲିଜିୟେ ସେଲାମ ମାୟ ପରଦେଶିୟାଁ।

ଖାଲି ଗଣ୍ଠାଏ ଖାଇବା ଲାଗି ପିଲାଟି ଦଳ ସାଙ୍ଗରେ ବୁଲୁଛି। ପଇସାରୁ ସେ ଆଦୌ ଭାଗ ପାଏ ନା। ହେଲେ ବି ସେ ଖାଏ କ'ଣ? ଚୀନା ଘାସର ଦାନା, ଆଉ

ଲୁଣ ବେଶୀ ହେଲେ ତା ସାଙ୍ଗରେ ଟିକିଏ ତରକାରୀ- ଆଳୁ ପୋଟଳ ନୁହେଁ, ଜଙ୍ଗଲୀ ଗୁଡ଼ମି ଫଳ ଭଜା, ନ ହେଲେ ବଥୁଆ ଶାଗ ସିଝା, କିମ୍ବା ତରଡ଼ି ଭଜା। ଏୟା ଖାଇ ତା ମୁହଁରେ ସର୍ବଦା ହସ ଲାଗି ରହିଛି। ଚମକ୍କାର ସ୍ୱାସ୍ଥ୍ୟ, ସାରା ଅଙ୍ଗରେ ଅପୂର୍ବ ଲାବଣ୍ୟ।

ଦଳର ଅଧିକାରୀକୁ କହିଲି- ଧାତୁରିୟାକୁ ଏଠାରେ ଛାଡ଼ି ଦେଇ ଯାଅ। କଚେରୀରେ କାମ କରିବ, ଆଉ ରହିବ ଖାଇବ।

ସେହି ଦାଢ଼ିବାଲା ବୃଦ୍ଧ ଲୋକଟି ଅଧିକାରୀ। ସେ ବି ଏ ଅଭୁତ ଧରଣର ଲୋକ। ଏହି ବାଷଠି ବର୍ଷରେ ବି ସେ ଏକବାରେ ବାଳକ ପରି ଚପଳ।

କହିଲା- ସେ ରହିପାରିବ ନାହିଁ, ହଜୁର। ଗାଁର ସବୁ ଲୋକଙ୍କ ସାଙ୍ଗରେ ଏକାଠି ଅଛି, ସେଇଥିପାଇଁ ସେ ଭଲରେ ଅଛି। ଏକା ରହିଲେ ତାହାର ମନ କେମିତି ହେବ, ପିଲା ମଣିଷ କଣ ରହିପାରିବ ? ପୁଣି ତାକୁ ଆପଣଙ୍କ ପାଖକୁ ନେଇ ଆସିବି, ହଜୁର।

ଷଷ୍ଠ ପରିଚ୍ଛେଦ

୧

ଜଙ୍ଗଲର ବିଭିନ୍ନ ଅଂଶରେ ସର୍ଭେ ହେଉଥିଲା। କଚେରୀ ଠାରୁ ତିନି କୋଶ ଦୂରରେ ବୋମ୍ଇବୁ ରୁ ଜଙ୍ଗଲରେ ଆମର ଜଣେ ଅମୀନ ରାମଚନ୍ଦ୍ର ସିଂ ଏହି ଉପଲକ୍ଷରେ କିଛି ଦିନ ହେଲା ରହିଛି। ସକାଳେ ଖବର ମିଳିଲା ଆଜିକି ଦୁଇ-ତିନି ଦିନ ହେଲା ରାମଚନ୍ଦ୍ର ସିଂ ହଠାତ୍ ପାଗଳ ହୋଇଯାଇଛି।

ଏହା ଶୁଣିଲା କ୍ଷଣି ମୁଁ ଲୋକବାକ ଧରି ସେଠାରେ ଯାଇ ହାଜର ହୋଇଗଲି। ବୋମ୍ଇବୁରୁ ଜଙ୍ଗଲ ଖୁବ୍ ନିବିଡ଼ ନୁହେଁ, ଖୁବ୍ ଫାଙ୍କା, ଉଚ-ନୀଚ ପ୍ରାନ୍ତରରେ ମଝିରେ ମଝିରେ ବଡ଼ ବଡ଼ ଗଛ, ଲତାସବୁ ସରୁ ଦଉଡ଼ି ପରି ଡାଲରୁ ଝୁଲୁଛି, ଯେମିତି ଜାହାଜର ଉଞ୍ଚା ମାସ୍ତୁଲ ସାଙ୍ଗରେ ଦଉଡ଼ି ବନ୍ଧା ହୋଇଛି। ବୋମ୍ଇବୁରୁ ଜଙ୍ଗଲ ସମ୍ପୂର୍ଣ୍ଣ ଭାବରେ ଜନବସତି ଶୂନ୍ୟ।

ଗଛପତ୍ର ନିବିଡ଼ତା ଠାରୁ ଦୂରରେ ଫାଙ୍କା ଜାଗାରେ ଦୁଇଟି ଛୋଟ କାଶ-ଛିଆ କୁଡ଼ିଆ। ଗୋଟିଏ ଟିକେ ବଡ଼, ଏଥିରେ ଅମୀନ ରାମଚନ୍ଦ୍ର ଥାଏ, ପାଖର ଛୋଟ ଖଣ୍ଡିକରେ ତାହାର ପିଆଦା ଆସରଫି ଟିଣ୍ଢେଲ ଥାଏ। ନିଜର କାଠ ମଞ୍ଚା ଉପରେ ରାମଚନ୍ଦ୍ର ଆଖି ବୁଜି ଶୋଇଥିଲା। ଆମକୁ ଦେଖି ଧଡ଼ପଡ଼ ହୋଇ ଉଠି ବସିଲା। ପଚାରିଲି- କଣ ହୋଇଛି ରାମଚନ୍ଦ୍ର ? କିପରି ଅଛ ?

ରାମଚନ୍ଦ୍ର ହାତ ଯୋଡ଼ି ନମସ୍କାର କରି ଚୁପ୍ ହୋଇଗଲା।

କିନ୍ତୁ ଆସରଫି ଟିଣ୍ଢେଲ ସେ କଥାର ଜବାବ ଦେଲା। କହିଲା- ବାବୁ, ଗୋଟାଏ ବଡ଼ ଆଷ୍ଚର୍ଯ୍ୟ କଥା। ଆପଣ ଶୁଣିଲେ ବିଶ୍ୱାସ କରିବେ ନାହିଁ। ମୁଁ ନିଜେ କଚେରୀକୁ ଯାଇ ଖବର ଦେଇଥାନ୍ତି, କିନ୍ତୁ ଅମୀନ ବାବୁଙ୍କୁ ଛାଡ଼ିଦେଇ ଯାଉଛି କିପରି ?

ଘଟଣାଟି ହେଉଛି, ଆଜିକି କେତେ ଦିନ ହେଲା ଅମୀନ ବାବୁ କହୁଛନ୍ତି ରାତିରେ ଗୋଟାଏ କୁକୁର ଆସି ତାଙ୍କୁ ଭାରି ବିରକ୍ତ କରୁଛି। ମୁଁ ସେହି ଛୋଟ ଘରଟିରେ ଶୁଏଁ, ଆଉ ଅମୀନ ବାବୁ ଏଠାରେ ଶୋଇଥାଆନ୍ତି। ଦୁଇ-ତିନି ଦିନ ଏହିପରି ଗଲା। ନିତି ସେ କହନ୍ତି- ଆରେ, କୁଆଡୁ ଗୋଟାଏ ସାଦା କୁକୁର ରାତିରେ ଆସିଲା। ମଞ୍ଚା ଉପରେ ବିଛଣା ବିଛାଇ ଶୋଇଛି, କୁକୁରଟୋ ଆସି ମଞ୍ଚା ତଳେ ଭୋ ଭୋ କଲା, ଦେହରେ ଘସି ହେବାକୁ ଆସିଲା। ସବୁ ଶୁଣେ, କିନ୍ତୁ ସେଥିପ୍ରତି ଭୂକ୍ଷେପ କରେନାହିଁ। ଆଜିକି ଚାରି ଦିନ ତଳେ ବହୁତ ରାତିରେ ସେ କହିଲେ- ଆସରଫି, ଜଲଦି ଦଉଡ଼ି ଆସ, କୁକୁରଟା ଆସିଛି। ମୁଁ ତାର ଲାଙ୍ଗୁଡ଼ଟା ମୁଠାଇ ଧରିଛି। ଖଣ୍ଡିଏ ଲାଠି ନେଇ ଆସ।

ମୁଁ ନିଦରୁ ଉଠି ପଡ଼ି ଲାଠି ଆଲୁଅ ନେଇ ଯାଇ ଦେଖିଲି- କହିଲେ ବିଶ୍ୱାସ କରିବେ ନାହିଁ ହଜୁର, କିନ୍ତୁ ହଜୁରଙ୍କ ସାମନାରେ ମିଛ କହିବି ଏମିତି ସାହସ ମୋର ନାହିଁ- ଗୋଟିଏ ଝିଅ ଘର ଭିତରୁ ବାହାରି ଜଙ୍ଗଲ ଆଡ଼େ ଚାଲିଗଲା। ମୁଁ ପ୍ରଥମେ ଆବାକାବା ହୋଇଗଲି। ତା ପରେ ଘର ଭିତରକୁ ଯାଇ ଦେଖିଲି ଅମୀନ ବାବୁ ବିଛଣା ଅଞ୍ଜଳି ଦିଆସିଲି ଖୋଜୁଛନ୍ତି। ସେ ପଚାରିଲେ - କୁକୁରଟା ଦେଖିଲ ?

ମୁଁ କହିଲି- କୁକୁର କାହିଁ ବାବୁ, କିଏ ଗୋଟିଏ ଝିଅ ତ ବାହାରିଗଲା।

ସେ କହିଲେ- ଓଲୁ, ମୋ ସାଙ୍ଗରେ ଠଙ୍ଗା ? ନିଶବଦ ରାତିରେ କୋଉଁ ଝିଅ ଏ ଜଙ୍ଗଲକୁ ଆସିବ ? ମୁଁ କୁକୁରଟାର ଲାଙ୍ଗୁଡ଼ ମୁଠାଇ ଧରିଥିଲି, ଏମିତି କି ତାର ଲମ୍ବା କାନ ମୋ ଦେହରେ ବାଜିଛି। ମଞ୍ଚା ତଳେ ପଶି ଭୋ ଭୋ କରୁଥିଲା। ନିଶା ପାଣି ଅମଲ କଲଣି ନା କଣ ? ସଦର ଅଫିସକୁ ରିପୋର୍ଟ କରି ଦେଉଛି ରହିଥା।

ପରଦିନ ମୁଁ ଅନେକ ରାତି ଯାଏ ସଜାଗ ହୋଇଥିଲି। ଯେମିତି ଟିକିଏ ନିଦ ଆସି ଯାଇଛି ଅମୀନ ବାବୁ ଡାକ ପକାଇଲେ। ମୁଁ ତୁରନ୍ତ ଉଠି ପଡ଼ି ମୋ ଘରର ଦୁଆର ପର୍ଯ୍ୟନ୍ତ ଯାଇଛି, ଏମିତି ସମୟରେ ଦେଖିଲି ଗୋଟିଏ ଝିଅ ତାଙ୍କ ଘରର ଉତ୍ତର ଦିଗର ବାଡ଼ କଡ଼େ କଡ଼େ ଜଙ୍ଗଲ ଆଡ଼କୁ ଯାଉଛି। ତତ୍‌କ୍ଷଣାତ୍ ହଜୁର ମୁଁ ନିଜେ ଜଙ୍ଗଲ ଭିତରେ ପଶିଗଲି। ଏତେ କମ୍ ସମୟ ଭିତରେ ଲୁଚିବ କେଉଁଠି, କେତେ ଦୂର ବା ଯିବ ? ବିଶେଷ କରି ଆମେ ଜଙ୍ଗଲ ଜରିବ୍ କରୁଁ, ଅଧି-କଧି ସବୁ ଆମକୁ ଜଣା। କେତେ ଖୋଜିଲି ବାବୁ, କେଉଁଠି ତାର ଚିହ୍ନ ବର୍ଣ୍ଣ ସୁଦ୍ଧା ମିଳିଲା ନାହିଁ। ଶେଷରେ ମୋର କେମିତି ସନ୍ଦେହ ହେଲା, ଆଲୁଅ ଧରି ଦେଖିଲି ମାଟିରେ କେଉଁଠି ପାଦର ଚିହ୍ନ ନାହିଁ, ଖାଲି ମୋ ନାଗରା ଜୋତାର ଦାଗ।

ସେ ଦିନ ମୁଁ ଏକଥା ଆଉ ଅମୀନ ବାବୁଙ୍କୁ କହିଲି ନାହିଁ। ଦୁଇଟି ପ୍ରାଣୀ ଏହି

ଭୀଷଣ ଜଙ୍ଗଲ ଭିତରେ ଏକା ଥାଉଁ, ହଜୁର। ଭୟରେ ମୋ ଦେହରେ କଣ୍ଟା ଗଲି ଯିବାକୁ ଲାଗିଲା। ଆଉ ବୋବାଇବୁରୁ ଜଙ୍ଗଲର ଗୋଟାଏ ଦୁର୍ନାମ ବି ଶୁଣିଥିଲି। ଗୋସେଇଁ ବାପାଙ୍କ ମୁହଁରୁ, ଶୁଣିଛି, ବୋବାଇବୁରୁ ପାହାଡ଼ ଉପରେ ସେହି ଯେଉଁ ବରଗଛଟା ଦୂରରେ ଦେଖୁଛନ୍ତି- ସେ ଥରେ ପୂର୍ଣ୍ଣିଯାରୁ ବିରି ବିକ୍ରି ଟଙ୍କା ଧରି ଜହ୍ନ ରାତିରେ ଘୋଡ଼ାରେ ଚଢ଼ି ଜଙ୍ଗଲ ଭିତରେ ଫେରୁଥିଲେ। ସେହି ବରଗଛ ପାଖକୁ ଆସି ଦେଖିଲେ ଦଲେ ଅଳ୍ପ ବୟସୀ ସୁନ୍ଦରୀ ଝିଅ ହାତ ଧରାଧରି ହୋଇ ଜହ୍ନରେ ନାଚୁଛନ୍ତି। ଏ ଦେଶରେ ସେମାନଙ୍କୁ "ଡାମାବାଣୁ" କହନ୍ତି- ଏକ ଧରଣର ପରୀ, ନିର୍ଜନ ଜଙ୍ଗଲ ଭିତରେ ଥାଆନ୍ତି। ମଣିଷକୁ ବେକାଇଦାରେ ପାଇଲେ ମାରି ପକାନ୍ତି।

ହଜୁର, ପରଦିନ ମୁଁ ନିଜେ ଅମୀନ ବାବୁଙ୍କ ଘରେ ରାତି ସାରା ଜାଗି ବସିଲି। ରାତି ସାରା ଅନିଦ୍ରା ରହି ଜରୀବ୍‌ର ସାରବନ୍ଦୀର ହିସାବ କରିବାକୁ ଲାଗିଲି। ବୋଧହୁଏ ଶେଷ ରାତିବେଳକୁ ଟିକିଏ ତନ୍ଦ୍ରା ଆସି ଯାଇଥିବ- ହଠାତ୍ ପାଖରେ ଗୋଟାଏ କି ଶଢ ଶୁଣି ମୁହଁ ଟେକି ଚାହିଁଲି- ଦେଖିଲି ଅମୀନ ସାହେବ ତାଙ୍କ ଖଟ ଉପରେ ଶୋଇଛନ୍ତି, ଆଉ ଖଟ ତଳେ କଣ ଗୋଟାଏ ପଶିଛି। ମଥା ନୁଆଁଇ ଖଟ ତେଲ ଦେଖିବାକୁ ଯାଇ ଚମକି ପଡ଼ିଲି। ଅଧା-ଆଲୁଅ ଅଧା-ଅନ୍ଧାରରେ ପ୍ରଥମେ ମନେହେଲା ଗୋଟିଏ ଝିଅ ଯେମିତି ଜାକିଜୁକି ହୋଇ ଖଟ ତଳେ ବସି ମୋ ଆଡ଼କୁ ହସ ହସ ବଦନରେ ଚାହିଁ ରହିଛି- ସ୍ୱଷ୍ଟ ଦେଖିଲି ହଜୁର, ଆପଣଙ୍କ ପାଦରେ ହାତ ଦେଇ କହିପାରେ। ଏମିତିକି, ତାର ମୁଣ୍ଡରେ ବେଶ୍ କଳା ବାଲ ଗୁଚ୍ଛ ସଧା। ସ୍ୱଷ୍ଟ ଦେଖିଛି। ଯେଉଁଠି ବସି ହିସାବ କରୁଥିଲି ଲଣ୍ଠନଟା ସେଠାରେ ଥିଲା- ଛଅ ସାତ ହାତ ଦୂରରେ। ଆହୁରି ଟିକିଏ ଭଲ କରି ଦେଖିବି ବୋଲି ଯେମିତି ଲଣ୍ଠନଟା ଆଣିବାକୁ ଯାଇଛି, ଗୋଟାଏ କି ପ୍ରାଣୀ ଖଟତଳୁ ବାହାରି ଦୌଡ଼ି ପଳାଇଗଲା- ଦୁଆର ପାଖରେ ଲଣ୍ଠନର ଆଲୁଅଟା ବଙ୍କା ଭାବରେ ପଡ଼ିଥିଲା, ସେହି ଆଲୁଅରେ ଦେଖିଲି ଗୋଟାଏ ବଡ଼ କୁକୁର, କିନ୍ତୁ ତାର ଆଗ ପଛ ସାଦା, ହଜୁର, ତାର ଦେହରେ କଳା ଚିହ୍ନ କେଉଁଠି ନାହିଁ।

ଅମୀନ ସାହେବ ଉଠି ପଡ଼ି କହିଲେ- କଣ, କଣ? କହିଲି- ସେ କିଛି ନୁହେଁ, ଗୋଟାଏ ଶିଆଳ କି କୁକୁର ଘରେ ପଶିଥିଲା। ଅମୀନ ସାହେବ କହିଲେ- କୁକୁର? କି ରକମ କୁକୁର? କହିଲି- ସାଦା କୁକୁର। ଅମୀନ ସାହେବ ଯେମିତି ଗୋଟାଏ ନିରାଶ୍ୟ କଣ୍ଠରେ କହିଲେ- ଏଁ, ସାଦା, ଠିକ୍ ଦେଖିଛ? ନା କଳା? କହିଲି- ନା, ସାଦା, ହଜୁର।

ମୁଁ ଟିକିଏ ବିସ୍ମିତ ଯେ ନ ହୋଇଥିଲି ଏମିତି ନୁହେଁ- ସାଦା ନ ହୋଇ କଳା

କହିଲେ ବା ଅମୀନ ବାବୁଙ୍କର କି ସୁବିଧା ସେଥିରେ ହେବ ତାହା ବୁଝି ପାରିଲି ନାହିଁ। ସେ ଶୋଇ ପଡ଼ିଲେ– କିନ୍ତୁ ମୋତେ କେମିତି ଗୋଟାଏ ଭୟ ଓ ଅସ୍ୱସ୍ତି ବୋଧ ହେଲା, ସେଥିରେ କୌଣସିମତେ ଆଖି ପତା ବୁଜି ପାରିଲି ନାହିଁ। ଖୁବ୍ ସକାଳୁ ଉଠିପଡ଼ି କଣ ମନେକରି ଖଟ ତଳଟା ଭଲ କରି ଖୋଜୁ ଖୋଜୁ ସେଠାରେ ଗୋଛାଏ କଳା ବାଳ ପାଇଲି। ଏହି ସେ ବାଳ ବି ରଖିଛି ହଜୁର। ସ୍ତ୍ରୀ ଲୋକର ମୁଣ୍ଠର ବାଳ। କେଉଁଠୁ ଆସିଲା ଏ ବାଳ ? ପ୍ରକୃତରେ କଳା କିଟି କିଟି ନରମ ବାଳ। କୁକୁର– ବିଶେଷତଃ ସାଦା କୁକୁର ଦେହରେ ଏତେ ବଡ଼ ନରମ କଳା ବାଳ ନ ଥାଇପାରେ। ଏ ହେଲା ଗତ ରବିବାର, ଅର୍ଥାତ୍ ଆଜିକି ତିନିଦିନ ତଳର କଥା। ଏହି ତିନିଦିନ ହେଲା ଅମୀନ ସାହେବ ତ ଏକରକମ ପାଗଳ ହୋଇ ଯାଇଛନ୍ତି। ମୋର ଭୟ ହେଉଛି ହଜୁର– ଏଥର ମୋର ପାଳି ପଡ଼ିଲା କି ନା ତାହା ଭାବୁଛି।

ଗପଟା ବେଶ୍ ମଉଜିଆ ଧରଣର ସତ। ସେହି ବାଳ କେରାକ ହାତରେ ଧରି ଦେଖି ଦେଖି କିଛି ବୁଝି ପାରିଲି ନାହିଁ। ସ୍ତ୍ରୀ ଲୋକର ମୁଣ୍ଠର ବାଳ, ସେ ବିଷୟରେ ମୋର ବି କୌଣସି ସନ୍ଦେହ ରହିଲା ନାହିଁ। ଆସରଫି ଟିଣ୍ଠେଲ ପିଲା ମଣିଷ, ତାହାର ଯେ ନିଶା-ପାଣି ଅମଳ ନାହିଁ, ଏ କଥା ସମସ୍ତେ ଏକ ସ୍ୱରରେ କହିଲେ।

ଜନମାନବ ଶୂନ୍ୟ ପ୍ରାନ୍ତର ଓ ବଣବୁଦା ଭିତରେ ଏକମାତ୍ର ତମ୍ବୁ ଏହି ଅମୀନର। ନିକଟତମ ଲୋକାଳୟ ହେଉଛି ଲବଟୁଲିଆ– ଛଅ ମାଇଲ ଦୂରରେ। ସେତେ ଗଭୀର ରାତିରେ ସ୍ତ୍ରୀ ଲୋକ ବା କେଉଁଠୁ ଆସିପାରେ– ବିଶେଷତଃ ଯେହେତୁ ଏହିସବୁ ନିର୍ଜନ ବଣ-ପ୍ରାନ୍ତରରେ ବାଘ ଓ ବଣ ଶୂକରଙ୍କ ଭୟରେ ସନ୍ଧ୍ୟା ପରେ ଲୋକମାନେ ଆଉ ରାସ୍ତାରେ ଯାତାୟାତ କରନ୍ତି ନାହିଁ।

ଯଦି ଆସରଫି ଟିଣ୍ଠେଲର କଥା ସତ ବୋଲି ଧରି ନିଏ, ତେବେ ଘଟଣାଟା ଖୁବ୍ ରହସ୍ୟମୟ। ଅଥବା ଏହି ପାଣ୍ଡବ ବର୍ଜିତ ମୁଲକରେ, ଏହି ଜନହୀନ ବଣ ଜଙ୍ଗଲ ଓ ନିର୍ଜନ ପ୍ରାନ୍ତର ଭିତରେ ବିଂଶ ଶତାବ୍ଦୀ ତ ପ୍ରବେଶର ପଥ ଖୋଜି ପାଏ ନାହିଁ– ଉନବିଂଶ ଶତାବ୍ଦୀ ବି ପାଇଛି ବୋଲି ମୋର ମନେ ହୁଏ ନା। ଅତୀତ ଯୁଗର ରହସ୍ୟମୟ ଅନ୍ଧକାରରେ ଏକ୍ଷଣି ବି ଏସବୁ ଅଞ୍ଚଳ ଆଚ୍ଛନ୍ନ– ଏଠାରେ ସବୁ ସମ୍ଭବ।

ସେଠିକାର ତମ୍ବୁ ଉଠାଇ ରାମଚନ୍ଦ୍ର ଅମୀନ ଓ ଆସରଫି ଟିଣ୍ଠେଲକୁ ସଦର କଚେରୀକୁ ନେଇ ଆସିଲି। ରାମଚନ୍ଦ୍ରର ଅବସ୍ଥା ଦିନକୁ ଦିନ ଖରାପ ହେବାକୁ ଲାଗିଲା, କ୍ରମେ କ୍ରମେ ସେ ଘୋର ଉନ୍ମାଦ ହୋଇଗଲା। ରାତି ସାରା ଚିକ୍କାର କରେ, ବକେ, ଗୀତ ଗାଏ। ଡାକ୍ତର ଡାକି ଦେଖାଇଲି, ସେଥିରେ କିଛି ଫଳ ହେଲା ନାହିଁ। ଅବଶେଷରେ ତାହାର କକା ଦିନେ ଆସି ତାକୁ ନେଇଗଲା।

ଏହି ଘଟଣାର ଗୋଟାଏ ଉପସଂହାର ଅଛି । ଯଦିଚ ତାହା ବର୍ତ୍ତମାନ ଘଟଣାର ସାତ-ଆଠ ମାସ ପରେ ଘଟିଥିଲା, ତଥାପି ଏଠାରେ ତାହା କହିଦେଉଛି ।

ଏ ଘଟଣାର ଛଅମାସ ପରେ ଚୈତ୍ର ମାସ ଆଡ଼କୁ ଦୁଇ ଜଣ ଲୋକ ଆସି କଚେରୀରେ ମୋ ସାଙ୍ଗରେ ଦେଖା କଲେ । ଜଣେ ବୃଦ୍ଧ, ବୟସ ଷାଠିଏ-ପଁଷଠିରୁ କମ୍ ନୁହେଁ । ଅନ୍ୟ ଜଣକ ତାହାର ପୁଅ, ବୟସ କୋଡ଼ିଏ ବାଇଶ । ତାଙ୍କ ଘର ବାଲିୟା ଜିଲ୍ଲାରେ, ଆମ ଏଠାକୁ ଆସିଛନ୍ତି ଗୋଚର-ମାହାଲ ପଟ୍ଟା ନେବାକୁ, ଅର୍ଥାତ୍ ଖଜଣା ଦେଇ ଆମ ଜଙ୍ଗଲରେ ସେମାନେ ଗୋରୁ-ମଇଁଷି ଚରାଇବେ ।

ସେତେବେଳକୁ ଅନ୍ୟ ସବୁ ଚରା-ମାହାଲ ପଟ୍ଟା ଦିଆ ହୋଇଗଲାଣି । ବୋବାଇବୁରୁ ଜଙ୍ଗଲଟା ଖାଲି ବାକି ଥିଲା, ସେଟା ବଦୋବସ୍ତ କରିଦେଲି । ବୃଦ୍ଧ ତା ପୁଅକୁ ସାଙ୍ଗରେ ନେଇ ଦିନେ ମାହାଲ ଦେଖି ଆସିଲା । ଖୁବ୍ ଖୁସି ହୋଇ କହିଲା, ଖୁବ୍ ବଡ଼ ବଡ଼ ଘାସ ହଜୁର, ଭାରି ଭଲ ଜଙ୍ଗଲ । ହଜୁରଙ୍କ ମେହେରବାନୀ ନ ହୋଇଥିଲେ ଏମିତି ଜଙ୍ଗଲ ମିଲି ନଥାନ୍ତା ।

ସେତେବେଳେ ରାମଚନ୍ଦ୍ର ଓ ଆସରଫି ଟିଣ୍ଡେଲଙ୍କ କଥା ମୋର ମନେ ନଥିଲା । ଥିଲେ ବି ହୁଏତ ତାହା ବୃଦ୍ଧ ନିକଟରେ କହି ନଥାନ୍ତି । କାରଣ, ଭୟପାଇ ସେ ପଲାଇଗଲେ ଜମିଦାରୀଙ୍କର ଲୋକସାନ । ସ୍ଥାନୀୟ ଲୋକଙ୍କ ଭିତରୁ କେହି ସେ ଜଙ୍ଗଲର ପଟ୍ଟା ନେବାକୁ ପାଖ ପଶନ୍ତି ନାହିଁ, ରାମଚନ୍ଦ୍ର ଅମୀନର ସେହି ଘଟଣା ପରେ ଅବଶ୍ୟ ।

ମାସେ ଖଣ୍ଡେ ପରେ ବୈଶାଖ୍ୟର ଆଦ୍ୟରେ ଦିନେ ବୃଦ୍ଧ ଲୋକଟି କଚେରୀକୁ ଆସି ହାଜାର, ମହା ରାଗାନ୍ବିତ ଭାବ, ତା ପଛରେ ସେହି ପିଲାଟି କାକୁତିରେ ଠିଆ ହୋଇଛି ।

ପଚାରିଲି– କଥା କ'ଣ ?

ବୃଦ୍ଧ ରାଗରେ କମ୍ପି କମ୍ପି କହିଲା– ଏହି ମାଙ୍କଡ଼ଟାକୁ ନେଇ ଆସିଛି ହଜୁରଙ୍କ ପାଖକୁ ଦଣ୍ଡ ଦେବାକୁ । ଆପଣଙ୍କ ଗୋଡ଼ରୁ ଯୋତା ଖୋଲି ତାକୁ ପଚିଶ ଜୋତା ମାରନ୍ତୁ, ସେ ଜବଦ ହୋଇଯାଉ ।

– କଣ, ହୋଇଛି କଣ ?

– ହଜୁରଙ୍କ ଆଗରେ କହିବାକୁ ଲାଜ ମାଡୁଛି । ଏହି ମାଙ୍କଡ଼, ଏଠାକୁ ଆସିବା ଦିନରୁ ବିଗିଡ଼ି ଗଲାଣି । ସାତ-ଆଠ ଦିନ ହେଲା ମୁଁ ପ୍ରାୟ ଲକ୍ଷ୍ୟ କରୁଛି– କହିବାକୁ ଲାଜ ମାଡୁଛି, ହଜୁର– ପ୍ରାୟ ନିତି ସ୍ତ୍ରୀ ଲୋକଟିଏ ଘରୁ ବାହାରି ଯାଉଛି । ଆଠ ହାତ ଲମ୍ବର ଖଣ୍ଡିଏ ମାତ୍ର କୁଡ଼ିଆ, ଘାସରେ ଛିଆ, ସେ ଓ ମୁଁ ଦୁହେଁ ଶୋଉଁ । ମୋ ଆଖିରେ

ଧୂଳି ଦେବା କିଛି ସହଜ କଥା ନୁହେଁ। ଦୁଇଦିନ ଯେତେବେଳେ ଦେଖିଲି, ସେତେବେଳେ ତାକୁ ପଚାରିଲି, ସେ ଏକବାରେ ଗଛରୁ ପଡ଼ିଲା, ହଜୁର। କହିଲା— କାହିଁ, ମୁଁ ତ କିଛି ଜାଣେନା। ଯେତେବେଳେ ଆଉ ଦୁଇଦିନ ଦେଖିଲି, ସେତେବେଳେ ଦିନେ ତାକୁ ଆଛା କରି ମାଡ଼ ଚଢ଼ାଇଲି। ଆଖି ଆଗରେ ପିଲାଟା ବିଗିଡ଼ିଯିବ ? କିନ୍ତୁ ତା ପରେ ବି ଯେତେବେଳେ ଦେଖିଲି, ଏହି ପହରିଦିନ ରାତିରେ ହଜୁର— ସେତେବେଳେ ମୁଁ ତାକୁ ହଜୁରଙ୍କ ଦରବାରକୁ ନେଇ ଆସିଛି, ହଜୁର ଶାସନ କରନ୍ତୁ।

ହଠାତ୍‌ ରାମଚନ୍ଦ୍ର ଅମୀନର ଘଟଣାଟା ମୋର ମନେ ପଡ଼ିଗଲା। ପଚାରିଲି— କେତେ ରାତିରେ ଦେଖିଛ ?

— ପ୍ରାୟ ଶେଷ ପହର ଆଡ଼କୁ ହଜୁର। ରାତିର ଘଡ଼ିଏ କି ଦି'ଘଡ଼ି ବାକି ଥାଏ।

— ଠିକ୍‌ ଦେଖିଛ, ସ୍ତ୍ରୀ ଲୋକ ?

— ହଜୁର, ମୋର ଆଖିର ତେଜ ଏଷଣି ବି ସେତେ କମି ଯାଇନାହିଁ। ଅଲ୍‌ବତ୍‌ ସ୍ତ୍ରୀ ଲୋକ, ବୟସ ବି କମ୍‌, କେଉଁ ଦିନ ପିନ୍ଧିଥାଏ ସଫା ଧଳା ଶାଢ଼ୀ, କେଉଁ ଦିନ ବ ଲାଲ, ଆଉ କେଉଁ ଦିନ କଳା। ଦିନେ ସ୍ତ୍ରୀ ଲୋକଟି ବାହାରି ଯିବା ଷଣି ମୁଁ ତା ପଛେ ପଛେ ଗଲି। କାଶ ଜଙ୍ଗଲ ଭିତରେ ସେ କୁଆଡ଼େ ପଳାଇଗଲା, ମୁଁ ତାହାର ପତା ପାଇଲି ନାହିଁ। ଫେରି ଆସି ଦେଖିଲି, ପୁଅ ମୋର ଯେମିତି ଗାଢ଼ ନିଦର ଛଲନା କରି ଶୋଇରହିଛି। ଡାକିବା ମାତ୍ରେ ଧଡ଼ପଡ଼ ହୋଇ ଉଠି ବସିଲା, ଯେମିତି ତାହାର ଏଷଣି ନିଦ ଭାଙ୍ଗିଲା। ବୁଝିଲି ଏ ରୋଗର ଔଷଧ କଚେରୀ ଛଡ଼ା ଆଉ କେଉଁଠି ମିଳିବ ନାହିଁ। ତେଣୁ ହଜୁରଙ୍କ ପାଖକୁ—

ପିଲାଟିକୁ ଆଉଥାଲକୁ ନେଇ ଯାଇ ପଚାରିଲି— ଏ ସବୁ କଣ ତୋ ନାମରେ ଶୁଣୁଛି ?

ପିଲାଟି ମୋର ଗୋଡ଼ ଧରି ପକାଇ କହିଲା— ମୋ କଥା ବିଶ୍ୱାସ କରନ୍ତୁ, ହଜୁର। ମୁଁ ଏହାର ବିନ୍ଦୁବସର୍ଗ କିଛି ଜାଣେ ନା। ଦିନ ସାରା ଜଙ୍ଗଲରେ ମଇଁଷି ଚରାଇ ବୁଲେ। ରାତିରେ ମଲାଙ୍କ ପରି ଶୋଇଯାଏ।

ଭୋର ହେଲେ ଯାଇ ନିଦ ଭାଙ୍ଗେ। ଘରେ ନିଆଁ ଲାଗିଲେ ବି ମୋର ଚେତା ନଥାଏ।

ପଚାରିଲି— କେଉଁ ଦିନ କିଛି ଘରେ ପଶିବାର ତୁ ଦେଖିନାହୁଁ ?

— ନା, ହଜୁର। ଶୋଇ ପଡ଼ିଲେ ମୋର ଚେତା ରହେନା।

ଏ ବିଷୟରେ ଆଉ କୌଣସି କଥା ହେଲା ନାହିଁ। ବୃଦ୍ଧ ଖୁବ୍‌ ଖୁସି ହେଲା, ଭାବିଲା ମୁଁ ଆଉଥାଲକୁ ନେଇ ତୋ ପୁଅକୁ ଖୁବ୍‌ ଶାସନ କରିଦେଇଛି। ପ୍ରାୟ ପନ୍ଦରଦିନ

ପରେ ପିଲାଟି ଦିନେ ମୋ ପାଖକୁ ଆସିଲା। କହିଲା– ହଜୁର, ଗୋଟାଏ କଥା ଅଛି। ସେ ଥର ଯେବେ ବାବାଙ୍କ ସାଙ୍ଗରେ ମୁଁ କଚେରୀକୁ ଆସିଥିଲି, ସେତେବେଲେ ଆପଣ ମୋତେ କାହିଁକି ପଚାରିଥିଲେ ଯେ ମୁଁ କୌଣସି କିଛି ଘରେ ପଶିବାର ଦେଖିଛି କି ନା ?

– କାହିଁକ କହ ତ ?

– ହଜୁର, ଆଜିକାଲି ମୋର ନିଦ ଖୁବ୍ ପତଲା ହୋଇଛି– ବାବା ସେମିତି କହନ୍ତି ବୋଲି ମୋ ମନରେ କେମିତି ଗୋଟାଏ ଭୟ ହେତୁ ହେଉ କି ଆଉ ଯେଉଁଥିପାଁଇ ହେଉ। ସେଥିପାଁଇ କେତେଦିନ ହେଲା ମୁଁ ଦେଖୁଛି, ରାତିରେ ଗୋଟାଏ ଧଲା କୁକୁର କେଉଁଠୁ ଆସୁଛି– ଢେର ରାତିରେ ଆସେ, ନିଦ ଭାଙ୍ଗିଗଲେ ଦିନେ ଦିନେ ଦେଖେଁ ସେଟା ବିଛଣା କଡିରେ କେଉଁଠି ଥାଏ– ମୁଁ ଉଠିପଡ଼ି ପାଟି କଲେ ପଲାଇ ଯାଏ– କେଉଁ ଦିନ ଉଠି ପଡ଼ିଲା କ୍ଷଣି ବି ପଲାଇଯାଏ। ସେ କେମିତି ବୁଝିପାରେ ଯେ, ଏକ୍ଷଣି ମୁଁ ଉଠିଲି। ଏପରି ତ କେତେ ଦିନ ଦେଖିଲା– କିନ୍ତୁ କାଲି ରାତିରେ ହଜୁର, ଗୋଟାଏ ଘଟଣା ଘଟିଛି। ବାବା ଜାଣନ୍ତି ନାହିଁ– ଆପଣଙ୍କୁ ଚୁପ୍ ଚାପ୍ କହିବାକୁ ଚାଲିଆସିଲି। କାଲି ବହୁତ ରାତିରେ ମୋର ନିଦ ଭାଙ୍ଗିଯିବାରୁ ଦେଖିଲି, କୁକୁରଟା ଘର ଭିତରେ କେତେବେଲେ ପଶିଲା ଦେଖି ନାହିଁ– ଆସ୍ତେ ଆସ୍ତେ ଘରୁ ବାହାରି ଯାଉଛି। ସେ ପଟେ କାଶ–ବାଡ଼ରେ ଝରକା ମାପରେ କଟା ଫାଙ୍କ। କୁକୁର ବାହାରି ଯିବା ପରେ ବୋଧହୁଏ ପଲକ ପକାଇବାକୁ ଯେତେ ବେଲ ଲାଗିବ, ତାପରେ ମୋର ସାମନା ଝରକା ବାଟେ ଦେଖିଲି ଜଣେ ସ୍ତ୍ରୀ ଲୋକ ଝରକା ପାଖଦେଇ ଘରର ପଛପଟ ଜଙ୍ଗଲ ଆଡ଼କୁ ଚାଲିଗଲା। ମୁଁ ତତ୍କ୍ଷଣାତ୍ ବାହାରକୁ ଦୌଡ଼ିଗଲି– କେଉଁଠି କିଛି ନାହିଁ। ବାବାଙ୍କୁ ବି ଜଣାଇ ନାହିଁ, ବୁଢ଼ା ମଣିଷ ଶୋଇଛନ୍ତି। ଘଟଣାଟା କଣ ବୁଝିପାରୁ ନାହିଁ, ହଜୁର।

ମୁଁ ତାକୁ ଆଶ୍ୱାସ ଦେଲି– ସେ କିଛି ନୁହେଁ ଚକ୍ଷୁର ଭ୍ରମ। କହିଲି, ଯଦି ସେଠାରେ ରହିବାକୁ ସେମାନଙ୍କୁ ଭୟ ହେଉଛି, ତାହାହେଲେ କଚେରୀକୁ ଆସି ସେମାନେ ଶୋଇପାରନ୍ତି। ପିଲାଟି ବୋଧହୁଏ ନିଜର ସାହସହୀନତାରେ ଲଜ୍ଜିତ ହୋଇ ଚାଲିଗଲା। କିନ୍ତୁ ମୋର ଅଶାନ୍ତି ଦୂର ହେଲା ନାହିଁ। ଭାବିଲି ଏଥର କିଛି ଶୁଣିଲେ ରାତିରେ ସେମାନଙ୍କ ପାଖରେ ଶୋଇବା ଲାଗି କଚେରୀରୁ ଦୁଇଜଣ ସିପାହୀ ପଠାଇବି।

ସେତେବେଲେ ବି ବୁଝିପାରିଲି ନାହିଁ, ଘଟଣାଟା କେତେ ସାଂଘାତିକ। ଅତି ଆକସ୍ମାତ୍ ଓ ଅତି ଅପ୍ରତ୍ୟାଶିତ ଭାବରେ ଦୁର୍ଘଟଣା ଘଟିଗଲା।

ତିନି ଦିନ ପରେ।

ସକାଳେ ବିଛଣାରୁ ଉଠିଲା ମାତ୍ରେ ଖବର ପାଇଲି, କାଲି ରାତିରେ ବୋବାଇବୁରୁ ଜଙ୍ଗଲରେ ବୃଦ୍ଧ ପଶ୍ଚାଦାରର ପୁଅଟି ମରି ଯାଇଛି। ତତ୍‌କ୍ଷଣାତ୍‌ ମୁଁ ଘୋଡ଼ାରେ ଚଢ଼ି ସେଠାକୁ ଧାଇଁଲି। ଯାଇ ଦେଖିଲି ସେମାନେ ଯେଉଁ ଘରଟିରେ ରହୁଥିଲେ, ତା ପଛରେ କାଶ ଓ ବଣଝାଉଁ ଜଙ୍ଗଲରେ ପିଲାଟିର ମୃତ ଦେହ ସେତେବେଳ ଯାଏ ପଡ଼ି ରହିଛି। ତାହାର ମୁଖରେ ଭୀଷଣ ଭୟ ଓ ଆତଙ୍କର ଚିହ୍ନ– କଣ ଗୋଟାଏ ବିଭୀଷିକା ଦେଖି ଆତଙ୍କିତ ହୋଇ ସେ ଯେମିତି ପ୍ରାଣ ତ୍ୟାଗ କରିଛି। ବୃଦ୍ଧର ମୁହଁରୁ ଶୁଣିଲି, ରାତିର ଶେଷ ପହର ଆଡ଼କୁ ସେ ନିଦରୁ ଉଠି ପୁଅକୁ ବିଛଣାରେ ନ ଦେଖିବାରୁ ଲଣ୍ଠନ ଲଗାଇ ଖୋଜାଖୋଜି ଆରମ୍ଭ କଲା– କିନ୍ତୁ ଭୋର ଆଗରୁ ତାହାର ମୃତ ଦେହ ଦେଖିବାକୁ ମିଲି ନଥିଲା। ମନେ ହେଉଛି, ସେ ହଠାତ୍‌ ବିଛଣାରୁ ଉଠିପଡ଼ି କୌଣସି କିଛିର ଅନୁସରଣ କରି ବଣ ଭିତରକୁ ଚାଲିଯାଇଛି– କାରଣ ମୃତ ଦେହ ନିକଟରେ ଖଣ୍ଡିଏ ମୋଟା ଲାଠି ଓ ଲଣ୍ଠନଟିଏ ପଡ଼ିଥିଲା। କଣ ଅନୁସରଣ କରି ସେ ରାତିରେ ଏକା ବଣ ଭିତରକୁ ଯାଇଥିଲା, ତାହା କହିବା କଠିନ। କାରଣ, ନରମ ବାଲିଆ ମାଟି ଉପରେ ପିଲାଟିର ପାଦର ଦାଗ ଛଡ଼ା ଅନ୍ୟ କାହାରି ପାଦର ଦାଗ ନାହିଁ– ନା ମଣିଷର, ନା ଜୀବଜନ୍ତୁର। ମୃତ ଦେହରେ ବି କୌଣସି ପ୍ରକାର ଆଘାତର ଚିହ୍ନ ନଥିଲା। ବୋମାଇବୁରୁ ଜଙ୍ଗଲରେ ଏହି ରହସ୍ୟମୟ ଘଟଣାର କୌଣସି ମୀମାଂସା ହୋଇନାହିଁ। ପୋଲିସ୍‌ ଆସି କିଛି କରିନପାରି ଫେରିଗଲା। ଘଟଣାଟି ଲୋକମାନଙ୍କ ମନରେ ଏମିତି ଏକ ଆତଙ୍କ ସୃଷ୍ଟି କଲା ଯେ, ସନ୍ଧ୍ୟାର ଖୁବ୍‌ ଆଗରୁ ସେ ଅଞ୍ଚଳରେ ଆଉ କେହି ଯିବା ଆସିବା କଲେ ନାହିଁ। କେତେ ଦିନ ଏମିତି ହେଲା ଯେ, କଚେରୀରେ ନିଜର ଘରଟିରେ ଏକା ଶୋଇ ରହି ବାହାରର ସଫା ଧୋବ, ଛାୟାହୀନ, ଉଦାସ, ନିର୍ଜ୍ଜନ ଜ୍ୟୋସ୍ନା ରାତି ଆଡ଼କୁ ଚାହିଁ କିପରି ଏକ ଅଜଣା ଆତଙ୍କରେ ମୋର ପ୍ରାଣ କମ୍ପିବାକୁ ଲାଗିଲା, ଏବଂ ମନେ ହେଉଥିଲା, କଲିକତାକୁ ପଲାନ୍ତି। ଏ ସବୁ ଜାଗା ଭଲ ନୁହେଁ, ଏହାର ଜ୍ୟୋସ୍ନାମୟୀ ନୈଶ ପ୍ରକୃତି ରୂପକଥାର ରାକ୍ଷସୀ ପରି ତୁମକୁ ଭୁଲାଇ ଅବାଟରେ ନେଇ ଯାଇ ମାରି ପକାଇବା ଏସବୁ ସ୍ଥାନ ଯେମିତି ମଣିଷର ବାସଭୂମି ନୁହେଁ, କିନ୍ତୁ ଭିନ୍ନ ଲୋକଙ୍କର ରହସ୍ୟମୟ, ଅଶରୀରୀ ପ୍ରାଣୀଙ୍କର ରାଜ୍ୟ, ବହୁକାଳ ହେଲା ସେମାନେ ବସବାସ କରି ଆସୁଥିଲେ। ଆଜି ହଠାତ୍‌ ସେମାନଙ୍କର ସେହି ଗୋପନ ରାଜ୍ୟରେ ମଣିଷର ଅନଧିକାର ପ୍ରବେଶ ସେମାନେ ପସନ୍ଦ କରନ୍ତି ନାହିଁ, ଏବଂ ତେଣୁ ସୁଯୋଗ ପାଇଲା ମାତ୍ରେ ପ୍ରତିହିଂସା ନେବାକୁ ଛାଡ଼ନ୍ତି ନାହିଁ।

ପ୍ରଥମେ ରାଜୁ ପାଣ୍ଡେ ସାଙ୍ଗରେ ଯେଉଁ ଦିନ ଆଲାପ ହେଲା, ସେ ଦିନଟା ଏବେ ବି ମୋର ବେଶ୍ ମନେ ଅଛି । କଚେରୀରେ ବସି କାମ କରୁଛି, ଜଣେ ଗୌରବର୍ଣ୍ଣ ସୁପୁରୁଷ ବ୍ରାହ୍ମଣ ମୋତେ ନମସ୍କାର କରି ଠିଆ ହୋଇ ରହିଲା । ତାର ବୟସ ପଞ୍ଚାବନ-ଛପନ ହେବ, କିନ୍ତୁ ତାକୁ ବୃଦ୍ଧ କହିଲେ ଭୁଲ୍ ହେବ, କାରଣ ତା'ପରି ସୁଗଠିତ ଦେହ ବଙ୍ଗ ଦେଶରେ ଅନେକ ଯୁବକଙ୍କର ବି ନାହିଁ । କପାଳରେ ଚିତା, ଦେହରେ ଖଣ୍ଡିଏ ଧଳା ଚାଦର, ହାତରେ ଗୋଟିଏ ଛୋଟ ପୁଟୁଲି ।

ମୋ ପ୍ରଶ୍ନର ଉତ୍ତରରେ ଲୋକଟି କହିଲା, ସେ ବହୁତ ଦୂରରୁ ଆସିଛି, ଏଠାରେ କିଛି ଜମି ପଟ୍ଟା ନେଇ ଚାଷ କରିବାକୁ ଚାହେଁ । ଅତି ଗରିବ, ଜମିର ସଲାମି ଦେବାକୁ ତାହାର କ୍ଷମତା ନାହିଁ । ଜମିଦାରୀର ସାମାନ୍ୟ କିଛି ଜମି ମୁଁ ତାକୁ ପଟ୍ଟା ଦେଇପାରେ କି ନା ?

ଏକ ପ୍ରକାରର ମଣିଷ ଅଛନ୍ତି, ଯେଉଁମାନେ ନିଜ ସମ୍ବନ୍ଧରେ ବେଶୀ କଥା କହିବାକୁ ଜାଣନ୍ତି ନାହିଁ, କିନ୍ତୁ ସେମାନଙ୍କ ମୁଖର ଭାବ ଦେଖିଲେ ମନେ ହୁଏ ଯେ ସତରେ ସେମାନେ ବଡ଼ ଦୁଃଖୀ । ରାଜୁ ପାଣ୍ଡେକୁ ଦେଖି ମୋର ମନେହେଲା ଏ ଅନେକ ଆଶା କରି ଜମି ଲୋଭରେ ଧରମପୁର ପରଗଣାରୁ ଏତେ ଦୂରକୁ ଆସିଛି, ଜମି ନ ପାଇଲେ କିଛି ନ କହି ଫେରିଯିବ ସତ, କିନ୍ତୁ ଖୁବ୍ ଆଶାଭଙ୍ଗ ଓ ଭରସାହୀନ ହୋଇ ଫେରିଯିବ ।

ଲବଟୁଲିୟା ବଇହାରର ଉତ୍ତରରେ ଘନ ଜଙ୍ଗଲ ଭିତରେ ଦୁଇ ବିଘା ଜମି ରାଜୁକୁ ପଟ୍ଟା ଦେଲି, ଏକ ପ୍ରକାର ବିନାମୂଲ୍ୟରେ । କହିଦେଲି, ଜଙ୍ଗଲ ପରିଷ୍କାର କରି ସେ ଜମି ଆବାଦ କରୁ, ପ୍ରଥମ ଦି'ବର୍ଷ କିଛି ପଡ଼ିବ ନାହିଁ, କିନ୍ତୁ ତୃତୀୟବର୍ଷଠାରୁ ବିଘାକୁ ଚାରିଅଣା କରି ଖଜଣା ଦେବାକୁ ହେବ । ସେତେବେଳେ ବୁଝି ନଥିଲି, କି ଅଭୁତ ଧରଣର ମଣିଷକୁ ଜମିଦାରୀରେ ବସାଇଲି ।

ଭାଦ୍ର କି ଆଶ୍ୱିନ ମାସରେ ରାଜୁ ଆସିଲା ଜମି ପାଇ ଚାଲିଗଲା । ନାନା କାମ ଭିତରେ ତାହାର କଥା ମୁଁ ସମ୍ପୂର୍ଣ୍ଣ ରୂପେ ଭୁଲିଗଲି । ପର ବର୍ଷ ଶୀତର ଶେଷ ଆଡ଼କୁ ହଠାତ୍ ଦିନେ ଲବଟୁଲିୟା କଚେରୀରୁ ଫେରୁଛି, ଦେଖିଲି କିଏ ଜଣେ ଗୋଟିଏ ଗଛ ତଳେ ବସି ଖଣ୍ଡିଏ ବହି ପଢ଼ୁଛି । ମୋତେ ଦେଖି ଲୋକଟି ବହି ମୁଦି ଦେଇ ତୁରନ୍ତ ଉଠିପଡ଼ି ଠିଆହେଲା । ମୁଁ ଚିହ୍ନି ପାରିଲି, ସେ ରାଜୁ ପାଣ୍ଡେ । କିନ୍ତୁ ଆରବର୍ଷ ଜମି ପଟ୍ଟା ଦେବା ପରେ ଲୋକଟା ଥରେ ହେଲେ କଚେରୀ ଦୁଆର ମାଡ଼ିଲା ନାହିଁ, ଏହାର

ମାନେ କ'ଣ? ପଚାରିଲି- କି ରାଜୁ ପାଣ୍ଡେ, ତୁମେ ଏଠାରେ ଅଛ? ମୁଁ ଭାବିଥିଲି ତୁମେ ବୋଧହୁଏ ଜମି ଛାଡ଼ିଛୁଡ଼ି ଦେଇ ଚାଲିଗଲଣି। ଚାଷ କଲ ନାହିଁ?

ଦେଖିଲି ଭୟରେ ରାଜୁର ମୁହଁ ଶୁଖି ଯାଇଛି। ଥଙ୍ଗୋଇ ଥଙ୍ଗୋଇ ସେ କହିଲା- ହଁ, ହଜୁର,- କିଛି ଚାଷ- ଏଥର ହଜୁର-

ମୋର କେମିତି ରାଗ ହେଲା। ଏହି ସବୁ ଲୋକଙ୍କର ମୁହଁ ବେଶ୍ ମଧୁର, ଲୋକଙ୍କୁ ଠକାଇ ପିଠି ଆଉଁସି କାମ ଆଦାୟ କରିବାରେ ସେମାନେ ଖୁବ୍ ପଟୁ। କହିଲି - ଦେଢ଼ବର୍ଷ ହେଲା ତୁମର ତ ଦେଖାଦର୍ଶନ ନାହିଁ। ଜମିଦାରକୁ ବେଶ୍ ଫାଙ୍କି ଦେଇ ଘରକୁ ଫସଲ ନେଇ ଯାଉଛ- କଚେରୀକୁ ଯେଉଁ ଭାଗ ଦେବାର କଥା ଥିଲା, ତାହା ବୋଧହୁଏ ତୁମର ମନେ ନାହିଁ?

ରାଜୁ ଏଥର ବଡ଼ ବଡ଼ ବିସ୍ମୟପୂର୍ଣ୍ଣ ଆଖି ମେଲାଇ ମୋ ଆଡ଼କୁ ଚାହିଁ କହିଲା- ଫସଲ, ହଜୁର? କିନ୍ତୁ ଭାଗ ଦେବାକଥା ତ ମୋ ମନରେ ଆସିନାହିଁ- ସେ ତ ଚୀନାଘାସର ଦାନା-

କଥାଟା ବିଶ୍ୱାସ ହେଲା ନାହିଁ। କହିଲି- ଏହି ଛଅମାସ ହେଲା ଚୀନାଦାନା ଖାଉଛ? ଅନ୍ୟ ଫସଲ ନାହିଁ? କାହିଁକି, ମକା କରି ନାହଁ?

- ନା ହଜୁର, ବଡ଼ ବିଷମ ଜଙ୍ଗଲ। ଏକା ମଣିଷ, ଆବାଦ କରି ପାରୁନାହିଁ। ଅତି କଷ୍ଟରେ ପନ୍ଦର କଠା ଜମି ତିଆରି କରିଛି। ଚାଲନ୍ତୁ ନା ହଜୁର, ଥରେ ଦୟା କରି ପଦ-ଧୂଳି ଦେଇ ଆସିବେ।

ରାଜୁ ପଛେ ପଛେ ଗଲି। ମଝିରେ ମଝିରେ ଏତେ ଘନ ଜଙ୍ଗଲ ଯେ, ଘୋଡ଼ାକୁ ପଶି ଯିବାକୁ କଷ୍ଟ ହେଉଥିଲା। କିଛି ଦୂର ଗଲେ ଜଙ୍ଗଲ ଭିତରେ ପ୍ରାୟ ବିଘାଏ ଖଣ୍ଡେ ଗୋଲାକାର ପରିଷ୍କାର ଜାଗା, ମଝିରେ ଜଙ୍ଗଲୀ ଘାସରେ ତିଆରି ଦୁଇଟି ଛୋଟ ନୀଚା କୁଡ଼ିଆ। ଗୋଟିକରେ ରାଜୁ ରହେ, ଆଉ ଅନ୍ୟଟିରେ ତା କ୍ଷେତର ଫସଲ ଜମା ହୋଇଛି। ଥଲି କି ବସ୍ତା ନାହିଁ, ମାଟିରେ ନୀଚା ଚଟାଣରେ ରାଶୀକୃତ ଚୀନା ଘାସର ଦାନା ଗଦା ହୋଇଛି। କହିଲି - ରାଜୁ, ସତରେ ତୁମେ ଏତେ କୋଡ଼ିଆ ବୋଲି ମୁଁ ତ ଜାଣି ନଥିଲି, ଦେଢ଼ବର୍ଷ ଭିତରେ ତୁମେ ଦୁଇବିଘା ଜମି ସଫା କରିପାରିଲ ନାହିଁ?

ରାଜୁ ଭୟରେ କହିଲା- ହଜୁର, ସମୟ ଖୁବ୍ କମ।

- କାହିଁକି, ଦିନସାରା କଣ କର କି?

ରାଜୁ ଲଜ୍ଜାନମ୍ର ବଦନରେ ଚୁପ୍ ହୋଇ ରହିଲା। ରାଜୁର ବାସସ୍ଥାନ କୁଡ଼ିଆଟି ଭିତରେ ଆଦୌ ଜିନିଷପତ୍ରର ବାହୁଲ୍ୟ ନଥିଲା। ଗୋଟିଏ ଲୋଟା ଛଡ଼ା ଅନ୍ୟ କିଛି

ବାସନ କୁସନ ଆଖିରେ ପଡ଼ିଲା ନାହିଁ। ଲୋଟାଟା ବଡ଼ କିସମର। ସେଥିରେ ଭାତ ରନ୍ଧା ହୁଏ। ଭାତ ନୁହେଁ, ଚୀନା ଘାସର ଦାନା। ସିଝା ଚୀନାଦାନାକୁ କଞ୍ଚା ଶାଲପତ୍ରରେ ଢାଲି ଖାଇଲେ ବାସନ କୁସନର କଣ ଦରକାର। ପାଣି ପାଇଁ ନିକଟରେ କୁଣ୍ଡି, ଅର୍ଥାତ୍ କ୍ଷୁଦ୍ର ଜଲାଶୟ ଅଛି। ଆଉ କ'ଣ ଲୋଡ଼ା?

କିନ୍ତୁ କୁଡ଼ିଆର ଗୋଟାଏ ପାଖରେ ସିନ୍ଦୂର ବୋଲା କଳା ପଥରର ଛୋଟ ରାଧାକୃଷ୍ଣ ମୂର୍ତ୍ତି ଦେଖି ବୁଝିଲି, ରାଜୁ ବିଚରା ଭକ୍ତ ମଣିଷ। କ୍ଷୁଦ୍ର ପଥରର ବେଦୀକୁ ବଣ ଫୁଲରେ ସଜାଇ ରଖିଛି, ବେଦୀର ଗୋଟିଏ ପଟରେ ଖଣ୍ଡିଏ ଦୁଇଖଣ୍ଡି ପୋଥି ଓ ବହି। ଅର୍ଥାତ୍, ତାହାର ସମୟ ନାହିଁ ମାନେ ସେ ଦିନ ସାର। ବୋଧହୁଏ ପୂଜା-ଅର୍ଚ୍ଚନାରେ ବ୍ୟସ୍ତ ରହେ। ଚାଷ କରିବ କେତେବେଲେ?

ରାଜୁକୁ ଏହି ପ୍ରଥମ ବୁଝିଲି।

ରାଜୁ ପାଣ୍ଡେ ହିନ୍ଦୀ ଲେଖାପଢ଼ା ଜାଣେ, ସଂସ୍କୃତ ବି କିଛି କିଛି ଜାଣେ। ତାହା ବି ସେ ସଦା ସର୍ବଦା ପଢ଼େ ନାହିଁ, ମଝିରେ ମଝିରେ ଅବସର ସମୟରେ ଗଛ ତଲେ କଣ ଖଣ୍ଡିଏ ହିନ୍ଦୀ ବହି ମେଲାଇ ଟିକିଏ ବସେ- ଅଧିକାଂଶ ସମୟରେ ଦୂରର ଆକାଶ ଓ ପାହାଡ଼ ଆଡ଼କୁ ଅନାଇ ସେ ନୀରବରେ ବସିଥାଏ। ଦିନେ ଦେଖିଲି, ଖଣ୍ଡିଏ ଛୋଟ ଖାତାରେ କାଠି କଲମରେ ସେ ବସି କଣ ଲେଖୁଛି। କଥା କଣ? ପାଣ୍ଡେ କବିତା ରଚନା କରେ ନା କଣ? କିନ୍ତୁ ସେ ଏତେ ଲାଜକୁଲା, ମଉନ ମୁହଁ ମଣିଷଟିଏ ଯେ, ତା ପେଟରୁ କୌଣସି କଥା ବାହାର କରିବା ବଡ଼ କଠିନ। ନିଜ ସମ୍ବନ୍ଧରେ ସେ କିଛି କହିବାକୁ ଚାହେଁନା।

ଦିନେ ପଚାରିଲି- ପାଣ୍ଡେଜୀ, ଘରେ ତୁମର ଆଉ କିଏ ଅଛି?

- ସମସ୍ତେ ଅଛନ୍ତି ହଜୁର, ମୋର ତିନି ପୁଅ, ଦୁଇ ଝିଅ, ବିଧବା ଭଉଣୀ।

- ସେମାନେ ଚଲନ୍ତି କିପରି?

ରାଜୁ ଆକାଶ ଆଡ଼କୁ ହାତ ଟେକି କହିଲା- ଭଗବାନ ଚଲାଉଛନ୍ତି। ସେମାନଙ୍କୁ ଦୁଇମୁଠା ଖୁଆଇବାର ବ୍ୟବସ୍ଥା କରିବି ବୋଲି ତ ହଜୁରଙ୍କ ଆଶ୍ରୟକୁ ଆସି ଜମି ନେଇଛି। ଜମିଟା ତିଆରି କରି ପାରିଲେ-

- କିନ୍ତୁ ଦୁଇ ବିଘା ଜମିର ଫସଲରେ ଏତେ ବଡ଼ ଗୋଟାଏ ସଂସାର ଚଲିବ? ଆଉ ତୁମେ ବା ଲାଗିପଡ଼ି ଚେଷ୍ଟା କରୁଛ କାହିଁ?

ରାଜୁ ପ୍ରଥମେ କଥାର ଜବାବ ଦେଲା ନାହିଁ। ତା ପରେ କହିଲା- ଜୀବନର ସମୟଟା ଖୁବ୍ କମ ହଜୁର। ଜଙ୍ଗଲ କାଟିବାକୁ ଗଲେ କେତେ କଥା ମନେ ପଡ଼େ, ବସି ବସି ଭାବେ। ଏହି ଯେ ବଣ ଜଙ୍ଗଲ ଦେଖୁଛନ୍ତି, ବଡ଼ ଭଲ ଜାଗା। କେତେ

କାଲରୁ ଗଛରେ ଫୁଲ ଫୁଟୁଛି ଆଉ ପକ୍ଷୀ ଡାକୁଛି । ପବନ ସାଙ୍ଗରେ ମିଶି ଦେବତାମାନେ ପୃଥିବୀର ମାଟିରେ ଏଠାରେ ପାଦ ଦିଅନ୍ତି । ଟଙ୍କାର ଲୋଭ ଓ ଦେଣା ପାଉଣା କାମ କେଉଁଠି ଚାଲେ, ସେଠାରେ ପବନ ବିଷାକ୍ତ ହୋଇଯାଏ । ସେମାନେ ଆଉ ସେଠାରେ ରହନ୍ତି ନାହିଁ । ସେଥିପାଇଁ ଏଠାରେ ହାତରେ କୋଦାଳ-ଦା ଧରିଲା ମାତ୍ରେ ଦେବତାମାନେ ଆସି ମୋ ହାତରୁ କାଢ଼ି ନିଅନ୍ତି- କାନରେ ଚୁପ୍ ଚୁପ୍ ଏମିତି କଥା କହନ୍ତି, ଯେଉଁଥିରେ ମନ ସମ୍ଭଇବାଡ଼ି ଠାରୁ ଅନେକ ଦୂରକୁ ଚାଲିଯାଏ ।

ଦେଖିଲି, ରାଜୁ କବି, ଦାର୍ଶନିକ ବି ।

କହିଲି- କିନ୍ତୁ ରାଜୁ, ଦେବତାମାନେ ଏମିତି କଥା କହନ୍ତି ନାହିଁ ଯେ, ଘରକୁ ଟଙ୍କା ପଠାଅ ନା, ଛୁଆ ପିଲା ଉପାସ ରହନ୍ତୁ । ସେ ସବୁ କଥା ନୁହେଁ ରାଜୁ, କାମରେ ଲାଗ । ନହେଲେ ଜମି ଛଡ଼ାଇ ନେବି ।

ଆଉ କେତେମାସ ଗଲା । ମଝିରେ ମଝିରେ ରାଜୁର ସେହି ସ୍ଥାନକୁ ଯାଏ । ତାକୁ କଣ ଭଲ ଲାଗେ ! ସେହି ଗଭୀର ନିର୍ଜନ ଲବ୍ଟୁଲିୟା ବଇହାରର ଜଙ୍ଗଲରେ ଏକା ଗୋଟିଏ ଛୋଟ ଘାସ କୁଡ଼ିଆରେ ସେ କେମିତି ଭାବରେ ଦିନ ପରେ ଦିନ ଅତିବାହିତ କରୁଛି, ଏହା ମୁଁ ଭାବି ପାରେନା ।

ରାଜୁ ସତରେ ଜଣେ ସାତ୍ତ୍ୱିକ ପ୍ରକୃତିର ଲୋକ । ଚୀନା ଘାସର ଦାନା ଛଡ଼ା, ସେ ଅନ୍ୟ କୌଣସି ଫସଲ ଫଳାଇ ପାରି ନାହିଁ । ତେଣୁ ସାତ-ଆଠ ମାସ ହେଲା ଖୁସିବାସିରେ ତାକୁ ଖାଇ ଚଲାଇ ଦେଉଛି । କାହା ସାଙ୍ଗରେ ତାହାର ଦେଖା ସାକ୍ଷାତ ହୁଏ ନା, ଗପସପ ହେବାକୁ ଲୋକ ନାହାନ୍ତି, କିନ୍ତୁ ସେଥିରେ ତାହାର କିଛି ଅସୁବିଧା ହୁଏ ନା, ସେ ବେଶ ଭଲରେ ଅଛି । ଦିପହରେ ଯେତେବେଳେ ରାଜୁର ଜମି ବାଟ ଦେଇ ଯାଇଛି, ସେତେବେଳେ ଟାଣ ଖରାରେ ତାକୁ ଜମିରେ କାମ କରିବାର ଦେଖିଛି । ସନ୍ଧ୍ୟା ବେଳେ ତାକୁ ପ୍ରାୟ ଚୁପ୍ ହୋଇ ହରିଡ଼ା ଗଛଟା ତଳେ ବସିଥିବାର ଦେଖିଛି- କେଉଁ ଦିନ ହାତରେ ଖାତା ଥାଏ, କେଉଁ ଦିନ ଥାଏ ନା ।

ଦିନେ କହିଲି- ରାଜୁ, ତୁମକୁ ଆଉ କିଛି ଜମି ଦେଉଛି, ବେଶୀ କିଛି ଚାଷ କର, ତୁମ ଘରର ଲୋକେ ତେଣେ ନ ଖାଇ ମରିବେ ଯେ ! ରାଜୁ ଅତି ଶାନ୍ତ ପ୍ରକୃତିର ଲୋକ, ତାହାକୁ କିଛି କଥା ବୁଝେଇବା ପାଇଁ ବେଶୀ ବେଳ ଲାଗେ ନାହିଁ । ସେ ଜମି ନେଲା ସତ, କିନ୍ତୁ ପରବର୍ତ୍ତୀ ପାଞ୍ଚ-ଛଅ ମାସ ଭିତରେ ସେ ଜମି ପରିଷ୍କାର କରି ପାରିଲା ନାହିଁ । ସକାଳୁ ଉଠି ସେ ପୂଜା ଓ ଗୀତାପାଠ ସାରୁ ସାରୁ ପ୍ରାୟ ଦଶଟା ବାଜିଯାଏ, ତାପରେ କାମକୁ ବାହାରେ । ଦୁଇଘଣ୍ଟା କାମ କରିବା ପରେ ସେ ରୋଷାଇ- ଖିଆପିଆ କରେ, ଦିପହରଟା ଯାକ ସନ୍ଧ୍ୟା ପାଞ୍ଚଟା ଯାଏ ସେ ପୁଣି ଖଟେ । ତା ପରେ

ଗଛ ତଳେ ବସି ନିଜ ମନେ ମନେ କଣ ଭାବେ। ସନ୍ଧ୍ୟା ପରେ ପୁଣି ପୂଜା। ପାଠ ଅଛି।

ସେ ବର୍ଷ ରାଜୁ କିଛି ଟଙ୍କା କଲା, ନିଜେ ନ ଖାଇ ସେ ସବୁ ତା ଦେଶକୁ ପଠାଇ ଦେଲା, ବଡ଼ ପୁଅ ଆସି ନେଇଗଲା। ପୁଅଟି ମୋତେ ଦେଖା କରିବାକୁ କଚେରୀକୁ ଯାଇଥିଲା, ତାକୁ ଧମକ ଦେଇ କହିଲି– ବୁଢ଼ା ବାପାକୁ ଏହି ଜଙ୍ଗଲ ଭିତରେ ଏକା ଛାଡ଼ି ଦେଇ ନିଜେ ଘରେ ବସି ବେଶ୍ ଫୁର୍ତ୍ତି କରୁଛ, ଲାଜ ମାଡୁ ନାହିଁ ? ନିଜେ ରୋଜଗାର କରିବାକୁ ଚେଷ୍ଟା କରୁ ନାହିଁ କାହିଁକି ?

୩

ସେ ଥର ଶୁୟୋରମାରି ବସ୍ତିରେ ଭୟାନକ କଲେରା ଆରମ୍ଭ ହେଲା। କଚେରୀରେ ବସି ଏ ଖବର ପାଇଲି। ଶୁୟୋରମାରି ଆମ ଇଲାକା ଭିତରେ ନୁହେଁ, ଏଠାରୁ ଆଠ–ଦଶ କୋଶ ଦୂରରେ, କୋଶୀ ଓ କଳବଲିୟା ନଦୀ କୂଳରେ। ପ୍ରତିଦିନ ଏତ ଲୋକ ମରିବାକୁ ଲାଗିଲେ ଯେ, କୋଶୀ ନଦୀର ଜଳରେ ସର୍ବଦା ମଡ଼ା ଭାସିବାକୁ ଲାଗିଲା, ଦାହା କରିବାର ବ୍ୟବସ୍ଥା ନାହିଁ। ଦିନେ ଶୁଣିଲି, ରାଜୁ ପାଣ୍ଡେ ସେଠାକୁ ଚିକିତ୍ସା କରିବାକୁ ଯାଇଛି। ରାଜୁ ପାଣ୍ଡେ ସେ ଚିକିତ୍ସକ ତାହା ମୁଁ ଜାଣି ନ ଥିଲି। ତେବେ ମୁଁ କିଛି ଦିନ ହୋମିଓପାଥ୍ ଔଷଧ କାରବାର କରିଥିଲି ସତ, ଭାବିଲି ଏହି ସବୁ ଡାକ୍ତର କବିରାଜହୀନ ସ୍ଥାନକୁ ଯାଇ ଦେଖେଁ ଯଦି ଲୋକଙ୍କର କିଛି ଉପକାର କରିପାରେଁ। କଚେରୀରୁ ମୋ ସାଙ୍ଗରେ ଆହୁରି ଅନେକ ଲୋକ ଗଲେ। ଗ୍ରାମରେ ପହଞ୍ଚ ରାଜୁ ପାଣ୍ଡେ ସାଙ୍ଗରେ ଦେଖା ହେଲା। ସେ ଗୋଟିଏ ବଟୁଆରେ ଚେର–ମୂଲ ଜଡ଼ି–ବୁଟି ଧରି ଏ ଘର ସେ ଘର ରୋଗୀ ଦେଖି ବୁଲୁଥିଲା। ମୋତେ ନମସ୍କାର କରି କହିଲା– ହଜୁର ! ଆପଣଙ୍କର ବଡ଼ ଦୟା, ଆପଣ ଆସିଛନ୍ତି, ଏଥର ଲୋକମାନେ ଯଦି ବଞ୍ଚ ଯାଆନ୍ତି ! ଏମିତି ଭାବ ସେ ଦେଖାଇଲା ଯେମିତି ମୁଁ ଜିଲ୍ଲାର ସିଭିଲ ସର୍ଜନ କିମ୍ବା ଡାକ୍ତର ଶୁଡ଼ିଭ ଚକ୍ରବର୍ତୀ। ସେ ମୋତେ ସାଙ୍ଗରେ ଧରି ଗ୍ରାମରେ ରୋଗୀମାନଙ୍କର ଘର ଘର ବୁଲାଇ ଦେଖାଇବାକୁ ଲାଗିଲା।

ରାଜୁ ଔଷଧ ଦିଏ, ଦେଖିଲି ସବୁ ଉଧାରରେ। ଭଲ ହୋଇଗଲେ ଦାମ ଦେବେ ଏହା କୁଆଡ଼େ କରାର ହୋଇଛି। କି ଭୟାନକ ଦାରିଦ୍ର୍ୟର ମୂର୍ତ୍ତି ଘରେ ଘରେ! ସବୁ ଖପରଲି କିମ୍ବା ଚାଳଘର, ଛୋଟ ଛୋଟ ବଖରା, ଝରକା ନାହିଁ, କେଉଁ ଘରକୁ ଆଲୁଅ କି ପବନ ଆସୁ ନାହିଁ। ପ୍ରାୟ ସବୁ ଘରେ ଗୋଟିଏ ଦୁଇଟି ରୋଗୀ, ଘରର

ଚଟାଣରେ ମଇଳା ବିଛଣାରେ ଶୋଇଛନ୍ତି। ଡାକ୍ତର ନାହିଁ, ଔଷଧ ନାହିଁ, ପଥ୍ୟ ନାହିଁ। ଅବଶ୍ୟ ରାଜୁ ଯଥାସାଧ୍ୟ ଚେଷ୍ଟା କରୁଛି, ନ ଡାକିଲେ ସୁଦ୍ଧା ସବୁ ରୋଗୀଙ୍କ ପାଖକୁ ଯାଇ ତାହାର ଜଡ଼ିବୁଟିର ଔଷଧ ଖୁଆଉଛି। ଗୋଟିଏ ଛୋଟ ପିଲାର ରୋଗ ଶଯ୍ୟା ପାଖରେ ବସି କାଲି ରାତି ସାରା କୁଆଡ଼େ ସେବା କରିଛି। କିନ୍ତୁ ସେଥିରେ ମଡ଼କର କିଛି ମାତ୍ର ଉପଶମ ଜଣା ଯାଉନାହିଁ, ବରଂ ବଢ଼ି ଚାଲିଛି।

ରାଜୁ ମୋତେ ଗୋଟିଏ ଘରକୁ ଡାକି ନେଇଗଲା। ଖଣ୍ଡିଏ ମାତ୍ର ଚାଳ ଘର, ଚଟାଣରେ ରୋଗୀ ତାଳପତ୍ର ଚଟେଇରେ ଶୋଇଛି, ବୟସ ପଚାଶରୁ କମ୍ ନୁହେଁ। ସତର-ଅଠର ବର୍ଷର ଝିଅଟିଏ ଦୁଆର ମୁହଁରେ ବସି ଆଖିରୁ ଲୁହ ଗଡ଼ାଇ କାନ୍ଦୁଛି। ରାଜୁ ତାକୁ ଭରସା ଦେଇ କହିଲା- କାନ୍ଦ ନା ଝିଅ, ହଜୁର ଆସିଛନ୍ତି, ଆଉ ଭୟ ନାହିଁ, ରୋଗ ଭଲ ହୋଇଯିବ।

ଆପଣାର ଅକ୍ଷମତା କଥା ଭାବି ମୁଁ ଅତିଶୟ ଲଜ୍ଜିତ ହେଲି। ପଚାରିଲି- ଝିଅଟି ବୋଧହୁଏ ରୋଗୀର?

ରାଜୁ କହିଲା- ନା ହଜୁର, ତାହାର ସ୍ତ୍ରୀ। ଝିଅଟିର ସଂସାରରେ କେହି ନାହାନ୍ତି, ବିଧବା ମାଆ ଥିଲା, ବିଭା ଦେଇ ସାରି ଆଖି ବୁଜିଲା। ଯାକୁ ବଞ୍ଚାନ୍ତୁ ହଜୁର, ନ ହେଲେ ଝିଅଟି ଦାଣ୍ଡରେ ବସିବ।

ରାଜୁର କଥାର ଉତ୍ତରରେ କଣ କହିବାକୁ ଯାଉଛି, ଏତିକିବେଳେ ହଠାତ୍ ମୋ ଆଖି ଯାଇ ପଡ଼ିଲା ରୋଗୀର ମୁଣ୍ଡ ଆଡ଼କୁ କାନ୍ଥରେ ତଲୁ ତିନି ହାତ ଉଞ୍ଚରେ ଥିବା ଗୋଟିଏ କାଠ ଥାକ ଉପରେ। ଦେଖିଲି ଥାକ ଉପରେ ଗୋଟିଏ ଅଧଭଙ୍ଗା ପଥର ଗିନାରେ ଗଣ୍ଡିଏ ପଖାଳ ଭାତ। ଭାତ ଉପରେ ଦଶ-କୋଡ଼ିଏଟି ମାଛି ବସିଛନ୍ତି! କି ସର୍ବନାଶ! ଘରେ ଭୟଙ୍କର ଏସିଆଟିକ୍ କଲେରାର ରୋଗୀ, ଆଉ ରୋଗୀଠାରୁ ତିନି ହାତ ଛଡ଼ାରେ ଅଧଭଙ୍ଗା ଗିନାରେ ପଖାଳ ଭାତ!

ଦିନ ସାରା ରୋଗୀର ସେବା କରିବା ପରେ ଦରିଦ୍ର କ୍ଷୁଧାର୍ତ ବାଳିକାଟି ହୁଏତ ପଥର ଗିନାଟି ଆଣି ପଖାଳ ଭାତ ଗଣ୍ଡିକ ଲୁଣ ଲଙ୍କା ଲଗାଇ ଆଗ୍ରହରେ ଖାଇ ବସିବ। ବିଷାକ୍ତ ଅନ୍ନ, ଯାହାର ପ୍ରତି ଗ୍ରାସରେ ନିଷ୍ଠୁର ମୃତ୍ୟୁର ବୀଜ! ବାଳିକାର ସରଳ ଅଶ୍ରୁପୂର୍ଣ୍ଣ ଆଖି ଦୁଇଟି ଆଡ଼କୁ ଅନାଇ ମୁଁ ଥରି ଉଠିଲି। ରାଜୁକୁ କହିଲି- ସେ ଭାତ ଫୋପାଡ଼ି ଦେବାକୁ ତାକୁ କୁହ। ଏ ଘରେ ଖାଇବା ଜିନିଷ ରଖନ୍ତି।

ଝିଅଟି ଭାତ ଫୋପାଡ଼ି ଦେବା ପ୍ରସ୍ତାବରେ ବିସ୍ମିତ ହୋଇ ଆମ ମୁହଁକୁ ଅନାଇଲା। କାହିଁକି ଭାତ ଫୋପାଡ଼ି ଦେବ? ତେବେ ସେ ଖାଇବ କଣ? କାଲି ରାତିରେ ସେହି ଭାତ ଗଣ୍ଡାକ ଓଝାଙ୍କ ଘର ତାକୁ ଖାଇବାକୁ ଦେଇ ଯାଇଥିଲେ।

ମୋର ମନେ ପଡ଼ିଲା ଏ ଅଞ୍ଚଳରେ ଭାତ ସୁଖାଦ୍ୟ ରୂପେ ଗଣ୍ୟ, ଆମ ଅଞ୍ଚଳରେ ଯେମିତି ଲୁଚି କି ପଳାଉ। କିନ୍ତୁ ଟିକିଏ କଡ଼ା ସ୍ୱରରେ କହିଲି– ଉଠି ଯାଇ ଏବେଣି ଆଗେ ଭାତ ଫୋପାଡ଼ି ଦିଅ।

ଝିଅଟି ଭୟରେ ଉଠିଯାଇ ଗିନାର ଭାତ ଫୋପାଡ଼ି ଦେଲା।

ତାହାର ସ୍ୱାମୀକୁ କୌଣସି ମତେ ବଞ୍ଚାଇ ହେଲା ନାହିଁ। ସନ୍ଧ୍ୟା ପରେ ବୃଦ୍ଧ ଶେଷ ନିଃଶ୍ୱାସ ତ୍ୟାଗ କଲେ। ଝିଅଟିର କି କାନ୍ଦଣା! ରାଜୁ ବି ତା ସାଙ୍ଗରେ କାନ୍ଦି କାନ୍ଦି ଆକୁଳ।

ଆଉ ଗୋଟିଏ ଘରକୁ ରାଜୁ ମୋତେ ନେଇଗଲା। ସେଟା ରାଜୁର ଏକ ଦୂରସମ୍ପର୍କୀୟ ଶଳାର ଘର। ଏଠାକୁ ଆସି ପ୍ରଥମେ ଏହି ଘରେ ଆଶ୍ରା ନେଇଥିଲା। ଏଠାରେ ଖିଆପିଆ କରୁଥିଲା। ଏଠାରେ ମାଆ ଓ ପୁଅକୁ ଏକା ସାଙ୍ଗରେ କଲେରା, ପାଖାପାଖି ଘରେ ଦୁଇଟି ରୋଗୀ ଥାଆନ୍ତି, ଏ ତାକୁ ଦେଖିବା ଲାଗି ବ୍ୟାକୁଳ, ସେ ଯାକୁ ଦେଖିବା ଲାଗି ବ୍ୟାକୁଳ। ସାତ-ଆଠ ବର୍ଷର ଛୋଟ ପୁଅଟି।

ପୁଅଟି ପ୍ରଥମେ ମରିଗଲା। ମାଆକୁ ତାହା ଜଣାଇ ଦିଆଗଲା ନାହିଁ। ମୋର ହୋମିଓପ୍ୟାଥ୍ ଔଷଧରେ ମାଆର ଅବସ୍ଥା କ୍ରମେ କ୍ରମେ ଭଲ ହୋଇଯିବାକୁ ଲାଗିଲା। ମାଆ କେବଳ ଛୁଆର ଖବର ନେଉଥାଏ, ସେ ଘରେ ଛୁଆର ସ୍ୱର ଶବଦ ଶୁଣାଯାଉ ନାହିଁ କାହିଁକି ? କେମିତି ଅଛି ସେ ?

ଆମେ କହୁଁ– ତାକୁ ନିଦ ଔଷଧ ଦିଆ ଯାଇଛି– ଶୋଇପଡ଼ିଛି।

ଛୁଆଟିର ମୃତ ଦେହ ଚୁପ୍ ଚୁପ୍ ଘରୁ ବାହାର କରାଗଲା।

ଗ୍ରାମର ମାତ୍ର ପୋଖରୀ, ସେହି ପୋଖରୀରେ ଲୁଗା କାଚନ୍ତି, ସେଥିରେ ବି ଗାଧୁଅନ୍ତି। ଗାଧୋଇବା ଓ ପାଣି ପିଇବା ଯେ ଏକ କଥା, ଏହା କୌଣସି ମତେ ସେମାନଙ୍କୁ ବୁଝାଇ ପାରିଲି ନାହିଁ। କେତେ ଲୋକ କେତେ ଲୋକଙ୍କୁ ପକାଇ ଦେଇ ପଳାଇ ଯାଇଛନ୍ତି। ଗୋଟିଏ ଘରେ ଗୋଟିଏ ରୋଗୀ ଦେଖିଲି, ସେ ଘରେ ଆଉ ଲୋକ ନାହାନ୍ତି। ରୋଗଗ୍ରସ୍ତ ଲୋକଟି ସେ ଘରର ଘର-ଜୁଆଁଇ, ସ୍ତ୍ରୀ ଗତ ବର୍ଷ ମରିଯାଇଛି। ତଥାପି ତାର ଅବସ୍ଥା ଖରାପ ବୋଲି ହେଉ ବା ଆଉ ଯେଉଁ କାରଣରୁ ହେଉ, ଶଶୁର ଘର ଛାଡ଼ି ସେ କେଉଁଠାକୁ ଯାଇନାହିଁ। ସମ୍ପ୍ରତି ସେ ଅସୁସ୍ଥ ହେବା ସଙ୍ଗେ ସଙ୍ଗେ ଶଶୁର ଘରର ଲୋକେ ତାକୁ ଛାଡ଼ି ପଳାଇଛନ୍ତି। ରାଜୁ ଦିନରାତି ତାହାର ସେବା କରିବାକୁ ଲାଗିଲା। ମୁଁ ଔଷଧ ପତ୍ର ବ୍ୟବସ୍ଥା କରିଦେଲି। ଲୋକଟି ଶେଷକୁ ବଞ୍ଚିଗଲା। ବୁଝିଲି, ଶଶୁର ଘରର ଅନ୍ୟଧ୍ୱଂସୀ ହିସାବରେ ତା କପାଳରେ ଏବେ ବି ଅନେକ ଦୁଃଖ ଅଛି।

ଥଳି ବାହାର କରି ଚିକିସ୍ତାର ମୋଟ ଉପାର୍ଜନ ଗଣନା କରିବାର ଦେଖି ରାଜୁକୁ ପଚାରିଲି—କେତେ ହେଲା, ରାଜୁ ?

ଗଣାଗଣି କରି ରାଜୁ କହିଲା— ଟଙ୍କାଏ ତିନି ଅଣା ।

ଏଥିରେ ସେ ବେଶ୍ ଖୁସି ହୋଇଛି । ଏ ଅଞ୍ଚଳର ଲୋକ ସହଜରେ ଗୋଟିଏ ପଇସାର ମୁହଁ ଦେଖିବାକୁ ପାଏ ନାହିଁ, ଏକ ଟଙ୍କା ତିନି ଅଣା ଉପାର୍ଜନ ଏଠାରେ କମ୍ ନୁହେଁ । ଆଜିକି ପନ୍ଦର-ଷୋହଳ ଦିନ ହେଲା ରାଜୁକୁ ଡାକ୍ତର ହୋଇ, ନର୍ସ ହୋଇ, ଖୁବ୍ ଖଟିବାକୁ ପଡ଼ିଛି ।

ବହୁତ ରାତିରେ ଗ୍ରାମ ଭିତରେ କ୍ରନ୍ଦନର ରୋଲ ଶୁଣାଗଲା । ପୁଣି ଜଣେ ମଲା । ରାତିରେ ନିଦ ହେଲା ନାହିଁ । ଗ୍ରାମର ଅନେକ ଲୋକ ରାତିରେ ଶୁଅନ୍ତି ନାହିଁ, ଘର ସାମନାରେ ବଡ଼ ବଡ଼ କାଠ ଜଳାଇ ନିଆଁ କରି ଗନ୍ଧକ ପୋଡୁଥାଆନ୍ତି ଓ ନିଆଁ ଚାରିପଟେ ଘେରି ବସି ଗପସପ କରୁଥାଆନ୍ତି । ରୋଗର ଗପ, ମୃତ୍ୟୁର ଖବର ଛଡ଼ା ଏମାନଙ୍କ ମୁଖରେ ଅନ୍ୟ କୌଣସି କଥା ନାହିଁ— ସମସ୍ତଙ୍କ ମୁଖରେ ଗୋଟାଏ ଭୟ ଓ ଆତଙ୍କର ଚିହ୍ନ ପରିସ୍ଫୁଟ । କାହାର ପାଳି ପଡ଼ୁଛି ।

ରାତି ଅଧରେ ସମ୍ବାଦ ପାଇଲି, ସେହି ସଦ୍ୟ-ବିଧବା ବାଳିକାଟିକୁ କଲେରା ହୋଇଛି । ଯାଇ ଦେଖିଲି, ତା ଶ୍ୱଶୁର ଘର ପାଖରେ ଗୋଟିଏ ଗୁହାଳରେ ସେ ଶୋଇଛି । ଭୟରେ ନିଜ ଘରକୁ ଆସି ସେ ଶୋଇପାରି ନାହଁ, ଅଥଚ ସେ କଲେରାର ରୋଗୀକୁ ଛୁଇଁଥିଲା ବୋଲି କେହି ତାକୁ ସ୍ଥାନ ଦେଇନାହାନ୍ତି । ଗୁହାଳର ଗୋଟିଏ ପଟରେ ଗହମ ନଡ଼ାର ବିଡ଼ା ଉପରେ ଖଣ୍ଡିଏ ପୁରୁଣା ଚଟେଇ ପଡ଼ିଛି, ତାରି ଉପରେ ବାଳିକାଟି ଶୋଇ ଛଟପଟ ହେଉଛି । ହତଭାଗିନୀକୁ ବଞ୍ଚାଇବା ଲାଗି ମୁଁ ଓ ରାଜୁ ବହୁ ଚେଷ୍ଟା କଲୁ । ଗୋଟିଏ ଲଣ୍ଠନ, ଟିକିଏ ପାଣି କେଉଁଠି ମିଳିଲା ନାହିଁ । ଉଙ୍କିମାରି ଦେଖିବାକୁ ବି କେହି ଆସିଲେ ନାହିଁ । ଆଜିକାଲି ଏମିତି ଆତଙ୍କ ସୃଷ୍ଟି ହୋଇଛି ଯେ, କାହାକୁ କଲେରା ହେବାମାତ୍ରେ ତାର ତ୍ରିସୀମା ବି କେହି ମାଡ଼ନ୍ତି ନାହିଁ ।

ରାତି ଫର୍ଚ୍ଚା ହେଲା ।

ରାଜୁର ଖୁବ୍ ନାଡ଼ୀ ଜ୍ଞାନ ଅଛି, ହାତ ଦେଖି ସେ କହିଲା— ଗତି ସୁବିଧା ଦେଖାଯାଉ ନାହିଁ, ହଜୁର ।

ମୁଁ ଆଉ କଣ କରିବି, ନିଜେ ଡାକ୍ତର ନୁହେଁ, ସ୍ୟାଲାଇନ୍ ଦେଇଥିଲେ ହୋଇଥାନ୍ତା, ଏ ଅଞ୍ଚଳରେ ସେମିତି ଡାକ୍ତର କେଉଁଠି ନାହାନ୍ତି ।

ସକାଳ ନଅଟା ବେଳେ ବାଳିକାଟି ମରିଗଲା ।

ଆମେ ନଥିଲେ ତାହାର ମୃତ ଦେହକୁ କେହି ବାହାର କରିବାକୁ ଆସିଥାନ୍ତେ

କି ନା ସନ୍ଦେହ। ଆମର ଅନେକ ତଦ୍‌ବିର ଓ ଅନୁରୋଧରେ ଦୁଇଜଣ ଚାଷୀ ବାଉଁଶ ଖଣ୍ଡିଏ ଆଣି ମୃତ ଦେହକୁ ବାଉଁଶ ସାହାଯ୍ୟରେ ଠେଲି ଠେଲି ନଦୀ ଆଡ଼କୁ ନେଇଗଲେ।

ରାଜୁ କହିଲା– ବଞ୍ଚିଗଲା ହଜୁର। ବିଧବା ବେଓ୍ୱାରିସ ଅବସ୍ଥା, ସେଥିରେ ପୁଣି ପିଲା ମଣିଷ, କଣ ଖାଇଥାନ୍ତା, କିଏ ତାକୁ ଦେଖିଥାନ୍ତା ?

କହିଲି– ତୁମ ମୂଲକ ବଡ଼ ନିଷ୍ଠୁର ରାଜୁ।

ମୋ ମନରେ କଷ୍ଟ ରହିଗଲା ଯେ, ମୁଁ ତାକୁ ତାହାର ଏଡ଼େ ପ୍ରିୟ ପଖାଳ ଭାତ ଗଣ୍ଡାକ ଖାଇବାକୁ ଦେଇ ପାରିଲି ନାହିଁ।

୪

ନିସ୍ତବ୍ଧ ଦିପହରରେ ଦୂରରେ ମହାଲିଖାରୂପ ପାହାଡ଼ ଓ ଜଙ୍ଗଲ ଅପୂର୍ବ ରହସ୍ୟମୟ ଦେଖାଯାଏ। କେତେ ଥର ଭାବିଛି ଥରେ ଯାଇ ପାହାଡ଼ଟା ବୁଲି ଦେଖି ଆସିବି, କିନ୍ତୁ ସମୟ ମିଳି ନାହିଁ। ଶୁଣିଥିଲି ମହାଲିଖାରୂପ ପାହାଡ଼ ଦୁର୍ଗମ ବନାକୀର୍ଣ୍ଣ, ଶଙ୍ଖଚୂଡ଼ ସାପର ନିବାସ, ବଣ କୁକୁଡ଼ା ଦୁଷ୍ପ୍ରାପ୍ୟ ବନ୍ୟ ଚନ୍ଦ୍ରମଲ୍ଲିକା, ବଡ଼ ବଡ଼ କଣ୍ଟା ବୁଦାରେ ଭର୍ତ୍ତି। ପାହାଡ଼ ଉପରେ ପାଣି ନାହିଁ ବୋଲି, ବିଶେଷତଃ ଭୀଷଣ ଶଙ୍ଖଚୂଡ଼ ସାପର ଭୟରେ, ଏ ଅଞ୍ଚଲର କାଠୁରିଆମାନେ ବି ସେଠାକୁ କେବେ ଯାଆନ୍ତି ନାହିଁ।

ଦିକ୍‌ଚକ୍ରବାଲର ଦୀର୍ଘ ନୀଲରେଖା ଭଳି ପରିଦୃଶ୍ୟମାନ ଏହି ପାହାଡ଼ ଓ ବଣ ସକାଲେ, ଦିପହରେ, ସନ୍ଧ୍ୟାରେ ମନ ଭିତରେ କେତେ ସ୍ୱପ୍ନ ଆସେ। ଏକେ ତ ଏ ଆଡ଼ର ସମୁଦାୟ ଅଞ୍ଚଲଟା ଆଜିକାଲି ମୋ ପକ୍ଷରେ ପରୀର ଦେଶ ବୋଲିମନେ ହୁଏ– ଏହାର ଜ୍ୟୋସ୍ନା, ଏହାର ବଣ-ଜଙ୍ଗଲ, ଏହାର ନିର୍ଜନତା, ଏହାର ନୀରବ ରହସ୍ୟ, ଏହାର ସୌନ୍ଦର୍ଯ୍ୟ, ଏହାର ଲୋକବାକ, ପକ୍ଷୀର ଡାକ, ବଣ୍ୟଫୁଲର ଶୋଭା, – ସବୁ ହିଁ ଅଦ୍ଭୁତ ମନେ ହୁଏ, ମନରେ ଏମିତି ଏକ ଗଭୀର ଶାନ୍ତି ଓ ଆନନ୍ଦ ଆସିଦିଏ, ଯାହା ଜୀବନରେ କେବେ କେଉଁଠି ପାଇ ନାହିଁ। ତା ଛଡ଼ା ସବୁଠୁଁ ବେଶୀ ଅଦ୍ଭୁତ ଲାଗେ ସେହି ମହାଲିଖାରୂପ ଶୈଲମାଲା ଓ ମୋହନପୁରା ସଂରକ୍ଷିତ ଜଙ୍ଗଲର ସୀମାରେଖା। କି ରୂପଲୋକ ଯେ ଏମାନେ ଫୁଟାନ୍ତି ଦିପହରରେ, ସନ୍ଧ୍ୟାରେ, ଜ୍ୟୋସ୍ନା ରାତିରେ– କି ଉଦାସ ଚିନ୍ତା ମନ ଭିତରେ ସୃଷ୍ଟି କରନ୍ତି !

ଦିନେ ପାହାଡ଼ ଦେଖିବାକୁ ବାହାରି ପଡ଼ିଲି। ଘୋଡ଼ାରେ ନଅ ମାଇଲ ଯାଇ ଦୁଇ ଦିଗରୁ ଦୁଇ ଶୈଲ ଶ୍ରେଣୀର ମଝି ପଥରେ ଚାଲିଲି। ଦୁଇ ଦିଗର ଶୈଲ ସାନୁ

ବଣରେ ଭରା, ଦୁଇ ଦିଗର ବିଚିତ୍ର ଘନ ବଣ ବୁଦା ଭିତର ଦେଇ ସୁଢ଼ଙ୍ଗ ପଥ ବଙ୍କା ତେଢ଼ା ହୋଇ ଚାଲିଛି, କେତେବେଳେ ଉଞ୍ଚା ତ କେତେବେଳେ ନୀଚା, ମଝିରେ ମଝିରେ ଛୋଟ ଛୋଟ ପାହାଡ଼ୀ ଝରଣା ଉପଳାସ୍ତୃତ ପଥରେ ବହି ଚାଲିଛି। ବନ୍ୟ ଚନ୍ଦ୍ରମଲ୍ଲିକା ଫୁଟିବାର ଦେଖିନାହିଁ, କାରଣ ସେତେବେଳେ ଶରତ୍ କାଳ, ଚନ୍ଦ୍ରମଲ୍ଲିକା ଫୁଟିବାର ସମୟ ବି ନୁହେଁ। କିନ୍ତୁ ବଣର ସର୍ବତ୍ର କି ଅଜସ୍ର ବନ୍ୟ ଗଙ୍ଗାଶିଉଲି ଗଛ, ଫୁଲର ଖାଇବିଛାଡ଼ି ଦେଇଛି ବୃକ୍ଷତଳେ, ଶିଳାଖଣ୍ଡରେ, ଝରଣାର ଉପଲାକୀର୍ଣ୍ଣ ତୀରରେ। ଆହୁରି କେତେ କଣ ବିଚିତ୍ର ବନ୍ୟପୁଷ୍ପ ବର୍ଷା ଶେଷରେ ଫୁଟିଛି, ପୁଷ୍ପିତ ସପ୍ତବର୍ଣ୍ଣର ବଣ, ଅର୍ଜୁନ ଓ ପିଆଳ, ନାନା ଜାତୀୟ ଲତା ଓ ଅର୍କିଡ଼ର ଫୁଲ– ବହୁ ପ୍ରକାର ପୁଷ୍ପର ସୁଗନ୍ଧ ଏକତ୍ର ମିଳିତ ହୋଇ ମହୁମାଛିଙ୍କ ପରି ମଣିଷକୁ ବି ନିଶାରେ ମାତାଲ କରି ପକାଉଛି।

ଏତେ ଦିନ ହେଲା ଏଠାରେ ଅଛି, ମାତ୍ର ଏ ସୌନ୍ଦର୍ଯ୍ୟ ଭୂମି ମୋ ନିକଟରେ ଅଜ୍ଞାତ ଥିଲା। ମହାଲିଖାରୂପର ଜଙ୍ଗଲ ଓ ପାହାଡ଼କୁ ଦୂରରୁ ମୁଁ ଭୟ କରି ଆସିଛି, ବାଘ ଅଛି, ସାପ ଅଛି, ଭାଲୁର ତ ଲେଖାଜୋଖା ନାହିଁ– ଏ ଯାଏ ତ ଗୋଟାଏ ହେଲେ ଭାଲୁ କେଉଁଠି ଦେଖିଲି ନାହିଁ। ଲୋକେ ଯେତେ ବଢ଼ାଇ କରି କହନ୍ତି, ସେତେଟା ନୁହେଁ।

କ୍ରମେ ପଥଚାର ଦୁଇ ଧାରରେ ବଣ ଘନ ହୋଇ ପଥଟାକୁ ଯେମିତି ଦୁଇଦିଗରୁ ଯାକି ଧରିଲା। ବଡ଼ ବଡ଼ ଗଛର ଡାଳପତ୍ର ପଥ ଉପରେ ଚନ୍ଦ୍ରାତାପ ସୃଷ୍ଟି କଲେ। ଘନ–ସନ୍ନିବିଷ୍ଟ କଳା କଳା ଗଛର ଗଣ୍ଠି, ତା ତଳେ କେବଳ ନାନା ଜାତିର ଫାର୍ଣ୍ଣ, କେଉଁଠି ବଡ଼ ଗଛର ଚାରା। ସାମନାକୁ ଚାହିଁ ଦେଖିଲି ପଥଟା ଉପର ଆଡ଼କୁ ଠେଲି ଉଠୁଛି, ବଣ ଆହୁରି କୃଷ୍ଣାୟମାନ, ସାମନାରେ ଗୋଟିଏ ଉଚ୍ଚୁଙ୍ଗା ଶୈଳଚୂଡ଼ା, ତାହାର ଅନାବୃତ ଶିଖର ଦେଶର ଅଙ୍କ ତଳେ ଯେଉଁ ସବୁ ବନ୍ୟ ପାଦପ, ଏତେ ତଳକୁ ସେଗୁଡ଼ିକ ଦିଶୁଛି ଯେମିତି ଛୋଟ ଛୋଟ ସାହାଡ଼ା ଗଛର ବୁଦା। ଏହି ଜାଗାଟିର କି ଅପୂର୍ବ, ଗମ୍ଭୀର ଶୋଭା। ପଥ କାଟି ପାହାଡ଼ ଉପରେ ଅନେକ ଦୂରକୁ ଉଠିଲି, ପୁଣି ପଥଟା ତଳକୁ ଗଡ଼ି ଯାଇଛି, କିଛି ଦୂର ଓହ୍ଲାଇ ଆସି ଗୋଟାଏ ପିଆଳ ଗଛତଳେ ଘୋଡ଼ା ବାନ୍ଧି ଦେଇ ଶିଳାଖଣ୍ଡରେ ବସିଲି,– ଉଦ୍ଦେଶ୍ୟ, ଶ୍ରାନ୍ତ ଅଶ୍ବକୁ କିଛି କ୍ଷଣ ବିଶ୍ରାମର ଅବକାଶ ଦେବା।

ସେହି ଉଚ୍ଚୁଙ୍ଗା ଶୈଳ ଚୂଡ଼ା ହଠାତ୍ କେତେବେଳେ ବାମ ଦିଗକୁ ଚାଲି ଯାଇଛି: ପାର୍ବତ୍ୟ ଅଞ୍ଚଳରେ ଏହିପରି ମଜା କଥା କେତେଥର ଲକ୍ଷ୍ୟ କରିଛି, କେଉଁବାଟେ କେଉଁଟା ବୁଲି ଯାଇ ଅଧ ରସି ପଥର ବ୍ୟବଧାନରେ ଦୁଇଟି ସମ୍ପୂର୍ଣ୍ଣ ଭିନ୍ନ ଦୃଶ୍ୟ ସୃଷ୍ଟି

କରେ । ଏକ୍ଷଣି ଯାହାକୁ ଭାବୁଛି ସିଧା ଉତ୍ତରରେ ଅବସ୍ଥିତ, ଦୁଇ କଦମ୍ ଯାଉ ନ ଯାଉଣୁ ହଠାତ୍ ଦେଖେଁ ସେଟା କେତେବେଳେ ପଶ୍ଚିମକୁ ବୁଲି ପଡ଼ି ଠିଆ ହୋଇଛି ।

କିଛି କ୍ଷଣ ଚୁପ୍ ହୋଇ ବସି ରହିଲି । ନିକଟରେ ବଣ ଭିତରେ କେଉଁଠି ଗୋଟାଏ ଝରଣାର କଳମର୍ମର ସେହି ଶୈଳମାଳା ବେଷ୍ଟିତ ବନାନୀର ଗଭୀର ନିସ୍ତବ୍ଧତାକୁ ଆହୁରି ବଢ଼ାଇ ଦେଇଛି । ମୋର ଚାରିଆଡ଼େ ଉଚ୍ଚନୀଚ ଶୈଳଶୃଙ୍ଗ, ସେମାନଙ୍କ ମୁଣ୍ଡ ଉପରେ ଶରତର ନୀଳ ଆକାଶ । କେତେ କାଳହେଲା ଏହି ବଣ ପାହାଡ଼ ଏମିତି ଏକା ପରି ଅଛି । ସୁଦୂର ଅତୀତର ଆର୍ଯ୍ୟମାନେ ଖାଇବର ଗିରସଂକଟ ପାର ହୋଇ ପ୍ରଥମେ ଯେଉଁ ଦିନ ପଞ୍ଚନଦରେ ପ୍ରବେଶ କରିଥିଲେ, ଏହି ବଣ ସେତେବେଳେ ବି ଏହି ରକମ ଥିଲା । ବୁଦ୍ଧଦେବ ନବ ବିବାହିତା ତରୁଣୀ ସ୍ତ୍ରୀକୁ ଛାଡ଼ିଦେଇ ରାତିରେ ଗୋପନରେ ଗୃହତ୍ୟାଗ କଲେ, ସେହି ଅତୀତ ରାତିରେ ଏହି ଗିରିଚୂଡ଼ା ବି ଗଭୀର ରାତିର ଚନ୍ଦ୍ରାଲୋକରେ ଆଜିକାଲି ପରି ହସୁଥିଲା । ତମସ ତୀରର ପର୍ଣ୍ଣ କୁଟୀରରେ କବି ବାଲ୍ମୀକି ଏକ ମନରେ ରାମାୟଣ ରଚନା କରୁଁ କରୁଁ କେତେବେଳେ ଚମକି ପଡ଼ି ଦେଖିଥିଲେ ସୂର୍ଯ୍ୟ ଅସ୍ତାଚଳଚୂଡ଼ାବଲମ୍ୟୀ, ତାମସାର କୃଷ୍ଣ ଜଳରେ ରକ୍ତମେଘ ସ୍ତୁପର ଛାୟା ପଡ଼ିଲାଣି, ଆଶ୍ରମ ମୃଗ ଆଶ୍ରମକୁ ଫେରିଲାଣି, ସେହି ଦିନ ବି ପଶ୍ଚିମ ଦିଗନ୍ତର ଶେଷ ରଙ୍ଗୀନ ଆଲୋକରେ ମହାଲିଖାରୂପର ଶୈଳଚୂଡ଼ା ଠିକ୍ ଏମିତି ଅନୁରଞ୍ଜିତ ହୋଇଥିଲା, ଆଜି ମୋ ଆଖି ଆଗରେ ଧୀରେ ଧୀରେ ଯେମିତି ହୋଇ ଆସୁଛି । ସେହି କେତେ କାଳ ପୂର୍ବେ ଯେଉଁ ଦିନ ଚନ୍ଦ୍ରଗୁପ୍ତ ପ୍ରଥମେ ସିଂହାସନ ଆରୋହଣ କଲେ, ଗ୍ରୀକ୍-ରାଜ ହେଲିଓଦୋରାସ୍ ଗରୁଡ଼-ଧ୍ୱଜ ସ୍ତମ୍ଭ ନିର୍ମାଣ କଲେ, ରାଜକନ୍ୟା ସଂଯୁକ୍ତା ଯେଉଁ ଦିନ ସ୍ୱୟମ୍ବର-ସଭାରେ ପୃଥ୍ୱୀରାଜଙ୍କ ମୂର୍ତ୍ତିର ଗଳାରେ ମାଳା ଲମ୍ବାଇଦେଲେ; ସାମୁଗଡ଼ ଯୁଦ୍ଧରେ ହାରି ଯାଇ ହତଭାଗ୍ୟ ଦାରା ଯେଉଁ ରାତିରେ ଆଗ୍ରାରୁ ଦିଲ୍ଲୀକୁ ଗୋପନରେ ପଳାଇଗଲେ; ଚୈତନ୍ୟ ଦେବ ଯେଉଁ ଦିନ ଶ୍ରୀବାସର ଘରେ ସଂକୀର୍ତ୍ତନ କଲେ; ଯେଉଁଦିନ ପଳାସୀ ଯୁଦ୍ଧ ହେଲା– ମହାଲିଖରୂପର ଏହି ଶୈଳଚୂଡ଼ା, ଏହି ବନାନୀ ଠିକ୍ ଏମିତି ଥିଲା । ସେତେବେଳେ କେଉଁମାନେ ଏହି ଜଙ୍ଗଲରେ ବାସ କରୁଥିଲେ ? ଜଙ୍ଗଲର ଅନତି ଦୂରରେ ଗୋଟିଏ ଗ୍ରାମରେ ଦେଖି ଆସିଥିଲି କେତୋଟି ମାତ୍ର ଚାଳ ଘର ଅଛି, ମହୁଆ ମଞ୍ଜି କୁଟି ତେଲ ବାହାର କରିବା ପାଇଁ ଦୁଇ ଖଣ୍ଡ କାଠରେ ତିଆରି ଗୋଟାଏ ଢିଙ୍କି ପରି କଣ ଅଛି, ଆଉ ଗୋଟିଏ ବୁଢ଼ୀକୁ ଦେଖିଥିଲି, ତାହାର ବୟସ ଅଶୀ-ନବେ ହେବ, ଝୋଟ ପରି ପାଚିଲା ବାଳ, ଦେହରେ ଧୂଳି ଉଡୁଛି, ଖରାରେ ବସି ବୋଧହୁଏ ମୁଣ୍ଡରୁ ଉକୁଣି ମାରୁଥିଲା– ଭାରତଚନ୍ଦ୍ରଙ୍କ ଜରତି-ବେଶ-ଧାରିଣୀ ଅନ୍ନପୂର୍ଣ୍ଣାଙ୍କ ପରି । ଏଠାରେ ବସି

ସେହି ବୁଢ଼ୀଟିର କଥା ମନେପଡ଼ିଲା- ଏ ଅଞ୍ଚଳର ବନ୍ୟ ସଭ୍ୟତାର ପ୍ରତୀକ ସହ ପ୍ରାଚୀନ ବୃଦ୍ଧା- ତାହାର ପୂର୍ବପୁରୁଷମାନେ ଏହି ବଣ-ଜଙ୍ଗଲରେ ବହୁ ସହସ୍ର ବର୍ଷ ହେଲା ବାସ କରି ଆସୁଛନ୍ତି। ଯୀଶୁଖ୍ରୀଷ୍ଟ ଯେଉଁ ଦିନ କ୍ରୁଶବିଦ୍ଧ ହୋଇଥିଲେ ସେ ଦିନ ବି ସେମାନେ ମହୁଆ ମଞ୍ଜି କୁଟି ଯେପରି ଭାବରେ ତେଲ ବାହାର କରୁଥିଲେ, ଆଜି ସକାଳେ ବି ସେହିପରି ଭାବରେ ତେଲ ବାହାର କରୁଥିଲେ, ଆଜି ସକାଳେ ବି ସେହିପରି କରୁଛନ୍ତି। ଅତୀତର ଘନ କୁଜ୍ଝଟିକାରେ ହଜାର ହଜାର ବର୍ଷ ନିର୍ବନ୍ଧ ହୋଇଯାଇଛି, ତଥାପି ସେମାନେ ଆଜି ବି ସାତନଳି ଓ ଅଠାକାଠିରେ ସେହିପରି ପକ୍ଷୀ ଶିକାର କରୁଛନ୍ତି- ଭଗବାନଙ୍କ ସମ୍ବନ୍ଧରେ, ଜଗତ୍ ସମ୍ବନ୍ଧରେ ସେମାନଙ୍କର ଚିନ୍ତାଧାରା ବିନ୍ଦୁ ମାତ୍ର ଅଗ୍ରସର ହୋଇନାହିଁ। ସେହି ବୁଢ଼ୀଟିର ଦୈନନ୍ଦିନ ଚିନ୍ତାଧାରା କ'ଣ, ଜାଣିବା ପାଇଁ ମୁଁ ମୋର ଏକ ବର୍ଷର ଉପାର୍ଜନ ଦେବାକୁ ପ୍ରସ୍ତୁତ ଅଛି।

କାରଣ କଣ ଜାଣେ ନା, ଗୋଟିଏ ଗୋଟିଏ ଜାତି ଭିତରେ ସଭ୍ୟତାର କି ବୀଜ ଲୁକ୍କାୟିତ ଥାଏ, ଯେତେଦିନ ଯାଉଥାଏ, ସେମାନେ ସେତେ ଉନ୍ନତି କରୁଥାଆନ୍ତି- ପୁଣି ଅନ୍ୟ ଜାତି ହଜାରେ ବର୍ଷ ହେଲା ସେହି ଏକ ସ୍ଥାନରେ କାହିଁକି ସ୍ଥାଣୁବତ୍ ନିଷ୍ଫଳ ହୋଇ ରହିଥାଏ? ବର୍ବର ଆର୍ଯ୍ୟ ଜାତି ଚାରି-ପାଞ୍ଚ ହଜାର ବର୍ଷ ଭିତରେ ବେଦ, ଉପନିଷଦ, ପୁରାଣ, କାବ୍ୟ, ଜ୍ୟୋତିର୍ବିଦ୍ୟା, ଜ୍ୟାମିତି, ଚରକ- ସୁଶ୍ରୁତ ଲେଖିଲା, ଦେଶ ଜୟ କଲା, ସାମ୍ରାଜ୍ୟ ସ୍ଥାପନ କଲା, ଭେନାସ ଦ୍ୟ ମିଲୋର ମୂର୍ତ୍ତି, ପାର୍ଥେନନ, ତାଜମହଲ, କୋଲୋଁ କ୍ୟାଥିଡ୍ରାଲ ଗଢ଼ିଲା, ଦରବାରୀ କାନାଡ଼ା ଓ ଫିଫ୍ଥ ସିମ୍ଫୋନି ସୃଷ୍ଟି କଲା, - ଏରୋପ୍ଲେନ, ଜାଜାଜ, ରେଲଗାଡ଼ି, ବେତାର, ବିଦ୍ୟୁତ୍ ଆବିଷ୍କାର କଲା- ଅଥଚ ପାପୁୟା, ନିଉଗିନି, ଅଷ୍ଟ୍ରେଲିୟାର ଆଦିମ ଅଧିବାସୀମାନେ, ଆମ ଦେଶର ସେହି ମୁଣ୍ଡା କୋଲ, ନାଗା, କୁକିମାନେ ଏହି ପାଞ୍ଚ ହଜାର ବର୍ଷ ହେଲା ଯେଉଁଠି ଥିଲେ କାହିଁକି ସେଠାରେ ପଡ଼ି ରହିଛନ୍ତି?

ଅତୀତର କେଉଁ ଏକ ଦିନରେ, ଏହି ଯେଉଁଠି ମୁଁ ଆଜି ବସିଛି, ଏଠାରେ ଥିଲା ମହା ସମୁଦ୍ର-ସେହି ପ୍ରାଚୀନ ମହା ସମୁଦ୍ରର ଢେଉ ଆସି କ୍ୟାମ୍ବ୍ରିୟାନ ଯୁଗର ଏହି ବାଲୁକାମୟ ତୀରରେ ପିଟି ହେଉଥିଲା- ଏକ୍ଷଣି ଯାହା ବିରାଟ ପର୍ବତରେ ପରିଣତ ହୋଇଛି। ଏହି ଘନ ଅରଣ୍ୟାନୀ ମଧ୍ୟରେ ବସି ଅତୀତ ଯୁଗର ସେହି ନୀଳ ସମୁଦ୍ରର ସ୍ୱପ୍ନ ଦେଖିଲି।

ପୁରା ଯତଃ ସ୍ରୋତଃ ପୁଲିନମଧୁନା ତତ୍ର ସରିତମ

ଏହି ବାଲୁକା-ପ୍ରସ୍ତରର ଶୈଲଚୂଡ଼ାରେ ସେହି ବିସ୍ତୃତ ଅତୀତର ମହାସମୁଦ୍ର ବିକ୍ଷୁବ୍ଧ ଊର୍ମିମାଳାର ଚିହ୍ନ ରଖି ଯାଇଛି- ଅତି ସ୍ପଷ୍ଟ ସେହି ଚିହ୍ନ- ତାହା ଭୂତତ୍ତ୍ୱବିଦଙ୍କ

ଆଖିରେ ଧରା ପଡ଼େ। ସେତେବେଳେ ମଣିଷ ନଥିଲା, ଏ ଧରଣର ଗଛପତ୍ର ବି ନଥିଲା। ଯେଉଁ ଧରଣର ଜୀବଜନ୍ତୁ ଗଛପତ୍ର ଥିଲେ, ପଥରର ବକ୍ଷରେ ସେମାନେ ସେମାନଙ୍କର ଚିହ୍ନ ରଖି ଦେଇ ଯାଇଛନ୍ତି, ଯେ କୌଣସି ଯାଦୁଘରକୁ ଗଲେ ତାର ପରିଚୟ ମିଳିବ।

ମହାଲିଖାରୂପ ପାହାଡ଼ର ମୁଣ୍ଡ ଉପରେ ଅପରହ୍ନର ରୌଦ୍ର ରଙ୍ଗୀନ ହୋଇ ଆସୁଛି। ଶେଫାଲି ବଣର ଗନ୍ଧଭରା ସୀମାକରଣରେ ହେମନ୍ତର ହିମର ଈଷତ୍ ଆମୋଦ, ଆଉ ଏଠାରେ ବିଳମ୍ବ କରିବା ଉଚିତ ହେବ ନାହିଁ।

ସମ୍ମୁଖରେ କୃଷ୍ଣା ଏକାଦଶୀର ଅନ୍ଧକାର ରାତ୍ରି। ବଣ ଭିତରେ କେଉଁଠି ପଞ୍ଚାଏ ବିଲୁଆ ଡାକିଲେ। ଭାଲୁ କି ବାଘ ଯେମିତି ବାଟ ନ ଅଟକାଉ।

ଫେରିବା ବେଳେ ଦିନେ ବାଟରେ ବନାନ୍ତ-ସ୍ଥଳୀରେ ଶିଳାଖଣ୍ଡ ଉପରେ ପ୍ରଥମେ ବନ୍ୟ ମୟୂର ଦେଖିଲି। ଯୋଡ଼ିଏ ଥିଲେ, ମୋର ଘୋଡ଼ା ଦେଖି ଭୟରେ ମୟୂରଟା ଉଡ଼ିଗଲା, କିନ୍ତୁ ତାହାର ସଙ୍ଗିନୀ ହଲଚଲ ହେଲା ନାହିଁ। ସେତେବେଳେ ବାଘ ଭୟରେ ମୋର ତାହା ଦେଖିବାର ଅବକାଶ ନଥିଲା। ତଥାପି ତା ସାମନାରେ ଥରେ ଅଟକି ଯାଇ ଠିଆ ହେଲି। ବଣ ମୟୂର କେବେ ଦେଖି ନଥିଲି। ଲୋକେ କହନ୍ତି ଏ ଅଞ୍ଚଳରେ ମୟୂର ଅଛନ୍ତି, ମୁଁ ବିଶ୍ୱାସ କରୁନଥିଲି। କିନ୍ତୁ ବେଶୀ ବେଳ ବିଳମ୍ବ କରିବାକୁ ମୋର ହେମତ କୁଲାଇଲା ନାହିଁ, କେଜାଣି, ମହାଲିଖାରୂପର ବାଘ ଜନରବଟା ଯଦି ଏହିପରି ସତ ହୋଇଯାଏ!

ସପ୍ତମ ପରିଚ୍ଛେଦ

୧

ନିଜ ଦେଶ ପାଇଁ ମନ ଗୁଡ଼ାଇ ହେବା ଏକ ଅତି ଚମତ୍କାର ଅନୁଭୂତି। ଯେଉଁମାନେ ଚିରକାଲ ଗୋଟିଏ ଜାଗାରେ କଟାନ୍ତି, ସ୍ୱଗ୍ରାମ ବା ନିକଟବର୍ତ୍ତୀ ସ୍ଥାନ ଛାଡ଼ି କୁଆଡ଼େ ଯାଆନ୍ତି ନାହିଁ– ସେମାନେ ଏହାର ବୈଚିତ୍ର୍ୟ ଜାଣନ୍ତି ନାହିଁ। ସୁଦୂର ପ୍ରବାସରେ ଆମ୍ୀୟ-ସ୍ୱଜନହୀନ ସ୍ଥାନରେ ଯେ ଦୀର୍ଘଦିନ ବାସ କରିଛି, ସେ ଜାଣେ ନିଜ ଦେଶ ପାଇଁ, ସ୍ୱଜାତିଙ୍କ ପାଇଁ, ନିଜ ଗ୍ରାମ ପାଇଁ, ସ୍ୱଦେଶରେ ପ୍ରିୟ ଆମ୍ୀୟ ସ୍ୱଜନଙ୍କ ପାଇଁ ତାହାର ମନ କିପରି ଉଛାଟ ହୁଏ, ଅତି ତୁଚ୍ଛ ପୁରାତନ ଘଟଣା ବି ସେତେବେଲେ ଅପୂର୍ବ ବୋଲି ମନେ ହୁଏ– ମନେହୁଏ ଯାହା ହୋଇଯାଇଛି, ଜୀବନରେ ଆଉ ତାହା ହେବାର ନୁହେଁ– ପୃଥିବୀ ଉଦାସ ହୋଇଯାଏ, ସ୍ୱଦେଶରେ ପ୍ରତ୍ୟେକ ଜିନିଷ ଅତୀବ ପ୍ରିୟ ହୋଇପଡ଼େ।

ଏଠାରେ ବର୍ଷ ପରେ ବର୍ଷ କଟାଇ ମୋର ବି ଠିକ୍ ସେହି ଅବସ୍ଥା ଘଟିଛି। କେତେ ଥର ସଦର ଅଫିସକୁ ଛୁଟି ଲାଗି ଚିଠି ଲେଖିବି ବୋଲି ଭାବିଛି, କିନ୍ତୁ ସବୁବେଲେ ହାତରେ ଏତେ ବେଶୀ କାମ ଥାଏ ଯେ, ଛୁଟି ମାଗିବାକୁ ସଙ୍କୋଚ ଲାଗେ। ଅଥଚ ଏହି ଜନଶୂନ୍ୟ ପାହାଡ଼-ଜଙ୍ଗଲରେ, ବାଘ, ଭାଲୁ, ନୀଲଗାଈର ଦେଶରେ ମାସ ପରେ ମାସ, ବର୍ଷ ପରେ ବର୍ଷ ଏକା ବିତାଇବା ଯେ କି କଷ୍ଟ ! ସମୟ ସମୟରେ ମନ ଉଛାଟ ହୁଏ, ବଙ୍ଗ ଦେଶ ଭୁଲି ଯାଇଛି, କେତେ କାଲ ହେଲା ଦୁର୍ଗା ପୂଜା ଦେଖି ନାହିଁ, ବଡ଼ ବାଜାର ବାଦ୍ୟ-ଶଦ ଶୁଣି ନାହିଁ, ଦେବାଲୟର ଧୂପଧୂନାର ସୌରଭ ଲାଭ କରି ନାହିଁ, ବୈଶାଖୀ ପ୍ରଭାତରେ ପକ୍ଷୀର କଲକୂଜନ ଉପଭୋଗ କରି ନାହିଁ– ବଙ୍ଗୀୟ ଗୃହସ୍ତର ଯେଉଁ ଶାନ୍ତ ପୂତ ଘରକରଣା, ଟୁଲ ଉପରେ ପିତଲ-କଂସାର

ବାସନକୁସନ, ପିଣ୍ଡିରେ ଚିତା-ମୁରୁଜ, ଠାକୁରେ ଲକ୍ଷ୍ମୀ-କଉଡ଼ି-ମାଣ – ସେସବୁ ଯେମିତି ବିସ୍ତୃତ ଅତୀତର ଏକ ଜୀବନ୍ତ ସ୍ୱପ୍ନ!

ଶୀତ ଯାଇ ଯେତେବେଳେ ବସନ୍ତ ଆସିଲା, ସେତେବେଳେ ମୋର ଏହି ଭାବନା ଅତି ବେଶୀ ବଢ଼ିଗଲା।

ସେହି ଅବସ୍ଥାରେ ଘୋଡ଼ାରେ ଚଢ଼ି ସରସ୍ୱତୀ କୁଣ୍ଡୀର ସେପଟକୁ ବୁଲିବାକୁ ଗଲି। ଗୋଟିଏ ନୀଚା ଉପତ୍ୟକାରେ ଘୋଡ଼ାରୁ ଓହ୍ଲାଇ ନୀରବରେ ଠିଆ ହେଲି। ମୋର ଚାରି ଦିଗରେ ଉଚ୍ଚ ମାଟିର ପାହାଡ଼, ତା ଉପରେ ସୁଦୀର୍ଘ କାଶ ଓ ବଣ– ଝାଉଁର ଘନ ଜଙ୍ଗଲ। ଠିକ୍ ମୋର ମୁଣ୍ଡ ଉପରେ ଈଷତ୍ ନୀଳ ଆକାଶ। ଗୋଟିଏ କଣ୍ଢା ଗଛରେ ବାଇଗଣି ରଙ୍ଗର ପେଣ୍ଟା ପେଣ୍ଟା ଫୁଲ ଫୁଟିଛି, ବିଲାତି କର୍ଣ୍ଣଫ୍ଲ୍ୟାଓ୍ୱର ଫୁଲ ପରି ଦେଖିବାକୁ। ଗୋଟିଏ ଫୁଲର ବିଶେଷ କୌଣସି ଶୋଭା ନାହିଁ, ଅଜସ୍ର ଫୁଲ ଏକତ୍ର ହୋଇ ଅନେକ ଜାଗା ମାଡ଼ି ବସି ଠିକ୍ ଖଣ୍ଡିଏ ବାଇଗଣି ରଙ୍ଗର ଶାଢ଼ୀ ପରି ଦିଶୁଛି। ବର୍ଣ୍ଣହୀନ, ବୈଚିତ୍ର୍ୟହୀନ, ଅର୍ଦ୍ଧଶୁଷ୍କ କାଶ-ଜଙ୍ଗଲ ତଳେ ଏମାନେ କିଛି ସ୍ଥାନରେ ବସନ୍ତୋସ୍ସବରେ ମାତିଛନ୍ତି– ଏମାନଙ୍କ ଉପରେ ପ୍ରବୀଣ ବିରାଟ ବଣ– ଝାଉଁର ସ୍ତବ୍ଧ ରୁକ୍ଷ ଅରଣ୍ୟ ଏମାନଙ୍କର ପିଲାଳିଆ ଭାବକୁ ନିତାନ୍ତ ଅବଜ୍ଞା ଓ ଉପକ୍ଷୋପୂର୍ଣ୍ଣ ଚକ୍ଷୁରେ ଦେଖି ଅନ୍ୟ ଦିଗକୁ ମୁହଁ ଫେରାଇ ପ୍ରବୀଣତାର ଧୈର୍ଯ୍ୟରେ ତାହା ସହ୍ୟ କରୁଛି। ସେହି ବାଇଗଣି ରଙ୍ଗର ଜଙ୍ଗଲୀ ଫୁଲଗୁଡ଼ିକ ମୋ କାନରେ ବସନ୍ତର ବାଣୀ ଶୁଣାଇ ଦେଲା। ବାତାପି ଲେମ୍ବୁର ଫୁଲ ନୁହେଁ, ଗେଣ୍ଡୁ ଫୁଲ ନୁହେଁ, ଆମ୍ବ ବଉଳ ନୁହେଁ, କାମିନୀ ଫୁଲ ନୁହେଁ, ରକ୍ତ ପଳାଶ ବା ଶିମୁଳୀ ଫୁଲ ନୁହେଁ, କଣ ଗୋଟାଏ ନାମ ଗୋତ୍ର ହୀନ ରୂପହୀନ ନଗଣ୍ୟ ଜଙ୍ଗଲୀ କଣ୍ଢାଗଛର ଫୁଲ। କିନ୍ତୁ ମୋତେ ତାହା କାନନ ଭରା ବନଭରା ବସନ୍ତର କୁସୁମ ରାଜିର ପ୍ରତୀକ ବୋଲି ଜଣାଗଲା। ସେଠାରେ ଏକ ମନରେ କେତେକ୍ଷଣ ଠିଆ ହୋଇ ରହିଲି। ବଙ୍ଗ ଦେଶର ସନ୍ତାନ ମୁଁ, କେତେ ଗୁଡ଼ିଏ ଜଙ୍ଗଲୀ କଣ୍ଢାଫୁଲ ଯେ ଚାଙ୍ଗୁଡ଼ି ସଜାଇ ବସନ୍ତର ମାନ ରଖୁଛି ଏ ଦୃଶ୍ୟ ମୋ ନିକଟରେ ନୂତନ। କିନ୍ତୁ କି ଗମ୍ଭୀର ଶୋଭା ଉଚ୍ଚଭୂମିର ଉପରିସ୍ଥ ଅରଣ୍ୟର! କି ଧୀର ସ୍ତିମିତ, ଉଦାସୀନ, ବିଳାସହୀନ, ସନ୍ୟାସୀ ପରି ରୁକ୍ଷ ବେଶ ତାର, ଅଥଚ କି ବିରାଟ! ସେହି ଅର୍ଦ୍ଧ ଶୁଷ୍କ, ପୁଷ୍ପପତ୍ରହୀନ ବଣର ନିସ୍ପୃହ ଆତ୍ମା ସହିତ ଏବଂ ନିମ୍ନସ୍ଥ ଏକ ବନ୍ୟବର୍ବର, ତରୁଣମାନଙ୍କର ବସନ୍ତୋସ୍ସବର ସକଲ ନିରାଡ଼ମ୍ବର ପ୍ରଚେଷ୍ଟାର ଉଚ୍ଛ୍ୱସିତ ଆନନ୍ଦ ସହିତ ମୋର ମନ ଏକ ହୋଇଗଲା।

ମୋ ଜୀବନରେ ତାହା ଏକ ପରମ ବିଚିତ୍ର ମୁହୂର୍ତ। କେତେ କ୍ଷଣ ଯାଏ ଠିଆହୋଇ ରହିଲି, ମୋ ମୁଣ୍ଡ ଉପରେ ସେହି ନୀଳ ଆକାଶର କୋଣରେ ଗୋଟିଏ

ଦୁଇଟି ନକ୍ଷତ୍ର ଉଠିଲେ, ଏହି ସମୟରେ ଘୋଡ଼ାର ପାଦ ଶବ୍ଦରେ ଚମକି ପଡ଼ି ଦେଖେଁ ତ, ଅମୀନ ପୂରଣଚାନ୍ଦ ନାଡ଼ା ବ୍ୟବହାରର ପଶ୍ଚିମ ସୀମାରେ ଜରିବ କାମ ସାରି କଚେରୀକୁ ଫେରୁଛି। ମୋତେ ଦେଖି ଘୋଡ଼ାରୁ ଓହ୍ଲାଇପଡ଼ି କହିଲା– ହଜୁର ଯେ ଏଠାରେ ? ମୁଁ ତାକୁ କହିଲି, ବୁଲିବାକୁ ଆସିଛି।

ସେ କହିଲା– ସନ୍ଧ୍ୟାବେଳେ ଏକା ଏଠାରେ ରହିବା ଉଚିତ ନୁହେଁ, ଚାଲନ୍ତୁ କଚେରୀକୁ। ଜାଗାଟା ଭଲ ନୁହେଁ, ମୋର ଟିଣ୍ଟେଲ ସ୍ୱଚକ୍ଷୁରେ ଦେଖିଛି, ହଜୁର। ଖୁବ୍ ବଡ଼ ବାଘ, ସେ ପାଖରେ ସେହି କାଶ-ଜଙ୍ଗଲରେ, ଆସନ୍ତୁ, ହଜୁର।

ପଛରେ ଅନେକ ଦୂରରେ ପୂରଣଚାନ୍ଦର ଟିଣ୍ଟେଲ ଗୀତ ବୋଲୁଛି:-

ଦୟା ହୋଇ ଜୀ–

ସେହି ଦିନରୁ ସେହି କଣ୍ଟା ଫୁଲ ଦେଖିଲେ ମୋର ମନ ବଙ୍ଗ ଦେଶ ପାଇଁ ହାହାକାର କରେ। ଆଉ ପୂରଣଚାନ୍ଦର ଟିଣ୍ଟେଲ ଛତ୍ତୁଲାଲ ନିତି ସନ୍ଧ୍ୟାରେ ନିଜ ଘରେ ରୋଟି ସେକିଲା ବେଳେ ଠିକ୍ ସେହି ଗୀତଟି ଗାଏ–

ଦୟା ହୋଇ ଜୀ–

ଭାବିଲି, ଆସନ୍ନ ଫାଲ୍‌ଗୁନ ସମୟରେ ଆମ୍ବ-ବଉଳର ଗନ୍ଧଭରା ଛାୟାରେ ଶିମୁଲି-ଫୁଲ-ଶୋଭିତ ନଦୀ-ଚରର ଏପଟରେ ଠିଆହୋଇ କୋକିଲର କୃଜନ ଶୁଣିବାର ସୁଯୋଗ ଏ ଜୀବନରେ ବୋଧହୁଏ ଆଉ କେବେ ମିଳିବ ନାହିଁ। ଏହି ବଣ ଭିତରେ ଅତର୍କିତରେ ବାଘ ଓ ବଣ ମଇଷିଙ୍କ ହାତରେ କେଉଁ ଦିନ ପ୍ରାଣ ହରାଇବାକୁ ପଡ଼ିବ।

ବଣ-ଝାଉଁର ଜଙ୍ଗଲ ସେମିତି ସ୍ଥିର ଭାବରେ ଠିଆ ହୋଇଥାଏ, ଦୂର ବନଲୀନ ଦିଗ୍‌ବଲୟ ସେମିତି ଧୂସର ଓ ଉଦାସୀନ ଦିଶୁଥାଏ।

ଏପରି ଅଞ୍ଚଳ ପାଇଁ ମନ କେମିତି ହେଉଥିବ। ଦିନରେ ରାସବିହାରୀ ସିଂର ଘରୁ ହୋରିର ନିମନ୍ତ୍ରଣ ପାଇଲି। ରାସବିହାରୀ ସିଂ ଏ ଅଞ୍ଚଳରେ ଜଣେ ଦୁର୍ଦ୍ଧାନ୍ତ ମହାଜନ, ଜାତିରେ ରାଜପୁତ, କାରୋ ନଦୀର ତୀରବର୍ତ୍ତୀ ସରକାରୀ ଖାସମାହାଲର ପ୍ରଜା। ତାହାର ଗ୍ରାମ କଚେରୀ ଠାରୁ ବାର-ଚଉଦ ମାଇଲ ଉଭର-ପୂର୍ବ କୋଣରେ, ମୋହନପୁରା ସଂରକ୍ଷିତ ଜଙ୍ଗଲ ପାଖରେ।

ଏଶେ ନିମନ୍ତ୍ରଣ ରକ୍ଷା ନ କଲେ ଭଲ ଦିଶିବ ନାହିଁ, କିନ୍ତୁ ରାସବିହାରୀ ସିଂର ଘରକୁ ଯିବା ମୋର ଆଦୌ ମନ ଟେକୁ ନଥିଲା। ଏ ଅଞ୍ଚଳରେ ଯେତେ ସବୁ ଗରିବ ଗାଙ୍ଗୋତା ଜାତୀୟ ପ୍ରଜା ଅଛନ୍ତି, ସମସ୍ତଙ୍କର ସେ ହେଲା ମହାଜନ। ଗରିବଙ୍କୁ ମାରି ସେମାନଙ୍କ ରକ୍ତ ଶୋଷି ସେ ନିଜେ ବଡ଼ ଲୋକ ହୋଇଛି। ତାହାର କଡ଼ା ଶାସନ ଓ

ଅତ୍ୟାଚାରରେ କାହାରି ଉଁ କି ଚୁଁ ହେବାର ଜୁ ନାହିଁ। ବେତନ ବା ଜମିଭୋଗୀ ଲାଠିଆଲ ପାଇକ ଦଲ ଲାଠି ହାତରେ ସର୍ବଦା ବୁଲୁଛନ୍ତି, ଧରି ଆଣିବାକୁ କହିଲେ ସେମାନେ ବାନ୍ଧି ଆଣି ହାଜର କରିବେ। ଯଦି କୌଣସି କାରଣରୁ ରାସବିହାରୀର ମନେହେଲା ଯେ ଅମୁକ ବିଷୟରେ ଅମୁକ ଲୋକ ତାହାକୁ ଯଥେଷ୍ଟ ମର୍ଯ୍ୟାଦା ଦେଇ ନାହିଁ ବା ତାହାର ପ୍ରାପ୍ୟ ସମ୍ମାନ କ୍ଷୁର୍ଣ୍ଣ କରିଛି, ତାହାହେଲେ ସେ ହତଭାଗ୍ୟର ଆଉ ରକ୍ଷା ନାହିଁ। ରାସବିହାରୀ ସିଂ ଛଲେ-ବଲେ-କୌଶଲେ ତାହାକୁ ଜବତ୍ କରି ଉଚିତ୍ ଶିକ୍ଷା ନ ଦେଇ ଛାଡ଼ିବ ନାହିଁ।

ମୁଁ ଆସି ଦେଖେଁ ତ ରାସବିହାରୀ ଏ ମୁଲକର ରାଜା। ତାହାର କଥାରେ ଗରିବ ଗୃହସ୍ଥ ପ୍ରଜାମାନେ ଥରହର ହେଉଛନ୍ତି, ଅପେକ୍ଷାକୃତ ଅବସ୍ଥାପନ୍ନ ଲୋକ ବି କିଛି କହିବାକୁ ସାହସ କରୁନାହିଁ, କାରଣ ରାସବିହାରୀ ଲାଠିଆଲ ଦଲ ବିଶେଷ ଦୁର୍ଦ୍ଦାନ୍ତ, ମାରପିଟ ଦଙ୍ଗା ହେଙ୍ଗାମାରେ ସେମାନେ ବିଶେଷ ପଟୁ। ପୋଲିସ୍ ବି କୁଆଡ଼େ ରାସବିହାରୀର ହାତରେ ଅଛି। ଖାସମାହାଲର ସର୍କଲ ଅଫିସର ବା ମ୍ୟାନେଜର ଆସି ରାସବିହାରି ସିଂର ଘରେ ଆତିଥ୍ୟ ଗ୍ରହଣ କରନ୍ତି। ଏପରି ଅବସ୍ଥାରେ ଯେ ବା ଏ ଜଙ୍ଗଲ ମୁଲକରେ କାହାକୁ କାହିଁକି ଗ୍ରାହ୍ୟ କରିବ !

ମୋ ପ୍ରଜାଙ୍କ ଉପରେ ରାସବିହାରୀ ସିଂ ପ୍ରଭୁତ୍ଵ ବିସ୍ତାର କରିବାକୁ ଚେଷ୍ଟା କରେ- ସେଥିରେ ମୁଁ ବାଧା ଦିଏଁ। ମୁଁ ତାକୁ ସ୍ୱଷ୍ଟ ଜଣାଇ ଦିଏଁ, ତୁମ ନିଜ ଇଲାକା ଭିତରେ ଯାହା ଇଚ୍ଛା ତାହା କର, କିନ୍ତୁ ମୋ ମାହାଲର କୌଣସି ପ୍ରଜାର କେଶାଗ୍ର ସ୍ପର୍ଶ କଲେ ମୁଁ ତାହା ସହ୍ୟ କରିବି ନାହିଁ। ଗତ ବର୍ଷ ଏହି କଥା ନେଇ ରାସବିହାରୀ ସିଂର ଲାଠିଆଲ ଦଲ ସାଙ୍ଗରେ ମୋ କଚେରୀର ମୁକୁନ୍ଦ ଚକଲାଦାର ଓ ଗଣପତ୍ ତହସିଲଦାରର ସିପାହୀଙ୍କର ଗୋଟାଏ ଛୋଟ ଧରଣର ମାଡ଼ଗୋଲ ହୋଇଗଲା। ଗତ ଶ୍ରାବଣ ମାସରେ ବି ପୁଣି ଗୋଟାଏ ଗୋଲମାଲ ହେଲା। ସେଥିରେ ଘଟଣା ପୋଲିସ୍ ଯାଏ ଗଲା। ପୋଲିସ୍ ଦାରୋଗା ଆସି ସେଟା ମେଣ୍ଟାଇ ଦେଲେ। ତାପରେ କେତେ ମାସ ଯାଏ ରାସବିହାରୀ ସିଂ ମୋ ମାହାଲର ପ୍ରଜାଙ୍କୁ କିଛି କହିଲା ନାହିଁ।

ସେହି ରାସବିହାରିଂ ସିଂ ଠାରୁ ହୋରିର ନିମନ୍ତ୍ରଣ ପାଇ ବିସ୍ମିତ ହେଲି। ଗଣପତ୍ ତହସିଲଦାରକୁ ଡାକି ପରାମର୍ଶ କରିବାକୁ ବସିଲି। ଗଣପତ୍ କହିଲା-କେଜାଣି ହଜୁର, ସେ ଲୋକଟାକୁ ବିଶ୍ୱାସ ନାହିଁ। ସେ ସବୁ କରିପାରେ। କେଉଁ ମତଲବରେ ସେ ଆପଣଙ୍କୁ ଡକାଇଛି କିଏ ଜାଣେ ? ମୋ ମତରେ ନ ଯିବା ହିଁ ଭଲ।

କିନ୍ତୁ ଏ ମତ ମୋ ମନକୁ ପାଇଲା ନାହିଁ। ହୋରିର ନିମନ୍ତ୍ରଣରେ ନ ଗଲେ ରାସବିହାରୀ ଅତ୍ୟନ୍ତ ଅପମାନ ବୋଧ କରିବ। କାରଣ ହୋରି ଉତ୍ସବ ରାଜପୁତମାନଙ୍କର

ଏକ ପ୍ରଧାନ ଉତ୍ସବ। ଏ ହୁଏତ ଭାବିପାରେ ଯେ, ମୁଁ ଭୟରେ ସେଠାକୁ ଗଲି ନାହିଁ। ଯଦି ସେ ତାହା ଭାବେ, ମୋ ପକ୍ଷରେ ତାହା ଘୋର ଅପମାନର ବିଷୟ ହେବ। ନା କପାଳରେ ଯାହା ଥାଉ, ଯିବାକୁ ହିଁ ହେବ।

କଚେରୀର ପ୍ରାୟ ସମସ୍ତେ ମୋତେ ନାନା ଭାବରେ ବୁଝାଇଲେ। ବୃଦ୍ଧ ମୁନେଶ୍ୱର ସିଂ କହିଲା- ହଜୁର, ଯାଉଛନ୍ତି ସତ, କିନ୍ତୁ ଆପଣଙ୍କୁ ଏ ସବୁ ମୁଲକର ଗତିବିଧ ମାଲୁମ ନାହିଁ। ଏଠାରେ ହଟିବାକୁ କହିଲେ ଖୁନ୍ କରି ପକାନ୍ତି। ଗାଉଁଲି ଲୋକଙ୍କ ମୁଲକ, ଲେଖା-ପଢ଼ା ଜାଣିବା ଲୋକ ତ ନାହାନ୍ତି। ତା ଛଡ଼ା ରାସବିହାରୀ ଅତି ଭୟାନକ ମଣିଷ। ଜୀବନରେ କେତେ ଯେ ଖୁନ୍ କରିଛି, ତାର କଣ କିଛି ଲେଖାଯୋଖା ଅଛି, ହଜୁର ? ତାହାର ଅସାଧ୍ୟ କାମ କିଛି ନାହିଁ- ଖୁନ୍, ଘର-ପୋଡ଼ି, ମିଛ ମକଦମା, ସେ ସବୁଥିରେ ଓସ୍ତାଦ୍।

ସେସବୁ କଥା କାନକୁ ନନେଇ ଖାସମାହାଲରେ ରାସବିହାରୀ ଘରେ ଯାଇ ପହଞ୍ଚିଲି। ଇଟା କାନ୍ଥବାଲା ଖପରଲି ଘର, ଯେମିତି ଏ ଅଞ୍ଚଳରେ ଅବସ୍ଥାପନ୍ନ ଲୋକର ଘର ହୋଇଥାଏ। ଘର ସାମନାରେ ବାରଦା, ସେଥିରେ ଆଲକାତରା-ମରା କାଠ ଖୁଣ୍ଟ ଓ ଦୁଇଖଣ୍ଡି ଦଉଡ଼ିଆ ଖଟିଆ। ସେଥିରେ ଦୁଇଜଣ ଲୋକ ବସି ହୁକା ଟାଣୁଛନ୍ତି।

ମୋର ଘୋଡ଼ା ଅଗଣା ମଝିରେ ଯାଇ ଠିଆ ହେବା ମାତ୍ରେ କେଉଁଠି ଗୁଡୁମ୍ ଗୁଡୁମ୍ ହୋଇ ଦୁଇଟି ବନ୍ଦୁକର ଆବାଜ ହେଲା। ରାସବିହାରୀ ସିଂର ଲୋକ ମୋତେ ଚିହ୍ନନ୍ତି, ସେମାନେ ସ୍ଥାନୀୟ ରୀତି ଅନୁସାରେ ବନ୍ଦୁକର ଆବାଜ ଦ୍ୱାରା ମୋତେ ଅଭ୍ୟର୍ଥନା ଜଣାଇଲେ, ମୁଁ ଏହା ବୁଝିଲି। କିନ୍ତୁ ଗୃହସ୍ୱାମୀ କେଉଁଠି ? ଗୃହସ୍ୱାମୀ ନ ଆସି ଠିଆ ହେଲେ ଘୋଡ଼ାରୁ ଓହ୍ଲାଇବାର ପ୍ରଥା ନାହିଁ।

ଟିକିଏ ପରେ ରାସବିହାରୀ ସିଂର ବଡ଼ ଭାଇ ରାସଉଲ୍ଲାସ ସିଂ ଆସି ବିନୀତ ସ୍ୱରରେ ଦୁଇ ହାତ ଯୋଡ଼ି କହିଲା- ଆଇୟେ ଜନାବ, ଗରିବ ଖାନାମେ ତସ୍ରିଫ ଲେତେ ଆଇୟେ। ମୋ ମନର ଅଶାନ୍ତି ଦୂର ହୋଇଗଲା। ରାଜପୁତ ଜାତି ଅତିଥ ବୋଲି ସ୍ୱୀକାର କରି କାହାର ଅନିଷ୍ଟ କରେ ନାହିଁ। କେହି ଆସି ଅଭ୍ୟର୍ଥନା କରି ନଥିଲେ ଘୋଡ଼ାରୁ ନ ଓହ୍ଲାଇ କଚେରୀ ଆଡ଼କୁ ଘୋଡ଼ାର ମୁହଁ ବୁଲେଇ ଦେଇଥାନ୍ତି।

ଅଗଣାରେ ବହୁ ଲୋକ। ଏମାନେ ଅଧିକାଂଶ ହେଉଛନ୍ତି ଗାଡୋତା ପ୍ରଜା। ପିନ୍ଧିଥିବା ଛିଣ୍ଡା ମଇଳା ଲୁଗା ଅବିର ଓ ରଙ୍ଗରେ ରଙ୍ଗୀନ ହୋଇଯାଇଛି, ନିମନ୍ତ୍ରଣରେ ବା ବିନା ନିମନ୍ତ୍ରଣରେ ମହାଜନଙ୍କ ଘରକୁ ହୋରି ଖେଳିବାକୁ ଆସିଛନ୍ତି।

ଅଧଘଣ୍ଟାଏ ପରେ ରାସବିହାରୀଂ ସିଂ ଆସିଲା ଏବଂ ମୋତେ ଦେଖି ଯେମିତି ଅବାକ୍ ହୋଇଗଲା। ଅର୍ଥାତ୍ ମୁଁ ଯେ ତାହାର ଘରକୁ ନିମନ୍ତ୍ରଣ ରକ୍ଷା କରିବାକୁ ଯିବି,

ଏହା ଯେମିତି ସେ ସ୍ୱପ୍ନରେ ସୁଦ୍ଧା ଭାବି ନଥିଲା। ଯାହାହେଉ, ରାସବିହାରୀ ମୋତେ ଯଥେଷ୍ଟ ଆଦର ଆପ୍ୟାୟନ କଲା।

ସେ ମୋତେ ଯେଉଁ ପାଖ ଘରକୁ ନେଇଗଲା, ସେଥିରେ ଥିଲା ଦୁଇ ତିନୋଟି ସିସମ କାଠର ଦେଶୀ ବଢ଼େଇ ହାତରେ ତିଆରି ଖୁବ୍ ମୋଟା ମୋଟା ଗୋଡ଼ ଓ ହାତବାଲା ଚୌକି ଏବଂ ଖଣ୍ଡିଏ କାଠ ବେଞ୍ଚ। କାନ୍ଥରେ ସିନ୍ଦୂର-ଚନ୍ଦନ-ବୋଳା ଗୋଟିଏ ଗଣେଶ ମୂର୍ତ୍ତି।

ଟିକିଏ ପରେ ଗୋଟିଏ ବାଳକ ଗୋଟିଏ ବଡ଼ ଥାଳିଟିଏ ଆଣି ମୋ ସାମନାରେ ଧରିଲା। ସେଥିରେ ଥିଲା କିଛି ଅବିର, କିଛି ଫୁଲ, କେତୋଟି ଟଙ୍କା, କେତେଗୁଡ଼ିଏ ଚିନିର ଅଲେଇଚଦାନା ଓ ମିଶ୍ରୀଖଣ୍ଡ, ଗୋଟିଏ ଫୁଲମାଳ। ରାସବିହାରୀ ସିଂ ମୋ କପାଳରେ କିଛି ଅବିର ବୋଳି ଦେଲା, ମୁଁ ବି ତା କପାଳରେ ଅବିର ମାରିଲି ଏବଂ ଫୁଲ ମାଳଟି ଉଠାଇନେଲି। ଆଉ କଣ କରିବାକୁ ହେବ ବୁଝି ନପାରି ବୋକାଙ୍କ ପରି ଥାଳି ଆଡ଼କୁ ଚାହିଁ ରହିଛି ଦେଖି ରାସବିହାରୀ ସିଂ କହିଲା- ଆପଣଙ୍କ ଦର୍ଶନୀ, ହଜୁର। ଆପଣଙ୍କୁ ତାହା ନେବାକୁ ହେବ। ମୁଁ ପକେଟରୁ ଆଉ କିଛି ଟଙ୍କା ବାହାର କରି ଥାଳିର ଟଙ୍କା ସାଙ୍ଗରେ ମିଶାଇ କହିଲି- ଏଥିରେ ସମସ୍ତଙ୍କୁ ମିଠା ଖୁଆଇବ।

ତାପରେ ରାସବିହାରୀ ସିଂ ମୋତେ ତାହାର ଐଶ୍ୱର୍ଯ୍ୟ ବୁଲାଇ ଦେଖାଇଲା। ଗୁହାଳରେ ପ୍ରାୟ ଷାଠିଏ-ପଁଷଠିଟି ଗୋରୁ। ଘୋଡ଼ାଶାଳରେ ସାତ-ଆଠଟି ଘୋଡ଼ା- ଦୁଇଟି ଘୋଡ଼ା କୁଆଡ଼େ ଅତି ସୁନ୍ଦର ନାଚି ପାରନ୍ତି। ଦିନେ ସେ ମୋତେ ନାଚ ଦେଖାଇବ। ହାତୀ ନାହିଁ, କିନ୍ତୁ ଶୀଘ୍ର କିଣିବାର ଇଚ୍ଛା ଅଛି। ଏ ଅଞ୍ଚଳରେ ହାତୀ ନଥିଲେ ସମ୍ଭ୍ରାନ୍ତ ଲୋକ ବୋଲି ଗଣ୍ୟ ହୁଏ ନା। ଚାଷରୁ ଆଠଶହ ମହଣ ଗହମ ଉତ୍ପନ୍ନ ହୁଏ, ଦୁଇଓଲି ଅଶୀ-ପଞ୍ଚାଅଶୀ ଜଣ ଲୋକ ଖାଆନ୍ତି, ସେ ନିଜେ ସକାଳେ କୁଆଡ଼େ ଦେଢ଼ ସେର ଦୁଧ ଓ ସେରେ ବିକାନୀର ମିଶ୍ରୀ ସ୍ନାନ ସାରି ଜଳଯୋଗ କରେ। ସେ କଦାପି ବଜାରର ସାଧାରଣ ମିଶ୍ରୀ ଖାଏ ନାହିଁ, ବିକାନୀର ମିଶ୍ରୀ ଛଡ଼ା। ଯେ ମିଶ୍ରୀ ଖାଇ ଜଳଯୋଗ କରେ, ସେ ଏ ଅଞ୍ଚଳରେ ବଡ଼ ଲୋକ ବୋଲି ଗଣ୍ୟ ହୁଏ- ବଡ଼ ଲୋକଙ୍କର ତାହା ଆଉ ଗୋଟିଏ ଲକ୍ଷଣ।

ତାପରେ ରାସବିହାରୀ ମୋତେ ଗୋଟିଏ ଘରକୁ ନେଇଗଲା। ସେ ଘରର ଆଟୁରୁ ଦୁଇହଜାର କି ଅଢ଼େଇ ହଜାର ଭୁଟ୍ଟା କେନ୍ଦା ଝୁଲୁଛି। ଏଗୁଡ଼ିକ ଭୁଟ୍ଟା ବିହନ, ଆସନ୍ତାବର୍ଷର ଚାଷ ପାଇଁ ରଖା ହୋଇଛି। ମୋତେ ଗୋଟିଏ ଲୁହା କରେଇ ଦେଖାଇଲା, କେନ୍ଦା ମାରି ଲୁହା ଚାଦର ଯୋଡ଼ି କରେଇଟି ତିଆରି ହୋଇଛି, ସେଥିରେ

ରୋଜ ଦେଢ଼ ମହଣ ଦୁଧ ଏକାଠରେ ଆଉଟା ଯାଏ। ନିତି ଏହିପରିମାଣ ଦୁଧ ତାହାର କୁଟୁମ୍ବରେ ଖର୍ଚ୍ଚ ହୁଏ। ଗୋଟିଏ ଛୋଟ ଘରେ ଲାଠି, ଢାଲ, ସଡ଼କ, ବର୍ଚ୍ଛା, ଟାଙ୍ଗି, ଖଣ୍ଡା– ଏତେ ପରିମାଣରେ ରଖା ହୋଇଛି ଯେ, ସେଟାକୁ ରୀତିମତ ଅସ୍ତ୍ରାଗାର କହିଲେ ବି ଚଳେ।

ରାସବିହାରୀ ସିଂର ଛଅ ପୁଅ– ଜ୍ୟେଷ୍ଠ ପୁତ୍ରଟିର ବୟସ ତିରିଶରୁ କମ୍ ନୁହେଁ। ପ୍ରଥମ ଚାରୋଟି ପୁଅ ବାପ ପରି ଦୀର୍ଘକାୟ, ଜୁଆନ, ନିଶ ଓ ଦାଢ଼ିର ବାହାର ବି ଖୁବ୍ ବେଶ୍। ତାହାର ପୁଅମାନଙ୍କୁ ଓ ତାହାର ଅସ୍ତ୍ରାଗାର ଦେଖି ମନେହେଲା, ଦରିଦ୍ର ଓ ଅନାହାରକ୍ଲିଷ୍ଟ ଗାଞ୍ଝୋଟା ପ୍ରଜାଗଣ ଯେ ଏମାନଙ୍କ ଭୟରେ ସଂକୁଚିତ ହୋଇ ରହିଥିବେ, ଏହା ବା ଆଉ କି ବଡ଼ କଥାଟାଏ।

ରାସବିହାରୀ ଅତିଶୟ ଦାମ୍ଭିକ ଓ ଗମ୍ଭୀର ଲୋକ। ତାହାର ସମ୍ମାନ ଜ୍ଞାନ ବି ଅସାଧାରଣ ସଜାଗ। ପାନରୁ ଚୁନ ଖସିଗଲେ ରାସବିହାରୀ ସିଂର ମାନ ଚାଲିଯାଏ। ସୁତରାଂ ତାହା ସହିତ ବ୍ୟବହାର କରିବାକୁ ଗଲେ ସର୍ବଦା ସତର୍କ ଓ ସନ୍ତ୍ରସ୍ତ ରହିବାକୁ ପଡ଼େ। ଗାଞ୍ଝୋଟା ପ୍ରଜାଗଣ ତ ସର୍ବଦା ତଟସ୍ଥ ଅବସ୍ଥାରେ ଅଛନ୍ତି, କେଜାଣି କେତେବେଳେ ମୁନିବଙ୍କ ସମ୍ମାନରେ କାଳେ ତ୍ରୁଟି ଘଟିବ।

ବର୍ବର ପ୍ରାଚୁର୍ଯ୍ୟ କହିଲେ ଯାହା ବୁଝାଏ, ତାର ଜାଜ୍ଜ୍ୱଲ୍ୟମାନ ଚିତ୍ର ରାସବିହାରୀ ସଂସାରରେ ଦେଖିଲି। ଯଥେଷ୍ଟ ଦୁଧ, ଯଥେଷ୍ଟ ଗହମ, ଯଥେଷ୍ଟ ଭୁଟା, ଯଥେଷ୍ଟ ବିକାନୀର ମିଶ୍ରୀ, ଯଥେଷ୍ଟ ସମ୍ମାନ, ଯଥେଷ୍ଟ ଠେଙ୍ଗାବାଡ଼ି। କିନ୍ତୁ – କି ଉଦ୍ଦେଶ୍ୟରେ ? ଘରେ ଖଣିଏ ଭଲ ଛବି ନାହିଁ, ଭଲ ବହି ନାହିଁ, ଭଲ ଚୌକି ଟେବୁଲ ତ ଦୂରର କଥା, ଭଲ ଶେଯ-ତକିଆ-ସଜା ବିଛଣା ମଧ ନାହିଁ। କାନ୍ଥରେ ଚୁନ ଦାଗ, ପାନ ଦାଗ, ଘର ପଛର ନର୍ଦ୍ଦମା ଅତି କଦର୍ଯ୍ୟ ମଇଲା ପାଣି ଓ ଆବର୍ଜ୍ଜନାରେ ପରିପୂର୍ଣ୍ଣ, ଏବଂ ଗୃହ-ସ୍ଥାପତ୍ୟ ଅତିଶୟ କଦର୍ଯ୍ୟ। ପୁଅଝିଅମାନେ ଲେଖାପଢ଼ା କରନ୍ତି ନାହିଁ, ନିଜର ପରିଚ୍ଛଦ ଓ ଜୋତା ଅତ୍ୟନ୍ତ ମୋଟା ଓ ଦରମଇଲା। ଗତବର୍ଷ ବସନ୍ତ ରୋଗରେ ଘରର ତିନି-ଚାରିଜଣ ପୁଅଝିଅ ମାସକ ଭିତରେ ମରି ଯାଇଛନ୍ତି। ଏ ବର୍ବର ପ୍ରାଚୁର୍ଯ୍ୟ ତେବେ କେଉଁ କାମରେ ଲାଗୁଛି ? ନିରୀହ ଗାଞ୍ଝୋଟା ପ୍ରଜାଙ୍କୁ ଠେଙ୍ଗାଇ ଏ ପ୍ରାଚୁର୍ଯ୍ୟ ଅର୍ଜ୍ଜନ କରିବା ଫଳରେ କାହାର କି ସୁବିଧା ହେଉଛି ? ଅବଶ୍ୟ ରାସବିହାରୀ ସିଂର ମାନ ବଢ଼ୁଛି।

କିନ୍ତୁ ଭୋଜ୍ୟ ଦ୍ରବ୍ୟର ପ୍ରାଚୁର୍ଯ୍ୟ ଦେଖି ଅବାକ୍ ହୋଇଗଲି। ଜଣେ କଣ ଏତେ ଖାଇପାରେ ? ହାତୀର କାନ ପରି ବୃହଦାକାର ପୁରି ପନ୍ଦର ଖଣ୍ଡ, ଗିନାରେ ନାନା ରକମ ତରକାରୀ, ଦହି, ଲଡ଼ୁ, ମାଲପୁଆ, ଚଟଣି, ପାଞ୍ପଡ଼। ମୋର ତ ଏ ଚାରି

ଓଳିର ଖୋରାକ। ରାସବିହାରୀ ସିଂ କୁଆଡ଼େ ଏକା ଏହାର ଦ୍ୱିଗୁଣ ଆହାର୍ଯ୍ୟ ଥରକରେ ଉଦରସ୍ଥ କରିପାରେ।

ଭୋଜନ ସାରି ଯେତେବେଳେ ବାହାରକୁ ଆସିଲି, ସେତେବେଳେ ଆଉ ବେଳ ନଥାଏ। ଗାଙ୍ଗୋତା ପ୍ରଜାମାନେ ଅଗଣାରେ ପତର ପକାଇ ଦହି ଓ ଚୀନା ଘାସର ଖାଇ ମହା ଆନନ୍ଦରେ ଖାଇ ବସିଛନ୍ତି। ସମସ୍ତଙ୍କର ଲୁଗା ଲାଲ ରଙ୍ଗରେ ରଞ୍ଜିତ, ସମସ୍ତଙ୍କ ମୁଖରେ ହସ। ରାସବିହାରୀ ଭାଇ ଗାଙ୍ଗୋତାମାନଙ୍କ ଭୋଜନ ତଦାରଖ କରି ବୁଲୁଛି। ଭୋଜନର ଉପକରଣ ଅତି ସାମାନ୍ୟ, ସେଥିରେ ସେମାନଙ୍କର ଖୁସି କହିଲେ ନ ସରେ।

ଅନେକ ଦିନ ପରେ ଏଠାରେ ସେହି ବାଳକ ନର୍ତ୍ତକ ଧାତୁରିଆର ନାଚ ଦେଖିଲି। ଧାତୁରିଆ ଆଉ ଟିକିଏ ବଡ଼ ହୋଇଯାଇଛି, ଆଗଠୁ ଢେର ଭଲ ନାଚୁଛି। ହୋରି ଉସ୍ସବରେ ଏଠାରେ ନାଚିବା ଲାଗି ତାକୁ ବହିନା ଦେଇ ଅଣା ହୋଇଛି।

ଧାତୁରିଆକୁ ପାଖକୁ ଡାକି ପଚାରିଲି- ଚିହ୍ନି ପାରୁଛୁ ଧାତୁରିଆ?

ଧାତୁରିଆ ହସି ସଲାମ କରି କହିଲା- ହଁ, ହଜୁର! ଆପଣ ମ୍ୟାନେଜର ବାବୁ। ଭଲ ଅଛନ୍ତି, ହଜୁର?

ତାହାର ମୁଖ ମଣ୍ଡଳରେ ଭାରି ସୁନ୍ଦର ହସ। ତାକୁ ଦେଖିଲେ ମନରେ କେମିତି ଗୋଟାଏ ଅନୁକମ୍ପା ଓ କରୁଣାର ଭାବ ଉଦ୍ରେକ ହୁଏ। ସଂସାରରେ ନିଜରବୋଲି କେହି ନାହିଁ। ଏହି ବୟସରେ ନାଚି ଗାଇ ପରର ମନ ନେଇ ପଇସା ରୋଜଗାର କରିବାକୁ ହୁଏ, ତାହା ବି ରାସବିହାରୀ ସିଂ ପରି ଧନଗର୍ବିତ ଅରସିକମାନଙ୍କ ଗୃହ-ପ୍ରାଙ୍ଗଣରେ।

ପଚାରିଲି- ଏଠାରେ ତ ରାତି ଅଧାଯାଏ ନାଚ ଗୀତ କରିବାକୁ ହେବ, କେତେ ମଜୁରୀ ପାଇବୁ?

ଧାତୁରିଆ କହିଲା- ଚାରିଅଣା ପଇସା ହଜୁର, ଆଉ ପେଟପୁରା ଖାଇବାକୁ ଦେବେ।

– କଣ ଖାଇବାକୁ ଦେବେ?

– ମାଢ଼ା, ଦହି, ଚିନି। ଲଡ଼ୁ ବି ଦେବେ ବୋଧହୁଏ, ଆରବର୍ଷ ତ ଦେଇଥିଲେ।

ଆସନ୍ନ ଭୋଜୀ ଖାଇବା ଲୋଭରେ ଧାତୁରିଆ ଖୁବ୍ ପ୍ରଫୁଲ୍ଲ ଦିଶୁଛି। ପଚାରିଲି- ସବୁ ଜାଗାରେ କଣ ଏହି ମଜୁରୀ?

ଧାତୁରିଆ କହିଲା- ନା ହଜୁର, ରାସବିହାରୀ ସିଂ ବଡ଼ଲୋକ, ତେଣୁ ଚାରିଅଣା ଦେବେ ଓ ଖାଇବାକୁ ବି ଦେବେ। ଗାଙ୍ଗୋତାମାନଙ୍କ ଘରେ ନାଚିଲେ ଦୁଇଅଣା ଦିଅନ୍ତି, ଖାଇବାକୁ ଦିଅନ୍ତି ନାହିଁ, ତେବେ ଅଧସେର ମକାଛତୁ ଦିଅନ୍ତି।

– ଏଥିରେ ତୋର ଚଳେ ?

– ବାବୁ, ନାଚରେ କିଛି ହୁଏ ନା, କିନ୍ତୁ ଆଗରୁ ହେଉଥିଲା । ଏ କ୍ଷଣି ଲୋକଙ୍କର କଷ୍ଟ, ନାଚ ଦେଖିବ କିଏ ? ଯେତେବେଳେ ନାଚର ବାହାନା ନଥାଏ, ବିଲବାଡ଼ିରେ କାମ କରେଁ । ଆରବର୍ଷ ଗହମ କାଟିଥିଲି । କଣ କରିବି ହଜୁର, ପେଟ ପାଲିବାକୁ ତ ହେବ । ଏତେ ସଉକ କରି ଗୟାରୁ ଛକ୍କରବାଜି ନାଚ ଶିଖିଥିଲି । କେହି ଦେଖିବାକୁ ଚାହାନ୍ତି ନାହିଁ, କାରଣ ଛକ୍କରବାଜି ନାଚରେ ମଜୁରୀ ବେଶୀ ।

କଚେରୀରେ ନାଚ ଦେଖାଇବା ଲାଗି ମୁଁ ଧାତୁରିଆକୁ ନିମନ୍ତ୍ରଣ କଲି । ଧାତୁରିଆ ଶିକ୍ଷୀ ଲୋକ– ପ୍ରକୃତ ଶିକ୍ଷୀର ନିସ୍ପୃହତା ତା ଭିତରେ ଅଛି ।

ପୂର୍ଣ୍ଣିମାର ଜ୍ୟୋସ୍ନା ଖୁବ୍ ଉଜ୍ଜ୍ୱଳ ହେବାରୁ ରାସବିହାରୀ ସିଂ ନିକଟରୁ ବିଦାୟ ନେଲି । ମୋର ଘୋଡ଼ା ସେମାନଙ୍କ ଅଗଣା ଟପିଯିବା ସଙ୍ଗେ ସଙ୍ଗେ, ମୋତେ ସମ୍ମାନ ଦେଖାଇବା ପାଇଁ ରାସବିହାରୀ ସିଂ ପୁଣି ଦୁଇଥର ବନ୍ଦୁକ ଫୁଟାଇଲା ।

ଦୋଲପୂର୍ଣ୍ଣିମା ରାତ୍ରି । ଉଦାର ମୁକ୍ତ ପ୍ରାନ୍ତର ମଝିରେ ସାଦା ବାଲି ରାସ୍ତା ଜ୍ୟୋସ୍ନା ସମ୍ପାତରେ ଚିକ୍‌ଚିକ୍ କରୁଛି । ଦୂରରେ ଗୋଟିଏ ସିଲ୍ଲୀ ପକ୍ଷୀ ଜ୍ୟୋସ୍ନା ରାତିରେ କେଉଁଠି ଡାକୁଛି– ଯେମିତି ଏହି ବିଶାଲ, ଜନହୀନ ପ୍ରାନ୍ତର ମଝିରେ କୌଣସି ପଥହରା ବିପନ୍ନ ନୈଶ ପଥିକର ଆକୁଳ କଣ୍ଠସ୍ୱର ।

ପଛରୁ କିଏ ଡାକିଲା– ହଜୁର, ମ୍ୟାନେଜର ବାବୁ–

ଚାହିଁ ଦେଖିଲି ଧାତୁରିଆ ମୋର ଘୋଡ଼ା ପଛେ ପଛେ ଧାଇଁଛି ।

ଘୋଡ଼ା ଅଟକାଇ ପଚାରିଲି– କଣ କିରେ ଧାତୁରିଆ ?

ଧାତୁରିଆ ଧଇଁସଇଁ ହେଉଥିଲା । ଟିକିଏ ଠିଆ ହୋଇଯାଇ ଦମ ନେଇ, ଟିକିଏ ଇତସ୍ତତଃ କରି ଶେଷକୁ ଲାଜ ଲାଜ ହୋଇ କହିଲା– ଗୋଟିଏ କଥା କହିବି, ହଜୁର–

ତାହାକୁ ଦମ୍ଭ ଦେଇ କହିଲି– କଣ, କହୁନାହୁଁ ?

– ହଜୁରଙ୍କ ଦେଶ କଲିକତାକୁ ମୋତେ ନେଇଯିବେ ?

– କଣ କରିବୁ ସେଠାରେ ଯାଇ ?

– କେବେ ହେଲେ କଲିକତା ଯାଇ ନାହିଁ, ଶୁଣିଛି ସେଠାରେ ନାଚ ଗାନ ବାଜଣାର ଖୁବ୍ ଆଦର । ଭଲ ଭଲ ନାଚ ଶିଖିଥିଲି, କିନ୍ତୁ ଏଠାରେ ଦେଖିବାକୁ ଲୋକ ନାହାନ୍ତି, ସେଥିପାଇଁ ଭାରି ଦୁଃଖ ହୁଏ । ଛକ୍କରବାଜି ନାଚଟା ନ ନାଚିବାରୁ ପ୍ରାୟ ପାଶୋରି ଯିବାକୁ ବସିଲିଣି । ଉଃ, କିପରି ଭାବରେ ସେ ଯେ ନାଚଟା ଶିଖିଲି ! ତାହା ଶୁଣିବାର କଥା ।

ଗ୍ରାମଟା ଟପି ଆସିଥିଲି । ବିରାଟ ଜ୍ୟୋସ୍ନାଲୋକିତ ପ୍ରାନ୍ତର । ଭାବିଲି, ରାସବିହାରୀ ସିଂ ଟେର ପାଇଲେ ଶାସନ କରିବ, ଏହି ଭୟରେ ବୋଧହୁଏ ଧାତୁରିଆ ଲୁଚି ଲୁଚି ମୋ ସହିତ ଦେଖା କରିବାକୁ ଚାହେଁ । ନିକଟରେ ପ୍ରାନ୍ତର ମଝିରେ ଗୋଟିଏ ଫୁଲଭରା ଶିମୁଳି ଗଛ । ଧାତୁରିଆର କଥା ଶୁଣି ଶିମୁଳି ଗଛ ତଳେ ଘୋଡ଼ାରୁ ଓହ୍ଲାଇ ପଡ଼ି ଖଣ୍ଡିଏ ପଥର ଉପରେ ବସିଲି । କହିଲି– କହ ତୋହର କଥା ।

– ସମସ୍ତେ କହନ୍ତି ଗୟା ଜିଲ୍ଲାର ଗୋଟିଏ ଗ୍ରାମରେ ଭିଟଲଦାସ ବୋଲି ଜଣେ ଗୁଣୀ ଲୋକ ଅଛି, ସେ ଛକ୍କରବାଜି ନାଚର ମସ୍ତ ଓସ୍ତାଦ୍‌ । ମୋର ଝୁଙ୍କ ଥିଲା ଯେ କୌଣସିମତେ ଛକ୍କରବାଜି ନାଚ ଶିଖିବି । ଗୟା ଜିଲ୍ଲାକୁ ଚାଲିଗଲି, ଗାଁ ଗାଁ ବୁଲିଲି, ଆଉ ଭିଟଲଦାସଙ୍କୁ ଖୋଜିଲି । କେହି କହି ପାରିଲେ ନାହିଁ । ଶେଷକୁ ଦିନେ ସନ୍ଧ୍ୟା ବେଳେ ଆହୀରମାନଙ୍କର ଗୋଟିଏ ମଇଁଷି ଖୁଆଡ଼ରେ ଆଶ୍ରୟ ନେଇଛି, ସେଠାରେ ଶୁଣିଲି ଛକ୍କରବାଜି ନାଚ ବିଷୟରେ ସେମାନଙ୍କ ଭିତରେ କଥାବାର୍ତ୍ତା ହେଉଛନ୍ତି । ସେତେବେଳେ ଅନେକରାତି, ଶୀତ ବି ଖୁବ୍‌ । ମୁଁ ନଡ଼ା ବିଛାଇ ଖୁଆଡ଼ର ଗୋଟାଏ କୋଣରେ ଶୋଇଥିଲି, ଯେମିତି ଛକ୍କରବାଜିର କଥା ମୋ କାନରେ ବାଜିଲା, ସେମିତି ଧଡ଼ଧଡ଼ ହୋଇ ଉଠିପଡ଼ିଲି । ସେମାନଙ୍କ ପାଖରେ ଯାଇ ବସିଲି । କି ଖୁସି ଯେ ହେଲି ବାବୁ, ସେ କଥା ଆଉ କଣ କହିବି ! ଯେମିତି ଗୋଟାଏ ରାଜ୍ୟ ପାଇଗଲି । ସେମାନଙ୍କ ଠାରୁ ଭିଟଲଦାସଙ୍କ ସନ୍ଧାନ ପାଇଲଇ । ସେଠାରୁ ସତର କୋଶ ବାଟ, ତିନିଟାଙ୍ଗା ବୋଲି ଗୋଟାଏ ଗ୍ରାମରେ ତାଙ୍କର ଘର ।

ଜଣେ ତରୁଣୀ ଶିଷ୍ୟାର ଶିଳ୍ପ ଶିକ୍ଷାର ଆକୁଳ ଆଗ୍ରହର କାହାଣୀ ମୋତେ ଭାରି ଭଲ ଲାଗୁଥିଲା । କହିଲି, ତାପରେ ?

– ଚାଲି ଚାଲି ସେଠାକୁ ଗଲି । ଦେଖିଲଇ ଭିଟଲଦାସ ବୁଢ଼ା ମଣିଷ । ମୁହଁରେ ପାଚିଲା ଦାଢ଼ୀ । ମୋତେ ଦେଖି ପଚାରିଲେ– କଣ ଦରକାର ?

ମୁଁ କହିଲି– ମୁଁ ଚକ୍କରବାଜି ନାଚ ଶିଖିବାକୁ ଆସିଛି । ସେ ଯେମିତି ଅବାକ୍‌ ହୋଇଗଲେ । କହିଲେ– ଆଜିକାଲିକା ପିଲାମାନେ କଣ ତାକୁ ପସନ୍ଦ କରନ୍ତି ? ଲୋକେ ତ ତାକୁ ଭୁଲିଗଲେଣି । ମୁଁ ତାଙ୍କର ପାଦ ଧରି କହିଲି– ମୋତେ ଶିଖାଇ ଦେବାକୁ ହେବ, ଆପଣଙ୍କ ନାମ ଶୁଣି ବହୁତ ଦୂରରୁ ଆସିଛି । ତାଙ୍କ ଆଖିରୁ ଲୁହ ଗଡ଼ି ପଡ଼ିଲା । ସେ କହିଲେ – ମୋ ବଂଶରେ ସାତ ପୁରୁଷ ଧରି ଏହି ନାଚର ଚର୍ଚ୍ଚା ଚାଲିଛି । କିନ୍ତୁ ମୋର ପୁଅ ନାହିଁ । ମୋର ଏତେ ବୟସ ହେଲା ଯେ ଭିତରେ ବାହାରୁ କେହି ଆସି ଶିଖିବାକୁ ବି ଚାହିଁଲେ ନାହିଁ । ଆଜି ତୁମେ ପ୍ରଥମେ ଆସିଲ । ହେଉ, ତୁମକୁ ଶିଖାଇବି । ବୁଝିଲ ତ ହଜୁର, ଏତେ କଷ୍ଟରେ ଶିଖିଥିବା ଜିନିଷ ଏ । ଏଠାରେ ଗାଉଁଲିତାମାନଙ୍କୁ

ଦେଖାଇ କଣ ହେବ ? କଲିକତାରେ ଗୁଣର ଆଦର ଅଛି । ସେଠାକୁ ନେଇଯିବେ ମୋତେ, ହଜୁର ?

କହିଲି – ଧାତୁରିଆ, ଦିନେ ମୋ କଚେରୀକୁ ଆ, ଏ ବିଷୟରେ କଥା ହେବା ।

ଧାତୁରିଆ ଆଶ୍ୱସ୍ତ ହୋଇ ଫେରିଗଲା ।

ମୋର ମନେ ହେଲା, ଯାର ଏତେ ଏତେ କଷ୍ଟରେ ଶିଖିଥିବା ଗ୍ରାମ୍ୟ ନାଚ କଲିକତାରେ କିଏ ବା ଦେଖିବ, ଆଉ ଏ ବିଚରା ଏକା ସେଠାକୁ ଯାଇ କଣ ବା କରିବ ?

ଅଷ୍ଟମ ପରିଚ୍ଛେଦ

୧

ପ୍ରକୃତି ତାହାର ଭକ୍ତମାନଙ୍କୁ ଯାହା ଦିଏ, ତାହା ଅତି ଅମୂଲ୍ୟ ଦାନ। କିନ୍ତୁ ଅନେକ ଦିନ ଯାଏ ପ୍ରକୃତିର ସେବା ନ କଲେ ସେ ଦାନ ମିଳେ ନା। ଆଉ ପ୍ରକୃତି ରାଣୀର କି ଈର୍ଷାର ସ୍ୱଭାବ- ପ୍ରକୃତିକୁ ଯେତେବେଳେ ଚାହିଁବ, ସେତେବେଳେ ପ୍ରକୃତିକୁ ଧରି ରହିବାକୁ ପଡ଼ିବ। ଯଦି ଅନ୍ୟ କୌଣସି ଦିଗରେ ମନ ଦେଇଛ, ଅଭିମାନିନୀ କୌଣସି ମତେ ତାହାର ଅବଗୁଣ୍ଠନ ଖୋଲିବ ନାହିଁ।

କିନ୍ତୁ ଅନନ୍ୟମନା ହୋଇ ପ୍ରକୃତିକୁ ଧରି ମଗ୍ନ ରୁହ, ତାହା ହେଲେ ଯାଇ ତାହାର ସର୍ବବିଧ ଆନନ୍ଦର ବର, ସୌନ୍ଦର୍ଯ୍ୟର ବର, ଅପୂର୍ବ ଶାନ୍ତିର ବର ତୁମ ଉପରେ ଏମିତି ଅକ୍ରସ ଧାରାରେ ବର୍ଷା ହେବ ଯେ, ତୁମେ ତାହା ଦେଖି ପାଗଲ ହୋଇଯିବ। ମୋହିନୀ ପ୍ରକୃତି ରାଣୀ ଦିନ ରାତି ତୁମକୁ ଶତ ରୂପରେ ମୁଗ୍ଧ କରିବ, ନୂତନ ଦୃଷ୍ଟି ଜାଗ୍ରତ କରାଇବ, ମନର ଆୟୁ ବଢ଼ାଇ ଦେବ, ଅମର ଲୋକର ଆଭାସରେ ଅମରତ୍ୱର ପ୍ରାନ୍ତରେ ଉପନୀତ କରାଇବ।

କେତୋଟି ଅନୁଭୂତିର କଥା କହୁଛି। ସେ ଅମୂଲ୍ୟ ଅନୁଭୂତି ରାଜିର କଥା କହିବାକୁ ଗଲେ ଲେଖାରେ ପୃଷ୍ଠା ପରେ ପୃଷ୍ଠା ସିନା ସରିଯିବ, ମାତ୍ର କହିବା ଆଦୌ ଶେଷ ହେବ ନାହିଁ। ତେଣୁ ଯାହା କହିବାକୁ ବସିଛି ସେଥିରୁ ଅନେକଟା ବାକି ରହିଯିବ। ଏସବୁ ଶୁଣିବାର ଲୋକ ବି ସଂଖ୍ୟାରେ ଅତ୍ୟନ୍ତ କମ। କେତେ ଜଣ ମନ-ପ୍ରାଣରେ ପ୍ରକୃତିକୁ ଭଲ ପାଆନ୍ତି ?

ଅରଣ୍ୟ-ପ୍ରାନ୍ତର ଲବଟୁଲିୟାର ପ୍ରାନ୍ତରେ ଦୁଧ୍ଆ ଲତା ଫୁଲ ଫୁଟାଇ ଜଣାଇ

ଦିଏ ଯେ ବସନ୍ତ ଆଶିଲାଣି। ସେ ଫୁଲ ବି ଭାରି ସୁନ୍ଦର, ଦେଖିବାକୁ ନକ୍ଷତ୍ର ପରି ଆକୃତି, ରଙ୍ଗ ହଳଦିଆ, ଲମ୍ବା ଲମ୍ବା ସରୁ ଲତା ପରି ଘାସର ନାଡ଼ ଅନେକ ଜାଗା ମାଟିକୁ ଜାବୁଡ଼ି ଧରିଥାଏ, ତାର ଗାଣ୍ଠିରେ ଗାଣ୍ଠିରେ ନକ୍ଷତ୍ରାକୃତି ହଳଦିଆ ଫୁଲ ଫୁଟିଥାଏ। ଭୋର ବେଳେ ବାଟଘାଟ ଚାରିଆଡ଼ ଆଲୋକିତ କରି ଫୁଟିଥାଏ- କିନ୍ତୁ ସୂର୍ଯ୍ୟଙ୍କ ତେଜ ବଢ଼ିବା ସଙ୍ଗେ ସଙ୍ଗେ ସବୁ ଫୁଲ ସଙ୍କୁଚିତ ହୋଇ ପୁନରାୟ କଢ଼ର ଆକାର ଧାରଣ କରେ- ପରଦିନ ସକାଳେ ସେହି କଢ଼ଗୁଡ଼ିକ ଫୁଟିବାର ଦେଖେଁ।

ମୋହନପୁରା ସଂରକ୍ଷିତ ଜଙ୍ଗଲ ଓ ଆମ ସୀମା ବାହାରର ଜଙ୍ଗଲରେ କିମ୍ବା ମହାଲିଖାରୂପର ଶୈଳସାନୁ ପ୍ରଦେଶରେ ରକ୍ତ ପଲାଶର ବାହାର ଅଛି। ସେ ସୁ ସ୍ଥାନ ଆମ ମାହାଲ ଠାରୁ ଅନେକ ଦୂରରେ, ଘୋଡ଼ାରେ ତିନି-ଚାରି ଘଣ୍ଟା ଲାଗେ। ସେହି ସବୁ ଜାଗାରେ ଚୈତ୍ର ମାସରେ ଶାଳ ମଞ୍ଜରୀର ସୁବାସରେ ଗଗନ ପବନ ମହକୁଥାଏ, ଶିମିଲି ବଣରେ ଦିଗନ୍ତ ରେଖା ରଞ୍ଜିତ ହୋଇଯାଏ। କିନ୍ତୁ କୋକିଲ, କପୋତ, ଦାହୁକ ପ୍ରଭୃତି ଗାୟକ ପକ୍ଷୀସବୁ ଡାକନ୍ତି ନାହିଁ। ଏ ସବୁ ଜନହୀନ ଅରଣ୍ୟ-ପ୍ରାନ୍ତରର ଯେଉଁ ଉଚ୍ଛନ୍ନ ରୂପ, ବୋଧହୁଏ ସେମାନେ ତାହା ପସନ୍ଦ କରନ୍ତି ନାହିଁ।

ଦିନେ ଦିନେ ବଙ୍ଗ ଦେଶକୁ ଫେରି ଆସିବା ପାଇଁ ମନ ବ୍ୟାକୁଳ ହୁଏ। ବଙ୍ଗ ଦେଶର ପଲ୍ଲୀର ସେ ସୁମଧୁର ବସନ୍ତ କଳ୍ପନାରେ ଦେଖେଁ। ମନେ ପଡ଼ିଯାଏ ବନ୍ଧା ପୋଖରୀ ଘାଟରେ ସ୍ନାନ ସାରି ଆର୍ଦ୍ର ବସ୍ତ୍ରରେ ଗମନରତା କୌଣସି ତରୁଣୀ ବଧୂର ଛବି, ପ୍ରାନ୍ତର ପାର୍ଶ୍ୱରେ ଫୁଲ ଫୁଟିଥିବା ଘେଟୁ ବଣ, ବାତାପି ଲେମ୍ବୁ ଫୁଲର ସୁଗନ୍ଧରେ ମୋହମୟ ଘନ ଛାୟା-ଭରା ଅପରାହ୍ନ। ବିଦେଶ ଯାଇ ଦେଶକୁ କଣ ଭଲ କରି ଚିହ୍ନିଲି। ଦେଶ ଲାଗି ଏହି ମନୋବେଦନା ଦେଶରେ ଥିବାବେଳେ କେବେ ଅନୁଭବ କରିନାହିଁ। ଜୀବନରେ ଏ ଗୋଟାଏ ବଡ଼ ଅନୁଭୂତି, ଯେ ଏହାର ଆସ୍ୱାଦ ନ ପାଇଛି, ସେ ହତଭାଗା ଗୋଟାଏ ଶ୍ରେଷ୍ଠ ଅନୁଭୂତି ସହିତ ଅପରିଚିତ ରହିଗଲା।

କିନ୍ତୁ ଯେଉଁ କଥାଟି ବାରମ୍ବାର ନାନା ଭାବରେ କହିବାକୁ ଚେଷ୍ଟା କରୁଛି, ଅଥଚ କେଉଁ ଥର ଠିକ୍ ଭାବରେ ବୁଝାଇ ପାରୁନାହିଁ, ତାହା ହେଉଛି ଏହି ପ୍ରକୃତିର ଗୋଟାଏ ରହସ୍ୟମୟ ଅସୀମତାର, ଦୁରଧିଗମ୍ୟତାର, ବିରାଟତାର ଓ ଭୟଙ୍କର ଶରୀର- କମ୍ପିତ ସୌନ୍ଦର୍ଯ୍ୟର ଦିଗ। ନ ଦେଖିଲେ କିପରି ବୁଝାଇବି ସେ କି ଜିନିଷ ?

ଜନଶୂନ୍ୟ ବିଶାଲ ଲବଟୁଲିଆ ବଇହାରର ଦିଗନ୍ତବ୍ୟାପୀ ଦୀର୍ଘ ବଣଖାଡ଼ଁ ଓ କାଶ ବଣ ଭିତରେ ନିସ୍ତବ୍ଧ ଅପରାହ୍ନରେ ଏକା ଘୋଡ଼ା ଉପରେ ବସି ଏଠାକାର ପ୍ରକୃତିର ଏହି ରୂପ ମୋର ସମୁଦାୟ ମନକୁ ଅସୀମ ରହସ୍ୟାନୁଭୂତିରେ ଆଚ୍ଛନ୍ନ କରି ପକାଇଛି- କେତେବେଳେ ଆସିଛି ଗୋଟାଏ ନିସ୍ପୃହ ଉଦାସ ଗମ୍ଭୀର ମନୋଭାବ

ରୂପରେ, ଆଉ କେତେବେଳେ ଆସିଛି କେତେ ମଧୁର ସ୍ୱପ୍ନ ଓ ଦେଶ-ବିଦେଶର ନରନାରୀର ବେଦନା ରୂପରେ। ତାହା ଯେମିତି ଖୁବ୍ ଉଚ୍ଚ ଶ୍ରେଣୀର ନୀରବ ସଙ୍ଗୀତ-ନକ୍ଷତ୍ରର କ୍ଷୀଣ ଆଲୋକର ତାଲରେ, ଜ୍ୟୋସ୍ନା ରାତ୍ରିର ଅବାସ୍ତବତାରେ, ଝିଲ୍ଲୀ ରବରେ, ଧାବମାନ ଉଲ୍କାର ଅଗ୍ନିପୁଞ୍ଚର ଜ୍ୟୋତିରେ ତାର ଲୟ-ସଙ୍ଗତି।

ଯାହାକୁ ଘର-ଦୁଆର ବାନ୍ଧି ସଂସାର କରିବାକୁ ହେବ, ତାହାର ସେ ରୂପ ନ ଦେଖିଲା ବରଂ ଭଲ। ପ୍ରକୃତିର ସେହି ମୋହିନୀ ରୂପର ମାୟା ମଣିଷକୁ ଘରଛଡ଼ା କରେ, ଆଉ ଉଦାସୀନ ଉଚ୍ଛନ୍ନ ହ୍ୟାରି ଜନଷ୍ଟନ୍, ମାର୍କୋ ପୋଲୋ, ହାଡସନ୍, ଶ୍ୟାକଲନଟଙ୍କ ପରି ଯାଯାବର କରି ପକାଏ- ଗୃହସ୍ଥ ହୋଇ ଘରକରଣା କରିବାକୁ ଦିଏନା- ରେ ଥରେ ସେ ଡାକ ଶୁଣିଛି, ସେ ଅନବଗୁଣ୍ଠିତା ମୋହିନୀକୁ ଯେ ଥରେ ପ୍ରତ୍ୟକ୍ଷ କରିଛି, ତାହା ପକ୍ଷେ ଘରକରଣା କରିବା ଅସମ୍ଭବ।

ଗଭୀର ରାତିରେ ଘରୁ ବାହାରକୁ ଆସି ଏକା ଆସି ଠିଆ ହୋଇ ଦେଖିଛି, ଅନ୍ଧକାର ପ୍ରାନ୍ତରର ଅଥବା ଛାୟାହୀନ ବିରାଟ ଜ୍ୟୋସ୍ନାଭରା ରାତ୍ରିର ରୂପ। ତାର ସୌନ୍ଦର୍ଯ୍ୟରେ ପାଗଳ ହୋଇଯିବାକୁ ପଡ଼େ- ଟିକିଏ ହେଲେ ବଢ଼ାଇ କରି କହୁନାହିଁ- ମୋର ମନେ ହୁଏ ଯେଉଁମାନେ ଦୁର୍ବଳ ଚିତ୍ତ ମଣିଷ, ସେମାନଙ୍କ ପକ୍ଷରେ ସେ ରୂପ ନ ଦେଖିବା ବରଂ ଭଲ। ସର୍ବନାଶୀ ରୂପ ସେ, ତାର ଭାର ସମ୍ଭାଳିବା ସମସ୍ତଙ୍କ ପକ୍ଷରେ ବଡ଼ କଠିନ।

ତେବେ ଏ କଥା ବି ଠିକ୍ ଯେ ପ୍ରକୃତିକୁ ସେହି ରୂପରେ ଦେଖିବା ଭାଗ୍ୟର କଥା। ଏମିତି ବିଜନ ବିଶାଳ ଉନ୍ମୁକ୍ତ ଅରଣ୍ୟ-ପ୍ରାନ୍ତର, ଶୈଳମାଳା, ବଣଝାଉଁ, ଆଉ କାଶବଣ କେଉଁଠି ଯେଉଁଠି ପାରେ ସେଇଠି ଅଛି? ତା ସହିତ ପୁଣି ଯୋଗାଯୋଗ ଦରକାର ଗଭୀର ନିଶୀଥିନୀର ନୀରବତାର ଓ ତାର ଅନ୍ଧକାର ବା ଜ୍ୟୋସ୍ନାର-ପୃଥିବୀରେ ଏଭଳି ଯୋଗାଯୋଗ ସୁଲଭ ହୋଇଥିଲେ, ଦେଶ କ'ଣ କବି ଓ ପାଗଳରେ ପୁରି ଯାଇନଥାନ୍ତା ?

ଦିନେ ପ୍ରକୃତିର ସେହି ରୂପ କି ଭାବରେ ପ୍ରତ୍ୟକ୍ଷ କରିଥିଲି, ସେହି ଘଟଣାଟି କହୁଛି। ପୂର୍ଣ୍ଣିଆରୁ ଓକିଲର ତାର ପାଇଲି, ପରଦିନ ସକାଳ ଦଶଟା ଭିତରେ ମୋତେ ସେଠାରେ ହାଜର କରିବାକୁ ପଡ଼ିବ। ଅନ୍ୟଥା ଜମିଦାରୀର ଗୋଟାଏ ବଡ଼ ମକଦ୍ଦମାରେ ଆମର ପରାଜୟ ସୁନିଷ୍ଚିତ।

ଆମ ମାହାଲ ଠାରୁ ପୂର୍ଣ୍ଣିଆ ହେଉଛି ପଞ୍ଚାବନ ମାଇଲ ଦୂର। ରାତିରେ ଗୋଟିଏ ମାତ୍ର ଟ୍ରେନ। ଯେତେବେଳେ ତାର ହସ୍ତଗତ ହେଲା, ସେତେବେଳେ ସତର ମାଇଲ ଦୂରବର୍ତ୍ତୀ କାଟାରିୟା ଷ୍ଟେସନକୁ ଯାଇ ସେହି ଟ୍ରେନ ଧରିବା ଅସମ୍ଭବ।

ଠିକ୍ ହେଲା ଏକ୍ଷଣି ଘୋଡ଼ାରେ ଚଢ଼ି ଯିବାକୁ ହେବ।

କିନ୍ତୁ ପଥ ସୁଦୀର୍ଘ, ବିପଦସଂକୁଳ ମଧ୍ୟ, ବିଶେଷତଃ ଏହି ରାତି ବେଳେ, ପୁଣି ଏହି ଅରଣ୍ୟ ଅଞ୍ଚଳରେ। ସୁତରାଂ ଏହା ବି ଠିକ୍ ହେଲା ଯେ, ତହସିଲଦାର ସୁଜନ ସିଂ ମୋ ସାଙ୍ଗରେ ଯିବ।

ସନ୍ଧ୍ୟା ବେଳେ ଦୁହେଁ ଘୋଡ଼ା ଛାଡ଼ିଲୁ। କଚେରୀ ଟପି ଜଙ୍ଗଲରେ ପହଞ୍ଚିବାର ଟିକିଏ ପରେ କୃଷ୍ଣ ତୃତୀୟାର ଚାନ୍ଦ ଉଠିଲା। ଅସ୍ପଷ୍ଟ ଜ୍ୟୋତ୍ସ୍ନାରେ ବଣ-ପ୍ରାନ୍ତର ଆହୁରି ଅଭୁତ ଦିଶୁଛି। ଲଗାଲଗି ହୋଇ ଦୁଇ ଜଣ ଚାଲିଛୁଁ- ମୁଁ ଆଉ ସୁଜନ ସିଂ। ରାସ୍ତା କେତେବେଳେ ଉଞ୍ଚା, କେତେବେଳେ ନୀଚା, ସାଦାବାଲି ଉପରେ ଜ୍ୟୋତ୍ସ୍ନା ପଡ଼ି ଚକ୍‌ଚକ୍ କରୁଛି। ମଝିରେ ମଝିରେ ବଣବୁଦା, ଆଉ ଖାଲି କାଶ ଓ ଝାଉଁ ବଣ ଚାଲିଛି, ସୁଜନ ସିଂ ଗପ କରୁଛି। ଜ୍ୟୋତ୍ସ୍ନା କ୍ରମେ ଚହଟୁଛି- ବଣ-ଜଙ୍ଗଲ ଓ ବାଲୁଚର କ୍ରମେ କ୍ରମେ ସ୍ପଷ୍ଟତର ହେଉଛି। ବହୁ ଦୂର ପର୍ଯ୍ୟନ୍ତ ନୀଚା ଜଙ୍ଗଲର ଶୀର୍ଷ ଭାଗ ଗୋଟାଏ ମାତ୍ର ସରଳ ରେଖାରେ ଚାଲିଯାଇଛି। ଯେତେ ଦୂରକୁ ଦୃଷ୍ଟି ଯାଏ, ଏକ ଦିଗରେ ଖାଲି ବିସ୍ତୀର୍ଣ୍ଣ ପ୍ରାନ୍ତର ଓ ଅନ୍ୟ ଦିଗରେ ଜଙ୍ଗଲ। ବାମ ଦିଗରେ ଦୂରରେ ଅନୁଚ୍ଚ ଶୈଳମାଳା। ନିର୍ଜନ, ନୀରବ, କେଉଁଠି ହେଲେ ଲୋକବସତି ନାହିଁ, ସ୍ୱର ନାହିଁ, ଶବ୍ଦ ନାହିଁ, ଯେମିତି ଅନ୍ୟ କୌଣସି ଅଜଣା ଗ୍ରହ ମଝିରେ ନିର୍ଜନ ବଣ ପଥରେ ଆମେ ଦୁଇଟି ମାତ୍ର ପ୍ରାଣୀ।

ଗୋଟିଏ ଜାଗାରେ ସୁଜନ ସିଂ ଘୋଡ଼ା ଅଟକାଇଲା। ଘଟଣା କଣ? ପାଖ ଜଙ୍ଗଲରୁ ଧାଡ଼ିଏ ବନ୍ୟ ଶୂକର ଗୋଛାଏ ପିଲାଛୁଆ ଧରି ଆମ ରାସ୍ତା ପାରହୋଇ ବାଁ ଦିଗରେ ଜଙ୍ଗଲରେ ପଶୁଛନ୍ତି। ସୁଜନ ସିଂ କହିଲା- ତେବେ ବି ଭଲ ହକୁର, କିନ୍ତୁ ମୁଁ ବଣ ମଇଁଷି ବୋଲି ଭାବୁଥିଲି। ମୋହନପୁରା ଜଙ୍ଗଲ ପାଖରେ ଆସି ପହଞ୍ଚିଲୁଣି, ଏଠାରେ ବଣ ମଇଁଷିର ଭୟ ଖୁବ୍ ବେଶୀ। ଏଇ ସେ ଦିନ ମଇଁଷି ଗୋଟାଏ ଲୋକକୁ ମାରି ପକାଇଛି।

ଆଉ କିଛି ଦୂର ଯିବା ପରେ ଜ୍ୟୋତ୍ସ୍ନାରେ ଦୂରରୁ ସତରେ କଣ ଗୋଟାଏ କଳା କଳା ଦେଖାଗଲା।

ସୁଜନ କହିଲା- ଘୋଡ଼ା ଭୟ କରିବ ହକୁର, ଘୋଡ଼ା ରଖନ୍ତୁ।

ଶେଷରେ ଦେଖାଗଲା ସେଟା ଆଦୌ ହଲଚଲ ହେଉନାହିଁ! ଟିକିଏ କରି ପାଖକୁ ଯିବାରୁ ଦେଖାଗଲା, ସେଟା ଗୋଟାଏ କାଶ-ପଲା। ପୁଣି ଘୋଡ଼ା ଛୁଟାଇଲୁ। ବାଟଘାଟ, ବଣ ପ୍ରାନ୍ତର, ବିରାଟ ଜ୍ୟୋତ୍ସ୍ନାଭରା ବିଶ୍ୱ- କି ଗୋଟାଏ ସାଥୀହରା ପକ୍ଷୀ ଆକାଶରେ କି ବଣ ଭିତରେ କେଉଁଠି ଡାକୁଛି- ଟି, ଟି, ଟି, ଟି- ଘୋଡ଼ା ଖୁରାରେ

ବେଜାଏ ବାଲି ଉଠୁଛି, ଘୋଡ଼ାକୁ ମୁହୂର୍ତ୍ତେ ଅଟକାଇବାର ଉପାୟ ନାହିଁ– ଉଡ଼ାଅ, ଉଡ଼ାଅ–

ଅନେକ ବେଳକୁ ଏକ ଭାବରେ ବସି ବସି ପିଠି ଟଣ ଟଣ କରୁଛି, ଜିନର ବସିବା ଜାଗାଟା ଗରମ ହୋଇଯାଇଛି, ଘୋଡ଼ା ଧପଟ ଛାଡ଼ି ଦୋହଲା ଚାଲି ଧରିଛି। ମୋ ଘୋଡ଼ାଟା ବେଶୀ ଭୟ କରେ, ଏଥିପାଇଁ ସାମନା ରାସ୍ତାରେ ଅନେକ ଦୂର ଯାଏ ସତର୍କତାର ସହିତ ନଜର ରଖି ଚାଲିଛି– ଘୋଡ଼ା ହଠାତ୍‍ ଅଟକି ଯାଇ ଠିଆ ହୋଇଗଲେ ତା ପିଠିରୁ ଛିଟିକି ପଡ଼ିବା ଅନିବାର୍ଯ୍ୟ।

କାଶର ଅଗରେ ଚୁଟି ବାନ୍ଧି ଜଙ୍ଗଲରେ ବାଟ ଠିକ୍‍ କରି ରଖିଛନ୍ତି, ରାସ୍ତା ବୋଲି କିଛି ନାହିଁ, ଏହି କାଶର ଚୁଟି ଦେଖି ଏହି ଗଭୀର ଜଙ୍ଗଲ ଭିତରେ ବାଟ ଠିକ୍‍ କରି ନେବାକୁ ପଡ଼େ। ଥରେ ସୁଜନ ସିଂ କହିଲା– ହଜୁର, ଏଟା ବୋଧହୁଏ ଠିକ୍‍ ବାଟ ନୁହେଁ, ଆମେ ବାଟ ହୁଡ଼ିଲେଣି।

ମୁଁ ସପ୍ତର୍ଷିମଣ୍ଡଳ ଦେଖି ଧ୍ରୁବତାରା ଠିକ୍‍ କଲି– ପୂର୍ଣ୍ଣିଆ ଆମ ମାହାଲ ଠାରୁ ସିଧା ଉତ୍ତରରେ, ତାହା ହେଲେ ଠିକ୍‍ ଅଛି, ସୁଜନକୁ ବୁଝାଇ ଦେଲି।

ସୁଜନ କହିଲା– ନାଁ ହଜୁର, କୋଶୀ ନଦୀ ଡଙ୍ଗାରେ ପାରି ହେବାକୁ ପଡ଼ିବ ଯେ, ଡଙ୍ଗାରେ ପାରି ହୋଇ ପାରିଲେ ସିଧା ଉତ୍ତରକୁ, ତାହା ହେଲେ ଠିକ୍‍ ଅଛି, ସୁଜନକୁ ବୁଝାଇ ଦେଲି।

ସୁଜନ କହିଲା– ନାଁ ହଜୁର, କୋଶୀ ନଦୀ ଡଙ୍ଗାରେ ପାରି ହେବାକୁ ପଡ଼ିବ ଯେ, ଡଙ୍ଗାରେ ପାରି ହୋଇ ସାରିଲେ ସିଧା ଉତ୍ତରକୁ ଯିବାକୁ ହେବ। ଏଷଣି ଉତ୍ତର– ପୂର୍ବ କୋଣ କାଟି ବାହାରି ଯିବାକୁ ହେବ।

ଅବଶେଷରେ ବାଟ ମିଳିଲା।

ଜ୍ୟୋସ୍ନା ଆହୁରି ଚହଟିଲାଣି– ସେ କି ଜ୍ୟୋସ୍ନା! କି ରୂପ ରାତ୍ରିର! ନିର୍ଜନ ବାଲିଚରରେ, ଦୀର୍ଘ ବଣ ଝାଉଁ ଜଙ୍ଗଲ କଡ଼ର ରସ୍ତାରେ ଯେ କେବେ ଜ୍ୟୋସ୍ନା ଦେଖିନାହିଁ, ସେ କଦାପି ବୁଝିପାରିବ ନାହିଁ ଏ ଜ୍ୟୋସ୍ନାର ଚେହେରା କିପରି! ଏମିତି ଉନ୍ମୁକ୍ତ ଆକାଶ ତଲେ– ଛାୟାହୀନ ଉଦାସ ଗଭୀର ଜ୍ୟୋସ୍ନାଭରା ରାତିରେ, ବଣ ପାହାଡ଼ ଓ ପ୍ରାନ୍ତରର ପଥରେ ଜ୍ୟୋସ୍ନା, ବାଲୁଚରର ଜ୍ୟୋସ୍ନା – କେତେ କଣ ଦେଖିଛନ୍ତି ? ଊଷ, ସେ କି ଦୌଡ଼! ପାଖାପାଖି ଚାଲୁ ଚାଲୁ ଦୁଇଟି ଘୋଡ଼ା ଧଇଁସଇଁ ହେଉଛନ୍ତି, ଶୀତରେ ମଧ ଆମ ଦେହରୁ ଝାଲ ବୋହୁଛି।

ବଣ ଭିତରେ ଗୋଟିଏ ଜାଗାରେ ଗୋଟିଏ ଶିମୁଲି ଗଛ ତଲେ ଆମେ ଘୋଡ଼ା ଅଟକାଇ ଟିକିଏ ବିଶ୍ରାମ ନେଲ, ସାମାନ୍ୟ ଦଶମିନିଟ୍‍ ବୋଧହୁଏ। ଗୋଟିଏ ଛୋଟ

ନଦୀ ବହିଯାଇ ଅଦୂରରେ କୋଶୀ ନଦୀ ସାଙ୍ଗରେ ମିଶିଛି, ଶିମୁଳି ଗଛଟିରେ ଫୁଲ ଫୁଟିଛି, ସେଠାରେ ବଣଟା ଚାରିପଟୁ ଆସି ଆମକୁ ଏମିତି ଘେରି ଦେଇଛି ଯେ, ରାସ୍ତାର ଚିହ୍ନବର୍ଷ ନାହିଁ, ଅଥଚ ଖାଲି ଛୋଟ ଛୋଟ ଗଛପତ୍ର ବଣ– ସେଠାରେ ଶିମୁଳି ଗଛଟା ଖୁବ୍ ଉଞ୍ଚା, ବଣ ଭିତରେ ମଥା ଟେକି ଠିଆ ହୋଇଛି । ଆମ ଦୁଇଜଣଙ୍କୁ ଭାରି ଶୋଷ ଲାଗିଲା ।

ଜ୍ୟୋସ୍ନା ମ୍ଲାନ ହୋଇ ଆସିଲା । ଅନ୍ଧକାର ବନପଥ, ପଶ୍ଚିମ ଦିଗନ୍ତର ଦୂର ଶୈଳମାଳା ପଛରେ ଶେଷ ରାତିର ଚନ୍ଦ୍ର ଢୁଳି ପଡ଼ିଲେଣି । ଛାୟା ଦୀର୍ଘ ହୋଇଆସିଲା, କେଉଁଆଡ଼େ କୁଆ–କୋଇଲିର ବି ଶଦ ନାହିଁ, ଖାଲି ଛାୟା, ଛାୟା, ଅନ୍ଧକାର ପ୍ରାନ୍ତର, ଅନ୍ଧକାର ବଣ । ଶେଷ ରାତିର ପବନ ଟିକିଏ ଥଣ୍ଡା ମାଲୁମ ହେଲା । ଘଡ଼ିରେ ପ୍ରାୟ ରାତି ଚାରିଟା । ଭୟ ହେଲା, ଶେଷ ରାତିର ଅନ୍ଧକାରରେ ବଣୁଆ ହାତୀର ଦଳ ଯଦି ସାମନାକୁ ଚାଲି ଆସନ୍ତି ! ମଧୁବନୀ ଜଙ୍ଗଲରେ ପଲେ ବଣୁଆ ହାତୀ ବି ଅଛନ୍ତି ।

ଏଥର ପାଖ–ଆଖରେ ଛୋଟ ଛୋଟ ପାହାଡ଼, ତା ଭିତର ଦେଇ ପଥ, ପାହାଡ଼ର ଚୂଡ଼ାରେ ପତ୍ରହୀନ ଶୁଭ୍ରକାଣ୍ଡ ଗୋଲଗୋଲି ଫୁଲଗଛ, କେଉଁଠି ରକ୍ତ ପଲାଶ ବଣ । ଶେଷ ରାତିର ଜହ୍ନ ବୁଡ଼ିଲା ଅନ୍ଧକାରରେ ବଣ–ପାହାଡ଼ ଅଦ୍ଭୁତ ଦିଶେ । ପୂର୍ବ ଦିଗରେ ଫର୍ଚ୍ଚା ହୋଇ ଆସିଲା– ଭୋରର ହାଓ୍ଆ ବହୁଛି, ପକ୍ଷୀର ଡାକ କାନରେ ଆସି ବାଜିଲା । ଘୋଡ଼ାର ସର୍ବାଙ୍ଗରୁ ଗମ୍ ଗମ୍ ହୋଇ ଝାଳ ବୋହୁଛି, ଦୌଡ଼, ଦୌଡ଼, ଖୁବ୍ ଭଲ ଘୋଡ଼ା, ତେଣୁ ଏହି ପଥରେ ସମାନ ଗତିରେ ଏତେ ଧାଁପାରେ । ମୁହଁ ସଞ୍ଜରେ କଟେରୀ ଛାଡ଼ିଛୁଁ– ଆଉ ଭୋର ହୋଇଗଲା । ସାମନାରେ ଏବେ ସୁଦ୍ଧା ଯେମିତି ବାଟ ସରୁନାହିଁ, ସେହି ଏକ ପ୍ରକାରର ବଣ ଓ ପାହାଡ଼ ।

ସାମନା ପାହାଡ଼ ପଛରୁ ଲାଲ ଟହଟହ ସିନ୍ଦୂରର ଗୋଲା ପରି ସୂର୍ଯ୍ୟ ଉଠୁଛନ୍ତି । ରାସ୍ତା କଡ଼ରେ ଗୋଟାଏ ଗ୍ରାମରେ ଘୋଡ଼ା ଅଟକାଇ କିଛି ଦୁଧ କିଣି ଦୁହେଁ ପାନ କଲୁ । ତାପରେ ଆଉ ଦୁଇଘଣ୍ଟା ଚାଲିଲା ଉଠାରୁ ପୂର୍ଣ୍ଣିୟା ସହର ପଡ଼ିଲା ।

ପୂର୍ଣ୍ଣିୟାରେ ଜମିଦାରୀ କାମ ଶେଷ କଲି, ତାହା ଯେମିତି ନିତାନ୍ତ ଅନ୍ୟମନସ୍କ ଭାବରେ, ମନ ସବୁବେଳେ ପଥ ଆଡ଼େ ଲାଗି ରହିଲା । ମୋ ସଙ୍ଗୀର ଇଚ୍ଛା, କାମ ଶେଷ କରି ବାହାରି ପଡ଼ିବା– ଜ୍ୟୋସ୍ନା ରାତିରେ ଏତେ ବାଟ ଅଶ୍ୱାରୋହଣରେ ଯିବା ବେଳେ ବିଚିତ୍ର ସୌନ୍ଦର୍ଯ୍ୟର ପୁନରାସ୍ବାଦନର ଲୋଭରେ ମୁଁ ତାକୁ ବାଧା ଦେଲି ।

ସେହିପରି ବି ଗଲୁ । ପରଦିନ ଚାନ୍ଦ ଟିକିଏ ଡେରିରେ ଉଠିଲେ ସୁଦ୍ଧା ଭୋର ଯାଏ ଜ୍ୟୋସ୍ନା ମିଳିଲା । ଆଉ ସେ କି ଜ୍ୟୋସ୍ନା ! କୃଷ୍ଣ ପକ୍ଷର ସ୍ତିମିତାଲୋକ ଚନ୍ଦ୍ରର ଜ୍ୟୋସ୍ନା ବଣ ପାହାଡ଼ରେ ଯେମିତି ଏକ ଶାନ୍ତ, ସ୍ନିଗ୍ଧ, ଅଥଚ ଏକ ଆଶ୍ଚର୍ଯ୍ୟ

ପ୍ରକାର ଅପରିଚିତ ସ୍ୱପ୍ନ-ଜଗତ ରଚନା କରିଛି- ସେହି ଛୋଟ ଛୋଟ କାଶ ଜଙ୍ଗଲ, ସେହି ପାହାଡ଼ର ସାନୁଦେଶରେ ପୀତ ବର୍ଣ୍ଣ ଗୋଲଗୋଲି ଫୁଲ, ସେହି ଉଚ୍ଚା-ନୀଚା ପଥ ସବୁ ମିଶି ଯେମିତି କେଉଁ ବହୁ ଦୂରର ନକ୍ଷତ୍ର ଲୋକକୁ - ମୃତ୍ୟୁ ପରେ କେଉଁ ଅଜଣା ଅଦୃଶ୍ୟ ଲୋକକୁ ଅଶରୀରୀ ହୋଇ ଉଡ଼ି ଯାଉଛନ୍ତି- ଭଗବାନ ବୁଦ୍ଧଙ୍କର ସେହି ନିର୍ବାଣ-ଲୋକକୁ, ଯେଉଁଠି ଚନ୍ଦ୍ର ଉଦୟ ହୁଅନ୍ତି ନାହିଁ, ଅଥଚ ଅନ୍ଧକାର ବି ନାହିଁ ।

ଅନେକ ଦିନ ପରେ ଯେତେବେଳେ ଏହି ମୁକ୍ତ ଜୀବନ ତ୍ୟାଗ କରି ସଂସାରରେ ପ୍ରବେଶ କଲି, ସେତେବେଳେ କଲିକତା ସହରରେ କ୍ଷୁଦ୍ର ଗଳୀର ବସାଘରେ ବସି ସ୍ତ୍ରୀର ସିଲାଇ କଲ ଚାଲନାର ଶବ୍ଦ ଶୁଣୁ ଶୁଣୁ ଅବସର ଦିନର ଦିପହରେ କେତେ ଥର ଏହି ରାତିର କଥା, ଏହି ଅପୂର୍ବ ଆନନ୍ଦର କଥା, ଏହି ଜ୍ୟୋସ୍ନାପ୍ଲାବିତ ରହସ୍ୟମୟ ବନଶ୍ରୀର କଥା, ଶେଷ ରାତିର ଜହ୍ନବୁଡ଼ା ଅନ୍ଧକାରରେ ପାହାଡ଼ ଉପରର ଶୁଭ୍ରକାନ୍ତ ଗୋଲଗୋଲି ଗଛର କଥା, ଶୁଖିଲା କାଶ-ଜଙ୍ଗଲର ଉଷ୍ମମାଳିଆ ତାଜା ଗନ୍ଧର କଥା ଭାବିଛି- କେତେ ଥର ପୁଣି କଳ୍ପନାରେ ଘୋଡ଼ାରେ ଚଢ଼ି ଜ୍ୟୋସ୍ନା ରାତିରେ ପୂର୍ଣ୍ଣିୟା ଯାଇଛି ।

୨

ଚୈତ୍ର ମାସର ମଝାମଝିରେ ଦିନେ ଖବର ପାଇଲି ସୀତାପୁର ଗ୍ରାମରେ ରାଖାଲ ବାବୁ ନାମକ ଜଣେ ବଙ୍ଗାଳୀ ଡାକ୍ତର ଥିଲେ, କାଲି ରାତିରେ ହଠାତ୍ ତାଙ୍କର କାଳ ହୋଇଗଲା ।

ଆଗରୁ କେବେ ତାଙ୍କ ନାମ ଶୁଣି ନାହିଁ । ସେ ଯେ ସେଠାରେ ଥିଲେ, ତାହା ଜାଣି ନଥିଲି । ଶୁଣିଲି ଆଜିକି କୋଡ଼ିଏ-ବାଇଶି ବର୍ଷ ହେଲା ସେ ସେଠାରେ ଥିଲେ । ସେ ଅଞ୍ଚଳରେ ତାଙ୍କର ନାମ ଡାକ ଥିଲା, ସେହି ଗ୍ରାମରେ ବି କୁଆଡ଼େ ସେ ଘରଦ୍ୱାର କରିଥିଲେ । ତାଙ୍କର ସ୍ତ୍ରୀ-ପୁତ୍ର ସେଠାରେ ଅଛନ୍ତି ।

ଏହି ଅବଙ୍ଗାଳୀ ଦେଶରେ ଜଣେ ବଙ୍ଗାଳୀ ଭଦ୍ରଲୋକ ହଠାତ୍ ମରି ଯାଇଛନ୍ତି, ତାଙ୍କ ପରିବାରର କି ଦଶା ହୋଇଛି, କିଏ ସେମାନଙ୍କୁ ଦେଖାଶୁଣା କରୁଛି, ତାଙ୍କର ସକ୍ରାର ବା ଶୁଦ୍ଧିକ୍ରିୟାର କି ବ୍ୟବସ୍ଥା ହେଉଛି, ଏସବୁ ଜାଣିବା ପାଇଁ ମନ ଅତ୍ୟନ୍ତ ଚଞ୍ଚଳ ହୋଇ ପଡ଼ିଲା । ଭାବିଲି ମୋର ପ୍ରଥମ କର୍ତ୍ତବ୍ୟ ହେଉଛି ସେଠକୁ ଯାଇ ସେହି ଶୋକ-ସନ୍ତପ୍ତ ପରିବାରର ଖୋଜ ଖବର ନେବା ।

ଖବର ନେଇ ଜାଣିଲି ଗ୍ରାମଟି ଏଠାରୁ କୋଡ଼ିଏ ମାଇଲ ଦୂରରେ, କଡ଼ାରୀ ଖାସମାହାଲର ସୀମାରେ। ଦିପହର ବେଳେ ଯାଇ ସେଠାରେ ପହଞ୍ଚିଲି। ଲୋକଙ୍କୁ ପଚାରି ପଚାରି ଯାଇ ରାଖାଲ ବାବୁଙ୍କ ଘର ଖୋଜି ବାହାର କଲି। ଦୁଇଟି ବଡ଼ ବଡ଼ ଖପରଲି ଘର, ତିନୋଟି ଛୋଟ ଛୋଟ ଘର। ବାହାରେ ଏ ଦେଶରଧରଣ ମୁତାବକ ଗୋଟିଏ ବସିବା ଘର, ତାର ତିନିପଟେ କାନ୍ଥ ନାହିଁ। ବଙ୍ଗାଳୀ ଘର ବୋଲି ଚିହ୍ନିବାର କୌଣସି ଉପାୟ ନାହିଁ। ବସିବା ଘରର ଦଉଡ଼ିଆ ଖଟିଆ ଠାରୁ ଆରମ୍ଭ କରି ଅଗଣାର ହନୁମାନ ଧ୍ୱଜା ଯାଏ ସବୁ ଏ ଦେଶୀୟ।

ମୋ ଡାକରେ ଜଣେ ବାର-ତେର ବର୍ଷର ପିଲା ବାହାରି ଆସିଲା। ମୋତେ ଦେଖି ଗାଉଁଲି ହିନ୍ଦୀରେ ପଚାରିଲା- କାହାକୁ ଖୋଜୁଛନ୍ତି ?

ତାହାର ଚେହେରା ଦେଖି ମନେ ହୁଏ ନା ଯେ, ସେ ବଙ୍ଗାଳୀ ପିଲା। ମୁଣ୍ଡରେ ଲମ୍ବା ବୁଟି, ଗଳା ଅବଶ୍ୟ ବର୍ତ୍ତମାନ କଣ୍ଠା- ସବୁ ବୁଝିଲି, କିନ୍ତୁ ମୁଖର ଭାବ ମଧ୍ୟ କିପରି ହିନ୍ଦୁସ୍ଥାନୀ ବାଳକ ପରି ହେଲା ?

ମୋର ପରିଚୟ ଦେଇ କହିଲି- ତୁମ ଘରେ ଏକ୍ଷଣି ବଡ଼ ମଣିଷ କିଏ ଅଟି ତାକୁ ଡାକ।

ପିଲାଟି କହିଲା, ସେ ତ ବଡ଼ ପିଲା। ତାହାର ଆଉ ଦୁଇଟି ସାନ ଭାଇ ଅଛନ୍ତି। ଘରେ ଆଉ କୌଣସି ଅଭିଭାବକ ନାହାନ୍ତି।

କହିଲି- ତୁମ ମାଆଙ୍କ ସାଙ୍ଗରେ ମୁଁ ଥରେ କଥା ହେବାକୁ ଚାହେଁ। ପଚାରି ଆସ ତ।

କିଛି କ୍ଷଣ ପରେ ପିଲାଟି ଆସି ମୋତେ ଘର ଭିତରକୁ ନେଇଗଲା। ରାଖାଲ ବାବୁଙ୍କ ସ୍ତ୍ରୀଙ୍କୁ ଦେଖି ମନେ ହେଲା ଅଳ୍ପ ବୟସ, ତିରିଶ ଭିତରେ, ସଦ୍ୟ-ବିଧବାର ବେଶୀ, କାନ୍ଦି କାନ୍ଦି ଆଖି ଫୁଲିଛି। ଘରର ଆସବାବ ପତ୍ର ନିତାନ୍ତ ଦରିଦ୍ର ଗୃହସ୍ଥ ପରି। ଏକ ଦିଗରେ ଗୋଟିଏ ଛୋଟ ଗୋଲା, ଘରେ ମେଲାରେ ଦୁଇଖଣ୍ଡ ଖଟିଆ, ଛିଣ୍ଡା ଲେପକନ୍ଥା, ଏ ଦେଶୀୟ ପିତଳ ମାଣିଆ, ଗୋଟିଏ ହୁକା, ପୁରୁଣା ଟିଣ ପେଟରାଟାଏ। କହିଲି- ମୁଁ ବଙ୍ଗାଳୀ, ଆପଣଙ୍କ ପ୍ରତିବେଶୀ। ରାଖାଲ ବାବୁଙ୍କ କଥା ମୋ କାନରେ ବାଜିଲା, ତେଣୁ ଚାଲି ଆସିଲି। ଏଠାରେ ମୋର ଗୋଟାଏ କର୍ତ୍ତବ୍ୟ ଅଛି ବୋଲି ମୁଁ ମନେକରେ। ଯଦି ମୋର କୌଣସି ସାହାଯ୍ୟ ଦରକାର ଥାଏ, ନିଃସଙ୍କୋଚରେ କହନ୍ତୁ। ରାଖାଲ ବାବୁଙ୍କ ସ୍ତ୍ରୀ କବାଟ ଉହାଡ଼ରେ ଠିଆହୋଇ ନିଃଶବ୍ଦରେ କାନ୍ଦିବାକୁ ଲାଗିଲେ। ମୁଁ ତାଙ୍କୁ ବୁଝାଇ ଶୁଢ଼ାଇ ଶାନ୍ତ କରାଇ ପୁଣି ମୋ ଆସିବାର ଉଦ୍ଦେଶ୍ୟ ବ୍ୟକ୍ତ କଲି। ରାଖାଲ ବାବୁଙ୍କ ସ୍ତ୍ରୀ ଏଥର ମୋ ସାମନାକୁ ବାହାରି ଆସିଲେ ଏବଂ

କାନ୍ଦି କାନ୍ଦୁ କହିଲେ– ଆପଣ ମୋ ଭାଇ ଭଳି, ଆମର ଏହି ଘୋର ବିପଦ ସମୟରେ ଭଗବାନ ଆପଣଙ୍କୁ ପଠାଇଛନ୍ତି ।

କ୍ରମେ କ୍ରମେ କଥାବାର୍ତ୍ତାରୁ ଜଣାଗଲା, ଏହି ବଙ୍ଗାଳୀ ପରିବାର ଏ ଘୋର ବିଦେଶରେ ସମ୍ପୂର୍ଣ୍ଣ ନିଃସ୍ୱ ଓ ଅସହାୟ । ଗଲା ବର୍ଷେ ହେଲା ରାଖାଲ ବାବୁ ଶଯ୍ୟାଶାୟୀ ଥିଲେ । କିଞ୍ଚିତ ଅର୍ଥଯାକ ତାଙ୍କ ଚିକିସ୍ତା ଓ ସଂସାର ଖର୍ଚ୍ଚରେ ନିଶେଷ ହୋଇ ଯାଇଛି– ଏକ୍ଷଣି ତାଙ୍କର ଶୁଦ୍ଧିକ୍ରିୟା ସମାପନ କରିବା ପାଇଁ କୌଣସି ଉପାୟ ନାହିଁ ।

ପଚାରିଲି– ଆଚ୍ଛା, ରାଖାଲ ବାବୁ ତ ଅନେକ ଦିନ ହେଲା ଏ ଅଞ୍ଚଲରେ ରହିଲେଣି, କିଛି କରିପାରି ନାହାନ୍ତି ?

ରାଖାଲ ବାବୁଙ୍କ ସ୍ତ୍ରୀର ଲଜ୍ଜା ଓ ସଙ୍କୋଚ ଅନେକଟା ଦୂର ହୋଇଗଲା । ସେ ଯେମିତି ଏହି ପ୍ରବାସରେ, ଏହି ଦୁର୍ଦ୍ଦିନରେ ଜଣେ ବଙ୍ଗାଳୀର ମୁଖ ଦେଖି ଅକୂଲରେ କୂଲ ପାଇଲେ, ମୁଖର ଭାବରୁ ତାହା ମନେ ହେଲା ।

ସେ କହିଲେ– ଆଗରୁ କଣ ରୋଜଗାର କରୁଥିଲେ ଜାଣେ ନା । ପନ୍ଦରବର୍ଷ ହେଲା ମୋର ବିବାହ ହୋଇଛି– ମୋର ସଉତୁଣୀ ମରିଯିବାରୁ ସେ ମୋତେ ବିବାହ କଲେ । ମୁଁ ଆସି ଦେଖିଲି ସଂସାର କୌଣସି ମତେ ଚଲିଯାଉଛି । ଏଠାରେ ଭିଜିଟ୍ ଟଙ୍କା ପ୍ରାୟ କେହି ଦିଅନ୍ତି ନାହିଁ, ଗହମ ଦିଅନ୍ତି, ମକା ଦିଅନ୍ତି । ଗତ ବର୍ଷ ମାଘ ମାସରେ ସେ ବେମାର ପଡ଼ିଲେ, ସେହି ଦିନରୁ ଏକ ପଇସାର ଆୟ ନାହିଁ । ତେବେ ଏ ଅଞ୍ଚଲର ଲୋକେ ଖରାପ ନୁହନ୍ତି, ଯାହା ପାଖରେ ଯାହା ପାଉଣା ଥିଲା, ସମସ୍ତେ ଗହମ, ମକା, ବିରି ଆକାରରେ ଆଣି ଘରେ ଦେଇ ଯାଇଛନ୍ତି । ସେଥିରେ ଚଲିଗଲୁ, ନହେଲେ ଖାଇବାକୁ ନ ପାଇ ସମସ୍ତେ ମରିଯାଇ ଥାଆନ୍ତେ ।

– ଆପଣଙ୍କ ବାପ ଘର କେଉଁଠି ? ସେଠାକୁ ଖବର ଦିଆଯାଇଛି ନା ?

କିଛି କ୍ଷଣ ଚୁପ୍ ରହି ରାଖାଲ ବାବୁଙ୍କ ସ୍ତ୍ରୀ କହିଲେ– ଖବର ଦେବା କିଛି ନାହିଁ । ମୁଁ ବାପ ଘର ଦୁଆର କେବେ ମାଡ଼ିନାହିଁ । ଶୁଣିଥିଲି, ମୁର୍ଶିଦାବାଦ ଜିଲାରେ ଥିଲା । ପିଲାଟି ବେଲୁ ମୁଁ ସାହେବଗଞ୍ଜରେ ଭିଣୋଇ ଘରେ ମଣିଷ ହୋଇଛି । ବାପ ମାଆ କେହି ନଥିଲେ । ସେ ଭଉଣୀଟି ମଧ୍ୟ ମୋର ବିଭାଯର ପରେ ଆଖି ବୁଜିଲା । ଭିଣୋଇ ପୁଣି ବିଭା ହେଲେ । ତାଙ୍କ ସାଙ୍ଗରେ ଆଉ ମୋର କି ସମ୍ପର୍କ ?

– ରାଖାଲ ବାବୁଙ୍କର କେହି ବନ୍ଧୁ ବାନ୍ଧବ କେଉଁଠି ନାହାନ୍ତି ?

– ଶୁଣିଥିଲି ଦେଶରେ ଜ୍ଞାତିକୁଟୁମ୍ବମାନେ ଅଛନ୍ତି ସତ, କିନ୍ତୁ ସେମାନେ କେବେ ପଚରା ପଚରି କରନ୍ତି ନାହିଁ । ସେ ବି ଦେଶକୁ ଯିବା ଆସିବା କରୁନଥିଲେ । ସେମାନଙ୍କ ସାଙ୍ଗରେ ସଦ୍‌ଭାବ ବି ନାହିଁ । ତେଣୁ ସେମାନଙ୍କୁ ଖବର ଦେବା ନ ଦେବା ସମାନ ।

ଶୁଣିଥିଲି, ମୋର ଜଣେ ମଲାଣ୍ଟୁର ଅଛନ୍ତି କାଶୀରେ। ତାଙ୍କ ଠିକଣା ବି ମୋତେ ଜଣା ନାହିଁ।

ଭୟଙ୍କର ଅସହାୟ ଅବସ୍ଥା। ନିଜର ଲୋକ କେହି ନାହାନ୍ତି। ଏହି ବନ୍ଧୁହୀନ ବିଦେଶରେ ଦୁଇ-ତିନୋଟି ନାବାଳକ ପିଲାଙ୍କୁ ନେଇ ସହାୟ-ସମ୍ପଦ-ହୀନ ବିଧବା ମହିଲାଟିର ଦଶା ଭାବିଲା ମାତ୍ରେ ମୁଁ ପ୍ରାୟ ଦବିଗଲି। ସେତେବେଳେ ଯାହା କରବା କଥା କରିସାରି ମୁଁ କଚେରୀକୁ ଫେରି ଆସିଲି। ସଦର ଅଫିସକୁ ଲେଖି ଜବିଦାରୀରୁ ଆପାତତଃ ଶହେ ଟଙ୍କା ସାହାଯ୍ୟ ବ୍ୟବସ୍ଥା କରି ରାଖାଲ ବାବୁଙ୍କ ଶୁଦ୍ଧିକ୍ରିୟା କୌଣସିମତେ ସାରିଦେଲି।

ଏହାପରେ ଆଉ କେତେ ଥର ରାଖାଲ ବାବୁଙ୍କ ଘରକୁ ଯାଇଛି। ଜମିଦାରୀ ତରଫରୁ ମାସକୁ ଦଶଟଙ୍କା ସାହାଯ୍ୟ ମଞ୍ଜୁର କରାଇ ଦେଇ ପ୍ରଥମ ଥରର ଟଙ୍କା ଦେବାକୁ ମୁଁ ନିଜେ ଯାଇଥିଲି। ଭଉଣୀ ଖୁବ୍ ଆଦର ଯନ୍ କରନ୍ତି, ଅନେକ ସ୍ନେହବୋଲା କଥା କହନ୍ତି। ସେହି ବିଦେଶରେ ତାଙ୍କର ସ୍ନେହ ଆଦର ମୋତେ ଭାରି ଭଲ ଲାଗୁଥିଲା। ସେହି ଲୋଭରେ ଅବସର ମିଳିଲା କ୍ଷଣି ସେଠାକୁ ଧାଇଁ ଯାଉଥିଲି।

୩

ଲବଟୁଲିୟାର ଉତ୍ତର ପ୍ରାନ୍ତଟା ଗୋଟାଏ ଖୁବ୍ ବଡ଼ ହ୍ରଦ ପରି। ଏପରି ଜଳାଶୟକୁ ଏ ଅଞ୍ଚଳରେ କୁଣ୍ଡୀ କହନ୍ତି। ଏହି ହ୍ରଦଟିର ନାମ ସରସ୍ବତୀ କୁଣ୍ଡୀ।

ସରସ୍ବତୀ କୁଣ୍ଡୀର ତିନିଦିଗରେ ଘଞ୍ଚ ବଣ। ଏ ଧରଣର ବଣ ଆମ ମାହାଲରେ କି ଲବଟୁଲିୟାରେ ନାହିଁ। ଏହି ବଣରେ ବଡ଼ ବଡ଼ ବନସ୍ପତିର ନିବିଡ଼ ସମାବେଶ—ଜଳର ସାନ୍ନିଧ୍ୟ-ବଶତଃ ହେଉ ବା ଆଉ ଯେଉଁଥିପାଇଁ ହେଉ, ବଣର ତଳ ଭାଗରେ ନାନା ବିଚିତ୍ର ଗଛଲତା, ବଣ ଫୁଲର ସମ୍ଭାର। ଏହି ବଣ ବିଶାଳ ସରସ୍ବତୀ କୁଣ୍ଡୀର ନୀଳ ଜଳକୁ ତିନି ଦିଗରେ ଅର୍ଦ୍ଧ ଚନ୍ଦ୍ରାକାରରେ ଘେରି ରହିଛି, ଗୋଟିଏ ମାତ୍ରଦିଗ ଫାଙ୍କା-ସେଠାରୁ ପୂର୍ବ ଦିଗରେ ବହୁ ଦୂର ପ୍ରସାରିତ ନୀଳ ଓ ଆକାଶ ଓ ଦୂରର ଶୈଲମାଳା ଆଖିରେ ପଡ଼େ। ସୁତରାଂ ପୂର୍ବ-ପଶ୍ଚିମ କୋଣରେ କୂଳର କୌଣସି ଏକ ଜାଗାରେ ବସି ଦକ୍ଷିଣ ଓ ବାମ ଦିଗକୁ ଅନାଇଲେ ସରସ୍ବତୀ କୁଣ୍ଡୀର ଅପୂର୍ବ ସୌନ୍ଦର୍ଯ୍ୟ ଠିକ୍ ଜଣା ପଡ଼େ। ବାମକୁ ଚାହିଁଲେ ଦୃଷ୍ଟି ଗଭୀରରୁ ଗଭୀରତର ବଣ ଭିତରକୁ ଚାଲିଯାଇ ଘନ ନିବିଡ଼ ଶ୍ୟାମଲତା ଭିତରେ ନିଜେ ନିଜକୁ ହଜାଇ ଦିଏ, ଦକ୍ଷିଣକୁ ଚାହିଁଲେ ସ୍ୱଚ୍ଛ ନୀଳ ଜଳର ଅପର ପାର୍ଶ୍ୱରେ ସୁଦୂରପ୍ରସାରୀ ଆକାଶ ଓ

ଅସ୍ପଷ୍ଟ ଶୈଳମାଳାର ଛବି ମନକୁ ବେଲୁନ ପରି ଫୁଲାଇ ଦେଇ ପୃଥିବୀର ମାଟିରୁ ଉଠାଇ ନେଇଯାଏ ।

ଏଠାରେ ଖଣ୍ଡିଏ ଶିଳାଖଣ୍ଡ ଉପରେ କେତେଦିନ ଯାଇ ଏକା ବସିଛି । କେବେକେବେ ବଣ ଭିତରେ ଦି'ପହରେ ଆପେ ଆପେ ବୁଲିଛି । କେତେ ବଡ଼ ବଡ଼ ଗଛର ଛାଇରେ ବସି ପକ୍ଷୀର କୂଜନ ଶୁଣିଛି । ମଝିରେ ମଝିରେ ଗଛପତ୍ର, ବନ୍ୟଲତାର ଫୁଲ ସଂଗ୍ରହ କରିଛି । ଏଠାରେ କେତେ ରକମ ପକ୍ଷୀର ଡାକ ଶୁଣାଯାଏ, ଆମ ମାହାଲରେ ଏତେ ପକ୍ଷୀ ନାହାନ୍ତି । ନାନା ପ୍ରକାର ବନ୍ୟଫଳ ଖାଇବାକୁ ପାଆନ୍ତି ବୋଲି ଏବଂ ସମ୍ଭବତଃ ଉଚ୍ଚ ବନସ୍ପତିର ଶାଖାରେ ବସା ବାନ୍ଧିବାର ସୁଯୋଗ ଘଟେ ବୋଲି ସରସ୍ୱତୀ କୁଣ୍ଡୀ ତୀରର ବଣରେ ପକ୍ଷୀର ସଂଖ୍ୟା ଅତ୍ୟନ୍ତ ବେଶୀ । ବଣରେ ଅନେକ ରକମର ଫୁଲ ବି ଫୁଟେ ।

ହ୍ରଦର ତୀରରେ ଘଞ୍ଚ ବଣ ପ୍ରାୟ ତିନି ମାଇଲରୁ ବେଶୀ ଲମ୍ବା, ଗଭୀରତାରେ ପ୍ରାୟ ଦେଢ଼ ମାଇଲ । ପାଣି କଡ଼େ କଡ଼େ ବଣ ଭିତରେ ଗଛପତ୍ର ଛାଇରେ ଗୋଟାଏ ସରୁ ପଥ ବଣର ଆରମ୍ଭରୁ ଶେଷ ଯାଏ ଆସିଛି ।– ଏହି ପଥ ଧରି ବୁଲିଛି । ଗଛପତ୍ର ଫାଙ୍କେ ପାଙ୍କେ ମଝିରେ ମଝିରେ ସରସ୍ୱତୀର ନୀଳ ଜଳ, ତା ଉପରେ ହାମୁଡ଼େଇ ପଡ଼ିଥିବା ଦୂରର ଆକାଶ ଓ ଦିଗନ୍ତହୀନ ଶୈଳଶ୍ରେଣୀ ଆଖିରେ ପଡ଼େ । ସ୍ନିଗ୍ଧ ହାୱା ସିର୍ ସିର୍ ହୋଇ ବହୁଥାଏ, ପକ୍ଷୀ ଗୀତ ଗାଉଥାଏ, ଆଉ ବନ୍ୟ ଫୁଲର ସୁଗନ୍ଧ ମହକୁଥାଏ ।

ଦିନେ ଗୋଟାଏ ଗଛର ଡାଲରେ ଯାଇ ବସିଲି । ସେ ଆନନ୍ଦର ତୁଲନା ନାହିଁ । ମୋ ମୁଣ୍ଡ ଉପରେ ବିଶାଳ ବନସ୍ପତି ରାଜିର ଘନ ସବୁଜ ପତ୍ରର ସମାହାର, ତାରି ଫାଙ୍କେ ଫାଙ୍କ ନୀଳ ଆକାଶ ଖଣ୍ଡ, ଗୋଟିଏ ପ୍ରକାଣ୍ଡ ଲତାରେ ପେଣ୍ଟୁ ପେଣ୍ଟୁ ଫୁଲ ଦୋହଲୁଛି । ପାଦ ଆଡ଼କୁ ଅନେକ ତଳେ ଓଦା ମାଟିରେ ବଡ଼ ବଡ଼ ଛତୁ ଫୁଟିଛି । ଏଠାରେ ଆସି ବସିଲେ ଖାଲି ଭାବିବାକୁ ଇଚ୍ଛା ହୁଏ । କେତେ ପ୍ରକାରର କେତେ ନୂଆ ଅନୁଭୂତି ମନେ ପଡ଼େ । ଏକ ପ୍ରକାର ଅତଳ–ସମାହିତ ଅତି–ମାନସ ଚେତନା ଧୀରେ ଧୀରେ ଗଭୀର ଅନ୍ତସ୍ତଲରୁ ବାହାରି ମନରେ ଫୁଟି ଉଠେ । ଏହା ଗଭୀର ଆନନ୍ଦର ମୂର୍ଚ୍ଛି ଧରି ଆସେ । ପ୍ରତ୍ୟେକ ବୃକ୍ଷଲତାର ହୃତ୍ସ୍ପନ୍ଦନ ଯେମିତି ନିଜ ବକ୍ଷର ରକ୍ତର ସ୍ପନ୍ଦନ ଭିତରେ ଅନୁଭବ କରାଯାଏ ।

ଆମର ମାହାଲ ଯେଉଁଠି, ସେଠାରେ ପକ୍ଷୀର ଏତେ ବୈଚିତ୍ର୍ୟ ନାହିଁ । ସେଇଟା ଯେମିତି ଅନ୍ୟ ଜଗତ, ତାର ଗଛପତ୍ର ଓ ଜୀବଜନ୍ତୁ ଅନ୍ୟ ଧରଣର । ପରିଚିତ ଜଗତରେ ବସନ୍ତ ଯେତେବେଳେ ଦେଖା ଦେଇଛି, ଲବ୍‌ଟୁଲିୟାରେ ସେତେବେଳେ ଗୋଟାଏ

କୋକିଲର ଡାକ ନାହିଁ କି ଗୋଟାଏ ପରିଚିତ ବସନ୍ତର ଫୁଲ ନାହିଁ। ସେ ଯେମିତି ରୁକ୍ଷ, କର୍କଶ ଭୈରବୀ ମୂର୍ତ୍ତି; ସୌମ୍ୟ, ସୁନ୍ଦର ସତ, କିନ୍ତୁ ମାଧୁର୍ଯ୍ୟହୀନ– ଏହାର ବିଶାଳତା ଓ ରୁକ୍ଷତାରେ ମନ ଅଭିଭୂତ ହୋଇଯାଏ। କୋମଳ-ବର୍ଜିତ ଚଢ଼ା ସ୍ୱର, ମାଲକୋଷ କିମ୍ବା ରୌତାଳୀ ଧ୍ରୁପଦ, ମାଧୁର୍ଯ୍ୟର କୌଣସି ପର୍ଦ୍ଦାର ପାଖ ମାଡ଼େ ନା– ସ୍ୱରର ଗମ୍ଭୀର ଉଦାତ୍ତ ରୂପରେ ମନକୁ ନେଇ ଅନ୍ୟ ଏକ ସ୍ତରରେ ପହଞ୍ଚାଇ ଦିଏ।

ସରସ୍ୱତୀ କୁଣ୍ଡୀ ସେଠାରେ ଠୁମରୀ, ସୁମିଷ୍ଟ ସ୍ୱରର ମଧୁର ଓ କୋମଳ ବିଳାସିତାରେ ମନକୁ ଆର୍ଦ୍ର ଓ ସ୍ୱପ୍ନମୟ କରିପକାଏ। ଫଗୁଣ-ଚୈତ୍ର ମାସରେ ସ୍ତବ୍ଧ ମଧାହ୍ନରେ ଏଠାରେ ତୀର-ତରୁର ଛାୟାରେ ବସି ପକ୍ଷୀର କୂଜନ ଶୁଣୁଁ ଶୁଣୁଁ ମନ କେତେ ଦୂରକୁ କେଉଁଠାକୁ ଚାଲିଯାଏ। ବନ୍ୟ ନିମ ଗଛର ସୁଗନ୍ଧ, ନିମ ଫୁଲର ସୁବାସ ପବନରେ ମହକୁଥାଏ, ପାଣିରେ ଜଳଜ କଇଁ ଫୁଟିଥାଏ। କେତେବେଳ ଯାଏ ସେଠାରେ ବସିରହି ସନ୍ଧ୍ୟାପରେ ଚାଲି ଆସେ।

ନାଡ଼ା ବଇହାର ଜରିବ୍ ହେଉଛି। ପ୍ରଜାମାନଙ୍କ ଭିତରେ ଜମି ବାଣ୍ଟିବା ପାଇଁ ଓ ଅମୀନମାନଙ୍କ କାମ ଦେଖିବା ପାଇଁ ମୋତେ ପ୍ରାୟ ସେଠାକୁ ଯିବାକୁ ହୁଏ। ଫେରିବା ବେଳେ ପୂର୍ବ-ଦକ୍ଷିଣ ଦିଗରେ ଦୁଇ ମାଇଲ ଟିକିଏ ବୁଲିଯାଏ, ଖାଲି ସରସ୍ୱତୀ କୁଣ୍ଡୀ ଏହି ବନଭୂମିରେ ପଶି ବଣର ଛାଇରେ ଟିକିଏ ବୁଲିବା ଲୋଭରେ।

ସେ ଦିନ ତିନିଟା ବେଳେ ଫେରୁଥିଲି। ଖର ରୌଦ୍ରରେ ବିସ୍ତୀର୍ଣ୍ଣ ରୌଦ୍ରଦଗ୍ଧ ପ୍ରାନ୍ତର ପାର ହୋଇ ଘର୍ମାକ୍ତ କଳେବରରେ ବଣ ଭିତରେ ପ୍ରବେଶ କରି ଘନ ଛାୟାରେ ଜଳର ଧାର ଯାଏ ଚାଲିଗଲି– ପ୍ରାନ୍ତର ସୀମା ଠାରୁ କୂଳ ପ୍ରାୟ ଦେଢ଼ ମାଇଲରୁ କମ ନୁହେଁ, କେଉଁ କେଉଁ ସ୍ଥାନରେ ବି ଆହୁରି ବେଶୀ। ଗୋଟାଏ ଗଛର ଡାଳରେ ଘୋଡ଼ା ବାନ୍ଧି ଦେଇ ନିବିଡ଼ ବୁଦା ତଳେ ଖଣ୍ଡିଏ ଅୟେଲକ୍ଲଥ ପକାଇ ଏକବାରେ ଶୋଇପଡ଼ିଲି। ଘନବୁଦାର ଡାଳପତ୍ର ଚାରିପଟରୁ ଏମିତି ଭାବରେ ମୋତେ ଢାଙ୍କି ଦେଇଥାଏ ଯେ, ବାହାରୁ କେହି ମୋତେ ଦେଖିପାରିବେ ନାହିଁ। ଦୁଇହାତ ଉପରେ ଗଛପତ୍ର, ମୋଟାମୋଟା କାଠ ପରି ଶକ୍ତ ଗଣ୍ଠିବାଲା ଏକ ପ୍ରକାର କି ବନ୍ୟଲତା ଛନ୍ଦାଛନ୍ଦି ହୋଇ ଛାତ ରଚନା କରିଛି– ଗୋଟାଏ କି ଗଛରୁ ହାତେ ଲେଖାଏଁ ଲମ୍ବା ବଡ଼ ବଣ-ସିମ ପରି ସବୁଜ ଫଳ ପ୍ରାୟ ମୋ ଛାତି ଉପରେ ଝୁଲୁଛି। ଆଉ ଗୋଟାଏ କି ଗଛ, ତାର ଡାଳପତ୍ର ବୁଦାଟାର ପ୍ରାୟ ଅଧେ ବେଢ଼ି ରହିଛି, ସେଥିରେ ପେଣ୍ଟା ପେଣ୍ଟା ଫୁଲ ଫୁଟିଛି, ଫୁଲଗୁଡ଼ିକ ଏତେ ଛୋଟଣ ଯେ ପାଖକୁ ନ ଗଲେ ଆଖିକୁ ଦିଶେ ନା– କିନ୍ତୁ କି ଘନ କୁହୁଡ଼ି ସୁବାସ ସେ ଫୁଲରେ। ସେହି ଅଜଣା ବଣ ଫୁଲର ସୁବାସରେ ବୁଦାର ନିଭୃତ ତଳଟା ଭାରାକ୍ରାନ୍ତ।

ପୂର୍ବରୁ ତ କହିଛି ସରସ୍ବତୀ କୁଣ୍ଡିର ବଣ ହେଉଛି ପକ୍ଷୀମାନଙ୍କର ଆଡ଼୍ଡ଼ା। ଏତେ ପକ୍ଷୀ ବି ଏଠାକାର ବଣରେ ଅଛନ୍ତି! କେତେ ପ୍ରକାରର, କେତେ ରଙ୍ଗ-ବେରଙ୍ଗର ପକ୍ଷୀ- ଶ୍ୟାମା, ଶାଲିମ, ହରଟିଟ୍, ବଶଶୁଆ, ଫେଜାଣ୍ଟକ୍ରୋଡ଼, ଚମେଢ, ଛତାରିଆ, କପୋତ, ହର ଖାଇ। ଉଚ୍ଚ ଗଛର ଅଗରେ ଛଇଣ୍ଶ, ଚିଲ, କୁଲ୍ଲ୍ୱାଲ- ସରସ୍ବତୀର ନୀଳ ଜଳରେ ବଗ, ସିଲ୍ଲୀ, ରଙ୍ଗୀନ ହଂସ, ମାଣିକଯୋଡ଼, ବତକ ପ୍ରଭୃତି ଜଳଚର ପକ୍ଷୀ- ପକ୍ଷୀର କାକାଳୀରେ ବୁଦା ଉପରଟା ମୁଖରିତ ହୋଇ ଉଠିଛି। କି ବିରକ୍ତ ସେମାନେ କରନ୍ତି, ସେମାନଙ୍କର ଉଲ୍ଲ୍ୱସିତ ଅଦ୍ଭୁତ କୂଜନରେ କାନ ଅତଡ଼ା ପଡ଼ିଯାଏ। ଅନେକ ସମୟରେ ସେମାନେ ମଣିଷକୁ ଗ୍ରାହ୍ୟ କରନ୍ତି ନାହିଁ। ମୁଁ ଶୋଇଛି ଦେଖୁଛନ୍ତି, ତଥାପି ମୋ ଚାରି ପଟେ ଦେଢ଼ କି ଦୁଇ ହାତ ଦୂରରେ ସେମାନେ ଝୁଲିଲା ଡାଳପତ୍ରରେ ଲତାରେ ବସି କିଚିର-ମିଚିରି କରୁଛନ୍ତି- ମୋ ପ୍ରତି ଆଦୌ ଭୃକ୍ଷେପ ନାହିଁ।

ପକ୍ଷୀମାନଙ୍କର ଏହି ଅସଙ୍କୋଚ ସଞ୍ଚରଣ ମୋତେ ଭାରି ଭଲ ଲାଗେ। ଉଠି ବସି ଦେଖିଛି, ସେମାନେ ଭୟ କରନ୍ତି ନାହିଁ। ହୁଏତ ଟିକିଏ ଉଡ଼ିଗଲେ, କିନ୍ତୁ ଏକାବେଲେ ଜାଗା ଛାଡ଼ି ପଲାନ୍ତି ନାହିଁ। କିଛି କ୍ଷଣ ପରେ ନାଚି ନାଚି ବକର୍ ବକର୍ ହୋଇ ପୁଣି ଖୁବ୍ ପାଖକୁ ଚାଲି ଆସନ୍ତି। ଏଠାରେ ସେହି ଦିନ ପ୍ରଥମେ ବଣ ହରିଣ ଦେଖିଲି। ଜାଣିଥିଲି ଆମ ମାହାଲର ଜଙ୍ଗଲରେ ବଣ ହରିଣ ଅଛନ୍ତି, କିନ୍ତୁ ୟା ଆଗରୁ କେବେ ଆଖିରେ ପଡ଼ି ନଥିଲା। ଶୋଇଛି- ହଠାତ୍ କାହାର ପାଦ ଶବ୍ଦରେ ଉଠି ବସି ମୁଣ୍ଡ ଉପରକୁ ଚାହିଁଲା କ୍ଷଣି ଦେଖିଲି ବୁଦାର ନିଭୃତରେ ଦୁର୍ଗମତର ଅଞ୍ଚଲରେ ନିବିଡ଼ ଲତା-ପତ୍ର ସନ୍ଧି ଭିତରେ ଗୋଟାଏ ହରିଣ ଆସି ଠିଆ ହୋଇଛି। ଭଲ କରି ଚାହିଁ ଦେଖେ ତ, ବଡ଼ ହରିଣ ନୁହେଁ, ହରିଣ-ଶାବକ। ମୋତେ ଦେଖିପାରି ସେ ଅବୋଧ ବିସ୍ମୟରେ ଡିମା ଡିମା ଆଖିରେ ମୋ ଆଡ଼କୁ ଚାହିଁ ରହିଛି- ଭାବୁଛି, ଏ ପୁଣି କେଉଁ ଅଦ୍ଭୁତ ଜୀବ!

କିଛି କ୍ଷଣ କଟିଗଲା, ଦୁହେଁ ନିର୍ବାକ, ନିସ୍ତବ୍ଧ।

ଅଧ ମିନିଟିଏ ପରେ ଯେମିତି ଭଲ କରି ଦେଖିବା ପାଇଁ ହରିଣଶିଶୁଟା ପୁଣି ଟିକିଏ ଆଗେଇ ଆସିଲା। ତାର ଆଖିରେ ଠିକ୍ ଯେମିତି ମଣିଷ-ଶିଶୁ ପରି ସାଗ୍ରହ କୌତୁହଲ ଦୃଷ୍ଟି। ଆହୁରି ପାଖକୁ ଆସିଥାନ୍ତା କି ନା ଜାଣେ ନା, ସେହି ସମୟରେ ମୋ ଘୋଡ଼ାଟା ହଠାତ୍ ଗୋଡ଼ ବାଡ଼େଇ ଦେହ ଝାଡ଼ିବାରୁ ହରିଣ-ଶିଶୁ ଚକିତ ସନ୍ତ୍ରସ୍ତ ଭାବରେ ବୁଦା ଭିତରକୁ ଦୌଡ଼ି ପଲାଇଲା ତାହାର ମାଥାକୁ ସମ୍ବାଦ ଦେବା ପାଇଁ।

ତାପରେ ବୁଦା ତଲେ କିଛି ସମୟ ବସି ରହିଲି। ଗଛପତ୍ର ଫାଙ୍କେ ଫାଙ୍କେ

ଆଖିରେ ପଡ଼ିଲା ସରସ୍ୱତୀ କୁଣ୍ଡୀର ନୀଳ ଜଳ ଅର୍ଦ୍ଧ ଚନ୍ଦ୍ରାକାରରେ ଦୂର ଶୈଳମାଳାର ପାଦ-ଦେଶ ପର୍ଯ୍ୟନ୍ତ ପ୍ରସାରିତ, ଆକାଶ ନୀଳ ବର୍ଷ, କେଉଁ ଆଡ଼େ ମେଘର ଚିହ୍ନ ନାହିଁ– କୁଣ୍ଡୀର ଜଳଚର ପକ୍ଷୀମାନେ ୫ଗଡ଼ା, କଳରବ, ତୁମୁଳ ଦଙ୍ଗା ଆରମ୍ଭ କଲେଣି– ଗୋଟିଏ ଗମ୍ଭୀର ଓ ପ୍ରବୀଣ ମାଛିକ-ପକ୍ଷୀ ତୀରବର୍ତ୍ତୀ ଗୋଟାଏ ଉଚ୍ଚ ଗଛ ଅଗରେ ବସି ରହି ରହି ତାର ବିରକ୍ତି ଜ୍ଞାପନ କରୁଛି। ପାଣି କଡ଼େ କଡ଼େ ବଡ଼ ବଡ଼ ଗଛର ଅଗରେ ବଗଗୁଡ଼ାକ ଏମିତି ଦଳ ବାନ୍ଧି ବସିଛନ୍ତି ଯେ ଦୂରରୁ ମନେ ହୁଏ, ଯେମିତି ଧଳା ଫୁଲ ପେଣ୍ଟା ପେଣ୍ଟା ହୋଇ ଫୁଟିଛି।

ରୌଦ୍ର କ୍ରମେ କ୍ରମେ ରଙ୍ଗୀନ ହୋଇ ଆସିଲା।

ସେପଟେ ଶୈଳ-ଚୂଡ଼ାରେ ଯେମିତି ତମ୍ବା ରଙ୍ଗ ବୋଲା ହୋଇଛି। ବଗସବୁ ଦଳ ଦଳ ହୋଇ ଡେଣା ମେଲି ଉଡ଼ିବାକୁ ଆରମ୍ଭ କଲେ। ଗଛପତ୍ର ଅଗ୍ରଭାଗକୁ ରୌଦ୍ର ଉଠିଗଲା।

ପକ୍ଷୀର କୂଜନ ବଢ଼ିଲା, ଆଉ ବଢ଼ିଲା ଅଜଣା ବଣ କୁସୁମର ସେହି ସୁଗ୍ରାଣଟା। ଅପରାହ୍ନର ଛାୟାରେ ଗନ୍ଧଟା ଯେମିତି ଆହୁରି ଘନ, ଆହୁରି ସୁମିଷ୍ଟ ହୋଇଗଲା। ଗୋଟାଏ ନେଉଳ କିଛି ଦୂରରୁ ମଥା ଟେକି ମୋ ଆଡ଼କୁ ଏକ ଦୃଷ୍ଟିରେ ଅନାଇ ରହିଥାଏ।

କି ନିଭୃତ ଶାନ୍ତି! କି ଅଦ୍ଭୁତ ନିର୍ଜନତା! ଏତେ ବେଳ ହେଲା ତ ଏଠାରେ ଅଛି, ସାଢ଼େ ତିନିଘଣ୍ଟାରୁ କମ୍ ନୁହେଁ– ବନ୍ୟ ପକ୍ଷୀର କାକଳୀ ଛଡ଼ା ଅନ୍ୟ କୌଣସି ଶବ୍ଦ ଶୁଣି ନାହିଁ, ଆଉ ପକ୍ଷୀମାନଙ୍କ ବିଚରଣରେ ଡାଲପତ୍ର ଖସ୍ ଖସ୍, ଶୁଖିଲା ପତ୍ର ବା ଲତା ଖଣ୍ଡର ପତନର ଶବ୍ଦ। କେଉଁ ଦିଗରେ ମଣିଷର ଚିହ୍ନ ବର୍ଷ ନାହିଁ।

ବନସ୍ପତିର ଶୀର୍ଷ ଭାଗର ନାନା ପ୍ରକାର ବିଚିତ୍ର ଓ ବିଭିନ୍ନ ଗଠନ। ଏହି ସନ୍ଧ୍ୟାବେଳେ ରଙ୍ଗୀନ ରୌଦ୍ର ପଡ଼ି ସେମାନଙ୍କର ଶୋଭା ଅଦ୍ଭୁତ ହୋଇଛି। କେତେ ଗଛର ଅଗ ଡାରେ ଛନ୍ଦି ହୋଇ ଲତା ଉପରକୁ ଉଠି ଯାଇଛି; ଗୋଟାଏ ପ୍ରକାର ଲତାକୁ ଏ ଅଞ୍ଚଳରେ କହନ୍ତି ଭିଁୟୋରା ଲତା– ମୁଁ ତାହାର ନାମ ଦେଇଛି ଭୋମରା ଲତା– ସେ ଲତା ଶାଖା ପ୍ରଶାଖାରେ ଗୁଡ଼ାଇ ହୋଇ ଗଛର ମୁଣ୍ଡ ଉପରକୁ ଉଠିଯାଏ। ଏହି ସମୟରେ ଭୋମରା ଲତାରେ ଫୁଲ ଫୁଟେ– ଛୋଟ ଛୋଟ ବଣଜୁଇ ଭଳି ସାଦା ଫୁଲ କେତେ ବଡ଼ ବଡ଼ ଗଛର ଅଗ ଆଲୋକିତ କରି ରଖିଛି। ଅତି ଚମକ୍ରାର ସୁଗ୍ରାଣ, ଅନେକ ପରିମାଣରେ ଯେମିତି ପ୍ରସ୍ତୁଟିତ ସୋରିଷ ଫୁଲ ପରି–ତେବେ ଏତୋଟା ଉଗ୍ର ନୁହେଁ।

ସରସ୍ୱତୀ କୁଣ୍ଡୀର ବଣରେ କେତେ ବନ୍ୟ ଗଙ୍ଗଶିଉଲି ଗଛ– ଗଙ୍ଗଶିଉଲି

ଗଛର ପ୍ରାଚୁର୍ଯ୍ୟ ଗୋଟିଏ ଗୋଟିଏ ଜାଗାରେ ଏତେ ବେଶୀ ଯେ, ତାହା ଗଙ୍ଗଶିଉଲିର ବଣ ବୋଲି ମନେ ହୁଏ। ଶରତର ପ୍ରଥମ ଭାଗରେ ସକାଲ ବେଳା ବଡ଼ ବଡ଼ ଶିଳାଖଣ୍ଡ ଉପରେ ରାଶି ରାଶି ଗଙ୍ଗଶିଉଲି ଫୁଲ ଝଡ଼ି ପଡ଼ିଥିଲା– ସେହି ସବୁ ପଥରର ପାଖ-ଆଖରେ ଏକ ପ୍ରକାର ଦୀର୍ଘ କର୍କଶ ଘାସ– ବଡ଼ ବଡ଼ ମଇନା-କଣ୍ଟା ଗଛ ତା ସାଙ୍ଗରେ ଛନ୍ଦି ହୋଇ ଯାଇଛି– କଣ୍ଟା, ଘାସ, ଶିଳାଖଣ୍ଡ ସବୁଥିରେ ରାଶି ରାଶି ଗଙ୍ଗଶିଉଲି ଫୁଲ– ଆର୍ଦ୍ର, ଛାୟାଗହନ ସ୍ଥାନ, ତେଣୁ ସକାଲର ଫୁଲ ଏବେ ସୁଦ୍ଧା ଶୁଖି ଯାଇନାହିଁ।

ସରସ୍ୱତୀ ହ୍ରଦକୁ କେତେ ରୂପରେ ଦେଖିଲି ! ଲୋକେ କହନ୍ତି ସରସ୍ୱତୀ କୁଣ୍ଟିର ଜଙ୍ଗଲରେ ବାଘ ଅଛି, ଜ୍ୟୋତ୍ସ୍ନା ରାତିରେ ସରସ୍ୱତୀର ବିସ୍ତୃତ ଜଲରାଶିର କୌମୁଦୀସ୍ନାତ ଶୋଭା ଦେଖିବାର ଲୋଭରେ ରାସପୂର୍ଣ୍ଣିମା ଦିନ ତହସିଲଦାର ବନୋୟାରୀଲାଲର ଆଖିରେ ଧୂଲିଦେଇ ଆଜମାବାଦର ସଦର କଚେରୀକୁ ଯିବା ଛଲନାରେ ଲବଟୁଲିୟାର ମଫସଲ କଚେରୀରୁ ଲୁଚି କରି ଘୋଡ଼ାରେ ଏକା ଏଠାକୁ ଚାଲିଆସିଛି।

ବାଘ ଦେଖି ନାହିଁ ସତ, କିନ୍ତୁ ସେ ଦିନ ସତରେ ମୋର ମନେ ହୋଇଥିଲା ମାୟାବିନୀ ବନଦେବୀମାନେ ଗଭୀର ରାତିରେ ଜ୍ୟୋତ୍ସ୍ନାସ୍ନାତ ହ୍ରଦର ଜଲରେ ଜଲକେଲି କରିବାକୁ ଏଠାକୁ ଆସନ୍ତି। ଚତୁର୍ଦିଗ ନୀରବ ନିସ୍ତବ୍ଧ– ପୂର୍ବ ତୀରର ଘନ ବଣରେ କେବଲ ଶୃଗାଲର ଡାକ ଶୁଭୁଥିଲା– ଦୂରର ଶୈଲମାଲା ଓ ବନଶୀର୍ଷ ଅସ୍ପଷ୍ଟ ଦିଶୁଥିଲା– ଜ୍ୟୋତ୍ସ୍ନାର ଶୀତଲ ପବନରେ ଗଛପତ୍ର ଓ ଭୋମରା ଲତାର ନୈଶ-ପୁଷ୍ପର ମୃଦୁ ସୁବାସ–ମୋ ସାମନାରେ ବଣ ଓ ପାହାଡ଼ ବେଷ୍ଟିତ ନିସ୍ତରଙ୍ଗ ବିସ୍ତାର୍ଣ୍ଣ ହ୍ରଦ ବକ୍ଷରେ ହୈମନ୍ତୀ ପୂର୍ଣ୍ଣିମାର ସୁବିମଲ ଜ୍ୟୋତ୍ସ୍ନା– ପରିପୂର୍ଣ୍ଣ ଓ ଛାୟାହୀନ ଜଲ ଉପରେ ପତିତ କ୍ଷୁଦ୍ର ବୀଚିମାଲାରେ ପ୍ରତିଫଲିତ ଅପାର୍ଥିବ ଦେବଲୋକର ଜ୍ୟୋତ୍ସ୍ନା। ଭୋମରା ଲତାର ସାଦା ଫୁଲରେ ଆଚ୍ଛାଦିତ ବଡ଼ ବଡ଼ ବନସ୍ପତିର ଅଗରେ ଜ୍ୟୋତ୍ସ୍ନା ପଡ଼ି ମନେ ହେଉଥାଏ ଯେମିତି ଗଛରେ ପରୀମାନଙ୍କର ଶୁଭ୍ରବସ୍ତ୍ର ଉଡ଼ୁଛି।

ଆଉଏକ ପ୍ରକାର ପୋକ ଏକସ୍ୱରରେ ଡାକୁଥିଲା– ଝିଲ୍ଲୀ ପୋକ ପରି। ଗୋଟାଏ-ଦୁଇଟୀ ପତ୍ର ପତନ ଶବ୍ଦ ବା ଖସ୍ ଖସ୍ କରି ଶୁଷ୍କ ପତ୍ରରାଶି ଉପରେ ବନ୍ୟଜନ୍ତୁର ପଲାୟନ ଶବ୍ଦ।

ଆମେ ଥିବାବେଲେ ତ ଆଉ ବନଦେବୀମାନେ ଆସନ୍ତି ନାହିଁ। କିଏ ଜାଣେ, କେତେ ଗଭୀର ରାତିରେ ଆସନ୍ତି। ମୁଁ ବେଶୀ ରାତି ଯାଏ ଥଣ୍ଡା ସହିପାରେ ନା। ଘଣ୍ଟାଏ ଖଣ୍ଡେ ରହି ଫେରେ।

ସରସ୍ୱତୀ କୁଣ୍ଟିର ଏହି ପରୀମାନଙ୍କର ପ୍ରବାଦ ଏଠାରେ ଶୁଣିଥିଲି।

ଶ୍ରାବଣ ମାସରେ ଦିନେ ମୋତେ ଉତ୍ତର ସୀମାରେ ଜରିବ୍ କ୍ୟାମ୍ପରେ ରାତ୍ରି

ଯାପନ କରିବାକୁ ହେଲା। ମୋ ସାଙ୍ଗରେ ଅମୀନ ରଘୁବର ପ୍ରସାଦ ଥିଲା। ସେ ଆଗରୁ ସରକାରୀ ଚାକିରୀ କରିଥିଲା- ମୋହନପୁରା ସଂରକ୍ଷିତ ଜଙ୍ଗଲ ଓ ଏ ଅଞ୍ଚଲର ବଣ ସହିତ ତାହାର ପଚିଶ-ତିରିଶ ବର୍ଷର ପରିଚୟ।

ତା ପାଖରେ ସରସ୍ବତୀ କୁଣ୍ଡୀ କଥା ପକାଇବାରୁ ସେ କହିଲା- ହଜୁର, ସେ ଏକ ମାୟାର କୁଣ୍ଡୀ, ରାତିରେ ସେଠାକୁ ପରୀମାନେ ଆସନ୍ତି; ଜ୍ୟୋସ୍ନା ରାତିରେ ସେମାନେ ଲୁଗାପଟା ଖୋଲି ପକାଇ ସେ ସବୁକୁ ପଥର ଉପରେ ଥୋଇ ଦେଇ, ପାଣିକୁ ଓହ୍ଲାଇ ଯାଆନ୍ତି। ସେହି ସମୟରେ ଯେ ସେମାନଙ୍କୁ ଦେଖିବାକୁ ପାଏ, ସେମାନେ ତାକୁ ଭୁଲାଇ ପାଣି ଭିତରକୁ ନେଇଆସି ବୁଡ଼ାଇ ମାରିପକାନ୍ତି। ଜ୍ୟୋସ୍ନା ଭିତରେ ଦେଖାଯାଏ, ମଝିରେ ମଝିରେ ପରୀମାନଙ୍କର ମୁହଁ ପାଣି ଉପରେ ପଦ୍ମଫୁଲ ପରି ଭାସିଉଠେ। ମୁଁ କେବେ ଦେଖି ନାହିଁ। ହେଡ଼୍ ସାର୍ଭେୟାର ଫତେ ସିଂ ଦିନେ ଦେଖିଥିଲା। ତାପରେ ଦିନେ ସେ ଗଭୀର ରାତିରେ ଏକା ସେହି ହ୍ରଦ କୂଲରେ ବଣଭିତରେ ସାର୍ଭେ-ତମ୍ବୁକୁ ଯାଉଥିଲା- ପରଦିନ ସକାଲେ ତାହାର ଲାସ୍ କୁଣ୍ଡୀର ଜଲରେ ଭାସୁ ଥିବାର ଦେଖାଗଲା। ବଡ଼ ମାଛ ସବୁ ତାହାର ଗୋଟାଏ କାନ ଖାଇ ଯାଇଥିଲେ। ହଜୁର, ଆପଣ ସେଠାକୁ ଏମିତି ଭାବରେ ଯିବେ ନାହିଁ।

ଏହି ସରସ୍ବତୀ କୁଣ୍ଡୀ କୂଲରେ ଦିନେ ମଧ୍ୟାହ୍ନରେ ଜଣେ ଅଦ୍ଭୁତ ଲୋକର ସନ୍ଧାନ ପାଇଲି।

ସାର୍ଭେ କ୍ୟାମ୍ପରୁ ଫେରିବା ବେଲେ ଦିନେ ହ୍ରଦ କୂଲର ବଣ ପଥରେ ଧୀରେ ଧୀରେ ଆସୁଛି, ଦେଖିଲି ବଣ ଭିତରେ ଗୋଟିଏ ଲୋକ ମାଟି ଖୋଲି କଣ ଯେମିତି କରୁଛି। ପ୍ରଥମେ ଭାବିଲି ଲୋକଟି ବୋଧହୁଏ ଭୂଇଁ-କଖାରୁ ଖୋଲୁଛି। ଭୂଇଁ କଖାରୁ ଲତା ଜାତୀୟ ଉଭିଦ, ମାଟି ଭିତରେ ଲତା ତଲେ ପିଢ଼ା କଖାରୁ ପରି ପ୍ରକାଣ୍ଡ କନ୍ଦ ଜାତ ହୁଏ- ଉପରୁ ତାହା ଜଣା ପଡ଼େ ନାହିଁ। କବିରାଜୀ ଔଷଧରେ ଲାଗେ ବୋଲି ତାହା ଚଡ଼ା ଦାମରେ ବିକ୍ରି ହୁଏ। କୌତୁହଲବଶତଃ ଘୋଡ଼ାରୁ ଓହ୍ଲାଇପଡ଼ି ତା ପାଖକୁ ଗଲି, ଦେଖିଲି ଭୂଇଁ କଖାରୁ ନୁହେଁ, କିଛି ନୁହେଁ, ଲୋକଟା କି ମଞ୍ଜି ପୋତୁଛି।

ମୋତେ ଦେଖି ସେ ଥତମତ ହୋଇ ଅପ୍ରତିଭ ଦୃଷ୍ଟିରେ ମୋ ଆଡ଼କୁ ଚାହିଁଲା। ବୟସ ହୋଇଛି, ମୁଣ୍ଡରେ ଦରପାଟିଲା ବାଲ। ସାଙ୍ଗରେ ଗୋଟାଏ ଅଖା ଥଲୀ, ତା ଭିତରୁ ଖଣ୍ଡିଏ ଛୋଟ କୋଦଲର ଅଗ ଟିକକ ଦେଖାଯାଉଛି, ଗୋଟାଏ ଶାବଲ ପାଖରେ ପଡ଼ିଛି, କେତେଗୁଡ଼ିଏ କାଗଜ ପୋଟଲା ମଧ ଇତଃସ୍ତତଃ ପଡ଼ିଛି।

ପଚାରିଲି- ତୁମେ କିଏ? ଏଠାରେ କ'ଣ କରୁଛ?

ସେ କହିଲା- ହଜୁର କଣ ମ୍ୟାନେଜର ବାବୁ?

– ହଁ, ତୁମେ କିଏ ?

– ନମସ୍କାର ! ମୋର ନାମ ଯୁଗଳ ପ୍ରସାଦ । ମୁଁ ଆପଣଙ୍କ ଲବଟୁଲିୟାର ପଟୁଆରୀ ବନୋୟାରୀଲାଲର ଖୁଡ଼ୁତା ପୁଅ ଭାଇ ।

ସେତେବେଳେ ମୋର ମନେପଡ଼ିଲା ବନୋୟାରୀ ପଟୁଆରୀ ଥରେ କଥା ପ୍ରସଙ୍ଗରେ ତା ଖୁଡ଼ୁତା ପୁଅ ଭାଇ କଥା ଉଠାଇଥିଲା । ଉଠାଇବାର କାରଣ, ଆଜମାବାଦର ସଦର କଚେରୀରେ– ଅର୍ଥାତ୍ ମୁଁ ଯେଉଁଠି ଥାଏ– ସେଠାରେ ଜଣେ ମୋହରିର ପଦ ଖାଲି ଥିଲା । ଜଣେ ଭଲ ଲୋକ ଦେଖି ଦେବାକୁ କହିଥିଲି । ବନୋୟାରୀ ଦୁଃଖ କରି କହିଥିଲା, ତାହାର ଖୁଡ଼ୁତାପୁଅ ଭାଇ ଠିକ୍ ଲୋକ ଥିଲା । କିନ୍ତୁ ଲୋକଟା ଅଦ୍ଭୁତ ମିଜାଜର, ଏକ ରକମ ଖାମଖିଆଲୀ ଉଦାସୀନ ଧରଣର । ନ ହେଲେ କାଇଁଥୁ ହିନ୍ଦୀରେ ଏମିତି ହସ୍ତାକ୍ଷର, ଏମିତି ଲେଖାପଢ଼ାର କଲମ ଏ ଅଞ୍ଚଳରେ ବେଶୀ ଲୋକଙ୍କର ନାହିଁ ।

ପଚାରିଲି– କାହିଁକି, ସେ କଣ କରେ ?

ବନୋୟାରୀ କହିଥିଲା– ତାହାର ନାନା ରୋଗ, ହଜୁର । ଏଠାରେ ସେଠାରେ ଘୂରି ବୁଲିବା ଗୋଟାଏ ବଡ଼ ରୋଗ । କିଛି କରେ ନା, ବିଭା ହୋଇଛି, ସଂସାର ଦେଖାଶୁଣା କରେ ନା, ବଣ ଜଙ୍ଗଲରେ ଘୂରି ବୁଲୁଥାଏ, ଅଥଚ ସାଧୁ-ସନ୍ନ୍ୟାସୀ ବି ନୁହେଁ, ସେହି ଗୋଟାଏ ଧରଣର ମଣିଷ ।

ତାହାହେଲେ ଇଏ ବନୋୟାରୀଲାଲର ସେହି ଖୁଡ଼ୁତା ପୁଅ ଭାଇ ?

କୌତୁହଳ ବଢ଼ିଲା, ପଚାରିଲି– କଣ ସେଠାରେ ପୋତୁଛ ?

ଲୋକଟି ବୋଧହୁଏ ଗୋପନରେ କାମଟା କରୁଥିଲା, ଧରା ପଡ଼ିଯିବାରୁ ବୋଧହୁଏ ଲଜ୍ଜିତ ଓ ଅପ୍ରତିଭ ହୋଇଗଲା ଭଳି ଗଳାରେ କହିଲା– କିଛି ନା, ଏହି ଗୋଟାଏ ଗଛର ମଞ୍ଜି–

ମୁଁ ଆଶ୍ଚର୍ଯ୍ୟ ହେଲି । କି ଗଛର ମଞ୍ଜି ? ତାହାର ନିଜର ଜମି ନାହିଁ, ଏହି ଘୋର ଜଙ୍ଗଲରେ, ଏହି ମାଟିରେ କି ଗଛର ମଞ୍ଜି ପୋତୁଛି– ତାହାର ବା କି ସ୍ୱାର୍ଥ ଅଛି ? ତାକୁ ପଚାରିଲି ।

ସେ କହିଲା– ଅନେକ ରକମ ମଞ୍ଜି ଅଛି ହଜୁର ! ପୂର୍ଣ୍ଣିଆରେ ଦେଖିଥିଲି ଜଣେ ସାହେବଙ୍କ ବଗିଚାରେ ଭାରି ଚମକ୍ରାର ବିଲାତି ଲତା– ବେଶ୍ ରଙ୍ଗୀନ୍ ଫୁଲ ! ତାରି ମଞ୍ଜି, ଆହୁରି ଅନେକ ରକମ ବଣ-ଫୁଲର ମଞ୍ଜି ଅଛି, ଦୂର ଦୂରାନ୍ତରୁ ସଂଗ୍ରହ କରି ଆଣିଛି, ଏଠାରେ ଜଙ୍ଗଲରେ ସେସବୁ ଲତା-ଫୁଲ ନାହିଁ । ତେଣୁ ପୋତି ଦେଉଛି, ଗଛ ହୋଇ ଦି'ବର୍ଷ ଭିତରେ ଘୋର ଜଙ୍ଗଲ ହୋଇଯିବ, ବେଶ୍ ଦେଖାଯିବ ।

ଲୋକଟିର ଉଦ୍ଦେଶ୍ୟ ବୁଝିପାରି ତା ଉପରେ ମୋର ଶ୍ରଦ୍ଧା ହେଲା । ଲୋକଟି ସମ୍ପୂର୍ଣ୍ଣ ବିନା-ସ୍ୱାର୍ଥରେ ଗୋଟାଏ ବିସ୍ତୃତ ବନଭୂମିର ସୌନ୍ଦର୍ଯ୍ୟ ବୃଦ୍ଧି କରିବା ପାଇଁ ନିଜର ଅର୍ଥ ଓ ସମୟ ବ୍ୟୟ କରୁଛି, ଯେଉଁ ଜଙ୍ଗଲରେ ତାହାର ନିଜର ଭୂସତ୍ତ୍ୱ କିଛି ନାହିଁ– କି ଅଦ୍ଭୁତ ଲୋକଟି ସତେ !

ଯୁଗଳ ପ୍ରସାଦକୁ ଡାକି ନେଇ ଗୋଟାଏ ଗଛ ତଳେ ଯାଇ ଦୁହେଁ ବସିଲୁ । ସେ କହିଲା– ଯ଼ା ଆଗରୁ ବି ମୁଁ ଏ କାମ କରିଛି, ହଜୁର ! ଲବଟୁଲିୟାରେ ଯେତେ ବଣ ଫୁଲ ଦେଖୁଛନ୍ତି, ଫୁଲର ଲତା ଦେଖୁଛନ୍ତି, ସେ ସବୁ ମୁଁ ଆଜିକି ଦଶ-ବାର ବର୍ଷ ତଳେ କେତେକ ପୂର୍ଣ୍ଣିୟାର ବଣରୁ କେତେକ ଦକ୍ଷିଣ ଭାଗଲପୁରର ଲଛମୀପୁର ଜମିଦାରୀର ପାହାଡ଼ୀ ଜଙ୍ଗଲରୁ ଆଣି ଲଗାଇଥିଲି । ଏଷଣି ସେହିସବୁ ଫୁଲର ଏକବାରେ ଜଙ୍ଗଲ ହୋଇଯାଇଛି ।

– ତୁମକୁ କଣ ଏ କାମ ଖୁବ୍ ଭଲ ଲାଗେ ?

– ଲବଟୁଲିୟା ବଇହାରର ଜଙ୍ଗଲଟା ଭାରି ଚମତ୍କାର ଜାଗା– ସେହିସବୁ ଛୋଟ ଛୋଟ ପାହାଡ଼ ଦେହରେ ଓ ଏଠାରେ ବଣ-ଜଙ୍ଗଲରେ ନୂଆ ନୂଆ ଫୁଲ ଫୁଟାଇବି– ଏହା ମୋର ବହୁ ଦିନର ଅଭିଳାଷ ।

– କି ଫୁଲ ନେଇ ଆସିଥିଲ ?

– କିପରି ଏ ଆଡ଼କୁ ମୋ ମନ ଗଲା, ତାହା ଆଗେ ଟିକିଏ ହଜୁରଙ୍କୁ କହେ । ମୋର ଘର ଧରମପୁର ଅଞ୍ଚଳରେ । ଆମ ଅଞ୍ଚଳରେ ଜଙ୍ଗଲୀ ଗେଣ୍ଟିଆ ଫୁଲ ଏକବାରେ ନଥିଲା । ପିଲାବେଳେ ମୁଁ ମଇଁଷି ଚରାଇ ବୁଲୁଥିଲି କୋଶୀ ନଦୀର କୂଲେ କୂଲେ, ଆମ ଗାଁ ଠାରୁ ଦଶ-ପନ୍ଦର କୋଶ ଦୂରରେ । ସେଠାରେ ଦେଖୁଥିଲି ବଣ-ଜଙ୍ଗଲରେ, ପଡ଼ିଆରେ ଜଙ୍ଗଲୀ ଗେଣ୍ଟିଆ ଫୁଲର ଅପୂର୍ବ ଶୋଭା । ସେଠାରୁ ମଞ୍ଜି ନେଇ ଆସି ମୋ ଦେଶରେ ଲଗାଇଲି । ଏଷଣି ଆମ ଅଞ୍ଚଳରେ ରାସ୍ତାକଡ଼ରେ, ବଣବୁଦାରେ କି ଲୋକଙ୍କ ଘର ପଛରେ ପଡ଼ିଆ ଜମିରେ ଗେଣ୍ଟିଆ ଫୁଲର ଏକବାରେ ଜଙ୍ଗଲ ହୋଇଗଲାଣି । ସେହି ଦିନରୁ ମୋର ଏ ଆଡ଼କୁ ମନ ଢଳିଲା । ଯେଉଁଠି ଯେଉଁ ଫୁଲ ନାହିଁ, ସେଠାରେ ସେହି ଫୁଲ-ଗଛ-ଲତା ନେଇ ପୋତିବି, ଏ ମୋର ବଡ଼ ସଉକ । ଜୀବନସାରା ଏହି କାମ କରି ବୁଲିଛି । ଏଷଣି ମୁଁ ଏ କାମରେ ଓସ୍ତାଦ୍ ହୋଇ ଯାଇଛି ।

ଦେଖିଲି ଯୁଗଳପ୍ରସାଦ ଏ ଦେଶରେ ବହୁ ବଣ-ଫୁଲ ଓ ସୁଦୃଶ୍ୟ ବୃକ୍ଷଲତାର ଖବର ରଖେ । ଏ ବିଷୟରେ ସେ ଯେ ଜଣେ ବିଶେଷଜ୍ଞ, ସେଥିରେ ମୋର କୌଣସି ସନ୍ଦେହ ରହିଲା ନାହିଁ । ପଚାରିଲି– ତୁମେ ଏରିଷ୍ଟୋଲୋକିୟା ଲତା ଚିହ୍ନଛ ?

ତାହାକୁ ଫୁଲର ଗଠନ ବତାଇବାରୁ ସେ କହିଲା, ହଂସ-ଲତା ? ହଂସ ପରି ଆକାରର ଫୁଲ ହୁଏ ତ ? ସେ ତ ଏ ଦେଶର ଗଛ ନୁହେଁ । ପାଟ୍ନାରେ ବାବୁମାନଙ୍କ ବଗିଚାରେ ଦେଖିଛି ।

ତାହାର ଜ୍ଞାନ ଦେଖି ଆଷ୍ଚର୍ଯ୍ୟ ହେବାକୁ ପଡ଼େ । ତୁଚ୍ଛା ସୌନ୍ଦର୍ଯ୍ୟର ଏମିତି ପୂଜାରୀ ବା କେତେଜଣ ଦେଖିଛି ? ବଣ ଭିତରେ ଭଲ ଫୁଲ ଓ ଲତାର ମଞ୍ଜି ବୁଣିବାରେ ତାହାର କୌଣସି ସ୍ୱାର୍ଥ ନାହିଁ, ଏକ ପଇସାର ଆୟ ନାହିଁ, ସେ ନିଜେ ନିତାନ୍ତ ଗରିବ, ଅଥଚ ଖାଲି ବଣର ସୌନ୍ଦର୍ଯ୍ୟ ସମ୍ପଦ ବଢ଼ାଇବା ଚେଷ୍ଟାରେ ତାହାର ଏ ଅକ୍ଲାନ୍ତ ପରିଶ୍ରମ ଓ ଉଦ୍‌ବେଗ ।

ମୋତେ କହିଲା- ସରସ୍ୱତୀ କୁଣ୍ଡୀ ପରି ଚମତ୍କାର ବଣ ଆଉ ଏ ଅଞ୍ଚଳରେ କେଉଁଠି ନାହିଁ, ବାବୁଜୀ । କେତେ ଗଛପତ୍ର ଯେ ଅଛି, ଆଉ ଜଳର ଶୋଭା କଣ ଦେଖିଛନ୍ତି ! ଆଚ୍ଛା, ଆପଣ କଣ ଭାବୁଛନ୍ତି ପୋତିଦେଲେ ଏଥିରେ ପଦ୍ମ ଫୁଲ ହେବ ? ଧରମପୁରର ଗାଉଁଲୀ ଅଞ୍ଚଳରେ ଅନେକ ପୋଖରୀରେ ପଦ୍ମ ଫୁଲ ଅଛି । ଭାବିଥିଲି ତାର କନ୍ଦା ନେଇ ପୋତି ଦେବି ।

ମୁଁ ତାହାକୁ ସାହାଯ୍ୟ କରିବାକୁ ମନେ ମନେ ସଂକଳ୍ପ କଲି । ଦୁଇଜଣ ମିଲି ଏ ଜଙ୍ଗଲକୁ ନୂଆ ନୂଆ ବଣ-ଫୁଲ, ଲତା, ଗଛରେ ସଜାଇବୁ । ସେହି ଦିନରୁ ଏହା ମୋତେ ଯେମିତି ଗୋଟାଏ ନିଶା ପରି ଧରିଲା । ଯୁଗଲପ୍ରସାଦ ଖାଇବାକୁ ପାଏ ନା, ସଂସାରରେ ତାହାର ବଡ଼ କଷ୍ଟ, ଏହା ମୁଁ ଜାଣିଥିଲି । ସଦର ଅଫିସକୁ ଲେଖି ତାହାକୁ ଦଶଟଙ୍କା ବେତନରେ ଆଜମାବାଦ କଚେରୀରେ ଗୋଟାଏ ମୋହରିର ଚାକିରି ଦେଲି ।

ସେହି ବର୍ଷ ମୁଁ କଲିକତାରୁ ସାତନ୍ର ବିଦେଶୀ ବନ୍ୟ ପୁଷ୍ପର ମଞ୍ଜି ଆଣି ଓ ଡୁଆର୍ସ ପାହାଡ଼ରୁ ବନ୍ୟ ୟୁଇ ଲତା କାଟି ଆଣି ଯଥେଷ୍ଟ ପରିମାଣରେ ସରସ୍ୱତୀ ହ୍ରଦର ବନଭୂମିରେ ରୋପଣ କଲି । କି ଆହ୍ଲାଦ ଓ ଉସ୍ୱାହ ଯୁଗଲପ୍ରସାଦର । ମୁଁ ତାହାକୁ ଶିଖାଇଦେଲି ଏ ଉସ୍ୱାହ ଓ ଆନନ୍ଦ ଯେମିତି କଚେରୀର ଲୋକଙ୍କ ପାଖରେ ପ୍ରକାଶ ନ କରେ । ଲୋକେ ତାହାକୁ ତ ପାଗଳ ଭାବିବେ, ତା ସାଙ୍ଗରେ ମୋତେ ବି ବାଦ୍ ଦେବେ ନାହିଁ । ପରବର୍ଷ ଆମର ରୋପିତ ଗଛ ଓ ଲତାର ଝାଡ଼ ବର୍ଷାପାଣିରେ ଅଦ୍‌ଭୁତ ଭାବରେ ବଢ଼ିଗଲା । ହ୍ରଦ ତୀରର ଜମି ଅତ୍ୟନ୍ତ ଉର୍ବର । ଯେଉଁ ଗଛପତ୍ରଗୁଡ଼ିକ ପୋତିଥିଲି, ଏ ଦେଶରେ ପାଣିପାଗର ଉପଯୋଗୀ । କେବଳ ସାତନ୍ର ମଞ୍ଜି ପ୍ୟାକେଟ ନେଇ ଗୋଲମାଲ ହୋଇଥିଲା । ପ୍ରତି ପ୍ୟାକେଟ ଉପରେ ସେମାନେ ଫୁଲର ନାମ ଓ କେଉଁ କେଉଁ କ୍ଷେତ୍ରରେ ଗୋଟିଏ ଧାଡ଼ିରେ ଫୁଲର ସଂକ୍ଷିପ୍ତ ବର୍ଣ୍ଣନା ବି ଦେଇଥିଲେ । ଭଲ ରଙ୍ଗ ଓ ଚେହେରା ଦେଖି ବାଛି ବାଛି ଯେଉଁ ମଞ୍ଜିଗୁଡ଼ିକ ଲଗାଇଲି, ତାହା

ଭିତରୁ 'ହୋୟାଇଟ୍ ବିମ', 'ରେଡ କ୍ୟାମ୍ପିୟନ' ଓ 'ସ୍ତ୍ରିଚଓୟାଟ' ଅସାଧାରଣ ଉନ୍ନତି ଦେଖାଇଲା। 'ଫକ୍ସଗ୍ଲଭ୍' ଓ 'ଉଡ୍ ୟ୍ୟାନିମୋନ' ମନ୍ଦ ହେଲା ନାହିଁ। କିନ୍ତୁ ଅନେକ ଚେଷ୍ଟା କରି ସୁଦ୍ଧା 'ଡଗ ରୋଜ' ବା 'ହନିସାକ୍ଲ'ର ଚାରା ବଞ୍ଚାଇ ହେଲା ନାହିଁ।

ହ୍ରଦର ଧାରେ ଧାରେ ହଳଦିଆ ଧୁତୁରା-ଜାତୀୟ ଏକ ପ୍ରକା ଗଛ ପୋତିଥିଲି। ଖୁବ୍ ଶୀଘ୍ର ତାହାର ଫୁଲ ଫୁଟିଲା। ଯୁଗଳପ୍ରସାଦ ପୂର୍ଣ୍ଣିୟା ଜଙ୍ଗଲରୁ ବନ୍ୟ ବୟଡ଼ା ଲତାର ମଞ୍ଜି ଆଣିଥିଲା, ଦେଖିଲି ଗଛ ହେବାର ସାତ ମାସ ଭିତରେ ପାଖାପାଖି ଅନେକ ବୁଦାର ଅଗ ବୟଡ଼ା ଲତାରେ ଛାଇ ହୋଇଯାଇଛି। ବୟଡ଼ା ଲତାର ଫୁଲ ଯେମିତି ସୁଦୃଶ୍ୟ, ସେମିତି ତାର ମୃଦୁ ସୌରଭ।

ହେମନ୍ତର ପ୍ରଥମ ଭାଗରେ ଦିନେ ଦେଖିଲି, ବୟଡ଼ା ଲତାରେ ଅଜସ୍ର କଢ଼ ଧରିଛି।

ଯୁଗଳପ୍ରସାଦକୁ ଏ ଖବର ଦେଲାମାତ୍ରେ ସେ କାମ ଦାମ ପକାଇଦେଇ ଆଜମାବାଦ କଚେରୀ ଠାରୁ ସାତମାଇଲ ଦୂରବର୍ତ୍ତୀ ସରସ୍ୱତୀ ହ୍ରଦକୂଲରେ ପ୍ରାୟ ଧାଇଁ ଧାଇଁ ହାଜର ହୋଇଗଲା।

ମୋତେ କହିଲା– ଲୋକେ କହୁଥିଲେ ହଜୁର, ବୟଡ଼ା ଲତା ଗଛ ହେବ, ବଢ଼ିବ, କିନ୍ତୁ ସେଥିରେ ଫୁଲ ଧରିବ ନାହିଁ। ସବୁ ଲତାରେ କୁଆଡ଼େ ଫୁଲ ଧରେନା। ଦେଖନ୍ତୁ କେମିତିକା କଢ଼ ବାହାରିଲାଣି।

ହ୍ରଦର ଜଳରେ 'ଓୟାଟାର କ୍ରୋଫ୍ଟ' ବୋଲି ଏକପ୍ରକାର ଜଳଜ ଫୁଲର କନ୍ଦ ପୋତିଥିଲି। ସେ ଗଛ ହୁହୁ କରି ଏମିତି ବଢ଼ିବାକୁ ଲାଗିଲା ଯେ, ଯୁଗଳପ୍ରସାଦର ଆଶଙ୍କା ହେଲା ଏମାନେ ବୋଧହୁଏ ପଦ୍ମକୁ ଜଳରୁ ବେଦଖଲ କରିଦେବେ।

ବୋଗେନଭିଲିୟା ଲତା ଲଗାଇବାକୁ ଇଚ୍ଛା ଥିଲା, କିନ୍ତୁ ସହରର ସୌଖୀନ ପାର୍କ ବା ଉଦ୍ୟାନ ସହିତ ୟାର ସମ୍ପର୍କଟା ଏମିତି ନିବିଡ଼ ଯେ ମୋର ଭୟ ହେଲା ସରସ୍ୱତୀ କୁଣ୍ଡୀର ବଣରେ ଫୁଲଭରା ବୋଗେନଭିଲିୟାର ଝାଡ଼ ଏହା ବନ୍ୟ ଆକୃତି ନଷ୍ଟ କରି ପକାଇବ। ଏସବୁ ବିଷୟରେ ଯୁଗଳପ୍ରସାଦର ମତ ବି ଠିକ୍ ମୋ ପରି। ସେ ବି ବାରଣ କଲା।

ଅର୍ଥବ୍ୟୟ ମଧ୍ୟ କମ କରିନାହିଁ। ଦିନେ ଗନୋରୀ ତେଓ୍ୱାରୀର ମୁଖରୁ ଶୁଣିଲି, କାରୋ ନଦୀର ସେପଟେ ଜୟନ୍ତୀ ପାହାଡ଼ର ଜଙ୍ଗଲରେ ଏକପ୍ରକାର ଅଦ୍ଭୁତ ଧରଣର ବଣଫୁଲ ହୁଏ– ସେ ଦେଶରେ ତାର ନାମ ଦୁଧିଆ ଫୁଲ। ହଳଦି ଗଛ ପରି ପତ୍ର, ଖୁବ୍ ବଡ଼ ଗଛ– ଗୋଟାଏ ଖୁବ୍ ଲମ୍ବା କାଣ୍ଡ କାଢ଼ି ତିନି-ଚାରି ହାତ ଉପରକୁ ଉଠେ।

ଗୋଟାଏ ଗଛରେ ଚାରି-ପାଞ୍ଚଟା କାଣ୍ଡ ହୁଏ, ପ୍ରତି କାଣ୍ଡରେ ଚାରୋଟି ଲେଖାଏଁ ହଳଦିଆ ଫୁଲ ଧରେ- ଦେଖିବାକୁ ଖୁବ୍ ଭଲ ସତ, ତାର ସୁବାସ ବି ଭାରି ସୁନ୍ଦର। ରାତିରେ ଅନେକ ଦୂର ଯାଏ ସୁଗନ୍ଧ ମହକେ। ସେହି ଫୁଲ ଗଛ ଗୋଟାଏ ଯେଉଁ ଠ ଥରେ ହୁଏ, ଦେଖୁ ଦେଖୁ ଏତେ ହୁ ହୁ ହୋଇ ତାର ବଂଶ ବୃଦ୍ଧି ହୁଏ ଯେ, ଦୁଇ-ତିନି ବର୍ଷ ଭିତରେ ରୀତିମତ ଜଙ୍ଗଲଟାଏ ହୋଇଯାଏ।

ଏ କଥା ଶୁଣିଲା କ୍ଷଣି ମୋ ମନର ଶାନ୍ତି ନଷ୍ଟ ହୋଇଗଲା। ସେହି ଫୁଲ ଆଣିବାକୁ ହେବ। ଗନୋରୀ କହିଲା, ବର୍ଷା କାଳ ଛଡ଼ା ଆଉ କେବେ ହେବନାହିଁ; ଗଛର କନ୍ଦା ଆଣି ପୋତିବାକୁ ହୁଏ- ପାଣି ନ ପାଇଲେ ମରିଯିବ।

ପଇସାପତ୍ର ଦେଇ ଯୁଗଲପ୍ରସାଦକୁ ପଠାଇଲି। ସେ ବହୁ ଅନୁସନ୍ଧାନ ପରେ ଜୟନ୍ତୀ ପାହାଡ଼ର ଦୁର୍ଗମ ଜଙ୍ଗଲରୁ ଦଶ-ବାର ଗଣ୍ଡା କନ୍ଦା ଯୋଗାଡ଼ କରି ଆଣିଲା।

ନବମ ପରିଚ୍ଛେଦ

୧

ପ୍ରାୟ ତିନି ବର୍ଷ ଗଡ଼ି ଯାଇଛି ।

ଏହି ତିନିବର୍ଷ ଭିତରେ ମୋର ଅନେକ ପରିବର୍ତ୍ତନ ହୋଇଛି । ଲବଟୁଲିୟା ଓ ଆଜମାବାଦର ବନ୍ୟ ପ୍ରକୃତି କି ମାୟା-କଜ୍ଜଳ ମୋ ଆଖିରେ ଲଗାଇ ଦେଇଛି– ସହରକୁ ଏକ ରକମ ପାଶୋରି ଦେଇଛି । ନିର୍ଜନତାର ମୋହ ଓ ନକ୍ଷତ୍ର-ଖଚିତ ଉଦାର ଆକାଶର ମୋହ ମୋତେ ଏମିତି ଭାବରେ ଗ୍ରାସ କରିଛି ଯେ, ମଝିରେ ଥରେ ଦିନ କେତୋଟି ପାଇଁ ପାଟନାକୁ ଯାଇ ଛଟପଟ ହେବାକୁ ଲାଗିଲଇ କେବେ ପିଚ-ଢ଼ଳା ଧରାବନ୍ଧା ରାସ୍ତାର ଗଣ୍ଠି ଏଡ଼ାଇ ଲବଟୁଲିୟା ବଇହାରକୁ ଫେରିଯିବି– ପିଆଲା ପରି ଅଜାଡ଼ି ପଡ଼ିଥିବା ନୀଲ ଆକାଶ ତଳେ ପ୍ରାନ୍ତର ପରେ ପ୍ରାନ୍ତର, ଅରଣ୍ୟ ପରେ ଅରଣ୍ୟ, ଯେଉଁଠି ତିଆରି ରାଜପଥ ନାହିଁ, ଇଟାର କୋଠାବାଡ଼ି ନାହିଁ, ମଟର ହର୍ଣ୍ଣର ଆବାଜ ନାହିଁ, ଯେଉଁଠି ଘନ ନିଦ୍ରାର ଫାଙ୍କରେ କେବଳଦୂର ଅନ୍ଧକାର ବଣରେ ବିଲୁଆଙ୍କର ପ୍ରହର ଘୋଷଣା ଶୁଣାଯାଏ, ନୋହିଲେ ନୀଳ-ଗାଈ ପଲର ସମ୍ମିଳିତ ପଦଧ୍ୱନି କିମ୍ବା ବନ୍ୟମଇଁଷିର ଗମ୍ଭୀର ଆବାଜ ।

ମୋର ଉପରିସ୍ଥ କର୍ମଚାରୀମାନେ ମୋତେ କ୍ରମାଗତ ଚିଠି ଲେଖି ତାଗଦା କରିବାକୁ ଲାଗିଲେ, ମୁଁ କାହିଁକି ଏଠାରେ ଜମି ପଟା ଦେଉନାହିଁ । ମାଁ ଜାଣେ ତାହା ମୋର ଗୋଟିଏ ପ୍ରଧାନ କାମ ସତ, କିନ୍ତୁ ଏଠାରେ ପ୍ରଜା ବସାଇ ପ୍ରକୃତିର ଏଭଳି ନିଭୃତ କୁଞ୍ଜବନକୁ ନଷ୍ଟ କରିବାକୁ ମୋର ମନ ବଳୁ ନାହିଁ । ଯେଉଁମାନେ ଜମି ପଟା ନେବେ, ସେମାନେ ତ ଆଉ ଜମିରେ ଗଛପତ୍ର ବଣବୁଦା ସଜାଇ ରଖିବା ପାଇଁ କିଣିବେ ନାହିଁ– କିଣିବା ମାତ୍ରେ ସେମାନେ ଜମି ସଫା କରି ପକାଇବେ,

ଫସଲ କରିବେ, ଘରଦ୍ୱାର ତିଆରି କିରି ବସବାସ ଆରମ୍ଭ କରିବେ- ଏହି ନିର୍ଜନ ଶୋଭାମୟ ବନ୍ୟ ପ୍ରାନ୍ତର, ଅରଣ୍ୟ, କଣ୍ଠୀ, ଶୈଳମାଳା ଜନପଦରେ ପରିଣତ ହେବ, ଲୋକଙ୍କ ଚହଲିରେ ଭୟଭୀତ ହୋଇ ବନଲକ୍ଷ୍ମୀଗଣ ଊର୍ଦ୍ଧ୍ୱ ଶ୍ୱାସରେ ପଳାଇବେ- ମଣିଷ ପ୍ରବେଶ କରି ଏହି ମାୟା-କାନନର ମାୟା ତ ଦୂର କରିବ, ସୌନ୍ଦର୍ଯ୍ୟ ବି ନଷ୍ଟ କରିଦେବ।

ସେହି ଜନପଦ ମୁଁ ମନଶ୍ଚକ୍ଷୁରେ ସ୍ପଷ୍ଟ ଦେଖି ପାରୁଛି।

ପାଟନା, ପୂର୍ଣ୍ଣିୟା କି ମୁଙ୍ଗେର ଯିବା ବାଟରେ ସେହିପରି ଜନପଦ ଏ ଅଞ୍ଚଲର ଚାରିଆଡ଼େ। ଲଗାଲଗି ହୋଇ କୁଶ୍ରୀ ବେଢ଼ଙ୍ଗ ଏକତାଲା କି ଦୋତାଲା ଖପରଲି ଘର, ପଦେ ପଦେ ବସତି, ସପ୍ତଫେଣୀର ଝାଡ଼, ଗୋବର ସ୍ତୂପର ଆବର୍ଜନା ମଝିରେ ଗୋରୁ-ମଇଁଷି ଗୁହାଲ-କୂଅରୁ ରହଟ୍ ଦ୍ୱାରା ପାଣି କଢ଼ା ଯାଉଛି, ମଇଲା ଲୁଗା-ପିନ୍ଧା ନର-ନାରୀଙ୍କର ମେଣ୍ଢ ହନୁମାନଜୀଙ୍କ ମନ୍ଦିରରେ ଧ୍ୱଜା ଉଡ଼ୁଛି, ରୂପା ହଁସୁଲି ବେକରେ ପିନ୍ଧି ଉଲଙ୍ଗ ବାଳକ-ବାଳିକାସବୁ ଧୂଲି ବୋଳି ହୋଇ ରାସ୍ତା ଉପରେ ଖେଳୁଛନ୍ତି।

କାହା ବଳଦିରେ କଣ ମିଳିବ !

ଏପରି ବିଶାଲ ଅଖଣ୍ଡ, ବାଧା-ବନ୍ଧନ-ହୀନ ଉଦାମ ସୌନ୍ଦର୍ଯ୍ୟମୟୀ ଅରଣ୍ୟଭୂମି ଦେଶର ଗୋଟିଏ ବଡ଼ ସମ୍ପଦ- ଅନ୍ୟ କୌଣସି ଦେଶ ହୋଇଥିଲେ ଆଇନ କରି ଏଠାରେ ଜାତୀୟ ଉଦ୍ୟାନ କରା ହୋଇଥାନ୍ତା। ସହରର କର୍ମ-କ୍ଲାନ୍ତ ମଣିଷ ମଝିରେ ମଝିରେ ଏଠାକୁ ଆସି ପ୍ରକୃତିର ସାହଚର୍ଯ୍ୟରେ ନିଜର ଅବସନ୍ନ ମନକୁ ତାଜା କରିନେଇ ଫେରୁ ଥାଆନ୍ତେ। ତାହା ହେବାର ଜୁ ନାହିଁ। ଯାହାର ଜମି, ସେ ପ୍ରଜାଙ୍କୁ ପଟା ନଦେଇ ପକାଇ ରଖିବ କାହିଁକି ?

ମୁଁ ପ୍ରଜା ବସାଇବାର ଭାର ନେଇ ଏଠାକୁ ଆସିଥିଲି- ଏହି ଅରଣ୍ୟ ପ୍ରକୃତିକୁ ଧ୍ୱଂସ କରିବାକୁ ଆସି ଏହି ଅପୂର୍ବ ସୁନ୍ଦରୀ ବନ୍ୟ ନାୟିକାର ପ୍ରେମରେ ପଡ଼ି ଯାଇଛି। ଏକ୍ଷଣି ମୁଁ କ୍ରମେ କ୍ରମେ ସେ ଦିନ ଗଡ଼ାଇ ଦେଉଛି। ଯେତେବେଳେ ଘୋଡ଼ାରେ ଚଢ଼ି ଛାୟା-ଗହନ ଅପରାହ୍ନରେ କିମ୍ୱା ମୁକ୍ତା-ଶୁଭ୍ର ଜ୍ୟୋସ୍ନା ରାତିରେ ଏକା ବାହାରି ପଡ଼େ, ସେତେବେଳେ ଚାରିଆଡ଼କୁ ଚାହିଁ ମନେ ମନେ ଭାବେ, ମୋ ହାତରେ କଣ ଏହା ନଷ୍ଟ ହେବ ? ଜ୍ୟୋସ୍ନାଲୋକରେ ଉଦାସ ଆମ୍ଭହରା, ଶିଳାସ୍ତୃତ ବିରାଟ ନିର୍ଜନ ବନ୍ୟ ପ୍ରାନ୍ତର। କଣ କରି ମୋର ମନ ଭୁଲାଇଛ ଚତୁରୀ ସୁନ୍ଦରୀ।

କିନ୍ତୁ କାମ ଯେତେବେଳେ କରିବାକୁ ଆସିଛି, କରିବାକୁ ହିଁ ହେବ। ମାଘ ମାସର ଶେଷ ଆଡ଼କୁ ପାଟନାରୁ ଛତୁ ସିଂ ନାମରେ ଜଣେ ରାଜପୁତ ଆସି ହଜାରେ ବିଘା ଜମି ପଟା ନେବା ପାଇଁ ଦରଖାସ୍ତ ଦେବାରୁ ମୁଁ ବିଷମ ଚିନ୍ତାରେ ପଡ଼ିଗଲି-

ହଜାରେ ବିଘ୍ନ ଜମି ଦେଲେ ତ ଅନେକ ଜାଗା ନଷ୍ଟ ହୋଇଯିବ- କେଡ଼େ ସୁନ୍ଦର ବଣବୁଦା, ଲତା ବିତାନ ଯେ ନିର୍ମମ ଭାବରେ କଟା ହୋଇଯିବ ?

ଛତୁ ସିଂ ବୁଲାବୁଲି କରିବାକୁ ଲାଗିଲା- ମୁଁ ତାହାର ଦରଖାସ୍ତ ସଦର ଅଫିସକୁ ପଠାଇ ଦେଲି ଧ୍ୱଂସଲୀଳାକୁ କିଛି ବିଲମ୍ବିତ କରିବାର ଚେଷ୍ଟାରେ ରହିଲି।

(୨)

ଦିନେ ମଧ୍ୟାହ୍ନ ପରେ ଲବଟୁଲିୟା ଜଙ୍ଗଲର ଉତ୍ତରରେ ନାଢ଼ା ବଇହାରର ମୁକ୍ତ ପ୍ରାନ୍ତର ମଝିରେ ଆସୁଛି-ଦେଖିଲି, ରାସ୍ତା କଡ଼ରେ ଖଣ୍ଡିଏ ପଥର ଉପରେ କିଏ ଜଣେ ବସିଛି।

ତାହା ପାଖକୁ ଆସି ଘୋଡ଼ା ଅଟକାଇଲି। ଲୋକଟିର ବୟସ ଷାଠିଏରୁ କମ୍ ନୁହେଁ, ପରିଧାନ ମଇଳା ଲୁଗା, ଦେହରେ ଖଣ୍ଡିଏ ଛିଣ୍ଡା ଚାଦର।

ଏ ଜନହୀନ ପ୍ରାନ୍ତରେ ଲୋକଟି ଏକା ବସି କଣ କରୁଛି ?

ସେ ପଚାରିଲା- ଆପଣ କିଏ ବାବୁ ?

କହିଲି- ମୁଁ ଏଠିକା କଟେରୀର ଜଣେ କର୍ମଚାରୀ।

- ଆପଣ କଣ ମ୍ୟାନେଜର ବାବୁ ?

- କାହିଁକି କୁହ ତ ? ତୁମର କଣ କିଛି ଦରକାର ଅଛି ? ହଁ, ମୁଁ ମ୍ୟାନେଜର।

ଲୋକଟି ଉଠିପଡ଼ି ମୋ ଆଡ଼କୁ ଆଶୀର୍ବାଦର ଭଙ୍ଗୀରେ ହାତ ଟେକିଲା। କହିଲା- ହଜୁର, ମୋର ନାମ ମଟୁକନାଥ ପାଣ୍ଡେ, ବ୍ରାହ୍ମଣ, ଆପଣଙ୍କ ଠାକୁ ଯାଉଛି।

- କାହିଁକି ?

- ହଜୁର, ମୁଁ ବଡ଼ ଗରିବ। ହଜୁରଙ୍କ ନାମ ଶୁଣି ଅନେକ ଦୂରରୁ ଧାଇଁ ଆସୁଛି। ତିନି ଦିନ ହେଲା ବାଟ ଚାଲିଛି। ଯଦି ଆପଣଙ୍କ ପାଖରେ ଚଲିବା ପାଇଁ କିଛି ଉପାୟ ମିଳିଯାଏ-

ମୋର କୌତୁହଳ ହେଲା, ପଚାରିଲି- ଏହି କେତେଦିନ ହେଲା ଜଙ୍ଗଲୀ ବାଟରେ ତୁମେ କଣ ଖାଇ ରହିଛ ?

ମଟୁକନାଥ ତାହାର ମଳିନ ଚାଦରର ଏକ ପ୍ରାନ୍ତରେ ବନ୍ଧା ହୋଇଥିବା ପାଏ ଖଣ୍ଡେ ବିରିଛତୁ ଦେଖାଇ କହିଲା- ସେରେ ଖଣ୍ଡେ ଛତୁ ଏଥିରେ ବନ୍ଧା ହୋଇଥିଲା, ଏତକ ଧରି ଘରୁ ବାହାରିଥିଲି। ସେୟାକୁ କେତେ ଦିନ ହେଲା ଖାଉଛି। ରୋଜଗାରର ଚେଷ୍ଟାରେ ବୁଲୁଛି, ହଜୁର- ଆଜି ଛତୁ ସରିଆସିଲା, ଭଗବାନ ପୁଣି ଜୁଟାଇ ଦେବେ।

ଆଜମାବାଦ ଓ ନାଢ଼ା ବଇହାରର ଏହି ଜନହୀନ ବର ସୀମାରେ ଚାଦର-କାନିରେ ଛତୁ ବାନ୍ଧି ଲୋକଟି କି ରୋଜଗାରର ପ୍ରତ୍ୟାଶାରେ ଆସିଛି, ବୁଝି ପାରିଲି

ନାହିଁ। କହିଲି- ବଡ଼ ବଡ଼ ସହର ଭାଗଲପୁର, ପୂର୍ଣ୍ଣିୟା, ପାଟନା, ମୁଙ୍ଗେର ଛାଡ଼ି ଏ ଜଙ୍ଗଲ ଭିତରକୁ ଆସିଲ କାହିଁକି ପାଣ୍ଡେଜୀ? ଏଠାରେ କଣ ହେବ? ଲୋକ କାହାନ୍ତି ଏଠାରେ? କିଏ ତୁମକୁ ଦେବ?

ମଟୁକନାଥ ମୋ ମୁହଁକୁ ନୈରାଶ୍ୟପୂର୍ଣ୍ଣ ଦୃଷ୍ଟିରେ ଚାହିଁ କହିଲା- ଏଠାରେ କିଛି ରୋଜଗାର ହେବ ନାହିଁ ବାବୁ? ତେବେ ମୁଁ କୁଆଡ଼େ ଯିବି? ସେ ସବୁ ବଡ଼ ସହରରେ ମୁଁ କାହାକୁ ଚିହ୍ନ ନାହିଁ, ରାସ୍ତାଘାଟ ଜାଣେ ନାହିଁ, ମୋତେ ଡ଼ର ଲାଗେ। ତେଣୁ ଏଠାକୁ ଯାଉଥିଲି-

ଲୋକଟି ଅସହାୟ, ଦୁଃଖୀ ଓ ଭଲ ମଣିଷ ବୋଲି ମନେ ହେଲା। ତାକୁ ସାଙ୍ଗରେ ଧରି କଚେରୀକୁ ଆସିଲି।

କେତେ ଦିନ ବିତିଗଲା। ମଟୁକନାଥକୁ କୌଣସି କାମ ଯୋଗାଡ଼ କରି ଦେଇପାରିଲି ନାହିଁ- ଦେଖିଲି, ସେ କୌଣସି କାମ ଜାଣେ ନା- କିଛି ସଂସ୍କୃତ ପଢ଼ିଛି, ବ୍ରାହ୍ମଣ-ପଣ୍ଡିତଙ୍କ କାମ କରିପାରେ। ଟୋଲରେ ଛାତ୍ର ପଢ଼ାଉଥିଲା, ମୋ ପାଖରେ ବସି ସମୟ ଅସମୟରେ ଉଦ୍ଭଟ ଶ୍ଲୋକ ଆବୃତ୍ତି କରି ବୋଧହୟ ମୋର ଅବସର-ବିନୋଦର ଚେଷ୍ଟା କରୁଛି।

ଦିନେ ମୋତେ କହିଲା- ମୋତେ କଚେରୀ ପାଖରେ ଖଣ୍ଡିଏ ଜମି ଦେଇ ଗୋଟିଏ ଟୋଲ ଖୋଲି ଦିଅନ୍ତୁ ହଜୁର।

କହିଲି- କିଏ ଟୋଲରେ ପଢ଼ିବ, ପଣ୍ଡିତଜୀ? ବଣ ମଇଁଷି ଓ ନୀଲଗାଈ ସବୁ କଣ ଭଟ୍ଟି ବା ରଘୁବଂଶ ବୁଝିବେ?

ମଟୁକନାଥ ନିତାନ୍ତ ଭଲ ମଣିଷ- ବୋଧହୁଏ କିଛି ନ ଭାବିଚିନ୍ତି ଟୋଲ ଖୋଲିବାକୁ ପ୍ରସ୍ତାବ କରିଥିଲା। ଭାବିଲି, ମୋ କଥା ବୁଝି ସେ ଏଥର ନିରସ୍ତ ହେବ। କିନ୍ତୁ କିଛଇ ଦିନ ନୀରବ ରହି ସେ ପୁଣି ସେହି କଥାଟଣା ପକାଇଲା।

କହିଲା- ଦିଅନ୍ତୁ ଦୟା କରି ମୋ ପାଇଁ ଗୋଟିଏ ଟୋଲ ଖୋଲି। ଦେଖେନା ଚେଷ୍ଟା କରି ଥରେ କଣ ହେଉଛି। ନ ହେଲେ ଆଉ ଯିବି କୁଆଡ଼େ ହଜୁର?

ଆଛା ବିପଦରେ ତ ପଡ଼ିଲି, ଲୋକଟା କଣ ପାଗଲ! ତା' ମୁହଁକୁ ଚାହିଁଲେ ଦୟା ଆସେ, ସଂସାରର ପେଞ୍ଚପାଞ୍ଚ ସେ କିଛି ଜାଣେନା, ଖୁବ୍ ସରଳ, ନିର୍ବୋଧ ଧରଣର ମଣିଷ- ଅଥଚ ବୋଧେ ନିର୍ଭର ଓ ଭରସା ଧରି ଆସିଛି- କାହା ଉପରେ କିଏ ଜାଣେ?

ତାହାକୁ କେତେ ବୁଝାଇଲି, ମୁଁ ଜମି ଦେବାକୁ ରାଜି ଅଛି, ସେ ଚାଷବାସ କର, ଯେମିତି ରାଜୁ ପାଣ୍ଡେ କରୁଛି। ମଟୁକନାଥ ମିନତି କରି କହିଲା, ସେମାନେ

ବଂଶାନୁକ୍ରମେ ଶାସ୍ତ୍ର-ବ୍ୟବସାୟୀ ବ୍ରାହ୍ମଣ-ପଣ୍ଡିତ, ଚାଷ କାମ କିଛି ତାକୁ ଜଣା ନାହିଁ । ଜମି ନେଇ କଣ କରିବ ?

ତାହାକୁ କହିପାରି ଥାଆନ୍ତି, ଶାସ୍ତ୍ର-ବ୍ୟବସାୟୀ ପଣ୍ଡିତ ମଣିଷ ଏଠାକୁ କାହିଁକି ମରିବାକୁ ଆସିଛି, କିନ୍ତୁ କୌଣସି ରୂଢ଼ କଥା କହିବାକୁ ମନ ବଳିଲା ନାହିଁ । ଲୋକଟିକୁ ମୋତେ ଭାରି ଭଲ ଲାଗିଥିଲା । ଅବଶେଷରେ ତାହାର ନିର୍ବନ୍ଧାତିଶଯ୍ୟରେ ଖଣ୍ଡିଏ ଘର ତୋଳି ଦେଇ କହିଲି, ଏହି ତୁମର ଟୋଲ । ଏଥର ଛାତ୍ର ଯୋଗାଡ଼ ହେଉଛନ୍ତି କି ନା ଦେଖ ।

ମଟୁକନାଥ ପୂଜାର୍ଚ୍ଚନା କରି ଦୁଇ-ତିନି ଜଣ ବ୍ରାହ୍ମଣ ଭୋଜନ କରାଇ ଟୋଲ ପ୍ରତିଷ୍ଠା କଲା । ଏ ଜଙ୍ଗଲରେ କିଛି ମିଳେନା, ସେ ନିଜେ ହାତରେ ମଲା-ଅଠାର ମୋଟା ମୋଟା ପୁରୀ ଛାଣିଲା ଏବଂ ଜଙ୍ଗଲୀ ତରଡ଼ି ଆଣି ତରକାରୀ କଲା । ମଇଁଷି ଖୁଆଡ଼ରୁ ଦୁଧ ଅଣାଇ ଦହି ବସାଇ ରଖିଥିଲା । ନିମନ୍ତ୍ରିତଙ୍କ ଦଳରେ ଅବଶ୍ୟ ମୁଁ ବି ଥିଲି ।

ଟୋଲ ଖୋଲି ମଟୁକନାଥ କିଛି ଦିନ ଭାରି ମଜା କରିବାକୁ ଲାଗିଲା ।
ପୃଥିବୀରେ ଏମିତି ମଣିଷ ସବୁ ବି ଥାଆନ୍ତି ।
ସକାଳେ ସ୍ନାନ-ଆହ୍ନିକ ସାରି ସେ ଟୋଲ ଘରେ ଖଣ୍ଡିଏ ଜଙ୍ଗଲୀ ଖଜୁରୀ ପତ୍ରରେ ବୁଣା ଆସନ ଉପରେ ଯାଇ ବସେ ଏବଂ ସାମନାରେ ମୃଗ୍ଧବୋଦ ଖୋଲି ସୂତ୍ର ଆବୃତ୍ତି କରେ, ଠିକ୍ ଯେମିତି କାହାକୁ ପଢ଼ାଉଛି ! ଏମିତି ପାଟି କରି ପଢ଼େ ଯେ, ମୁଁ ମୋର ଅଫିସ ଘରେ ବସି କାମ କରୁଥିବା ବେଳେ ତାହା ଶୁଣି ପାରୁଥାଏ ।

ତହସିଲଦାର ସଜ୍ଜନ ସିଂ କହେ– ପଣ୍ଡିତଜୀ ଲୋକଟା ବଢ଼ ପାଗଳ ! କଣ କରୁଛି ଦେଖନ୍ତୁ ହଜୁର ।

ଦୁଇଟାମାସ ଏହି ଭବନରେ କଟିଗଲା । ଶୂନ୍ୟ ଘରେ ମଟୁକନାଥ ସମାନ ଉତ୍ସାହରେ ଟୋଲ କରି ଚାଲିଛି । ଥରେ ସକାଳେ, ଥରେ ଦିପହରେ । ଇତି ମଧ୍ୟରେ ସରସ୍ବତୀ ପୂଜା ଆସିଲା । କଚେରୀର ଦୃଆତ-ପୂଜା ଦ୍ୱାରା ପ୍ରତିବର୍ଷ ବାଗ୍‌ଦେବୀଙ୍କର ଅର୍ଚ୍ଚନା ସମ୍ପନ୍ନ କରାଯାଏ । ଏ ଜଙ୍ଗଲରେ ପ୍ରତିମା କେଉଁଠୁ ଗଢ଼ା ହେବ ? ଶୁଣିଲି ମଟୁକନାଥ ତାହାର ଟୋଲରେ ଅଲଗା ପୂଜା କରିବ, ନିଜ ହାତରେ କୁଆଡ଼େ ପ୍ରତିମା ଗଢ଼ିବ ।

ଷାଠିଏ ବର୍ଷର ବୃଦ୍ଧର କି ଭରସା, କି ଉତ୍ସାହ ।

ମଟୁକନାଥ ନିଜ ହାତରେ ଛୋଟ ପ୍ରତିମାଟିଏ ଗଢ଼ିଲା । ଟୋଲରେ ଅଲଗା ପୂଜା ହେଲା ।

ବୃଦ୍ଧ ହସହସ ମୁଖରେ କହିଲା- ବାବୁଜୀ, ଏ ଆମର ପୈତୃକ ପୂଜା। ମୋର ବାବା ଚିର କାଳ ତାଙ୍କ ଟୋଲରେ ପ୍ରତିମା ଗଢ଼ି ପୂଜା କରି ଆସିଛନ୍ତି, ପିଲାବେଳେ ମୁଁ ଦେଖିଛି। ଏଷଣି ପୁଣି ମୋ ଟୋଲରେ-

କିନ୍ତୁ ଟୋଲ କାହିଁ ?

ମଟୁକନାଥକୁ ଅବଶ୍ୟ ମୁଁ ଏ କଥା କହି ନାହିଁ।

୩

ସରସ୍ୱତୀ ପୂଜାର ଦଶ-ବାର ଦିନ ପରେ ମଟୁକନାଥ ପଣ୍ଡିତ ମୋତେ ଆସି ଜଣାଇଲା, ତାହାର ଟୋଲରେ ଜଣେ ଛାତ୍ର ଆସି ଭର୍ତ୍ତି ହୋଇଛି। ଆଜି ସେ କେଉଁଠୁ ଆସି ପହଞ୍ଚିଛି।

ମଟୁକନାଥ ଛାତ୍ରଟିକୁ ମୋ ସାମନାରେ ହାଜର କରାଇଲା। ଚଉଦ ପନ୍ଦର ବର୍ଷର କଳା ଶୀର୍ଷକାୟ ବାଳକ, ମୈଥିଳୀ ବ୍ରାହ୍ମଣ, ନିତାନ୍ତ ଗରିବ, ପିନ୍ଧା ଲୁଗା ଖଣ୍ଡିକ ଛଡ଼ା ଦ୍ୱିତୀୟ ବସ୍ତ୍ର ସୁଦ୍ଧା ନାହିଁ।

ମଟୁକନାଥର ଉଦାହରଣ କଣ ଦେଖିବ। ନିଜେ ଖାଇବାକୁ ପାଉ ନାହିଁ, ତତ୍‍କ୍ଷଣାତ୍‍ ସେ ଛାତ୍ରଟିର ଭରଣ ପୋଷଣ ଭାର ଗ୍ରହଣ କରିନେଲା। ଏହା ହିଁ ତାହାର କୁଳ-ପ୍ରଥା, ଟୋଲର ଛାତ୍ରଙ୍କର ସକଳ ପ୍ରକାର ଅଭାବ ଅନାଟନ ଏତେ ଦିନ ଯାଏ ସେମାନଙ୍କ ଟୋଲରୁ ନିର୍ବାହ ହୋଇ ଆସୁଛି; ଯେ ବିଦ୍ୟା ଶିକ୍ଷା ଆଶାରେ ଆସିଛି, ତାହାକୁ ସେ ଫେରାଇ ଦେଇପାରିବ ନାହିଁ।

ଦୁଇଟି ମାସ ଭିତରେ ଦେଖିଲି, ଆହୁରି ଦୁଇ-ତିନୋଟି ଛାତ୍ର ଆସି ଟୋଲରେ ଜୁଟିଲେ। ଏମାନେ ବେଳାଏ ଖାଆନ୍ତି, ଆଉ ବେଳାଏ ଉପାସ ରହନ୍ତି। ସିପାହୀମାନେ ଚାନ୍ଦା କରି ମକାଛତ୍ରୁ, ଅଟା, ଚୀନା-ଘାସର ଦାନା ଦିଅନ୍ତି। ମୁଁ ବି କଚେରୀରୁ କିଛି ସାହାଯ୍ୟ ଦିଏଁ। ଛାତ୍ରମାନେ ଜଙ୍ଗଲରୁ ବଥୁଆ ଶାଗ ତୋଳି ଆଣନ୍ତି- ତାହା ସିଝାଇ କରି ଖାଇ ହୁଏତ ବେଳାଏ କଟାଇ ଦିଅନ୍ତି। ମଟୁକନାଥର ବି ସେଇ ଅବସ୍ଥା।

ଶୁଣେ ରାତି ଦଶଟା-ଏଗାରଟା ଯାଏ ମଟୁକନାଥ ଟୋଲ ଘର ସାମନାରେ ଗୋଟାଏ ହରିଡ଼ା ଗଛ ତଳେ ଛାତ୍ରଙ୍କୁ ପଢ଼ାଉଛି। ଅନ୍ଧକାରରେ ଅଥବା ଜ୍ୟୋସ୍ନାଲୋକରେ- କାରଣ ଆଲୁଅ ଜାଳିବା ପାଇଁ ସେ ତେଲ ପାଏନା।

ଗୋଟାଏ ଜିନିଷ ଲକ୍ଷ୍ୟ କରି ଆଶ୍ଚର୍ଯ୍ୟ ହୋଇଛି। ଟୋଲ ପାଇଁ ଜାଗା ଓ ଘର ତୋଳି ଦେବାର ପ୍ରାର୍ଥନା ଛଡ଼ା ମଟୁକନାଥ ମୋ ଠାରୁ କେଉଁଦିନ କୌଣସି ଆର୍ଥିକ

ସାହାଯ୍ୟ ଚାହିଁ ନାହିଁ। କେଉଁ ଦିନ ସେ କହିନାହିଁ, ମୁଁ ଚଳିପାରୁନାହିଁ, ମୋର ଗୋଟାଏ ବ୍ୟବସ୍ଥା କରନ୍ତୁ। ସେ କାହାକୁ ବି କିଛି ଜଣାଏ ନାହିଁ, ସିପାହୀମାନେ ନିଜ ଇଚ୍ଛାରେ ଯାହା ଦିଅନ୍ତି।

ବୈଶାଖରୁ ଭାଦ୍ର ମାସ ଭିତରେ ମଟୁକନାଥର ଟୋଲର ଛାତ୍ର ସଂଖ୍ୟା ବେଶ ବଢ଼ିଲେ। ଦଶ-ବାରୋଟି ବାପା-ମାଆ ବିତାଡ଼ିତ ଗରିବ ବାଳକ ବିନା ପଇସାରେ କମ ପରିଶ୍ରମରେ ଖାଇବା ଲୋଭରେ ନାନା ଜାଗାରୁ ଆସି ଜୁଟିଛନ୍ତି। କାରଣ ଏସବୁ ଅଞ୍ଚଳରେ କାଉର ମୁହଁରେ ଏ କଥା ଖେଳିଯାଏ। ଛାତ୍ରଗୁଡ଼ିଙ୍କୁ ଦେଖି ମନେହେଲା ଏମାନେ ଆଗରୁ ମଇଁଷି ଚରାଉଥିଲେ। କାହାରି ଭିତରେ ତିଲେମାତ୍ର ବୁଦ୍ଧିର ପ୍ରଖରତା ନାହିଁ- ଏମାନେ ପଢ଼ିବେ କାବ୍ୟ-ବ୍ୟାକରଣ? ମଟୁକନାଥକୁ ନିରୀହ ମଣିଷ ପାଇ ପଢ଼ିବାର ଛଳନାରେ ଏମାନେ ତା ପିଠିରେ ଚଢ଼ି ଖାଇବାକୁ ଆସିଛନ୍ତି। କିନ୍ତୁ ମଟୁକନାଥର ଏ ଆଡ଼କୁ ଦୃଷ୍ଟି ନାହିଁ, ସେ ଛାତ୍ର ପାଇ ମହା ଖୁସି।

ଦିନେ ଶୁଣିଲି, ଟୋଲର ଛାତ୍ରମାନେ କିଛି ଖାଇବାକୁ ନପାଇ ଉପବାସ ରହିଛନ୍ତି। ତା ସାଙ୍ଗରେ ମଟୁକନାଥ ମଧ୍ୟ।

ମଟୁକନାଥକୁ ଡକାଇ କଥା କଣ ପଚାରିଲି।

କଥାଟା ଠିକ୍। ସିପାହୀମାନେ ଚାନ୍ଦା କରି ଯେଉଁ ଅଟା ଓ ଛତୁ ଦେଇଥିଲେ, ସେତକ ସରି ଯାଇଛି। କେତେ ଦିନ ରାତିରେ ଖାଲି ବଥୁଆ ଶାଗ ସିଝା ଖାଇ ସେମାନେ ଚଳୁଥିଲେ, ଆଜି ତାହା ବି ମିଳିଲା ନାହିଁ। ତା ଛଡ଼ା ତାହା ଖାଇ ଅନେକେ ବେମାର ପଡ଼ିବାରୁ କେହି ଖାଇବାକୁ ଚାହୁଁ ନାହାନ୍ତି।

– ତାହେଲେ ଏଷଣି କଣ କରିବେ ପଣ୍ଡିତଜୀ?

– କିଛି ତ ଭାବିପାରୁ ନାହିଁ, ହଜୁର। ଛୋଟ ଛୋଟ ପିଲାଗୁଡ଼ିକ ନ ଖାଇ ରହିବେ-

ମୁଁ ସେମାନଙ୍କ ସମସ୍ତଙ୍କ ପାଇଁ ସିଧା ଦେବାକୁ ବରାଦ କରିଦେଲି। ଦୁଇ-ତିନି ଦିନ ସକାଶେ ଚାଉଳ, ଡାଲି, ଘିଅ, ଅଟା। କହିଲି କିପରି ଟୋଲ ଚଳାଇବେ, ପଣ୍ଡିତଜୀ? ଉଠାଇ ଦିଅନ୍ତୁ। ଖାଇବେ କ'ଣ, ଆଉ ଖୁଆଇବେ ବା କଣ?

ଦେଖିଲି ମୋ କଥାରେ ସେ ଆଘାତ ପାଇଲା। କହିଲା- ସେ କି କଥା ହଜୁର? ତିଆରି ଟୋଲ କଣ ଛାଡ଼ିପାରେ? ସେ ତ ମୋର ପୈତୃକ ବ୍ୟବସାୟ।

ମଟୁକନାଥ ସଦାନନ୍ଦ ଲୋକ। ତାହାକୁ ଏସବୁ ବୁଝାଇ ଫଳ ନାହିଁ। ଦେଖିଲି କେତୋଟି ଛାତ୍ରଙୁ ଧରି ସେ ବେଶ ଆନନ୍ଦ ମନରେ ଅଛି।

ମଟୁକନାଥର କୃପାରେ ମୋର ଏହି ମନଭୂମିର ଏକ ପ୍ରାନ୍ତ ଅଛି ଯେମିତି

ପ୍ରାଚୀନ ରଷିମାନଙ୍କର ଆଶ୍ରମ ପାଲଟିଛି । ଟୋଲର ଛାତ୍ରମାନେ ପାଟିତୁଣ୍ଡ କରି ପଢ଼ାଶୁଣା କରନ୍ତି, ମୁଗ୍ଧବୋଧର ସୂତ୍ର ମୁଖସ୍ଥ କରନ୍ତି, କଚେରୀର ମଞ୍ଛାରୁ ଲାଉ-କଖାରୁ ଚୋରି କରନ୍ତି, ଫୁଲ ଗଛର ଡାଲପତ୍ର ଭାଙ୍ଗି ଫୁଲ ନେଇଯାନ୍ତି, ଏପରିକି ମଝିରେମଝିରେ କଚେରୀର ଲୋକବାକଙ୍କ ଜିନିଷ ପତ୍ର ବି ଚୋରୀ ହେବାକୁ ଲାଗିଲା- ସିପାହୀମାନେ କୁହାକୋହି ହେବାକୁ ଲାଗିଲେ, ଟୋଲର ଛାତ୍ରମାନଙ୍କ କାମ ଏସବୁ ।

ଦିନେ ନାଏବର କ୍ୟାସ ବାକ୍ସ ଭଙ୍ଗା ହୋଇ ତାହାର ଘରେ ପଡ଼ିଥିଲା । କିଏ ତାହା ଭିତରୁ କେତୋଟି ଟଙ୍କା ଓ ନାଏବର ଗୋଟିଏ ଘଷରା ସୁନାମୁଦି ଚୋରୀ କରି ନେଇଥିଲା । ସେଥିପାଇଁ ସିପାହୀମାନେ ଖୁବ୍ ହେ ଟେ କଲେ । କିଛି ଦିନ ପରେ ମଟୁକନାଥର ଜଣେ ଛାତ୍ର ପାଖରୁ ମୁଦିଟି ମିଳିଲା । ସେ ଅଣ୍ଡା ସୂତାରେ ବାନ୍ଧି ରଖିଥିଲା, କିଏ ଦେଖିପାରି କଚେରୀରେ ଆସି କହିଦେଲା । ଛାତ୍ର ମାଲ ସହ ଧରା ପଡ଼ିଲା ।

ମୁଁ ମଟୁକନାଥକୁ ଡାକି ପଠାଇଲି । ସେ ସତରେ ନିରୀହ ଲୋକ, ତାହାର ଭଲ ମଣିଷ ପଣିଆର ସୁଯୋଗ ନେଇ ଦୁର୍ଦ୍ଦାନ୍ତ ଛାତ୍ରସବୁ ଯାହା ଖୁସି କରୁଛନ୍ତି । ଟୋଲ ଭାଙ୍ଗିବାର ଦରକାର ନାହିଁ, ଅନ୍ତତଃ କେତେଜଣ ଛାତ୍ରଙ୍କୁ ତଡ଼ି ଦେବାକୁ ହେବ । ବାକି ଯେଉଁମାନେ ରହିବାକୁ ଚାହାନ୍ତି, ମୁଁ ଜମି ଦେଉଛି, ସେମାନେ ନିଜର ମୁଣ୍ଡର ୫ାଲ ତୁଣ୍ଡରେ ମାରି ଜମିରେ କିଛି କିଛି ମକା, ଚୀନା ଘାସ ଓ ପନିପରିବା ଚାଷ କରନ୍ତୁ । ଯାହା ଖାଦ୍ୟ ଶସ୍ୟ ଉପ୍ନ୍ନ ହେବ, ସେଥିରେ ସେମାନଙ୍କର ଚଳିଯିବ ।

ମଟୁକନାଥ ଛାତ୍ରମାନଙ୍କୁ ଏ ପ୍ରସ୍ତାବ ଜଣାଇଲା । ବାରଜଣ ଛାତ୍ରଙ୍କ ଭିତରୁ ଆଠଜଣ ଏହା ଶୁଣିବା ମାତ୍ରେ ପଳାଇଲେ । ଚାରିଜଣ ରହିଲେ, ତାହା ବି ମୋର ମନେ ହୁଏ ବିଦ୍ୟାନୁରାଗ ପାଇଁ ନୁହେଁ, ନିତାନ୍ତ କେଉଁଠି କୌଣସି ଉପାୟ ନାହିଁ ବୋଲି । ଆଗରୁ ସେମାନେ ମଇଁଷି ଚରାଉଥିଲେ, ଏକ୍ଷଣି ନହେଲେ ଚାଷ କରିବ । ସେହି ଦିନରୁ ମଟୁକନାଥର ଟୋଲ ମଦ ଚାଲୁନାହିଁ ।

୪

ଛଟୁ ସିଂ ଓ ଅନ୍ୟାନ୍ୟ ପ୍ରଜାମାନଙ୍କୁ ଜମି ପଟା ଦିଆ ହୋଇ ଯାଇଛି । ସର୍ବ ମୋଟ ପ୍ରାୟ ଦେଢ଼ ହଜାର ବିଘା ଜମି । ନାଡ଼ା ବଇହାରର ଜମି ଅତ୍ୟନ୍ତ ଉର୍ବର ବୋଲି ସେହି ଅଞ୍ଚଳରେ ଏକା ସାଙ୍ଗିରେ ଦେଢ଼ ହଜାର ବିଘା ଜମି ସେମାନଙ୍କୁ ଦିଆ ହୋଇଛି । ସେଠାର ପ୍ରାନ୍ତର ସୀମାର ବନାନୀ ଅତୀବ ଶୋଭାମୟୀ, କେତେ ଥର ସନ୍ଧ୍ୟା ବେଳେ ଘୋଡ଼ାରେ ଚଢ଼ି ଆସିବା ସମୟରେ ସେହି ବଣ ଦେଖି ମନେ ହୋଇଛି,

ପୃଥିବୀ ଭିତରେ ନାଡ଼ା ବଇହାରର ଏହି ବଣଟି ଗୋଟିଏ ସୌନ୍ଦର୍ଯ୍ୟ ସ୍ଥଳୀ- ଗଲା ସେ ସୌନ୍ଦର୍ଯ୍ୟସ୍ଥଳୀ।

ଦୂରରୁ ଦେଖିଲି ସେ ବଣରେ ନିଆଁ ଲଗା ହୋଇଛି, କିଛି ପୋଡ଼ାଇ ନ ଦେଲେ ଘନ ଦୁର୍ଭେଦ୍ୟ ଜଙ୍ଗଲ କଟା ଯାଇ ପାରିବ ନାହିଁ। କିନ୍ତୁ ସବୁ ଜାଗାରେ ତ ବଣ ନାହିଁ, ଦିଗନ୍ତ ବ୍ୟାପୀ ପ୍ରାନ୍ତରର କଡ଼େ କଡ଼େ ନିବିଡ଼ ବଣ, ହୁଏତ ପ୍ରାନ୍ତରର ମଝିରେ ମଝିରେ ବଣ-ବୁଦା, କେତେ ରକମ ଲତା, କେତେ ରକମ ବଣଫୁଲ।

ଚଡ଼ ଚଡ଼ ଶବ୍ଦ କରି ବଣ ପୋଇ ଯାଉଛି, ଦୂରରୁ ଶୁଣେ- ବସି ବସି ଭାବେ, କେତେ ଶୋଭାମୟୀ ଲତା ବିତାନ ଧ୍ୱଂସ ହୋଇଗଲା। କେମିତିକା ଗୋଟାଏ କଷ୍ଟ ହୁଏ ବୋଲି ସେ ଆଡ଼କୁ ଯାଏ ନା। ଦେଶର ଗୋଟାଏ ଏତେ ବଡ଼ ସମ୍ପଦ, ଯାହା ମଣିଷର ମନରେ ଚିର ଦିନ ଶାନ୍ତି ଓ ଆନନ୍ଦ ପରିବେଷଣ କରି ପାରୁଥିଲା- ମୁଠିଏ ଗହମର ବିନିମୟରେ ତାହାକୁ ବିସର୍ଜନ ଦେବାକୁ ହେଲା।

କାର୍ତ୍ତିକ ମାସର ପ୍ରଥମ ଭାଗରେ ଦିନେ ସେ ଜାଗାଟା ଦେଖିବାକୁ ଗଲି। ସମଗ୍ର ପ୍ରାନ୍ତରରେ ସୋରିଷ ବୁଣା ହୋଇଛି- ମଝିରେ ମଝିରେ ଲୋକମାନେ ଘର ତୋଲି ବାସ କରୁଛନ୍ତି। ଏହା ଭିତରେ ସେମାନେ ଗୋରୁ-ମଇଁଷି ଓ ସ୍ତ୍ରୀ-ପୁତ୍ର ଆଣି ଗ୍ରାମ ବସାଇ ଦେଇଛନ୍ତି।

ଶୀତ କାଳର ମଝିରେ ଯେତେବେଳେ ସୋରିଷ କ୍ଷେତ ହଳଦିଆ ଫୁଲରେ ଆଲୋକିତ ହୋଇଥାଏ, ସେତେବେଳେ ଯେଉଁ ଦୃଶ୍ୟ ଚକ୍ଷୁ ସମ୍ମୁଖରେ ଉନ୍ମୁକ୍ତ ହେଲା, ତାହାର ତୁଲନା ନାହିଁ। ଦେଢ଼ ହଜାର ବିଘା ବ୍ୟାପୀ ଗୋଟାଏ ବିରାଟ ପ୍ରାନ୍ତର ଦୂର ଦିଗ୍‌ବଳୟ ସୀମା ପର୍ଯ୍ୟନ୍ତ ହଳଦିଆ ରଙ୍ଗର ଗାଲିଚାରେ ଆବୃତ- ଏହା ଭିତରେ ଛେଦ ନାହିଁ, ବିରାମ ନାହିଁ- ଉପରେ ନୀଳ ଆକାଶ, ଇନ୍ଦ୍ର-ନୀଲମଣି ପରି ନୀଲ- ତାରି ତଲେ ହଳଦିଆ ରଙ୍ଗର ଧରଣୀ, ଯେତେ ଦୂରକୁ ଦୃଷ୍ଟି ଯାଏ। ଭାବିଲି ଏ ବି ଏକ ପ୍ରକାର ମଦ ନୁହେଁ।

ଦିନେ ନୂତନ ଗ୍ରାମଗୁଡ଼ିକ ପରିଦର୍ଶନ କରିବାକୁ ଗଲି। ଛଟୁ ସିଂ ଛଡ଼ା ସମସ୍ତେ ଗରିବ ପ୍ରଜା। ସେମାନଙ୍କ ଲାଗି ଗୋଟାଏ ନୈଶ ବିଦ୍ୟାଳୟ ଖୋଲିଦେବି ବୋଲି ଭାବିଲି- ଗୁଡ଼ିଏ ସାନ ସାନ ପୁଅଝିଅଙ୍କୁ ସୋରିଷ କ୍ଷେତର କଡ଼େ କଡ଼େ ଦୌଡ଼ାଦୌଡ଼ି କରି ଖେଳି ବୁଲୁଥିବାର ଦେଖି ମୋର ନୈଶ ବିଦ୍ୟାଳୟର କଥା ଆଗେ ମନେ ପଡ଼ିଗଲା।

କିନ୍ତୁ ନୂତନ ପ୍ରଜାମାନେ ଶୀଘ୍ର ଭୟାନକ ଗୋଲମାଲ ଭିଆଇଲେ। ଦେଖିଲି ଏମାନେ ଆଦୌ ଶାନ୍ତିପ୍ରିୟ ନୁହଁନ୍ତି। ଦିନେ କଚେରୀରେ ବସିଛି, ଖବର ଆସିଲା

ନାଢ଼ା ବଇହାରର ପ୍ରଜାମାନେ ନିଜ ନିଜ ଭିତରେ ଭୟାନକ ଦଙ୍ଗା ଆରମ୍ଭ କରିଛନ୍ତି । ଜମିର କିଛି ନିର୍ଦ୍ଦିଷ୍ଟ ଚୌହଦି ନଥିବାରୁ ଏହି ଗୋଳମାଳ ଉପୁଜିଛି । ଯାହାର ପାଞ୍ଚ-ବିଘା ଜମି, ସେ ଦଶ ବିଘା ଜମିର ଫସଲ ଦଖଲ କରିବାକୁ ଆସିଛି । ଆହୁରି ଶୁଣିଲି ଶୋରିଷ ପାଚିବାର କିଛି ଦିନ ଆଗରୁ ଛତ୍ତୁ ସିଂ ନିଜ ମୁଲୁକରୁ ବହୁ ରାଜପୁତ ଲାଠିଆଲ ଓ ଗୁଣ୍ଡା ଗୋପନରେ ଆଣି ରଖିଥିଲା । ତାହାର ଅସଲ ମତଲବ ଏକ୍ଷଣି ଜଣା ପଡ଼ୁଛି । ନିଜର ତିନି-ଚାରି ଶହ ବିଘା ଆବାଦୀ ଜମିର ଫସଲ ଛଡ଼ା ସେ ଲାଠି ଜୋରରେ ସମସ୍ତ ନାଢ଼ା ବଇହାରର ଦେଢ଼ ହଜାର ବିଘା (ବା ଯେତେଟା ପାରେ) ଜମିର ଫସଲ ଦଖଲ କରିବାକୁ ବସିଛି ।

କଚେରୀର ଅମଲାମାନେ କହିଲେ- ଏ ମୁଲୁକରେ ଏହି ନିୟମ, ହଜୁର । ଲାଠି ଯାହାର ଫସଲ ତାହାର ।

ଯାହାଙ୍କର ଲାଠିର ଜୋର ନାହିଁ, ସେମାନେ କଚେରୀକୁ ଆସି ମୋ ଆଗରେ କନ୍ଦାକଟା କରିବାକୁ ଲାଗିଲେ । ସେମାନେ ନିରୀହ ଗରିବ ଗାଞ୍ଜୋତା ପ୍ରଜା- ଜଙ୍ଗଲ କାଟି ସାମାନ୍ୟ ଦୁଇ-ଦିନି ବିଘା ଲେଖାଏଁ ଜମି ଚାଷ କରିଥିଲେ, ଜମି କଡ଼ରେ ଘର-ଦୁଆର ତୋଳି ପିଲା-କୁଟୁମ୍ବ ଧରି ବାସ କରୁଥିଲେ- ଏକ୍ଷଣି ସାରା ବର୍ଷର ପରିଶ୍ରମ ଓ ଆଶାର ସାମଗ୍ରୀ ପ୍ରବଳର ଅତ୍ୟାଚାରରେ ଲୁଣ୍ଠିତ ହେବାକୁ ଯାଉଛି ।

କଚେରୀର ଦୁଇଜଣ ସିପାହୀଙ୍କୁ ଘଟଣା ସ୍ଥଳକୁ ପଠାଇଥିଲି ଘଟଣା କଣ ଦେଖିବା ପାଇଁ । ସେମାନେ ଊର୍ଦ୍ଧ୍ୱଶ୍ୱାସରେ ଧାଈଁ ଆସି ଜଣାଇଲେ- ଭୀମଦାସ ଟୋଲାର ଉତ୍ତର ସୀମାରେ ଭୟାନକ ଦଙ୍ଗା ଉପୁଜିଛି ।

ତତ୍‌କ୍ଷଣାତ୍‌ ତହସିଲଦାରର ସଜ୍ଜନ ସିଂ ଓ କଚେରୀର ସବୁ ସିପାହୀଙ୍କୁ ସାଙ୍ଗରେ ଧରି ଘୋଡ଼ାରେ ଚଢ଼ି ଘଟଣା ସ୍ଥଳକୁ ବାହାରିଲି । ଦୂରରୁ ଗୋଟାଏ ହୋ ହା ଗୋଲମାଳ କାନରେ ବାଜିଲା । ନାଢ଼ା ବଇହାର ମଝିରେ ଗୋଟିଏ କ୍ଷୁଦ୍ର ପାର୍ବତ୍ୟ ନଦୀ ବହି ଯାଇଛି- ଗୋଲମାଲଟା ଯେମିତି ସେହି ଦିଗରେ ବେଶୀ ।

ନଦୀ କୂଳରେ ପହଞ୍ଚିବ ଦେଖିଲି ନଦୀର ଦୁଇ କୂଳରେ ଲୋକ ଜମା ହୋଇଛନ୍ତି- ପ୍ରାୟ ଷାଠିଏ-ସତୁରି ଜଣ ଏ ପାଖରେ, ଆଉ ସେ ପାଖରେ ଛତ୍ତୁ ସିଂର ତିରିଶ-ଚାଳିଶ ଜଣ ରାଜପୁତ ଲାଠିଆଲ । ସେ ପାଖର ଲୋକେ ଏ ପାଖକୁ ଆସିବାକୁ ଚାହାନ୍ତି, ଆଉ ଏ ପାଖର ଲୋକେ ବାଧା ଦେବାକୁ ଠିଆ ହୋଇଛନ୍ତି । ଇତି ମଧ୍ୟରେ ଦୁଇ-ତିନି ଜଣ ଲୋକ ଜଖମ ହେଲେଣି- ସେମାନେ ଏ ପାଖ ଦଲର । ଜଖମ ହୋଇ ନଦୀର ପାଣିରେ ପଡ଼ିଥିଲେ, ସେହି ସମୟରେ ଛତ୍ତୁ ସିଂର ଲୋକମାନେ ଚାଙ୍ଗିରେ ଜଣକର ମଥା କାଟି ଦେବାକୁ ବସିଥିଲେ- ଏ ପକ୍ଷେ ତାକୁ ଛଡ଼ାଇ ନଦୀରୁ

ଉଠାଇ ଆଣିଛନ୍ତି। ନଦୀରେ ଏତେ ପାଣି ଯେ ଗୋଡ଼ ବୁଡ଼େ ନାହିଁ, ପାହାଡ଼ି ନଦୀ, ତା ଉପରେ ଶୀତର ଶେଷ।

କଟେରୀର ଲୋକଙ୍କୁ ଦେଖି ଉଭୟ ପକ୍ଷ ଦଙ୍ଗା ବନ୍ଦ କରି ମୋ ପାଖକୁ ଆସିଲେ। ପ୍ରତ୍ୟେକ ପକ୍ଷ ନିଜକୁ ଯୁଧିଷ୍ଠିର ଏବଂ ଅପର ପକ୍ଷକୁ ଦୁର୍ଯ୍ୟୋଧନ ବୋଲି ଅଭିହିତ କରିବାକୁ ଲାଗିଲେ। ସେହି ହୋ ହା କଳରବ ଭିତରେ ନ୍ୟାୟ-ଅନ୍ୟାୟ ନିର୍ଦ୍ଧାରଣ କରିବା ସମ୍ଭବ ନୁହେଁ। ଉଭୟ ପକ୍ଷକୁ କଟେରୀ ଯିବାକୁ କହିଲି। ଆହତ ଲୋକ ଦୁଇଜଣଙ୍କ ଦେହରେ ସାମାନ୍ୟ ଲାଠିର ଚୋଟ ଲାଗିଥିଲା, ସେମିତି କିଛି ଗୁରୁତର ଜଖମ ନୁହେଁ। ସେମାନଙ୍କୁ ବି କଟେରୀକୁ ନେଇ ଆସିଲି।

ଛୁଟୁ ସିଂର ଲୋକମାନେ କହିଲେ, ଖରା ନଇଁ ପଡ଼ିଲେ ସେମାନେ କଟେରୀକୁ ଆସି ଦେଖା କରିବେ। ଭାବିଲି, ସବୁ ମେଣ୍ଟିଗଲା। କିନ୍ତୁ ସେତେବେଳ ଯାଏ ବି ମୁଁ ଏ ଅଞ୍ଚଳର ଲୋକଙ୍କୁ ଚିହ୍ନି ନଥିଲି। ମଧ୍ୟାହ୍ନର ଟିକିଏ ପରେ ପୁଣି ଖବର ଆସିଲା ନାଡ଼ା ବଇହାରରେ ଘୋର ଦଙ୍ଗା ଲାଗିଛି। ମୁଁ ପୁଣି ଲୋକବାକ ଧରି ଧାଇଁଲି। ଜଣେ ଲୋକକୁ ଗୋଡ଼ରେ ବସାଇ ପନ୍ଦର ମାଇଲ ଦୂରବର୍ତ୍ତୀ ନଉଗାଛିୟା ଥାନାକୁ ପଠାଇ ଦେଲି। ଯାଇ ଦେଖେଁ ତ ଠିକ୍ ସେ ଓଳିର ଘଟଣା ପରି। ଏ ଓଳି ଛୁଟୁ ସିଂ ଆହୁରି ଅନେକ ଲୋକ ନେଇ ଆସିଛି। ଶୁଣିଲି ରାସବିହାରୀ ସିଂ ରାଜପୁତ ଓ ନନ୍ଦଲାଲ ଓଝା ଗୋଲାଓୱାଲା ଛୁଟୁ ସିଂକୁ ସାହାଯ୍ୟ କରୁଛନ୍ତି। ଛୁଟୁ ସିଂ ଘଟଣା ସ୍ଥଳରେ ନ ଥିଲା, ତାହାର ଭାଇ ଗଜାଧର ସିଂ କିଛି ଦୂରରେ ଘୋଡ଼ାରେ ଚଢ଼ି ଠିଆ ହୋଇଥିଲା— ମୋତେ ଆସିବାର ଦେଖି ଖସି ପଳାଇଲା। ଏଥର ଦେଖିଲି ରାଜପୁତଙ୍କ ଦଳରେ ଦୁଇଜଣଙ୍କ ହାତରେ ବନ୍ଧୁକ ଅଛି।

ସେ ପାଖରୁ ରାଜପୁତମାନେ ଡାକ ଛାଡ଼ି କହିଲେ— ହଜୁର, ଆପଣ ଚାଲି ଯାଆନ୍ତୁ, ଆମେ ଥରେ ଏକ ବାଦୀ-ବଚ୍ଚା ଗାଙ୍ଗୋତାମାନଙ୍କୁ ଦେଇ ନେଉ।

ମୋ ହୁକୁମରେ ମୋର ଦଳ ବଳ ଯାଇ ଉଭୟ ଦଳର ମଝିରେ ଠିଆହେଲେ। ମୁଁ ସେମାନଙ୍କୁ ଜଣାଇ ଦେଲି ଯେ ନଉଗାଛିୟା ଥାନାକୁ ଖବର ଦେଇଛି, ଏତେବେଳକୁ ପୋଲିସ ଅଧେ ବାଟ ଆସି ଯିବଣି। ସେ ସବୁ ବନ୍ଧୁକ କାହା ନାମରେ ଅଛି ? ଯେ ବନ୍ଧୁକର ଆବାଜ କରିବ ସେ ନିଶ୍ଚୟ ଜେଲ ଯିବ। ଆଇନ ଭୀଷଣ କଡ଼ା।

ବନ୍ଧୁକଧାରୀ ଲୋକ ଦୁଇଜଣ ଟିକିଏ ପଛକୁ ହଟିଗଲେ।

ମୁଁ ଏ ପାଖର ଗାଙ୍ଗୋତା ପ୍ରଜାମାନଙ୍କୁ ଡାକି କହିଲି— ସେମାନଙ୍କର ଦଙ୍ଗା ଭିଆଇବାର କୌଣସି ଦରକାର ନାହିଁ। ସେମାନେ ଯେତେ ଯେଖର ଘରକୁ ଚାଲି ଯାଆନ୍ତୁ। ମୁଁ ଏଠାରେ ଅଛି। ମୋର ସବୁ ଅମଲା ଓ ସିପାହୀମାନେ ଅଛନ୍ତି। ଫସଲ

ଲୁଟ୍ ହେଲେ ମୁଁ ଦାୟୀ ହେବି । ଗାଙ୍ଗୋଟା-ଦଳର ସର୍ଦାର ମୋ କଥା ଉପରେ ନିର୍ଭର କରି ନିଜର ଲୋକବାକ ହଟାଇ ନେଇ କିଛି ଦୂରରେ ଗୋଟାଏ ବକାଇନ ଗଛ ତଳେ ଯାଇ ଠିଆ ହେଲା । ମୁଁ କହିଲି– ସେଠାରେ ବି ନୁହେଁ । ଏକବାରେ ସିଧା ନିଜ ନିଜ ଘରକୁ ଚାଲିଯାଅ । ପୋଲିସ ଆସୁଛି ।

ରାଜପୁତମାନେ ଏତେ ସହଜରେ ଦମିବାର ପାତ୍ର ନୁହଁନ୍ତି । ସେ ପାଖରେ ଠିଆ ହୋଇ ସେମାନେ ନିଜ ନିଜ ଭିତରେ କଣ ପରାମର୍ଶ କରିବାକୁ ଲାଗିଲେ । ତହସିଲଦାରକୁ ପଚାରିଲି, କଥା କଣ ସଜ୍ଜନ ସିଂ ? ଆମ ଉପରେ ଚଢ଼ାଉ କରିବେ ନା କଣ ?

ତହସିଲଦାର କହିଲା, ହଜୁର ! ସେହି ଯେ ନନ୍ଦଲାଲ ଓଝା ଗୋଲାଓୱାଲା ଆସି ଜୁଟିଛି, ତାକୁ ଦେଖି ଭୟ ହେଉଛି । ସେ ବଦମାସଟା ଗୋଟାଏ ଅସଲ ଡକାୟତ ।

– ତାହା ହେଲେ ପ୍ରସ୍ତୁତ ହୋଇ ରହିଥାଅ । କାହାରିକୁ ନଦୀ ପାରି ହେବାକୁ ଦେବ ନାହିଁ । ଦୁଇଟା ଘଣ୍ଟା ସମ୍ଭାଲି ରଖ, ତା ପରେ ପୋଲିସ ଆସି ପହଞ୍ଚ ଯିବ ।

ରାଜପୁତମାନେ ପରାମର୍ଶ କରି କଣ ସ୍ଥିର କଲେ ଜାଣେ ନା । ଦଳେ ଲୋକ ଆଗେଇ ଆସି କହିଲେ– ହଜୁର, ଆମେ ସେ ପାଖକୁ ଯିବୁ ।

କହିଲି, କାହିଁକି ?

– ଆମର କଣ ସେ ପାଖରେ ଜମି ନାହିଁ ?

– ପୋଲିସ ସାମନାରେ ସେ କଥା କହିବ । ପୋଲିସ ତ ଆସି ପହଞ୍ଚବା ଉପରେ । ମୁଁ ତୁମ୍ଭମାନଙ୍କୁ ଏ ପାଖକୁ ଆସିବାକୁ ଦେଇପାରିବି ନାହିଁ ।

– କଚେରୀରେ ଗୋଛାଏ ଟଙ୍କା ସଲାମୀ ଦେଇ ଜମି ପଟା ନେଇଛୁ କଣ ଫସଲ ଲୋକସାନ କରିବା ଲାଗି ? ଏ ଆପଣଙ୍କର ଅନ୍ୟାୟ ଜୁଲମ ।

– ସେ କଥା ବି ପୋଲିସ ସାମନାରେ କହିବ ।

– ଆମକୁ ସେ ପାଖକୁ ଯିବାକୁ ଦେବେ ନାହିଁ ?

– ନା, ପୋଲିସ ଆସିବା ଆଗରୁ ନୁହେଁ । ମୋ ମାହାଲରେ ମୁଁ ଦଙ୍ଗା ଭିଆଇବାକୁ ଦେବି ନାହିଁ ।

ଇତି ମଧ୍ୟରେ କଚେରୀର ଆହୁରି ଲୋକବାକ ଆସି ପହଞ୍ଚଗଲେ । ଏମାନେ ଆସି ହଲ୍ଲା କରିଦେଲେ, ପୋଲିସ ଆସୁଛି । ଛତୁ ସିଂର ଦଳରୁ କ୍ରମେ କ୍ରମେ ଜଣେ ଦୁଇଜଣ ଲେଖାଏଁ ଲୋକ ଖସି ଯିବାକୁ ଲାଗିଲେ । ସେହି ସମୟ ପାଇଁ ଦଙ୍ଗା ବନ୍ଦ ହୋଇଗଲା ସତ, କିନ୍ତୁ ମାରପିଟ, ପୋଲିସ-ହେଙ୍ଗାମା, ଖୁନ୍-ଜଖମର ସେହି ଯେ ସୂତ୍ରପାତ ହେଲା, ଦିନକୁ ଦିନ ତାହା ବଢ଼ିବାରେ ଲାଗିଲା ପଛକେ କମିଲା ନାହିଁ । ମୁଁ

ଦେଖିଲଇ ଛଟୁ ସିଂ ପରି ଦୁର୍ଦ୍ଦାନ୍ତ ରାଜପୁତକୁ ଏକା ସାଙ୍ଗରେ ଏତେ ଜମି ପଟ୍ଟା ଦେବା ଫଳରେ, ଯେତେ ସବୁ ଗୋଳମାଳର ସୃଷ୍ଟି ହୋଇଛି। ଦିନେ ଛଟୁ ସିଂକୁ ଡକାଇଲି। ସେ କହିଲା, ଏସବୁ କଥାର ବିନ୍ଦୁ ବିସର୍ଗ ସୁଦ୍ଧା ସେ ଜାଣେ ନାହିଁ। ସେ ଅଧିକାଂଶ ସମୟ ଛାପ୍ରାରେ ଥାଏ। ତାହାର ଲୋକମାନେ କଣ କଲେ କି ନ କଲେ ସେଥିପାଇଁ ସେ ବା କିପରି ଦାୟୀ ହେବ ?

ବୁଝିଲି ଲୋକଟା ପକ୍କା ପେଷ୍ଣୁଆ। ସହଜ କଥାରେ ଏଠାରେ କାମ ହେବାର ସମ୍ଭାବନା ନାହିଁ। ଏହାକୁ ଜବ୍ଦ କରିବାକୁ ହେଲେ ଅନ୍ୟ ବାଟ ଦେଖିବାକୁ ପଡ଼ିବ।

ସେହି ଦିନରୁ ମୁଁ ଗାଞ୍ଜୋଟା ପ୍ରଜାଙ୍କ ଛଡ଼ା ଅନ୍ୟ କୌଣସି ଲୋକକୁ ଜମି ଦେବା ଏକବାରେ ବନ୍ଦ କରିଦେଲି। କିନ୍ତୁ ଆଗରୁ ଯେଉଁ ଭୁଲ୍ ହୋଇଯାଇଛି, ତାର କୌଣସି ପ୍ରତିକାର ଆଉ ହେଲା ନାହିଁ। ନାଢ଼ା ବଇହାରର ଶାନ୍ତି ଚିରଦିନ ନିମନ୍ତେ ଅପସରି ଗଲା।

✿

ଆମର ବାର ମାଇଲ ଦୀର୍ଘ ଜଙ୍ଗଲୀ ମାହାଲର ଉତ୍ତର ଅଂଶରେ ପ୍ରାୟ ପାଞ୍ଚ-ଛଅ ଶହ ଏକର ଜମିରେ ପ୍ରଜା ବସି ଯାଇଛନ୍ତି। ପୌଷ ମାସର ଶେଷରେ ଦିନେ ସେ ଆଡ଼କୁ ଯିବାର ଦରକାର ପଡ଼ିଲା- ଯାଇ ଦେଖିଲି ଏମାନେ ଏ ଅଞ୍ଚଲର ଚେହେରା ବଦଲାଇ ଦେଇଛନ୍ତି।

ଫୁଲକିୟା ଜଙ୍ଗଲରୁ ହଠାତ୍ ବାହାରି ଆସିବା ମାତ୍ରେ ଆଖିରେ ପଡ଼ିଲା ସାମନାରେ ଦିଗନ୍ତ-ବିସ୍ତୀର୍ଣ୍ଣ ଫୁଲ-ଫୁଟିଥିବା ସୋରିଷ ଖେତ- ଯେତେ ଦୂରକୁ ଆଖି ଯାଏ, ଡାହାଣରେ, ବାମରେ, ସାମନାରେ, ଖାଲି ହଳଦିଆ ଫୁଲ ଚିହ୍ନିତ ଖଣ୍ଡିଏ ସୁବିଶାଲ ଗାଲିଚା କିଏ ଯେମିତି ବିଛାଇ ଦେଇଛି- ଏହାର କେଉଁଠି ବ୍ୟତିକ୍ରମ ନାହିଁ, ଛେଦ ନାହିଁ, ଜଙ୍ଗଲର ସୀମାଠାରୁ ଏକବାରେ ବହୁ, ବହୁ ଦୂରର ଚକ୍ରବାଳ ରେଖା ସହିତ ନୀଳ ଶୈଲମାଲାର କୋଲରେ ଯାଇ ମିଶିଛି। ମୁଣ୍ଡ ଉପରେ ଶୀତ କାଲର ନିର୍ମେଘ ନୀଳ ଆକାଶ। ଏହି ଅପରୂପ ଶସ୍ୟ କ୍ଷେତ୍ର ମଝିରେ ମଝିରେ ପ୍ରଜାଙ୍କର କାଶ-କୁଡ଼ିଆ। ଏହି ହାଡ଼ଭଙ୍ଗା ଶୀତରେ ସ୍ତ୍ରୀ-ପୁତ୍ର ଧରି କିପରି ଯେ ସେମାନେ ଏହି ଉନ୍ମୁକ୍ତ ପ୍ରାନ୍ତର ମଝିରେ କାଶି-କାଣ୍ଡରେ ବାଡ଼-ଘେରା କୁଟୀରରେ ବାସ କରୁଛନ୍ତି।

ଫସଲ ପାଚିବାକୁ ଆଉ ବେଶୀ ଡେରି ନଥାଏ। ଏହା ଭିତରେ କାଟିବା ଲାଗି ମୂଲିଆ ଦଲ ଦଲ ହୋଇ ନାନା ଦିଗରୁ ଆସିବାକୁ ଲାଗିଲେଣି। ଏମାନଙ୍କର ଜୀବନ

ବଡ଼ ଅଦ୍ଭୁତ-ପୂର୍ଣ୍ଣିୟା, ତରାଇ ଓ ଜୟନ୍ତୀର ପାହାଡ଼-ଅଞ୍ଚଳ ଓ ଉତ୍ତର ଭାଗଲପୁରରୁ ଫସଲ ପାଚିବା ସମୟରେ ଏମାନେ ସ୍ତ୍ରୀ-ପୁତ୍ର ଧରି ଆସି ଛୋଟ ଛୋଟ କୁଡ଼ିଆ ତିଆରି କରି ବାସ କରନ୍ତି ଏବଂ ଖେତରେ ଫସଲ କାଟନ୍ତି– ଫସଲର ଗୋଟାଏ ଅଂଶ ମଜୁରୀ ରୂପେ ପାଆନ୍ତି। ଫସଲ କଟା ସରିଗଲେ କୁଡ଼ିଆ ଘରସବୁ ଛାଡ଼ିଦେଇ ପୁଣି ସ୍ତ୍ରୀ-ପୁତ୍ର ଧରି ଚାଲି ଯାଆନ୍ତି। ପୁଣି ଆର ବର୍ଷ ଆସିବେ। ଏମାନଙ୍କ ଭିତରେ ନାନା ଜାତି ଅଛନ୍ତି– ବେଶୀ ଭାଗ ଗାଙ୍ଗୋତା; କିନ୍ତୁ ଛତ୍ରୀ, ଭୂମିହାର ବ୍ରାହ୍ମଣ, ମୈଥିଲୀ ବ୍ରାହ୍ମଣ ସୁଦ୍ଧା ଅଛନ୍ତି।

ଏ ଅଞ୍ଚଳର ନିୟମ ହେଉଛି, ଫସଲ କାଟିବା ବେଳେ ଖେତରେ ବସି ଖଜଣା ଆଦାୟ କରିବାକୁ ହୁଏ– ନହେଲେ ଏମାନେ ଏଡ଼େ ଗରିବ ପ୍ରଜା ଯେ, ଖେତରୁ ଫସଲ ଉଠିଗଲେ ଆଉ ଖଜଣା ଦେଇ ପାରନ୍ତି ନାହିଁ। ଖଜଣା ଆଦାୟ ତଦାରଖ କରିବା ପାଇଁ ମୋର ଫୁଲକିୟା ବଇହାରର ଦିଗନ୍ତ-ବିସ୍ତାର୍ଣ୍ଣ ଶସ୍ୟକ୍ଷେତ୍ର ଭିତରେ କିଛି ଦିନ ରହିବା ଦରକାର ହେଲା।

ତହସିଲଦାର ପଚାରିଲା– ତା ହେଲେ ଏଠି ଛୋଟ ତମ୍ବୁଟା ପକାଇଦେବି ?

– ଦିନକ ଭିତରେ ଗୋଟାଏ ଛୋଟ କାଶ-କୁଡ଼ିଆ ତିଆରି କରି ଦେଉ ନାହିଁ ?

–ଏ ଶୀତରେ କଣ ସେଥରେ ରହିପାରିବେ, ହକୁର ?

– ଖୁବ୍ । ତୁମେ ସେୟା କର।

ତାହାହିଁ ହେଲା। ପାଖାପାଖି ତିନିଚାରୋଟି ଛୋଟ ଛୋଟ କାଶର କୁଟୀର, ଗୋଟାଏ ମୋର ଶୟନ ଘର, ଗୋଟାଏ ରୋଷାଇ ଘର, ଆଉ ଗୋଟାକରେ ଦୁଇଜଣ ସିପାହୀ ଓ ପଟୁଆରୀ ରହିବେ। ଏ ଧରଣର ଘରକୁ ଏ ଅଞ୍ଚଳରେ କହନ୍ତି, 'ଖୁପରୀ',– ଦୁଆର ଦରଜା ବଦଲରେ କାଶର ବାଡ଼ ସ୍ଥାନେ ସ୍ଥାନେ କଟା ହୋଇଥାଏ– ବନ୍ଦ କରିବାର ଉପାୟ ନାହିଁ– ରାତିରେ ହୁ ହୁ ହୋଇ ହେମାଲ ପବନ ପଶି ଆସେ। ଏତେ ନୁଆଁଣିଆ ଯେ, ହାମୁଡ଼େଇ ତା ଭିତରେ ପଶିବାକୁ ହୁଏ। ଚଟାଣରେ ଖୁବ୍ ବହଳ କରି ଶୁଖିଲା କାଶ ଓ ବଣ-ଝାଉଁର ଡାଙ୍ଗ ବିଛା ଯାଇଥାଏ। ତା ଉପରେ ସତରଞ୍ଜି, ତା ଉପରେ ତୋଷକ-ଚାଦର ପାରି ବିଛଣା କରାଯାଏ। ମୋର ଖପୁରୀଟି ଦୈର୍ଘ୍ୟରେ ସାତ ହାତ, ପ୍ରସ୍ଥରେ ତିନି ହାତ। ଘର ଭିତରେ ସିଧା ହୋଇ ଠିଆ ହେବା ଅସମ୍ଭବ, କାରଣ ଉଚ୍ଚତା ମାତ୍ର ତିନି ହାତ।

କିନ୍ତୁ ଏହି ଖୁପରୀ ବେଶ୍ ଭଲ ଲାଗେ। କଲିକତାରେ ତିନି-ଚାରି ମହଲା କୋଠାରେ ରହି ବି ମୁଁ ଏତେ ଆରାମ ଓ ଆନନ୍ଦ ପାଇ ନାହିଁ। ତେବେ ବୋଧହୁଏ ଦୀର୍ଘଦିନ ଏଠରେ ରହିବା ଫଳରେ ମୁଁ ଜଙ୍ଗଲୀ ହୋଇ ଯାଉଥିଲି। ମୋର ରୁଚି,

ଦୃଷ୍ଟିଭଙ୍ଗୀ, ଭଲ-ମନ୍ଦ ଲାଗିବା ସବୁରୁ ଉପରେ ଏହି ମୁକ୍ତ ଅରଣ୍ୟ-ପ୍ରକୃତିର ଅକ୍ଳ-ବହୁତ ପ୍ରଭାବ ଆସି ପଡ଼ିଥିଲା। ତେଣୁ ଏମିତି ହେଉଥିଲା କି ନା କିଏ ଜାଣେ।

ଖପୁରୀରେ ପଶିଲା ମାତ୍ର ପ୍ରଥମେ ମୋତେ ଭଲ ଲାଗିଲା ସଦ୍ୟ-କଟା କାଶଡାଙ୍କର ତାଜା ସୁଗନ୍ଧଟା, ଯାହା ଦ୍ୱାରା ଖପୁରୀର କାନ୍ଥ ତିଆରି ହୋଇଥିଲା। ତାପରେ ଭଲ ଲାଗିଲା ମୋ ମୁଣ୍ଡ ପାଖରେ ଏକ ବର୍ଗ ହାତ ପରିମିତ ଜଳାକବାଟୀ ବାଟେ ଦୃଶ୍ୟ ସବୁ, ଅର୍ଦ୍ଧ-ଶାୟିତ ଅବସ୍ଥାରେ ମୋର ଦୁଇଟି ଚକ୍ଷୁର ଦୃଷ୍ଟି ପ୍ରାୟ ସମତଳରେ ଅବସ୍ଥିତ ବିସ୍ତୀର୍ଣ୍ଣ ସୋରିଷ ଖେତର ହଳଦିଆ ଫୁଲରାଜି। ଏ ଦୃଶ୍ୟଟି ଏକବାରେ ଅଭିନବ, ମୁଁ ଯେମିତି ଖଣ୍ଡିଏ ପୃଥିବୀ ବ୍ୟାପୀ ହଳଦିଆ କାର୍ପେଟ ଉପରେ ଶୋଇଛି। ହୁ ହୁ ହୋଇ ବହୁଥିବା ହାୱାରେ ତୀବ୍ର ନାକଫଟା ସୋରିଷ ଫୁଲର ଗନ୍ଧ।

ଯେତେ ଶୀତ ପଡ଼ିବାର କଥା ପଡ଼ିଥିଲ।ଶ। ପଶ୍ଚିମା ପବନଟା ଦିନେ ବି ବନ୍ଦ ହେଉ ନଥିଲା। ପଶ୍ଚିମା କନ୍‌କନିଆ ପବନର ପ୍ରାବଲ୍ୟରେ ଏପରି କଡ଼ା ରୌଦ୍ର ଯେମିତି ଥଣ୍ଡା ପାଣି ହୋଇ ଯାଉଥିଲା। ବଇହାରର ବିସ୍ତୃତ କୋଲି-ଜଙ୍ଗଲର କଡ଼େ କଡ଼େ ଘୋଡ଼ାର ଫେରିବା ବେଳେ ଦୂରରେ ତିରାଶୀ-ଚୌକାର ଅନୁଚ ନୀଳ ପାହାଡ଼-ଶ୍ରେଣୀର ସେ ପଟେ ଶୀତ କାଲୀନ ସୂର୍ଯ୍ୟାସ୍ତ ଦେଖୁଥିଲି। ସମୁଦାୟ ପଶ୍ଚିମ ଆକାଶ ଅଗ୍ନି କୋଣରୁ ନୈରତ କୋଣ ଯାଏ ରଙ୍ଗୀନ ହୋଇଯାଏ, ତରଳ ଅଗ୍ନିର ସମୁଦ୍ର, ହୁ ହୁ ହୋଇ ପ୍ରକାଣ୍ଡ ତରଳ ଅଗ୍ନି-ଗୋଲକ ପରି ବଡ଼ ସୂର୍ଯ୍ୟଟା ନଇଁ ପଡ଼େ- ମନେ ହୁଏ ଯେମିତି ପୃଥିବୀର ଆହ୍ନିକ ଗତି ପ୍ରତ୍ୟକ୍ଷ କରୁଛି, ବିଶାଲ ଭୂପୃଷ୍ଠ ଯେମିତି ପଶ୍ଚିମ ଦିଗରୁ ପୂର୍ବକୁ ଘୂରି ଆସୁଛି, ଅନେକ କ୍ଷଣ ଚାହିଁ ରହିଲେ ଦୃଷ୍ଟି ବିଭ୍ରମ ହୋଇଯାଏ, ପ୍ରକୃତରେ ମନେ ହୁଏ ଯେମିତି ପଶ୍ଚିମ ଦିଗ୍‌-ଚକ୍ରବାଲର ଭୂପୃଷ୍ଠ ମୋର ଅବସ୍ଥିତି-ବିନ୍ଦୁ ଆଡ଼କୁ ଘୂରି ଆସୁଛି।

ରୌଦ୍ର ଟିକକ ମିଲାଇ ଯିବା ସଙ୍ଗେ ସଙ୍ଗେ ବେଜାୟ ଶୀତ ପଡ଼େ। ଆମେ ବି ସାରା ଦିନର ଗୁରୁତର ପରିଶ୍ରମ ଓ ଘୋଡ଼ାରେ ଇତସ୍ତତଃ ଦୌଡ଼ାଦୌଡ଼ି ପରେ ନିତି ସନ୍ଧ୍ୟା ବେଳେ ମୋ ଖପୁରୀ ସାମନାରେ ନିଆଁ ଜାଲି ବସୁଁ।

ସଙ୍ଗେ ସଙ୍ଗେ ଅନ୍ଧକାରାବୃତ ବଣ-ପ୍ରାନ୍ତରର ଉର୍ଦ୍ଧ୍ୱାକାଶରେ ଅଗଣ୍ୟ ନକ୍ଷତ୍ରଲୋକ କେତେ ଦୂରରେ ଥିବା ବିଶ୍ୱରାଜିର ଜ୍ୟୋତିର ଦୂତ ରୂପେ ପୃଥିବୀର ମଣିଷର ଚକ୍ଷୁ ସାମନାରେ ଦେଖାଯାଏ ଆକାଶରେ ନକ୍ଷତ୍ର ରାଜି ଯେମିତି ଉଜ୍ଜ୍ୱଲ ବୈଦ୍ୟୁତିକ ବତି ପରି ଜଳୁଥାଏ- ବଙ୍ଗ ଦେଶରେ ଏମିତି କୃତ୍ତିକା, ଏମିତି ସପ୍ତର୍ଷି ମଣ୍ଡଲ କେବେ ଦେଖିନାହିଁ। ଦେଖି ଦେଖି ମୋର ସେମାନଙ୍କ ସହିତ ନିବିଡ଼ ପରିଚୟ ହୋଇ ଯାଇଥିଲା। ତଳେ ଘନ ଅନ୍ଧକାର, ବନାନୀ, ନିର୍ଜନତା, ରହସ୍ୟମୟୀ ରାତ୍ରି,

ଆଉ ମୁଣ୍ଡ ଉପରେ ନିତ୍ୟସଙ୍ଗୀ ଅଗଣ୍ୟ ଜ୍ୟୋତିଲୋକ । ଦିନେ ଦିନେ ଫାଳିକିଆ ଅବାସ୍ତବ ଚାନ୍ଦ ଅନ୍ଧକାରର ସମୁଦ୍ରରେ ସୁଦୂର ବତିଘରର ଆଲୁଅ ପରି ଦେଖାଯାଏ । ଆଉ ସେହି ଘନକୃଷ୍ଣ ଅନ୍ଧକାରକୁ ଅଗ୍ନିର ତୀକ୍ଷ୍ଣ ତୀରରେ ସିଧା କାଟିଣି ଉଲ୍କା ଏଣେତେଣେ ଖସି ପଡୁଥାଏ । ଦକ୍ଷିଣରେ, ଉତ୍ତରରେ, ଇଶାନରେ, ନୈରର୍ତରେ, ପୂର୍ବରେ, ପଶ୍ଚିମରେ, ସବୁ ଦିଗରେ । ଏହି ଗୋଟାଏ, ସେହି ଗୋଟାଏ, ସେହି ଦୁଇଟା, ଏହି ପୁଣି ଗୋଟାଏ- ପ୍ରତି ମିନିଟ୍‌ରେ, ପ୍ରତି ସେକେଣ୍ଡରେ ।

ଦିନେ ଦିନେ ଗନୋରୀ ତେଓ୍ୱାରୀ ଓ ଆହୁରି ଅନେକ ଲୋକ ତମ୍ବୁରେ ଆସି ଜୁଟନ୍ତି । ନାନା ରକମ ଗପ ହୁଏ । ଏଠି ଦିନେ ଗୋଟାଏ ଅଭୁତ ଗପ ଶୁଣିଲି । କଥା କଥାରେ ସେ ଦିନ ଶିକାର ଗପ ହେଉଥିଲା । ମୋହନପୁରା ଜଙ୍ଗଲର ବଣ ମଇଁଷି କଥା ପଡିଲା । ଦଶରଥ ସିଂ ଝଣ୍ଡାଓ୍ୱାଲା ନାମରେ ଜଣେ ରାଜପୁତ ସେ ଦିନ ଲବଟୁଲିୟା କଚେରୀରେ ଚରୀର ନିଲାମ ଡାକିବାକୁ ଉପସ୍ଥିତ ଥିଲା । ଏକ ସମୟରେ ଲୋକଟି ବଣ-ଜଙ୍ଗଲରେ ଖୁବ୍‌ ଘୁରି ବୁଲିଛି, ପକ୍କା ଶିକାରୀ ବୋଲି ତାହାର ନାମ ଡାକ ଅଛି । ଦଶରଥ ଝଣ୍ଡାଓ୍ୱାଲା କହିଲା- ହକୁର, ସେହି ମୋହନପୁରା ଜଙ୍ଗଲରେ ବଣମଇଁଷି ଶିକାର କରିବା ବେଳେ ମୁଁ ଥରେ ଚାଁଡ଼ବାରୋ ଦେଖିଛି ।

ମନେ ପଡ଼ିଲା ଥରେ ଗନୁ ମାହାତୋ ଏହି ଚାଁଡ଼ବାରୋ କଥା କହିଥିଲା । ପଚାରିଲି - ସେ କଣ ?

- ହକୁର, ସେ ଅନେକ ଦିନର କଥା । ସେତେବେଳକୁ କୋଶୀ ନଦୀର ପୋଲ ତିଆରି ହୋଇ ନଥିଲା । କାଟାରିୟାରେ ଯୋଡ଼ି ଡଙ୍ଗା ଥିଲା, ଗାଡ଼ିର ଯାତ୍ରୀମାନେ ମାଲ ସହିତ ଡଙ୍ଗାରେ ପାର ଉତାର ହେଉଥିଲେ । ଆମେ ସେତେବେଳେ ଘୋଡ଼ା ନାଚ ଘେନି ଖୁବ୍‌ ଉନ୍ମତ୍ତ, ମୁଁ ଆଉ ଛାପ୍ରାର ଛଟୁ ସିଂ । ଛଟୁ ସିଂ ହରିହର ଛତ୍ର ମେଳାରୁ ଘୋଡ଼ା ନେଇଆସେ, ଆମେ ଦୁଇଜଣ ସେହିସବୁ ଘୋଡ଼ାକୁ ନାଚ ଶିଖାଉ, ତାପରେ ବେଶୀ ଦାମରେ ବିକ୍ରୀ କରିଦେଉଁ । ଘୋଡ଼ା-ନାଚ ଦୁଇ ରକମ, ଜମେତି ଆଉ ଫନେତି । ଜମେତିରେ ଯେଉଁ ସବୁ ଘୋଡ଼ାର ତାଲିମ ବେଶୀ, ସେଗୁଡ଼ିକ ବେଶୀ ଦାମରେ ବିକ୍ରି ହୁଅନ୍ତି । ଛଟୁ ସିଂ ଥିଲା ଜମେତି ନାଚ ଶିଖେଇବାର ଓସ୍ତାତ୍‌ । ଦୁହେଁ ତିନି-ଚାରି ବର୍ଷ ଭିତରେ ଅନେକ ଟଙ୍କା ରୋଜଗାର କରିଥିଲା ।

ଲାଇସେନ୍ସ ନେଇ ଢୋଲବାଜ୍ୟା ଜଙ୍ଗଲରୁ ବଣମଇଁଷି ଧରି ବ୍ୟବସାୟ କରିବାକୁ ଥରେ ଛଟୁ ସିଂ ମୋତେ ପରାମର୍ଶ ଦେଲା । ସବୁ ଠିକ୍‌ ଠାକ୍‌ ହେଲା । ଢୋଲବାଜ୍ୟା ହେଉଛି ଦ୍ୱାରଭଙ୍ଗା ମହାରାଜାଙ୍କର ସଂରକ୍ଷିତ ଜଙ୍ଗଲ । କିଛି ଟଙ୍କା ଦେଇ ଜଙ୍ଗଲ ଅମଲାଙ୍କ ଠାରୁ ଆମେ ପରମିଟ୍‌ ନେଲୁ । ତାପରେ କିଛି ଦିନ ଯାଏ

ଘନ ଜଙ୍ଗଲ ଭିତରେ ବଣ ମଇଁଷିର ଯାତାୟାତର ପଥ ଅନୁସନ୍ଧାନ କରି ବୁଲିଲୁ। ଏତେ ବଡ଼ ବଣ ହଜୁର, କେଉଁଦିନ ହେଲେ ଗୋଟାଏ ବଣ ମଇଁଷିର ଦେଖା ଯଦି ମିଳନ୍ତା। ଶେଷରେ ଜଣେ ବଣୁଆ ସାନ୍ତାଲକୁ ଲଗାଇଲୁ। ସେ ଗୋଟାଏ ବାଉଁଶ ବଣର ତଳ ଦେଖାଇ ଦେଇ କହିଲା, ଗଭୀର ରାତିରେ ଏହି ବାଟେ ବଣ ମଇଁଷିର ଜେରା (ଦଳ) ପାଣି ପିଇବାକୁ ଯିବେ। ସେହି ବାଟରେ ଭୂଇଁ ତଳେ ଗଭୀର ଖାଲ ଖୋଳି ତା ଉପରେ ବାଉଁଶ ଓ ମାଟି ବିଛାଇ ଫାନ୍ଦ ତିଆରି କଲୁ। ରାତିରେ ମଇଁଷିର ଜେରା ଯିବାବେଳେ ଗାତ ଭିତରେ ପଡ଼ିଯିବେ।

ସାନ୍ତାଲଟା ସବୁ ଦେଖି ଶୁଣି କହିଲା– କିନ୍ତୁ ତୁମେ ସବୁ କରୁଛ ସତ, ମାତ୍ର ଗୋଟାଏ କଥା ଅଛି। ଢୋଲବାଜ୍ୟା ଜଙ୍ଗଲରେ ବଣ ମଇଁଷିକୁ ତୁମେ ମାରିପାରିବ ନାହିଁ। ଏଠାରେ ଟାଁଡ଼ବାରୋ ଅଛି।

ଆମେ ତ ଅବାକ୍ ହୋଇଗଲୁ। ଟାଁଡ଼ବାରୋ କଣ ?

ସାନ୍ତାଲ ବୁଢ଼ା କହିଲା– ଟାଁଡ଼ବାରୋ ହେଉଛି ବଣ ମଇଁଷିଙ୍କ ଦେବତା। ସେ ଗୋଟିଏ ହେଲେ ବଣ ମଇଁଷିର କ୍ଷତି କରିବାକୁ ଦେବନାହିଁ।

ଛତୁ ସିଂ କହିଲା– ସେ ସବୁ ମିଛ କଥା। ଆମେ ମାନୁ ନା। ଆମେ ରାଜପୁତ, ସାନ୍ତାଲ ନୋହୁଁ।

ତାପରେ କଣ ହେଲା ଶୁଣିଲେ ଅବାକ୍ ହୋଇଯିବେ ହଜୁର। ଏବେବି ସେ କଥା ଭାବିଲେ ମୋ ଦେହ ଶୀତେଇ ଉଠୁଛି। ଗଭୀର ରାତିରେ ଆମେ ନିକଟରେ ଗୋଟାଏ ବାଉଁଶ ବୁଦାର ଆଢୁଆଲରେ ଅନ୍ଧକାରରେ ନିଶବ୍ଦରେ ଠିଆ ହେଇଛି, ବଣ ମଇଁଷି ଦଳର ପାଦ ଶବ୍ଦ ଶୁଣିଲୁ, ସେମାନେ ଏ ଆଡ଼େ ଆସୁଛନ୍ତି। କ୍ରମେ ସେମାନେ ଖୁବ୍ ପାଖକୁ ଆସିଲେ, ଗାତ ଠାରୁ ମାତ୍ର ପଚାଶ ହାତ ତଫାତ୍। ହଠାତ୍ ଦେଖିଲି ଗାତ କଡ଼ିରେ, ଗାତ ଠାରୁ ଦଶହାତ ଦୂରରେ ଜଣେ ଦୀର୍ଘକାୟ କୃଷ୍ଣ ବର୍ଣ୍ଣ ପୁରୁଷ ନିଃଶବ୍ଦରେ ହାତ ଟେକି ଠିଆ ହୋଇଛି। ଏତେ ଲମ୍ବା ସେ ମୂର୍ତ୍ତି, ଯେମିତି ମନେ ହେଲା ବାଉଁଶ ବୁଦା ଅଗରେ ତାହାର ମୁଣ୍ଡ ବାଜୁଛି। ବଣ ମଇଁଷି ଦଳ ତାକୁ ଦେଖି ଅଟକି ଯାଇ ଠିଆ ହେଲେ, ତାପରେ ଛତ୍ରଭଙ୍ଗ ଦେଇ ଏଣେ ତେଣେ ପଳାଇଲେ, ଗୋଟାଏହେଲେ ଫାନ୍ଦର ସୀମା ବି ମାଡ଼ିଲେ ନାହିଁ। ବିଶ୍ୱାସ କରନ୍ତୁ ବା ନ କରନ୍ତୁ, ଏ ମୋ ନିଜର ଆଖି ଦେଖା କଥା।

ତାପରେ ଆଉ ଜଣେ ଦୁଇଜଣ ଶିକାରୀଙ୍କୁ କଥାଟା ପଚାରିବାରୁ ସେମାନେ ଆମକୁ କହିଲେ, ସେ ଜଙ୍ଗଲରେ ବଣ ମଇଁଷି ଧରିବାର ଆଶା ଛାଡ଼। ଟାଁଡ଼ବାରୋ ଗୋଟିଏ ହେଲେ ମଇଁଷି ମାରିବାକୁ କି ଧରିବାକୁ ଦେବ ନାହିଁ। ଆମର ଟଙ୍କା ଦେଇ

ପରମିଟ କରାଇବା ଖାଲି ସାର ହେଲା, ଗୋଟାଏ ହେଲେ ବଣ ମଇଁଷି ସେ ଥର ଫାନ୍ଦରେ ପଡ଼ିଲାନାହିଁ।

ଦଶରଥ ଝଣ୍ଟୋଓ୍ୱାଲାର ଗପ ଶେଷ ହୁଅନ୍ତେ ଲବଟୁଲିୟାର ପଟୁଆରୀ ବି କହିଲା– ଆମେ ମଧ୍ୟ ପିଲାଟିବେଳୁ ଟାଁଡ଼ବାରୋର ଗପ ଶୁଣି ଆସୁଛୁ। ଟାଁଡ଼ବାରୋ ବଣ ମଇଁଷିର ଦେବତା– ବଣ ମଇଁଷି ଦଳ ଯେପରି ଅବାଟରେ ପଡ଼ି ପ୍ରାଣ ନ ହରାଇବେ, ସେଥିପ୍ରତି ତାହାର ସର୍ବଦା ଦୃଷ୍ଟି।

ଗପ ସତ କି ମିଛ ସେ ସବୁ ପରୀକ୍ଷା କରି ଦେଖିବାର ଆବଶ୍ୟକତା ମୋର ନଥିଲା। ମୁଁ ଗପ ଶୁଣୁ ଶୁଣୁ ଅନ୍ଧକାର ଆକାଶରେ ଜ୍ୟୋତିର୍ମୟ ଖଡ୍ଗଧାରୀ କଳାପୁରୁଷ ଆଡ଼କୁ ଚାହିଁ ରହିଥିଲି, ନିସ୍ତବ୍ଧ ଘନ ବନାନୀ ଉପରେ ଅନ୍ଧକାର ଆକାଶ ହାମୁଡ଼େଇ ପଡ଼ିଛି, ଦୂରରେ ବଣ ଭିତରେ କେଉଁଠି ବଣ କୁକୁଡ଼ାଟାଏ ଡାକ ଛାଡ଼ିଲା। ଅନ୍ଧକାର ଓ ନିଶଢ଼ ଆକାଶ, ଅନ୍ଧକାର ଓ ନିଶଢ଼ ପୃଥିବୀ ଶୀତ ରାତିରେ ପରସ୍ପର ନିକଟକୁ ଆସି କଣ ଯେମିତି କାନରେ କୁହାକୋହି ହେଉଛନ୍ତି– ଅନେକ ଦୂରରେ ମୋହନପୁରା ଅରଣ୍ୟର କଳା ସୀମାରେଖା ଆଡ଼କୁ ଚାହିଁ ଏହି ଅଭୁତପୂର୍ବ ବଣ-ଦେବତା କଥା ମନେପଡ଼ି ଯିବାରୁ ଦେହ ଯେମିତି ଶୀତେଇ ଉଠିଲା। ଏହି ରକମ ନିର୍ଜନ ଅରଣ୍ୟ ମଝିରେ ଘନ ଶୀତରାତିରେ ଏହି ଭଳି ନିଆଁ ପାଖରେ ବସି, ଏହିପରି ଗପ ସବୁ ଶୁଣିବାକୁ ଭାରି ଭଲ ଲାଗେ।

ଦଶମ ପରିଚ୍ଛେଦ

୧

ଏଠାରେ ପନ୍ଦର ଦିନ ଯାଏ ପୂରାପୂରି ବନ୍ୟ ଜୀବନ ଯାପନ କଲି, ଯେମିତି ରହିଥାନ୍ତି ଗାଙ୍ଗୋତାମାନେ କି ଗରିବ ଭୂଇଁହାର ବ୍ରାହ୍ମଣମାନେ। ଇଚ୍ଛା କରି ନୁହେଁ, ଅନେକଟା ବାଧ୍ୟ ହୋଇ ଏ ଭାବରେ ରହିବାକୁ ପଡ଼ିଲା। ଏ ଜଙ୍ଗଲରୁ କେଉଁଠୁ କଣ ଅଣାଇବି ? ଖାଏଁ ଭାତ ଓ ବଣ ତରଡ଼ି ତରକାରି। ସିପାହୀମାନେ ବଣକୁ ଯାଇ କାଙ୍କଡ଼ କି ମିଠା ଆଲୁ ତୋଳି ଆଣନ୍ତି, ତାହା ଭଜା କି ସିଝା ହୁଏ। ଘିଅ, ମାଛ, ଦୁଧ- କିଛି ନାହିଁ।

ଅବଶ୍ୟ, ବଣରେ ସିଲ୍ଲି ଓ ମୟୂରର ଅଭାବ ନଥିଲା, କିନ୍ତୁ ପକ୍ଷୀ ମାରିବାକୁ ମନ ତେତେ ବଳେ ନାହିଁ ବୋଲି ବନ୍ଧୁକ ଥିଲେ ସୁଦ୍ଧା ନିରାମିଷ ଖାଇବାକୁ ପଡ଼େ।

ଫୁଲକିଯ଼ା ବଇହାରରେ ବାଘର ଭୟ ଅଛି। ଦିନକର ଘଟଣା କହୁଛି।

ସେ ଦିନ ହାଡ଼ଭଙ୍ଗା ଶୀତ। ରାତି ଦଶଟା ପରେ କାମ ଦାମ ସାରି ବେଳାବେଳି ଶୋଇ ପଡ଼ିଛି, ହଠାତ୍ କେତେ ରାତିରେ ଜାଣେ ନା, ଲୋକଙ୍କର ଚିକ୍କାରରେ ମୋର ନିଦ ଭାଙ୍ଗିଗଲା। ଜଙ୍ଗଲ କଡ଼ର ଗୋଟାଏ କେଉଁ ଜାଗାରେ ଅନେକ ଲୋକ ରୁଣ୍ଡ ହୋଇ ଚିକ୍କାର କରୁଛନ୍ତି। ଉଠିପଡ଼ି ତୁରନ୍ତ ଆଲୁଅ ଜଳାଇଲି। ମୋ ସିପାହୀମାନେ ପାଖ ଖୁପରୀରୁ ଧାଇଁ ଆସିଲେ। ସମସ୍ତେ ମିଲି ଭାବୁଛୁଁ ଘଟଣା କଣ, ଏହି ସମୟରେ ଜଣେ ଧାଇଁ ଧାଇଁ ଆସି କହିଲା- ମ୍ୟାନେଜର ବାବୁ, ବନ୍ଧୁକଟା ନେଇ ଶୀଘ୍ର ଚାଲନ୍ତୁ, ବାଘ ଗୋଟାଏ ଛୋଟ ପିଲାକୁ ନେଇ ଯାଇଛି।

ଜଙ୍ଗଲ କଡ଼ରୁ ମାତ୍ର ଦୁଇ ଶହ ହାତ ଦୂରରେ ଫସଲର ଖେତ ମଝିରେ ଡୋମର ବୋଲି ଜଣେ ଗାଙ୍ଗୋତା ପ୍ରଜାର ଗୋଟିଏ ଖୁପରୀ। ତାହାର ସ୍ତ୍ରୀ ଛଅ ମାସର

ଶିଶୁଟିଏ ଧରି ଖୁପରୀ ଭିତରେ ଶୋଇଥିଲା- ଅସମ୍ଭବ ଶୀତ ଯୋଗୁ ଖୁପରୀ ଭିତରେ ନିଆଁ ଜଳୁଥିଲା, ଏବଂ ଧୂଆଁ ବାହାରିଯିବା ପାଇଁ ତାଟିଟା ଟିକିଏ ମେଲା ଥିଲା। ସେହି ବାଟେ ପଶି ଆସି ବାଘ ପିଲାଟାକୁ ନେଇ ପଳାଇଛି।

କିପରି ଜଣାଗଲା ବାଘ ବୋଲି? ଶିଆଳ ବି ହୋଇପାରେ। କିନ୍ତୁ ଘଟଣା ସ୍ଥଳରେ ପହଞ୍ଚ ଆଉ କୌଣସି ସନ୍ଦେହ ରହିଲା ନାହିଁ, ଫସଲ ଖେତର ନରମ ମାଟିରେ ବାଘର ଥାବାର ସ୍ପଷ୍ଟ ଚିହ୍ନ।

ମୋ ପଟୁଆରୀ ଓ ସିପାହୀମାନେ ମାହାଲର ଅପବାଦ ରଟିତ ହେବା ଚାହାନ୍ତି ନାହିଁ। ତେଣୁ ସେମାନେ ଜୋର ଗଳାରେ କହିବାକୁ ଲାଗିଲେ- ଏ ଆମ ବାଘ ନୁହେଁ ହଜୁର, ଏ ମୋହନପୁରା ସଂରକ୍ଷିତ ଜଙ୍ଗଲର ବାଘ। କେଡ଼େ ବଡ଼ ଥାବା ଦେଖନ୍ତୁ ନା।

ଯାହାର ବାଘ ହେଉ, ସେଥିରେ କିଛି ଯାଏ ଆସେ ନା। କହିଲି, ସବୁ ଲୋକଙ୍କୁ ଠୁଲାଅ, ମଶାଲ ତିଆରି କର- ଚାଲ ଜଙ୍ଗଲ ଭିତରକୁ ଦେଖିବା। ସେହି ରାତିରେ ଏତେ ବଡ଼ ବାଘର ପାଦର ସଦ୍ୟ ଥାବା ଦେଖିଲା କ୍ଷଣି ସମସ୍ତେ ଭୟରେ କମ୍ପିବାକୁ ଲାଗିଲେଣି- ଜଙ୍ଗଲ ଭିତରୁ ଯିବାକୁ କେହି ରାଜି ନୁହଁନ୍ତି। ଧମକ ଓ ଗାଳିମନ୍ଦ ଦେଇ ଦଶଜଣ ଯାଏ ଲୋକ ଠୁଲାଇ ହାତରେ ମଶାଲ ଧରି ଟିଣ ପିଟି ପିଟି ସମସ୍ତେ ମିଶି ଜଙ୍ଗଲର ନାନା ସ୍ଥାନରେ ବୃଥା ଅନୁସନ୍ଧାନ କଲୁ।

ପରଦିନ ଦଶଟା ବେଳେ ଦୁଇମାଇଲ ଦୂରରେ ଦକ୍ଷିଣ-ପୂର୍ବ କୋଣରେ ଘନ ଜଙ୍ଗଲ ଭିତରେ ଗୋଟାଏ ବଡ଼ ଅସନ-ଗଛ ତଲେ ଶିଶୁଟିର ରକ୍ତାକ୍ତ ଦେହାବଶେଷ ଆବିଷ୍କୃତ ହେଲା।

ତାହା ପରେ କୃଷ୍ଣ ପକ୍ଷର କି ଭୀଷଣ ଅନ୍ଧକାର ରାତିଗୁଡ଼ିକ ଆସିଲା।

ସଦର କଚେରୀରୁ ବାଙ୍କେ ସିଂ ଜମାଦାରକୁ ଅଣାଇଲି। ବାଙ୍କେ ସିଂ ଶିକାରୀ, ବାଘର ଗତିବିଧ୍ ସବୁ ତାକୁ ଭଲ ଭାବରେ ଜଣା। ସେ କହିଲା, ହଜୁର, ମଣିଷଖିଆ ବାଘ ଖୁବ୍ ଧୂର୍ତ୍ତ ହୁଏ। ଆଉ କେତେଟା ଲୋକ ମରିବେ। ସାବଧାନ ହୋଇ ରହିବାକୁ ହେବ।

ଠିକ୍ ତିନି ଦିନ ପରେ ବଣ କଡ଼ରୁ ସନ୍ଧ୍ୟାବେଳେ ଗୋଟାଏ ଗାଈଥୋଲକୁ ବାଘ ନେଇଗଲା। ଏହା ପରେ ରାତିରେ ଆଉ ଶୋଇଲେ ନାହିଁ। ଦିନସାରା ଏକ ଅପରୂପ ବ୍ୟାପାର। ବିସ୍ତୀର୍ଣ୍ଣ ବଇହୋରର ବିଭିନ୍ନ ଖୁପରୀରୁ ରାତି ସାରା ଟିଣ ପିଟିବାର ଶିଧ ହେଉଛି, ମଝିରେ ମଝିରେ କାଶି-ଡାଙ୍ଗ ଜାଲି ନିଆଁ କରୁଛନ୍ତି। ମୁଁ ଓ ବାଙ୍କେ ସିଂ ପ୍ରହର ପ୍ରହରରେ ବନ୍ଦୁକ ଫୁଟାଉଛୁ। ଆଉ ଖାଲି କ'ଣ ବାଘ? ଇତି ମଧ୍ୟରେ ଦିନେ

ମୋହନପୁରା ଜଙ୍ଗଲରୁ ବଣମଇଁଷି ଦଳ ବାହାରି ଆସି ଅନେକ ଖେତର ଫସଲ ମଧ୍ୟ ଦଳି ଚକଟି ପକାଇଲେ ।

ମୋ କାଶ-ଖୁପରୀର ଦୁଆର ମୁହଁରେ ସିପାହୀମାନେ ଯଥେଷ୍ଟ ନିଆଁ କରି ରଖିଛନ୍ତି । ମଝିରେ ମଝିରେ ଉଠି ଯାଇ ମୁଁ ସେଥିରେ କାଠ ପକାଇ ଦେଇ ଆସେ । ପାଖ ଖୁପରୀରେ ସିପାହୀମାନେ କଥାବାର୍ତ୍ତା ହେଉଛନ୍ତି- ମୁଁ ଖୁପରୀର ଚଟାଣରେ ଶୋଇଛି, ମଥା ପାଖର ଜଳାକବାଟୀ ବାଟେ ଦେଖାଯାଉଛି ଘନ ଅନ୍ଧକାର-ବେଷ୍ଟିତ ବିସ୍ତୀର୍ଣ୍ଣ ପ୍ରାନ୍ତର, ଦୂରରେ କ୍ଷୀଣ ତାରାର ଆଲୋକରେ ପରିଦୃଶ୍ୟମାନ ଜଙ୍ଗଲର ଅସ୍ପଷ୍ଟ ସୀମାରେଖା । ଅନ୍ଧକାର ଆକାଶ ଆଡ଼କୁ ଚାହିଁ ମନେ ହେଲା, ଯେମିତି ମୃତ ନକ୍ଷତ୍ରଲୋକରୁ ତୁଷାର-ବର୍ଷୀ ହିମ-ବତାସ ତରଙ୍ଗ ଖେଳାଇ ପୃଥିବୀ ଆଡ଼କୁ ଛୁଟି ଆସୁଛି- ରେଜେଇ ତୋଷକ ହେମାଳରେ କଞ୍ଚା ପାଣି ହୋଇ ଯାଇଛି, ନିଆଁ ନିଭି ଆସୁଛି, କି ଭୟଙ୍କର ଶୀତ! ଆଉ ତହିଁ ସଙ୍ଗେ ସଙ୍ଗେ ଉନ୍ମୁକ୍ତ ପ୍ରାନ୍ତରର ଅବାଧ ହୁ-ହୁ ତୁଷାର-ଶୀତଳ ନୈଶ ପବନ ।

କିନ୍ତୁ ଏହି ଶୀତରେ ଏଠାରେ ଲୋକମାନେ କିପରି ରହନ୍ତି, ଏହି ଆକାଶ ତଳେ ସାମାନ୍ୟ କାଶ-ଖୁପରୀର ହେମାଳ ଚଟାଣ ଉପରେ, କିପରି ବା ରାତି କଟାନ୍ତି ? ତା ଉପରେ ଫସଲ ଜଗିବାର ଏହି କଷ୍ଟ, ବଣ ମଇଁଷିର ଉପଦ୍ରବ, ବଣ-ଶୂକରର ଉପଦ୍ରବ ମଧ୍ୟ କମ୍ ନୁହେଁ- ବାଘ ବି ଅଛି । ଆମ ବଙ୍ଗ ଦେଶର ଚାଷୀମାନେ କଣ ଏତେ କଷ୍ଟ କରି ପାରନ୍ତି ? ଏତେ ଉର୍ବର ଜମିରେ, ଏତେ ନିରୁପଦ୍ରବ ଗ୍ରାମ୍ୟ ପରିବେଶ ମଝିରେ ଫସଲ କରି ବି ସେମାନଙ୍କର ଦୁଃଖ ମୋଚନ ହୁଏ ନାହିଁ ।

ମୋ ଘରଟୁ ଦୁଇ-ତିନି ଶହ ହାତ ଛଡ଼ାରେ ଦକ୍ଷିଣ-ଭାଗଲପୁରରୁ ଆଗତ କେତେ କଣ କଟାଳୀ ମୂଲିଆ ସ୍ତ୍ରୀ-ପୁତ୍ର ଧରି ଫସଲ କାଟିବାକୁ ଆସି ରହିଛନ୍ତି । ଦିନେ ସନ୍ଧ୍ୟା ବେଳେ ସେମାନଙ୍କ ଖୁପରୀ ପାଖ ଦେଇ ଆସିବା ସମୟରେ ଦେଖିଲି କୁଡ଼ିଆ ସାମନାରେ ବସି ସମସ୍ତେ ନିଆଁ ପୋହୁଛନ୍ତି ।

ଏମାନଙ୍କ ସଂସାର ମୋ ନିକଟରେ ଅନାବିଷ୍କୃତ, ଅଜ୍ଞାତ । ଭାବିଲି, ଦେଖେଁ ନା ସେଟା କେମିତିକା ।

ଯାଇ ପଚାରିଲି- ବାବା ଜୀ, କଣ ହେଉଛି ?

ଜଣେ ବୃଦ୍ଧ ଦଳରେ ଥିଲା, ତାହାକୁ ଏହି ସମ୍ବୋଧନ । ସେ ଉଠି ପଡ଼ି ଠିଆ ହୋଇଯାଇ ମୋତେ ଜୁହାର କଲା, ଏବଂ ସେଠାରେ ବସି ନିଆଁ ପୋହିବାକୁ ଅନୁରୋଧ କଲା । ଏହା ହେଉଛି ଏ ଦେଶର ପ୍ରଥା । ଶୀତ କାଳରେ ନିଆଁ ପୋହିବାକୁ ଆହ୍ୱାନ କରିବା ଭଦ୍ରତାର ପରିଚୟ ।

ଯାଇ ବସିଲି । ଖୁପରୀ ଭିତରକୁ ଉଙ୍କିମାରି ଦେଖିଲି, ଏମାନଙ୍କର ବିଛଣା ବା ଆସବାବ ପତ୍ର ବୋଲି କିଛି ନାହିଁ । କୁଡ଼ିଆ ଘରର ଚଟାଣରେ ମାତ୍ର କିଛି ଶୁଖିଲା ଘାସ ବଛା ଯାଇଛି । ବାସନ କୁସନ ଭିତରେ ଖୁବ୍ ବଡ଼ ହେଲେ ଖଣ୍ଡିଏ ହେଲେ ବଲକା ଲୁଗା ନାହିଁ । କିନ୍ତୁ ତାହା ତ ହେଲା, ମାତ୍ର ଏହି ନିଦାରୁଣ ଶୀତରେ ଏମାନଙ୍କର ରେଜେଇ-କନ୍ଥା କାହିଁ ? ରାତିରେ ଦେହରେ କଣ ପକାନ୍ତି ?

କଥାଟା ପଚାରିଲି ।

ବୃଦ୍ଧର ନାମ ନକ୍‌ଛେଦୀ ଭକତ । ଜାତିରେ ଗାଙ୍ଗୋତା । ସେ କହିଲା– କାହିଁକି, ଖୁପରୀ କୋଣରେ ସେହି ଯେ ବିରି ଭୁଷି ଦେଖୁ ନାହାନ୍ତି ରହିଛି ଗାଦି ମରା ହୋଇ ?

ବୁଝି ପାରିଲି ନାହିଁ । ରାତିରେ କଣ ବିରି ଭୁଷିରେ ନିଆଁ କରା ହୁଏ ?

ନକ୍‌ଛେଦୀ ମୋର ଅଜ୍ଞତା ଦେଖି ହସିଲା ।

– ତାହା ନୁହେଁ, ବାବୁଜୀ । ବିରି ଭୁଷିର ଗଦା ଭିତରେ ପଶି ପିଲାଛୁଆ ସବୁ ଶୋଇ ରହନ୍ତି– ଆମେ ବି ବିରି ଭୁଷି ଦେହରେ ଚାପା ହୋଇ ଶୋଉଁ । ଦେଖୁ ନାହାନ୍ତି, ଅନ୍ତତ । ପାଞ୍ଚମହଣ ଭୁଷି ମହଜୁତ ଅଛି । ବିରି ଭୁଷିରେ ଭାରି ଗରମ । ଦିଖଣ୍ଡ କମଳ ଦେହରେ ପକାଇଲେ ବି ଏମିତି ଗରମ ହୁଏ ନାହିଁ । ଆଉ ଆମେ ବା କମ୍ବଳ ପାଇବୁ କେଉଁଠୁ କହୁ ନାହାନ୍ତି ।

କଥା କହୁ କହୁ ଗୋଟିଏ ଛୋଟ ପିଲାକୁ ତାର ମାଆ ଖୁପରୀର କୋଣରେ ଭୁଷି ଗଦା ଭିତରେ ତାର ଗୋଡ଼ ଠାରୁ ବେକଯାଏ ଗଲାଇ ଦେଇ କେବଳମାତ୍ର ମୁହଁଟି ବାହାର କରି ଶୁଆଇ ଦେଇ ଆସିଲା । ମନେ ମନେ ଭାବିଲି, ମଣିଷ ମଣିଷର କେତିକି ମାତ୍ର ଖୋଜ ରଖେ ? କେବେ କଣ ଏସବୁ କଥା ଜାଣିଥିଲି ? ଆଜି ଯେମିତି ଅସଲ ଭାରତବର୍ଷକୁ ଚିହ୍ନୁଛି ।

ଅଗ୍ନିକୁଣ୍ଡର ଅପର ପାର୍ଶ୍ବରେ ବସି ଜଣେ ସ୍ତ୍ରୀ ଲୋକ କଣ ରାନ୍ଧୁଛି ।

ପଚାରିଲି– କଣ ରନ୍ଧା ହେଉଛି ?

ନକ୍‌ଛେଦୀ କହିଲା– ଘାଟୋ ।

– ଘାଟୋ ଫେର୍ କି ଜିନିଷ ?

ଏଥର ବୋଧହୁଏ ରନ୍ଧନରତା ସ୍ତ୍ରୀଲୋକଟି ଭାବିଲା, ଏ ବଙ୍ଗାଳୀ ବାବୁ ସନ୍ଧ୍ୟା ବେଳେ କୁଆଡୁ ଆସି ଜୁଟିଲା । ଦେଖୁଛି ଏ ନିତାନ୍ତ ବାତୁଲ । ଦୁନିଆର କିଛି ଖୋଜଖବର ରଖେନା । ସେ ଖିଲଖିଲ କରି ହସି ଉଠି କହିଲା– ଘାଟୋ ଜାଣ ନା, ବାବୁଜୀ ? ମକା-ସିଝା । ଯେମିତି ଚାଉଲ ସିଝା ହେଲେ କହନ୍ତି ଭାତ, ସେମିତି ମକା ସିଝା ହେଲେ କହନ୍ତି ଘାଟୋ ।

ମୋର ଅକ୍ଷମତା ପ୍ରତି କୃପା ବଶତଃ ସ୍ତ୍ରୀ ଲୋକଟିଣି କାଠର ଖଡ଼ିକା ଆଗରେ ଉକ୍ତ ଦ୍ରବ୍ୟ ଟିକିଏ ହାଣ୍ଡିରୁ କାଢ଼ି ଆଣି ମୋତେ ଦେଖାଇଲା ।

– କଣ ଲଗାଇ ଖାଅ ?

ଏଥର ଠାରୁ ଯେତେ କଥାବାର୍ତ୍ତା ସ୍ତ୍ରୀ ଲୋକଟି ହିଁ କହିଲା । ହସ-ହସ ମୁଖରେ ସେ କହିଲା– ଲୁଣ ଦେଇ, ଶାଗ ଦେଇ– ଆଉ କଣ ଦେଇ ଖାଇବୁ କହୁ ନାହାନ୍ତି ?

– ଶାଗ ରନ୍ଧା ହେଲାଣି ?

– ଘାଟୋ ଓହ୍ଲାଇ ଶାଗ ବସାଇବି । ମଟର ଶାଗ ତୋଲି ଆଣିଛି ।

ସ୍ତ୍ରୀ ଲୋକଟି ଖୁବ୍ ସପ୍ରତିଭ । ପଚାରିଲା– କଲିକତାରେ ରହନ୍ତି, ବାବୁଜୀ ?

– ହଁ ।

– କି ରକମ ଜାଗା ? ଆଛା, କଲିକତାରେ କୁଆଡ଼େ ଗଛ ନାହିଁ ? ସେଠାରେ ସବୁ ଗଛ ପତ୍ର କାଟି ପକାଇଛନ୍ତି ପରା ?

– କିଏ କହିଲା ୟା ତୁମକୁ ?

– ଆମ ଦେଶର ଜଣେ ସେଠାରେ କାମ କରେ । ସେ ଥରେ କହୁଥିଲା । କି ରକମ ଜାଗା ସେ ଦେଖିବାକୁ, ବାବୁଜୀ ?

ଏହି ସରଳା ବନ୍ୟା ସ୍ତ୍ରୀ ଲୋକଟିକୁ ଯେତେ ଦୂର ସମ୍ଭବ ବୁଝାଇବାକୁ ଚେଷ୍ଟା କଲି ଆଧୁନିକ ଯୁଗର ଗୋଟାଏ ବଡ଼ ସହରର କାଣ୍ଡ କାରଖାନା କଣ ! କେତେ ଦୂର ବୁଝିଲା ଜାଣେ ନା, କହିଲି– କଲିକତା ସହର ଦେଖିବାକୁ ଇଚ୍ଛା ହେଉଛି, କିଏ ଦେଖାଇବ ?

ତା ପରେ ତା ସାଙ୍ଗରେ ଆହୁରି ଅନେକ କଥାବାର୍ତ୍ତା ହେଲି । ରାତି ବେଶୀ ହୋଇଗଲାଣି, ଅନ୍ଧକାର ଘନ ହୋଇ ଆସିଲା । ସେମାନଙ୍କର ରୋଷାଇ ସରିଗଲା । ଖୁପରୀ ଭିତରୁ ସେହି ବଡ଼ ବେଲାଟା ଆଣି ସେଥିରେ ଫେଣ୍ଡୁଆ-ଭାତ ଢାଲିଦେଲା । ତା ଉପରେ ଟିକିଏ ଲୁଣ ଛିଞ୍ଚ ଦେଇ ବେଲାଟା ମଝିରେ ରଖି ପୁଅ ଝିଅ ସବୁ ତା ଚାରିପଟେ ଗୋଲ ହୋଇ ବସି ଖାଇବାକୁ ଲାଗିଲେ ।

ମୁଁ ପଚାରିଲି– ତୁମେମାନେ ଏଠାରୁ ବୋଧହୁଏ ଦେଶକୁ ଫେରିଯିବ ?

ନକ୍ଛେଦୀ କହିଲା– ଦେଶକୁ ଫେରିବା ଏବେଣି ଢେର ଡେରି ଅଛି । ଏଠାରୁ ଧରମପୁର ଅଞ୍ଚଲକୁ ଧାନ କାଟିବାକୁ ଯିବୁ– ଧାନ ତ ଏ ଅଞ୍ଚଲରେ ହୁଏନା– ସେଠାରେ ହୁଏ । ଧାନ କଟା କାମ ସରିଗଲେ ପୁଣି ଯିବୁ ଗହମ କାଟିବାକୁ ମୁଙ୍ଗେର ଜିଲାକୁ । ଗହମ କାମ ଶେଷ ହେଉଁ ହେଉଁ ଜ୍ୟେଷ୍ଠ ମାସ ଆସିଯିବ । ସେତେବେଲେ ପୁଣି ଶୁଆଁ କଟା ଆରମ୍ଭ ହେବ ଆପଣଙ୍କର ଏ ଅଞ୍ଚଲରେ । ତାପରେ କିଛି ଦିନ ଛୁଟି । ଶ୍ରାବଣ-

ଭାଦ୍ରରେ ପୁଣି ମକା। ଫସଲର ସମୟ ଆସିବ। ମକା ଶେଷ ହେଲେ ବିରି ଏବଂ ଧମରପୁର-ପୂର୍ଣ୍ଣିଆ ଅଞ୍ଚଳରେ ଶାରଦ ଧାନ। ଆମେ ବର୍ଷ ସାରା ଏଇମିତି ଗୋଟିଏ ସ୍ଥାନରୁ ଅନ୍ୟ ସ୍ଥାନକୁ ଘୂରି ବୁଲୁ। ଯେଉଁଠି ଯେଉଁ ସମୟରେ ଯେଉଁ ଫସଲ, ସେଠାକୁ ଯାଉ। ନ ହେଲେ ଖାଇବୁ କଣ ?

– ତୁମର କଣ ଘର-ଦୁଆର କିଛି ନାହିଁ ?

ଏଥର ସ୍ତ୍ରୀ ଲୋକଟି କଥା କହିଲା। ସ୍ତ୍ରୀ ଲୋକଟିର ବୟସ ଚବିଶ-ପଚିଶ, ଖୁବ୍‍ ସ୍ୱାସ୍ଥ୍ୟବତୀ, ଚିକ୍‍କଣ କଳା ରଙ୍ଗ, ନିଟୋଲ ଗଢଣ। କଥାବାର୍ତ୍ତା ବେଶ କରିପାରେ, ଆଉ ଗଳାର ସ୍ୱରଟା ଦକ୍ଷିଣ-ବିହାରର ଗାଉଁଲି ହିନ୍ଦୀରେ ଭାରି ଚମକ୍‍ାର ଶୁଣାଯାଏ।

କହିଲା– କାହିଁକି ନ ଥିବ, ବାବୁଜୀ ? ସବୁ ଅଛି। କିନ୍ତୁ ସେଠାରେ ରହିଲେ ଆମର ଚଳିବ ନାହିଁ। ସେଠାକୁ ଯିବୁ ଗରମ ଦିନ ଶେଷ ବେଳକୁ, ଶ୍ରାବଣ ମାସର ମଝାମଝି ଯାଏ ରହିବୁ। ତାପରେ ପୁଣି ବାହାରିବାକୁ ହେବ ବିଦେଶକୁ– ବିଦେଶରେ ଯେତେବେଳେ ଆମର ଚାକିରୀ। ତାଛଡ଼ା ବିଦେଶରେ କେତେ କି ମଜା ଦେଖିବାକୁ ମିଲେ– ଏହି ଦେଖିବେ ଫସଲ କଟା ସରିଗଲେ ଆପଣଙ୍କ ଏଠାକୁ କେତେ ଦେଶରୁ କେତେ ଲୋକ ଆସିବେ। ବାଜାବାଲା, ନାଚବାଲା, ଗାଇଲାବାଲା, କେତେ ବହୁରୂପ ଦଲ– ଆପଣ ବୋଧହୁଏ ଏ ସବୁ ଦେଖି ନାହାନ୍ତି ? କିପରି ଦେଖିବେ, ଆପଣଙ୍କର ଏ ଅଞ୍ଚଳ ତ ଘୋର ଜଙ୍ଗଲ ହୋଇ ପଡ଼ିଥିଲା– ଏଇଥର ମୋଟେ ଚାଷ ହୋଇଛି। ଏଇ ଦେଖନ୍ତୁ ନା ଆସନ୍ତା ପନ୍ଦର ଦିନ ଭିତରେ। ଏଇ ତ ସମସ୍ତଙ୍କର ରୋଜଗାରର ସମୟ ଆସିଛି।

ଚତୁର୍ଦ୍ଦିଗ ନିର୍ଜନ। ଦୂରର ବସ୍ତିରେ ଅନ୍ଧକାର ଭିତରେ କିଏ ସବୁ ଟିଣ ପିଟୁଛନ୍ତି। ମନେ ମନେ ଭାବିଲି, ଏହି ଅର୍ଗଳହୀନ କାଶ-ଡାଙ୍ଗରେ ଘେରା କୁଡ଼ିଆରେ ଏହି ଶ୍ୱାପଦସଂକୁଲ ଅରଣ୍ୟ କଡ଼ରେ ଏମାନେ ରାତି ପୁହାଇବେ, ପିଲାଛୁଆ ଧରି– ସାହସ ବି ଅଛି କହିବାକୁ ହେବ। ଏହି ତ ମାତ୍ର କେତେଦିନ ତଳେ ଏମାନଙ୍କ ଆଉ ଗୋଟାଏ ଖୁପରୀରୁ ବାଘ ମାଆ କୋଲରୁ ପିଲା ନେଇ ଯାଇଛି– ଏମାନଙ୍କର ବା କି ଭରସା ? ଅଥଚ ଗୋଟାଏ କଥା ଦେଖିଲି, ଏମାନେ ଯେମିତି ସେ କଥାକୁ ଆଦୌ ଗ୍ରାହ୍ୟ କରୁନାହାନ୍ତି। ସେତେ ସନ୍ତ୍ରସ୍ତ ଭାବ ମଧ୍ୟ ନାହିଁ। ଏଇ ତ ଏତେ ରାତିଯାଏ ଉନ୍ମୁକ୍ତ ଆକାଶ ତଲେ ବସି ଗପସପ, ରନ୍ଧାବଢ଼ା କଲେ। କହିଲି– ତୁମେ ସବୁ ଟିକିଏ ସାବଧାନରେ ରହିବ। ମଣିଷ-ଖିଆ ବାଘ ବାହାରିଛି ଜାଣ ତ ? ମଣିଷ ଖିଆ ବାଘ ଭାରି ଭୟାନକ ଜାନୁଆର, ଆଉ ବଡ଼ ଧୂର୍ତ୍ତ। ଖୁପରୀ ସାମନାରେ ନିଆଁ ରଖିଥାଅ, ଆଉ ଘର ଭିତରକୁ ଚାଲି ଯାଅ। ଏଇ ତ ନିକଟରେ ବଣ, ରାତି ବିକାଲେ କଣ ଘଟିବ।

ସ୍ତ୍ରୀ ଲୋକଟି କହିଲା– ବାବୁଜୀ, ସେ ଆମର ଦେହସହା ହୋଇଗଲାଣି । ପୂର୍ଣ୍ଣିୟା ଜିଲ୍ଲାରେ ଯେଉଁଠାକୁ ପ୍ରତି ବର୍ଷ ଧାନ କାଟିବାକୁ ଯାଉଁ, ସେଠାରେ ପାହାନରୁ ବଣୁଆ ହାତୀ ଗଡ଼ନ୍ତି । ସେ ଜଙ୍ଗଲ ଆହୁରି ଭୟାନକ । ବିଶେଷ କରି ଧାନ ସମୟରେ ବଣୁଆ ହାତୀ ଦଲ ଦଲ ହୋଇ ଆସେ ଉପଦ୍ରବ କରନ୍ତି ।

ସ୍ତ୍ରୀ ଲୋକଟି ନିଆଁ ଭିତରକୁ ଆଉ କିଛି ଶୁଖିଲା ବଣ–ଝାଉଁ ଡାଲ ପକାଇ ଦେଇ ସାମନା ଆଡ଼କୁ ଚାଲି ଆସି ବସିଲା ।

କହିଲା– ସେ ଥର ଆମେ ଅଖିଲକୁଟା ପାହାଡ଼ ତଲେ ଥୁଲୁ । ଦିନେ ରାତିରେ ଗୋଟିଏ ଖୁପରୀ ବାହାରେ ରୋଷାଇ କରୁଛି, ଚାହିଁ ଦେଖେଁ ତ ପଚାଶ ହାତ ଦୂରରେ ଚାରି–ପାଞ୍ଚଟା ବଣୁଆ ହାତୀ– ଅନ୍ଧାରରେ କଲା କଲା ପାହାଡ଼ ଭଲି ଦେଖା ଯାଉଛନ୍ତି– ଯେମିତି ଆମ ଖୁପରୀ ଆଡ଼କୁ ଆସୁଛନ୍ତି । ଛୋଟ ପୁଅଟିକୁ କାଖେଇ ବଡ଼ ଝିଅଟିର ହାତ ଧରି ରୋଷେଇ ବାସ ପକାଇଦେଇ ମୁଁ ସେମାନଙ୍କୁ ଖୁପରୀ ଭିତରେ ରଖି ଆସିଲି । ନିକଟରେ ଆଉ କେହି ଲୋକ ବାକ ନ ଥାଆନ୍ତି । ସେତେବେଲେ ବାହାରକୁ ଆସି ଦେଖିଲି, ହାତୀ କେତୋଟି ଟିକିଏ ଠିଆ ହୋଇଛନ୍ତି । ଭୟରେ ମୋର ତଣ୍ଟି ଶୁଖିଗଲା । ହାତୀ ଖୁବ୍ ଭଲ ଦେଖି ପାରନ୍ତି ନାହିଁ, ତେଣୁ ରକ୍ଷା– ସେମାନେ ପବନରେ ଗନ୍ଧ ବାରି ଦୂରର ମଣିଷ ବୁଝି ପାରନ୍ତି । ସେତେବେଲେ ବୋଧହୁଏ ପବନ ଅନ୍ୟ ଦିଗକୁ ବହୁଥିଲା । ଯାହାହେଉ, ସେମାନେ ଅନ୍ୟଆଡ଼କୁ ଚାଲିଗଲେ । ଓଃ, ବାବୁଜୀ! ସେଠାରେ ବି ସେମିତି ରାତିସାରା ହାତୀ ଭୟରେ ଟିଣ ପିଟୁଥାନ୍ତି ଓ ନିଆଁ ଜଲାଇ ରଖନ୍ତି । ଏଠାରେ ବଣ–ମଇଁଷି, ସେଠାରେ ବଣୁଆ ହାତୀ। ସେସବୁ ଦେହଘଷା ହୋଇଯାଇଛି ।

ରାତି ବେଶୀ ହୋଇଯିବାରୁ ନିଜ ବସାକୁ ଫେରି ଆସିଲି ।

ପନ୍ଦରଟା ଦିନ ଭିତରେ ଫୁଲକିୟା ବଜହାରର ଚେହେରା ବଦଲିଗଲା । ସୋରିଷ ଗଛ ଶୁଖାଇ ଦଲି ବୀଜ ବାହାର କରିବା ସଙ୍ଗେ ସଙ୍ଗେ କୁଆଡ଼ୁ ଦଲଦଲ ହୋଇ ନାନା ଶ୍ରେଣୀର ଲୋକ ଆସି ଜୁଟିବାକୁ ବସିଲେ । ପୂର୍ଣ୍ଣିୟା, ମୁଙ୍ଗେର, ଛାପ୍ରା ପ୍ରଭୃତି ସ୍ଥାନରୁ ମାରୁଆଡ଼ି ବ୍ୟବସାୟୀମାନେ ସେର–ତରାଜୁ ଓ ବସ୍ତା ଧରି ମାଲ କିଣିବାକୁ ଆସିଲେ । ସେମାନଙ୍କ ସାଙ୍ଗରେ କୁଲି ଓ ଗାଡ଼ିଆଲର କାମ କରିବା ପାଇଁ ଦଲେ ଲୋକ ଆସିଲେ । ଗୁଡ଼ିଆମାନେ ଆସି ଅସ୍ଥାୟୀ କାଶର କୁଡ଼ିଆ ତୋଲି ମିଠାଇ ଦୋକାନ ଖୋଲି ଖୁବ୍ ଫୁର୍ଖିରେ ପୁରୀ, କଚୁରୀ, ଲଡ଼ୁ, କାଲାକନ୍ଦ ବିକିବାକୁ ଲାଗିଲେ । ଫେରିବାଲାମାନେ ନାନା ରକମର ଶସ୍ତା ଓ ନକଲି ମନୋହାରୀ ଜିନିଷ, କାଚ ବାସନ, କୁଣ୍ଡେଇ, ସିଗାରେଟ, ଛିଟ ଲୁଗା, ସାବୁନ ଇତ୍ୟାଦି ଧରି ପହଞ୍ଚଗଲେ ।

ଏହା ଛଡ଼ା ଆସିଲେ ଖେଳ-ତାମସା ଦେଖାଇ ପଇସା ରୋଜଗାର କରିବାକୁ କେତେ କିସମର ଲୋକ। ନାଚ ଦେଖାଇବାକୁ, ରାମସୀତା ସାଜି ଭକ୍ତର ପୂଜା ପାଇବାକୁ, ହନୁମାନଜୀଙ୍କ ସିନ୍ଦୁରବୋଲା ମୂର୍ତ୍ତି ହାତରେ ଧରି ଆସିଲେ ପଣ୍ଡା-ଗୋସାଇଁ ଭେଟି ଗୋଟାଇବାକୁ। ଏହି ସମୟରେ ଏସବୁ ଅଞ୍ଚଳରେ ସମସ୍ତଙ୍କର ଦୁଇ ପଇସା ରୋଜଗାର କରିବାର ବେଳ।

ଆର ବର୍ଷ ଯେଉଁ ଜନଶୂନ୍ୟ ଫୁଲକିୟା ବଇହାରର ପ୍ରାନ୍ତର ଓ ଜଙ୍ଗଲ ବାଟେ ଦିନ ଗଡ଼ିଯିବା ମାତ୍ରେ ଘୋଡ଼ାରେ ଚଢ଼ି ଯିବାକୁ ମଧ୍ୟ ଡର ଲାଗୁଥିଲା- ଏବର୍ଷ ତାହାର ଆନନ୍ଦୋତ୍ଫୁଲ୍ଲ ମୂର୍ତ୍ତି ଦେଖି ଚମକୃତ ହେବାକୁ ପଡ଼ିଲା। ଚତୁର୍ଦ୍ଦିଗରେ ବାଳକ ବାଳିକାଙ୍କ ହାସ୍ୟ ଧ୍ୱନି, କଳରବ, ଶସ୍ତା ଟିଣ ପେଁକାଳୀ ବାଜଣା, ଝମ୍ ଝମ୍ ଆବାଜ ନାଚବାଲାଙ୍କର ଘୁଙ୍ଗୁର ଧ୍ୱନି- ସମଗ୍ର ଫୁଲକିୟାର ବିରାଟ ପ୍ରାନ୍ତରରେ ଯେମିତି ଗୋଟିଏ ବିଶାଳ ମେଳା ବସିଛି।

ଲୋକସଂଖ୍ୟା ବି ଖୁବ୍ ବେଶୀ ବଢ଼ି ଯାଇଛି। କେତେ ନୂଆ ନୂଆ ଖୁପରୀ, କାଶର ଲମ୍ବା ଲମ୍ବା ଚାଳ ଘର ରାତାରାତି ଚାରିଆଡ଼େ ଠିଆ ହୋଇଗଲା। ଏଠାରେ ଘର ତୋଲିବାରେ କିଛି ଖର୍ଚ୍ଚ ନାହିଁ। ଜଙ୍ଗଲରେ ଅଛି କାଶ ଓ ବଣ ଝାଉଁ କିମ୍ବା କେନ୍ଦୁ ଗଛର ଡାଲ, ଶୁଖିଲା କାଶ-ଡାଙ୍ଗର ଛେଲି ଯାହାକୁ ବଲି ଏ ଅଞ୍ଚଳରେ ଏକ ପ୍ରକାର ଭାରି ଶକ୍ତ ଦଉଡ଼ି ତିଆରି କରନ୍ତି, ଆଉ କିଛି ସେମାନଙ୍କର ନିଜର ଶାରୀରିକ ପରିଶ୍ରମ।

ଫୁଲକିୟାର ତହସିଲଦାର ଆସି ଜଣାଇଲା, ଏହି ସବୁ ବାହାରର ଲୋକ, ଯେଉଁମାନେ ଏଠାକୁ ପଇସା ରୋଜଗାର କରିବାକୁ ଆସିଛନ୍ତି, ଏମାନଙ୍କ ଠାରୁ ଜମିଦାରଙ୍କ ଖଜଣା ଆଦାୟ କରିବାକୁ ହେବ।

କହିଲା- ଆପଣ ରୀତିମତ କଚେରୀ କରନ୍ତୁ ହଜୁର, ମୁଁ ସବୁ ଲୋକଙ୍କୁ ଜଣ ଜଣ କରି ଆଣି ଆପଣଙ୍କ ପାଖରେ ହାଜିର କରାଉଛି- ଆପଣ ସେମାନଙ୍କର ଜଣ ପିଛା ଗୋଟାଏ ଖଜଣା ଧାର୍ଯ୍ୟ କରି ଦିଅନ୍ତୁ।

ଏହି ଅବସରରେ କେତେ ରକମ ଲୋକଙ୍କୁ ଦେଖିବାର ସୁଯୋଗ ପାଇଲି।

ସକାଳୁ ଦଶଟା ପର୍ଯ୍ୟନ୍ତ କଚେରୀ କରେ, ପୁଣି ଦିପହରରେ ତିନିଟା ଠାରୁ ସନ୍ଧ୍ୟା ପର୍ଯ୍ୟନ୍ତ।

ତହସିଲଦାର କହିଲା- ଏମାନେ ଏଠାରେ ବେଶୀ ଦିନ ରହିବେ ନାହିଁ। ଫସଲ ଅମଲ ଓ ବିକା କିଣା ସରିଗଲେ ସମସ୍ତେ ପଳାଇବେ। ୟା ଆଗରୁ ସେମାନଙ୍କ ଠାରୁ ଖଜଣା ଆଦାୟ କରି ନେବାକୁ ହେବ।

ଦିନେ ଦେଖିଲି ଗୋଟିଏ ଖମାରରେ ମାରୱାଡ଼ି ମହାଜନମାନେ ମାଲ

ମାପୁଛନ୍ତି । ମୋର ମନେହେଲା ଏମାନେ ନିରୀହ ପ୍ରଜାମାନଙ୍କୁ ଓଜନରେ ଠକାଉଛନ୍ତି । ମୋର ପଟୁଆରୀ ଓ ତହସିଲଦାରମାନଙ୍କୁ ସବୁ ବ୍ୟବସାୟୀମାନଙ୍କର କଣ୍ଟା ଓ ଦଣ୍ଡି ପୁନରୀକ୍ଷା କରି ଦେଖିବାକୁ କହିଲି । ମଝିରେ ମଝିରେ ଦୁଇ-ଚାରି ଜଣ ମହାଜନଙ୍କୁ ଧରି ସେମାନେ ମୋ ଆଗରେ ହାଜର କରାଇବାକୁ ଲାଗିଲେ– ସେମାନେ ଓଜନରେ ଠକାଉଛନ୍ତି, କାହାର ଦଣ୍ଡିରେ ବି ଜୁଆଚୋରୀ ଅଛି । ସେ ସବୁ ଲୋକଙ୍କୁ ମାହାଲରୁ ବାହାର କରିଦେଲି । ମୋ ମାହାଲରେ ପ୍ରଜାମାନଙ୍କର ଏତେ କଷ୍ଟରେ ଉପୂନ୍ନ ଫସଲ ଅନ୍ତତଃ କେହି ଫାଙ୍କି ଦେଇ ନେଇ ଯାଇପାରିବ ନାହିଁ ।

ଦେଖିଲି, ଖାଲି ମହାଜନମାନେ ନୁହଁନ୍ତି, ନାନା ଶ୍ରେଣୀର ଲୋକେ ଏମାନଙ୍କର ଅର୍ଥର ଭାର ଲାଘବ କରିବାର ଚେଷ୍ଟାରେ ଓର ଉଣ୍ଟି ବସିଛନ୍ତି ।

ଏଠାରେ ନଗଦ ପଇସାର କାରବାର ଖୁବ୍ ବେଶୀ ନାହିଁ । ଫେରିବାଲାଙ୍କ ଠାରୁ କୌଣସି ଜିନିଷ କିଣିଲେ ଏମାନେ ପଇସା ବଦଲରେ ସୋରିଷ ଦିଅନ୍ତି, ଜିନିଷର ଦାମ ଅନୁପାତରେ ଅନେକ ବେଶୀ ସୋରିଷ ଦେଇ ଦିଅନ୍ତି– ବିଶେଷତଃ ସ୍ତ୍ରୀ ଲୋକମାନେ । ସେମାନେ ନିତାନ୍ତ ନିରୀହ ଓ ସରଳ; ଏଣୁ ତେଣୁ ଦି ପଦ କଥା କହିଦେଇ ସେମାନଙ୍କ ଠାରୁ ନ୍ୟାୟ୍ୟ ମୂଲ୍ୟର ଚାରିଗୁଣ ଫସଲ ଆଦାୟ କରିବା ଖୁବ୍ ସହଜ ।

ପୁରୁଷମାନେ ବି ବିଶେଷ ବୈଷୟିକ ନୁହନ୍ତି ।

ସେମାନେ ବିଲାତି ସିଗାରେଟ କିଣନ୍ତି, ଜାମା-ଜୋତା କିଣନ୍ତି । ଫସଲର ଟଙ୍କା ଘରକୁ ଆସିଲେ ଏମାନଙ୍କର ଓ ଘରର ସ୍ତ୍ରୀ ଲୋକମାନଙ୍କର ମୁଣ୍ଡ ଘୁରିଯାଏ– ସ୍ତ୍ରୀ ଲୋକମାନେ ରଙ୍ଗୀନ ଶାଢ଼ି, କାଚ ଓ ଏନୋମେଲ ବାସନ ଲାଗି ଫରମାସ କରନ୍ତି, ଗୁଡ଼ିଆ ଦୋକାନରୁ ଥୋଲା ଥୋଲା ଲଡ଼ୁଚୁରୀ ଆସେ, ନାଚ ଦେଖି ଗୀତ ଶୁଣି କେତେ ପଇସା ଉଡ଼େଇ ଦିଅନ୍ତି । ତାହା ଛଡ଼ା ରାମଜୀ, ହନୁମାନଜୀଙ୍କ ଭେଟି ଓ ପୂଜା ତ ଅଛି । ତା ଉପରେ ଅଛି ଜମିଦାର ଓ ମହାଜନମାନଙ୍କର ପାଇକ-ପିଆଦାମାନଙ୍କର ପାଉଣାପତ୍ର । ଦୁର୍ଦ୍ଦାନ୍ତ ଶୀତ ରାତିରେ ଚେଇଁ ରହି ବଣ-ଶୁକର ଓ ବଣ ମଇଁଷିର ଉପଦ୍ରବରୁ କେତେ କଷ୍ଟରେ ଫସଲ ବଞ୍ଚାଇ, ବାଘ ଓ ସାପ ମୁହଁରେ ନିଜକୁ ଠେଲି ଦେବା ପାଇଁ ଦ୍ୱିଧାବୋଧ ନ କରି ବର୍ଷଯାକ ଏମାନଙ୍କର ଯାହା ଉପାର୍ଜନ, – ଦେଖିଲି ଏହି ପଦର ଦିନ ଭିତରେ ତାହା ଖୁସିରେ ଉଡ଼ାଇ ଦେବାକୁ ଏମାନଙ୍କୁ ଆଦୌ ବାଧେ ନାହିଁ ।

କେବଳ ଗୋଟାଏ ଭଲ କଥା ଦେଖାଗଲା, ଏମାନେ କେହି ମଦ ବା ତାଡ଼ି ଛୁଅନ୍ତି ନାହିଁ । ଗାଙ୍ଗୋତା ବା ଭୂଇଁହାର ବ୍ରାହ୍ମଣମାନଙ୍କ ଭିତରେ ଏସବୁ ନିଶାର ପ୍ରଚଳନ

ନାହିଁ– ଅନେକେ ଭାଙ୍ଗ ଖାଆନ୍ତି, ତାହା ବି କିଣିବାକୁ ହୁଏ ନାହିଁ। ଲବଟୁଲିୟା ଓ ଫୁଲକିୟାର ପ୍ରାନ୍ତରରେ ବଣ ଭାଙ୍ଗର ଜଙ୍ଗଲ ହୋଇଛି, ପତ୍ର ଛିଡ଼ାଇ ଆଣିଲେ ହେଲା– କିଏ ଦେଖୁଛି।

ଦିନେ ମୁନେଶ୍ୱର ସିଂ ଆସି ଜଣାଇଲା, ଜଣେ ଲୋକ ଜମିଦାରଙ୍କ ଖଜଣା ଫାଙ୍କିଦେବା ଉଦ୍ଦେଶ୍ୟରେ ଊର୍ଦ୍ଧ୍ୱଶ୍ୱାସରେ ପଳାଉଛି– ହୁକୁମ ହେଲେ ଧରି ଆଣିବି।

ବିସ୍ମିତ ହୋଇ ପଚାରିଲି– କେମିତି ପଳାଉଛି ? ଦୌଡ଼ି କରି ପଳାଉଛି ନା ?

– ଘୋଡ଼ା ପରି ଦୌଡୁଛି ହଜୁର, ଏତେବେଳକୁ ବଡ଼ କୁଣ୍ଠୀ ପାରହୋଇ ଜଙ୍ଗଲ ପାଖରେ ଯାଇ ପହଞ୍ଚିବଣି।

ଦୁର୍ବୃତ୍ତକୁ ଧରି ଆଣିବା ଲାଗି ହୁକୁମ ଦେଲି।

ଘଣ୍ଟାକ ଭିତରେ ଚାରି-ପାଞ୍ଚ ଜଣ ସିପାହୀ ପଳାତକ ଆସାମୀକୁ ଆଣି ମୋ ସାମନାରେ ହାଜର କରାଇଲେ।

ଲୋକଟିକୁ ଦେଖି ମୋ ତୁଣ୍ଡରୁ କଥା ବାହାରିଲା ନାହିଁ। ତାହାର ବୟସ କୌଣସି ମତେ ଷାଠିଏରୁ କମ୍ ହେବ ବୋଲି ମୋର ତ ମନେ ହେଲାନାହିଁ– ମୁଣ୍ଡର ବାଳ ଧଳା, ଗାଲର ଚମଡ଼ା କୁଞ୍ଚିତ ହୋଇଯାଇଛି। ତାହାର ଚେହେରା ଦେଖି ମନେହେଲା ସେ କେତେ ଦିନରୁ ଭୋକିଲା ଥିଲା, ଏଥର ଫୁଲକିୟା ବଇହାରର ଖମାରକୁ ଆସି ପେଟପୁରା ଖାଇବାକୁ ପାଇଛି।

ଶୁଣିଲି ସେ କୁଆଡ଼େ 'ନନୀଚୋର ନାଟୁଆ' ସାଜି ଏହି କେତୁଟା ଦିନଭିତରେ ବିସ୍ତର ପଇସା ରୋଜଗାର କରିଛି, ଗ୍ରାଣ୍ଟ ସାହେବଙ୍କ ବରଗଛ ତଳେ ଗୋଟିଏ ଖୁପରୀରେ ରହୁଥିଲା, ଆଜିକି କେତେଦିନ ହେଲା ସିପାହୀମାନେ ଖଜଣା ପାଇଁ ତାକୁ ତାଗଦା କରୁଛନ୍ତି, କାରଣ ଏଣେ ଫସଲ ସମୟ ବି ସରିଆସିଲାଣି। ଆଜି ତାହାର ଖଜଣା ଦେବାର କଥା ଥିଲା। ହଠାତ୍ ମଧ୍ୟାହ୍ନ ପରେ ସିପାହୀମାନେ ଖବର ପାଇଲେ, ସେ ଲୋକଟି ଆସ୍ଥାନ ଗୋଟାଇ ପଳାଇ ଯାଇଛି। କଥା କଣ ଜାଣିବାକୁ ଯାଇ ମୁନେଶ୍ୱର ସିଂ ଦେଖିଲା ଯେ ଆସାମୀ ବଇହାର ଛାଡ଼ି ପୂର୍ଣ୍ଣିୟା ଅଭିମୁଖରେ ଯିବାକୁ ଆରମ୍ଭ କରିଛି– ମୁନେଶ୍ୱରର ଡାକ ଶୁଣି ସେ କୁଆଡ଼େ ଦୌଡ଼ିବାକୁ ଲାଗିଲା। ତାହାପରେ ତ ଏ ଅବସ୍ଥା।

କିନ୍ତୁ ସିପାହୀମାନଙ୍କ କଥାର ସତ୍ୟତା ସମ୍ବନ୍ଧରେ ମୋର ସନ୍ଦେହ ଜାତ ହେଲା। ପ୍ରଥମତ। ଏ 'ନନୀଚୋର ନାଟୁଆ' ମାନେ ଯଦି ବାଳକ ଶ୍ରୀକୃଷ୍ଣ ହୁଏ, ତା ହେଲେ ୟାର ସେ ବେଶ ସାଜିବାର ଆଉ ବୟସ ଅଛି କି ? ଦ୍ୱିତୀୟତଃ, ଏ ଲୋକଟି ଊର୍ଦ୍ଧ ଶ୍ୱାସରେ ଦୌଡ଼ି ପଳାଉଥିଲା, ଏକଥା ବା କିପରି ସମ୍ଭବ !

କିନ୍ତୁ ଉପସ୍ଥିତ ସମସ୍ତେ ହଲପ କରି କହିଲେ– ଉଭୟ କଥା ହିଁ ସତ୍ୟ ।

ତାହାକୁ କଡ଼ା ସ୍ୱରରେ କହିଲି– ତୁମର ଏ ଦୁର୍ବୁଦ୍ଧି କାହିଁକି ହେଲା, ଜମିଦାରର ଖଜଣା ଦେବାକୁ ହୁଏ ଏକଥା କଣ ଜାଣ ନାହିଁ? ତୁମର ନାମ କଣ?

ଲୋକଟି ଭୟରେ ବରଡ଼ାପତ୍ର ପରି ଥରୁଥିଲା । ମୋର ସିପାହୀମାନେ ଜଣକୁ ଜଣ ତ ଓସ୍ତାଦ, ଧରି ଆଣିବାକୁ କହିଲେ ବାନ୍ଧି ଆଣନ୍ତି । ସେମାନେ ଯେ ଏହି ବୃଦ୍ଧ ନଟ ପ୍ରତି ଖୁବ୍‍ ସଦୟ ଓ କଅଁଳ ବ୍ୟବହାର କରି ନାହାନ୍ତି, ଏହାର ଅବସ୍ଥା ଦେଖି ବୁଝିବାକୁ ମୋର ଆଉ ବାକି ରହିଲା ନାହିଁ ।

ଲୋକଟି ଥରି ଥରି କହିଲା, ତାହାର ନାମ ଦଶରଥ ।

– କି ଜାତି ? ଘର କେଉଁଠି ?

– ଆମେ ଭୂଇଁଆର ବାମୁଣ । ହଜୁର, ଘର ମୁଙ୍ଗେର ଜିଲ୍ଲା, ସାହେବ ପୁର ପରଗଣା ।

– ପଳାଉଥିଲ କାହିଁକି ?

– କାହିଁ, ନା ତ, ପଳାଇବି କାହିଁକି, ହଜୁର ?

– ବେଶ୍‍, ଖଜଣା ଦିଅ ।

– କିଛି ପାଇ ନାହିଁ, ଖଜଣା ଦେବି କୁଆଡୁ ଆଣି ? ନାଚ ଦେଖାଇ ସୋରିଷ ପାଇଥିଲି, ତାକୁ ବିକି କେତେ ଦିନ ପେଟକୁ ଖାଇଲି । ହନୁମାନଜୀଙ୍କ ରାଣ ।

ସିପାହୀମାନେ କହିଲେ– ସବୁମିଛ କଥା । କିଛି ଶୁଣିବେ ନାହିଁ, ହଜୁର ! ସେ ଅନେକ ଟଙ୍କା ରୋଜଗାର କରିଛି । ତା ପାଖରେ ଅଛି ହୁକୁମ ଦେଲେ ତାହାର ଲୁଗାପଟା ତଲାସ କରିବୁଁ ।

ଲୋକଟି ଭୟରେ ହାତ ଯୋଡ଼ି କହିଲା– ହଜୁର, ମୁଁ କହୁଛି ମୋ ପାଖରେ କେତେ ଅଛି ।

ତା ପରେ ଅଣ୍ଟାରୁ ଗୋଟିଏ ଗାଞ୍ଜିଆ ବାହାର କରି ଖୋଲି ଦେଇ କହିଲା– ଏହି ଦେଖନ୍ତୁ ହଜୁର, ତେର ଅଣା ପଇସା ଅଛି । ମୋର କେହି ନାହାନ୍ତି । ଏହି ବୁଢ଼ା ବୟସରେ କିଏ ବା ମୋତେ ଦେବ ? ଏହି ଫସଲ ସମୟରେ ମୁଁ ଖମାର ଖମାର ବୁଲି ନାଚ ଦେଖାଇ ଯାହା ରୋଜଗାର କରେ । ପୁଣି ସେହି ଗହମ ସମୟ ପର୍ଯ୍ୟନ୍ତ ଏଥିରେ ଚଳିବାକୁ ହେବ । ଏକ୍ଷଣି ଆଉ ତିନି ମାସ ବାକି ଅଛି । ଯାହା ପାଏ ପେଟକୁ ଗଣ୍ଡାଏ ଖାଏଁ ଏତିକି ମାତ୍ର । ସିପାହୀମାନେ କହୁଛନ୍ତି, ମୋତେ କୁଆଡ଼େ ଆଠ ଅଣା ଖଜଣା ଦେବାକୁ ହେବ– ତା ହେଲେ ମୋର ଆଉ ରହିବ ମୋତେ ପାଞ୍ଚ ଅଣା । ପାଞ୍ଚ ଅଣାରେ କେଣ ତିନି ମାସ ଚଳିବ ?

କହିଲି – ତୁମ ହାତରେ ସେ ପୋଟଳୀରେ କଣ ଅଛି ? ବାହାର କର ।

ଲୋକଟି ପୋଟଳୀ ଖୋଲି ଦେଖାଇଲା ସେଥିରେ ଅଛି ଖଣ୍ଡିଏ ଛୋଟ ଟିଣ ଆରସି, ଗୋଟିଏ ଜରିର ମୁକୁଟ-ମୟୂରର ପକ୍ଷୀ ସହିତ, ମୁହଁରେ ବୋଲିବାର ରଙ୍ଗ, ଗଳାରେ ପିନ୍ଧିବାର ପୁତି ମାଳି ଇତ୍ୟାଦି– କୃଷ୍ଣ ବେଶ ସାଜିବାର ଉପକରଣ ।

କହିଲା– ଦେଖନ୍ତୁ, ହଜୁର ବଂଶୀ ଖଣ୍ଡିଏ ସୁଦ୍ଧା ନାହିଁ । ଖଣ୍ଡିଏ ଟିଣର ବଡ଼ ବଂଶୀ ଆଠ ଅଣାରୁ କମ୍ ହେବ ନାହିଁ । ଏଥାରେ ନଳ-ବଂଶୀରେ ଅବଶ୍ୟ କାମ ଚଳାଇନେଲି । ଏମାନେ ଗାଙ୍ଗୋଟା ଜାତି, ଏମାନଙ୍କୁ ଭୁଲାଇବା ସହଜ । କିନ୍ତୁ ଆମ ମୁଙ୍ଗେର ଜିଲାର ଲୋକସବୁ ବଡ଼ ଚାଲାକ । ବଂଶୀ ନ ହେଲେ ହସିବେ । କେହି ପଇସା ଦେବେ ନାହିଁ ।

ମୁଁ କହିଲି– ଆଛା, ତୁମେ ଖଜଣା ନ ଦେଲ ନାହିଁ, ନାଚ ଦେଖାଇ ଯାଅ, ଖଜଣା ବଦଲରେ ।

ବୃଦ୍ଧ ହାତରେ ଯେମିତି ସ୍ୱର୍ଗ ପାଇଛି, ଏମିତି ଭାବ ଦେଖାଇଲା । ତା’ପରେ ମୁହଁରେ ରଙ୍ଗ ବୋଲି ମୁଣ୍ଡରେ ମୟୂର ପକ୍ଷୀ ଖୋସି ସେହି ବସୟରେ ସେ ଯେତେବେଳେ ବାର ବର୍ଷର ବାଳକର ଭଙ୍ଗୀରେ ହଲି ଦୋହଲି ଅଙ୍ଗଭଙ୍ଗୀ କରି ନାଚି ନାଚି ଗୀତ ଗାଇଲା– ସେତେବେଳେ ହସିବି କି କାନ୍ଦିବି ମୁଁ ଠିକ୍ କରି ପାରିଲି ନାହିଁ ।

ମୋର ସିପାହୀମାନେ ମୁହଁରେ ଲୁଗା ଦେଇ ବିଦ୍ରୂପରେ ହସ ଚାପି ରଖିବାକୁ ପ୍ରାଣପଣେ ଚେଷ୍ଟା କରୁଥାଆନ୍ତି । ସେମାନଙ୍କ ଆଖିରେ ‘ନନୀ ଚୋର ନାଟୁଆ’ର ନାଚ ଏକ ମାରାତ୍ମକ ଘଟଣାରେ ପରିଣତ ହେଲା । ମ୍ୟାନେଜର ବାବୁଙ୍କ ସାମନାରେ ବିଚରାମାନେ ନା ପାରୁଛନ୍ତି ମନ ଖୋଲି ହସି, ନା ପାରୁଛନ୍ତି ଦୁର୍ଦ୍ଦମନୀୟ ହସର ଗତିକୁ ସମ୍ଭାଳି ।

ସେ ରକମ ଅଭୁତ ନାଚ କେବେ ଦେଖି ନାହିଁ । ଷାଠିଏ ବର୍ଷର ବୃଦ୍ଧ କେତେବେଳେ ବାଳକ ପରି ଅଭିମାନରେ ଓଠ ଫୁଲାଇ କାଳ୍ପନିକ ଜନନୀ ଯଶୋଦାଙ୍କ ପାଖରୁ ଦୂରକୁ ଚାଲି ଯାଉଛି, କେତେବେଳେ ବା ହସି ହସି ସଙ୍ଗୀ ଗୋପାଳମାନଙ୍କ ଭିତରେ ଚୋରା-ଲହୁଣୀ ବିତରଣ କରୁଛି । ଯଶୋଦା ହାତ ବାନ୍ଧି ଦେଇଛନ୍ତି ବୋଲି କେତେବେଳେ ଯୋଡ଼ ହାତରେ ଆଖିରୁ ଲୁହ ପୋଛି ପୋଛି ପିଲାଙ୍କ ପରି କାଇଁ କାଇଁ ହୋଇ କାନ୍ଦୁଛି । ସବୁ ଦୃଶ୍ୟ ଦେଖିଲେ ହସରେ ପେଟ ଫାଟିଯିବ । ଦେଖିବାର କଥା ସତ ।

ନାଚ ଶେଷ ହେଲା । ମୁଁ ହାତ ତାଲି ବଜାଇ ଯଥେଷ୍ଟ ପ୍ରଶଂସା କଲି ।

କହିଲି– ଏମିତି ନାଚ କେବେ ଦେଖି ନାହିଁ, ଦଶରଥ। ବଡ଼ ଚମତ୍କାର ନାଚ ତ। ଆଛା, ତୁମର ଖଜଣା ମାଫ୍ କରିଦେଲି– ଖୁସି ହୋଇ ମୋ ନିଜ ପକେଟରୁ ଏହି ଦୁଇଟଙ୍କା ବକ୍ସିସ୍ ଦେଲି। ସତରେ ଭାରି ଚମତ୍କାର ନାଚ।

ଆଉ ଦଶ-ବାର ଦିନ ଭିତରେ ଫସଲ ବିକା କିଣା ସରିଗଲାରୁ ବାହାରର ଲୋକ ସବୁ ଯେଝା ଯେଝାର ଦେଶକୁ ଫେରିଗଲେ। ଯେଉଁମାନେ ଏଠାରେ ଜମି ଚଷି ବାସ କରୁଛନ୍ତି, ସେହିମାନେ ହିଁ କେବଳ ରହିଲେ। ଦୋକାନ-ବଜାର ଉଠିଗଲା, ନାଟୁଆ ଓ ଫେରିବାଲା ପ୍ରଭୃତି ଅନ୍ୟତ୍ର ରୋଜଗାରର ଚେଷ୍ଟାରେ ଚାଲିଗଲେ। ଏହି ସମୟରେ ଖାଲି ନାଚ-ତାମସା ଦେଖିବା ପାଇଁ କଟ୍କାଳୀ ମୂଲିଆ ଦଳ ଏବେ ସୁଦ୍ଧା ରହିଥିଲେ– ଏଥର ସେମାନେ ବି ବସା ଉଠାଇବାର ଯୋଗାଡ଼ କରିବାକୁ ଲାଗିଲେ।

9

ଦିନେ ବୁଲି ଫେରିବା ସମୟରେ ମୋର ସେହି ପରିଚିତ ନକ୍ଛେଦୀ ଭକତର ଖୁପରୀକୁ ଦେଖା କରିବାକୁ ଗଲି।

ସନ୍ଧ୍ୟା ହେବାକୁ ବେଶୀ ଡେରି ନଥାଏ। ଦିଗନ୍ତ ବ୍ୟାପୀ ଫୁଲକିଆ ବଇହାରର ପଶ୍ଚିମ ପ୍ରାନ୍ତରେ ଏକାବେଳେ ସବୁଜ ବନରେଖା ଭିତରେ ବୁଡ଼ିଯାଇ ଟହଟହ ଲାଲରଙ୍ଗର ପ୍ରକାଣ୍ଡ ସୂର୍ଯ୍ୟ ଅସ୍ତ ହେଉଥାନ୍ତି। ଏଠାରେ ଏହି ସୂର୍ଯ୍ୟାସ୍ତଗୁଡ଼ିକ– ବିଶେଷତଃ ଏହି ଶୀତ କାଲରେ–ଏଡ଼େ ଅଭୁତ ସୁନ୍ଦର ଯେ ଏହି ସମୟରେ ମୁଁ ମଝିରେ ମଝିରେ ସୂର୍ଯ୍ୟାସ୍ତର କିଛି କ୍ଷଣ ଆଗରୁ ମହାଲିଖାରୂପ ପାହାଡ଼ରେ ଚଢ଼ି ବିସ୍ମୟଜନକ ଦୃଶ୍ୟର ପ୍ରତୀକ୍ଷା କରେ।

ନକ୍ଛେଦୀ ତୁରନ୍ତ ଉଠି ଆସି କପାଲରେ ହାତ ଲଗାଇ ମୋତେ ସଲାମ କଲା। କହିଲା – ଏ ମଞ୍ଜୀ, ବାବୁଜୀଙ୍କ ବସିବା ପାଇଁ ଗୋଟାଏ କିଛି ପାରିଦେ।

ନକ୍ଛେଦୀର ଖୁପରୀରେ ଜଣେ ପୌଢ଼ା ସ୍ତ୍ରୀ ଲୋକ ଅଛି, ସେ ଯେ ନକ୍ଛେଦୀର ସ୍ତ୍ରୀ ତାହା ଅନୁମାନ କରିବା କିଛି କଠିନ ନୁହେଁ। କିନ୍ତୁ ସେ ପ୍ରାୟ ବାହାର କାମରେ, ଅର୍ଥାତ୍ କାଠ-ଭଙ୍ଗା, କାଠ-କଟା, ଦୂରବର୍ତ୍ତୀ ଭୀମଦାସଟୋଲାର କୂଅରୁ ପାଣି ଅଣା ଇତ୍ୟାଦିରେ ବ୍ୟସ୍ତ ଥାଏ। ମଞ୍ଜୀ ସେହି ସ୍ତ୍ରୀ ଲୋକଟି, ଯେ ମୋତେ ବଣୁଆ ହାତୀ ଗପ ଶୁଣାଇ ଥିଲା। ସେ ଆସି ଶୁଖିଲା କାଶର ଶୀରାରେ ବୁଣା ହୋଇଥିବା ଖଣ୍ଡିଏ ଚଟାଇ ପାରି ଦେଲା।

ତାହାର ସେହି ଦକ୍ଷିଣ ବିହାରର ଗାଉଁଲି ‘ଛିକାଛିକି’ ବୋଲିର ସୁନ୍ଦର ଉଚ୍ଚାରଣ

ସାଙ୍ଗରେ ମଥା ହଲାଇ ସେ ହସି ହସି କହିଲା– କେମିତିକା ଲାଗିଲା ବଇହାରର ମେଲା, ବାବୁଜୀ ? କହିଥିଲି ପରା, କେତେ ନାଟ–ତାମସା ଆମୋଦ ପ୍ରମୋଦ ହବ, କେତେ ଜିନିଷପତ୍ର ଆସିବ, ଦେଖିଲେ ତ ? ଅନେକ ଦିନ ହେଲା ଆସି ନାହାନ୍ତି, ବାବୁଜୀ, ବସନ୍ତୁ। ଆମେ ଯେ ଏଠାରୁ ଶୀଘ୍ର ଚାଲି ଯାଉଛୁଁ।

ତାଙ୍କ ଖୁପରୀର ଦୁଆର କଡ଼ିରେ ଲମ୍ବା ଦରଶୃଙ୍ଖଲା ଘାସ ଉପରେ ଚଟାଇ ପାରି ବସିଲି, ଯଦ୍ୱାରା ସୂର୍ଯ୍ୟାସ୍ତଟା ଠିକ୍ ସାମନା ସାମନି ଦେଖିବାକୁ ପାଏଁ। ଚାରିଦିଗର ଜଙ୍ଗଲ ଉପରେ ଗୋଟାଏ ମୃଦୁ ରଙ୍ଗୀନ ଆଭା ପଡ଼ିଛି, ବିଶାଲ ବଇହାର ଯାକ ଗୋଟାଏ ଅବର୍ଣ୍ଣନୀୟ ଶାନ୍ତି ଓ ନୀରବତା ବିରାଜୁଛି।

ମଞ୍ଚୀର କଥାର ଜବାବ ଦେବାରେ ବୋଧହୁଏ ଟିକିଏ ଡେରି ହେଲା। ସେ ପୁଣି କଣ ଗୋଟାଏ କଥା ପଚାରିଲା। କିନ୍ତୁ ତାହାର 'ଛିକାଛିକି' ବୋଲି ମୁଁ ଖୁବ୍ ଭଲ ଭାବରେ ବୁଝିପାରେ ନା, ତେଣୁ ସେ କଣ କହିଲା ବୁଝି ନପାରି ଅନ୍ୟ ଗୋଟାଏ ପ୍ରଶ୍ନ ଦ୍ୱାରା ସେଟା ଚପାଇଦେବା ଉଦ୍ଦେଶ୍ୟରେ କହିଲି– ତୁମେ ସବୁ କଣ କାଲି ଚାଲିଯିବ ?

– ହଁ, ବାବୁଜୀ।

– କୁଆଡ଼େ ଯିବ ?

– ପୂର୍ଣ୍ଣିୟା କିଷଣଗଞ୍ଜ ଅଞ୍ଚଲକୁ ଯିବୁ।

ତା'ପରେ କହିଲା– ନାଟ–ତାମସା କେମିତିକା ଲାଗିଲା ବାବୁ ? ବେଶ ଭଲ ଭଲ ଗାୟକ ସବୁ ଏଥର ଆସିଥିଲେ। ଦିନେ ଝାଲୁଟୋଲାର ବଡ଼ ବକାଇନ ଗଛ ତଲେ ଜଣେ ଲୋକ ମୁହଁରେ ଢୋଲ ବଜାଉଥିଲେ, ଶୁଣିଛନ୍ତି ନା ? କି ଚମତ୍କାର, ବାବୁଜୀ !

ଦେଖିଲି ମଞ୍ଚୀ ଛୋଟ ବାଲିକା ପରି ନାଟ–ତାମସାରେ ଆମୋଦ ପାଏ। ଏଥର କେତେ ରକମ କଣ କଣ ଦେଖିଛି, ମହା ଉସ୍ଚାହ ଓ ଆନନ୍ଦ ସ୍ୱରରେ ତାର ବର୍ଣ୍ଣନା କରିବାକୁ ଲାଗିଲା।

ନକଛେଦୀ କହିଲା– ବାବୁଜୀ କଲିକତାରେ ଥାଆନ୍ତି, ତୋ ଠାରୁ ଢେର ବେଶୀ ଦେଖିଛନ୍ତି। ସେ ଏସବୁ ଭାରି ଭଲ ପାଏ ବାବୁଜୀ, ତାରି ଲାଗି ଆମେ ଏଠାରେ ଏତେ ଦିନ ରହିଗଲୁ। ସେ କହେ– ନା, ରୁହ, ଖମାରର ନାଟ–ତାମସା, ଲୋକବାକ ଦେଖି କରି ଯାଇଁ ଯିବି। ଏବେ ବି ତାର ପିଲାଳିଆ ଢଙ୍ଗ ଗଲା ନାହିଁ।

ମଞ୍ଚୀ ଯେ ନକ୍ଛେଦୀର କଣ ହୁଏ, ତାହା ଏତେ ଦିନ ଯାଏ ପଚାରି ନଥିଲି, ଯଦିଚ ମନେ ମନେ ଭାବୁଥିଲି ସେ ବୁଢ଼ାର ଝିଅ ହେବ ପରା। ଆଜି ତାହାର କଥାରେ ମୋର ଆଉ କୌଣସି ସନ୍ଦେହ ରହିଲା ନାହିଁ।

ପଚାରିଲି- ତୁମ ଝିଅକୁ କେଉଁଠି ବିଭା ଦେଇଛ ?

ନକ୍‌ଛେଦୀ ଆଶ୍ଚର୍ଯ୍ୟ ହୋଇ କହିଲା- ମୋ ଝିଅ ! ମୋର ଝିଅ କାହିଁ ହଜୁର ?

– କାହିଁକି, ଏ ମିଞ୍ଜୀ କଣ ତୁମର ଝିଅ ନୁହେଁ ?

ମୋ କଥାରେ ମିଞ୍ଜୀ ସମସ୍ତଙ୍କ ଆଗରୁ ଖିଲ୍‌ ଖିଲ୍‌ ହୋଇ ହସି ପକାଇଲା। ନକ୍‌ଛେଦୀର ପ୍ରୌଢ଼ା ସ୍ତ୍ରୀ ବି ମୁହଁରେ ଲୁଗାଦେଇ ଖୁପରୀ ଭିତରକୁ ଚାଲିଗଲା।

ନକ୍‌ଛେଦୀ ଅପମାନିତ ହୋଇ କହିଲା- ଝିଅ କଣ ହଜୁର ? ସେ ପରା ମୋର ଦ୍ୱିତୀୟ ପକ୍ଷର ସ୍ତ୍ରୀ !

କହିଲି- ଓ !

ତାପରେ କିଛି କ୍ଷଣ ସମସ୍ତେ ଚୁପଚାପ ରହିଲୁଁ। ମୁଁ ବି ନିଜେ ଏମିତି ଅପ୍ରତିଭ ହୋଇଗଲି ଯେ, ମୋ ତୁଣ୍ଡରୁ କଥା ପଇଟିଲା ନାହିଁ।

ମିଞ୍ଜୀ କହିଲା- ନିଆଁ କରିଦିୟେଁ, ହଜୁର ବେଜାଏ ଶୀତ।

ସତରେ ଶୀତ ଖୁବ୍‌ ବେଶୀ। ସୂର୍ଯ୍ୟାସ୍ତ ପରେ ପରେ ଯେମିତି ହିମାଳୟ ପର୍ବତ ଏଠାକୁ ଚାଲିଆସେ। ପୂର୍ବ-ଆକାଶର ନିମ୍ନ ଭାଗଟା ସୂର୍ଯ୍ୟାସ୍ତର ଆଭାରେ ରଙ୍ଗିଲ, ଉପରଟା କୃଷ୍ଣାଭ ନୀଳ।

ଖୁପରୀ ଠାରୁ କିଛି ଦୂରରେ ଗୋଟାଏ ଶୁଖିଲା କାଶ-ଝାଡ଼ରେ ମିଞ୍ଜୀ ନିଆଁ ଲଗାଇ ଦେବାରୁ ଦଶ-ବାର ଫୁଟ୍‌ ଦୀର୍ଘ ଘାସ ଦାଉ ଦାଉ ହୋଇ ଜଳି ଉଠିଲା। ଆମେ ଜଳନ୍ତା କାଶ-ଝାଡ଼ ପାଖରେ ଯାଇ ବସିଲୁ।

ନକ୍‌ଛେଦୀ କହିଲା- ବାବୁଜୀ, ଏବେ ସୁଦ୍ଧା ତାହାର ପିଲାଳିଆ ଢଙ୍ଗ ଗଲା ନାହିଁ, ଜିନିଷପତ୍ର କିଶାକିଶିରେ ତାହାର ବେଜାଏ ଝୁଙ୍କ। ଧରନ୍ତୁ ଏଥର ପ୍ରାୟ ଆଠ-ଦଶ ମହଣ ସୋରିଷ ମଜୁରୀ ମିଳିଥିଲା- ତା ଭିତରୁ ତିନି ମହଣ ସେ ଖର୍ଚ କରି ଦେଇଛି ଏଣୁତେଣୁ ଜିନିଷପତ୍ର କିଶାକିଶିରେ। ମୁଁ କହିଲି- ଝାଲ-ବୁହା ପରିଶ୍ରମର ମଜୁରୀରେ ତୁ ସେ ସବୁ କାହିଁକି କିଣୁଛୁ ? ସେ ତ ସ୍ତ୍ରୀ ଲୋକ, କାନକୁ ନିୟ ନା। କାନ୍ଦେ, ଆଖିରୁ ଲୁହ ଗଡ଼ାଏ। କହେ, ହେଉ କିଣ।

ମନେ ମନେ ଭାବିଲି, ତରୁଣୀ ସ୍ତ୍ରୀର ବୃଦ୍ଧ ସ୍ୱାମୀ, କିଛି ନ କହିବା ଛଡ଼ା ଆଉ କି ଉପାୟ ଅଛି ?

ମିଞ୍ଜୀ କହିଲା- କାହିଁକି, ତୁମକୁ ତ କହିଛି, ଗହମ-କଟା ସମୟରେ ସେତେବେଳେ ଆଉ କିଛି କିଣିବି ନାହିଁ। ଭଲ ଭଲ ଜିନିଷ ସବୁ ଶସ୍ତାରେ ମିଳିଲା-

ନକ୍‌ଛେଦୀ ରାଗି ଯାଇ କହିଲା- ଶସ୍ତା ? ବୋକା ମାଇପି ମଣିଷ ଦେଖି ବଦମାସ ଦୋକାନୀ ଓ ଫେରିବାଲା ସବୁ ଠକାଇ ଦେଇ ଯାଇଛନ୍ତି। କହୁଚି କଣ ନା

ଶସ୍ତା ! ପାଞ୍ଚସେର ସୋରିଷ ଦେଇ ଖଣ୍ଡିଏ ପାନିଆଁ ନେଇଛି, ହଜୁର। ଆର ବର୍ଷ ତିରାଶି ରତନଗଞ୍ଜର ଗହମ ଖମାରରେ-

ମଞ୍ଜୀ କହିଲା- ଆଚ୍ଛା ବାବୁଜୀ, ନେଇ ଆସୁଛି ଜିନିଷ ଗୁଡ଼ାକ, ଆପଣ ଟିକିଏ ବିଚାର କରି କହନ୍ତୁ ତ ଶସ୍ତା କି ନା-

କଥା ଶେଷ କରି ମଞ୍ଜୀ ଖୁପରୀ ଭିତରକୁ ଧାଇଁଗଲା ଏବଂ କାଶଶିରାରେ ବୁଣା ଢାଙ୍କୁଣୀ-ଦିଆ ଗୋଟାଏ ଝୁଡ଼ି ହାତରେ ଧରି ଫେରିଆସିଲା। ତାପରେ ସେ ଢାଙ୍କୁଣୀ ଖୋଲି ଝୁଡ଼ି ଭିତରୁ ଗୋଟିଏ ଗୋଟିଏ ଜିନିଷ ବାହାର କରି ମୋ ସାମନାରେ ସଜାଇ ରଖିବାକୁ ଲାଗିଲା।

-ଏହି ଦେଖନ୍ତୁ, କେତେ ବଡ଼ ପାନିଆ, ପାଞ୍ଚ ସେରୁ କମ ସୋରିଷରେ ଏମିତିକା ପାନିଆ ହୁଏ ? ଦେଖୁଛନ୍ତି କେମିତି ଚମକ୍‌ାର ରଙ୍ଗ। ସୌଖୀନ ଜିନିଷ ନା ? ଆଉ ଏହି ଦେଖନ୍ତୁ ଖଣ୍ଡିଏ ସାବୁନ, ଦେଖନ୍ତୁ କିପରି ବାସନା, ଯାକୁ ବି ପାଞ୍ଚ ସେର ସୋରିଷରେ ନେଇଛି। ଶସ୍ତା କି ନୁହେଁ କହନ୍ତୁ ତ ବାବୁଜୀ ?

ଶସ୍ତା ମନେ କରିପାରିଲି କେଉଁଠି ? ଏମିତି ଖଣ୍ଡିଏ ବାଜେ ସାବୁନର ଦାମ କଲିକତା ବଜାରରେ ଅଣାକରୁ ବେଶୀ ନୁହେଁ। ମାତ୍ର ପାଞ୍ଚ ସେର ସୋରିଷର ଦାମ ଅମଲ ବେଳେ ଅନ୍ତତଃ ସାଢ଼େ ଚାରିଅଣା। ଏହି ସରଳା ଜଙ୍ଗଲୀ ସ୍ତ୍ରୀ ଲୋକମାନେ ଜିନିଷ ପତ୍ର ଦରଦାମ ଜାଣନ୍ତି ନାହିଁ, ତେଣୁ ଏମାନଙ୍କୁ ଠକାଇବା ଖୁବ୍ ସହଜ।

ମଞ୍ଜୀ ଆହୁରି ଅନେକ ଜିନିଷ ଦେଖାଇଲା। ଖୁସି ହୋଇ ଥରେ ଏଟା ଦେଖାଏ, ଥରେ ସେଟା ଦେଖାଏ। ମୁଣ୍ଡ-କଣ୍ଟା, ନକଲି ପଥର ମୁଦି, ଚୀନା ମାଟିର କୁଣ୍ଡେଇ, ଏନାମେଲର ଛୋଟ ଥାଲିଆ, କିଛି ଚଉଡ଼ା ଲାଲ ଫିତା- ଏହି ସବୁ ଜିନିଷ। ଦେଖିଲି ସ୍ତ୍ରୀ ଲୋକଙ୍କର ପ୍ରିୟ ଜିନିଷର ତାଲିକା ସବୁ ଦେଶରେ, ସବୁ ସମାଜରେ ଅନେକ ପରିମାଣରେ ସମାନ। ଜଙ୍ଗଲୀ ଝିଅ ମଞ୍ଜୀ ଓ ତାହାର ଶିକ୍ଷିତା ଭଉଣୀ ଭିତରେ ବେଶୀ ଫରକ ନାହିଁ। ଜିନିଷ ପ୍ରତି ସଂଗ୍ରହ ଓ ଅଧିକାର କରିବାର ପ୍ରବୃତ୍ତି ଉଭୟଙ୍କର ପ୍ରକୃତି ଦତ୍ତ। ବୁଢ଼ା ନକ୍‌ଛେଦୀ ରାଗିଲେ କଣ ହେବ ?

କିନ୍ତୁ ସବୁ ଠାରୁ ଭଲ ଜିନିଷଟିକୁ ମଞ୍ଜୀ ସବା ଶେଷରେ ଦେଖାଇବେ ବୋଲି ଲୁଚାଇ ରଖି ଦେଇଛି, ତାହା କଣ ସେତେବେଳ ମୋତେ ମାଲୁମ ଅଛି !

ଏଥର ସେ ଗର୍ବ ମିଶ୍ରିତ ଆନନ୍ଦ ଓ ଆଗ୍ରହ ସହକାରେ ସେଟା ବାହାର କରି ମୋ ଆଗରେ ଖୋଲି ଧରିଲା।

କେରାଏ ନୀଲ ଓ ହଳଦିଆ ପୁତି ମାଲି।

ସତରେ, କି ଖୁସି ଓ ଗର୍ବର ହସ ଦେଖିଲି ତା ମୁହଁରେ। ତାହାର ସଭ୍ୟ

ଭଉଣୀମାନଙ୍କ ପରି ସେ ତ ମନର ଭାବ ଗୋପନ କରି ରଖିବାକୁ ଶିଖି ନାହିଁ। ଗୋଟିଏ ଅନାବିଳ ବିଶୁଦ୍ଧ ନାରୀ-ଆମ୍ଭା ତାହାର ଏହିସବୁ ସାମାନ୍ୟ ଜିନିଷର ଅଧିକାରରେ ଉଚ୍ଛ୍ବସିତ ଆନନ୍ଦ ଭିତର ଦେଇ ଆମ୍ଭପ୍ରକାଶ କରୁଛି। ନାରୀ-ମନର ଏପରି ସ୍ବଚ୍ଛ ପ୍ରକାଶ ଦେଖିବାର ସୁଯୋଗ ଆମ ସଭ୍ୟ-ସମାଜରେ ପ୍ରାୟ ଘଟେ ନା।

– କହନ୍ତୁ ତ ଦେଖି କିପରି ଜିନିଷ?

– ଚମତ୍କାର!

– କେତେ ଦାମ ଯାର ହୋଇପାରେ ବାବୁଜୀ? କଲିକତାରେ ଆପଣାମାନେ ପିନ୍ଧନ୍ତି ତ?

କଲିକତାରେ ମୁଁ ପୁତି ମାଳ ପିନ୍ଧେ ନା, କି ଆମେ କେହି ପିନ୍ଧୁନା। ତଥାପି ମୋର ମନେ ହେଲା ଖୁବ୍ ବେଶୀ ହେଲେ ଯାର ଦାମ ଛଅଅଣାରୁ ଅଧିକ ନୁହେଁ। ପଚାରିଲିଁ– କେତେ ନେଇଛି କହୁ ନାହୁଁ?

– ସତର ସେର ସୋରିଷ ନେଇଛି। ଜିତି ନାହିଁ?

କହି କି ଲାଭ ଯେ, ସେ ଖୁବ୍ ଠକିଛି। ଏସବୁ ଜାଗାରେ ଏମିତିକା ତ ହେବ। କାହିଁକି ବା ମୁଁ ତୁଚ୍ଛାଟାରେ ନକ୍‌ଛେଦୀ ଠାରୁ ବକାବକି ଖୁଆଇ ତା ମନର ଏ ଅପୂର୍ବ ସରାଗ ନଷ୍ଟ କରିବାକୁ ଯିବି?

ମୋରି ଅନଭିଜ୍ଞତା ଯୋଗୁଁ ଏ ବର୍ଷ ଏମିତିକା ହୋଇପାରିଛି। ମୋର ଉଚିତ୍ ଥିଲା, ଫେରିବାଲାଙ୍କ ଜିନିଷପତ୍ରର ଦରଦାମ ଉପରେ କଡ଼ା ନଜର ରଖିବା। କିନ୍ତୁ ମୁଁ ଏଠାରେ ନୂଆ ଲୋକ, କିପରି ବା ଏ ଅଞ୍ଚଳର କଥା ସବୁ ଜାଣିବି? ଫସଲ ଅମଳ ସମୟରେ ମେଳା ହୁଏ ତାହା ତ ମୋତେ ଜଣା ନଥିଲା। ଆସନ୍ତାବର୍ଷ ଯେମିତି ଏସବୁ ନଘଟେ, ତାର ବିହିତ ବ୍ୟବସ୍ଥା କରିବାକୁ ହେବ।

ତହିଁ ପରଦିନ ସକାଳେ ନକ୍‌ଛେଦୀ ତାହାର ଦୁଇ ସ୍ତ୍ରୀ ଓ ପୁତ୍ର କନ୍ୟା ଧରି ଏଠାରୁ ବିଦାୟ ହୋଇଗଲା। ଯିବା ଆଗରୁ ନକ୍‌ଛେଦୀ ଖଜଣା ଦେବା ଲାଗି ମୋ ଖୁପରୀକୁ ଆସିଥିଲା। ମଞ୍ଜୀ ବି ସାଙ୍ଗରେ ଆସିଥିଲା। ଦେଖିଲି ମଞ୍ଜୀ ସେହି ପୁତି ମାଳ କେରିକ ଗଳାରେ ପିନ୍ଧିଛି। ସେ ହସହସ ମୁଖରେ କହିଲା– ଫେର ଭାଦ୍ର ମାସରେ ମକା କାଟିବାକୁ ଆସିବୁଁ। ସେତେବେଳେ ଥିବେ ତ ବାବୁଜୀ? ଶ୍ରାବଣ ମାସରେ ଆମେ ଜଙ୍ଗଲୀ ହରିଡ଼ା ଆଚାର କରୁଁ– ଆପଣଙ୍କ ପାଇଁ ଆଣିବି।

ମଞ୍ଜୀ ମୋତେ ଭାରି ଭଲ ଲାଗିଥିଲା, ସେ ଚାଲି ଯିବାରୁ ଦୁଃଖିତ ହେଲି।

ଏକାଦଶ ପରିଚ୍ଛେଦ

୧

ଏ ଥର ମୋର ଏକ ବିଚିତ୍ର ଅଭିଜ୍ଞତା ହେଲା।

ମୋହନପୁରା ସଂରକ୍ଷିତ ଜଙ୍ଗଲର ଦକ୍ଷିଣରେ ପନ୍ଦର-କୋଡ଼ିଏ ମାଇଲ ଦୂରରେ ଗୋଟାଏ ବିସ୍ତୃତ ଶାଲ ଓ ବିଡ଼ି ପତ୍ର ଜଙ୍ଗଲ। ସେ ଥର କଲେକ୍ଟରଙ୍କ ଇଜଲାସରେ ନିଲାମ ଡାକ ହେବ ବୋଲି ଖବର ପାଇଲି।

ଆମ ହେଡ଼ ଅଫିସକୁ ତୁରନ୍ତ ଖବର ଦେବାରୁ ତାର ଯୋଗେ ଆଦେଶ ପାଇଲି, ବିଡ଼ି ପତ୍ର ଜଙ୍ଗଲଟା ଯେମିତି ନିଲାମ ବଢ଼ି ଧରେଁ।

କିନ୍ତୁ ତାହା ପୂର୍ବରୁ ଜଙ୍ଗଲଟା ଥରେ ମୁଁ ନିଜ ଆଖିରେ ଦେଖିବା ଆବଶ୍ୟକ। କଅଣ ଅଛି ନ ଅଛି ନ ଜାଣି ଶୁଣି ନିଲାମ ଡାକିବାକୁ ମୁଁ ପ୍ରସ୍ତୁତ ନୁହେଁ। ଏଣେ ନିଲାମର ଦିନ ବି ନିକଟବର୍ତ୍ତୀ, ତେଣୁ ତାର ପାଇବାର ପରଦିନ ସକାଳେ ମୁଁ ବାହାରି ପଡ଼ିଲି।

ମୋ ଦଳର ଲୋକ ସବୁ ଖୁବ୍ ଭୋରରୁ ବିଛଣା ଓ ଜିନିଷପତ୍ର ମୁଣ୍ଡାଇ ଚାଲି ଯାଇଥିଲେ। ମୋହନପୁରା ଜଙ୍ଗଲ ସୀମାରେ କାରୋ ନଦୀ ପାରି ହେବାବେଳେ ସେମାନଙ୍କ ସହିତ ଦେଖା ହେଲା। ସାଙ୍ଗରେ ଥିଲା ଆମର ପଟୁଆରୀ ବନୋୟାରୀଲାଲ।

କାରୋ କ୍ଷୀଣକାୟା ପାର୍ବତ୍ୟ ସ୍ରୋତସ୍ୱିନୀ- ଆଣ୍ଠୁଏ ଖଣ୍ଡେ ଜଳ କୁଲୁକୁଲୁ ନାଦରେ ଉପଲରାଶି ମଧ୍ୟରେ ପ୍ରବାହିତ। ଆମେ ଦୁଇ ଜଣ ଘୋଡ଼ାରୁ ଓହ୍ଲାଇ ପଡ଼ିଲୁ, ନୋହିଲେ ଖସଡ଼ା ପଥର ଗୋଡ଼ିରେ ଘୋଡ଼ାର ଗୋଡ଼ ଖସରି ଗଲେ ପଡ଼ି ଯାଇପାରେ। ଦୁଇ-କୂଳରେ କଟା ହେଲା ପରି ବାଲିର ଚଡ଼ା। ସେଠାରେ ବି ଘୋଡ଼ାରେ ଚଢ଼ି ହୁଏ ନା, ଗୋଡ଼ ଛାଁ ଛାଁ ଆଣ୍ଠୁ ପର୍ଯ୍ୟନ୍ତ ବାଲିରେ ଗଲିଯାଏ। ଆର ପଟର କଡ଼ାରୋ

ଜମିରେ ଯେତେବେଳେ ପହଞ୍ଚିଲି, ସେତେବେଳେ ଏଗାରଟା ବାଜିଛି। ବନୋୟାରୀ ପଟୁଆରୀ କହିଲା– ଏଠାରେ ରୋଷାଇବାସ କଲେ ଭଲ ହୁଅନ୍ତା ହଜୁର, ଏହା ପରେ ପାଣି ମିଳିବ କି ନା କିଛି ଠିକ୍ ନାହିଁ।

ନଦୀର ଦୁଇ କୂଳରେ ଜନହୀନ ଅରଣ୍ୟ ଭୂମି, ମାତ୍ର ବଡ଼ ବଡ଼ ଜଙ୍ଗଲ ନୁହେଁ। ଛୋଟ-ଛୋଟ କେନ୍ଦୁ, ପଲାଶ ଓ ଶାଳ ଜଙ୍ଗଲ– ଖୁବ୍ ଘଞ୍ଚ ଓ ପ୍ରସ୍ତରାକୀର୍ଣ୍ଣ, କେଉଁ ଆଡ଼େ ଜନମାନବର ଚିହ୍ନବର୍ଣ୍ଣ ନାହିଁ।

ଅତି ସଂକ୍ଷେପରେ ଭୋଜନାଦି କାର୍ଯ୍ୟ ସରି ଯାଇଥିଲେ ସୁଦ୍ଧା, ସେ ସ୍ଥାନ ଛାଡ଼ିବା ବେଳକୁ ଗୋଟାଏ ବାଜିଗଲା।

ଯେତେବେଳେ ବେଳ ବୁଡ଼ିବା ଉପରେ, ସେତେବେଳକୁ ଜଙ୍ଗଲର କୂଳକିନାରା ଦିଶୁନାହିଁ। ମୋର ମନେହେଲା ଆଉ ବେଶୀ ଦୂର ଅଗ୍ରସର ନହୋଇ ଗୋଟାଏ ବଡ଼ ଗଛ ତଳେ ଆଶ୍ରୟ ନେବା ବରଂ ଭଲ। ଅବଶ୍ୟ ବଣ ଭିତରେ ଏହା ଆଗରୁ ଦୁଇଟି ଜଙ୍ଗଲୀ ଗ୍ରାମ ଛାଡ଼ି ଆସିଲି– ଗୋଟିଏର ନାମ କୂଳପାଳ, ଆଉ ଅନ୍ୟଟିର ବୁରୁଡ଼ି। କିନ୍ତୁ ତାହା ପ୍ରାୟ ତିନିଟା ବେଳର କଥା। ସେତେବେଳେ ଯଦି ଜଣାଥାନ୍ତା ଯେ, ସନ୍ଧ୍ୟା ହେଲେ ସୁଦ୍ଧା ଜଙ୍ଗଲ ଶେଷ ହେବ ନାହିଁ, ତାହାହେଲେ ସେଠାରୋ ରାତ୍ରି ଯାପନର ବ୍ୟବସ୍ଥା କରାଯାଇ ଥାଆନ୍ତା।

ତା ଛଡ଼ା ସନ୍ଧ୍ୟା ପୂର୍ବରୁ ଜଙ୍ଗଲ ଅତିଶୟ ଘଞ୍ଚ ହୋଇ ଆସିଲା। ଆଗରୁ ଥିଲା ଫାଙ୍କା ଜଙ୍ଗଲ, ମାତ୍ର ଏଣିକି ଯେମିତି କ୍ରମେ କ୍ରମେ ଚାରି ଦିଗରୁ ବଡ଼ ବଡ଼ ବନସ୍ପତି ସବୁ ଦଳ ବାନ୍ଧି ଆସି ସରୁ ସୁଡ଼ଙ୍ଗ ରାସ୍ତାଟାକୁ ଚାପି ଧରୁଛନ୍ତି– ଏକ୍ଷଣି ଯେଉଁଠି ଠିଆ ହୋଇଛି, ସେଠାରେ ତ ଚାରିଆଡ଼େ ବଡ଼ ବଡ଼ ଗଛ, ଆକାଶ ଦେଖା ଯାଉ ନାହିଁ, ନେଶ ଅନ୍ଧକାର ବି ଇତି ମଧ୍ୟରେ ଘନାଇ ଆସିଲାଣି।

ଗୋଟିଏ ଗୋଟିଏ ଜାଗାରେ ଫାଙ୍କା ଜଙ୍ଗଲ ଆଡ଼େ ବଣର କି ଅନୁପମ ଶୋଭା। ଛାୟା ଗହନ ଅପରାହ୍ନର ନୀଳ ଆକାଶ ତଳେ ଗୋଟାଏ କି ରକମ ପେଣ୍ଟା ପେଣ୍ଟା ଧଳା ଫୁଲ ସମୁଦାୟ ବଣର ଅଗ୍ରଭାଗ ଆଲୋକିତ କରି ଫୁଟିଛି। ମାନବ ଦୃଷ୍ଟିର ଅନ୍ତରାଲରେ ସଭ୍ୟ ଜଗତର ସୀମା ଠାରୁ ବହୁତ ଦୂରରେ କାହା ନିମନ୍ତେ ଏତେ ସୌନ୍ଦର୍ଯ୍ୟ ସଜ୍ଜିତ ହୋଇ ଅଛି। ବନୋୟାରୀ କହିଲା– ସେ ବଣ ତେଉଡ଼ି ଫୁଲ, ଏହି ସମୟରେ ଜଙ୍ଗଲରେ ଫୁଟେ, ହଜୁର। ଏକ ପ୍ରକାର ଲତା।

ଯେଉଁ ଆଡ଼େ ଆଖି ପଡ଼ୁଛି, ସେହିଆଡ଼େ ଈଷତ୍ ନୀଳାଭ ଶୁଭ୍ର ବର୍ଣ୍ଣ-ତେରଡ଼ି ଫୁଲ ଫୁଟି ଗଛ ଓ ବୁଦାର ଅଗ ସବୁ ଆଲୋକିତ କରି ପକାଇଛି– ଠିକ୍ ଯେମିତି ଚାରିଆଡ଼େ ବଣର ଗଛପତ୍ର ମୁଣ୍ଡ ଉପରେ କିଏ ରାଶି ରାଶି ପିଞ୍ଛା ନୀଳାଭ କପା

ତୁଲା ବିଛାଇ ଦେଇଛି। ମଝିରେ ମଝିରେ ଘୋଡ଼ା ଅଟକାଇ କେତେ କ୍ଷଣ ଠିଆ
ହୋଇ ରହିଛି– ଗୋଟିଏ ଗୋଟିଏ ଜାଗାର ଶୋଭା ଏମିତି ଅଦ୍ଭୁତ ଯେ, ସେ
ଆଡ଼କୁ ଚାହିଁଲା ମାତ୍ରେ ମନରେ ଯେମିତି ଏକ ଶଂକିତ ଭାବ ଜାତ ହୁଏ– ଯେମିତି
ମନେ ହୁଏ, ମୁଁ କେତେ ଦୂରରେ କେଉଁଠି ଅଛି, ସଭ୍ୟ ଜଗତ ଠାରୁ ବହୁ ଦୂରରେ
ଏକ ଜନହୀନ ଅଜ୍ଞାତ ଜଗତର ଉଦାସ ଓ ଅପରୂପ ବନ୍ୟ ସୌନ୍ଦର୍ଯ୍ୟ ମଝିରେ– ଯେଉଁ
ଜଗତ ସହିତ ମଣିଷର କୌଣସି ସମ୍ପର୍କ ନାହିଁ। ପ୍ରବେଶର ଅଧିକାର ବି ନାହିଁ, କେବଳ
ବନ୍ୟ ଜୀବଜନ୍ତୁ ଓ ବୃକ୍ଷଲତାର ଜଗତ।

ଏହି ଜଙ୍ଗଲର ଦୃଶ୍ୟାବଲି ବାରମ୍ବାର ଅଟକି ଯାଇ ଠିଆ ହୋଇ ଆଁ କରି
ଦେଖିବା ଫଳରେ ମୋର ବୋଧହୁଏ ଆହୁରି ବେଶୀ ଡେରି ହୋଇଯାଇଥିଲା। ବିଚରା
ବନୋୟାରୀ ପଟୁଆରୀ ମୋର ତମ୍ବୁରେ କାମ କରେ। ସେ ମୋତେ ଜୋର କରି କିଛି
କହି ନପାରିଲେ ସୁଦ୍ଧା। ମନେ ମନେ ନିଶ୍ଚୟ ଭାବୁଛି– ଏ ବଙ୍ଗାଳୀ ବାବୁଟିର ମୁଣ୍ଡରେ
ନିଶ୍ଚୟ କିଛି ଗୋଲମାଲ ଅଛି। ଯ୍ୟାଙ୍କ ଦ୍ୱାରା ଜମିଦାରୀ କାମ ଆଉ କେତେ ଦିନ
ଚଳିବ ? ଗୋଟାଏ ବଡ଼ ଅସନ ଗଛ ତଳେ ସମସ୍ତେ ମିଲି ଆଶ୍ରୟ ନେଲୁ। ଆମେ
ଥାଉଁ ସର୍ବମୋଟ ଆଠ-ଦଶ ଜଣ ଲୋକ। ବନୋୟାରୀ କହିଲା– ଗୋଟାଏ ବଡ଼
ନିଆଁ କର, ଆଉ ସମସ୍ତେ କତିରେ ଆସି ବସ। ଛଡ଼ାଛଡ଼ି ହୋଇ ରୁହ ନାହିଁ, ରାତି
ବେଳେ ଏ ଜଙ୍ଗଲରେ ନାନା ରକମ ବିପଦ।

ଗଛ ତଳେ କ୍ୟାମ୍ପ-ଚୌକି ପକାଇ ବସିଛି, ମୁଣ୍ଡ ଉପରେ ଅନେକ ଦୂର ଯାଏ
ଫାଙ୍କା ଆକାଶ, ଏବେ ବି ପୁରାପୁରି ଅନ୍ଧାର ହୋଇନାହିଁ। ଦୂରରେ-ନିକଟରେ ଜଙ୍ଗଲର
ଚୂଡ଼ାରେ ଧଲା ବଣ-ତେରଡ଼ି ଫୁଲ ଫୁଟିଛି, ରାଶି ରାଶି ଅଜସ୍ର। ମୋ କ୍ୟାମ୍ପ-ଚୌକି
ପାଖରେ ଦରଶୁଖିଲା ସୁନେଲୀ ରଙ୍ଗର ଲମ୍ବା ଲମ୍ବା ଘାସ ସବୁ। ରୌଦ୍ର-ତପ୍ତ ମାଟିର
ଗନ୍ଧ, ଶୁଖିଲା ଘାସର ଗନ୍ଧ, ଗୋଟାଏ କି ବଣ ଫୁଲର ଗନ୍ଧ, ଯେମିତି ଦୁର୍ଗା-ପ୍ରତିମାଙ୍କ
ରାଙ୍ଗତା ଡାକ-ସାଜର ଗନ୍ଧପରି। ଏହି ଉନ୍ମୁକ୍ତ, ବନ୍ୟ ଜୀବନ ମନ ଭିତରେ ଗୋଟାଏ
ମୁକ୍ତି ଓ ଆନନ୍ଦର ଅନୁଭୂତି ଆଣି ଦେଇଛି– ଯାହା ଏହିପରି ବିରାଟ ନିର୍ଜନ ପ୍ରାନ୍ତର ଓ
ଜନହୀନ ଅଞ୍ଚଳ ଛଡ଼ା ଆଉକେବେ କେଉଁଠି ଆସେ ନା। ଅଭିଜ୍ଞତା ନଥିଲେ ସେହି
ମୁକ୍ତ-ଜୀବନର ଉଲ୍ଲାସ ବୁଝାଇବା ବଡ଼ କଠିନ।

ଏହି ସମୟରେ ଆମର ଜଣେ କୁଲି ଆସି ପଟୁଆରୀକୁ କହିଲା, ଜଙ୍ଗଲରେ
ଟିକିଏ ଦୂରରେ ଶୁଖିଲା ଡାଲପତ୍ର ଗୋଟାଇବାକୁ ଯାଇ ସେ ଗୋଟାଏ କି ଜିନିଷ
ଦେଖିଛି। ଜାଗାଟା ଭଲ ନୁହେଁ, ଭୂତ ବା ପରୀଙ୍କର ଆଡ଼୍ଡ଼ା, ଏଠାରେ ତମ୍ବୁ ନ
ପକାଇଥିଲେ ହୋଇଥାନ୍ତା।

ପଟୁଆରୀ କହିଲା– ଚାଲନ୍ତୁ ହଜୁର, ଦେଖି ଆସିବା ଜିନିଷଟା କଣ ।

କିଛି ଦୂରରେ ଜଙ୍ଗଲ ଭିତରେ ଗୋଟାଏ ଜାଗା ଦେଖାଇ କୁଲିଟା କହିଲା–ଏଇଠି, ପାଖକୁ ଯାଇ ଦେଖନ୍ତୁ ହଜୁର । ଅତି ପାଖକୁ ଯିବେ ନାହିଁ ।

ବଣ ଭିତରେ ଗୋଟାଏ କଣ୍ଟା–ବୁଦା ମଝିରେ ପୁରୁଷେ ଉଚ୍ଚ ସ୍ତମ୍ଭର ମଥାରେ ଗୋଟାଏ ବିକଟ ମୁଖ ଖୋଦିତ ହୋଇଛି । ସନ୍ଧ୍ୟାବେଳେ ଦେଖିଲେ ଅବଶ୍ୟ ଭୟ କରିବାର କଥା ।

ଏହା ଯେ ମଣିଷର ହାତରେ ତିଆରି, ଏ ବିଷୟରେ କୌଣସି ଭୁଲ୍ ନାହିଁ; କିନ୍ତୁ ଏ ଜନହୀନ ଜଙ୍ଗଲ ମଝିରେ ଏ ସ୍ତମ୍ଭ କେଉଁଠି ଆସିଲା ବୁଝି ପାରିଲି ନାହିଁ । ଜିନିଷଟା କେତେ ଦିନର ପ୍ରାଚୀନ ତାହା ବି ବୁଝି ପାରିଲି ନାହିଁ ।

ସେ ରାତିଟା କଟିଗଲା । ସକାଳୁ ଉଠି ନଅଟା ଭିତରେ ଆମେ ଗନ୍ତବ୍ୟସ୍ଥାନରେ ପହଞ୍ଚିଗଲୁ ।

ସେଠାରେ ପହଞ୍ଚ ଜଙ୍ଗଲର ବର୍ତ୍ତମାନ ମାଲିକର ଜନେକ କର୍ମଚାରୀ ସାଙ୍ଗରେ ଦେଖାହେଲା । ସେ ମୋତେ ଜଙ୍ଗଲ ଦେଖାଇ ବୁଲୁଛି– ହଠାତ୍‍ ଜଙ୍ଗଲ ଭିତରେ ଦେଖିଲି ଗୋଟାଏ ଶୁଖିଲା ନଳାର ଆରପଟେ ଘନ ବଣ ମଝିରେ ଗୋଟାଏ ପ୍ରସ୍ତର ସ୍ତମ୍ଭର ମଥାଟା ଦେଖାଯାଉଛି– ଠିକ୍‍ କାଲି ସନ୍ଧ୍ୟାବେଳର ସେହି ସ୍ତମ୍ଭଟି ପରି । ସେହି ରକମ ବିକଟ ମୁଖ ଖୋଦିତ ହୋଇଛି ।

ମୋ ସାଙ୍ଗରେ ବନୋୟାରୀ ପଟୁଆରୀ ଥିଲା, ତାହାକୁ ବି ଦେଖାଇଲି । ମାଲିକର କର୍ମଚାରୀ ସ୍ଥାନୀୟ ଲୋକ, ସେ କହିଲା– ଏମିତିକା ଆଉ ତିନି–ଚାରିଟା ଏ ଅଞ୍ଚଲରେ ଜଙ୍ଗଲର ମଝିରେ ମଝିରେ ଅଛି । ଏ ମୁଲକ ଆଗରୁ ଅସଭ୍ୟ ବନ୍ୟ ଜାତିର ରାଜ୍ୟ ଥିଲା, ଏ ସେମାନଙ୍କର ହାତ ତିଆରି । ଏଗୁଡ଼ିକ ହେଉଛି ସୀମା ସରହଦର ନିଶାଣ ଖୁଣ୍ଟ ।

ପଚାରିଲି– ଖୁଣ୍ଟ ବୋଲି କିପରି ଜାଣିଲ ?

ସେ କହିଲା– ବରାବର ଶୁଣି ଆସୁଛି ବାବୁଜୀ, ତା ଛଡ଼ା ସେହି ରାଜାଙ୍କ ବଂଶଧର ଏବେ ବି ଜୀବିତ ଅଛନ୍ତି ।

ମୋର ଭାରି କୌତୂହଲ ହେଲା ।

– କେଉଁଠି ?

ଲୋକଟି ଆଙ୍ଗୁଲି ଦେଖାଇ କହିଲା– ଏହି ଜଙ୍ଗଲର ଉତ୍ତର ସୀମାରେ ଗୋଟିଏ ଛୋଟ ବସ୍ତି ଅଛି– ସେଠାରେ ରହନ୍ତି । ଏ ଅଞ୍ଚଲରେ ତାଙ୍କର ଭାରି ଖାତିର । ଆମେ ଶୁଣିଛୁ ଉତ୍ତରରେ ହିମାଲୟ ପର୍ବତ, ଦକ୍ଷିଣରେ ଛୋଟନାଗପୁର, ପୂର୍ବରେ କୋଶୀ

ନଦୀ, ଆଉ ପଶ୍ଚିମରେ ମୁଙ୍ଗେର- ଏହି ସୀମା ଭିତରେ ସବୁ ପାହାଡ଼-ଜଙ୍ଗଲର ରାଜା ଥିଲେ ତାଙ୍କର ପୂର୍ବ ପୁରୁଷ।

ମନେ ପଡ଼ିଲା, ସ୍କୁଲ ମାଷ୍ଟର ଗନୋରୀ ତେଓୱାରୀ ମୋ କଚେରୀରେ ଆଗରୁ କଥା ପ୍ରସଙ୍ଗରେ କହିଥିଲା ଯେ, ଏ ଅଞ୍ଚଲରେ ଆଦିବାସୀ ରାଜାଙ୍କ ବଂଶଧର ଏବେ ବି ଅଛନ୍ତି। ଏ ଅଞ୍ଚଲରେ ଯେତେ ପାହାଡ଼ିଆ ଜାତି ଅଛନ୍ତି, ସମସ୍ତେ ତାଙ୍କୁ ଏବେ ବି ରାଜା ବୋଲି ମାନନ୍ତି। ବର୍ତ୍ତମାନ ସେ କଥା ମନେ ପଡ଼ିଲା। ଜଙ୍ଗଲର ମାଲିକଙ୍କ ସେହି କର୍ମଚାରୀ ନାମ ବୁଦ୍ଧୁ ସିଂ, ବେଶ୍ ବୁଦ୍ଧିମାନ, ଏଠାରେ ଅନେକ ଦିନ ହେଲା ଚାକିରୀ କରୁଛି। ଦେଖିଲି, ଏହିସବୁ ବଣ-ପାହାଡ଼ ଅଞ୍ଚଲର ଅନେକ ଇତିହାସ ତାକୁ ଜଣା।

ବୁଦ୍ଧୁ ସିଂ କହିଲା- ମୋଗଲ ବାଦସାହାଙ୍କ ଅମଲରେ ଏମାନେ ମୋଗଲ ସୈନ୍ୟଙ୍କ ସହିତ ଲଢ଼ୁଛନ୍ତି- ଏହି ଜଙ୍ଗଲ ଭିତର ଦେଇ ସେମାନେ ଯେତେବେଲେ ବଙ୍ଗଦେଶକୁ ଯାଉଥିଲେ- ଏମାନେ ଧନୁଶର ଧରି ଉପଦ୍ରବ କରୁଥିଲେ। ଅବଶେଷରେ ଯେତେବେଲେ ମୋଗଲ ସ୍ବେଦାରମାନେ ରାଜମହଲରେ ଆସି ରହିଲେ, ସେତେବେଲ ଏମାନଙ୍କର ରାଜ୍ୟ ଗଲା। ଏମାନେ ବଡ଼ ବଡ଼ ବୀରମାନଙ୍କର ବଂଶଧର, ବର୍ତ୍ତମାନ ଆଉ କିଛି ନାହିଁ। ଯାହା କିଛି ବାକି ଥିଲା, ୧୮୬୨ ସାଲର ସାନ୍ତାଲ- ବିଦ୍ରୋହ ପରେ ସବୁ ଗଲା। ସାନ୍ତାଲ-ବିଦ୍ରୋହର ନେତା ଏବେ ବି ବଞ୍ଚି ରହିଛନ୍ତି। ସେ ବର୍ତ୍ତମାନ ରାଜା। ତାଙ୍କର ନାମ ହେଉଛି ଦୋବରୁ ପାନ୍ନା ବୀରବର୍ଦୀ। ସେ ଖୁବ୍ ବୃଦ୍ଧ, ଆଉ ଅତିଶୟ ଗରିବ। କିନ୍ତୁ ଏ ଦେଶର ସବୁ ଆଦିମ ଜାତି ଏବେ ବି ତାଙ୍କୁ ଏ ଦେଶର ରାଜା ବୋଲି ଖାତିର କରନ୍ତି। ରାଜ୍ୟ ନଥିଲେ ସୁଦ୍ଧା ତାଙ୍କୁ ରାଜା ବୋଲି ମାନନ୍ତି।

ରାଜାଙ୍କ ସାଙ୍ଗରେ ଦେଖା କରିବାକୁ ମୋର ପ୍ରବଲ ଇଚ୍ଛା ହେଲା।

ରାଜ-ଦର୍ଶନ କରିବାକୁ ହେଲେ କିଛି ଭେଟି ନେଇ ଯିବା ଉଚିତ। ଯାହାର ଯାହା ପ୍ରାପ୍ୟ ସମ୍ମାନ, ତାକୁ ତାହା ନ ଦେଲେ କର୍ତ୍ତବ୍ୟରେ ହାନି ଘଟେ।

ଦିନ ଗୋଟାଏ ବେଲେ ନିକଟବର୍ତ୍ତୀ ବସ୍ତିରୁ କିଛି ଫଲମୂଲ ଓ ଦୁଇଟି ବଡ଼ କୁକୁଡ଼ା କିଣି ଆଣିଲି। ଏ ଆଡ଼ର କାମ ଶେଷ କରି ଦୁଇଟା ପରେ ବୁଦ୍ଧୁ ସିଂକୁ କହିଲି- ଚାଲ, ରାଜାଙ୍କ ସାଙ୍ଗରେ ଦେଖା କରି ଆସିବା।

ବୁଦ୍ଧୁ ସିଂ ବିଶେଷ ଉତ୍ସାହ ଦେଖାଇଲା ନାହିଁ। କହିଲା- ଆପଣ ସେଠାକୁ କାହିଁକି ଯିବେ! ସେ ଆପଣମାନଙ୍କ ସାଙ୍ଗରେ ସାକ୍ଷାତ କରିବାର ଯୋଗ୍ୟ ନୁହେଁ। ପାହାଡ଼ୀ ଅସଭ୍ୟ ଜାତିର ରାଜା, ତାହା ବୋଲି କଣ ଆପଣମାନଙ୍କ ସାଙ୍ଗରେ ଠିକ୍ ଭାବରେ କଥା କହିବାର ଯୋଗ୍ୟ, ବାବୁଜୀ? ସେ ସେଭଲି କିଛି ନୁହେଁ।

ତାହାର କଥା କାନକୁ ନନେଇ ମୁଁ ଓ ବନୋୟାରୀ ରାଜଧାନୀ ଆଡ଼କୁ ଚାଲିଲୁ । ତାକୁ ବି ସାଙ୍ଗରେ ନେଲି ।

ରାଜଧାନୀଟା ଖୁବ୍ ଛୋଟ, କୋଡ଼ିଏ-ପଚିଶ ଘର ଲୋକଙ୍କର ବାସ ।

ଛୋଟ ଛୋଟ ମାଟି ଘର, ଖପରଲି ଚାଲ– ବେଶ ପରିଷ୍କାର କରି ଲିପାପୋଛା ହୋଇଛି । କାନ୍ଥରେ ମାଟିର ସାପ, ପଦ୍ମ, ଲତା ପ୍ରଭୃତି ଗଢ଼ା ହୋଇଛି । ଛୋଟ ଛୋଟ ପିଲାମାନେ ଖେଳ୍‍ଖେଳି ଦୌଡ଼ାଦୌଡ଼ି କରୁଛନ୍ତି, ସ୍ତ୍ରୀ ଲୋକମାନେ ଘରକାମ କରୁଛନ୍ତି । କିଶୋରୀ ଓ ଯୁବତୀ କନ୍ୟାମାନଙ୍କର ସୁଠାମ ଗଠନ ଓ ନିଟୋଲ ସ୍ୱାସ୍ଥ୍ୟ, ପ୍ରତ୍ୟେକଙ୍କ ମୁଖରେ କେମିତି ଗୋଟିଏ ସୁନ୍ଦର ଲାବଣ୍ୟ ଲାଖି ରହିଛି । ସମସ୍ତେ ଆମ ଆଡ଼କୁ ଅବାକ୍ ହୋଇ ଚାହିଁ ରହିଲେ ।

ବୁଢ଼ୁ ସିଂ ଜଣେ ସ୍ତ୍ରୀ ଲୋକକୁ ପଚାରିଲା– ରାଜା ଛେ ରେ ?

ସ୍ତ୍ରୀ ଲୋକଟି ଜବାବ ଦେଲା, ସେ ଦେଖି ନାହିଁ । ତେବେ କୁଆଡ଼େ ଆଉ ଯିବେ, ଘର ଭିତରେ ନିଶ୍ଚୟ ଥିବେ ।

9

ଆମେ ଗ୍ରାମରେ କେଉଁଠି ଆସି ଠିଆ ହେଲୁ, ବୁଢ଼ୁ ସିଂର ଢଙ୍ଗଢାଙ୍ଗରୁ ମନେ ହେଲା ଏଥର ରାଜପ୍ରାସାଦ ସମ୍ମୁଖରେ ଆସି ଆମେ ପହଞ୍ଚିଲୁ । ଲକ୍ଷ୍ୟ କଲି, ଅନ୍ୟ ଘରଗୁଡ଼ିକ ଠାରୁ ରାଜପ୍ରାସାଦର ପ୍ରାର୍ଥକ୍ୟ ଏତିକି ଯେ, ଏହାର ଚାରିପଟ ପଥର ପାଚେରୀ ଘେରା– ବସ୍ତି ପଛରେ ଅନୁଜ ପାହାଡ଼, ସେଠାରୁ ପଥର ଅଣା ଯାଇଛି । ରାଜବାଟୀରେ ଅନେକ ଗୁଡ଼ିଏ ଛୁଆପିଲା– କେତେଗୁଡ଼ିଏ ଖୁବ୍ ଛୋଟ । ସେମାନଙ୍କର ବେକରେ ଫୁଟି ମାଲି ଓ ଲାଲ ନୀଳ ଫଳ-ମଞ୍ଜିର ମାଲି । ଗୋଟିଏ ଦୁଇଟି ଫୁଥ-ଝିଅ ଦେଖିବାକୁ ବେଶ ସୁଶ୍ରୀ । ବୁଢ଼ୁ ସିଂର ଡାକରେ ଗୋଟିଏ ଶୋଳ-ସତର ବର୍ଷର ଝିଅ ବାହାରି ଆସି ଆମକୁ ଦେଇ ଅବାକ ହୋଇଗଲା, ତାହାର ଆଖିର ଚାହାଣୀରୁ ମନେ ହେଲା, ଯେମିତି ତାହାର ଟିକିଏ ଭୟ ହୋଇଛି ।

ବୁଢ଼ୁ ସିଂ ପଚାରିଲା– ରାଜା କେଉଁଠି ?

ଝିଅଟି କିଏ ?– ବୁଢ଼ି ସିଂକୁ ପଚାରିଲି ।

ବୁଢ଼ି ସିଂ କହିଲା– ରାଜାଙ୍କର ଅଣ ନାତୁଣୀ ।

ରାଜା ବହୁ ଦିନ ଜୀବିତ ରହି ନିଶ୍ଚୟ ବହୁ ଯୁବକ ଓ ପ୍ରୌଢ଼ଙ୍କୁ ରାଜ ସିଂହାସନ ଆରୋହଣର ସୌଭାଗ୍ୟରୁ ବଞ୍ଚିତ କରି ରଖିଛନ୍ତି ।

ଝିଅଟି କହିଲା– ମୋ ସାଙ୍ଗରେ ଆସ। ଜେଜେ ପାହାଡ଼ ତଳେ ପଥର ଉପରେ ବସିଛନ୍ତି।

ସ୍ୱୀକାର କରେ ବା ନ କରେ, ମନେ ମନେ ଭାବିଲି ଯେଉଁ ଝିଅଟି ଆମକୁ ବାଟ ଦେଖାଇ ନେଇ ଯାଉଛି, ସେ ସତରେ ରାଜକନ୍ୟା– ତାହାର ପୂର୍ବପୁରୁଷମାନେ ଏହି ଅରଣ୍ୟ-ଭୂଭାଗ ବହୁ କାଳ ଶାସନ କରିଥିଲେ– ସେହି ବଂଶର କନ୍ୟା ସେ।

କହିଲି– ଝିଅଟିର ନାମ ପଚାର।

ବୁଢ଼ି ସିଂ କହିଲା– ତାହାର ନାମ ଭାନୁମତୀ।

– ବାଃ, ବେଶ ସୁନ୍ଦର ନାମ ତ– ଭାନୁମତୀ! ରାଜକନ୍ୟା ଭାନୁମତୀ!

ଭାନୁମତୀ ନିଟୋଳ ସ୍ୱାସ୍ଥ୍ୟବତୀ, ସୁଠାମ କୁମାରୀ। ଲାବଣ୍ୟ-ମଣ୍ଡିତ ମୁଖଶ୍ରୀ, ମାତ୍ର ପରିହିତ ବସ୍ତ୍ର ସଭ୍ୟ ସମାଜର ଶାଳୀନତା ରକ୍ଷା କରିବା ଦିଗରେ ଯଥାର୍ଥ ପରିମାଣ ଉପଯୁକ୍ତ ନୁହେଁ। ମୁଣ୍ଡର କେଶ ରୁକ୍ଷ, ବେକରେ କଉଡ଼ି ଓ ପୁତି ମାଳି। ଦୂରରେ ଥିବା ଗୋଟାଏ ବଡ଼ ବକାଇନ୍ ଗଛ ଦେଖାଇ ଦେଇ ଭାନୁମତୀ କହିଲା– ତୁମେ ଯାଅ, ଜେଜେ ସେହି ଗଛ ତଳେ ବସି ଗୋରୁ ଚରାଉଛନ୍ତି।

ଗୋରୁ ଚରାଉଛନ୍ତି ସେ କି କଥା। ମୁଁ ପ୍ରାୟ ଚମକି ପଡ଼ିଲି ବୋଧହୁଏ। ଏହି ସମଗ୍ର ଅଞ୍ଚଳର ରାଜା ସାନ୍ତାଳ-ବିଦ୍ରୋହର ନେତା ଦୋବରୁ ପାନ୍ନା ବୀରବର୍ଦ୍ଦୀ ଗୋରୁ ଚରାଉଛନ୍ତି।

କିଛି ପଚାରିବା ଆଗରୁ ଝିଅଟି ଚାଲିଗଲା ଏବଂ ଆମେ ଆଉ କିଛି ଦୂର ଅଗ୍ରସର ହୋଇ ବକାଇନ୍ ଗଛ ତଳେ ଜଣେ ବୃଦ୍ଧଙ୍କୁ କଣ୍ଟାଶାଳ ପତ୍ରରେ ଦୋକତା ମୋଡ଼ି ଧୂମପାନ ରତ ଦେଖିଲୁ।

ବୁଢ଼ୁ ସିଂ କହିଲା– ସଲାମ୍, ରାଜା ସାହେବ।

ରାଜା ଦୋବରୁ ପାନ୍ନା କାନରେ ଶୁଣି ପାରିଲେ ବି ଆଖିରେ ଖୁବ୍ ଭଲ ଦେଖିପାରନ୍ତି ବୋଲି ମୋର ମନେହେଲା ନାହିଁ।

ପଚାରିଲେ– କିଏ, ବୁଢ଼ୁ ସିଂ? ସାଙ୍ଗରେ କିଏ?

ବୁଢ଼ୁ କହିଲା– ଜଣେ ବଙ୍ଗାଳୀ ବାବୁ ଆପଣଙ୍କ ସାଙ୍ଗରେ ଦେଖା କରିବାକୁ ଆସିଛନ୍ତି। ସେ କିଛି ଭେଟି ଆଣିଛନ୍ତି– ଆପଣଙ୍କୁ ନେବାକୁ ହେବ।

ମୁଁ ନିଜେ ଯାଇ ବୃଦ୍ଧଙ୍କ ସାମନାରେ କୁକୁଡ଼ା ଓ ଜିନିଷ କେତୋଟି ଥୋଇଦେଲି।

କହିଲି– ଆପଣ ଏ ଦେଶର ରାଜା, ଆପଣଙ୍କ ସାଙ୍ଗରେ ଦେଖା କରିବା ଲାଗି ବହୁତ ଦୂରରୁ ଆସିଛି।

ବୃଦ୍ଧଙ୍କର ଦୀର୍ଘାୟତ ଚେହେରା ଆଡ଼କୁ ଅନାଇ ମୋର ମନେ ହେଲା ଯୌବନରେ ରାଜା ଦୋବରୁ ପାନ୍ନା ଖୁବ୍ ସୁପୁରୁଷ ଥିଲେ, ଏଥିରେ କିଛି ସନ୍ଦେହ ନାହିଁ। ମୁଖଶ୍ରୀରେ ବୁଦ୍ଧିର ଛାପ ସୁସ୍ପଷ୍ଟ। ବୃଦ୍ଧ ଖୁବ୍ ଖୁସି ହେଲେ। ମୋ ଆଡ଼େ ଭଲ କରି ଚାହିଁ ମୋତେ ଦେଖି ପଚାରିଲେ– କେଉଁଠି ଘର ?

କହିଲି– କଲିକତା !

– ଉଃ, ଅନେକ ଦୂର ! ଶୁଣିଛି କଲ୍‌କାତା ଭାରି ବଡ଼ ଜାଗା।

– ଆପଣ କେବେ ଯାଇ ନାହାନ୍ତି ?

– ନା, ଆମେ କଣ ସହରକୁ ଯାଇପାରୁଁ ? ଏହି ଜଙ୍ଗଲରେ ଭଲ ଅଛୁଁ। ବସ। ଭାନ୍‌ମତୀ କୁଆଡ଼େ ଗଲା, ଏ ଭାନ୍‌ମତୀ ?

ଝିଅଟି ଧାଇଁଆସି ପଚାରିଲା– କଣ ଜେଜେ ?

– ଏହି ବଙ୍ଗାଳୀ ବାବୁ ଓ ତାଙ୍କ ସାଥୀମାନେ ଆଜି ଆମ ଏଠାରେ ରହିବେ ଓ ଖିଆପିଆ କରିବେ।

ମୁଁ ପ୍ରତିବାଦ କରି କହିଲି– ନା, ନା, ସେ କି କଥା। ଆମେ ଏକ୍ଷଣି ଚାଲିଯିବୁ, ଆପଣଙ୍କ ସାଙ୍ଗରେ ତ ଦେଖା ହୋଇଗଲା– ଆମ ରହିବା କଥା ଚିନ୍ତା କରନ୍ତୁ ନାହିଁ।

କିନ୍ତୁ ଦୋବରୁ ପାନ୍ନା କହିଲେ– ନା, ତାହା ହୋଇ ନପାରେ। ଭାନ୍‌ମତୀ, ଏହି ଜିନିଷସବୁ ଏଠାରୁ ନେଇ ଯା।

ମୋର ଇଙ୍ଗିତରେ ବନୋୟାରୀଲାଲ ପଟୁଆରୀ ନିଜେ ଜିନିଷଗୁଡ଼ିକ ଧରି ଭାନ୍‌ମତୀ ପଛେ ପଛେ ଅଦୂରବର୍ତ୍ତୀ ରାଜାଙ୍କ ଉଆସକୁ ନେଇଗଲା। ବୃଦ୍ଧଙ୍କ କଥା ଅମାନ୍ୟ କରିପାରିଲି ନାହିଁ। ବୃଦ୍ଧଙ୍କ ପ୍ରତି ଦୃଷ୍ଟିପାତ କରି ମୋର ମନ ସମ୍ଭ୍ରମରେ ପୂର୍ଣ୍ଣ ହୋଇ ଯାଇଥିଲା। ସାନ୍ତାଳ-ବିଦ୍ରୋହର ନେତା ପ୍ରାଚୀନ ଅଭିଜାତ ବଂଶୀୟ ବୀର ଦୋବରୁ ପାନ୍ନା (ହେଲେ ବା ଆଦିମ ଜାତି) ମୋତେ ରହିବାକୁ ଅନୁରୋଧ କରୁଛନ୍ତି– ଏ ଅନୁରୋଧ ଆଦେଶ ସମାନ।

ରାଜା ଦୋବରୁ ପାନ୍ନା ଯେ ଅତ୍ୟନ୍ତ ଦରିଦ୍ର, ତାଙ୍କୁ ଦେଖିଲା ମାତ୍ରେ ତାହା ବୁଝି ପାରିଥିଲି। ତାଙ୍କୁ ଗୋରୁ ଚରାଇବା ଦେଖି ପ୍ରଥମେ ଆଶ୍ଚର୍ଯ୍ୟ ହୋଇଥିଲି ସତ, କିନ୍ତୁ ପରେ ମନେ ମନେ ଭାବିଲି ଭାରତବର୍ଷର ଇତିହାସରେ ରାଜା ଦୋବରୁ ପାନ୍ନାଙ୍କ ଅପେକ୍ଷା ଅନେକ ବଡ଼ ବଡ଼ ରାଜା ମଧ୍ୟ ଅବସ୍ଥା-ବୈଗୁଣ୍ୟରେ ଗୋଚାରଣ ଠାରୁ ହୀନତର ବୃତ୍ତି ଅବଲମ୍ବନ କରିଥିଲେ। ରାଜା ନିଜ ହାତରେ ଶାଲପତ୍ରରେ ଗୋଟାଏ ପିକଂ ମୋଡ଼ି ମୋ ହାତରେ ଦେଲେ। ଦିଆସିଲି ନାହିଁ– ଗଛ ତଳେ ନିଆଁ କରାଯାଇଛି– ସେଥିରେ ଗୋଟାଏ ପତ୍ର ଜଳାଇ ମୋ ଆଗରେ ଧରିଲେ।

କହିଲି- ଆପଣମାନେ ଏ ଦେଶର ପ୍ରାଚୀନ ରାଜବଂଶ, ଆପଣମାନଙ୍କ ଦର୍ଶନରେ ପୁଣ୍ୟ ଅଛି ।

ଦୋବରୁ ପାନ୍ନା କହିଲେ- ଏଷଣି ଆଉ କଣ ଅଛି ? ଆମ ବଂଶ ହେଉଛି ସୂର୍ଯ୍ୟ ବଂଶ । ଏହି ପାହାଡ଼-ଜଙ୍ଗଲ, ସମଗ୍ର ପୃଥିବୀ ଆମର ରାଜ୍ୟ ଥିଲା । ମୁଁ ଯୌବନାବସ୍ଥାରେ କମ୍ପାନୀ ସାଙ୍ଗରେ ଲଢ଼ାଇ କରିଛି । ଏଷଣି ମୋର ବୟସ ଅନେକ ହେଲାଣି । ଯୁଦ୍ଧରେ ହାରିଗଲି । ତା ପରେ ମୋର ଆଉ କିଛି ନାହିଁ ।

ଏହି ଆରଣ୍ୟ ଭୂ-ଭାଗର ବାହାରେ ପୃଥିବୀର ଅନ୍ୟ କୌଣସି ଖବର ଦୋବରୁ ପାନ୍ନା ରଖନ୍ତି ବୋଲି ମୋର ମନେ ହେଲା ନାହିଁ । ତାଙ୍କ କଥାର ଉଭରରେ କଣ ଗୋଟାଏ କଥା କହିବାକୁ ଯାଉଛି, ଏହି ସମୟରେ ଜଣେ ଯୁବକ ଆସି ସେଠାରେ ଠିଆ ହେଲେ ।

ରାଜା ଦୋବରୁ କହିଲେ- ମୋର ସାନ ନାତି, ଜଗରୁ ପାନ୍ନା । ତାହାର ବାବା ଏଠାରେ ନାହିଁ, ଲକ୍ଷ୍ମୀପୁରର ରାଣୀ ସାହେବଙ୍କ ସାଙ୍ଗରେ ଦେଖା କରିବାକୁ ଯାଇଛି । ଜଗରୁ, ବାବୁଜୀଙ୍କ ପାଇଁ ଭୋଜନର ବ୍ୟବସ୍ଥା କର ।

ଯୁବକ ଯେମିତି ଗୋଟିଏ ନବୀନ ଶାଳ ତରୁ, ପେଶୀ ବହୁଳ ସବଳ ନଥର ଦେହ । ସେ ପଚାରିଲା- ବାବୁଜୀ, ଠିଙ୍କ ମାଂସ ଚଲେ ?

ତା ପରେ ତାହାର ପିତାମହଙ୍କ ଆଡ଼କୁ ଚାହିଁ କହିଲା- ପାହାଡ଼ ସେ ପଟେ ବଣରେ ଫାନ୍ଦ ବସାଇଥିଲି, କାଲି ରାତିରେ ଦୁଇଟା ଠିଙ୍କ ପଡ଼ିଛନ୍ତି ।

ଶୁଣିଲି ରାଜାଙ୍କର ତିନି ପୁଅ, ସେମାନଙ୍କର ଆଠ-ଦଶ ଗୋଟି ପୁଅଝିଅ । ଏହି ବୃହତ୍ ରାଜ ପରିବାରର ସମସ୍ତେ ଏହି ଗ୍ରାମରେ ଏକାଠି ଥାଆନ୍ତି । ଶିକାର ଓ ଗୋଚାରଣ ହେଉଛି ପ୍ରଧାନ ଉପଜୀବିକା । ଏହା ଛଡ଼ା ବଣର ପାହାଡ଼ୀ ଜାତିମାନେ ବିବାଦ-ବିସମ୍ବାଦରେ ରାଜାଙ୍କ ପାଖରେ ବିଚାରପ୍ରାର୍ଥୀ ହେବାକୁ ଆସିଲେ କିଛି କିଛି ଭେଟି ଓ ନଜରାନା ଦେବାକୁ ପଡ଼େ- ଦୁଧ, କୁକୁଡ଼ା, ଛେଲି, ପକ୍ଷୀର ମାଂସ ବା ଫଳମୂଳ ।

ପଚାରିଲି- ଆପଣଙ୍କର ଚାଷବାସ ଅଛି ?

ଦୋବରୁ ପାନ୍ନା ଗର୍ବୋନ୍ନତ କଣ୍ଠରେ କହିଲେ- ଆମ ବଂଶରେ ସେ ସବୁ ନିୟମ ନାହିଁ । ଶିକାର କରିବାର ମାନ ସବୁ ଠାରୁ ବଡ଼ । ତାହା ବି ଏକ ସମୟରେ ବର୍ଚ୍ଛାରେ ଶିକାର କରିବାଟା ସବୁ ଠାରୁ ବେଶୀ ଗୌରବର କଥା ଥିଲା । ଧନୁ-ଶରର ଶିକାର ଦେବତାଙ୍କ କାମରେ ଲାଗେ ନାହିଁ, ତାହା ବୀରର କାମ ନୁହେଁ । ମାତ୍ର ଏବେ ସବୁ ଚଲୁଛି । ମୋର ବଡ଼ ପୁଅ ମୁଙ୍ଗେରୁ ଗୋଟାଏ ବନ୍ଦୁକ କିଣି ଆଣିଛି । ମୁଁ କେବେ ତାକୁ ଛୁଇଁ ନାହିଁ । ବର୍ଚ୍ଛାରେ ଶିକାର ହେଉଛି ଅସଲ ଶିକାର ।

ଭାନୁମତୀ ପୁଣି ଆସି ଗୋଟାଏ ପଥରର ଭାଣ୍ଡ ଆମ ପାଖରେ ଥୋଇ ଦେଇଗଲା ।

ରାଜା କହିଲେ - ତେଲ ଲଗାନ୍ତୁ । ପାଖରେ ଚମକ୍କାର ଝରେଣା- ସମସ୍ତେ ଯାଇ ଗାଧୋଇ ଆସନ୍ତୁ ।

ଆମେ ଗାଧୋଇ ଆସିବାରୁ ରାଜା ଆମକୁ ରାଜବାଟୀର ଗୋଟିଏ ଘରକୁ ନେଇ ଯିବାକୁ କହିଲେ ।

ଭାନୁମତୀ ଗୋଟାଏ ଟୋକେଇରେ ଚାଉଳ ଓ ଖମ୍ଭଆଳୁ ଆଣି ଦେଲା । ଝିଙ୍କ କାଟି ମାଂସ ଆଣି ଜଗରୁ କଞ୍ଝା ଶାଳପତ୍ରର ଠୁଙ୍ଗାରେ ରଖିଲା । ଭାନୁମତୀ ଆଉ ଥରେ ଯାଇ ଦୁଧ ଓ ମହୁ ଆଣିଲା । ମୋ ସାଙ୍ଗରେ ପୃଢ଼ାରୀ ନଥିଲା, ବନୋଯ଼ାରୀ ଖମ୍ଭଆଳୁ ଛଡ଼ାଇବାକୁ ବସିଲା, ମୁଁ ରାନ୍ଧିବା ସକାଶେ ଚୁଲି ଲଗାଇବାକୁ ଗଲି । କିନ୍ତୁ ଖାଲି ବଡ଼ ବଡ଼ କାଠ ସାହାଯ୍ୟରେ ନିଆଁ ଧରାଇବା କଷ୍ଟକର । ଥରେ-ଦୁଇ ଥର ଚେଷ୍ଟା କରି ପାରିଲି ନାହିଁ, ତାହା ଦେଖି ଭାନୁମତୀ ତତ୍କ୍ଷଣାତ୍ ଗୋଟିଏ ଶୁଖିଲା ପକ୍ଷୀ-ବସା ଆଣି ଚୁଲି ଭିତରେ ପକାଇ ଦେବାରୁ ନିଆଁ ବେଶ୍ ଜଳି ଉଠିଲା । ସେ ଦୂରରେ ଯାଇ ଠିଆ ହେଲା । ଭାନୁମତୀ ରାଜକନ୍ୟା ସତ, କିନ୍ତୁ ବେଶ୍ ଅମାୟିକ ସ୍ୱଭାବର ରାଜକନ୍ୟା । ଅଥଚ ସମ୍ପୂର୍ଣ୍ଣ ସହଜ, ସରଳ ମର୍ଯ୍ୟାଦା-ଜ୍ଞାନ ।

ରାଜା ଦୋବରୁ ପାନ୍ନା ବରାବର ରୋଷେଇ ଘରର ଦୁଆର ମୁହଁରେ ବସି ରହିଲେ । ଆତିଥ୍ୟରେ ଯେମିତି ତିଳେ ମାତ୍ର ତ୍ରୁଟି ନ ଘଟେ । ଭୋଜନାଦି ପରେ ସେ କହିଲେ- ମୋର ସେମିତି କିଛି ବେଶୀ ଘର ଦୁଆର ନାହିଁ, ଆପଣମାନଙ୍କର ବଡ଼ କଷ୍ଟ ହେଲା । ଏହି ବଣ ଭିତରେ ପାହାଡ଼ ଉପରେ ମୋର ପୂର୍ବପୁରୁଷ ରାଜାମାନଙ୍କର ପ୍ରକାଣ୍ଡ ଉଆସର ଚିହ୍ନ ଏବେ ସୁଦ୍ଧା ଅଛି ।

ବାପା-ଗୋସେଇଁବାପାଙ୍କ ଠାରୁ ମୁଁ ଶୁଣିଛି, ବହୁ ପ୍ରାଚୀନ କାଳରେ ସେଠାରେ ଆମର ପୂର୍ବପୁରୁଷମାନେ ବାସ କରୁଥିଲେ । ସେ ଦିନ କଣ ଆଉ ଏଷଣି ଅଛି ! ଆମ ପୂର୍ବପୁରୁଷଙ୍କ ପ୍ରତିଷ୍ଠିତ ଦେବତା ଏବେ ବି ସେଠାରେ ଅଛନ୍ତି ।

ମୋର ଭାରି କୌତୂହଲ ହେଲା, କହିଲି- ଯଦି ଆମେ ଥରେ ସେଠାକୁ ଦେଖିବାକୁ ଯାଉଁ, ସେଥିରେ ଆପଣଙ୍କର କଣ କିଛି ଆପତ୍ତି ଅଛି, ରାଜା ସାହେବ ?

- ଏଥିରେ ଫେର ଆପତ୍ତି କଣ ? ତେବେ ଏଷଣି ବିଶେଷ କିଛି ଦେଖିବାର ନାହିଁ । ଆଛା, ଚାଲନ୍ତୁ ମୁଁ ବି ଯିବି । ଜଗରୁ, ଆମ ସାଙ୍ଗରେ ଆସ ।

ମୁଁ ଆପତ୍ତି କଲି- ବୟାନବେ ବର୍ଷର ବୃଦ୍ଧକୁ ଆଉ ପାହାଡ଼ ଚଢ଼ାଇବାର କଷ୍ଟ ଦେବାକୁ ମନ ବଳିଲା ନାହିଁ । ସେ ଆପତ୍ତି ରହିଲା ନାହିଁ । ରାଜାସାହେବ ହସି ହସି

କହିଲେ- ମୋତେ ତ ସେ ପାହାଡ଼ ପ୍ରାୟ ଚଢ଼ିବାକୁ ହୁଏ, ତା'ରି ଉପରେ ଆମ ବଂଶର ସମାଧ୍ୟ ସ୍ଥାନ। ପ୍ରତି ପୂର୍ଣ୍ଣିମାରେ ମୋତେ ସେଠାକୁ ଯିବାକୁ ପଡ଼େ। ଚାଲନ୍ତୁ, ସେ ଜାଗାଟା ବି ଦେଖାଇବି।

ଉତ୍ତର-ପୂର୍ବ କୋଣରୁ ଏକ ଅନୁଚ ଶୈଳମାଳା (ସ୍ଥାନୀୟ ନାମ ଧନ୍ତେରି) ଆସି ଗୋଟିଏ ସ୍ଥାନରେ ହଠାତ୍ ବୁଲିଯାଇ ପୂର୍ବ-ମୁଖୀ ହେବା ଯୋଗୁଁ ଯେମିତି ଗୋଟାଏ ଖୋଲ ସୃଷ୍ଟି ହୋଇଛି। ଏହି ଖୋଲ ତଳେ ଗୋଟିଏ ଉପତ୍ୟକା, ଶୈଳସାନୁର ଅରଣ୍ୟ ସମୁଦାୟ ଉପତ୍ୟକାରେ ବ୍ୟାପି ଯାଇ ସବୁଜ ଢେଉ ପରି ଗଡ଼ି ଆସିଛି, ଠିକ୍ ଯେମିତି ଝରଣା ପାହାଡ଼ ଦେହରୁ ବାହାରି ଆସେ। ଏଠାରେ ଅରଣ୍ୟ ଘନ ନୁହେଁ, ଫାଙ୍କା ଫାଙ୍କା- ବଣର ଗଛପତ୍ର ଅଗ୍ରଭାଗରେ ସୁଦୂର ଚକ୍ରବାଲ ରେଖାରେ ନୀଳ ଶୈଳମାଳା, ବୋଧହୁଏ ଗୟା କି ରାମଗଡ଼ ଆଡ଼କୁ- ଯେତେ ଦୂର ଦୃଷ୍ଟି ଯାଏ ଖାଲି ବଣର ଶୀର୍ଷ, କେଉଁଠି ଉଚ୍ଚ, ବଡ଼ ବଡ଼ ବନସ୍ପତି ସଂକୁଳ, କେଉଁଠି ନୀଚ, ଶାଳ ଓ ପଲାଶ ଗଜା ଗଛ। ଜଙ୍ଗଲ ଭିତରେ ସରୁ ପଥ ଦେଇ ପାହାଡ଼ ଉପରକୁ ଉଠିଲି।

ଗୋଟାଏ ଜାଗାରେ ଖୁବ୍ ବଡ଼ ପଥର ଖଣ୍ଡିଏ ପୋତା ହୋଇଛି, ଠିକ୍ ଯେମିତି ଖଣ୍ଡିଏ ପଥରର କଡ଼ି ବା ଢିଙ୍କିର ଆକାର। ତା ତଳେ କୁମ୍ଭାରଙ୍କର ହାଣ୍ଡି-କଲସୀ ପୋଡ଼ିବା ଭାଟିର ଗାତ ପରି କିମ୍ବା ବିଲ ମାଟିରେ କୋକିଶିଆଳ ଯେମିତି ଗାତ ଖୋଲି ଥାଏ- ସେହି ଧରଣର ଗୋଟାଏ ପ୍ରକାଣ୍ଡ ଗାତର ମୁହଁ। ଗାତ ମୁହଁରେ ଗଜା ଶାଳ ବଣ।

ପ୍ରାଣକୁ ହାତରେ ଧରି ଗାତ ଭିତରେ ପଶିଲି। ବାଘ ଭାଲୁ ତ ଥାଇପାରନ୍ତି। ନ ହେଲେ ସାପ ତ ଥିବ।

ଗାତ ଭିତରେ ହାମୁଡ଼େଇ କରି କିଛି ବାଟ ଗଲା ପରେ ସିଧା ହୋଇ ଠିଆ ହେବାକୁ ହୁଏ। ପ୍ରଥମେ ମନେ ହୁଏ, ଭିତରେ ଭୟଙ୍କର ଅନ୍ଧାର, କିନ୍ତୁ ଅନ୍ଧାରରେ ଆଖି କିଛି କ୍ଷଣ ଅଭ୍ୟସ୍ତ ହୋଇଗଲେ ଆଉ ସେତେ ଅସୁବିଧା ହୁଏ ନାହିଁ। ଜାଗାଟା ଗୋଟାଏ ପ୍ରକାଣ୍ଡ ଗୁହା, କୋଡ଼ିଏ-ବାଇଶି ହାତ ଲମ୍ବା, ପନ୍ଦର ହାତ ଚଉଡ଼ା- ଉତ୍ତର ଦିଗରେ କାନ୍ତ ଦେହରେ ପୁଣି ଗୋଟାଏ ଶିଆଳିଆ-ଗାତ ବାଟେ କିଛି ଦୂର ଗଲେ କାନ୍ତ ଆରପଟେ କୁଆଡ଼େ ଠିକ୍ ଏହି ରକମ ଆଉ ଗୋଟାଏ ଗୁହା ଅଛି- କିନ୍ତୁ ସେଥିରେ ପଶିବା ଲାଗି ମୁଁ ଆଗ୍ରହ ଦେଖାଇଲି ନାହିଁ। ଗୁହାର ଛାତ ବେଶୀ ଉଚ୍ଚ ନୁହେଁ, ଜଣେ ମଣିଷ ସିଧା ଭାବରେ ଠିଆ ହୋଇ ହାତ ଉପରକୁ ଟେକିଲେ ଛାତ ଛୁଇଁ ପାରିବ। ଗୁହା ଭିତରେ ଚେମିଣିଆ ଗନ୍ଧ- ବାଦୁଡ଼ିଙ୍କ ଆଡ଼୍ଡ଼ା- ତା'ଛଡ଼ା ଶୁଣାଗଲା ଓଧ, ଶିଆଳ, କଟାସ ପ୍ରଭୃତି ଥାଆନ୍ତି। ବନୋୟାରୀ ପଟୁଆରୀ ଚୁପ ଚୁପ କହିଲା- ହଜୁର ବାହାରି ଚାଲନ୍ତୁ, ଏଠାରେ ଆଉ ବେଶୀ ଡେରି କରିବା ଠିକ୍ ନୁହେଁ।

ଏହାହିଁ କୁଆଡ଼େ ଦୋବରୁ ପାନ୍ନାଙ୍କ ପୂର୍ବପୁରୁଷମାନଙ୍କର ଦୁର୍ଗ-ପ୍ରାସାଦ।

ପ୍ରକୃତରେ ଏହା ଗୋଟିଏ ବଡ଼ ପ୍ରାକୃତିକ ଗୁହା– ପ୍ରାଚୀନ କାଳରେ ପାହାଡ଼ର ଉପର ଆଡ଼କୁ ମୁହଁ ଥିବା ଏହି ଗୁହାରେ ଆଶ୍ରୟ ନେଲେ ଶତ୍ରୁର ଆକ୍ରମଣରୁ ସହଜରେ ଆତ୍ମରକ୍ଷା କରି ହେଉଥିଲା।

ରାଜା କହିଲେ– ୟାର ଆଉ ଗୋଟାଏ ଗୁପ୍ତ ମୁହଁ ଅଛି, ତାହା କାହାକୁ କହିବାର ନିୟମ ନାହିଁ। ତାହା କେବଳ ମୋ ବଂଶର ଲୋକ ଛଡ଼ା ଆଉ କେହି ଜାଣନ୍ତି ନାହିଁ। ଯଦିଚ ଏକ୍ଷଣି ଏଠାରେ କେହି ବାସ କରୁନାହାନ୍ତି, ତଥାପି ଏହି ନିୟମ ମୋ ବଂଶରେ ଚଲି ଆସୁଛି।

ଗୁହା ଭିତରୁ ବାହାରି ଆସିବାରୁ ପିଣ୍ଠରେ ପ୍ରାଣ ପଶିଲା।

ତା ପରେ ଆଉ ଟିକିଏ ଉପରକୁ ଉଠିଗଲେ ଗୋଟିଏ ଜାଗାରେ ବଡ଼ ବଡ଼ ସରୁ ମୋଟା ଓହଲ ଝୁଲାଇ ଗୋଟାଏ ବିଶାଳ ବରଗଛ ପାହାଡ଼ ଉପରେ ପ୍ରାୟ ବିଘାଏ ଆୟତନରେ ଜମି ମାଡ଼ି ବସିଛି।

ରାଜା ଦୋବରୁ ପାନ୍ନା କହିଲେ– ମେହେରବାନି କରି ଜୋତା ଖୋଲି ରଖନ୍ତୁ।

ବରଗଛ ତଳେ ବଡ଼ ବଡ଼ ମସଲାବଟା ଶିଳ ଆକାରରେ ପଥର ସବୁ ଚାରିଆଡ଼େ ପଡ଼ି ରହିଛି।

ରାଜା କହିଲେ– ଏହା ହେଉଛି ତାଙ୍କ ବଂଶର ସମାଧ୍ୟ ସ୍ଥାନ। ଖଣ୍ଡିଏ ଖଣ୍ଡିଏ ପଥର ତଳେ ଜଣେ ଜଣେ ରାଜବଂଶୀୟ ଲୋକର ସମାଧ୍ୟ। ବିଶାଳ ବରଗଛ ତଳେ ସମୁଦାୟ ଜାଗାଟି ସେହି ରକମ ବଡ଼ ବଡ଼ ଶିଳାଖଣ୍ଡରେ ପୂରି ଯାଇଛି– କୌଣସି କୌଣସି ସମାଧ୍ୟ ଖୁବ୍ ପ୍ରାଚୀନ, ଦୁଇ ଦିଗରୁ ଓହଲ ଝୁଲିପଡ଼ି ସେଗୁଡ଼ିକୁ ଯେମିତି ସଣ୍ଢୁଆସୀ ପରି ଅଟକାଇ ଧରିଛି, ସେହି ଓହଲ ସବୁ ପୁଣି ଗଛର ଗଣ୍ଠି ପରି ମୋଟ ହୋଇ ଯାଇଛି– କୌଣସି କୌଣସି ଶିଳାଖଣ୍ଡ ଓହଲ ତଳେ ଏକାବେଳକେ ଅଦୃଶ୍ୟ ହୋଇ ଯାଇଛ। ଏଥରୁ ସେଗୁଡ଼ିକର ପ୍ରାଚୀନତା ଅନୁମାନ କରାଯାଏ।

ରାଜା ଦୋବରୁ କହିଲେ– ଆଗରୁ ଏହି ବରଗଛ ଏଠାରେ ନଥିଲା। ଅନ୍ୟାନ୍ୟ ଗଛର ଜଙ୍ଗଲ ଥିଲା। ଗୋଟାଏ ଛୋଟ ଗଜା ବରଗଛ କ୍ରମେ କ୍ରମେ ବଢ଼ି ବଢ଼ି ଅନ୍ୟ ସବୁ ଗଛକୁ ମାରି ପକାଇଛି। ଏହି ବରଗଛଟି ଏତେ ପ୍ରାଚୀନ ଯେ, ଏହାର ଅସଲ ଗଣ୍ଠି ନାହିଁ। ଓହଲ ଝୁଲୁ ଝୁଲି ଯେଉଁ ଗଣ୍ଠି ହୋଇଛି, ତାହାହିଁ ଏକ୍ଷଣି ରହିଛି। ଓହଲ କାଟି ତାଡ଼ି ପକାଇଲେ ଦେଖିବେ ତା ତଳେ କେତେ ପଥର ଚାପା ପଡ଼ି ରହିଛି। ଏଥର ବୁଝନ୍ତୁ ଏଟା କେତେ ପ୍ରାଚୀନ ସମାଧ୍ୟ-ସ୍ଥାନ।

ସତରେ ବରଗଛ ତଳେ ଠିଆ ହୋଇ ମୋ ମନ ଭିତରେ ଏମିତ ଗୋଟାଏ

ଭାବ ଜାତ ହେଲା, ଯାହା ଏବେ ସୁଦ୍ଧା କେଉଁଠି ହୋଇ ନାହିଁ, ରାଜାଙ୍କୁ ଦେଖି ବି ନୁହେଁ (ରାଜ ଜଣେ ବୃଦ୍ଧ ସାନ୍ତାଲ କୁଲି ପରି ବୋଧ ହେଉଥାନ୍ତି), ରାଜକନ୍ୟାକୁ ଦେଖି ବି ନୁହେଁ (ଜଣେ ସ୍ୱାସ୍ଥ୍ୟବତୀ ହେଉ କିମ୍ବା ମୁଣ୍ଡା ତରୁଣୀ ଠାରୁ ରାଜକନ୍ୟାର କୌଣସି ପ୍ରଭେଦ ଲକ୍ଷ୍ୟ କରିନାହିଁ), ରାଜପ୍ରାସାଦ ଦେଖି ତ ନୁହେଁ (ସେଟା ଗୋଟାଏ ସାପ-ଗାତ ଓ ଭୂତର ଆଢ଼ୁଆ ବୋଲି ମନେ ହୋଇଛି)। କିନ୍ତୁ ପାହାଡ଼ ଉପରେ ଏହି ସୁବିଶାଲ ପ୍ରାଚୀନ ବରଗଛ ତଳେ କେତେ କାଳର ଏହି ସମାଧ୍-ସ୍ଥଳ ମୋ ମନ ଭିତରେ ଗୋଟାଏ ଅନନୁଭୂତ ଅପରୂପ ଅନୁଭୂତି ଜଗାଇଲା।

ସ୍ଥାନଟିର ଗାମ୍ଭୀର୍ଯ୍ୟ, ରହସ୍ୟ ଓ ପ୍ରାଚୀନତାର ଭାବ ଅବର୍ଣ୍ଣନୀୟ। ସେତେବେଳେ ବେଳ ପ୍ରାୟ ଗଡ଼ିଯିବାକୁ ବସିଲାଣି- ପତ୍ରରାଜିର ଦେହରେ, ଡାଲ ଓ ଓହଲର ଅରଣ୍ୟରେ, ଧନ୍ଝରିର ଚୂଡ଼ାରେ, ଦୂର ବଣର ମୁଣ୍ଡ ଉପରେ ହଳଦିଆ ଖରା ପଡ଼ିଛି। ଅପରାହ୍ନର ସେହି ଘନାୟମାନ ଛାୟା ଏହି ସୁପ୍ରାଚୀନ ରାଜ-ସମାଧ୍କୁ ଯେମିତି ଆହୁରି ଗମ୍ଭୀର ଓ ରହସ୍ୟମୟ ସୌନ୍ଦର୍ଯ୍ୟ ଦାନ କଲା।

ମିଶରର ପ୍ରାଚୀନ ସମ୍ରାଟଙ୍କର ସମାଧ୍-ସ୍ଥଳ ଥିବସ୍ ନଗରର ଅଦୂରବର୍ତ୍ତୀ 'ଭ୍ୟାଲି ଅବ୍ ଦି କିଙ୍ଗସ୍' ଆଜି ପୃଥ୍ୱୀର ପର୍ଯ୍ୟଟନମାନଙ୍କର ଲୀଳାଭୂମି। ପ୍ରଚାର ଓ ଢୋଲ ପିଟିବା ଫଳରେ ମରସୁମ ସମୟରେ ସେଠାରେ ବଡ଼ ବଡ଼ ହୋଟେଲଗୁଡ଼ିକ ଲୋକକରଣ୍ୟ ହୋଇଯାଏ- ଅତୀତ କାଳର କୁହେଲିକାରେ ସେହି 'ଭ୍ୟାଲି ଅବ୍ ଦି କିଙ୍ଗସ୍' ଯେତେ ଅନ୍ଧକାର ହୋଇ ନଥିଲା, ଦାମୀ ସିଗାରେଟ ଓ ଚୁରୁଟ ଧୂଆଁରେ ତା ଅପେକ୍ଷା ଅଧିକ ହୋଇଯାଏ- କିନ୍ତୁ ରହସ୍ୟ ଓ ସ୍ୱପ୍ରତିଷ୍ଟିତ ମହିମାରେ ତାହା ଠାରୁ କୌଣସି ଗୁଣରେ କମ୍ ନୁହେଁ ସୁଦୂର ଅତୀତର ଏହି ଅନାର୍ଯ୍ୟ ନୃପତି ମାନଙ୍କର ସମାଧ୍ସ୍ଥଳ, ଘନ ଅରଣ୍ୟ-ଭୂମିର ଛାୟାରେ ଶୈଲ-ଶ୍ରେଣୀର ଅନ୍ତରାଳରେ ଯାହା ଚିରକାଳ ଆମୁଗୋପନ କରିଅଛି ଓ କରିଥିବ। ଏମାନଙ୍କର ସମାଧ୍-ସ୍ଥଳରେ ମିଶରୀୟ ଧନୀ ଫାରାଓମାନଙ୍କ କୀର୍ତ୍ତି ପରି ଆଡ଼ମ୍ବର ନାହିଁ, ପାଲିଶ ନାହିଁ, ଐଶ୍ୱର୍ଯ୍ୟ ନାହିଁ- କାରଣ ଏମାନେ ଥିଲେ ଦରିଦ୍ର, ଏମାନଙ୍କର ସଭ୍ୟତା ଓ ସଂସ୍କୃତି ଥିଲା ମଣିଷର ଆଦିମ ଯୁଗର ଅଶିକ୍ଷିତ-ପଟୁ ସଭ୍ୟତା ଓ ସଂସ୍କୃତି, ନିତାନ୍ତ ଶିଶୁ-ମାନବର ମନ ଘେନି ଏମାନେ ରଚନା କରିଛନ୍ତି ଏମାନଙ୍କର ଗୁହା-ନିହିତ ରାଜପ୍ରାସାଦ, ରାଜ-ସମାଧ୍, ସୀମା-ନିର୍ଦ୍ଧେଶକ ଖୁଣ୍ଟି। ସେହି ଅପରାହ୍ନର ଛାୟାରେ ପାହାଡ଼ ଉପରେ ସେହି ବିଶାଲ ତରୁତଳେ ଠିଆ ହୋଇ ଯେମିତ ସର୍ବ୍ୱବ୍ୟାପୀ ଶାଶ୍ୱତ କାଳର ପଶ୍ଚାତ୍ ଭାଗରେ ବହୁ ଦୂରରେ ଅନ୍ୟ ଏକ ଅଭିକ୍ଷିତାର ଜଗତ୍ ଦେଖିବାକୁ ପାଇଲି- ଯାହାର ତୁଳନାରେ ପୌରାଣିକ ଓ ବୈଦିକ ଯୁଗ ସୁଦ୍ଧା ବର୍ତ୍ତମାନର ପର୍ଯ୍ୟାୟରେ ପଡ଼ିଯାଏ।

ଦେଖିବାକୁ ପାଇଲି ଯାଯାବର ଆର୍ଯ୍ୟଗଣ ଉତ୍ତର-ପଶ୍ଚିମ ଗିରିସଙ୍କଟ ଅତିକ୍ରମ କରି ସ୍ରୋତ ବେଗରେ ଅନାର୍ଯ୍ୟ-ଆଦିମ ଜାତି ଶାସିତ ପ୍ରାଚୀନ ଭାରତବର୍ଷରେ ପ୍ରବେଶ କରୁଛନ୍ତି... ଭାରତବର୍ଷର ଯାହା କିଛି ପରବର୍ତ୍ତୀ ଇତିହାସ- ଏହି ଆର୍ଯ୍ୟ ସଭ୍ୟତାର ଇତିହାସ- ବିଜିତ ଅନାର୍ଯ୍ୟ ଜାତିଙ୍କର ଇତିହାସ କେଉଁଠି ଲିଖିତ ନାହିଁ- କିମ୍ବା ତାହା ଲିଖିତ ଅଛି ଏହି ଗୁପ୍ତ ଗିରି ଗୁହାରେ, ଅରଣ୍ୟାନୀର ଅନ୍ଧକାରରେ, ଚୂର୍ଣ୍ଣାୟମାନ ଅସ୍ଥି-ଅଲଙ୍କାରର ରେଖାରେ। ସେହି ଲିପିର ପାଠୋଦ୍ଧାର କରିବାକୁ ବିଜୟୀ ଆର୍ଯ୍ୟ ଜାତି କେବେ ହେଲେ ବ୍ୟସ୍ତ ହୋଇନାହିଁ। ଆଜି ମଧ୍ୟ ବିଜିତ ହତଭାଗ୍ୟ ଆଦିମ ଜାତିଗଣ ସେମିତି ଅବହେଲିତ, ଅପମାନିତ, ଉପେକ୍ଷିତ। ସଭ୍ୟତା-ଦର୍ପୀ ଆର୍ଯ୍ୟଗଣ ସେମାନଙ୍କ ଆଡ଼କୁ କେବେ ଫେରି ଚାହିଁ ନାହାନ୍ତି, ସେମାନଙ୍କ ସଭ୍ୟତା ବୁଝିବା ପାଇଁ ଚେଷ୍ଟା କରି ନାହାନ୍ତି, କି ଆଜି ମଧ୍ୟ କରନ୍ତି ନାହିଁ। ମୁଁ ଓ ବନୋୟାରୀ ସେହି ବିଜୟୀ ଜାତିର ପ୍ରତିନିଧି; ଆଉ ବୃଦ୍ଧ ଦୋବରୁ ପାନ୍ନା, ତରୁଣ ଯୁବକ ଜଗରୁ, ତରୁଣୀ କୁମାରୀ ଭାନୁମତୀ ସେହି ବିଜିତ ଓ ପଦଦଲିତ ଜାତିର ପ୍ରତିନିଧି- ଆମେ ଉଭୟ ଜାତି ଏହି ସନ୍ଧ୍ୟାର ଅନ୍ଧକାରରେ ମୁହାଁମୁହିଁ ଠିଆ ହୋଇଛୁ- ସଭ୍ୟତାର ଗର୍ବରେ ଉନ୍ନତ ନାସିକ ଆର୍ଯ୍ୟ କାନ୍ତିର ଦର୍ପରେ ମୁଁ ପ୍ରାଚୀନ ଅଭିଜାତ ବଂଶୀୟ ଦୋବରୁ ପାନ୍ନାକୁ ବୃଦ୍ଧ ସାନ୍ତାଳ ବୋଲି ଭାବୁଛି, ରାଜକନ୍ୟା ଭାନୁମତୀକୁ ମୁଣ୍ଡା କୁଲି-ରମଣୀ ବୋଲି ଭାବୁଛି- ସେମାନଙ୍କର କେତେ ଆଗ୍ରହର ଓ ଗର୍ବର ସହିତ ପ୍ରଦର୍ଶିତ ରାଜ ପ୍ରାସାଦକୁ ଅନାର୍ଯ୍ୟ-ସୁଲଭ ଆଲୋକ-ପବନହୀନ ଗୁହାବାସ, ସାପ ଓ ଭୂତଙ୍କ ଆଡ଼ଡ଼ା ବୋଲି ଭାବୁଛି। ଇତିହାସର ଏହି ବିରାଟ ବିୟୋଗାନ୍ତ ନାଟକ ଯେମିତି ସେହି ସନ୍ଧ୍ୟାରେ ମୋ ଆଖି ଆଗରେ ଅଭିନୀତ ହେଲା- ସେହି ନାଟକର ପାତ୍ର ପାତ୍ରୀଗଣ ହେଉଛନ୍ତି ଏକ ଦିଗରେ ବିଜିତ ଉପେକ୍ଷିତ ଦରିଦ୍ର ଅନାର୍ଯ୍ୟ ନୃପତି ଦୋବରୁ ପାନ୍ନା, ତରୁଣୀ ଅନାର୍ଯ୍ୟ ରାଜକନ୍ୟା ଭାନୁମତୀ, ତରୁଣ ରାଜପୁତ୍ର ଜଗରୁ ପାନ୍ନା- ଆଉ ଅନ୍ୟ ଦିଗରେ ମୁଁ, ମୋର ପଟୁଆରୀ ବନୋୟାରୀଲାଲ ଓ ମୋର ପଥ-ପ୍ରଦର୍ଶକ ବୁଦ୍ଧୁ ସିଂ।

ଘନାୟମାନ ସନ୍ଧ୍ୟାର ଅନ୍ଧକାରରେ ରାଜ ସମାଧି ଓ ବରଗଛ ତଳ ଆବୃତ ହେବା ପୂର୍ବରୁ ସେ ଦିନ ଆମେ ପାହାଡ଼ ଉପରୁ ଓହ୍ଲାଇ ଆସିଲୁ।

ଅବତରଣ ପଥରେ ଗୋଟିଏ ସ୍ଥାନରେ ଜଙ୍ଗଲ ଭିତରେ ଖଣ୍ଡିଏ ସିନ୍ଦୂରବୋଳା ପଥର ଠିଆ ହେବାର ଦେଖିଲି। ପାଖ-ଆଖରେ ମଣିଷର ହସ୍ତ ରୋପିତ ଗେଣ୍ଡୁ ଓ ସନ୍ଧ୍ୟାମଣି ଫୁଲଗଛ। ସାମନାରେ ଆଉ ଖଣ୍ଡିଏ ବଡ଼ ପଥର, ସେଥିରେ ବି ସିନ୍ଦୂର ବୋଳା। ବହୁ କାଳରୁ ଏହି ଦେବସ୍ଥାନ କୁଆଡ଼େ ଏଠାରେ ପ୍ରତିଷ୍ଠିତ, ରାଜବଂଶର ଏକ କୁଳ-ଦେବତା। ପୂର୍ବରୁ ଏଠାରେ ନରବଳି ଦିଆ ଯାଉଥିଲା- ସାମନା ବଡ଼

ପଥର ଖଣ୍ଡିକ ଯୂପ ରୂପେ ବ୍ୟବହୃଦ ହେଉଥିଲା । ଏଷଣି ପାରା ଓ କୁକୁଡ଼ା ବଳି ଦିଆ
ହୁଏ ।

ପଚାରିଲି– କି ଠାକୁର ଏ ?

ରାଜ ଦୋବରୁ ଜବାବ ଦେଲେ– ଟାଁଡ଼ବାରୋ, ବଣ ମଇଁଷିଙ୍କ ଦେବତା ।

ଗତ ଶୀତ କାଳରେ ଗନୁ ମାହାତୋର ତୁଣ୍ଡରୁ ଶୁଣିଥିବା ସେହି ଗପଟି ତତକ୍ଷଣାତ୍‌
ମୋର ମନେ ପଡ଼ିଗଲା ।

ରାଜା ଦୋବରୁ କହିଲେ– ଟାଁଡ଼ବାରୋ ଭାରି ଜାଗ୍ରତ ଦେବତା । ସେ ନ ଥିଲେ
ଶିକାରୀମାନେ ଚମଡ଼ା ଓ ଶିଙ୍ଗ ଲୋଭରେ ବଣ ମଇଁଷିର ବଂଶ ନିପାତ କରିଦେଇ
ସାରନ୍ତେଣି । ସେ ରକ୍ଷା କରନ୍ତି । ଠିକ୍‌ ଫାନ୍ଦରେ ପଡ଼ିବା ସମୟରେ ସେ ମଇଁଷି ଦଳ
ସାମନାରେ ଠିଆ ହୋଇ ହାତ ଟେକି ବାଧା ଦିଅନ୍ତି– କେତେ ଲୋକ ଦେଖିଛନ୍ତି ।

ଏହି ଅରଣ୍ୟଚାରୀ ଆଦିମ ସମାଜର ଦେବତାକୁ ସଭ୍ୟ ଜଗତରେ କେହି
ମାନନ୍ତି ନାହିଁ, କି ଜାଣନ୍ତି ବି ନାହିଁ– କିନ୍ତୁ ଏହା ଯେ କଳ୍ପନା ନୁହେଁ, ଏବଂ ଏହି
ଦେବତା ଯେ ସତରେ ଅଛନ୍ତି– ସେହି ବିଜନ ବନ୍ୟଜନ୍ତୁ-ଅଧ୍ୟୁଷିତ ଅରଣ୍ୟ ଓ ପର୍ବତ
ଅଞ୍ଚଳର ନିବିଡ଼ ସୌନ୍ଦର୍ଯ୍ୟ ଓ ରହସ୍ୟ ମଝିରେ ବସି ତାହା ସ୍ୱତଃ ମୋ ମନରେ ଜାତ
ହୋଇଥିଲା ।

କଲିକତାକୁ ଫେରି ଆସିବାର ଅନେକ ଦିନ ପରେ ଥରେ ଦେଖିଲି, ବଡ଼
ବଜାରରେ ଜ୍ୟେଷ୍ଠ ମାସର ଭୀଷଣ ଖରା ଦିନରେ ଜଣେ ପଣ୍ଡିମା ଗାଡ଼ିଆଲ ବିପୁଳ
ବୋଝାଇ ଗାଡ଼ିର ମଇଁଷି ଦୁଇଟାକୁ ପ୍ରାଣପଣେ ଚମଡ଼ା ପାଞ୍ଚଣରେ ନିର୍ମମ ଭାବରେ
ପିଟୁଛି– ସେହି ଦିନ ମନେ ହୋଇଥିଲା, ହାୟ ଦେବ ଟାଁଡ଼ବାରୋ, ଏ ତ ଛୋଟନାଗପୁର
କି ମଧ୍ୟପ୍ରଦେଶର ଆରଣ୍ୟଭୂମି ନୁହେଁ, ଏଠାରେ ତୁମର ଦୟାଳୁ ହସ୍ତ ଏହି ନିର୍ୟାତିତ
ପଶୁକୁ କିପରି ରକ୍ଷା କରିବ ? ଏ ବିଂଶ ଶତାବ୍ଦୀର ଆର୍ଯ୍ୟ ସଭ୍ୟତା ଦୃପ୍ତ କଲିକତା ।
ଏଠାରେ ବିଜିତ ଆଦିମ ରାଜା ଦୋବରୁ ପାନ୍ନା ପରି ତୁମେ ମଧ୍ୟ ଅସହାୟ ।

ମୁଁ ନଓଆଦା ଠାରୁ ମୋଟର-ବସ ଧରି ଗୟାକୁ ଯିବି ବୋଲି ସନ୍ଧ୍ୟା ପରେ
ବିଦାୟ ନେଲି । ବନୋୟାରୀ ଆମ ଘୋଡ଼ା ନେଇ ତମ୍ବୁକୁ ଫେରିଗଲା । ପ୍ରସ୍ଥାନ
ସମୟରେ ଆଉଥରେ ରାଜକୁମାରୀ ଭାନୁମତୀ ସହିତ ଦେଖା ହୋଇଥିଲା । ସେ ଗୋଟିଏ
ଗିନାରେ ମଇଁଷି ଦୁଧ ଧରି ଆମ ପାଇଁ ଅପେକ୍ଷା କରି ରାଜବାଟୀ ଦୁଆର ମୁହଁରେ ଠିଆ
ହୋଇଥିଲା ।

ଦ୍ୱାଦଶ ପରିଚ୍ଛେଦ

୧

ଦିନେ ରାଜୁ ପାଖେ କଟେରୀକୁ ଖବର ପଠାଇଲା ଯେ, ରୋଜ ରାତିରେ ବଣଶୁକର ଦଳଦଳ ହୋଇ ଆସି ତାହାର ଚୀନା ଫସଲ ଖେତରେ ଉପଦ୍ରବ କରୁଛନ୍ତି, ସେମାନଙ୍କ ଭିତରୁ କେତେଟା ଦନ୍ତା ଅଣ୍ଡିରା ଶୁକରଙ୍କ ଭୟରେ ସେ ଖାଲି ଟିଣ ବାଡ଼େଇବା ଛଡ଼ା ଆଉ କିଛି କରିପାରୁ ନାହାନ୍ତି– କଟେରୀ ତରଫରୁ ଏହାର କିଛି ବିହିତ ପ୍ରତିକାର ନ କଲେ ତାହାର ସମୁଦାୟ ଫସଲ ନଷ୍ଟ ହୋଇଯିବ।

ଶୁଣି ମୁଁ ନିଜେ ବନ୍ଦୁକ ଧରି ମଧ୍ୟାହ୍ନରେ ଗଲି। ନାଢ଼ା-ବଇହାରର ଘନ ଜଙ୍ଗଲ ମଝିରେ ରାଜୁର କୁଟୀର ଓ ଜମି। ଏବେ ସୁଦ୍ଧା ସେ ଆଡ଼େ ଲୋକଙ୍କର ବସବାସ ହୋଇ ନାହିଁ, ଫସଲ ଖେତର ପଇଠନ ବି ଖୁବ୍ କମ ହୋଇଛି, ସୁତରାଂ ବନ୍ୟ ଜନ୍ତୁଙ୍କ ଉପଦ୍ରବ ବେଶୀ।

ଦେଖିଲି ରାଜୁ ନିଜ କେତରେ ବସି କାମ କରୁଛି। ମୋତେ ଦେଖି କାମ ପକାଇ ଦେଇ ଦୌଡ଼ି ଆସିଲା। ମୋ ହାତରୁ ଘୋଡ଼ାର ଲଗାମ ଟାଣି ନେଇ ନିକଟରେ ଗୋଟାଏ ହରିଡ଼ା ଗଛରେ ବାନ୍ଧି ଦେଲା।

ପଚାରିଲି– କି ରାଜୁ, ତୁମକୁ ତ ଆଉ ଦେଖୁ ନାହିଁ! କଟେରୀ ଆଡ଼କୁ କାହିଁକି ଯାଉ ନାହିଁ?

ରାଜୁର ଖୁପରୀର ଚାରି ଦିଗରେ ଦୀର୍ଘ କାଶ ଜଙ୍ଗଲ, ମଝିରେ ମଝିରେ କେନ୍ଦୁ ଓ ହରିଡ଼ା ଗଛ। କିପରି ସେ ଏହି ଜନହୀନ ବଣରେ ଏକା ରହୁଛି! ଏ ଜଙ୍ଗଲରେ ଦିନ ଗଡ଼ିଗଲା ପରେ କାହା ସାଙ୍ଗରେ ପଦିଏ କଥା ହେବାର ଉପାୟ ନାହିଁ– ଅଦ୍ଭୁତ ଲୋକ ସେ ସତରେ।

ରାଜୁ କହିଲା– ସମୟ କାହିଁ ଯେ କୁଆଡ଼େ ଯିବି ହଜୁର, ଖେତରେ ଫସଲ ପହରା ଦେଇ ଦେଇ ପ୍ରାଣ ବାହାରିଗଲା। ତା'ଛଡ଼ା ମଇଁଷି ତ ଅଛି।

ତିନୋଟି ମଇଁଷି ଚରାଇବାରେ ଓ ଦେଢ଼ ବିଘା ଜମି ଚାଷ କରିବାରେ ସେ ଏତେ କି ବ୍ୟସ୍ତ ଥାଏ ଯେ ଲୋକାଳୟକୁ ଯିବା ଲାଗି ତାହାର ସମୟ ହୁଏ ନାହିଁ, ଏ କଥା ପଚାରିବାକୁ ଯାଉଥିଲି– କିନ୍ତୁ ରାଜୁ ନିଜ ତରଫରୁ ତାହାର ଦୈନନ୍ଦିନ କାର୍ଯ୍ୟର ଯେଉଁ ତାଲିକା ଦେଲା, ସେଥିରୁ ଦେଖିଲି ତାହାର ନିଃଶ୍ୱାସ ନେବାର ଅବକାଶ ନ ରହିବାର କଥା। ଖେତ–ଖମାରର କାମ, ମଇଁଷି ଚରାଇବା, ଦୁଧ ଦୁହାଁ, ଲହୁଣୀ ମରା, ପୂଜା ଅର୍ଚ୍ଚନା, ରାମାୟଣ ପାଠ, ରନ୍ଧାବଢ଼ା– ଶୁଣି ଯେରମିତି ମୋର ଦମ ବନ୍ଦ ହୋଇଗଲା। ସତରେ କାମିକା ଲୋକ ରାଜୁ। ତା'ଛଡ଼ା କୁଆଡ଼େ ରାତି ସାରା ଉଜାଗର ରହି ଟିଶ ପିଟିବାକୁ ହୁଏ।

ପଚାରିଲି– ଶୂକର କେତେବେଳେ ବାହାରନ୍ତି ?

– ତାର ତ କିଛି ଠିକଣା ନାହିଁ, ହଜୁର। ତେବେ ରାତି ହେଲେ ବାହାରନ୍ତି ନିଶ୍ଚୟ। ଟିକିଏ ବସନ୍ତୁ, ଦେଖିବେ କେତେ ଆସୁଛନ୍ତି।

କିନ୍ତୁ ମୋ ପକ୍ଷରେ ସର୍ବାପେକ୍ଷା କୌତୂହଳର ବିଷୟ– ରାଜୁ ଏକା ଏହି ଜନହୀନ ସ୍ଥାନରେ କିପରି ବାସ କରେ। କଥାଟା ପଚାରିଲି।

ରାଜୁ କହିଲା– ଅଭ୍ୟାସ ହୋଇଗଲାଣି, ବାବୁଜୀ। ବହୁ ଦିନ ହେଲା ଏମିତି ଭାବରେ ରହିଲିଣି– କଷ୍ଟ ତ ହୁଏ ନା, ବରଂ ନିଜ ମନେ ମନେ ବେଶ ଆରାମରେ ଅଛି। ଦିନ ସାରା ଖଟେ, ସନ୍ଧ୍ୟା ବେଳେ ଭଜନ କରେ, ଭଗବାନଙ୍କ ନାମ ନିଏ, ଦିନ ବେଶ୍ କଟିଯାଏ।

ରାଜୁ କି ଗିନୁ ମହାତୋ କି ଜୟପାଲ– ଜଙ୍ଗଲର ମଝିରେ ମଝିରେ ଏ ଧରଣର ମଣିଷ ଆହୁରି ଅନେକ ଅଛନ୍ତି– ଏମାନଙ୍କ ଭିତରେ ଗୋଟାଏ ନୂତନ ଜଗତ ଦେଖୁଥିଲି, ଯେଉଁ ଜଗତ ମୋର ପରିଚିତ ନୁହେଁ।

ମୁଁ ଜାଣେ ଗୋଟିଏ ସାଂସାରିକ ବିଷୟରେ ରାଜୁର ଅତିଶୟ ଆସକ୍ତି ଅଛି, ସେ ଚାହାପାନ କରିବାକୁ ଖୁବ୍ ଭଲ ପାଏ। ଅଥଚ ଏହି ଜଙ୍ଗଲ ଭିତରେ ସେ ଚାହାର ଉପକରଣ କେଉଁଠୁ ପାଇବ, ଏହା ଭାବି ମୁଁ ନିଜେ ଚାହା ଓ ଚିନି ନେଇ ଯାଇଥିଲି। କହିଲି– ରାଜୁ, ଟିକିଏ ଚାହା କର ତ। ମୋ ପାଖରେ ସବୁ ଜିନିଷ ଅଛି।

ରାଜୁ ମହା ଆନନ୍ଦରେ ଗୋଟିଏ ତିନି-ସେରିଆ ଲୋଟାରେ ପାଣି ବସାଇ ଦେଲା। ଚାହା ପ୍ରସ୍ତୁତ ହେଲା, କିନ୍ତୁ ଗୋଟିଏ ମାତ୍ର ଛୋଟ କଂସା ପାତ୍ର ଛଡ଼ା ଅନ୍ୟ କିଛି ପାତ୍ର ନାହିଁ। ସେଥିରେ ମୋତେ ଚାହା ଦେଇ ସେ ନିଜେ ବଡ଼ ଲୋଟାଟି ନେଇ ଚାହା ପିଇବାକୁ ବସିଲା।

ରାଜୁ ହିନ୍ଦୀ ଲେଖାପଢ଼ା ଜାଣେ ସତ, କିନ୍ତୁ ବାହାର ଦୁନିଆ ସମ୍ବନ୍ଧରେ ତାହାର କୌଣସି ଜ୍ଞାନ ନାହିଁ। କଲିକତା ନାମଟା ଅବଶ୍ୟ ଶୁଣିଛି, କିନ୍ତୁ କେଉଁ ଦିଗରେ ଜାଣେ ନା। ବମ୍ବେ ବା ଦିଲ୍ଲୀ ବିଷୟରେ ତାହାର ଧାରଣା ଚନ୍ଦ୍ରଲୋକର ଧାରଣା ପରି ସମ୍ପୂର୍ଣ୍ଣ ଅବାସ୍ତବ ଓ କୁହେଲିକାଛନ୍ନ। ସହର ଭିତରେ ସେ ଦେଖିଛି ପୂର୍ଣ୍ଣିଆ, ତାହା ବି ଅନେକ ବର୍ଷ ତଳେ ଏବଂ ମାତ୍ର କେତୋଟି ଦିନ ପାଇଁ ସେଠକୁ ଯାଇଥିଲା।

ପଚାରିଲି– ମଟର ଗାଡ଼ି ଦେଖିଛ ରାଜୁ ?

– ନା ହଜୁର, ଶୁଣିଛି ବିନା ଗୋରୁ ବା ଘୋଡ଼ାରେ ଚଳେ, ଖୁବ୍ ଧୂଆଁ ବାହାରେ, ଆଜିକାଲି ପୂର୍ଣ୍ଣିଆ ସହରକୁ କୁଆଡ଼େ ଅନେକ ଆସିଲାଣି। ମୁଁ ତ ସେଠକୁ ଅନେକ ଦିନ ହେଲା ଯାଇ ନାହିଁ, ଆମେ ଗରିବ ଲୋକ, ସହରକୁ ଗଲେ ତ ପଇସା ଲୋଡ଼ା।

ରାଜୁକୁ ପଚାରିଲି, ସେ କଲିକତା ଯିବାକୁ ଚାହେଁ କି ନା। ଯଦି ଚାହେଁ, ମୁଁ ତାକୁ ନେଇ ଥରେ ବୁଲାଇ ଆଣିବି, ପଇସା ପଡ଼ିବ ନାହିଁ।

ରାଜୁ କହିଲା– ସହର ବଡ଼ ଖରାପ ଜାଗା। ଶୁଣିଛି ଚୋର, ଗୁଣ୍ଡା, ଜୁଆଚୋରଙ୍କର ଆଡ଼୍ଡ଼ା। ଶୁଣିଛି ସେଠକୁ ଗଲେ ଜାତି ରହେ ନା। ସେଠାକାର ସବୁ ଲୋକ ବଦମାସ। ଆମ ଏ ଦେଶର ଜଣେ ଲୋକ କେଉଁ ସହରର ହସପାତାଲକୁ ଥରେ ଯାଇଥିଲା, ତା ଗୋଡ଼ରେ କଣ ହୋଇଥିଲା ସେଇଥିପାଇଁ। ଡାକ୍ତର ଛୁରୀରେ ଗୋଡ଼ କାଟିଲା ଆଉ କହିଲା, ତୁମେ ମୋତେ କେତେ ଟଙ୍କା ଦେବ ? ସେ କହିଲା– ଦଶ ଟଙ୍କା ଦେବି। ତହୁଁ ଡାକ୍ତର ଆହୁରି କାଟିବାକୁ ଲାଗିଲା। ପୁଣି କହିଲା– ଏଷଣି କୁହ କେତେ ଟଙ୍କା ଦେବ ? ସେ କହିଲା– ଆଉ ପାଞ୍ଚଟଙ୍କା ଦେବି, ଡାକ୍ତର ସାହେବ, ଆଉ କାଟ ନାହିଁ। ଡାକ୍ତର କହିଲା– ସେଟିକିରେ ହେବ ନାହିଁ– କହି ପୁଣି କାଟିବାକୁ ଲାଗିଲା। ସେ ବିଚାରା ଗରିବ ଲୋକ, ଯେତେ ସେ କାନ୍ଦୁଛି, ଡାକତର ଛୁରୀରେ ସେତେ କାଟୁଛି– କାଟୁ କାଟୁ ଗୋଡ଼ଟା ଯାକ କାଟି ପକାଇଲା। ତ୍ୟ, ସେ କି କାଣ୍ଡ, ଥରେ ଭାବି ଦେଖନ୍ତୁ ତ ହଜୁର।

ରାଜୁର କଥା ଶୁଣି ହାସ୍ୟ ସମ୍ବରଣ କରିବା ମୋ ପକ୍ଷରେ କଠିନ ହୋଇପଡ଼ିଲା। ମନେ ପଡ଼ିଲା, ଏହି ରାଜୁ ଥରେ ଆକାଶରେ ଇନ୍ଦ୍ରଧନୁ ଦେଖି ମୋତେ କହିଥିଲା– ଇନ୍ଦ୍ରଧନୁ ଦେଖିଛନ୍ତି ବାବୁଜୀ, ସେ ଉଇ ହୁଙ୍କାରୁ ବାହାରେ, ମୁଁ ସ୍ୱଚକ୍ଷୁରେ ଦେଖିଛି। ରାଜୁର ଖୁପରୀ ସାମନାରେ ଅଗଣାରେ ଗୋଟାଏ ବଡ଼ ଅତି ଉଚ୍ଚ ଅସନ ଗଛ ଅଛି, ତାରି ତଳେ ବସି ଆମେ ଚାହା ପିଉଥିଲୁ– ଯେଉଁ ଆଡ଼େ ଚାହିଁଲେ, ସେ ଆଡ଼େ ଘନ ବଣ– କେନ୍ଦୁ, ଆଁଳା, ପୁଷ୍ପିତ ବହେଡ଼ା ଲତାର ବୁଦା। ବହେଡ଼ା ଫୁଲର ଗୋଟାଏ ମୃଦୁ

ସୁଗନ୍ଧ ସାନ୍ଧ୍ୟ ପବନକୁ ମଧୁର କରି ପକାଇଛି । ମୋର ମନେ ହେଲା, ଏସବୁ ସ୍ଥାନରେ ବସି ଏମିତି ଭାବରେ ଚାହା ଖାଇବା ଜୀବନର ଗୋଟାଏ ସୌନ୍ଦର୍ଯ୍ୟମୟ ଅଭିଜ୍ଞତା । କେଉଁଠି ଅଛି ଏମିତି ଅରଣ୍ୟ ପ୍ରାନ୍ତର, କେଉଁଠି ଏମିତି ଜଙ୍ଗଲ-ବେଷ୍ଟିତ କାଶକୁଟୀର, କେଉଁଠି ବା ରାଜୁଭଳି ମଣିଷ ? ଏ ଅଭିଜ୍ଞତା ଯେମିତି ବିଚିତ୍ର, ସେମିତି ଦୁଷ୍ପ୍ରାପ୍ୟ ।

ପଚାରିଲି– ଆଚ୍ଛା ରାଜୁ, ତୁମ ସ୍ତ୍ରୀକୁ କାହିଁକି ନେଇ ଆସୁ ନାହଁ ? ତା ହେଲେ ତୁମକୁ ଆଉ କଷ୍ଟ କରି ରାନ୍ଧିବାଢ଼ି ଖାଇବାକୁ ପଡ଼ନ୍ତା ନାହିଁ ।

ରାଜୁ କହିଲା– ସେ ଇହଧାମରେ ନାହିଁ, ହଜୁର । ଆଜିକି ସତର ଅଠର ବର୍ଷ ହେଲା ତାହାର କାଳ ହୋଇଗଲାଣି । ସେହିଦିନରୁ ଘରେ ମନ ଲଗାଇ ପାରୁନାହିଁ ଆଉ ।

ରାଜୁର ସ୍ତ୍ରୀର ନାମ ଥିଲା ସର୍ଜୁ (ଅର୍ଥାତ୍ ସରଯୂ), ରାଜୁକୁ ଯେତେବେଳେ ଅଠରବର୍ଷ ଓ ସରଯୂକୁ ଚଉଦ– ସେତେବେଳେ ଉତ୍ତମ ଧରମପୁରର ଶ୍ୟାମଲାଲଟୋଲାରେ ସରଯୂର ବାପର ଟୋଲକୁ ରାଜୁ କିଛିଦିନ ବ୍ୟାକରଣ ପଢ଼ିବାକୁ ଯାଇଥିଲା ।

ରାଜୁକୁ ପଚାରିଲି– କେତେ ଦିନ ପଢ଼ିଥିଲ ?

– କିଛି ନୁହେଁ ବାବୁଜୀ । ବର୍ଷେ ଖଣ୍ଡେ ଥିଲି, କିନ୍ତୁ ପରୀକ୍ଷା ଦେଇନାହିଁ । ସେଠାରେ ଆମର ପ୍ରଥମ ଦେଖା ଚାହାଁ ଏବଂ କ୍ରମେ କ୍ରମେ–

ମୋତେ ଖାତିର କରି ଅଛ କାଶି ରାଜୁ ଚୁପ୍ ରହିଲା ।

ମୁଁ ଉତ୍ସାହ ଦେବା ସ୍ୱରରେ କହିଲି– ତାପରେ କଣ ହେଲା କହିଯାଅ–

– କିନ୍ତୁ, ହଜୁର, ତାହାର ବାପା ମୋର ଶିକ୍ଷକ । ମୁଁ କିପରି ତାଙ୍କୁ ଏ କଥା କହୁଛି ? ଦିନେ କାର୍ତ୍ତିକ ମାସରେ ଛଟ୍ ପର୍ବ ଦିନ ସରଯୂ ଛାପା ହଲଦିଆ ଶାଢ଼ୀ ପିନ୍ଧି ଦଳେ ଝିଅଙ୍କ ମେଳରେ କୋଶୀ ନଦୀକୁ ଗାଧୋଇବାକୁ ଯାଉଛି, ମୁଁ–

ରାଜୁ କାଶି ପୁଣି ଚୁପ୍ ରହିଲା ।

ପୁନରାୟ ଉତ୍ସାହ ଦେଇ କହିଲି– କୁହ, କୁହ, ସେଥିରେ ଲାଜ କଣ ?

– ତାକୁ ଦେଖିବା ପାଇଁ ମୁଁ ଗୋଟିଏ ଗଛ ଉହାଡ଼ରେ ଲୁଚି ରହିଲି । ତାର କାରଣ ହେଉଛି ଯେ, ସେତେବେଳେ ତା ସାଙ୍ଗରେ ମୋର ଆଉ କେତେ ଦେଖା ସାକ୍ଷାତ୍ ହେଉ ନଥିଲା– ଗୋଟାଏ ଜାଗାରେ ତାହାର ବିବାହର କଥାବାର୍ତ୍ତା ଚାଲିଥିଲା । ସେତେବେଳେ ଦଳଟି ଗୀତ ଗାଇ ଗାଇ– ଆପଣ ତ ଜାଣନ୍ତି ଛଟ୍ ପର୍ବ ଦିନ ଝିଅମାନେ ଗୀତ ଗାଇ ଗାଇ ନଦୀରେ ଡଙ୍ଗା ଭସାଇବାକୁ ଯାଆନ୍ତି ? – ତାପରେ ଯେତେବେଳେ ସେମାନେ ଗୀତ ଗାଇ ଗାଇ ମୋ ସାମନାକୁ ଆସିଲେ, ସେ ମୋତେ ଗଛ ଉହାଡ଼ରେ

ଦେଖି ପାରିଲା। ସେ ହସି ଦେଲା, ମୁଁ ବି ହସିଲି। ମୁଁ ତାକୁ ହାତ ଠାରି ଡାକିଲି, ଟିକିଏ ବାଗ ତ ମିଳିଛି– ସେ ହାତ ହଲାଇ କହିଲା– ଏଖଣି ନୁହେଁ, ଫେରିବା ବେଳେ।

ଏ କଥା କହିବା ସମୟରେ ରାଜୁର ବାବନ ବର୍ଷ ବୟସର ମୁଖ ମଣ୍ଡଳରେ ବିଂଶ-ବର୍ଷୀୟ ତରୁଣ ପ୍ରେମିକର ଲଜ୍ଜା ଓ ଚକ୍ଷୁରେ ଗୋଟିଏ ସ୍ୱପ୍ନଭରା ସୁଦୂର ଦୃଷ୍ଟି ଫୁଟି ଉଠିଲା– ଯେମିତି ଜୀବନର ବହୁ ପଛରେ ପ୍ରଥମ ଯୌବନର ପୁଣ୍ୟ ଦିନ ଗୁଡ଼ିକରେ କେଉଁ କଲ୍ୟାଣୀ ତରୁଣୀ ଚତୁର୍ଦ୍ଦଶ ବର୍ଷୀୟା ଥିଲା– ତାହାର ସାଥୀହରା ପ୍ରୌଢ଼ ପ୍ରାଣଟି ତାକୁ ଖୋଜିବାକୁ ବାହାରି ପଡ଼ିଛି। ଏହି ଘନ ଜଙ୍ଗଲରେ ଏକା ବାସ କରି ସେ କ୍ଲାନ୍ତ ହୋଇ ପଡ଼ିଛି। ଏଖଣି ଯାହା କଥା ଭାବିବାକୁ ତାକୁ ଭଲ ଲାଗେ, ଯାହାର ସାହଚର୍ଯ୍ୟ ଲାଗି ତାହାର ମନ ଉନ୍ମୁଖ– ସେ ହେଲା ବହୁ କାଳର ସେହି ବାଳିକା ସରଯୂ, ଯେ ଆଜି ପୃଥ୍ୱୀରେ ଆଉ କେଉଁଠି ନାହିଁ।

ବେଶ୍‌ ଲାଗୁଥିଲା ତାହାର ଗପ। ଆଗ୍ରହ-ସହକାରେ କହିଲି, ତା ପରେ ?

– ତା'ପରେ ଫେରବା ବେଳେ ବାଟରେ ଦେଖା ହେଲା। ସେ ଦଳଭିତରୁ ଟିକିଏ ପଛେଇ ଗଲା।

ମୁଁ କହିଲି– ସରଯୂ, ମୁଁ ବଡ଼ କଷ୍ଟ ପାଉଛି, ତୁମ ସାଙ୍ଗରେ ଦେଖାସାକ୍ଷାତ ବି ବନ୍ଦ, ମୋର ତ ଲେଖା ପଢ଼ା ହେବ ନାହିଁ ଜାଣେ, କାହିଁକି ମିଛଟାରେ କଷ୍ଟ ପାଇବି, ଭାବୁଛି ଏ ମାସ ଶେଷକୁ ଟୋଲ ଛାଡ଼ି ଚାଲିଯିବି। ସରଯୂ କାନ୍ଦି ପକାଇଲା। କହିଲା– ବାବାଙ୍କୁ କାହିଁକି କହୁନ ? ସରଯୂର କାନ୍ଦଣା ଦେଖି ମୋ ଛାତି କୋରି ହୋଇଗଲା। ହୁଏତ ଯେଉଁ କଥା ମୋ ଶିକ୍ଷକଙ୍କୁ କେବେ କହିପାରି ନଥାନ୍ତି, ଦିନେ ତାହା କହି ପକାଇଲି।

ବିବାହରେ କୌଣସି ବାଧା ନଥିଲା, ଏକା ଜାତି, ଏକା କୁଳ। ବିବାହ ବି ହୋଇଗଲା।

ହୁଏ ତ ଏହା ଖୁବ୍‌ ସହଜ ଓ ସାଧାରଣ ରୋମାନ୍ସ– ହୁଏତ ସହରର କୋଲାହଲରେ ବସି ଶୁଣିଲେ ଏଟାକୁ ନିତାନ୍ତ ଘରୋଇ ଗ୍ରାମ୍ୟ ବୈବାହିକ ବିଷୟ, ସାମାନ୍ୟ ଟିକିଏ ପତଲା ଧରଣର ପୂର୍ବରାଗ କହି ଉଡ଼ାଇ ଦେଇଥାନ୍ତି। ମାତ୍ର ସେଠାରେ ଏହାର ଅଭିନବତ୍ୱ ଓ ସୌନ୍ଦର୍ଯ୍ୟରେ ମନ ମୁଗ୍ଧ ହୋଇଗଲା। ଦୁଇଟି ନରନାରୀ କିପରି ଭାବରେ ସେମାନଙ୍କ ଜୀବନରେ ପରସ୍ପରକୁ ଲାଭ କରିଥିଲେ, ଏ ଇତିହାସ ଯେ କେତେ ରହସ୍ୟମୟ, ତାହା ସେ ଦିନ ବୁଝି ପାରିଥିଲି।

ଚାହା-ପାନ ସରୁ ନ ସରୁଣୁ ସନ୍ଧ୍ୟା ଉତ୍ତୀର୍ଣ୍ଣ ହୋଇ ଆକାଶରେ ପତଲା ଜ୍ୟୋସ୍ନା ଫୁଟି ଉଠିଲା। ଷଷ୍ଠୀ କି ସପ୍ତମୀ ତିଥି। ମୁଁ ବନ୍ଦୁକ ଧରି କହିଲି– ଚାଲ ରାଜୁ, ଦେଖିବା ତୁମ ଖେତରେ କେଉଁଠି ଶୂକର ପଡ଼ିଛନ୍ତି।

ଖେତର ଗୋଟାଏ ପାଖରେ ଗୋଟିଏ ବଡ଼ ତୁତ ଗଛ। ରାଜୁ କହିଲା- ଏହି ଗଛରେ ଚଢ଼ିବାକୁ ହେବ, ହଜୁର। ଆଜି ସକାଳେ ତାର ଗୋଟାଏ ଦୋ-କେନିଆ ଡାଳରେ ମଞ୍ଚା ବାନ୍ଧିଛି।

ମୁଁ ଦେଖିଲି, ବିଷମ ମୁସ୍କିଲ। ଅନେକ ଦିନରୁ ଗଛ ଚଢ଼ା ଅଭ୍ୟାସ ନାହିଁ। ତା ଛଡ଼ା ଏହି ରାତି ବେଳେ। କିନ୍ତୁ ରାଜୁ ଉସ୍ଫାହ ଦେଇ କହିଲା- ଏଥରେ କିଛି କଷ୍ଟ ନାହିଁ, ହଜୁର। ବାଉଁଶ ଲଗା ଯାଇଛି, ତଳେ ଡାଳପତ୍ର, ଚଢ଼ିବା ଖୁବ୍ ସହଜ।

ରାଜୁର ହାତରେ ବନ୍ଧୁକ ଦେଇ ଡାଳରେ ଉଠି ମଞ୍ଚାରେ ବସିଲି। ରାଜୁ ଅବଲୀଳା କ୍ରମେ ମୋ ପଛେ ପଛେ ଉଠି ଆସିଲା। ଦୁହେଁ ଖେତ ଆଡ଼କୁ ଦୃଷ୍ଟି ରଖି ମଞ୍ଚା ଉପରେ ଲଗାଲଗି ହୋଇ ବସି ରହିଲୁ।

ଜ୍ୟୋସ୍ନା ଆହୁରି ବିକଶିଲା। ତୁତ ଗଛର ଦୋ-କେନିଆ ଡାଳରୁ ଜ୍ୟୋସ୍ନାଲୋକରେ କିଛି ସ୍ପଷ୍ଟ ଓ କିଛି ଅସ୍ପଷ୍ଟ ଜଙ୍ଗଲର ଶୀର୍ଷ ଭାଗ ମନରେ ଗୋଟାଏ ଅତି ଅଦ୍ଭୁତ ଭାବ ଆଣୁଥିଲା। ଏହା ମଧ ଜୀବନରେ ଏକ ନୂତନ ଅଭିଜ୍ଞତା।

ଟିକିଏ ପରେ ଚାରି ପାଖର ଜଙ୍ଗଲରେ ବିଲୁଆ ସବୁ ଡାକି ଉଠିଲେ। ସଙ୍ଗେ ସଙ୍ଗେ ଗୋଟାଏ କଳା-କଳା କି ଜାନୁଆର ଦକ୍ଷିଣ ଦିଗର ଘନ ଜଙ୍ଗଲ ଭିତରୁ ବାହାରି ଆସି ରାଜୁର ଖେତରେ ପଶିଲା।

ରାଜୁ କହିଲା- ହେଇ ଦେଖନ୍ତୁ, ହଜୁର-

ମୁଁ ବନ୍ଧୁକ ସଜାଡ଼ି ଧରିଲଇ, କିନ୍ତୁ ଆହୁରି ପାଖକୁ ଆସିବାରୁ ଜ୍ୟୋସ୍ନାଲୋକରେ ଦେଖାଗଲା ସେଟା ଶୂକର ନୁହେଁ, ଗୋଟାଏ ନୀଳଗାଈ।

ନୀଳଗାଈ ମାରିବାକୁ ମୋର ଆଦୌ ଇଚ୍ଛା ହେଲା ନାହିଁ। ରାଜୁ ତୁଣ୍ଡରେ ଦୁର ଦୁର କହିବାରୁ ସେଟା କ୍ଷିପ୍ର ପଦରେ ଜଙ୍ଗଲ ଆଡ଼କୁ ଚାଲିଗଲା। ମୁଁ ଗୋଟାଏ ଫାଙ୍କା ଆବାଜ କଲି।

ଦୁଇଟି ଘଣ୍ଟା କଟିଗଲା। ଦକ୍ଷିଣ ଦିଗରେ ସେହି ଜଙ୍ଗଲଟା ଭିତରେ ବଣ-କୁକୁଡ଼ା ଡାକି ଉଠିଲା। ଭାବିଥିଲି ଦନ୍ତ ଅସ୍ଥିରା ଶୂକରଟାଏ ମାରିବି, କିନ୍ତୁ ଗୋଟିଏ କ୍ଷୁଦ୍ର ଶୂକର ଶାବକର ଦେଖା ସୁଦ୍ଧା ମିଳିଲା ନାହିଁ। ନୀଳଗାଈ ପଛରେ ଫାଙ୍କା ଆବାଜ କରିବା ଅତ୍ୟନ୍ତ ଭୁଲ ହୋଇଛି।

ରାଜୁ କହିଲା- ଓହ୍ଲାଇ ପଡ଼ନ୍ତୁ ହଜୁର, ଆପଣଙ୍କର ପୁଣି ଭୋଜନର ବ୍ୟବସ୍ଥା କରିବାକୁ ହେବ।

ମୁଁ କହିଲି- କି ଭୋଜନ ? ମୁଁ କଟେରୀକୁ ଚାଲିଯିବି- ରାତି ଏକ୍ଷଣି ଦଶଟା

ବାଜି ନାହିଁ– ରହିବାର ୟୁ ନାହିଁ। କାଲି ସକାଳେ ସର୍ବେ କ୍ୟାମ୍ପକୁ କାମ ଦେଖିବାକୁ ଯିବାକୁ ହେବ।

       – ଖାଇ କରି ଯାଆନ୍ତୁ, ହୁଜୁର।

       – ଏହା ପରେ ନାଢ଼ା-ବଇହାରର ଜଙ୍ଗଲ ଦେଇ ଆଉ ଏକା ଯିବା ଠିକ୍ ହେବ ନାହିଁ। ଏକ୍ଷଣି ଚାଲିଯାଉଛି। ତୁମେ କିଛି ମନେ କରିବ ନାହିଁ।

       ଘୋଡ଼ାରେ ଚଢ଼ିବା ସମୟରେ କହିଲି– ଯଦି ମଝିରେ ମଝିରେ ତୁମର ଏଠାକୁ ଚାହା ଖାଇବାକୁ ଆସେ, ତୁମେ ବିରକ୍ତ ହେବ ନାହିଁ ତ ?

       ରାଜୁ କହିଲା– କି କଥା ଯେ କହୁଛନ୍ତି। ଏହି ଜଙ୍ଗଲରେ ଏକା ଥାଏ, ଗରିବ ମଣିଷ, ହୁଜୁର ମୋତେ ଭଲ ପାଆନ୍ତି, ତେଣୁ ଚାହା ଚିନି ଆଣି ତିଆରି କରି ଏକା ସାଙ୍ଗରେ ଖାଆନ୍ତି। ଏମିତି କଥା କହି ମୋତେ ଲଜ୍ଜା ଦେବେ ନାହିଁ ହୁଜୁର।

       ସେହି ସମୟରେ ରାଜୁକୁ ଦେଖି ମନେହେଲା ଏହି ବୟସରେ ବି ରାଜୁ ବେଶ୍ ଦେଖିବାକୁ, ଯୌବନରେ ସେ ଯେ ଖୁବ୍ ସୁପୁରୁଷ ଥିଲା, ଶିକ୍ଷକ-କନ୍ୟା ସରଯୂ ପିତାଙ୍କର ତରୁଣ ସୁନ୍ଦର ଛାତ୍ରଟି ପ୍ରତି ଆକୃଷ୍ଟ ହୋଇ ନିଜ ସୁରୁଚିର ପରିଚୟ ଦେଇଥିଲା।

       ଗଭୀର ରାତି। ପ୍ରାନ୍ତରରେ ଏକା ଆସୁଛି। ଜ୍ୟୋସ୍ନା ମଉଳି ଗଲାଣି। କେଉଁଆଡ଼େ ଆଲୁଅ ଦେଖା ଯାଉନାହିଁ, ଏକ ଅଦ୍ଭୁତ ନିସ୍ତବ୍ଧତା– ମୁଁ ଯେମିତି ପୃଥ୍ବୀରୁ କୌଣସି ଜନହୀନ ଅଜଣା ଗ୍ରହଲୋକକୁ ନିର୍ବାସିତ ହୋଇଛି– ଦିଗନ୍ତ-ରେଖାରେ ଉଜ୍ଜ୍ବଲ ବୃଶ୍ଚିକ ନକ୍ଷତ୍ର ଉଦିତ ହେଉ ମୁଣ୍ଡ ଉପରେ ଅନ୍ଧକାର ଆକାଶରେ ଅଗଣିତ ଦ୍ୟୁତିଲୋକ, ତଳେ ଲବଟୁଲିୟା ବଇହାରର ନିସ୍ତବ୍ଧ ଅରଣ୍ୟ, କ୍ଷୀଣ ନକ୍ଷତ୍ରଲୋକରେ ପତଳା ଅନ୍ଧକାରରେ ବଣଝାଉଁର ଶୀର୍ଷ ଦେଖା ଯାଉଛି– ଦୂରରେ କେଉଁଠି ଦଳେ ବିଲୁଆ ପ୍ରହର ଘୋଷଣା କଲେ– ଆହୁରି ଦୂରରେ ମୋହନପୁରା ସଂରକ୍ଷିତ ଜଙ୍ଗଲର ସୀମା ରେଖା ଅନ୍ଧକାରରେ ଦୀର୍ଘ କଳା ପାହାଡ଼ ପରି ଦେଖା ଯାଉଛି– କେବଳ ଏକ ପ୍ରକାର ପତଙ୍ଗର ଏକ ପ୍ରକାର କି-ର-ର-ର୍ ଶବ୍ଦ ଛଡ଼ା ଅନ୍ୟ କୌଣସି ଶବ୍ଦ ନାହିଁ; ଭଲ କରି କାନ ପାରି ଶୁଣିଲେ ସେହି ଶବ୍ଦ ସାଙ୍ଗରେ ମିଶିଥିବା ଆଉ ଦୁଇ-ତିନିଟା ପତଙ୍ଗର ଆବାଜ ଶୁଣାଯିବ। କି ଅଦ୍ଭୁତ ରୋମାନ୍ସ ଏହି ମୁକ୍ତ ଜୀବନରେ, ପ୍ରକୃତି ସହିତ ଘନିଷ୍ଠ ନିବିଡ଼ ପରିଚୟର ସେ କି ଆନନ୍ଦ! ସମସ୍ତଙ୍କ ଉପରେ କଣ ଗୋଟାଏ ଅନିର୍ଦ୍ଦେଶ୍ୟ, ଅବ୍ୟକ୍ତ ରହସ୍ୟ ବୋଲା ଯାଇଛି– କଣ ସେ ରହସ୍ୟ ଜାଣେ ନା– କିନ୍ତୁ ବେଶ ଜାଣେ ସେଠାରୁ ଚାଲି ଆସିବା ପରେ ଆଉ କେବେହେଲେ ସେ ରହସ୍ୟର ଭାବ ମନରେ ଆସିନାହିଁ।

ଯେମିତି ଏହି ନିସ୍ତବ୍ଧ ନିର୍ଜନ ରାତିରେ ଦେବତାମାନେ ନକ୍ଷତ୍ରରାଜି ମଧରେ ସୃଷ୍ଟିର କଳ୍ପନାରେ ବିଭୋର, ଯେଉଁ କଳ୍ପନାରେ ଦୂର ଭବିଷ୍ୟତରେ ନବ ନବ ବିଶ୍ୱର ଆବିର୍ଭାବ, ନବ ନବ ସୌନ୍ଦର୍ଯ୍ୟର ଜନ୍ମ, ନାନା ନବ ପ୍ରାଣର ବିକାଶ ବୀଜ ରୂପେ ନିହିତ। ଯେଉଁ ଆତ୍ମା ଖାଲି ଜ୍ଞାନର ଆକୁଳ ପିପାସାରେ ନିରଳସ ଅବକାଶ ଯାପନ କରେ, ଯାହାର ପ୍ରାଣ ବିଶ୍ୱର ବିରାଟତା ଓ କ୍ଷୁଦ୍ରତା ସମ୍ବନ୍ଧରେ ସଚେତନ ଆନନ୍ଦରେ ଉଲ୍ଲସିତ– ଜନ୍ମ – ଜନ୍ମାନ୍ତରର ପଥ ବାହି ଦୂର ଯାତ୍ରାର ଆଶାରେ ଯାହାର କ୍ଷୁଦ୍ର ତୁଚ୍ଛ ବର୍ତ୍ତମାନର ଦୁଃଖଶୋକ ବିନ୍ଦୁ ପରି ମିଳାଇ ଯାଇଛି– ସେ ହିଁ ସେମାନଙ୍କର ସେହି ରହସ୍ୟ ରୂପ ଦେଖି ପାରେ। ନାନାମାତ୍ମା ବଳହୀନେନ ଲଭ୍ୟଃ...

ଯେଉଁମାନେ ଏଭରେଷ୍ଟ ଶୃଙ୍ଗ ଉପରକୁ ଚଢ଼ି ତୁଷାର ପ୍ରବାହ ଓ ଝଞ୍ଜାରେ ପ୍ରାଣ ଦେଇଥିଲେ, ସେମାନେ ବିଶ୍ୱ ଦେବତାଙ୍କର ଏହି ବିରାଟ ରୂପ ପ୍ରତ୍ୟକ୍ଷ କରିଛନ୍ତି... କିମ୍ବା କଲମ୍ବସ ଯେତେବେଳେ ଆଜୋରେସ୍ ଦ୍ୱୀପର ଉପକୂଳରେ ଦିନ ପରେ ଦିନ ସମୁଦ୍ରବାହିତ କାଷ୍ଠ ଖଣ୍ଡରେ ମହା ସମୁଦ୍ରତୀରର ଅଜଣା ମହାଦେଶର ବାର୍ତ୍ତା ଜାଣିବାକୁ ଚାହିଁଥିଲେ– ସେତେବେଳେ ବିଶ୍ୱର ଏହି ଲୀଳାଶକ୍ତି ତାଙ୍କ ମନରେ ଧରା ଦେଇଥିଲା– ଘରେ ବସି ହୁକା ଖାଇ ଯେଉଁମାନେ ପ୍ରତିବେଶୀର କନ୍ୟାର ବିବାହ ଓ ଧୋବା– ଭଣ୍ଡାରୀ ପସନ୍ଦ କରି ଆସୁଛନ୍ତି– ଏହାର ସ୍ୱରୂପ ହୃଦୟଙ୍ଗମ କରିବା ଅବଶ୍ୟ ସେମାନଙ୍କର କର୍ମ ନୁହେଁ।

୭

ମିଛି ନଦୀର ଉତ୍ତର କୂଳରେ ଜଙ୍ଗଲ ଓ ପାହାଡ଼ ଭିତରେ ସର୍ଭେ ହେଉଥିଲା। ଆଜିକି ଆଠ–ଦଶ ଦିନ ହେଲା ଏଠାରେ ତମ୍ବୁ ପକାଇଛି। ହୁଏତ ଆଉ ଦଶ–ବାର ଦିନ ଏଠାରେ ରହିବାକୁ ପଡ଼ିବ।

ସ୍ଥାନଟା ଆମ ମାହାଲ ଠାରୁ ଅନେକ ଦୂରରେ, ରାଜା ଦୋବରୁ ପାନ୍ନାଙ୍କ ରାଜ୍ୟର ନିକଟବର୍ତ୍ତୀ। ରାଜ୍ୟ କହିଲି ସତ, କିନ୍ତୁ ରାଜା ଦୋବରୁ ତ ରାଜ୍ୟହୀନ ରାଜା– ତାଙ୍କ ଆବାସ ସ୍ଥଳୀର କିଞ୍ଚିତ ନିକଟରେ ବୋଲି କୁହାଯାଇ ପାରେ।

ବଡ଼ ଚମତ୍କାର ଜାଗା। ଗୋଟିଏ ଉପତ୍ୟକା, ମୁହଁ ଆଡ଼ଟା ବିସ୍ତୃତ, ପଛ ଆଡ଼ଟା ସଂକୀର୍ଣ୍ଣ– ପୂର୍ବ ପଶ୍ଚିମରେ ପାହାଡ଼ ଶ୍ରେଣୀ– ମଝିରେ ଏହି ଅର୍ଦ୍ଧଚନ୍ଦ୍ରାକୃତି ଉପତ୍ୟକା– ବନ୍ଧୁର ଓ ଜଙ୍ଗଲାକୀର୍ଣ୍ଣ, ଚାରିଆଡ଼େ ଛୋଟ ବଡ଼ ପଥର ପରିପୂର୍ଣ୍ଣ, କଣ୍ଢା ବାଉଁଶ ବଣ, ଆହୁରି ନାନାପ୍ରକାର ଗଛପତ୍ରର ଜଙ୍ଗଲ। ଅନେକ ଗୁଡ଼ିଏ ପାହାଡ଼ୀ

ଝରଣା ଉତ୍ତର ଦିଗରୁ ବାହାରି ଉପତ୍ୟକାର ମୁକ୍ତ ପ୍ରାନ୍ତ ଦେଇ ବାହାରକୁ ବହି ଯାଉଛି। ଏହି ସବୁ ଝରଣାର ଦୁଇକୂଳରେ ବଣ ଖୁବ୍ ବେଶୀ ଘନ, ଏବଂ ଏତେ ଦିନର ବସବାସର ଅଭିଜ୍ଞତାରୁ ଜାଣେ, ଏହିସବୁ ଜାଗାରେ ହିଁ ବାଘର ଭୟ ବେଶୀ। ହରିଣ ଅଛନ୍ତି, ରାତ୍ରିର ଦ୍ୱିତୀୟ ଯାମରେ ବଣ-କୁକୁଡ଼ାର ଡାକ ଶୁଣିଛି। ଫେରଣ୍ଟାର ଡାକ ଶୁଣିଛି ସତ, ମାତ୍ର ବାଘ ଦେଖି ନାହିଁ କି ଗର୍ଜନ ବି ଶୁଣି ନାହିଁ।

ପୂର୍ବ ଦିଗର ପାହାଡ଼ ଦେହରେ ଗୋଟାଏ ପ୍ରକାଣ୍ଡ ଗୁହା। ଗୁହା ମୁହଁରେ ଗୋଟାଏ ପ୍ରାଚୀନ ଝାଙ୍କୁଳା ବରଗଛ- ଦିନ ରାତି ଶନ୍ ଶନ୍ କରେ। ଖରା ବେଳର ରୌଦ୍ରରେ ନୀଳ ଆକାଶ ତଳେ ଏହି ଜନହୀନ ବନ୍ୟ ଉପତ୍ୟକା ଓ ଗୁହା ବହୁ ପ୍ରାଚୀନ ଯୁଗର ଛବି ପରି ମନ ଭିତରେ ଆଙ୍କି ଦିଏ, ଯେଉଁ ଯୁଗରେ ଏହି ଗୁହାଟା ହୁଏତ ଆଦିମ ଜାତିର ରାଜାମାନଙ୍କର ରାଜପ୍ରାସାଦ ଥିଲା, ଠିକ୍ ଯେମିତି ରାଜାଦୋବରୁ ପ୍ରାନ୍ତାଙ୍କର ପୂର୍ବ ପୁରୁଷମାନଙ୍କର ଆବାସ-ଗୁହା। ଗୁହାର କାନ୍ଥରେ ଗୋଟିଏ ଜାଗାରେ କଣ କେତେଗୁଡ଼ିଏ ଖୋଦିତ ହୋଇଥିଲା, ସମ୍ଭବତଃ କୌଣସି ଛବି- ଏବେଣି ଏକାନ୍ତ ଅସ୍ପଷ୍ଟ, ଭଲ ଭାବରେ ବୁଝି ହୁଏ ନାହିଁ। କେତେ ବନ୍ୟ ଆଦିମ ନରନାରୀଙ୍କର ହାସ୍ୟ କଳଧ୍ୱନି, କେତେ ସୁଖ-ଦୁଃଖ- ବର୍ବର ସମାଜର କେତେ ଅଶ୍ରୁପୂର୍ଣ୍ଣ ଅକଥନୀୟ ଅତ୍ୟାଚାର କାହାଣୀର ଇତିହାସ ଏହି ଗୁହାର ମାଟି, ପବନ ଓ ପାଷାଣ-ପ୍ରାଚୀର ଭିତରେ ଲିଖିତ ଅଛି- ଭାବିଲେ ଏ କଥା ଭାରି ଭଲ ଲାଗେ।

ଗୁହା ମୁହଁ ଠାରୁ ଦୁଇ ରଶି (୧୬୦ ହାତ) ଦୂରରେ ଝରଣା କଡ଼ରେ ବଣ ଭିତରେ ଫାଙ୍କା ଜାଗାରେ ଗୋଟିଏ ଗୌଡ଼-ପରିବାର ବାସ କରନ୍ତି। ଦୁଇଟି ଖୁପରୀ, ଗୋଟିଏ ଛୋଟ, ଗୋଟିଏ ଟିକିଏ ବଡ଼, ବଣର ଡାଳପତ୍ରର କାନ୍ଥ, ପତ୍ରରେ ଛାଉଣୀ। ଖୁପରୀ ସାମନାରେ ଆବରଣହୀନ ଫାଙ୍କା ଜାଗାରେ ଶିଳାଖଣ୍ଡ ସବୁ ଗୋଟାଇ ସେଥିରେ ଚୁଲି ତିଆରି କରିଛନ୍ତି। ଗୋଟାଏ ବଡ଼ ଜଙ୍ଗଲୀ ବାଦାମ ଗଛର ଛାଇରେ ଏମାନଙ୍କର କୁଟୀର। ବାଦାମ ଗଛରୁ ପାଚିଲା ପତ୍ର ଝଡ଼ି ପଡ଼ି ଅଗଣାରେ ପ୍ରାୟ ଛାଇ ଯାଇଛି।

ଗୌଡ଼ ପରିବାରରେ ଦୁଇଟି ଝିଅ ଅଛନ୍ତି। ସେମାନଙ୍କ ଭିତରୁ ଗୋଟିକର ବୟସ ଷୋଳ-ସତର ବର୍ଷ, ଅନ୍ୟଟିର ଚଉଦ ବର୍ଷ। ରଙ୍ଗ କଳା କିଟି କିଟି ସତ, କିନ୍ତୁ ମୁଖଶ୍ରୀରେ ଗୋଟାଏ ବେଶ ସରଳ ସୌନ୍ଦର୍ଯ୍ୟ ଲେପିତ- ନିଟୋଲ ସ୍ୱାସ୍ଥ୍ୟ। ରୋଜ ଦେଖେଁ ଝିଅ ଦୁଇଟି ସକାଳେ ଦୁଇଟିନୋଟି ମଇଁଷି ପାହାଡ଼କୁ ଚରାଇବାକୁ ନେଇ ଯାଆନ୍ତି- ପୁଣି ସନ୍ଧ୍ୟା ଆଗରୁ ଫେରି ଆସନ୍ତି। ଯେତେବେଳେ ମୁଁ ତମ୍ବୁକୁ ଫେରି ଆସି ଚାହା ଖାଏଁ ସେତେବେଳେ ଦେଖେଁ ଝିଅ ଦୁଇଟି ମୋ ତମ୍ବୁ ସାମନା ବାଟେ ମଇଁଷି ଧରି ଘରକୁ ଫେରି ଆସୁଛନ୍ତି।

ଦିନେ ବଡ଼ ଝିଅଟି ରାସ୍ତା ଉପରେ ଠିଆ ହୋଇ ତାହାର ସାନଭଉଣୀକୁ ମୋ ତମ୍ବୁକୁ ପଠାଇଲା । ସେ ଆସି କହିଲା- ବାବୁଜୀ, ସଲାମ । ବିଡ଼ି ଅଛି ? ଅପା ମାଗୁଛି ।

– ତୁମେ ବିଡ଼ି ଖାଅ ?

– ମୁଁ ଖାଏ ନା, ଅପା ଖାଏ । ଦିଅନା ବାବୁଜୀ ଗୋଟାଏ, ଅଛି ତ ?

– ମୋ ପାଖରେ ବିଡ଼ି ନାହିଁ । ଚୁରୁଟ ଅଛି- କିନ୍ତୁ ତାକୁ ତୁମମାନଙ୍କୁ ଦେବି ନାହିଁ । ଖୁବ୍ କଡ଼ା, ଖାଇ ପାରିବ ନାହିଁ ।

ଝିଅଟି ଚାଲିଗଲା ।

ଟିକିଏ ପରେ ମୁଁ ସେମାନଙ୍କ ଘରକୁ ଗଲି । ମୋତେ ଦେଖି ଗୃହକର୍ତ୍ତୀ ଖୁବ୍ ବିସ୍ମିତ ହେଲା- ଖାତିର କରି ବସାଇଲା । ଝିଅ ଦୁଇଟି ଶାଳପତ୍ରରେ 'ଘାଟୋ" ଅର୍ଥାତ୍ ମକା-ସିଝା, ଲୁଣ ଲଗାଇ ଖାଇ ବସିଛନ୍ତି । ସମ୍ପୂର୍ଣ୍ଣ ରୂପେ ନିରୁପକରଣ ମକା-ସିଝା । ସେମାନଙ୍କର ମାଥା ଚୂଳିରେ କଣ ଗୋଟାଏ ବସାଇ ଜାଳୁଛନ୍ତି । ଦୁଇଟି ଛୋଟ ଛୋଟ ବାଳକ-ବାଳିକା ଖେଳୁଛନ୍ତି ।

ଗୃହକର୍ତ୍ତୀର ବୟସ ପଚାଶ ଉପରେ । ସୁସ୍ଥ, ସବଳ ଚେହେରା । ମୋର ପ୍ରଶ୍ନର ଉତ୍ତରରେ ସେ କହିଲା, ସିଉନି ଜିଲ୍ଲାରେ ସେମାନଙ୍କର ଘର । ଏଠାରେ ଏହି ପାହାଡ଼ରେ ମଇଁଷି ଚରାଇବାକୁ ଘାସ ଓ ପାନୀୟ ଜଳ ପ୍ରଚୁର ଅଛି ବୋଲି ଆଜିକି ବର୍ଷେ ଖଣ୍ଡେ ହେଲା ସେମାନେ ଏଠାରେ ଅଛନ୍ତି । ତା ଛଡ଼ା ଏଠାକାର ଜଙ୍ଗଲର କଣ୍ଢା-ବାଉଁଶରେ ଡମା ପାଞ୍ଛିଆ ଓ ମୁଣ୍ଡରେ ଦେବାର ଟୋପର ତିଆରି କରିବା ଖୁବ୍ ସହଜ । ଶିବରାତ୍ରି ସମୟରେ ଅଖଲିକୁଟା ମେଳାରେ ବିକ୍ରି କରି ଏମାନେ ଏଥିରୁ ଦି ପଇସା ପାଆନ୍ତି ।

ପଚାରିଲି – ଏଠାରେ କେତେ ଦିନ ରହିବ ?

– ଯେତେ ଦିନ ମନ ମାନିବ, ବାବୁଜୀ । ତେବେ ଏ ଜାଗାଟା ଭାରି ଭଲ ଲାଗିଛି, ନହେଲେ ଏକ କାଳୀନ ଏକ ବର୍ଷ ଆମେ କେଉଁଠି ପ୍ରାୟ ରହୁନାହିଁ । ଏଠାରେ ଗୋଟାଏ ବଡ଼ ସୁବିଧା ଅଛି, ପାହାଡ଼ ଉପରେ ଜଙ୍ଗଲରେ ଢେର ଆଟ ହୁଏ- ଆଶ୍ୱିନ ମାସରେ ମୋର ଝିଅମାନେ ମଇଁଷି ଚରାଇବାକୁ ଯାଇ ଦୁଇ-ଢୁଡ଼ି ଲେଖାଏଁ ଗଛ- ପାଚିଲା ଆଟ ତୋଳି ଆଣନ୍ତି- ଏଥର ଖାଲି ଆଟ ଖାଇ ଆମେ ଦୁଇଟା ମାସ କଟାଇ ଦେଇଛୁଁ । ଆଟର ଲୋଭରେ ଏଠାକୁ ଆସିବା କଥା । ପଚାରନ୍ତୁ ନା ସେମାନଙ୍କୁ ?

ବଡ଼ ଝିଅଟି ଖାଉଁ ଖାଉଁ ଉଜ୍ଜ୍ୱଳ ମୁଖରେ କହିଲା- ଓଃ, ଗୋଟାଏ ଜାଗା ଅଛି, ସେହି ପୂର୍ବ ଦିଗରେ ପାହାଡ଼ର କୋଣ ଆଡ଼କୁ, କେତେ ଯେ ବଣୁଆ ଆଟ ଗଛ, କେତେ ଫଳ ପାଚି ଫାଟି ମାଟିରେ ପଡ଼ିଥାଏ, କେହି ଖାଆନ୍ତି ନାହିଁ । ଆମେ ଢୁଡ଼ିଏ ଢୁଡ଼ିଏ ତୋଳି ଆଣୁ ।

ଏହି ସମୟରେ କିଏ ଜଣେ ଘନ ବଣ ଆଡ଼ୁ ଆସି ଖୁପରୀ ସାମନାରେ ଠିଆ ହୋଇ କହିଲା– ସୀତାରାମ, ସୀତାରାମ, ଜୟ ସୀତାରାମ– ଟିକିଏ ନିଆଁ ଦେଇ ପାରିବ ?

ଗୃହ କର୍ତ୍ତା କହିଲା– ଆସନ୍ତୁ ବାବାଜୀ, ବସନ୍ତୁ।

ଦେଖିଲି, ଜଟାଜୁଟଧାରୀ ଜଣେ ବୃଦ୍ଧ ସାଧୁ। ସାଧୁ ଇତି ମଧ୍ୟରେ ମୋତେ ଦେଖି ପାରି ଟିକିଏ ବିସ୍ମୟରେ ଓ ବୋଧହୁଏ କିଞ୍ଚିତ୍ ଭୟରେ ବି ସଂକୁଚିତ ହୋଇ ଗୋଟିଏ ପାଖରେ ଠିଆ ହେଲେ।

ମୁଁ କହିଲି– ପ୍ରଣାମ, ସାଧୁ ବାବାଜୀ–

ସାଧୁ ଆଶୀର୍ବାଦ କଲେ ସତ, କିନ୍ତୁ ସେତେବେଲକୁ ଯେମିତି ତାଙ୍କର ଭୟ ଦୂର ହୋଇନଥିଲା।

ତାଙ୍କୁ ଦମ୍ଭ ଦେବା ପାଇଁ କହିଲି– କେଉଁଠି ରହଣୀ ବାବାଜୀଙ୍କର ?

ଗୃହସ୍ୱାମୀ ମୋ କଥାର ଉତ୍ତର ଦେଲା। କହିଲା– ବଡ଼ ଶାଳ ଜଙ୍ଗଲ ଭିତରେ ସେ ରହନ୍ତି, ସେହି ଦୁଇ ପାହାଡ଼ ଯେଉଁଠି ମିଶିଛନ୍ତି, ସେହି କୋଣରେ। ଅନେକ ଦିନ ହେଲା ସେଠାରେ ଅଛନ୍ତି।

ଇତି ମଧ୍ୟରେ ବୃଦ୍ଧ ସାଧୁ ବସି ପଡ଼ିଲେଣି। ମୁଁ ସାଧୁଙ୍କ ଆଡ଼କୁ ଚାହିଁ ପଚାରିଲି– କେତେ ଦିନ ହେଲା ଏଠାରେ ଅଛନ୍ତି ?

ଏଥର ସାଧୁଙ୍କର ଭଙ୍ଗା ଭାଙ୍ଗିଲା, ସେ କହିଲେ– ଆଜିକି ପନ୍ଦର ଷୋଲ ବର୍ଷ, ବାବୁ ସାହେବ।

– ଏକା ରହନ୍ତି ତ ? ଶୁଣିଛି ଏଠାରେ ବାଘ ଅଛନ୍ତି, ଭୟ ଲାଗେ ନା ?

– ଆଉ କିଏ ରହିବ ବାବୁ ସାହେବ ? ପରମାତ୍ମାଙ୍କ ନାମ ନିଏ– ତାର ଭୟ କଲେ ଆଉ ଚଳିବ ? ମୋର ବୟସ କେତେ କହନ୍ତୁ ତ ବାବୁ ସାହେବ ?

ଭଲ ଭାବରେ ଲକ୍ଷ୍ୟ କରି କହିଲି– ସତୁରି ହେବ।

ସାଧୁ ହସି ହସି କହିଲେ– ନା, ବାବୁ ସାହେବ, ନବେ ଉପରେ ହେଲାଣି। ଗୟା ନିକଟରେ ଗୋଟାଏ ଜଙ୍ଗଲରେ ଦଶବର୍ଷ ଥିଲି। ତାପରେ ଠିକାଦାର ଜଙ୍ଗଲର ଗଛସବୁ କାଟିବାକୁ ଲାଗିଲା, କ୍ରମେ କ୍ରମେ ସେଠାରେ ଲୋକମାନେ ବାସ କରିବାକୁ ଲାଗିଲେ। ତେଣୁ ସେଠାରୁ ପଳାଇ ଆସିଲି। କାରଣ ମୁଁ ଲୋକାଳୟରେ ରହିପାରେନା।

ସାଧୁ ବାବାଜୀ, ଏଠାରେ ପରା ଗୋଟାଏ ଗୁହା ଅଛି, ତୁମେ ସେଠାରେ କାହିଁକି ରହୁ ନାହଁ ?

– ଗୋଟାଏ କାହିଁକି ବାବୁ ସାହେବ, ଅନେକ ଗୁହା ଅଛି, ଏ ପାହାଡ଼ରେ।

ମୁଁ ସେଆଡ଼େ ଯେଉଁଠି ଥାଏ ସେଟା ବି ଠିକ୍ ଗୁହା ନ ହେଲେ ସୁଦ୍ଧା ଗୁହା ଭଳି । ମାନେ ତାର ମୁଣ୍ଡ ଉପରେ ଛାତ ଓ ଦୁଇ ପାଖରେ କାନ୍ତ ଅଛି– ସାମନାଟା ଖାଲି ଖୋଲା ।

– କଣ ଖାଅ ? ଭିକ୍ଷା କର ?

– କେଉଁଠାକୁ ବାହାରେ ନାହିଁ, ବାବୁ ସାହେବ । ପରମାତ୍ମା ଆହାର ଜୁଟାଇ ଦିଅନ୍ତି । ବାଉଁଶ କରଡ଼ି ସିଝାଇ ଖାଏ, ବଣରେ ଏକ ପ୍ରକାର କନ୍ଦ ହୁଏ ତାହା ଭାରି ମିଠା, ଦେଖିବାକୁ ଲାଲ ଆଳୁ ପରି, ତାହା ଖାଏ । ପାଚିଲା ଅଁଲା ଓ ଆତ ଏ ଜଙ୍ଗଲରେ ପ୍ରଚୁର ମିଳେ । ଅଁଲା ଖୁବ୍ ଖାଏ, ନିତି ଅଁଲା ଖାଇଲେ ମଣିଷ ହଠାତ୍ ବୁଢ଼ା ହୁଏ ନା, ଯୌବନକୁ ବହୁ ଦିନ ଧରି ରଖି ହୁଏ । ଗାଉଁଲି ଲୋକମାନେ ମଝିରେ ମଝିରେ ଦର୍ଶନ କରିବାକୁ ଆସି ଦୁଧ, ଛତୁ ଓ ଗୁଡ଼ ଦେଇ ଯାଆନ୍ତି । ଏହି ସବୁଥିରେ ଏକ ପ୍ରକାର ଚଲି ଯାଉଛି ।

– କେବେ ବାଘ ଭାଲୁ ହାବୁଡ଼ରେ ପଡ଼ିଛନ୍ତି ?

– କେବେ ନୁହେଁ । ତେବେ ଏହି ଜଙ୍ଗଲରେ ଏକ ଜାତିର ଭୟାନକ ଅଜଗର ସାପ ଦେଖିଛି– ଗୋଟାଏ ଜାଗାରେ ଅଚଳ ହୋଇ ପଡ଼ିଥିଲା– ତାଳ ଗଛ ପରି ମୋଟା, ଈଷତ୍ କଳା, ଦେହ ସାରା ସବୁଜ ଓ ନାଲି ଗାର କଟା ଯାଇଛି । ତାହାର ଆଖି ନିଆଁ ହୁଲା ପରି ଜଳୁଥିଲା । ଏବେ ସୁଦ୍ଧା ସେଟା ଏହି ଜଙ୍ଗଲରେ ଅଛି । ସେତେବେଲେ ସେଟା ପାଣି ପାଖରେ ପଡ଼ିଥିଲା, ବୋଧହୁଏ ହରିଣ ଧରିବା ଲୋଭରେ । ଏକ୍ଷଣି କୌଣସି ଗୁହାଗହ୍ୱରରେ ଲୁଚି ରହିଥିବ । ଆଚ୍ଛା, ଯାଉଛି ବାବୁ ସାହେବ, ରାତି ହୋଇଗଲାଣି ।

ସାଧୁ ନିଆଁ ନେଇ ଚାଲିଗଲେ । ଶୁଣିଲି ସାଧୁଟି ମଝିରେ ମଝିରେ ଏମାନଙ୍କର ଏଠାକୁ ନିଆଁ ନେବାକୁ ଆସି କିଛି କ୍ଷଣ ଗପସପ ହୋଇ ଚାଲିଯାଆନ୍ତି ।

ଆଗରୁ ଅନ୍ଧାର ହୋଇ ଯାଇଥିଲା, ଏକ୍ଷଣି ଟିକିଏ ମଲିନ ଜ୍ୟୋସ୍ନା ପଡ଼ିଲା । ଉପତ୍ୟକାର ବନାନୀ ଅଦ୍ଭୁତ ନୀରବତାରେ ଭରି ଯାଇଛି । କେବଲ ପାଖ ପାହାଡ଼ୀ ଝରଣାର କୁଲୁ କୁଲୁ ସ୍ରୋତର ଧ୍ୱନୀ ଓ କ୍ଵଚିତ୍ ଗୋଟାଏ ଦୁଇଟା ବଣ କୁକୁଡ଼ାର ଡାକ ଛଡ଼ା କୌଣସି ଶବ୍ଦ କାନରେ ଆସି ବାଜୁନାହିଁ ।

ତମ୍ବୁକୁ ଫେରିଲି । ବାଟରେ ଗୋଟାଏ ବଡ଼ ଶିମୂଲି ଗଛରେ ପଙ୍ଖାଏ ପଙ୍ଖାଏ ଜୁଲୁଜୁଲିଆ ପୋକ ଜ୍ୱଲି ଉଠୁଛନ୍ତି, ଘୁରି ଘୁରି ଚକ୍ରାକାରରେ ଉପରୁ ତଳକୁ, ତଳୁ ଉପରକୁ– ଆଲୁଅ-ଅନ୍ଧାର ପଟଭୂମିରେ ନାନା ପ୍ରକାର ଜ୍ୟାମିତିର କ୍ଷେତ୍ର ଅଙ୍କନ କରି ।

୩

ଦିନେ ଏଠାକୁ ଆସିଲେ କବି ବେଙ୍କଟେଶ୍ୱର ପ୍ରସାଦ। ଲମ୍ବା, ରୋଗା ଚେହେରା, ଦେହରେ କଳା ସାର୍ଜର କୋଟ୍, ପରିଧାନ ଦରମଇଲା ଧୋତି, ମଥାର କେଶ ରୁକ୍ଷ ଓ ଅଡୁଆ ମଉଡ଼ା, ବୟସ ଚାଳିଶ ଚପିଲାଣି।

ଭାବିଲି ଚାକିରୀ-ପ୍ରାର୍ଥୀ ବୋଧହୁଏ। ପଚାରିଲି– କଣ କହୁଛ?

ସେ କହିଲେ– ବାବୁଜୀଙ୍କର (ହଜୁର ବୋଲି ସମ୍ବୋଧନ କଲେ ନାହିଁ) ଦର୍ଶନପ୍ରାର୍ଥୀ ହୋଇ ଆସିଛି। ମୋର ନାମ ବେଙ୍କଟେଶ୍ୱର ପ୍ରସାଦ। ଘର ବିହାର ଶରୀଫ, ପାଟନା ଜିଲ୍ଲା। ଏଠାରେ ଚକ୍‌ମକିଟୋଲାରେ ରହେଁ, ଏଠାରୁ ତିନି ମାଇଲ ଦୂର।

– ଓ, କିନ୍ତୁ ଏଠାକୁ କାହିଁକି ଆସିଛ?

– ଯଦି ବାବୁଜୀ ଦୟା କରି ଅନୁମତି ଦିଅନ୍ତି, ତାହେଲେ କହିବି। ଆପଣଙ୍କର ସମୟ ନଷ୍ଟ କରୁ ନାହିଁ ତ?

ସେତେବେଳେ ମୁଁ ଭାବୁଥାଏ, ଲୋକଟି ଚାକିରୀ ପାଇଁ ଆସିଛି। କିନ୍ତୁ 'ହଜୁର' ନ କହିବାରୁ ସେ ମୋର ଶ୍ରଦ୍ଧା ଆକର୍ଷଣ କରିଥିଲା। କହିଲି– ବସନ୍ତୁ, ଏହି ତାତିରେ ଅନେକ ଦୂରରୁ ଚାଲି ଚାଲି ଆସିଛନ୍ତି।

ଆଉ ଗୋଟିଏ ବିଷୟ ଲକ୍ଷ୍ୟ କଲି– ଲୋକଟିର ହିନ୍ଦୀ ଖୁବ୍ ମାର୍ଜିତ। ସେ ରକମ ହିନ୍ଦୀରେ ମୁଁ କଥା କହିପାରିବି ନାହିଁ। ସିପାହୀ ପିଆଦା ଓ ଗ୍ରାମ୍ୟ ପ୍ରଜାମାନଙ୍କ ସାଙ୍ଗରେ ମୋର କାରବାର, ତେଣୁ ମୋର ହିନ୍ଦୀ ସେମାନଙ୍କ ଠାରୁ ଶିଖିଥିବା ଗାଉଁଲି ବୋଲି ସହିତ ବଙ୍ଗଳା ପ୍ରବାଦ ମିଶ୍ରିତ ଗୋଟାଏ ଖେଚୁଡ଼ି କହିବାକୁ ହେବ। ଏ ଧରଣର ଭଦ୍ର ଓ ପରିମାର୍ଜିତ, ଭବ୍ୟ ହିନ୍ଦୀ କେବେ ଶୁଣିଇ ନାହିଁ, ତାହା କହିବି ବା କିପରି? ସୁତରାଂ ଟିକିଏ ସାବଧାନ ସହକାରେ ପଚାରିଲି– ଆପଣଙ୍କ ଆଗମନର ଉଦ୍ଦେଶ୍ୟ କଣ କହନ୍ତୁ।

ସେ କହିଲେ– ମୁଁ ଆପଣଙ୍କୁ କେତୋଟି କବିତା ଶୁଣାଇବାକୁ ଆସିଛି।

ମୁଁ ଏକାବେଳେ ବିସ୍ମିତ ହୋଇଗଲି। ଏହି ଜଙ୍ଗଲରେ ମୋତେ କବିତା ଶୁଣାଇବାକୁ ଆସିବାର କି ଗରଜ ପଡ଼ିଛି ଏ ଲୋକଟିର, ହେଉ ପଛକେ କବି?

କହିଲି– ଆପଣ ଜଣେ କବି? ଖୁବ୍ ଖୁସି ହେଲି। ଖୁବ୍ ଆନନ୍ଦରେ ଆପଣଙ୍କ କବିତା ଶୁଣିବି। କିନ୍ତୁ ଆପଣ କିପରି ମୋର ସନ୍ଧାନ ପାଇଲେ?

– ଏହି ତିନି ମାଇଲ ଦୂରରେ ମୋର ଘର। ପାହାଡ଼ର ଠିକ୍ ଆର ପଟେ। ଆମ ଗ୍ରାମରେ ସମସ୍ତେ କହିଲେ କଲିକତାରୁ ଜଣେ ବଙ୍ଗାଳୀ ବାବୁ ଆସିଛନ୍ତି।

ଆପଣମାନଙ୍କ ପାଖରେ ବିଦ୍ୟାର ବଡ଼ ଆଦର, କାରଣ ଆପଣମାନେ ନିଜେ ବିଦ୍ବାନ୍ !
କବି କହିଛନ୍ତି-

ବିଦ୍ବତ୍ସୁ ସତ୍କବିର୍ବାଚା ଲଭତେ ପ୍ରକାଶଂ
ଛାତ୍ରେଷୁ କୁଟ୍ମଲସମଂ ତୃଣବଜ୍ଜଡ଼େଷୁ ।

ବେଙ୍କଟେଶ୍ବର ପ୍ରସାଦ ମୋତେ କବିତା ଶୁଣାଇଲା । କୌଣସି ଗୋଟାଏ ରେଲ-
ଲାଇନର ଟିକଟ ଚେକାର, ବୁକିଂ କ୍ଲାର୍କ, ଷ୍ଟେସନ ମାଷ୍ଟର, ଗାର୍ଡ ପ୍ରଭୃତିଙ୍କ ନାମ
ସହିତ ଜଡ଼ିତ ହୋଇ ଗୋଟିଏ ସୁଦୀର୍ଘ କବିତା । କବିତାଟି ଖୁବ୍ ଉଚ୍ଚଦରର ବୋଲି
ବୋଧ ହେଲା ନାହିଁ । ତଥାପି ମୁଁ ବେଙ୍କଟେଶ୍ବର ପ୍ରସାଦଙ୍କ ପ୍ରତି ଅବିଚାର କରିବାକୁ
ଚାହିଁଲି ନାହିଁ । ତାଙ୍କ ଭାଷା ମୁଁ ଭଲ କରି ବୁଝିପାରିଲି ନାହିଁ- ସତ କଥା କହିବାକୁ
ଗଲେ, ବିଶେଷ କିଛି ବୁଝିଲି ନାହିଁ । ତେବେ ସୁଦ୍ଧା ମଝିରେ ମଝିରେ ଉତ୍ସାହ ଓ
ସମର୍ଥନ ସୂଚକ ଶବ୍ଦ ଉଚ୍ଚାରଣ କରିବାକୁ ଲାଗିଲି ।

ବହୁତ ବେଳ କଟିଗଲା । ମାତ୍ର ବେଙ୍କଟେଶ୍ବର ପ୍ରସାଦ କବିତା ପାଠ ବନ୍ଦ
କଲେ ନାହିଁ, ଉଠିବାର ନାମ ଧରିବା ତ ଦୂରର କଥା ।

ଦୁଇ ଘଣ୍ଟା ପରେ ସେ ଟିକିଏ ଚୁପ ରହି ହସ ହସ ମୁଖରେ କହିଲେ –
ବାବୁଜୀଙ୍କୁ କିପରି ଲାଗିଲା ?

କହିଲି- ଚମତ୍କାର । ଏଭଳି କବିତା ମୁଁ ଖୁବ୍ କମ୍ ଶୁଣିଛି । ଆପଣ କୌଣସି
ପତ୍ର ପତ୍ରିକାକୁ ଆପଣଙ୍କ କବିତା ପଠାଉ ନାହାନ୍ତି କାହିଁକି ?

ବେଙ୍କଟେଶ୍ବର ଦୁଃଖର ସହିତ କହିଲେ- ବାବୁଜୀ, ଏ ଦେଶରେ ସମସ୍ତେ
ମୋତେ ପାଗଳ କହନ୍ତି । କବିତା ବୁଝିବା ଭଳି ଲୋକ କଣ ଏ ଦେଶରେ ଅଛନ୍ତି
ବୋଲି ଆପଣ ଭାବିଛନ୍ତି ? ଆପଣଙ୍କୁ ଶୁଣାଇ ମୋର ଆଜି ତୃପ୍ତି ହେଲା । ପ୍ରକୃତ
ସମଝଦାରଙ୍କୁ ଏସବୁ ଶୁଣାଇବାକୁ ହୁଏ । ତେଣୁ ଆପଣଙ୍କ କଥା ଶୁଣି ମୁଁ ଭାବୁଥିଲି
ଦିନେ ଠିକ୍ ସମୟରେ ଆସି ଆପଣଙ୍କୁ ଧରିବାକୁ ହେବ ।

ସେ ଦିନ ସେ ବିଦାୟ ନେଲେ, କିନ୍ତୁ ତହିଁ ପରଦିନ ଦି'ପହରେ ଆସି ଥରେ
ତାଙ୍କ ଗ୍ରାମକୁ ତାଙ୍କ ଘରକୁ ଯିବା ଲାଗି ମୋତେ ବ୍ୟତିବ୍ୟସ୍ତ କରିବାକୁ ଲାଗିଲେ ।
ଅନୁରୋଧ ଏଡ଼ି ନପାରି ତାଙ୍କ ସହିତ ଚାଲି ଚାଲି ଚକମକିଟୋଲା ଅଭିମୁଖେ ଚାଲି ।

ବେଳ ଗଡ଼ିବାକୁ ବସିଲାଣି । ସାମନାରେ ଗହମ-ଯବ ଖେତ ଉପରେ ବହୁ
ଦୂର ଯାଏ ଉତ୍ତର ଦିଗରେ ପାହାଡ଼ର ଛାଇ ପଡ଼ିଛି । ଚତୁର୍ଦ୍ଦିଗରେ କେମିତି ଗୋଟାଏ

ଶାନ୍ତି, ପଞ୍ଚାଏ ସିଲ୍ଲୀ ପକ୍ଷୀ କଣ୍ଟା-ବାଉଁଶ ବୁଦା ଉପରେ ଉଡ଼ି ଆସି ବସୁଛନ୍ତି, ଗ୍ରାମ୍ୟ ବାଳକ ବାଳିକାମାନେ ଗୋଟିଏ ଜାଗାରେ ଝରଣାର ଜଳରେ କି ଛୋଟ ଛୋଟ ମାଛ ଧରିବାରେ ଲାଗିଛନ୍ତି ।

ଗ୍ରାମ ଭିତରେ ଠେସାଠେସି ବସତି । ଚାଲକୁ ଚାଲ ଲାଗି ଘର, ଅନେକ ଘରେ ଅଗଣା ବୋଲି କିଛି ନାହିଁ । ବେଙ୍କଟେଶ୍ୱର ପ୍ରସାଦ ମୋତେ ଗୋଟିଏ ମଞ୍ଚ-ମଇଁଆ ଧରଣର ଖପରଲି ଘରକୁ ନେଇ ଗଲେ । ରାସ୍ତା କଡ଼ରେ ତାଙ୍କ ଘରର ବାହାର ବଖରା, ସେଠାରେ ଖଣ୍ଡିଏ କାଠ ଚୌକିରେ ମୁଁ ବସିଲି । ଟିକିଏ ପରେ କବି-ପତ୍ନୀଙ୍କୁ ବି ଦେଖିଲି- ସେ ସ୍ୱହସ୍ତରେ ଦହିବଡ଼ା ଓ ମକା ଭଜା ମୋ ପାଇଁ ଆଣି ଯେଉଁ ଚୌକିରେ ବସିଥିଲି ତାର ଏକ ପ୍ରାନ୍ତରେ ସ୍ଥାପନ କଲେ ସତ, କିନ୍ତୁ କଥା କହିଲେ ନାହିଁ, ଯଦିଚ ସେ ଅବଗୁଣ୍ଠନବତୀ ନଥିଲେ । ବୟସ ଚବିଶ-ପଚିଶ ହେବ, ବର୍ଷ ତେତେ ତୋଫା ନ ହେଲେ ବି ମନ୍ଦ ନୁହେଁ, ମୁଖଶ୍ରୀ ବେଶ୍ ଶାନ୍ତ, ସୁନ୍ଦରୀ ନ କହିଲେ ବି କବି ପତ୍ନୀ କୁରୂପା ନୁହନ୍ତି । ଚାଲି ଚଳଣରେ ଗୋଟାଏ ସରଳ, ଅନାୟାସ-ଶିଷ୍ଟତା ଓ ଶ୍ରୀ ବିଦ୍ୟମାନ ।

ଆଉ ଗୋଟାଏ ଜିନିଷ ଲକ୍ଷ୍ୟ କଲି- କବି ପତ୍ନୀଙ୍କର ସ୍ୱାସ୍ଥ୍ୟ । କେଜାଣି କାହିଁକି ଏ ଦେଶରେ ଯେଉଁଠାକୁ ଯାଇଛି, ସର୍ବତ୍ର ସ୍ୱାମୀମାନଙ୍କର ସ୍ୱାସ୍ଥ୍ୟ ବଙ୍ଗ ଦେଶର ସ୍ୱାମୀମାନଙ୍କ ଠାରୁ ବହୁ ଗୁଣରେ ଭଲ ବୋଲି ମନେ ହୋଇଛି । ମୋଟା ନୁହନ୍ତି, ଅଥଚ ବେଶ୍ ଲମ୍ବ, ନିଟୋଳ ଓ ଦଣ୍ଡିଲା ଗଢ଼ଣର ସ୍ତ୍ରୀ ଏ ଦେଶରେ ଯେତେ ବେଶୀ, ବଙ୍ଗ ଦେଶରେ ସେତେ ଦେଖି ନାହିଁ । କବି-ପତ୍ନୀ ବି ସେହି ଧରଣର ସ୍ତ୍ରୀଟିଏ ।

ଟିକିଏ ପରେ ସେ ଗୋଟିଏ ଗିନା ମଇଁଷି ଦହି ଆଣି ଖଟିଆରେ ଗୋଟିଏ ପାଖରେ ଥୋଇ ଦେଇ ଘୁଞ୍ଚି ଯାଇ ଦୁଆର-କବାଟର ଆଢୁଆଲରେ ଠିଆ ହେଲେ । ଚୁଡ଼ିର ହଲାଇବା ଶବ୍ଦ ଶୁଣି ବେଙ୍କଟେଶ୍ୱର ପ୍ରସାଦ ଉଠିପଡ଼ି ସ୍ତ୍ରୀଙ୍କ ନିକଟକୁ ଗଲେ ଏବଂ ତୁରନ୍ତ ସହାସ୍ୟ ବଦନରେ ଫେରି ଆସି କହିଲେ- ମୋର ସ୍ତ୍ରୀ କହୁଛନ୍ତି ଆପଣ ଆମର ବନ୍ଧୁ ହେଲେ, ବନ୍ଧୁକୁ ଟିକିଏ ଥଣ୍ଡା କରିବାକୁ ହୁଏ କିନା, ସେଥିପାଇଁ ଦହି ସାଙ୍ଗରେ ବେଶୀ କରି ପିପଲୀ, ଶୁଣ୍ଠି ଓ ଲଙ୍କା ଗୁଣ୍ଡା ମିଶା ଯାଇଛି-

ମୁଁ ହସି ହସି କହିଲି- ତାହା ଯଦି ହୁଏ, ତେବେ ମୋର ଏକା କାହିଁକି, ସମସ୍ତଙ୍କ ଆଖିରୁ ଯେମିତି ପାଣି ଗଡ଼ିବ, ସେଥିପାଇଁ ମୁଁ ପ୍ରସ୍ତାବ କରୁଛି ଏହି ଦହି ତିନିଜଣ ଖାଇବା । ଆସନ୍ତୁ- । କବି-ପତ୍ନୀ ଦୁଆର ଆଢୁଆଲରୁ ହସିଲେ । ମୁଁ ଛାଡ଼ିବାର ପାତ୍ର ନୁହେଁ, ତାଙ୍କୁ ଦହି ନ ଖୁଆଇ ଛାଡ଼ିଲି ନାହିଁ ।

ଟିକିଏ ପରେ କବି-ପତ୍ନୀ ଘର ଭିତରକୁ ଚାଲିଗଲେ ଏବଂ ଗୋଟିଏ ଥାଳିଆ

ଆଣି ପୁଣି ଖଟିଆ ପ୍ରାନ୍ତରେ ରଖିଦେଲେ । ଏଥର ମୋ ସାମନାରେ ଚାପା କୌତୁକ ମିଶ୍ରିତ ସ୍ଵରରେ ମୋତେ ଶୁଣାଇ କହିଲେ– ବାବୁଜୀଙ୍କୁ କୁହ, ଏଥର ଘରେ-ତିଆରି ପେଡ଼ା ଖାଇ ପାଟି-ଜ୍ଵଳା ଶାନ୍ତ କରନ୍ତୁ ।

କି ସୁନ୍ଦର ମିଠା ସ୍ତ୍ରୀ-ସୁଲଭ ଗାଉଁଲି ହିନ୍ଦୀ ବୋଲି ।

ଏ ଅଞ୍ଚଳର ସ୍ତ୍ରୀଲୋକଙ୍କ ମୁହଁରେ ଏହି ହିନ୍ଦୀର ଟାଣଟା ମୋତେ ଭାରି ଭଲ ଲାଗେ । ନିଜେ ଭଲ ହିନ୍ଦୀ କହିପାରେ ନାହିଁ ବୋଲି ମୋର କଥିତ ହିନ୍ଦୀ ପ୍ରତି ବେଜାୟ ଆକର୍ଷଣ । ବହିର ହିନ୍ଦୀ ନୁହେଁ– ଏହିସବୁ ପଲ୍ଲୀ ପ୍ରାନ୍ତରେ, ପାହାଡ଼ ତଳୀରେ, ଜଙ୍ଗଲୀ ଅଞ୍ଚଳ ମଝିରେ, ବିସ୍ତୀର୍ଣ୍ଣ ଶ୍ୟାମଳ ଯବ-ଗହମ ଖେତ ପାଖରେ, ଯେଉଁଠି ଚଳନଶୀଳ ଚମଡ଼ାର ରହଟ ମଇଁଷି ଦ୍ଵାରା ଘୂର୍ଷିତ ହୋଇ ବିଲରେ ଜଳ ସେଚନ କରୁଛି, ଯେଉଁଠି ଅସ୍ତସୂର୍ଯ୍ୟଙ୍କ ଛାୟାଭରା ଅପରାହ୍ନରେ ଦୂରର ନୀଳାଭ ଶୈଳଶ୍ରେଣୀ ଆଡ଼କୁ ଉଡ଼ନ୍ତା ବାଲି-ହଂସ ବା ସିଲ୍ଲୀ ବା ବଗ ଦଳ ଦଳ ହୋଇ ଗୋଟାଏ ଦୂର-ବିସର୍ପୀ ଭୂପୃଷ୍ଠର ଆଭାସ ବହନ କରି ଆଣନ୍ତି– ସେଠାକାର ସେହି ହଠାତ୍ ଶେଷ ହୋଇଯିବା, କେମିତିକା ଅଧା-ଅଧା, ଭଙ୍ଗା-ଭଙ୍ଗା କ୍ରିୟାପଦଯୁକ୍ତ ଏକ ଧରଣର ଭାଷା, ଯାହା ବିଶେଷ କରି ସ୍ତ୍ରୀ ଲୋକଙ୍କ ତୁଣ୍ଡରୁ ସାଧାରଣତଃ ଶୁଣାଯାଏ– ତାହା ପ୍ରତି ମୋର ଟାଣ ଖୁବ୍ ବେଶୀ ।

ହଠାତ୍ ମୁଁ କବିଙ୍କୁ କହିଲି– ଦୟା କରି ଆପଣଙ୍କର ଗୋଟିଏ ଦୁଇଟି କବିତା ପଢ଼ନ୍ତୁ ନା ?

ବେଙ୍କଟେଶ୍ଵର ପ୍ରସାଦଙ୍କ ମୁହଁ ଉସ୍ତାହରେ ଉଜ୍ଜ୍ଵଳ ଦେଖାଗଲା । ଗୋଟିଏ ଗ୍ରାମ୍ୟ ପ୍ରେମ-କାହାଣୀ ଅବଲମ୍ବନରେ ଯେଉଁ କବିତାଟି ରଚନା କରିଥିଲେ, ତାହା ପଢ଼ି ଶୁଣାଇଲେ । ଗୋଟିଏ ଛୋଟ ନଦୀର ଏପାରି ପଡ଼ିଆରେ ବସି ଜଣେ ତରୁଣ ଯୁବକ ଭୁଟା ଖେତ ଜଗିଥିଲା, ନଦୀର ସେପାରି ଘାଟକୁ ଗୋଟିଏ ଝିଅ ନିତି କଳସୀ-କାଖରେ ଜଳ ଭରିବାକୁ ଆସିଥିଲା । ଯୁବକଟି ଭାବୁଥିଲା ଝିଅଟି ଭାରି ସୁନ୍ଦରୀ । ସେ ଅନ୍ୟ ଆଡ଼କୁ ମୁହଁ ବୁଲାଇ ଶୁ‍ସୁରି ମାରି ଗୀତ ବୋଲୁଥିଲା, ଗୋରୁ ଛେଲି ଅଡ଼ାଉଥିଲା, ମଝିରେ ମଝିରେ ଝିଅଟି ଆଡ଼କୁ ଚାହୁଁଥିଲା । କେତେବେଳେ ଦୁହିଁଙ୍କର ଚାରି ଚକ୍ଷୁ ହୋଇ ଯାଇଛି । ତତ୍‌କ୍ଷଣାତ୍ ଲାଜରେ ଲାଲ ପଡ଼ିଯାଇ କିଶୋରୀ ଆଖି ନୁଆଁଇ ଦେଇଛି । ଯୁବକଟି ନିତି ଭାବେ, କାଲି ସେ ଝିଅଟିକୁ ଡାକି କଥା କହିବ । ଘରକୁ ଫେରି ଆସି ସେ ଝିଅଟିର କଥା ଭାବେ । କେତେ 'କାଲି' ଗଡ଼ିଗଲା, କେତେ 'କାଲି' ଆସିଲା, କେତେ ଚାଲିଗଲା– ମନର କଥା ଆଉ କୁହା ହୋଇପାରିଲା ନାହିଁ । ତା ପରେ ଦିନେ ଝିଅଟି ଆସିଲା ନାହିଁ, ପର ଦିନ ବି ଆସିଲା ନାହିଁ– ଦିନ, ସପ୍ତାହ, ମାସ କଟିଗଲା ।

କାହିଁ ସେ ପ୍ରତି-ଦିନର ସୁପରିଚିତା କିଶୋରୀ ? ଯୁବକଟି ହତାଶ ହୋଇ ନିତି ବିଲରୁ ଫେରି ଆସେ- ଭୀରୁ ପ୍ରେମିକ ସାହସ କରି କାହାକୁ କିଛି ପଚାରି ପାରେ ନା- କ୍ରମେ କ୍ରମେ ଯୁବକଟି ଦେଶ ଛାଡ଼ି ଚାକିରୀ କରିବାକୁ ଅନ୍ୟତ୍ର ଚାଲିଗଲା। ବହୁକାଳ ବିତିଯାଇଛି। କିନ୍ତୁ ଯୁବକଟି ସେହି ନଦୀ ଘାଟର ରୂପସୀ ବାଳିକାକୁ ଆଜି ଯାଏ ପାଶୋରି ପାରୁ ନାହିଁ।

ଦୂରର ନୀଳ ଶୈଳମାଳା ଓ ଦିଗନ୍ତ-ବିସ୍ତାରୀ ଶସ୍ୟକ୍ଷେତ୍ର ଉପରେ ଦୃଷ୍ଟି ନିବଦ୍ଧ କରି ପ୍ରାୟାନ୍ଧକାର ସନ୍ଧ୍ୟାରେ ଏହି କବିତାଟି ଶୁଣୁ ଶୁଣୁ କେତେ ଥର ମୋର ମନେ ହେଲା, ଏ କଣ ବେଙ୍କଟେଶ୍ୱର ପ୍ରସାଦର ନିଜ ଜୀବନର ଅଭିଜ୍ଞତା ? କବି ପ୍ରିୟାଙ୍କ ନାମ ହେଉଛି ରୁକ୍ମା, କାରଣ ସେହି ନାମରେ କବି ଗୋଟିଏ କବିତା ରଚିଛନ୍ତି, ଆଗରୁ ମୋତେ ତାହା ଶୁଣାଇ ଥିଲେ। ଭାବିଲି ଏପରି ଗୁଣବତୀ, ସ୍ୱରୂପା ରୁକ୍ମାକୁ ପାଇ ସୁଖୀ କବିଙ୍କ ବାଲ୍ୟ ଜୀବନର ସେ ଦୁଃଖ ଆଜିୟାଏ ବି କଣ ଦୂର ହୋଇନାହିଁ ?

ମୋତେ ତମ୍ବୁରେ ପହଞ୍ଚାଇ ଦେବା ସମୟରେ ବେଙ୍କଟେଶ୍ୱର ପ୍ରସାଦ ଗୋଟିଏ ବଡ଼ ବରଗଛ ଦେଖାଇ କହିଲେ- ସେହି ଯେଉଁ ବରଗଛ ଦେଖୁଛନ୍ତି ବାବୁଜୀ, ତାରି ତଳେ ସେ ଥର ସଭା ହୋଇଥିଲା, ଅନେକ କବି ଆସି କବିତା ପାଠ କରିଥିଲେ। ଏ ଦେଶରେ ତାକୁ କହନ୍ତି ମୁସାୟେରା। ମୋତେ ବି ନିମନ୍ତ୍ରଣ ହୋଇଥିଲା। ମୋର କବିତା ଶୁଣି ପାଟନାର ଈଶ୍ୱରୀ ପ୍ରସାଦ ଦୁବେ- ଚିହ୍ନନ୍ତି ଈଶ୍ୱରୀ ପ୍ରସାଦଙ୍କୁ ? - ବଡ଼ ସମଝଦାର ଲୋକ, 'ଦୂତ' ପତ୍ରିକାର ସମ୍ପାଦକ- ନିଜେ ମଧ ଜଣେ ଭଲ କବି- ମୋତେ ଖୁବ୍ ପ୍ରଶଂସା କରିଥିଲେ।

କଥା ଶୁଣି ମନେ ହେଲା ବେଙ୍କଟେଶ୍ୱର ନିଜ ଜୀବନରେ ଏହି ଥରେ ମାତ୍ର ସଭା ସମିତିରେ ଠିଆ ହୋଇ ନିଜର କବିତା ଆବୃତ୍ତି କରିବାକୁ ନିମନ୍ତ୍ରଣ ପାଇଥିଲେ ଏବଂ ସେହି ଦିନଟି ତାଙ୍କ ଜୀବନରେ ଗୋଟିଏ ଅତି ମହାନ ଓ ସ୍ମରଣୀୟ ଦିନ। ଏତେ ବଡ଼ ସମ୍ମାନ ସେ ଆଉ କେବେ ପାଇ ନାହାନ୍ତି।

ତ୍ରୟୋଦଶ ପରିଚ୍ଛେଦ

୧

ପ୍ରାୟ ତିନି ମାସ ପରେ ନିଜ ମାହାଲକୁ ଫେରିଆସିଲି । ଏତେ ଦିନ ସର୍ଭେ କାମ ଶେଷ ହେଲା ।

ଏଗାର କୋଶ ରାସ୍ତା । ଏହି ରାସ୍ତାରେ ସେ ଥର ସେହି ପୌଷ ସଂକ୍ରାନ୍ତି ମେଲାକୁ ଆସିଥିଲି– ସେହି ଶାଳ-ପଲାଶ ବଣ, ଶିଳାଖଣ୍ଡ ଆଚ୍ଛାଦିତ ମୁକ୍ତ-ପ୍ରାନ୍ତର, ଉଚ୍ଚନୀଚ ଶୈଳମାଳା । ଦୁଇ ଘଣ୍ଟା ଚାଲି କରି ଆସିବା ପରେ ଦୂରରେ ଦିଗ୍‌ବଲୟ କୋଳରେ ଗୋଟିଏ ଧୂସର ରେଖା ଦେଖାଗଲା– ମୋହନପୁରା ସଂରକ୍ଷିତ ଜଙ୍ଗଲ ।

ଆଜିକି ତିନିମାସ ହେଲା ଏହି ପରିଚିତ ଦିକ୍-କ୍ଷାପନ ଦୃଶ୍ୟଟି ଦେଖି ନାହିଁ । ଏତେ ଦିନ ହେଲା ଏଠାକୁ ଆସି ଲବ୍‌ଟୁଲିୟା ଓ ନାଢ଼ା ବଇହାର ଉପରେ ମୋର ଏମିତି ଗୋଟାଏ ମମତା ବସି ଯାଇଛି ଯେ, ୟାକୁ ଛାଡ଼ି କେଉଁଠି ବେଶୀ ଦିନ ରହିଲେ କଷ୍ଟ ହୁଏ, ମନେ ହୁଏ ଦେଶ ଛାଡ଼ି ବିଦେଶରେ ଅଛି । ଆଜି ତିନିମାସ ପରେ ମୋହନପୁରା ସଂରକ୍ଷିତ ଜଙ୍ଗଲର ସୀମାରେଖା ଦେଖି ପ୍ରବାସୀର ସ୍ୱଦେଶ-ପ୍ରତ୍ୟାବର୍ତ୍ତନର ଆନନ୍ଦ ଅନୁଭବ କଲି, ଯଦିଚ ଏକ୍ଷଣି ଲବ୍‌ଟୁଲିୟାର ସୀମା ଏଠାରୁ ସାତ-ଆଠ ମାଇଲ ଦୂର ହେବ ।

ଗୋଟିଏ ଛୋଟ ପାହାଡ଼ ତଳେ ଗୋଟିଏ ଜାଗାରେ କିଛି ଜଙ୍ଗଲ କାଟି କୁସୁମ ଫୁଲ ଆବାଦ ହୋଇଛି– ଏକ୍ଷଣି ପାଚିବା ବେଳ, କଟାଳୀ ମୂଲିଆ ସବୁ ଖେତରେ କାମ କରୁଛନ୍ତି ।

ମୁଁ ଖେତ ପାଖ ରାସ୍ତାରେ ଯାଉଛି, ହଠାତ୍ ଖେତ ଆଡ଼ୁ କିଏ ମୋତେ ଡାକିଲା– ବାବୁଜୀ, ଓ ବାବୁଜୀ– ବାବୁଜୀ–

ଚାହିଁ ଦେଖେ ତ, ଆରବର୍ଷର ସେହି ମଞ୍ଜୀ !

ବିସ୍ମିତ ହେଲି, ଆନନ୍ଦିତ ମଧ୍ୟ ହେଲି । ଘୋଡ଼ା ଅଟକାଇବାରୁ ମଞ୍ଜୀ ହସ-ମୁଖରେ ଦୁଆ-ହାତରେ ଧାଇଁ ଆସି ଘୋଡ଼ା ପାଖରେ ଠିଆ ହେଲା । କହିଲା- ମୁଁ ଦୂରରୁ ଘୋଡ଼ା ଦେଇ ମାଲୁମ୍ କରିଛି କେଉଁଠାକୁ ଯାଇଥିଲେ ବାବୁଜୀ ?

ମଞ୍ଜୀ ଦେଖିବାକୁ ଠିକ୍ ସେମିତି ଅଛି- ବରଂ ଆହୁରି ଟିକିଏ ସ୍ୱାସ୍ଥ୍ୟବତୀ ହୋଇଛି । କୁସୁମ-ଫୁଲର ପାଖୁଡ଼ାରେ ରେଣୁ ଲାଗି ତାହାର ହାତ ଓ ପରିହିତ ଶାଢ଼ୀର ସାମନା ପଟଟା ରଙ୍ଗୀନ ହୋଇ ଯାଇଛି ।

କହିଲି- ବହରାବୁରୁ ପାହାଡ଼ ତଳେ କାମ ହେଉଥିଲା, ସେଠାରେ ତିନିମାସ ଥିଲି । ସେଠାରୁ ଫେରୁଛି । ତୁମେ ସବୁ ଏଠାରେ କଣ କରୁଛ ?

- କୁସୁମ-ଫୁଲ କାଟୁଛୁଁ, ହଜୁର । ବେଳ ହୋଇ ଗଲାଣି, ଏ ବେଳାଟା ଏଠାରେ ଓହ୍ଲାନ୍ତୁ । ଏହି ତ ପାଖରେ ଖପୁରୀ ।

ମୋର କୌଣସି ଆପତ୍ତି ରହିଲା ନାହିଁ । ମଞ୍ଜୀ କାମ ଛାଡ଼ି ଦେଇ ମୋତେ ସେମାନଙ୍କ ଖୁପରୀକୁ ନେଇଗଲା । ମଞ୍ଜୀର ସ୍ୱାମୀ ନକ୍ଛେଦୀ ଭକତ ମୋର ଆଗମନ ସମ୍ୱାଦ ଶୁଣି ଖେତରୁ ଦୌଡ଼ି ଆସିଲା ।

ନକ୍ଛେଦୀ ଭକତର ପ୍ରଥମ-ପକ୍ଷ ସ୍ତ୍ରୀ ଖୁପରୀ ଭିତରେ ରୋଷାଇବାସ କରୁଥିଲା, ସେ ବି ମୋତେ ଦେଖି ଖୁସି ହେଲା ।

ମାତ୍ର ମଞ୍ଜୀ ସବୁ କାମରେ ଅଗ୍ରଣୀ । ସେ ମୋ ପାଇଁ ଗହମ ନଡ଼ା ବହଳ କରି ବିଛାଇ ବସିବାର ଆସନ କରିଦେଲା । ଗୋଟିଏ ଛୋଟ ଗିନାରେ ମହୁଆ ତେଲ ଆଣି ଥୋଇ ଦେଇ ମୋତେ ସ୍ନାନ କରି ଆସିବାକୁ କହିଲା ।

କହିଲା- ଚାଲନ୍ତୁ, ମୁଁ ସାଙ୍ଗରେ ନେଇ ଯାଉଛି- ସେହି ଟୋଲାର ଦକ୍ଷିଣରେ ଗୋଟାଏ ଛୋଟ କୁଣ୍ଡୀ ଅଛି । ଭଲ ପାଣି ।

କହିଲି- ସେ ପାଣିରେ ମୁଁ ଗାଧୋଇବି ନାହିଁ, ମଞ୍ଜୀ । ଟୋଲା-ସାରା ଲୋକେ ସେହି ପାଣିରେ ଲୁଗା କାଚନ୍ତି, ମୁହଁ ଧୁଅନ୍ତି, ସ୍ନାନ କରନ୍ତି, ବାସନ ବି ମାଜନ୍ତି । ସେ ପାଣି ଭାରି ଖରାପ ହେବ । ତୁମେ ସବୁ କଣ ଏଠାରେ ସେହି ପାଣି ପିଉଛ ? ତାହାହେଲେ ମୁଁ ଉଠିଲି । ମୁଁ ସେ ପାଣି ପିଇବି ନାହିଁ ।

ମଞ୍ଜୀ ଅଡୁଆରେ ପଡ଼ିଗଲା । ଜଣାଗଲା, ଏମାନେ ବି ସେହି ପାଣି ଛଡ଼ା ଅନ୍ୟ ପାଣି କେଉଁଠୁ ପାଇବେ ଯେ ତାହା ଖାଇବେ ନାହିଁ ! ନ ଖାଇ ଆଉ ଗତି ଅଛି ?

ମଞ୍ଜୀର ବିଷଣ୍ଣ ମୁଖ ଦେଖି ମୋତେ କଷ୍ଟ ହେଲା । ଏମାନେ ଏହି ଦୂଷିତ ପାଣି ମହା ଆନନ୍ଦ ମନରେ ପାନ କରି ଆସୁଛନ୍ତି, କେବେ ହେଲେ ଭାବନ୍ତି ନାହିଁ ଏ

ପାଣିରେ ପୁଣି ଅନ୍ୟ କିଛି ଥାଇପାରେ। ଯଦି ମୁଁ ଆଜି ପାଣିର ବାହାନାରେ ଏମାନଙ୍କର ଆତିଥ୍ୟ ଗ୍ରହଣ ନ କରି ଚାଲିଯାଏ, ସରଳ ପ୍ରାଣା ନାରୀଟିର ମନରେ ଖୁବ୍ ଆଘାତ ଲାଗିବ।

ମାଞ୍ଝୀକୁ କହିଲି- ବେଶ୍, ସେହି ପାଣିକୁ ଆଞ୍ଚ କରି ଫୁଟାଇ ଦିଅ- ତାହା ହେଲେ ପିଇବି। ସ୍ନାନ କରିବା ପଛକେ ଥାଉ।

ମାଞ୍ଝୀ କହିଲା- କାହିଁକି ବାବୁଜୀ, ମୁଁ ଆପଣଙ୍କ ପାଇଁ ଟିଣେ ପାଣି ଫୁଟାଇ ଦେଉଛି, ସେଥିରେ ଆପଣ ସ୍ନାନ କରନ୍ତୁ। ଏଖଣି ତ ସେମିତି କିଛି ବେଶୀ ବେଳ ହୋଇନାହିଁ। ମୁଁ ପାଣି ନେଇ ଆସୁଛି, ବସନ୍ତୁ।

ମାଞ୍ଝୀ ପାଣି ଆଣି ରୋଷାଇ କରିଦେଲା। କହିଲା- ମୋ ହାତରୁ ତ ଖାଇବେ ନାହିଁ ବାବୁଜୀ, ଆପଣ ତେବେ ନିଜେ ରାନ୍ଧନ୍ତୁ ନା ?

- କାହିଁକି ଖାଇବି ନାହିଁ, ତୁମେ ଯାହା ପାରୁଛ ସେୟା ରାନ୍ଧ।

- ତାହା ହେବ ନାହିଁ ବାବୁଜୀ, ଆପଣ ରାନ୍ଧନ୍ତୁ। ଦିନକ ପାଇଁ ଆପଣଙ୍କ ଜାତି କାହିଁକି ମାରିବି ? ମୋର ପାପ ହେବ।

- କିଛି ହେବ ନାହିଁ। ମୁଁ ତୁମକୁ କହୁଛି, ଏଥିରେ କୌଣସି ଦୋଷ ଲାଗିବ ନାହିଁ।

ଅଗତ୍ୟା ମାଞ୍ଝୀ ରାନ୍ଧିବାକୁ ବସିଲା। ରନ୍ଧନର ଆୟୋଜନ ବିଶେଷ କିଛି ନୁହେଁ- ମୋଟା ମୋଟା ହାତ ତିଆରି କେତେ ପଟ ରୋଟି ଓ ବଣ ତରଡ଼ିର ତରକାରୀ। ନକଛେଦୀ କେଉଁଠୁ ଭାଞ୍ଚେ ମଇଁଷି ଦୁଧ ଯୋଗାଡ଼ କରି ଆଣିଲା।

ରାନ୍ଧି ବସି ମାଞ୍ଝୀ ଏତେ ଦିନ କେଉଁଠି କେଉଁଠି ଘୁରି ବୁଲିଛି, ସେ ସବୁ କଥା ଗପିବାକୁ ଲାଗିଲା। ପାହାଡ଼ ଅଞ୍ଚଳକୁ ବିରି କାଟିବାକୁ ଯାଇ ଗୋଟାଏ ରାମ-ଛେଲି- ଛୁଆ ପାଲିଥିଲା, ସେଟା କେମିତି ହଜିଗଲା ସେ କଥା ମୋତେ ବସି ଶୁଣିବାକୁ ହେଲା।

ମୋତେ କହିଲା- ବାବୁଜୀ, କାଁକୋୟାଡ଼ା-ରାଜାଙ୍କ ଜମିଦାରୀରେ ଯେଉଁ ଗରମ ପାଣିର କୁଣ୍ଡ ଅଛି ଜାଣନ୍ତି ? ଆପଣ ତ ତାରି ନିକଟକୁ ଯାଇଥିଲେ, ସେଠାକୁ ଯାଇ ନାହାନ୍ତି ?

ମୁଁ କହିଲି- କୁଣ୍ଡ କଥା ଶୁଣିଛି, କିନ୍ତୁ ସେଠାକୁ ଯିବା ମୋ କପାଳରେ ଘଟିଲା ନାହିଁ।

ମାଞ୍ଝୀ କହିଲା- ଜାଣନ୍ତି ବାବୁଜୀ, ମୁଁ ସେଠାରେ ଗାଧୋଇବାକୁ ଯାଇ ମାଡ଼ ଖାଇଥିଲି। ମୋତେ ଗାଧୋଇବାକୁ ଦେଲେ ନାହିଁ।

ମଞ୍ଝୀର ସ୍ୱାମୀ କହିଲା– ହଁ, ସେ ଗୋଟାଏ କାଣ୍ଡ ବାବୁଜୀ। ଭାରି ବଦମାସ ସେଠାକାର ପଣ୍ଡାମାନେ।

ପଚାରିଲି– କଥା କଣ ?

ମଞ୍ଝୀ ତାହାର ସ୍ୱାମୀକୁ କହିଲା– କହୁନା ତୁମେ ସବୁ କଥା ବାବୁଜୀଙ୍କୁ। ବାବୁଜୀ କଲିକତାରେ ରହନ୍ତି, ସେ ଲେଖି ଦେବେ। ତାହେଲେ ବଦମାସ ଗୁଣ୍ଠାଙ୍କର ମଜା ବାହାରିଯିବ।

ନକ୍‌ଛେଦୀ କହିଲା– ବାବୁଜୀ, ତା ଭିତରେ ସୁରଜ-କୁଣ୍ଡ ଖୁବ୍‌ ଭଲ ଜାଗା। ଯାତ୍ରୀମାନେ ସେଠାରେ ସ୍ନାନ କରନ୍ତି। ଆମେ ସବୁ ଅମଲାତଳୀ ପାହାଡ଼ ତଳେ ବିରି କାଟୁଥ୍‌ଲୁ, ପୂର୍ଣ୍ଣିମା ଯୋଗ ପଡ଼ିଲା। ମଞ୍ଝୀ ଖେତକାମ ବନ୍ଦ କରି ଗାଧୋଇବାକୁ ଗଲା। ମୋତେ ସେ ଦିନ ଜର, ମୁଁ ଗାଧୋଇବି ନାହିଁ। ବଡ଼ ବୋହୂ ତୁଲସୀ ମଧ ଗଲା ନାହିଁ, ତାହାର ସେତେ ଧର୍ମର ପାଗଲାମୀ ନାହିଁ। ମଞ୍ଝୀ ସୁରଜ-କୁଣ୍ଡରେ ଗାଧୋଇବାକୁ ଯାଉଛି, ପଣ୍ଡାମାନେ କହିଲେ– ଏ, ସେଠାରେ କାହିଁକି ଓହ୍ଲାଉଛୁ ? ସେ କହିଲା– ପାଣିରେ ଗାଧୋଇବି। ସେମାନେ କହିଲେ– ତୁ କି ଜାତି ? ଏ କହିଲା– ଗାଙ୍ଗୋତା। ତହୁଁ ସେମାନେ କହିଲେ– ଗାଙ୍ଗୋତାଣୀକୁ ଆମେ କୁଣ୍ଡର ପାଣିରେ ଗାଧୋଇବାକୁ ଦେଉ ନାହିଁ, ବାହାର ଏଠୁ। ଆପଣ ତ ଜାଣନ୍ତି ସେ କେମିତି ତେଜୀ ମାଇକିନା। ସେ କହିଲା– ଏ ତ ପାହାଡ଼ୀ ଝରଣା, ଯେ ପାରେ ସେ ଗାଧୋଇ ପାରେ। ଏହି ତ କେତେ ଲୋକ ଗାଧୋଉଛନ୍ତି। ସେମାନେ ସମସ୍ତେ କଣ ବ୍ରାହ୍ମଣ ଆଉ ଛତ୍ରୀ ? ଏହା କହି ସେ ଯେମିତି ଓହ୍ଲାଇବାକୁ ବସିଛି, ଦୁଇଜଣ ଧାଇଁ ଆସି ତାକୁ ଟାଣି ନେଇ ମାରି ମାରି ସେଠାରୁ ତଡ଼ି ଦେଲେ। ସେ କାନ୍ଦି କାନ୍ଦି ଫେରି ଆସିଲା।

– ତା'ପରେ କଣ ହେଲା ?

– କଣ ହେବ ଆଉ ବାବୁଜୀ ? ଆମେ ଗରିବ ଗାଙ୍ଗୋତ କଟାଳୀ ମୂଲିଆ। ଆମ ଫେରାଦ କିଏ ଶୁଣିବ ? ମୁଁ କହିଲି, କାନ୍ଦ ନା, ତୋତେ ମୁଁ ମୁଙ୍ଗେରର ସୀତାକୁଣ୍ଡରେ ସ୍ନାନ କରାଇ ଆଣିବି।

ମଞ୍ଝୀ କହିଲା– ବାବୁଜୀ, ଆପଣ ଏ କଥାଟା ଟିକିଏ ଲେଖିଦେବେ ? ଆପଣମାନଙ୍କର ବଙ୍ଗାଳୀ ବାବୁମାନଙ୍କର କଲମର ଜୋର ଖୁବ୍‌ ବେଶୀ। ପାଜିଗୁଡ଼ାକ ଟିକିଏ ଜବ୍ଦ ହୋଇଯିବେ।

ଉତ୍ସାହ ସହକାରେ କହିଲି– ନିଶ୍ଚୟ ଲେଖିବି।

ତାପରେ ମଞ୍ଝୀ ପରମ ଯତ୍ନରେ ମୋତେ ଖୁଆଇଲା। ତାହାର ଆଗ୍ରହ ଓ ସେବା ଯତ୍ନ ମୋତେ ଭାରି ଭଲ ଲାଗିଲା।

ବିଦାୟ ନେବା ସମୟରେ ତାକୁ ବାରମ୍ବାର କହିଲି- ଆଗାମୀ ବୈଶାଖ ମାସରେ ଯବ-ଗହମ କାଟିବା ବେଳେ ସେମାନେ ଯେମିତି ନିଶ୍ଚୟ ଆମ ଲବ୍‌ଟୁଲିୟା - ବଇହାରକୁ ଯାଆନ୍ତି ।

ମଞ୍ଚୀ କହିଲା- ନିଶ୍ଚୟ ଯିବୁ ବାବୁଜୀ । ସେ କଥା କଣ ଆପଣଙ୍କୁ କହିବାକୁ ପଡ଼ିବ ।

ମଞ୍ଚୀର ଆତିଥ୍ୟ ଗ୍ରହଣ କରି ଚାଲିଆସିବା ସମୟରେ ମନେ ହେଲା, ସେ ଯେମିତି ଆନନ୍ଦ, ସ୍ୱାସ୍ଥ୍ୟ ଓ ସାରଲ୍ୟର ଏକ ପ୍ରତିମୂର୍ତ୍ତି । ସେ ଯେମିତି ଏହି ବନଭୂମିର ବନଲକ୍ଷ୍ମୀ, ପରିପୂର୍ଣ୍ଣ ଯୌବନା, ପ୍ରାଣମୟୀ, ତେଜସ୍ୱିନୀ ଅଥଚ ମୁଗ୍ଧା, ଅନଭିଜ୍ଞା, ବାଲିକାସ୍ୱଭାବା ।

ବଙ୍ଗାଳୀର କଲମ ଉପରେ ଅସୀମ ନିର୍ଭରଶୀଳା ଏହି ବନ୍ୟନାରୀଟି ନିକଟରେ ସେ ଦିନ ଯେଉଁ ଅଙ୍ଗୀକାର କରି ଆସିଥିଲି, ଆଜି ତାହା ପାଳନ କଲି- ଜାଣେ ନା ଏତେ ଦିନ ପରେ ଏଥରେ ତାହାର କି ଉପକାର ହେବ । ଏତେ ଦିନ ପରେ ସେ କେଉଁଠି କିପରି ଅଛି, ବଞ୍ଚି ରହିଛି କି ନା ତାହା ବି କିଏ ଜାଣେ !

୨

ଶ୍ରାବଣ ମାସ । ଅନେକ ଦିନ ହେଲା ନବୀନ ମେଘ ଭାଙ୍ଗି ପଡ଼ିଛି । ନାଡ଼ା ଓ ଲବ୍‌ଟୁଲିୟା-ବଇହାରରେ କିୟା ଗ୍ରାଣ୍ଟ ସାହେବଙ୍କ ବରଗଛ ତଳେ ଠିଆ ହୋଇ ଚାରିଆଡ଼କୁ ଅନାଇ, ଖାଲି ଦେଖିବ ନବୀନ ଅଙ୍କୁର କାଶବଣ ସବୁଜ ସମୁଦ୍ର ପରି ଦିଶୁଛି ।

ଦିନେ ରାଜା ଦୋବରୁ ପାନ୍ନାଙ୍କ ଠାରୁ ଚିଠି ପାଇ ଶ୍ରାବଣ ପୂର୍ଣ୍ଣିମାରେ ତାଙ୍କ ସେଠାରେ ଝୁଲଣୋସ୍ବର ନିମନ୍ତ୍ରଣ ରକ୍ଷା କରିବାକୁ ବାହାରି ପଡ଼ିଲି । ରାଜୁ ଓ ମଟୁକନାଥ ଛାଡ଼ିଲେ ନାହିଁ, ସେମାନେ ବି ମୋ ସାଙ୍ଗରେ ଚାଲିଲେ । ଚାଲି କରି ଯିବେ ବୋଲି ସେମାନେ ମୋ ଆଗରୁ ବାହାରି ଯାଇଥିଲେ ।

ଦେଢ଼ଟା ବେଳେ ଡଙ୍ଗାରେ ମିଛି ନଦୀ ପାରିହେଲୁ । ଦଳର ସମସ୍ତେ ପାରି ହେଉ ହେଉ ଅଢ଼େଇଟା ବାଜିଗଲା । ଦଳଟିକୁ ପଛରେ ପକାଇ ଦେଇ ମୁଁ ଆଗେ ଘୋଡ଼ା ଛୁଟାଇ ଦେଲି ।

ପଶ୍ଚିମରେ ଘନ ମେଘ ଘୋଟି ଆସିଲା । ତାପରେ ଝମ୍ ଝମ୍ ହୋଇ ବର୍ଷା ହେଲା ।

ସେହି ଅରଣ୍ୟ-ପ୍ରାନ୍ତରେ ବର୍ଷାର କି ଅପୂର୍ବ ଦୃଶ୍ୟ ଦେଖିଲି। ମେଘ ଖଣ୍ଡରେ ଦିଗନ୍ତର ଶୈଲମାଳା ନୀଲ, ଈଷତ୍ କଳା ବିଦ୍ୟୁଦ୍‌ଗର୍ଭ ମେଘରେ ଆକାଶ ଆଚ୍ଛନ୍ନ, ରାସ୍ତା କଡ଼ରେ କ୍ବଚିତ୍ ଶାଲ କି କେନ୍ଦୁ ଗଛର ଶାଖାରେ ମୟୂର ପୁଚ୍ଛ ମେଲି ନୃତ୍ୟ-ପରାୟଣ, ପାହାଡ଼ୀ ଝରଣାର ଜଳରେ ଗ୍ରାମ୍ୟ ବାଳକ-ବାଳିକା ମହା ଉସ୍ସାହରେ ଶାଲ-ଡାଙ୍ଗୀ ଓ ବଣ-ବାଉଁଶର କାଠି ପୋତି ଛୋଟ ମାଛ ଧରୁଛନ୍ତି, ଧୂସର ଶିଳାଖଣ୍ଡ ଭିଜି କଳା ଦେଖାଯାଉଛି, ତାହା ଛଡ଼ା ମଇଁଷି ଜଗୁଥିଲା କଣ୍ଠା ଶାଲପତ୍ରର ଲମ୍ବା ପିକା ଟାଣୁଛି। ଶାନ୍ତ ସ୍ତବ୍ଧ ଦେଶ- ଅରଣ୍ୟ ପରେ ଅରଣ୍ୟ, ପ୍ରାନ୍ତର ପରେ ପ୍ରାନ୍ତର, ଖାଲି ଝରଣା, ପାହାଡ଼ୀ ଗ୍ରାମ, ରଙ୍ଗ ମାଟିର ଜମି, କ୍ବଚିତ୍ କେଉଁଠି ପୁଷ୍ପିତ କଦମ୍ବ ବା ପିଆଲ ବୃକ୍ଷ। ସନ୍ଧ୍ୟା ଆଗରୁ ମୁଁ ରାଜା ଦୋବରୁ ପାନ୍ନାଙ୍କ ରାଜଧାନୀରେ ପହଞ୍ଚିଗଲି।

ସେଠରର ସେହି ଚାଳ ଘର ଖଣ୍ଡିକ ଅତିଥିମାନଙ୍କର ଅଭ୍ୟର୍ଥନା ସକାଶେ ଚମତ୍କାର ଭାବରେ ଲିପାପୋଛା ହୋଇ ରଖା ଯାଇଥିଲା। କାନ୍ଥରେ ଗେରୁ ମାଟିର ରଙ୍ଗ, ପଦ୍ମ ଗଛ ଓ ମୟୂର ଅଙ୍କିତ, ଶାଲ କାଠର ଖୁଣ୍ଟରେ ଲତା ଓ ଫୁଲ ବନ୍ଧା ଯାଇଛି। ଏ ଯାଏ ମୋର ବିଛଣା ପତ୍ର ଆସି ପହଞ୍ଚି ନାହିଁ, ମୁଁ ଘୋଡ଼ାରେ ଆସି ଆଗେ ପହଞ୍ଚିଗଲି- କିନ୍ତୁ ସେଠରେ କୌଣସି ଅସୁବିଧା ହେଲା ନାହିଁ। ଘରେ ନୂଆ ସପ ପଡ଼ିଥିଲା, ଗୋଟାଏ ଦୁଇଟା ସଫା ତକିଆ ଦିଆ ହେଲା।

ଟିକିଏ ପରେ ଭାନୁମତୀ ଗୋଟିଏ ବଡ଼ ପିତଳ ଥାଳିଆରେ କିଛି କଟା ଫଳମୂଲ ଓ ଗିନାରେ ଗହମ ଦୁଧ ଘେନି ଘରେ ପ୍ରବେଶ କଲା, ଏବଂ ତା ପଛେ ପଛେ ତାରି ବୟସୀ ଆଉ ଗୋଟିଏ ଝିଅ ଗୋଟିଏ କଣ୍ଠା ଶାଲପତ୍ରରେ ଗୋଟା ପାନ, ଗୋଟା ଗୁଆ ଓ ଅନ୍ୟାନ୍ୟ ପାନମସଲା ସଜାଇ ନେଇ ଆସିଲା।

ଭାନୁମତୀର ପରିଧାନ ଖଣ୍ଡିଏ ଜାମୁ-ରଙ୍ଗର ଅଣଓସାରିଆ ଶାଢ଼ୀ ଆଣ୍ଠୁ ଉପରେ ରହିଛି, ବେକରେ ସବୁଜ ଓ ଲାଲ ପୁତି ମାଲା, ଗୋଭାରେ ଜଳଜ ସ୍ବାଇଡ଼ାର ଲିଲି ଫୁଲ ଉଠିଛି- ତାହାର ନିଟୋଳ ଦେହରେ ଯୌବନର ଉଚ୍ଛଳିତ ଲାବଣ୍ୟର ବନ୍ୟା ଆସିଛି, କିନ୍ତୁ ଚାହାଣୀରେ ତାକୁ ଯେଉଁ ସରଳା ବାଳିକା ଦେଖିଥିଲି ସେହି ସରଳା ବାଳିକା ଅଛି।

ପଚାରିଲି- କଣ ଭାନୁମତୀ, ଭଲ ଅଛ ?

ଭାନୁମତୀ ନମସ୍କାର କରି ଜାଣେ ନା- ମୋ କଥାର ଉତ୍ତରରେ ସରଳ ହସି ହସି କହିଲା- ଆପଣ, ବାବୁଜୀ ?

- ମୁଁ ଭଲ ଅଛି।

- କିଛି ଖାଆନ୍ତୁ। ଦିନସାରା ଘୋଡ଼ାରେ ବସି ବସି ଭାରି ଭୋକ ଲାଗିବଣି।

ମୋର ଜବାବକୁ ଅପେକ୍ଷା ନକରି ସେ ମୋ ସାମନାରେ ଭୂଇଁରେ ଆଣ୍ଠୁ ମାଡ଼ି ବସି ପଡ଼ିଲା ଏବଂ ପିତଳ ଥାଳିଆରୁ ଦୁଇଖଣ୍ଡ ଅମୃତଭଣ୍ଡା ଉଠାଇ ମୋ ହାତରେ ଦେଲା ।

ମୋତେ ଭଲ ଲାଗିଲା- ଯାର ନିଃସଙ୍କୋଚ ବନ୍ଧୁତ୍ୱ । ବଙ୍ଗ ଦେଶର ମଣିଷଙ୍କ ପାଖରେ ଏହା କି ଅଦ୍ଭୁତ ଧରଣର, ଅପ୍ରତ୍ୟାଶିତ ଧରଣର ନୂତନ, ସୁନ୍ଦର ଓ ମଧୁର । କୌଣସି ବଙ୍ଗାଳୀ କୁମାରୀ ଅନାଘ୍ରାୟା ଷୋଡଶୀ କଣ ଏମିତି ବ୍ୟବହାର କରେ ? ଝିଅମାନଙ୍କ ସମ୍ପର୍କରେ ଆମର ମନ ସଦା ସର୍ବଦା ଯେମିତି କେଉଁଠି ଗଣ୍ଠି ପଡ଼ି ଆବଦ୍ଧ ହୋଇ ରହିଛି । ସେମାନଙ୍କ ସମ୍ୱଦରେ ନା ପ୍ରାଣ ଖୋଲି ଭାବିପାରୁଁ, ନା ସେମାନଙ୍କ ସାଙ୍ଗରେ ମନ ଖୋଲି ମିଶି ପାରୁଁ ।

ଆହୁରି ଦେଖିଛି, ଏ ଦେଶର ପ୍ରାନ୍ତର ଯେମିତି ଉଦାର, ଆଉ ଅରଣ୍ୟାନୀ, ମେଘମାଳା ଓ ଶୈଲଶ୍ରେଣୀ ଯେମିତି ମୁକ୍ତ ଓ ଦୁରଚ୍ଛେଦା-ଭାନୁମତୀର ବ୍ୟବହାର ସେମିତି ସଙ୍କୋଚହୀନ, ସରଳ, ବାଧାହୀନ । ମଣିଷ ସହିତ ମଣିଷର ବ୍ୟବହାର ପରି ସ୍ୱାଭାବିକ । ଏଭଳି ବ୍ୟବହାର ପାଇଛି ମଞ୍ଝୀ ଠାରୁ ଓ ବଙ୍କେଟେଶ୍ୱର ପ୍ରସାଦଙ୍କ ସ୍ୱୀଠାରୁ । ଅରଣ୍ୟ ଓ ପାହାଡ଼ ଏମାନଙ୍କ ମନକୁ ମୁକ୍ତ ଦେଇଛି ଓ ଦୃଷ୍ଟିକୁ ଉଦାର କରିଛି- ଏମାନଙ୍କର ଭଲ ପାଇବା ବି ସେହି ଅନୁପାତରେ ମୁକ୍ତ, ଦୃଢ଼, ଉଦାର । ମନ ବଡ଼ ବୋଲି ଏମାନଙ୍କର ଭଲ ପାଇବା ମଧ ବଡ଼ ।

କିନ୍ତୁ ଭାନୁମତୀର ପାଖରେ ବସି ହାତକୁ ବଢ଼ାଇ ଦେଇ ଖୁଆଇବାର ତୁଲନା କରି ହୁଏନା । ସେହି ଦିନ ଜୀବନରେ ସର୍ବପ୍ରଥମେ ମୁଁ ଅନୁଭବ କଲି ନାରୀର ନିଃସଙ୍କୋଚ ବ୍ୟବହାରର ମାଧୁର୍ଯ୍ୟ । ଯେତେବେଳେ ସ୍ନେହ କରେ, ସେତେବେଳେ ପୃଥିବୀରେ ସେ କଣ ସ୍ୱର୍ଗର ଦ୍ୱାର ଖୋଲି ଦିଏ ।

ଭାନୁମତୀ ଭିତରେ ଯେଉଁ ଆଦିମ ନାରୀ ଅଛି, ସଭ୍ୟ ସମାଜରେ ସେହି ନାରୀର ଆମ୍ମା ସଂସ୍କାର ଓ ବନ୍ଧନର ଚାପାରେ ମୂର୍ଚ୍ଛିତ ।

ସେ ଥର ଯେଭଳି ବ୍ୟବହାର ପାଇଥିଲି, ଏଥରର ବ୍ୟବହାର ତା ଠାରୁ ବଳି ଆପଣାର । ଭାନୁମତୀ ବୁଝି ପାରିଛି, ଏ ବଙ୍ଗାଳୀ ବାବୁ ତାଙ୍କ ପରିବାରର ବନ୍ଧୁ, ତାଙ୍କ ଶୁଭାକାଂକ୍ଷୀ ଆପଣାର ଲୋକଙ୍କ ଭିତରେ ଗଣ୍ୟ- ସୁତରାଂ ତାହାଠାରୁ ଯେଉଁ ବ୍ୟବହାର ପାଇଲି ତାହା ନିଜର ସ୍ନେହମୟୀ ଭଉଣୀ ପରି ।

ଅନେକ ଦିନ ବିତି ଯାଇଛି- କିନ୍ତୁ ଭାନୁମତୀର ଏହି ସୁନ୍ଦର ପ୍ରୀତି ଓ ବନ୍ଧୁତାର କଥା ମୋ ସ୍ମୃତି ପଟରେ ସେମିତି ସମୁଜ୍ଜ୍ୱଲ ରହିଛି- ବନ୍ୟ ଅସଭ୍ୟତାର ଏହି ଦାନ ନିକଟରେ ସଭ୍ୟ ସମାଜର ବହୁ ସମ୍ପଦ ମୋ ମନ ଭିତରେ ନିସ୍ତବ୍ଧ ହୋଇ ରହିଛି ।

ରାଜା ଦୋବରୁ ଉସ୍ବର ଅନ୍ୟ ଆୟୋଜନରେ ବ୍ୟସ୍ତ ଥିଲେ, ଏଥର ଆସି ମୋ ଘରେ ବସିଲେ।

ମୁଁ ପଚାରିଲି– ଆପଣଙ୍କ ଏଠାରେ କଣ ଝୁଲଣ ବରାବର ହୁଏ ?

ରାଜା ଦୋବରୁ କହିଲେ– ଏଇଟା ହେଉଛି ଆମ ବଂଶରେ ବହୁ ଦିନର ଉସ୍ବ। ଏହି ସମୟରେ ଅନେକ ଦୂରରୁ ଆମ୍ଭୀୟ ସ୍ବଜନମାନେ ଝୁଲଣରେ ନାଚିବା ନିମନ୍ତେ ଏଠାକୁ ଆସନ୍ତି। କାଲି ଅଢ଼େଇ ମହଣ ଚାଉଳ ରନ୍ଧା ହେବ।

ପଣ୍ଡିତ-ବିଦାୟୀ ଲୋଭରେ ମୁଟୁକନାଥ ଆସିଥିଲା– ଭାବିଥିଲା କେତେ ବଡ଼ ରାଜବାଟୀ, କି କାନ୍ଥ ସବୁ ଆସି ଦେଖିବ। ତାହାର ମୁହଁର ଭାବରୁ ମନେହେଲା, ସେ ଟିକିଏ ନିରାଶ ହୋଇଛି। ଏ ରାଜବାଟୀ ଅପେକ୍ଷା ଟୋଲ ଗୃହ ଯେ ଅନେକ ଗୁଣ ଭଲ।

ରାଜୁ ତାହାର ମନ କଥା ଚାପି ନପାରି ସ୍ବଷ୍ଟ କହିଦେଲା– ରାଜା କାହିଁ ହଜୁର, ଏ ତ ସାନ୍ତାଲ-ସର୍ଦାର ! ମୋର ଯେତୁଟା ମଇଁଷି ଅଛି, ଶୁଣିଲି ରାଜାର ବି ତାହା ନାହିଁ, ହଜୁର।

ଇତି ମଧ୍ୟରେ ସେ ରାଜାଙ୍କର ପାର୍ଥିବ ସମ୍ପଦ ବିଷୟରେ ଅନୁସନ୍ଧାନ କରିଛି– ଗୋରୁ, ମଇଁଷି ହେଲା ଏ ଦେଶର ସମ୍ପଦର ପ୍ରଧାନ ମାପକାଠି। ଯାହାର ଯେତେ ମଇଁଷି, ସେ ସେତେ ବଡ଼ ଲୋକ।

ଗଭୀର ରାତିରେ ଚତୁର୍ଦ୍ଦଶୀର ଜ୍ୟୋସ୍ନା ବଣର ବଡ଼ ବଡ଼ ଗଛ ପତ୍ର ଅନ୍ତରାଳରେ ଉଠି ଯେତେବେଲେ ସେହି ବନ୍ୟ ଗ୍ରାମର ଗୃହସ୍ଥ ଘରର ପ୍ରାଙ୍ଗଣରେ ଆଲୁଅ-ଅନ୍ଧାରର ଜାଲ ବୁଣିଥିଲା, ସେତେବେଲେ ଶୁଣିଲି ରାଜବାଟୀରେ ବହୁ ନାରୀ-କଣ୍ଠର ସମ୍ମିଳିତ ଏକ ଅଭୁତ ଧରଣର ଗୀତ। କାଲି ଝୁଲଣ ପୂର୍ଣ୍ଣିମା, ଆଜି ରାଜବାଟୀରେ ନବାଗତ କୁଟୁମ୍ବିନୀ ଓ ରାଜକନ୍ୟାର ସହଚରୀଗଣ କାଲିର ନାଚଗୀତ ଅଭ୍ୟାସ କରୁଛନ୍ତି। ରାତି ସାରା ସେମାନଙ୍କର ଗୀତ ଓ ମାଦଲ ବାଜଣା ଚାଲିଲା।

ଶୁଣୁ ଶୁଣୁ ମୁଁ କେତେବେଲେ ଶୋଇ ପଡ଼ିଲି। ନିଦ ଭିତରେ ଯେମିତି ସେମାନଙ୍କର ସେହି ଗୀତ କେତେଥର ଶୁଣି ପାରୁଥିଲି।

୩

କିନ୍ତୁ ପରଦିନ ଝୁଲଣୋସ୍ବ ଦେଖି ମଟୁକନାଥ, ରାଜୁ, ଏପରି କି ମୁନେଶ୍ବର ସିଂ ସୁଦ୍ଧା ମୁଗ୍ଧ ହୋଇଗଲେ।

ପରଦିନ ସକାଲେ ଉଠି ଦେଖିଲି ଭାନୁମତୀର ସମବୟସୀ ଅନ୍ତତଃ ତିରିଶ

ଜଣ କୁମାରୀ ଝିଅ ପାଖ ଆଖର ବହୁ ଟୋଲା ଓ ପାହାଡ଼ୀ ବସ୍ତିରୁ ଉତ୍ସବ ଉପଲକ୍ଷେ ଆସି ରୁଣ୍ଡ ହୋଇଛନ୍ତି। ଗୋଟିଏ ଭଲ ପ୍ରଥା ଦେଖିଲି, ଏତେ ନାଚ ଗୀତ ଭିତରେ ଏମାନଙ୍କ ଭିତରୁ କେହି ହେଲେ ମହୁଆ ମଦ ଖାଇନଥିଲେ। ରାଜା ଦୋବରୁଙ୍କୁ ପଚାରିବାରୁ ସେ ହସି ହସି ଗର୍ବର ସ୍ୱରରେ କହିଲେ- ଆମ ବଂଶରେ ଝିଅମାନଙ୍କ ଭିତରେ ସେ ନିୟମ ନାହିଁ। ତା ଛଡ଼ା, ମୁଁ ହୁକୁମ ନଦେଲେ, କାହାରି ସାଧ ନାହିଁ, ମୋର ପୁଅଝିଅଙ୍କ ସାମନାରେ ମଦ ଖାଇବ।

ମଧ୍ୟାହ୍ନ ବେଳେ ମଟୁକନାଥ ମୋତେ ଚୁପ ଚୁପ କହିଲା- ଦେଖୁଛି, ରାଜା ମୋ ଠାରୁ ଗରିବ। ରୋଷାଇ କରିବା ପାଇଁ ଦେଇଛି ବଗଡ଼ା ନାଲି ଚାଉଳ, ପାଚିଲା ପିତ୍‌ଆ ବୋଇତାଲୁ, ଆଉ ବଣ ତରଡ଼ି। ଏତେଗୁଡ଼ିଏ ଲୋକଙ୍କ ପାଇଁ କଣ ରାନ୍ଧୁଚି କହନ୍ତୁ ତ !

ସକାଳଟା ଯାକ ଭାନୁମତୀର ଦେଖା ମିଳି ନଥିଲା- ଖାଇ ବସିଛି, ସେ ଗିନାଏ ଦୁଧ ଆଣି ମୋ ସାମନାରେ ବସି ପଡ଼ିଲା।

କହିଲି- କାଲି ରାତିରେ ତୁମର ଗୀତ ବେଶ୍ ଲାଗିଲା।

ଭାନୁମତୀ ହସି ହସି ପଚାରିଲା- ଆମ ଗୀତ ବୁଝି ପାରିଲେ ?

କହିଲି- କାହିଁକି ପାରିବି ନାହିଁ ? ଏତେ ଦିନ ହେଲା ତୁମ୍ଭମାନଙ୍କ ସାଙ୍ଗରେ ଅଛି, ତୁମ୍ଭମାନଙ୍କର ଗୀତ କାହିଁକି ନ ବୁଝିବି ?

– ଆଜି ଆର ଓଲି ଆପଣ ଝୁଲଣ ଦେଖିବାକୁ ଯିବେ ତ ?

– ସେଥିପାଇଁ ତ ଆସିଛି। କେତେ ଦୂର ଯିବାକୁ ହେବ ?

ଭାନୁମତୀ ଧନ୍ଝରୀ ପାହାଡ଼ ଶ୍ରେଣୀ ଆଡ଼କୁ ଅଙ୍ଗୁଲି ଦେଖାଇ କହିଲା – ଆପଣ ତ ସେ ପାହାଡ଼କୁ ଯାଇଛନ୍ତି। ଆମର ସେହି ମନ୍ଦିର ଦେଖି ନାହାନ୍ତି ?

ଏତିକିବେଳେ ଭାନୁମତୀର ସମ ବୟସୀ ଦଳେ କିଶୋରୀ ଝିଅ ମୋ ଖାଇବା- ଘରର ଦୁଆର ପାଖରେ ଆସି ଠିଆ ହେଲେ, ବଙ୍ଗାଳୀ ବାବୁର ଭୋଜନ ପରମ କୌତୁହଲ ସହକାରେ ଦେଖିଲେ ଏବଂ ପରସ୍ପର ଭିତରେ କଣ କୁହାକୁହି ହେବାକୁ ଲାଗିଲେ।

ଭାନୁମତୀ କହିଲା- ଯାଅ ସବୁ ଏଠୁ, ଏଠାରେ କଣ ଅଛି କି ?

ଗୋଟିଏ ଝିଅର ସାହସ ଅନ୍ୟମାନଙ୍କ ଠାରୁ ଟିକିଏ ଅଧିକ, ସେ ଟିକିଏ ଆଗେଇ ଆସି କହିଲା- ଝୁଲଣ ଦିନରେ ବାବୁଜୀଙ୍କୁ ଲୁଣ-କରମଙ୍ଗା ଖାଇବାକୁ ଦେଇନୁ ତ ?

ତାହାର ଏ କଥାର ପଛର ସବୁ ଝିଅ ଖିଲିଖିଲି କରି ହସି ପକାଇ, ଜଣକ ଉପରେ ଜଣେ ହସି ହସି ଗଡ଼ି ପଡ଼ିଲେ।

ଭାନୁମତୀଙୁ ପଚାରିଲେ- ଏମାନେ ହସୁଛନ୍ତି କାହିଁକି ?

ଭାନୁମତୀ ସଲଜ ମୁଖରେ କହିଲା- ସେମାନଙ୍କୁ ପଚାରନ୍ତୁ। ମୁଁ କଣ ଜାଣେ !

ଇତି ମଧ୍ୟରେ ଗୋଟିଏ ଝିଅ ଗୋଟିଏ ବଡ଼ ପାଚିଲା କରମଙ୍ଗିଆ ଲଙ୍କା ଆଣି ମୋ ପତ୍ରରେ ଦେଇ ହସି ହସି କହିଲା- ଖାଆନ୍ତୁ ବାବୁଜୀ ଟିକିଏ ଲଙ୍କା ଆଚାର। ଭାନୁମତୀ ଆପଣଙ୍କୁ ଖାଲି ମିଠା ଖୁଆଉଛି, ତାହା ତ ହେବ ନାହିଁ। ଆମେ ଟିକିଏ ରାଗ ଖୁଆଉଁ।

ପୁଣି ସମସ୍ତେ ହସି ଦେଲେ। ଏତେ ଗୁଡ଼ିଏ ତରୁଣୀଙ୍କ ମୁହଁର ସରଳ ହସରେ ଦିନଟା ଯାକ ଯେମିତି ପୂର୍ଣ୍ଣିମାର ଜ୍ୟୋତ୍ସ୍ନାରେ ଘର ଫାଟି ପଡ଼ିଲା।

ସନ୍ଧ୍ୟା ପୂର୍ବରୁ ଦଳେ ତରୁଣୀ ପାହାଡ଼ ଆଡ଼କୁ ବାହାରି ଗଲେ- ସେମାନଙ୍କ ପଛେ ପଛେ ଆମ୍ଭେମାନେ ବି ଗଲୁ- ସେ ଏକ ପ୍ରକାଣ୍ଡ ଶୋଭାଯାତ୍ରା। ପୂର୍ବ ଦିଗରେ ନାଓୟାଦା-ଲକ୍ଷ୍ମୀପୁରାର ସୀମାରେ ଧନଞ୍ଜରି ପାହାଡ଼, ଯେଉଁ ପାହାଡ଼ ତଳେ ମିଛି ନଦୀ ଉତ୍ତରଗାମିନୀ ହୋଇଛି, ସେହି ପାହାଡ଼ର ବଣ-ଶୀର୍ଷରେ ପୂର୍ଣ୍ଣଚନ୍ଦ୍ର ଉଠୁଛନ୍ତି। ଏକ ଦିଗରେ ନୀଚା ଉପତ୍ୟକା, ବଣର ସବୁଜିମା, ଅନ୍ୟ ଦିଗରେ ଧନଞ୍ଜରି ଶୈଳମାଳା। ମାଇଲିଏ ଖଣ୍ଡେ ଚାଲି କରି ଆସି ପାହାଡ଼ର ପାଦ-ଦେଶରେ ପହଞ୍ଚିଲୁ। କିଛି ଦୂର ଉଠିଲେ ପାହାଡ଼ ଉପରେ ଗୋଟିଏ ସମତଳ ସ୍ଥାନ ପଡ଼ିବ। ଜାଗାଟାର ଠିକ୍ ମଝିରେ ଗୋଟାଏ ପୁରୁଣା ପିଆଲ ଗଛ- ଗଛର ଗଣ୍ଠି ଫୁଲ ଓ ଲତାରେ ଭରପୁର। ରାଜା ଦୋବରୁ କହିଲେ- ଏ ଅନେକ ଦିନର ପୁରୁଣା ଗଛ- ମୁଁ ପିଲାଟିବେଳୁ ଦେଖି ଆସୁଛି ଏହି ଗଛ ତଳେ ଝୁଲଣ ବେଳେ ଝିଅମାନେ ନାଚନ୍ତି।

ଆମେ ଗୋଟିଏ ପାଖରେ ତାଲ-ପତ୍ର-ଚଟେଇ ବିଛାଇ ବସିଲୁ, ଆଉ ସେହି ପୂର୍ଣ୍ଣିମାର ଜ୍ୟୋତ୍ସ୍ନାପ୍ଲାବିତ ବନାନ୍ତ-ସ୍ଥଳୀରେ ପ୍ରାୟ ତିରିଶ ଜଣ କିଶୋରୀ ତରୁଣୀ ଗଛ ଚାରିପଟେ ଘୁରି ଘୁରି ନାଚିବାକୁ ଲାଗିଲେ- ତାଙ୍କ ପାଖେ ପାଖେ ମାଦଳ ବଜାଇ ଦଳେ ଯୁବକ ସେମାନଙ୍କ ସାଙ୍ଗରେ ବୁଲୁ ଥାଆନ୍ତି। ଏହିଦଳର ପୁରୋଭାରେ ଭାନୁମତିକୁ ଦେଖିଲି। ଝିଅମାନଙ୍କ ଗଭାରେ ଫୁଲମାଲ, ଦେହରେ ଫୁଲର ଗହଣା।

କେତେ ରାତି ଯାଏ ନାଚ ଓ ଗୀତ ସମାନ ଭାବରେ ଚାଲିଲା- ମଝିରେ ମଝିରେ ଦଳଟି ବିଶ୍ରାମ କରେ ଏବଂ ପୁଣି ଆରମ୍ଭ କରେ- ମାଦଳର ବୋଲ, ଜ୍ୟୋତ୍ସ୍ନା, ବର୍ଷାସ୍ନିଗ୍ଧ ବନଭୂମି, ସୁଠାମ ଶ୍ୟାମା ନୃତ୍ୟ-ପରାୟଣା ତରୁଣୀ ଦଳ- ସବୁ ଏକାଠି ମିଶି କୌଣସି ଜଣେ ବଡ଼ ଶିଳ୍ପୀଙ୍କ ଅଙ୍କିତ ଖଣ୍ଡିଏ ସୁଶ୍ରୀ ଛବି ପରି ଜଣାଯାଏ- ଗୋଟିଏ ମଧୁର ସଙ୍ଗୀତ ପରି ତାର ଆକୁଳ ଆବେଦନ। ମନେ ପଡ଼ିଯାଏ ଅତୀତ ଇତିହାସରେ ସୋଲାଙ୍କି ରାଜକନ୍ୟା ଓ ତାଙ୍କ ସହଚରୀବୃନ୍ଦଙ୍କର ଏହିପରି ଝୁଲଣ ନାଚ

ଓ ଗୀତ କଥା, ଖେଳ ଛଳରେ ଗୋପାଳ ବାଳକ ବାଷ୍ପାଦିତ୍ୟକୁ ମାଲ୍ୟଦାନ କଥା ।

ଆଜୁ କି ଆନନ୍ଦ, ଆଜୁ କି ଆନନ୍ଦ,

ଝୁଲତ ଝୁଲନେ ଶ୍ୟାମର ନନ୍ଦ ।

ତାହାଠାରୁ ବି ବହୁ ଦୂରର ଅତୀତରେ, ବହୁ ପ୍ରାଚୀନ ଯୁଗର ପ୍ରସ୍ତର ଯୁଗରେ ଭାରତର ରହସ୍ୟାଚ୍ଛନ୍ନ ଇତିହାସର ସକଳ ଘଟଣା ଯେମିତି ପୁଣି ମୋ ସମ୍ମୁଖରେ ଅଭିନୀତ ହେବାର ଦେଖିଲି- ସରଳା ପର୍ବତମାଳା ଭାନୁମତୀ ଓ ତାହାର ସଖୀଗଣଙ୍କ ନୃତ୍ୟରେ ଆଦିମ ଭାରତର ସେହି ସଂସ୍କୃତି ଯେମିତି ମୂର୍ତ୍ତିମତୀ ହୋଇ ଉଠିଛି- ହଜାର ହଜାର ବର୍ଷ ପୂର୍ବେ ଏମିତି କେତେ ବଣ କେତେ ଶୈଳମାଳା, କେତେ ଜ୍ୟୋସ୍ନା ରାତ୍ରି, ଭାନୁମତୀ ପରି କେତେ ବାଳିକାଙ୍କ ନୃତ୍ୟ ଚଞ୍ଚଳ ଚରଣ-ଛନ୍ଦରେ ଆକୁଳ ହୋଇ ଉଠିଥିଲା, ସେମାନଙ୍କ ମୁଖର ସେ ହସ ଆଜି ସୁଦ୍ଧା ମରିଯାଇ ନାହିଁ- ଏହି ସବୁ ଗୁପ୍ତ ଅରଣ୍ୟ ଓ ଶୈଳମାଳାର ଅନ୍ତରାଳରେ ପ୍ରଚ୍ଛନ୍ନ ରହି ସେମାନେ ସେମାନଙ୍କର ବର୍ତ୍ତମାନର ବଂଶଧରଗଣଙ୍କ ରକ୍ତରେ ଆଜି ବି ଆନନ୍ଦ ଓ ଉସ୍ଲାହର ବାଣୀ ପ୍ରେରଣ କରୁଛନ୍ତି ।

ଗଭୀର ରାତି । ପଶ୍ଚିମ ଦିଗର ଦୂର ବଣ ପଛରେ ଜହ୍ନ ଢୁଲି ପଡ଼ିଲାଣି । ଆମେ ସମସ୍ତେ ପାହାଡ଼ ଉପରୁ ଓହ୍ଲାଇ ଆସିଲୁ । ସୁଖର କଥା, ଆଜି ଆକାଶରେ ମେଘ ନାହିଁ । କିନ୍ତୁ ଶେଷ ରାତିରେ ଆର୍ଦ୍ର ପବନ ଅତିଶୟ ଶୀତଳ ହୋଇ ପଡ଼ିଥାଏ । ଏତେ ରାତିରେ ବି ମୁଁ ଖାଇ ବସିଲାରୁ ଭାନୁମତୀ ଦୁଧ ଓ ପେଡ଼ା ଆଣି ଦେଲା ।

ମୁଁ କହିଲି- ଆଜି ତୁମ୍ଭମାନଙ୍କର ଅତି ଚମକ୍ରାର ନାଚ ଦେଖିଲି ।

ସେ ସଲଜ୍ଜ ହାସ୍ୟ ମୁଖରେ କହିଲା- ଆପଣଙ୍କୁ କଣ ଭଲ ଲାଗିଥିବ ବାବୁଜୀ- ଆପଣଙ୍କ କଲିକତାରେ ସେ ସବୁ କଣ କେହି ଦେଖନ୍ତି ?

ପର ଦିନ ଭାନୁମତୀ ଓ ତାହାର ପ୍ରପିତାମହ ରାଜା ଦୋବରୁ ମୋତେ କୌଣସି ମତେ ଛାଡ଼ୁ ନଥାନ୍ତି । ଅଥଚ ମୋର କାମ ପକାଇ ଦେଇ ରହିଲେ ଚଳିବ ନାହିଁ । ସୁତରାଂ ବାଧ୍ୟ ହୋଇ ଚାଲି ଆସିଲି । ଆସିବା ବେଳେ ଭାନୁମତୀ କହିଲା- ବାବୁଜୀ, କଲିକତାରୁ ମୋ ଲାଗି ଖଣ୍ଡିଏ ଅଇନା ଆଣିଦେବେ ? ମୋର ଖଣ୍ଡିଏ ଅଇନା ଥିଲା, ଅନେକ ଦିନରୁ ଭାଙ୍ଗିଗଲାଣି ।

ଷୋଳବର୍ଷ ବୟସର ସୁଶ୍ରୀ ନବଯୌବନା କିଶୋରୀର ଅଇନାର ଅଭାବ । ତା ହେଲେ ଅଇନାର ସୃଷ୍ଟି କେଉଁମାନଙ୍କ ପାଇଁ ? ଏକ ସପ୍ତାହ ଭିତରେ ପୂର୍ଣ୍ଣିଆରୁ ଖଣ୍ଡିଏ ଭଲ ଅଇନା ଅଣାଇ ତା ପାଖକୁ ପଠାଇ ଦେଇଥିଲି ।

ଚତୁର୍ଦ୍ଦଶ ପରିଚ୍ଛେଦ

୧

କେତେ ମାସ ପରେ । ଫଗୁଣ ମାସର ପ୍ରଥମ ଭାଗ । ଲଟୁଲିଯାରୁ କଚେରୀକୁ ଫେରୁଛି, ଜଙ୍ଗଲ ଭିତରେ କୁଣ୍ଠୀ ପାଖରେ ବଙ୍ଗଳା କଥାବାର୍ତ୍ତା ଓ ହସର ଲହରୀ ଶୁଣି ଘୋଡ଼ା ଅଟକାଇଲି । ଯେତେ ପାଖକୁ ଯାଉଛି, ସେତେ ଆଶ୍ଚର୍ଯ୍ୟ ବୋଧ ହେଉଛି । ନାରୀ କଣ୍ଠ ବି ଶୁଣା ଯାଉଛି– କଥା କଣ ? ଜଙ୍ଗଲ ଭିତରକୁ ଗୋଡ଼ା ଚଲାଇ କୁଣ୍ଠୀ କୂଳକୁ ନେଇଯାଇ ଦେଖିଲି ବଣ–ଝାଉଁର ବୁଦା କଡ଼ରେ ଆଠ–ଦଶ ଜଣ ବଙ୍ଗାଳୀ ଭଦ୍ରଲୋକ ସତରଞ୍ଜିରେ ବସି ଗପସପ କରୁଛନ୍ତି, ପାଞ୍ଚ–ଛଅ ଜଣ ମହିଳା ପାଖରେ ରୋଷେଇ କରୁଛନ୍ତି, ଛଅ–ସାତୋଟି ସାନ ସାନ ପୁଅଝିଅ ଦୌଡ଼ାଦୌଡ଼ି କରି ଖେଳୁଛନ୍ତି । ଏତେଗୁଡ଼ିଏ ନର–ନାରୀ ପିଲାଛୁଆ ଧରି ଏହି ଘୋର ଜଙ୍ଗଲରେ ବଣଭୋଜି କରିବାକୁ କୁଆଡ଼େ ଆସିଲେ ବୁଝିନପାରି ଅବାକ୍ ହୋଇ ଠିଆ ହୋଇଛି, ଏହି ସମଯରେ ସମସ୍ତଙ୍କର ଦୃଷ୍ଟି ମୋ ଉପରେ ଆସି ପଡ଼ିଲା । ଜଣେ ବଙ୍ଗାଳାରେ କହିଲା– ଏ ଛତୁଟା ଫେର୍ କୁଆଡ଼ୁ ଆସି ଜୁଟିଲା ଏ ଜଙ୍ଗଲରେ ?

ମୁଁ ଘୋଡ଼ାରୁ ଓହ୍ଲାଇ ପଡ଼ି ସେମାନଙ୍କ ନିକଟକୁ ଯାଉଁ ଯାଉଁ କହିଲି– ଦେଖୁଛି ଆପଣମାନେ ବଙ୍ଗାଳୀ– ଏଠାକୁ କୁଆଡ଼ୁ ଆସିଲେ ?

ସେମାନେ ଖୁବ୍ ଆଶ୍ଚର୍ଯ୍ୟ ହେଲେ, ଅପ୍ରତିଭ ବି ହେଲେ । କହିଲେ– ଓ, ମହାଶଯ ବଙ୍ଗାଳୀ ? ହେଁ– ହେଁ– କିଛି ମନେ କରିବେ ନାହିଁ, ଆମେ ଭାବିଥିଲୁ– ହେ, ହେଁ–

କହିଲି– ନା, ନା, ଏଥିରେ ମନେ କରିବାର କଣ ଅଛି ? ତେବେ ଆପଣମାନେ କେଉଁଠୁ ଆସିଛନ୍ତି, ବିଶେଷତଃ ଝିଅମାନଙ୍କୁ ନେଇ–

ଆଳାପ ଜମିଗଲା। ଏହି ଦଳର ପ୍ରୌଢ଼ ଭଦ୍ରଲୋକଟି ଜଣେ ଅବସରପ୍ରାପ୍ତ ଡେପୁଟି ମାଜିଷ୍ଟ୍ରେଟ୍ ରାୟ ବାହାଦୁର। ବାକୀ ସମସ୍ତେ ତାଙ୍କର ପୁଅ, ପୁତୁରା, ଝିଅ, ଝିଆରୀ, ନାତୁଣୀ, ଜୋଇଁ, ଜୋଇଁର ସାଙ୍ଗ ଇତ୍ୟାଦି। ରାୟ ବାହାଦୁର କଲିକତାରେ ଥିବାବେଲେ ଖଣ୍ଡିଏ ବହି ପଢ଼ି ଜାଣିପାରିଲେ, ପୂର୍ଣ୍ଣିୟା ଜିଲ୍ଲାରେ ଖୁବ୍ ଶିକାର ମିଲେ। ତେଣୁ ଶିକାର କରିବାର କୌଣସି ସୁବିଧା ହୋଇପାରିବ କି ନା ଦେଖିବା ପାଇଁ ପୂର୍ଣ୍ଣିୟାରେ ତାଙ୍କ ଭାଇ ମୁନସଫ୍, ସେଠାକୁ ଆସିଥିଲେ। ଆଜି ସକାଲେ ସେଠାରୁ ରେଲଗାଡ଼ିରେ ଚଢ଼ି ଦଶଟା ବେଲେ କାଟାରିୟା ଷ୍ଟେସନରେ ପହଞ୍ଚଲେ। ସେଠାରୁ କୋଶୀ ନଦୀରେ ନୌକାରେ ଚଢ଼ି ଏଠାକୁ ବଣଭୋଜୀ କରିବାକୁ ଆସିଛନ୍ତି- କାରଣ ସମସ୍ତଙ୍କ ମୁହଁରୁ କୁଆଡ଼େ ଶୁଣିଛନ୍ତି ଲବଟୁଲିୟା, ବୋମାଇବୁରୁ ଓ ଫୁଲକିୟା ବଇହାରର ଜଙ୍ଗଲ ନ ଦେଖି ଗଲେ ଜଙ୍ଗଲ ଦେଖା ଆଦୌ ହେବ ନାହିଁ। ବଣଭୋଜୀ ସାରି ଚାରିମାଇଲ ବାଟ ଚାଲି କରି ଯାଇ ମୋହନପୁରା ଜଙ୍ଗଲ ତଲେ କୋଶୀ ନଦୀରେ ନୌକା ଚଢ଼ି ଆଜି ରାତିରେ କାଟାରିୟା ଫେରିଯିବେ।

ମୁଁ ସତରେ ଅବାକ୍ ହୋଇଗଲି। ଦେଖିଲି ସମ୍ବଲ ଭିତରେ ଏମାନଙ୍କ ସାଙ୍ଗରେ ଅଛି ଗୋଟିଏ ଦୁଇ-ନଲି ବନ୍ଦୁକ- ଏହାରି ଉପରେ ଭରସା କରି ଏମାନେ ପିଲାଛୁଆ ଧରି ଏହି ଭୀଷଣ ଜଙ୍ଗଲକୁ ବଣଭୋଜୀ କରିବାକୁ ଆସିଛନ୍ତି। ଅବଶ୍ୟ ସାହସ ଅଛି, ଅସ୍ୱୀକାର କରିବି ନାହିଁ, କିନ୍ତୁ ଅଭିଜ୍ଞ ରାୟ ବାହାଦୁରଙ୍କର ଆଉ ଗୋଟିଏ ସାବଧାନ ହେବା ଉଚିତ୍ ଥିଲା। ବଣ ମଇଁଷି ଭୟରେ ଏ ଦେଶରେ ଜଙ୍ଗଲୀ ଲୋକମାନେ ସୁଦ୍ଧା ସନ୍ଧ୍ୟା ପୂର୍ବରୁ ମୋହନପୁରା ଜଙ୍ଗଲ ନିକଟ ଦେଇ ଯିବାକୁ ସାହସ କରନ୍ତି ନାହିଁ। ବାଘ ବାହାରିବା ବି ଆଶ୍ଚର୍ୟ୍ୟ ନୁହେଁ। ବଣ ଶୂକର ଓ ସାପର ତ କଥା ନାହିଁ। ପିଲାଛୁଆ ଧରି ବଣଭୋଜୀ କରିବାକୁ ଆସିବାର ଜାଗା ନୁହେଁ ଏଟା।

ରାୟ-ବାହାଦୁର ମୋତେ କୌଣସି ମତେ ଛାଡ଼ିଲେ ନାହିଁ। ବସିବାକୁ ହେବ, ଚାହା ଖାଇବାକୁ ହେବ। ମୁଁ ଏ ଜଙ୍ଗଲରେ କଣ କରେ, କି ବ୍ୟବସାୟ। ମୁଁକଣ କାଠ ବ୍ୟବସାୟ କରେ ? ନିଜର ଇତିହାସ କହିସାରି ସେମାନଙ୍କୁ ସଦଲବଲେ କଟେରୀରେ ରାତ୍ରି ଯାପନ କରିବାକୁ ଅନୁରୋଧ କଲି। କିନ୍ତୁ ସେମାନେ ରାଜି ହେଲେ ନାହିଁ। ରାତି ଦଶଟାରେ କାଟାରିୟାରେ ରେଲଗାଡ଼ି ଧରି ଆଜି ରାତି ବାରଟାରେ ପୂର୍ଣ୍ଣିୟାରେ ପହଞ୍ଚିବାକୁ ହେବ। ନ ଫେରିଗଲେ ଘରେ ସମସ୍ତ ଭାବିବେ, ଆମେ କାମକୁ ଅପାରଗ- ଇତ୍ୟାଦି।

ଜଙ୍ଗଲ ଭିତରେ ଏତେ ଦୂରକୁ ଏମାନେ କାହିଁକି ବଣଭୋଜୀ କରିବାକୁ ଆସିଛନ୍ତି, ମୁଁ ତାହା ବୁଝିପାରିଲି ନାହିଁ। ଲବଟୁଲିୟା ବଇହାରର ଉନ୍ମୁକ୍ତ ପ୍ରାନ୍ତର ବନାନୀ ଓ ଦୂରର ପାହାଡ଼-ରାଜିର ଶୋଭା, ସୂର୍ୟ୍ୟାସ୍ତର ରଙ୍ଗ, ପକ୍ଷୀର କୂଜନ, ଦଶହାତ

ଦୂରରେ ବଣ ଭିତରେ ବୁଦା ମୁଣ୍ଡରେ ଏହି ବସନ୍ତ କାଳରେ କେତେ ଚମତ୍କାର ଫୁଲ ଫୁଟିଛି– ଦେଖିଲି ଏସବୁ ଆଡ଼କୁ ଏମାନଙ୍କର ନଜର ନାହିଁ। ଏମାନେ କେବଳ ଚିକ୍କାର କରୁଛନ୍ତି, ଗୀତ ଗାଉଛନ୍ତି, ଦୌଡ଼ାଦୌଡ଼ି କରୁଛନ୍ତି, ଭୋଜନର ପରିପାଟୀ କେମିତି ହେବ ତାର ବ୍ୟବସ୍ଥା କରୁଛନ୍ତି। ଝିଅମାନଙ୍କ ଭିତରୁ ଦୁଇଟି କଳିକତା କଲେଜରେ ପଢ଼ନ୍ତି, ବାକି ଦୁଇ–ତିନୋଟି ସ୍କୁଲରେ ପଢ଼ନ୍ତି। ପୁଅମାନଙ୍କ ଭିତରୁ ଜଣେ ମେଡ଼ିକାଲ କଲେଜର ଛାତ୍ର, ବାକୀ ସମସ୍ତେ ବିଭିନ୍ନ ସ୍କୁଲ କଲେଜରେ ପଢ଼ନ୍ତି। କିନ୍ତୁ ପ୍ରକୃତିର ଏହି ଅତ୍ୟାଶ୍ଚର୍ଯ୍ୟ ସୌନ୍ଦର୍ଯ୍ୟମୟ ରାଜ୍ୟରେ ଯଦି ଦୈବାତ୍ ସେମାନେ ଆସି ପହଞ୍ଚିଛନ୍ତି, ତଥାପି ସେମାନଙ୍କର ଆଦୌ ଦୃଷ୍ଟିଶକ୍ତି ନାହିଁ। ପ୍ରକୃତରେ ଏମାନେ ଶିକାର କରିବାକୁ ଆସିଥିଲେ– ଠେକୁଆ, ପକ୍ଷୀ, ହରିଣ– ରାସ୍ତା କଡ଼ରେ ଯେମିତି ଏମାନେ ବନ୍ଦୁକର ଗୁଲି ଖାଇବା ପାଇଁ ସେମାନେ ଅପେକ୍ଷା କରି ବସିଛନ୍ତି।

ଯେଉଁ ଝିଅଗୁଡ଼ିକ ଆସିଛନ୍ତି, ଏମିତି କଳ୍ପନା ବହୁର୍ଭୁତ ଝିଅ ମୁଁ କେବେ ହେଲେ ଦେଖିନାହିଁ। ସେମାନେ ଦୌଡ଼ାଦୌଡ଼ି କରୁଛନ୍ତି, ବଣ କଡ଼ରୁ ରୋଷେଇ ପାଇଁ କାଠ ଗୋଟାଇ ଆଣୁଛନ୍ତି, ତୁଣ୍ଡରେ କଥାର ବିରାମ ନାହିଁ– କିନ୍ତୁ କେହି ଥରେ ହେଲେ ଚାରିଆଡ଼କୁ ଅନାଇ ଦେଖିଲା ନାହିଁ ଯେ କେଉଁଠି ବସି ସେମାନେ ଖେଚୁଡ଼ି ରାନ୍ଧୁଛନ୍ତି, କେଉଁ ନିବିଡ଼ ସୌନ୍ଦର୍ଯ୍ୟମୟୀ ବନାନୀ ପ୍ରାନ୍ତରେ।

ଗୋଟିଏ ଝିଅ କହିଲା– ‘ଟିନ୍‌-କାଟାର’ ମାରିବାକୁ ଭାରି ସୁବିଧା ଏଠାରେ, ନା ? କେତେ ପଥର ଗୋଡ଼ି !

ଆଉ ଗୋଟିଏ ଝିଅ କହିଲା– ଉଃ, କି ଜାଗା ! କେଉଁଠି ଭଲ ଚାଉଲ ପାଇବାର ଯୁ ନାହିଁ– କାଲି ସହର ସାରା ଖୋଜି ବୁଲିଛି– କି କଦର୍ଯ୍ୟ ମୋଟା ଚାଉଲ– ତୁମେ ସବୁ ଫେର୍ କହୁଥିଲ ପଲାଉ ହେବ।

ଏମାନେ କଣ ଜାଣନ୍ତି, ଯେଉଁଠି ବସି ସେମାନେ ରୋଷେଇ କରୁଛନ୍ତି, ତାର ଦଶ–କୋଡ଼ିଏ ହାତ ଭିତରେ ରାତିର ଜହ୍ନରେ ପରୀମାନେ ଖେଳାଖେଲି କରି ବୁଲୁଛନ୍ତି ?

ଏମାନେ ସିନେମାର ଗପ ଆରମ୍ଭ କରିଦେଇଛନ୍ତି। ପୂର୍ଣ୍ଣିୟାରେ କାଲି ରାତିରେ ବି ସେମାନେ ସିନେମା ଦେଖିଛନ୍ତି, ସେଟା କୁଆଡ଼େ ଗୋଟାଏ ବାଜେ ଛବି। ଏହି ସବୁ ଗପ। ସଙ୍ଗେ ସଙ୍ଗେ କଲିକତାର ସିନେମା ସହିତ ତୁଳନା କରୁଛନ୍ତି। ଢିଙ୍କି ସ୍ୱର୍ଗକୁ ଗଲେ ବି ଧାନ କୁଟେ, ଏ କଥା ମିଛ ନୁହେଁ। ଉପର ଓଳି ପାଞ୍ଚଟା ବେଳେ ସେମାନେ ଚାଲିଗଲେ।

ଯିବା ସମୟରେ କେତେଗୁଡ଼ିଏ ଖାଲି ଜମାଟ ଦୁଧ ଓ ଜ୍ୟାମର ଟିଣ ଫୋପାଡ଼ି

ଦେଇଗଲେ। ଲବଟୁଲିୟା ଜଙ୍ଗଲର ଗଛ ପତ୍ର ତଳେ ସେଗୁଡ଼ିକ ମୋତେ ଭାରି ଖାପଛଡ଼ା ଜଣା ଯାଉଥିଲା।

୨

ବସନ୍ତର ଶେଷ ଭାଗରୁ ଏଥର ଲବଟୁଲିୟା ବଇହାରରେ ଗହମ ପାଚିବାକୁ ବସିଲା। ଗତ ବର୍ଷ ଆମ ମାହାଲରେ ରାଇ-ସୋରିଷର ଚାଷ ଖୁବ୍ ବେଶୀ ହୋଇଥିଲା। ଏଥର ଅନେକ ଜମିରେ ଗହମ ଆବାଦ ହେବ, ସୁତରାଂ ଏ ବର୍ଷ ବୈଶାଖର ପ୍ରଥମ ଭାଗରୁ ଏଠାରେ କଟାଳୀଙ୍କର ମେଳା ସମୟ ହୋଇଗଲା।

କଟାଳୀ ମୂଲିଆଙ୍କ ମୁଣ୍ଡରେ ବୋଧହୁଏ ଖିଆଲ ଅଛି। ଏଥର ଶୀତ ଶେଷରେ ସେମାନଙ୍କ ଦଳ ଆସି ନାହାନ୍ତି, ଏହି ସମୟରେ ଦଳେ ଦଳେ ଆସି ଜଙ୍ଗଲ କଡ଼ରେ ଓ ପଡ଼ିଆ ଭିତରେ ସର୍ବତ୍ର ଖୁପରୀ ବାନ୍ଧି ବାସ କରିବାକୁ ଆରମ୍ଭ କରିଛନ୍ତି। ଦୁଇ-ତିନି ହଜାର ବିଘା ଜମିର ଫସଲ କଟା ହେବ, ସୁତରାଂ ପ୍ରାୟ ତିନି-ଚାରି ହଜାରରୁ କମ୍ ମୂଲିଆ ଆସି ନଥାନ୍ତି। ଶୁଣିଲି ଆହୁରି ଆସୁଛନ୍ତି। ସକାଳ ହେଲେ ମୁଁ ଘୋଡ଼ାରେ ବାହାରି ଯାଏ, ଆଉ ସନ୍ଧ୍ୟାବେଳେ ଘୋଡ଼ା ପିଠିରୁ ଓହ୍ଲାଏ। କେତେ ନୂତନ ଧରଣର ଲୋକ ଆସିବାକୁ ଆରମ୍ଭ କରିଛନ୍ତି। ଏମାନଙ୍କ ଭିତରେ କେତେ ବଦମାସ, ଗୁଣ୍ଡା, ଚୋର, ରୋଗଗ୍ରସ୍ତ ଥିବେ- ସମସ୍ତଙ୍କ ଉପରେ ନଜର ନ ରଖିଲେ ଏହି ସବୁ ପୋଲିସ୍ ବିହୀନ ସ୍ଥାନରେ ଯେତେବେଳେ ପାରେ ସେତେବେଳେ ଗୋଟାଏ ଦୁର୍ଘଟଣା ଘଟିପାରେ।

ଗୋଟିଏ-ଦୁଇଟି ଘଟଣା କହୁଛି।

ଦିନେ ଦେଖିଲି ଗୋଟିଏ ଜାଗାରେ ଦୁଇଟି ବାଳକ ଓ ଗୋଟିଏ ବାଳିକା ରାସ୍ତା କଡ଼ରେ ବସି କାନ୍ଦୁଛନ୍ତି।

ଘୋଡ଼ାରୁ ଓହ୍ଲାଇ ପଡ଼ିଲି।

ପଚାରିଲି- କଣ ହୋଇଛି ତୁମର ?

ଉତ୍ତରରେ ଯାହା କହିଲେ ତାହାର ମର୍ମ ହେଉଛି, ସେମାନଙ୍କ ଘର ଆମ ମାହାଲରେ ନୁହେଁ, ନନ୍ଦଲାଲ ଓଝା ଗୋଲାଓୟାଲାର ଗ୍ରାମରେ। ସେମାନେ ସହୋଦର ଭାଇ-ଭଉଣୀ, ଏଠାକୁ କଟାଳୀ ମେଳା ଦେଖିବାକୁ ଆସିଥିଲେ। ଆଜି ଆସି ପହଞ୍ଚିଛନ୍ତି, ଏବଂ କେଉଁଠି କୁଆଡ଼େ ଲାଠି ଓ ଦଉଡ଼ିର ଫାସରେ ଜୁଆଖେଳ ହେଉଥିଲା, ବଡ଼ ପିଲାଟି ସେଠାରେ ଜୁଆ ଖେଳିବାକୁ ଆରମ୍ଭ କଲା। ଗୋଟିଏ ଲାଠିର ଯେଉଁ ଆଡ଼ଟା

ମାଟିରେ ଲାଗିଛି, ସେହି ପ୍ରାନ୍ତଟା ଦଉଡ଼ିରେ ଲଗାଇ ଦେବାକୁ ହୁଏ, ଯଦି ଦଉଡ଼ି ଖୋଲୁ ଖୋଲୁ ଲାଠି ଅଗରେ ଫାଶ ପଡ଼ିଯାଏ, ତାହାହେଲେ ଖେଳବାଲା ଖେଲାଳିଙ୍କୁ ପଇସାକୁ ଚାରି ପଇସା ହିସାବରେ ଦିଏ ।

ବଡ଼ ଭାଇ ପାଖରେ ଦଶ-ଅଶା ପଇସା ଥିଲା, ସେ ଥରେ ସୁଦ୍ଧା ଲାଠିରେ ଫାଶ ପକାଇ ପାରିଲା ନାହିଁ, ସବୁ ପଇସା ହାରି ଯାଇ ସାନ ଭାଇର ଆଠ ଅଶା ଓ ପରିଶେଷରେ ସାନ ଭଉଣୀର ଚାରିଅଶା ଯାକ ନେଇ ସେ ବାଜିରେ ସର୍ବସ୍ୱାନ୍ତ ହୋଇ ପଡ଼ିଛି । ଏକ୍ଷଣି ସେମାନଙ୍କର ଖାଇବାକୁ ପଇସା ନାହିଁ, କିଛି କିଣିବା ବା ଦେଖାଶୁଣା କରିବା ତ ଦୂରର କଥା ।

ମୁଁ ସେମାନଙ୍କୁ କାନ୍ଦିବାକୁ ବାରଣ କରି ସେମାନଙ୍କୁ ନେଇ ଜୁଆଖେଲର ଜାଗାକୁ ଚାଲିଲି । ପ୍ରଥମେ ସେମାନେ ଜାଗାଟା ଠଉରାଇ ପାରିଲେ ନାହିଁ, ପରେ ଗୋଟାଏ ହରିଡ଼ା ଗଛ ଦେଖାଇ କହିଲେ– ଯାରି ତଲେ ଖେଲ ହେଉଥିଲା । ସେଠାରେ ଜନପ୍ରାଣୀ କେହି ନ ଥାଆନ୍ତି । ମୋ ସାଙ୍ଗରେ କଟେରୀର ରୂପ ସିଂ ଜମାଦାରର ଭାଇ ଥିଲା, ସେ କହିଲା– ଜୁଆଚୋର ସବୁ କଣ ଗୋଟାଏ ଜାଗାରେ ବେଶୀ ବେଳ ଯାଏ ରହନ୍ତୁ କି, ହଜୁର ? ସେ କେଉଁ ଆଡ଼େ ପଲାଇ ଗଲାଣି ।

ମଧାହ୍ନ ଆଡ଼କୁ ଜୁଆଡ଼ି ଧରା ପଡ଼ିଲା । ତିନି ମାଇଲ ଦୂରରେ ଗୋଟାଏ ବସ୍ତିରେ ସେ ଜୁଆ ଖେଲୁଥିଲା । ମୋର ସିପାହୀମାନେ ଦେଖିପାରି ତାକୁ ମୋ ଆଗରେ ଆଣି ହାଜର କଲେ । ପିଲାଛୁଆ ସମସ୍ତେ ଦେଖି ତାକୁ ଚିହ୍ନିଲେ ।

ଲୋକଟା ପ୍ରଥମେ ପଇସା ଫେରାଇ ଦେବାକୁ ମଙ୍ଗିଲା ନାହିଁ । କହିଲା, ସେ ତ ଜୋର କରି କାଢ଼ି ନେଇ ନାହିଁ, ସେମାନେ ସ୍ୱେଚ୍ଛାରେ ଖେଲି ପଇସା ହରାଇଛନ୍ତି, ଏଥିରେ ତାର ବା ଦୋଷ କଣ ? ଅବଶେଷରେ ତାଙ୍କ ପୁଥ ଝିଅଙ୍କର ସବୁ ପଇସା ଫେରସ୍ତ ଦେବାକୁ ହେଲା– ମୁଁ ତାକୁ ପୋଲିସରେ ଦେବାକୁ ଆଦେଶ ଦେଲି ।

ସେ ମୋର ଗୋଡ଼ହାତ ଧରିବାକୁ ଲାଗିଲା । ପଚାରିଲି– ତୋର ଘର କେଉଁଠି ?

– ବାଲିୟା ଜିଲ୍ଲା, ବାବୁଜୀ ।

– ଏମିତି ଭାବରେ ଲୋକଙ୍କୁ ଠକାଅ କାହିଁକି ? ଲୋକଙ୍କ ଠାରୁ ଏଥର କେତେ ପଇସା ଠକି ନେଇଛ ?

– ଗରିବ ଲୋକ, ହଜୁର । ମୋତେ ଏଥର ଛାଡ଼ି ଦିଅନ୍ତୁ । ତିନି ଦିନରେ ମୋତେ ଦୁଇଟଙ୍କା ତିନିଅଶା ରୋଜଗାର ହେଉଛି–

– ମୂଲିଆଙ୍କ ତୁଲନାରେ ତିନିଦିନରେ ଖୁବ୍ ବେଶୀ ରୋଜଗାର ହୋଇଛି ।

– ହଜୁର, ବର୍ଷକ ଭିତରେ ଏମିତି ରୋଜଗାର କେତେ ଥର ହୁଏ ? ବର୍ଷରେ ତ ଜମା ତିରିଶ ଚାଳିଶ ଟଙ୍କା ଆୟ।

ସେ ଦିନ ଲୋକଟିକୁ ଛାଡ଼ିଦେଲି- କିନ୍ତୁ ମୋର ମାହାଲ ଛାଡ଼ି ସେହି ଦିନ ଚାଲିଯିବ, ଏହି ସର୍ତରେ। ତାକୁ ଆଉ କେଉଁ ଦିନ କେହି ଆମ ମାହାଲର ସୀମା ଭିତରେ ଦେଖି ନାହାନ୍ତି।

ଏଥର କଟାଳୀ ମୂଲିଆଙ୍କ ଭିତରେ ମଞ୍ଜୀକୁ ନ ଦେଖି ମୁଁ ଉଦ୍‌ବେଗ ଓ ବିସ୍ମୟ ଅନୁଭବ କଲି। ସେ ବାରମ୍ବାର କହିଥିଲା, ଗହମ କାଟିବା ସମୟରେ ନିଶ୍ଚୟ ଆମ ମାହାଲକୁ ଆସିବ। ଫସଲ-କଟାର ମେଳା ଆସିଲା, ଚାଲି ବି ଗଲା- କାହିଁକି ଯେ ସେ ଆସିଲା ନାହିଁ, କିଛି ବୁଝି ପାରିଲି ନାହିଁ।

ଅନ୍ୟାନ୍ୟ ମୂଲିଆମାନଙ୍କୁ ପଚାରିଲେ ସୁଦ୍ଧା। ତାର କୌଣସି ସନ୍ଧାନ ମିଳିଲା ନାହିଁ। ମନେ ମନେ ଭାବିଲି, କୋଶୀ ନଦୀର ଦକ୍ଷିଣରେ ଇସମାଇଲପୁରର ଦ୍ୱିୟାରା ମାହାଲ ଛାଡ଼ି ଦେଲେ, ଏମିତି ବିସ୍ତୀର୍ଣ୍ଣ ଫସଲର ମାହାଲ ନିକଟରେ ଆଉ କେଉଁଠି ନାହିଁ। କିନ୍ତୁ ସେଠାକୁ ସେ ବା କାହିଁକି ଯିବ ଏତେ ଦୂରକୁ, ଯେତେବେଳେ ଉଭୟ ସ୍ଥାନରେ ମଜୁରୀ ଏକ।

ଅବଶେଷରେ ଫସଲର ମେଳାର ଶେଷ ଆଡ଼କୁ ଜନୈକ ଗାଙ୍ଗୋତା ମୂଲିଆ ମୁହଁରୁ ମଞ୍ଜୀର ସମ୍ବାଦ ମିଳିଲା। ସେ ମଞ୍ଜୀକୁ ଓ ତାର ସ୍ୱାମୀ ନକ୍‌ଛେଦୀ ଭକତକୁ ଚିହ୍ନେ। ସେମାନେ କୁଆଡ଼େ ଏକା ସାଙ୍ଗରେ ବହୁ ଜାଗାରେ କାମ କରିଛନ୍ତି। ତାରି ମୁହଁରୁ ଶୁଣିଲି, ଗତ ଫାଗୁଣ ମାସରେ ସେ ସେମାନଙ୍କୁ ଆକବରପୁର ସରକାରୀ ଖାସ ମାହାଲରେ ଫସଲ କାଟିବାର ଦେଖିଛି। ତାହା ପରେ ସେମାନେ ସେ କୁଆଡ଼େ ଗଲେ, ସେ ଜାଣେ ନା।

ଜ୍ୟେଷ୍ଠ ମାସର ମଝାମଝିରେ ଫସଲର ମେଳା ଶେଷ ହୋଇଗଲା। ଏହି ସମୟରେ ଦିନେ ସଦର କଚେରୀର ପ୍ରାଙ୍ଗଣରେ ନକ୍‌ଛେଦୀ ଭକତକୁ ଦେଖି ବିସ୍ମିତ ହେଲି। ନକ୍‌ଛେଦୀ ମୋ ଗୋଡ଼ ତଳେ ପଡ଼ିଯାଇ ଭୋ ଭୋ କରି କାନ୍ଦି ପକାଇଲା। ଆହୁରି ବିସ୍ମିତ ହୋଇ ଗୋଡ଼ ଛଡ଼ାଇ ନେଇ ମୁଁ ପଚାରିଲି-କଥା କଣ ? ଏଥର ଫସଲ ବେଳେ ତୁମେ ସବୁ କାହିଁକି ଆସିଲ ନାହିଁ ? ମଞ୍ଜୀ ଭଲ ଅଛି ତ ? କେଉଁଠି ସେ ?

ଉତ୍ତରରେ ନକ୍‌ଛେଦୀ ଯାହା କହିଲା ତାର ସାର ମର୍ମ ହେଉଛି, ମଞ୍ଜୀ କେଉଁଠି ସେ କଥା ତାକୁ ମାଲୁମ ନାହିଁ। ଖାସମାହାଲରେ କାମ କରିବା ସମୟରେ ମଞ୍ଜୀ ତାଙ୍କୁ ଛାଡ଼ି ଦେଇ କୁଆଡ଼େ ପଳାଇଗଲା। ଅନେକ ଖୋଜା ଖୋଜି କରି ସୁଦ୍ଧା। ତାର ପତ୍ତା ମିଳିଲା ନାହିଁ।

ବିସ୍ମିତ ଓ ସ୍ତମ୍ଭିତ ହେଲି । କିନ୍ତୁ ଦେଖିଲି ବୃଦ୍ଧ ନକ୍‌ଛେଦୀ ଭକତ ପ୍ରତି ମୋର କୌଣସି ସହାନୁଭୂତି ନାହିଁ । ଯାହା କିଛି ଚିନ୍ତା ସବୁ ସେହି ବନ୍ୟ ନାରୀଟି ପାଇଁ । କେଉଁଆଡ଼େ ସେ ଗଲା, କିଏ ତାକୁ ଭୁଲାଇ ନେଇଗଲା, କେଉଁ ଅବସ୍ଥାରେ ବା ସେ କେଉଁଠି ଅଛି । ଶସ୍ତା ବିଲାସ ଦ୍ରବ୍ୟ ପ୍ରତି ତାର ଯେଭଳି ଆସକ୍ତି ମୁଁ ଲକ୍ଷ୍ୟ କରିଛି, ସେ ସବୁର ଲୋଭ ଦେଖାଇ ତାକୁ ଭୁଲାଇ ନେଇଯିବା ବି କାହାପକ୍ଷରେ ଆଦୌ କଷ୍ଟକର ନୁହେଁ । ନିଶ୍ଚୟ ସେୟା ଘଟିଛି ।

ପଚାରିଲି– ତାହାର ପୁଅଟି କେଉଁଠି ?

– ସେ ନାହିଁ । ମାଘ ମାସରେ ବସନ୍ତରେ ପଡ଼ି ମରିଗଲା ।

ଶୁଣି ଅତ୍ୟନ୍ତ ଦୁଃଖିତ ହେଲି । ବିଚରା ପୁତ୍ର-ଶୋକରେ ଉଦାସୀ ହୋଇ, ଯେଉଁ ଆଡ଼କୁ ଦି ଆଖି ଯାଏ, ସେ ଆଡ଼େ ନିଶ୍ଚୟ ଚାଲି ଯାଇଛି । କିଛି କ୍ଷଣ ଚୁପ୍ ରହି ପଚାରିଲି– ତୁଳସୀ କେଉଁଠି ?

– ସେ ଏଠାରେ ଅଛି । ମୋର ପାଖରେ ଅଛି । ମୋତେ କିଛି ଜମି ଦିଅନ୍ତୁ, ହଜୁର । ନ ହେଲେ ଆମେ ବୁଢ଼ାବୁଢ଼ୀ ହେଲୁ, ଫସଲ କାଟି ଆଉ ଚଳି ହେଉନାହିଁ । ମଙ୍ଗୀ ଥିଲା, ତାରି ଜୋରରେ ଆମେ ବୁଲୁଥିଲୁ । ସେ ମୋର ଗୋଡ଼-ହାତ ଭାଙ୍ଗି ଦେଇ ଯାଇଛି ।

ସନ୍ଧ୍ୟା ପରେ ନକ୍‌ଛେଦୀର ଖୁପରୀକୁ ଯାଇ ଦେଖିଲି, ତୁଳସୀ ତାହାର ପୁଅଝିଅଙ୍କୁ ଧରି ଚୀନା-ଦାନା ଛଡ଼ାଉଛି । ମୋତେ ଦେଖି କାନ୍ଦି ପକାଇଲା । ଦେଖିଲି, ମଙ୍ଗୀ ଚାଲିଯିବାରେ ସେ ବି ଯଥେଷ୍ଟ ଦୁଃଖିତ । କହିଲା– ହଜୁର, ସବୁ ଏହି ବୁଢ଼ାର ଦୋଷ । ସରକାରୀ ଲୋକ ଖେତକୁ ଆସିଲା ସମସ୍ତଙ୍କୁ ଟିକାଦେବାକୁ, ବୁଢ଼ା ତାକୁ ଚାରିଆଣା ପଇସା ଘୁଷ ଦେଇ ବିଦା କରିଦେଲା । କାହାକୁ ଟିକା ନେବାକୁ ଦେଲା ନାହିଁ । କହିଲା ଟିକା ନେଲେ ବସନ୍ତ ହେବ । ହଜୁର, ତିନିଟା ଦିନ ଯାଇନାହିଁ, ମଙ୍ଗୀର ପୁଅଟାକୁ ବସନ୍ତ ହେଲା, ତାହାର ପ୍ରାଣ ଉଡ଼ିଗଲା । ତାରି ଶୋକରେ ସେ ପାଗଲ ହୋଇଗଲା– ଖାଇଲା ନାହିଁ, ଖାଲି କାନ୍ଦିଲା ।

– ତା ପରେ ?

ତା ପରେ ହଜୁର, ଖାସମାହାଲରୁ ଆମକୁ ତଡ଼ି ଦେଲେ । କହିଲେ ବସନ୍ତରେ ତୁମ ଲୋକ ମରି ଯାଇଛି, ଏଠାରେ ରହିବାକୁ ଦେବୁ ନାହିଁ । ଗୋଟାଏ ରାଜପୁତ ଟୋକା ମଙ୍ଗୀ ଉପରେ ନଜର ପକାଉଥିଲା । ଯେଉଁ ଦିନ ଆମେ ଖାସମାହାଲରୁ ଚାଲିଆସୁଲି, ସେହି ରାତିରେ ମଙ୍ଗୀ ନିରୁଦ୍ଦେଶ ହେଲା । ମୁଁ ସେ ଦିନ ସକାଲେ ସେହି ଟୋକାଁକୁ ଆମ ଖୁପରୀ ପାଖରେ ଟହଲିବାର ଦେଖିଛି । ଏ ଠିକ୍ ତାରି କାମ, ହଜୁର ।

ସେହି କେତେ ଦିନ ମଞ୍ଜୀ ଖାଲି 'କଲିକତା ଦେଖିବି, କଲିକତା ଦେଖିବି' ହେଉଥିଲା । ସେତେବେଳେ ମୁଁ ଜାଣିଥିଲି, ଗୋଟାଏ କିଛି ଘଟିବ ।

ମୋର ମଧ୍ୟ ମନେ ପଡ଼ିଲା, ଆରବର୍ଷ ମଞ୍ଜୀ ସତରେ କଲିକତା ଦେଖିବାକୁ ଯଥେଷ୍ଟ ଆଗ୍ରହ ଦେଖାଇଥିଲା । ଆଶ୍ଚର୍ଯ୍ୟ ନୁହେଁ, ଧୂର୍ତ୍ତ ରାଜପୁତ ଯୁବକ ସରଳା-ବନ୍ୟ-ନାରୀଟିକୁ କଲିକତା ବୁଲାଇ ଆଣିବାର ଲୋଭ ଦେଖାଇ ଭୁଲାଇ ନେଇ ଯାଇଥିବ ।

ମୁଁ ଜାଣେ ଏ ଅବସ୍ଥାରେ ଏ ଦେଶର ନାରୀମାନଙ୍କର ଶେଷ ପରିଣତ ହୁଏ ଆସାମର ଚାହା-ବଗିଚାରେ କୁଲିଗିରିରେ । ମଞ୍ଜୀର ଅଦୃଷ୍ଟରେ କଣ ଶେଷ ବେଳକୁ ନିର୍ବାନ୍ଧବ ଆସାମର ପାର୍ବତ୍ୟ ଅଞ୍ଚଳରେ ଦାସତ୍ୱ ଓ ନିର୍ବାସନ ଲେଖା ଅଛି ?

ବୃଦ୍ଧ ନକ୍ଛେଦୀ ଉପରେ ଖୁବ୍ ରାଗ ହେଲା । ଏହି ଲୋକଟା ଯେତେ ସବୁ ଅନର୍ଥର ମୂଳ । ବୃଦ୍ଧ ବୟସରେ କାହିଁକି ସେ ମଞ୍ଜୀକୁ ବିବାହ କରିବାକୁ ଗଲା ? ଦ୍ୱିତୀୟରେ, ସରକାରୀ ଟିକାଦାରକୁ କାହିଁକି ଘୁଷ୍ ଦେଇ ବିଦାୟ କଲା ? ଯଦି ତାକୁ ଜମି ଦିଏଁ, ତା ପାଇଁ ନୁହେଁ, ତାହାର ପ୍ରୌଢ଼ା ସ୍ତ୍ରୀ ତୁଲସୀ ଓ ପୁଅଝିଅଗୁଡ଼ିଙ୍କ ମୁହଁ ଚାହିଁ ଦେବି ।

ତାହା ବି ଦେଲି । ସଦର ଅଫିସରୁ ହୁକୁମ ଆସିଛି, ନାଢ଼ା ବଇହାରରେ ଶୀଘ୍ର ପ୍ରଜା ବସାଇବାକୁ ହେବ, ତେଣୁ ପ୍ରଥମ ପ୍ରଜା ବସାଇଲି ନକ୍ଛେଦୀକୁ ।

ନାଢ଼ା ବଇହାରରେ ଘୋର ଜଙ୍ଗଲ । ମାତ୍ର ଦୁଇ-ଚାରି ଘର ପ୍ରଜା ସାମାନ୍ୟ ଜଙ୍ଗଲ କାଟି ଖୁପରୀ ବାନ୍ଧିବା ଆରମ୍ଭ କରିଥାନ୍ତି । ନକ୍ଛେଦୀ ପ୍ରଥମେ ଜଙ୍ଗଲ ଦେଖି ପଛେଇଲା, କହିଲା- ହଜୁର, ସେଠାରେ ଦିନରେ ବି ବାଘ ଖାଇଯିବେ, ଟିକି ଟିକି ପିଲାଙ୍କୁ ଧରି ରହିଲେ-

ତାକୁ ସଫା ସଫା କହିଦେଲି- ତାହାର ପସନ୍ଦ ନ ହେଉଛି ତ ସେ ଅନ୍ୟଆଡ଼େ ଦେଖୁ ।

ନିରୂପାୟ ହୋଇ ନକ୍ଛେଦୀ ନାଢ଼ା ବଇହାରର ଜଙ୍ଗଲରେ ଜମି ନେଲା ।

୩

ସେ ଏଠାକୁ ଆସିବା ଅବଧି ମୁଁ କେବେ ତା ଖୁପରୀକୁ ଯାଇ ନାହିଁ । ତେବେ ସେ ଦିନ ସନ୍ଧ୍ୟା ବେଳେ ନାଢ଼ା ବଇହାରର ଜଙ୍ଗଲ ଭିତର ଦେଇ ଆସୁ ଆସୁ ଘନ ଜଙ୍ଗଲ ଭିତରେ କିଛି ଫାଙ୍କା ଜାଗା ଦେଖି ପାରିଲି- ନିକଟରେ ଦୁଇଟି ଛୋଟ କାଶ-ଖୁପରୀ । ଗୋଟାକ ଭିତରୁ ଆଲୁଅ ପଦାକୁ ଦିଶୁଥିଲା ।

ସେଟା ଯେ ନକ୍‌ଛେଦୀର ଘର ତାହା ମୋତେ ମାଲୁମ ନଥିଲା। ଘୋଡ଼ାର ପାଦ-ଶବ୍ଦ ଶୁଣି ଯେଉଁ ପ୍ରୌଢ଼ା ସ୍ତ୍ରୀ ଲୋକଟି ଖୁପରୀର ବାହାରେ ଆସି ଠିଆ ହେଲା- ମୁଁ ଦେଖିଲି ସେ ହେଉଛି ତୁଲସୀ।

– ତୁମେ ଏଠାରେ ଜମି ନେଇଛ ? ନକ୍‌ଛେଦୀ କାହିଁ ?

ତୁଲସୀ ମୋତେ ଦେଖି ଆବାକାବା ହୋଇଗଲା। ସେ ବ୍ୟସ୍ତ ହୋଇ ଗହମ ଭୁଷି ଲାଗିଥିବା ଖଣ୍ଡିଏ ଚଟାଇ ପକାଇ ଦେଇ କହିଲା- ଓହ୍ଲାନ୍ତୁ ବାବୁଜୀ, ଟିକିଏ ବସନ୍ତୁ। ସେ ଲବଟୁଲିୟା ଯାଇଛି, ତେଲ ଲୁଣ କିଣି ଆଣିବା ପାଇଁ ଦୋକାନକୁ। ବଡ଼ ପୁଅକୁ ସାଙ୍ଗରେ ନେଇ ଯାଇଛି।

– ତୁମେ ଏହି ଘନ ବଣ ଭିତରେ ଏକା ଅଛ ?

– ସେ ସବୁ ଦିହସହା ହୋଇଗଲାଣି, ବାବୁଜୀ। ଡର ଭୟ କଲେ କଣ ଆମ ଗରିବଙ୍କର ଚଳିବ ? ଏକା ତ ରହିବାକୁ ପଡ଼ୁ ନ ଥାଆନ୍ତା- କିନ୍ତୁ କପାଳ ଯେ ମନ୍ଦ। ମଞ୍ଝୀ ଯେତେ ଦିନ ଯାଏ ଥିଲା, ବଣ ଜଙ୍ଗଲରେ କେଉଁଠି ଭୟ ନଥିଲା। କି ସାହସ, କି ତେଜ ଥିଲା ତାହାର, ବାବୁଜୀ।

ତୁଲସୀ ତାହାର ତରୁଣୀ ସଉତୁଣୀକୁ ଭଲ ପାଉଥିଲା। ତୁଲସୀ ମଧ୍ୟ ଜାଣିଥିଲା, ଏହି ବଙ୍ଗାଳୀ ବାବୁ ମଞ୍ଝୀର କଥା ଶୁଣିବାକୁ ପାଇଲେ ଖୁସି ହେବେ।

ତୁଲସୀର ଝିଅ ସୁରତିୟା କହିଲା- ବାବୁଜୀ, ଗୋଟାଏ ନୀଳ ଗାଈ ଛୁଆ ଧରି ରଖିଛି, ଦେଖିବେ ? ସେ ଦିନ ଦିପହରରେ ଆମେ ଖୁପରୀ ପଛ ଜଙ୍ଗଲରେ ଆସି ଖସ ଖସ କରୁଥିଲା- ମୁଁ ଓ ଛନିୟା ଯାଇ ଧରି ପକାଇଲୁ। ବଡ଼ ଭଲ ଛୁଆଟିଏ।

ପଚାରିଲି- କଣ ଖାଉଛି ରେ ?

ସୁରତିୟା କହିଲା- ଖାଲି ଚୀନା ଦାନାର ଭୁଷି ଆଉ ଗଛର କଅଁଳ ପତର। କଅଁଳ କେନ୍ଦୁ ପତର ତୋଳି ଆଣି ଦିଏ।

ତୁଲସୀ କହିଲ- ଦେଖା ନା ବାବୁଜୀଙ୍କୁ-

ସୁରତିଆ କ୍ଷିପ୍ର ପଦରେ ହରିଣୀ ପରି ଧାଇଁ ଯାଇ ଖୁପରୀର ପଛ ପଟେ ଅଦୃଶ୍ୟ ହୋଇଗଲା। ଟିକିଏ ପରେ ତାହାର ବାଳିକା-କଣ୍ଠର ଚିକ୍‌ାର ଶୁଭିଲା- ଆରେ ନୀଳଗାଈୟା ତୋ ଭାଗୁଲୁୟା ହେ ରେ ଛନିୟା- ଉଧାର- ଉଧାର- ଜଲଦି- ପାକଡ଼ା-

ଦୁଇ ଭଉଣୀ ଦୌଡ଼ାଦୌଡ଼ି କରି ନୀଳ ଗାଈ ଛୁଆଟିକୁ ଧରି ପକାଇଲେ ଏବଂ ଧଇଁ ସଇଁ ହୋଇ ହସ ହସ ମୁଖରେ ତାକୁ ଆଣି ମୋ ସାମନାରେ ହାଜର କଲେ।

ଅନ୍ଧାରରେ ମୋର ଦେଖିବାର ସୁବିଧା ପାଇଁ ତୁଲସୀ ଖଣ୍ଡିଏ ଜଳନ୍ତା କାଠ ଟେଙ୍କି ଧରିଲା। ସୁରତିଆ କହିଲା- କେମିତିକା, ଭଲ ନା ବାବୁଜୀ ? ଯ୍ୟାକୁ ଖାଇବା

ଲାଗି କାଲିରାତିରେ ଭାଲୁ ଆସିଥିଲା। ମହୁଆ ଫୁଲ ଖାଇବାକୁ କାଲି ଭାଲୁ ସେହି ମହୁଆ ଗଛରେ ଚଢ଼ିଥିଲା– ସେତେବେଳେ ଢେର ରାତି– ବାବା-ମାଆ ଶୋଇ ପଡ଼ିଥିଲେ, ମୁଁ ସବୁ ଟେର ପାଇଲି– ତା ପରେ ଗଛରୁ ଓହ୍ଲାଇ ଆମ ଖୁପରୀ ପଛରେ ଆସି ଠିଆ ହେଲା। ମୁଁ ରାତିରେ ଯାକୁ ପେଟ ତଲେ ଜାକି ଶୁଏଁ– ଭାଲୁର ପାଦ ଶବ୍ଦ ଶୁଣି ଯାର ମୁହଁରେ ହାତ ଦେଇ ଜୋରରେ ଚାପି ଆହୁରି ଶକ୍ତ କରି ଭିଡ଼ି ଧରି ଶୋଇ ରହିଲି–

– ତୋର ଭୟ ହେଲା ନାହିଁ, ସୁରତିୟା ?

– ଇସ୍! ଭୟ କଣ! ମୁଁ ଭୟ କରେ ନା। କାଠ ଗୋଟାଇବାକୁ ଯାଇ ଜଙ୍ଗଲରେ କେତେ ଭାଲୁ ଦେଖେଁ– ତାକୁ ତ ଭୟ କରେ ନା। ଭୟ କଲେ ଚଳିବ ବାବୁଜୀ ?

ସୁରତିୟା ମୁହଁଟା ପଣ୍ଡିତଙ୍କ ପରି କଲା।

ଖୁପରୀର ଚାରିପଟେ କଳା କେନ୍ଦୁ ଗଛର ଗଣ୍ଡିସବୁ ବଡ଼ ବଡ଼ କଲର ଚିମିନୀ ପରି ଲମ୍ବ ହୋଇ ଆକାଶକୁ ଉଠି ଯାଇଛି, ଠିକ୍ ଯେମିତି କାଲିଫୋର୍ଣ୍ଣିଆ ରେଡଉଡ ଗଛର ଜଙ୍ଗଲ। ପ୍ରତି ଡାଲରେ ବାଦୁଡ଼ି ଓ ନିଶାଚର କାଙ୍କ ପକ୍ଷୀ ଡେଣା ଝାଡୁଛନ୍ତି, ଅନ୍ଧକାରରେ ବୁଦାରେ ସବୁ ଜୁଲୁଜୁଲିଆ ପୋକ ଦଲ ଦଲ ହୋଇ ଝଟକୁଛନ୍ତି, ଖୁପରୀ ପଛର ବଣରେ ବିଲୁଆ ଡାକୁଛି– ଏହି କେତୋଟି ସାନ ସାନ ପୁଅ-ଝିଅଙ୍କୁ ନେଇ ତାଙ୍କ ମାଆ ଯେ କେମିତି ଏହି ନିର୍ଜନ ବଣ-ପ୍ରାନ୍ତରେ ରହିଛି, ତାହା ବୁଝିବା ବଡ଼ କଠିନ। ହେ ବିଶ୍ୱ, ରହସ୍ୟମୟ ଅରଣ୍ୟ, ଆଶ୍ରିତ ଜନ ପ୍ରତି ସତରେ ତୁମର ଅପାର କରୁଣା।

କଥାରେ କଥାରେ ପଚାରିଲି– ମଞ୍ଝୀ ତାହାର ଜିନିଷପତ୍ର ସବୁ ନେଇ ଯାଇଛି ?

ସୁରତିୟା କହିଲା– ସାନ ମାଆ କିଛି ଜିନିଷ ନେଇ ଯାଇନାହିଁ। ସେ ଥର ତାହାର ଯେଉଁ ବାକ୍ସଟା ଦେଖିଥିଲେ– ଛାଡ଼ି ଦେଇ ଯାଇଛି। ଦେଖିବେ ? ଆଣୁଛି।

ବାକ୍ସଟା ଆଣି ସେ ମୋ ସାମନାରେ ଖୋଲିଲା। ପାନିଆ, ଛୋଟ ଅଇନା, ପୁତି ମାଲ, ଖଣ୍ଡିଏ ସବୁଜ ରଙ୍ଗର ନକଲି ରୁମାଲ– ଠିକ୍ ଯେମିତି ଛୋଟ ଝିଅଟିର କୁଣ୍ଢେଇ ଖେଳ ବାକ୍ସ। କିନ୍ତୁ ସେହି ପୁତି ମାଲ କେରାକ ନାହିଁ, ସେ ଥର ଲବଟୁଲିୟା ଖମାରର ମେଲାରେ ସେହି ଯେଉଁଟା କିଣିଥିଲା।

ନିଜର ଘର-ସଂସାର ଛାଡ଼ି ଯେ ସେ କୁଆଡ଼େ ଚାଲିଗଲା କିଏ କହିବ ? ଏମାନେ ତ ଜମି ନେଇ ଏତେ ଦିନ ପରେ ସଂସାର ପାତି ବସବାସ ଆରମ୍ଭ କରିଛନ୍ତି, ଏମାନଙ୍କ ଦଲ ଭିତରେ ସେ ହିଁ କେବଲ ଯେଉଁ ଯାଯାବରକୁ ସେହି ଯାଯାବର ରହିଗଲା।

ଘୋଡ଼ାରେ ଚଢ଼ିବା ସମୟରେ ସୁରତିୟା କହିଲା- ଆଉ ଦିନେ ଆସିବେ ବାବୁଜୀ- ଆଢ଼େ ଫାନ୍ଦ ବସାଇ ପକ୍ଷୀ ଧରୁଁ। ନୂଆ ଫାନ୍ଦ ବୁଣିଛି। ଗୋଟାଏ ଡାହୁକ ଆଉ ଗୋଟାଏ ଗୁଡ଼ୁଗୁଡ଼ି ପକ୍ଷୀ ପାଳିଛି। ଏମାନେ ଡାକିଲେ ବଣର ପକ୍ଷୀ ଆସି ଫାନ୍ଦରେ ପଡ଼ନ୍ତି- ଆଜି ଆଉ ବେଳ ନାହିଁ- ନହେଲେ ଧରି ଦେଖାଇଥାନ୍ତି।

ନାଢ଼ା ବଇହାରର ବଣ-ପ୍ରାନ୍ତରର ପଥରେ ଏତେ ରାତିରେ ଆସିବାକୁ ଡର ଲାଗେ। ବାମ ଦିଗରେ ଗୋଟିଏ ଛୋଟ ପାହାଡ଼ୀ ଝରଣାର ଜଳସ୍ରୋତ କୁଲୁକୁଲୁ ସ୍ୱନରେ ବହିଯାଉଛି। କେଉଁଠି କି ବଣ-ଫୁଲ ଫୁଟିଛି, ଗନ୍ଧଭରା ଅନ୍ଧକାର ଗୋଟିଏ ଗୋଟିଏ ଜାଗାରେ ଏତେ ନିବିଡ଼ ଯେ ଘୋଡ଼ାର ଦେହର ରୋମ ବି ଦେଖା ଯାଏ ନାହିଁ, ପୁଣି ନକ୍ଷତ୍ରାଲୋକରେ କେଉଁଠି ବି ପତଳା।

ନାଢ଼ା ବଇହାର ନାନା ପ୍ରକାର ବୃକ୍ଷଲତା, ବନ୍ୟଜନ୍ତୁ ଓ ପକ୍ଷୀମାନଙ୍କର ଆଶ୍ରୟସ୍ଥଳ- ପ୍ରକୃତି ଏହାର ବଣଭୂମି ଓ ପ୍ରାନ୍ତରକୁ ଅଜସ୍ର ସମ୍ପଦରେ ସଜାଇଛି। ସରସ୍ୱତୀ କୁଣ୍ଠୀ ଏହି ନାଢ଼ା ବଇହାରର ଉତ୍ତର ସୀମାରେ। ପ୍ରାଚୀନ ଜରିବ୍ର ଥାକ- ନକ୍ସାରେ ଦେଖାଯାଏ, ସେଠାରେ କୋଶୀ ନଦୀର ପ୍ରାଚୀନ ଗଣ୍ଠ ଥିଲା- ଏକ୍ଷଣି ପୋତି ଯାଇ କେବଳ ସେହି ପାଣି ଟିକକ ଅବଶିଷ୍ଟ ଅଛି- ଅନ୍ୟ ଦିଗରେ ସେହି ପ୍ରାଚୀନ ଗଣ୍ଠ ଘନ ଅରଣ୍ୟରେ ପରିଣତ-

ପୁରା ଯତ୍ର ସ୍ରୋତଃ ପୁଲିନମଧୁନା ତତ୍ର ସରିତାମ୍-

ସେହି ନିସ୍ତବ୍ଧ ଅନ୍ଧକାର ରାତ୍ରିରେ ଏହି ବଣଭୂମିର କି ଅବର୍ଣ୍ଣନୀୟ ଶୋଭା ଦେଖିଲି। କିନ୍ତୁ ମନ ଖରାପ ହୋଇଗଲା, ଯେତେବେଳେ ବେଶ୍‌ ବୁଝିପାରିଲି ନାଢ଼ା ବଇହାରର ଏ ବଣ ଆଉ ବେଶୀ ଦିନ ରହିବ ନାହିଁ। ଏତେ ଭଲ ପାଏ ୟାକୁ, ଅଥଚ ମୋରି ହାତରେ ଏହା ବିନଷ୍ଟ ହେଲା। ଦୁଇଟା ବର୍ଷ ଭିତରେ ସମୁଦାୟ ମାହାଲଟା ପଟା ଦିଆଯାଇ କ୍ରମେ କ୍ରମେ କଦର୍ଯ୍ୟ ଟୋଲା ଓ ଅପରିଷ୍କାର ବସ୍ତିରେ ଛାଇଗଲା। ପ୍ରକୃତିର ନିଜ ହାତରେ ସଜା ତାର ଶତ ବର୍ଷର ସାଧନାର ଫଳ ଏହି ନାଢ଼ା ବଇହାର, ଏହାର ଅତୁଳନୀୟ ବନ୍ୟ ସୌନ୍ଦର୍ଯ୍ୟ ଓ ଦୂରବିସର୍ପୀ ପ୍ରାନ୍ତର ଘେନି ଏହା ଅକସ୍ମାତ୍‌ ଅନ୍ତର୍ହିତ ହେବ। ଅଥଚ ତାର ବିନିମୟରେ କଣ ମିଳିବ ?

କେତେଗୁଡ଼ିଏ ଖପରଲି ଚାଲର କୁଣ୍ଠୀ ଘର, ଗୁହାଲ, ମକା-ଜନା ଖେତ, ଛଣପଟ ଗଦା, ଦଉଡ଼ି ଖଟିଆ, ହନୁମାନଜୀଙ୍କ ଧ୍ୱଜା, ସପ୍ତପର୍ଣ୍ଣୀ ଗଛ, ଯଥେଷ୍ଟ ଧୂଆଁପତ୍ର, ଯଥେଷ୍ଟ ନାସ୍ୟ, ଯଥେଷ୍ଟ କଲେରା ଓ ବସନ୍ତର ମଡ଼କ।

ହେ ଅରଣ୍ୟ, ହେ ସୁପ୍ରାଚୀନ, ମୋତେ କ୍ଷମା କର।

ଆଉ ଦିନେ ଗଲି ସୁରତିୟାର ପକ୍ଷୀ-ଧରା ଦେଖିବାକୁ।

ସୁରତିୟା ଓ ଛନିୟା ଦୁଇଟି ପିଞ୍ଜରା ନେଇ ମୋର ନାଡ଼ା ବଇହାର ଜଙ୍ଗଲର ବାହାରେ ମୁକ୍ତ ପ୍ରାନ୍ତର ଆଡ଼କୁ ଚାଲିଲେ ।

ଉପରଓଳି, ନାଡ଼ା ବଇହାରର ପ୍ରାନ୍ତରେ ସୁଦୀର୍ଘ ଛାୟା ବିସ୍ତାର କରି ସୂର୍ଯ୍ୟ ପାହାଡ଼ ଆଢ଼ୁଆଲରେ ଲୁଚି ଯାଉ ଥାଆନ୍ତି ।

ଗୋଟିଏ ଛୋଟ ଶିମୁଳି ଗଛ ତଳେ ଘାସ ଉପରେ ସେମାନେ ପିଞ୍ଜରା ଦୁଇଟି ରଖିଲେ । ଗୋଟିକରେ ବଡ଼ ଡାହୁକଟିଏ, ଅନ୍ୟଟିରେ ଗୁଡ଼ଗୁଡ଼ିଟିଏ । ଏ ଦୁଇଟି ଶିକ୍ଷିତ ପକ୍ଷୀ । ତତ୍‌କ୍ଷଣାତ୍ ବଣ ପକ୍ଷୀଙ୍କୁ ଆକୃଷ୍ଟ କରିବା ପାଇଁ ଡାହୁକଟିଏ ଡାକିବାକୁ ଆରମ୍ଭ କଲା ।

ଗୁଡ଼ଗୁଡ଼ିଟା ପହିଲୁ ଡାକିଲା ନାହିଁ ।

ସୁରତିୟା ସୁସ୍ସୁରି ମାରି କହିଲା– ବୋଲୋ ରେ ବହିନିୟା– ତୋହର କିର–

ଗୁଡ଼ଗୁଡ଼ି ତତ୍‌କ୍ଷଣାତ୍ ଡାକ ଛାଡ଼ିଲା– ଗୁଡ଼-ଡ଼-ଡ଼-ଡ଼–

ନିସ୍ତବ୍ଧ ଅପରାହ୍ନରେ ବିସ୍ତୀର୍ଣ୍ଣ ପ୍ରାନ୍ତରର ନିର୍ଜନତା ମଝିରେ ସେହି ଅଦ୍ଭୁତ ସ୍ୱର ଖାଲି ମନ ଭିତରେ ଆଣିଦିଏ ଗୋଟାଏ ଦିଗନ୍ତ ବିସ୍ତୀର୍ଣ୍ଣତାର ଛବି, ଗୋଟାଏ ମୁକ୍ତ ଦିକ୍‌ଚକ୍ର‌ବାଲର ସ୍ୱପ୍ନ, ଆଉ ଛାୟାହୀନ ଜ୍ୟୋସ୍ନାଲୋକ । ନିକଟରେ ଘାସ ମଝିରେ ଯେଉଁଠି ରାଶି ରାଶି ହଳଦିଆ ରଙ୍ଗର ଦୁଧ୍‌ଆର ଫୁଲ ଫୁଟିଛି, ତାରି ଉପରେ ଛନିୟା ଫାନ୍ଦ ବସାଇଲା– ଠିକ୍ ପିଞ୍ଜରାର ବାଡ଼ ପରି, ବାଉଁଶରେ ତିଆରି । ସେହି ବାଡ଼ କେତେ ଖଣ୍ଡ ଦେଇ ଗୁଡ଼ଗୁଡ଼ି ପକ୍ଷୀର ପିଞ୍ଜରାଟା ଢାଙ୍କି ଦେଲା ।

ସୁରତିୟା କହିଲା– ଚାଲନ୍ତୁ ବାବୁଜୀ, ବୁଦା ଆଢ଼ୁଆଲରେ ଲୁଚି କରି ବସିବା । ମଣିଷ ଦେଖିଲେ ଚିଡ଼ିଆ ପଳେଇ ଯିବ । – ଆମେ ସମସ୍ତେ ମିଶି ଗଜା ଶାଳ ଗଛର ଆଢ଼ୁଆଲରେ କିଛି ସମୟ ଚୁପ୍ ହୋଇ ବସି ରହିଲୁ ।

ଡାହୁକଟି ମଝିରେ ମଝିରେ ରହି ଯାଉଥାଏ– କିନ୍ତୁ ଗୁଡ଼ଗୁଡ଼ିର ରବର ବିରାମ ନାହିଁ– ଏକାଦି କ୍ରମେ ଡାକି ଚାଲିଛି– ଗୁଡ଼-ଡ଼-ଡ଼-ଡ଼–

ସେ କି ମଧୁର ଅପାର୍ଥିବ ରବ ! କହିଲି– ସୁରତିୟା, ତୋର ଗୁଡ଼ଗୁଡ଼ିଟା ବିକ୍ରୀ କରିବୁ ? କେତେ ଦାମ୍ ?

ସୁରତିୟା କହିଲା– ଚୁପ୍ ଚୁପ୍ ବାବୁଜୀ, କଥା କହନ୍ତୁ ନାହିଁ– ଏହି ଶୁଣନ୍ତୁ, ବଣ ପକ୍ଷୀ ଆସୁଛି–

କିଛି କ୍ଷଣ ନୀରବ ରହିବା ପରେ ଆଉ ଗୋଟିଏ ସ୍ୱର ପଡ଼ିଆର ଉଭର ଦିଗାର ବଣ ପ୍ରାନ୍ତରୁ ଭାସି ଆସିଲା– ଗୁଡ଼-ଡ଼-ଡ଼-ଡ଼– ।

ମୋର ଶରୀର ଶିହରି ଉଠିଲା । ବଣର ପକ୍ଷୀ ପିଞ୍ଜରାର ପକ୍ଷୀର ଜବାବ ଦେଇଛି ।

କ୍ରମେ ସେହି ସ୍ୱର ପିଞ୍ଜରାର ନିକଟବର୍ତ୍ତୀ ହେବାକୁ ଲାଗିଲା।

କିଛି କ୍ଷଣ ହେଲା ଦୁଇଟି ପକ୍ଷୀର ରବ ପାଖାପାଖି ଶୁଣା ଯାଉଥିଲା, କ୍ରମେ ଦୁଇଟି ସ୍ୱର ଯେମିତି ମିଶି ଏକ ହୋଇଗଲା– ହଠାତ୍ ପୁଣି ଗୋଟାଏ ସ୍ୱର– ସେଗୋଟିଏ ପକ୍ଷୀ ଡାକୁଛି– ପିଞ୍ଜରାର ପକ୍ଷୀଟା।

ଛନିୟା ଓ ସୁରତିୟା ଦୌଡ଼ିଗଲେ, ଫାନ୍ଦରେ ପକ୍ଷୀ ପଡ଼ିଛି। ମୁଁ ବି ଦୌଡ଼ିଗଲି। ଫାନ୍ଦରେ ଗୋଡ଼ ଗଳାଇ ଦେଇ ପକ୍ଷୀଟା ଛଟପଟ ହେଉଛି। ଫାନ୍ଦରେ ପଡ଼ିବା ସଙ୍ଗେ ସଙ୍ଗେ ତାହାର ଡାକ ବନ୍ଦ ହୋଇ ଯାଇଛି– କି ଆଶ୍ଚର୍ଯ୍ୟ କାଣ୍ଡ! ଆଖିକୁ ବିଶ୍ୱାସ କରିବା ବି ବୋଧହୁଏ କଠିନ।

ସୁରତିୟା! ପକ୍ଷୀଟି ହାତରେ ଧରି ଦେଖାଇଲା– ଦେଖନ୍ତୁ ବାବୁଜୀ, କିପରି ଫାନ୍ଦରେ ତାର ଗୋଡ଼ ଅଟକି ଯାଇଛି। ଦେଖିଲେ ତ ?

ସୁରତିୟାକୁ ପଚାରିଲି– ତୁମେ ସବୁ ପକ୍ଷୀ କଣ କର ?

ସେ କହିଲା– ବାବା ତିରାଶି–ରତନଗଞ୍ଜର ହାଟରେ ବିକି ଦେଇ ଆସନ୍ତି। ଗୋଟାଏ ଗୁଡ଼ଗୁଡ଼ି ଦୁଇ ପଇସା– ଡାହୁକ ଗୋଟାକୁ ସାତ ପଇସା।

କହିଲି– ମୋତେ ବିକ୍ରି କର, ଦାମ୍ ଦେବି।

ସୁରତିୟା ଗୁଡ଼ଗୁଡ଼ିଟା ମୋତେ ସେମିତି ଦେଇ ଦେଲା– କୌଣସି ମତେ ତାକୁ ପଇସା ଦେଇପାରିଲି ନାହିଁ।

୪

ଆଶ୍ୱିନ ମାସ। ଏହି ସମୟରେ ଦିନେ ସକାଳେ ପତ୍ର ପାଇଲି ରାଜା ଦୋବରୁ ପାନ୍ନା ମରି ଯାଇଛନ୍ତି, ଏବଂ ରାଜପରିବାର ଖୁବ୍ ବିପନ୍ନ– ସମୟ ପାଇଲେ ମୁଁ ଯେମିତି ଯାଏ। ପତ୍ର ଦେଇଛି ଜଗରୁ ପାନ୍ନା, ଭାନୁମତୀର ଭାଇ।

ତତ୍‌କ୍ଷଣାତ୍ ବାହାରି ପଡ଼ି ସନ୍ଧ୍ୟାରେ ଟିକିଏ ଆଗରୁ ଚକ୍‌ମକିଟୋଲାରେ ପହଞ୍ଚିଲି। ରାଜାଙ୍କର ବଡ଼ ପୁଅ ଓ ନାତି ମୋତେ ପାଛୋଟି ନେଇଗଲେ। ଶୁଣିଲି, ରାଜା ଦୋବରୁ ଗୋରୁ ଚରାଉଁ ଚରାଉଁ ହଠାତ୍ ପଡ଼ିଯାଇ ଆଣ୍ଠୁରେ ଆଘାତ ପାଇଲେ, ଶେଷ ଅବଧି ସେହି ଆଘାତ ହିଁ ତାଙ୍କ ମୃତ୍ୟୁର କାରଣ ହେଲା।

ରାଜାଙ୍କର ମୃତ୍ୟୁ ସମ୍ବାଦ ପାଇଲା ମାତ୍ରେ ମହାଜନ ଆସି ଗୋରୁ ମଇଁଷି ବାନ୍ଧି ରଖିଛି। ଟଙ୍କା ନଦେଲେ ସେ ଗୋରୁ ମଇଁଷି ଛାଡ଼ିବ ନାହିଁ। ଏଣେ ବିପଦ ଉପରେ ବିପଦ, ନୂତନ ରାଜାଙ୍କର ଅଭିଷେକ–ଉତ୍ସବ ଆସନ୍ତା କାଲି ସମ୍ପନ୍ନ ହେବ। ସେଥିରେ

ବି କିଛି ଖରଚ ହେବ। କିନ୍ତୁ ସେ ଟଙ୍କା କାହିଁ? ତା ଛଡ଼ା ମହାଜନ ଯଦି ଗୋରୁ ମଇଁଷି ନେଇଯାଏ, ତାହାହେଲେ ରାଜ-ପରିବାରର ଅବସ୍ଥା ଖୁବ୍ ସଙ୍ଗୀନ୍ ହୋଇ ପଡ଼ିବ- ସେହି ଦୁଧର ଘିଅ ବିକ୍ରୀ କରି ରାଜାଙ୍କ ସଂସାରରେ ଅଧେ ଖର୍ଚ ଚଳେ- ଏକ୍ଷଣି ଖାଇବାକୁ ନ ପାଇ ସେମାନଙ୍କୁ ମରିବାକୁ ହେବ।

ସବୁ କଥା ଶୁଣି ମୁଁ ମହାଜନକୁ ଡକାଇଲି। ତାହାର ନାମ ବୀରବଲ ସିଂ। ଦେଖିଲି ମୋର କୌଣସି କଥା ସେ ଶୁଣିବାକୁ ପ୍ରସ୍ତୁତ ନୁହେଁ। ଟଙ୍କା ନ ପାଇଲେ ସେ କୌଣସିମତେ ଗୋରୁ-ମଇଁଷି ଛାଡ଼ିବ ନାହିଁ। ଦେଖିଲି ଲୋକଟା ଭଲ ନୁହେଁ।

ଭାନୁମତୀ ଆସି କାନ୍ଦିବାକୁ ଲାଗିଲା। ସେ ତାହାର ଜେଜେ ଅର୍ଥାତ୍ ପ୍ରପିତାମହଙ୍କୁ ଭାରି ଭଲ ପାଉଥିଲା- ଜେଜେ ଥିବାରୁ ସେମାନେ ଯେମିତି ପାହାଡ଼ର ଅନ୍ତରାଳରେ ଥିଲେ, ସେ ଯେମିତି ଆଖି ବୁଜିଛନ୍ତି, ସେମିତି ଏହିସବୁ ଗୋଲମାଲ ଉପୁଜିଲା। ଏହି ସବୁ କଥା କହୁଁ କହୁଁ ଭାନୁମତୀର ଆଖିରୁ ଅବିରାମ ଲୁହ ଗଡ଼ୁଥାଏ। କହିଲା- ଚାଲନ୍ତୁ ବାବୁଜୀ, ମୋ ସାଙ୍ଗରେ- ପାହାଡ଼ ଉପରୁ ଜେଜେଙ୍କ ସମାଧି ଆପଣଙ୍କୁ ଦେଖି ଆଣିବି। ମୋତେ କିଛି ଭଲ ଲାଗୁନାହିଁ ବାବୁଜୀ, ଖାଲି ଇଚ୍ଛା ହେଉଛି ତାଙ୍କ ସମାଧି କଡ଼ିରେ ସବୁବେଳେ ବସି ରହିଥାନ୍ତି।

କହିଲି- ରୁହ, ଦେଖୌଁ ମହାଜନର ଗୋଟାଏ କିଛି ବ୍ୟବସ୍ଥା କରାଯାଇ ପାରେ କି ନା। ତା ପରେ ଯିବି- କିନ୍ତୁ ଆପାତତ। ମହାଜନର କୌଣସି ବ୍ୟବସ୍ଥା ସମ୍ଭବ ହେଲା ନାହିଁ। ଦୁର୍ଦ୍ଧାନ୍ତ ରାଜପୁତ ମହାଜନ କାହାରି ଅନୁରୋଧ ଶୁଣିବାର ପାତ୍ର ନୁହେଁ। ତେବେ ସାମାନ୍ୟ ଟିକିଏ ଖାତିର କରି ଆପାତତଃ ଗୋରୁ-ମଇଁଷି ଗୁଡ଼ିକ ଏଠାରେ ବାନ୍ଧି ରଖିବାକୁ ସମ୍ମତ ହେଲା ସିନା, କିନ୍ତୁ ଥୋପାଏ ଦୁଧ ନେବାକୁ ଦେବ ନାହିଁ। ଦୁଇଟା ମାସ ପରେ ଏ ଦେଣା ଶୁଝିବାର ଉପାୟ ହୋଇଥିଲା- ସେ କଥା ଏକ୍ଷଣି ନୁହେଁ।

ଦେଖିଲି ଭାନୁମତୀ ଏକା ତାଙ୍କ ଘରର ଦୁଆର ମୁହଁରେ ଠିଆ ହୋଇଛି। କହିଲା- ଦିପହର ହୋଇଗଲାଣି, ୟା ପରେ ଯାଇ ହେବ ନାହିଁ, ଚାଲନ୍ତୁ ଏକ୍ଷଣି କବର ଦେଖିବାକୁ।

ଭାନୁମତୀ ଯେ ଏକା ମୋ ସାଙ୍ଗରେ ପାହାଡ଼କୁ ଗଲା, ଏଥିରୁ ବୁଝିପାରିଲି ସରଳା ପର୍ବତ-ବାଳା ଏକ୍ଷଣି ମୋତେ ତାଙ୍କ ପରିବାରର ଜଣେ ଘନିଷ୍ଟ ବନ୍ଧୁ ଓ ପରମ ଆତ୍ମୀୟ ବୋଲି ମନେ କରୁଛି। ଏହି ପାହାଡ଼ୀ ବାଳିକାର ସରଳ ବ୍ୟବହାର ଓ ବନ୍ଧୁତା ମୋତେ ମୁଗ୍ଧ କରିଛି।

ସେହି ବଡ଼ ଉପତ୍ୟକାଟିରେ ଅପରାହ୍ନର ଛାୟା ନଈଁ ପଡ଼ିଛି।

ଭାନୁମତୀ ଖୁବ୍ ତରତର ହୋଇ ଚାଲେ, ତ୍ରସ୍ତା ହରିଣୀ ପରି । କହିଲି-
ଶୁଣ ଭାନୁମତୀ, ଟିକିଏ ଆସ୍ତେ ଚାଲ, ଏଠାରେ ଗଙ୍ଗଶିଉଲି ଫୁଲ୍ ଗଛ କେଉଁଠି
ଅଛି ?

ଭାନୁମତୀର ଦେଶରେ ଶିଉଲି ଫୁଲର ନାମ ସମ୍ପୂର୍ଣ୍ଣ ଅଲଗା । ତାକୁ ଠିକ୍
ଭାବରେ ବୁଝାଇ ପାରିଲି ନାହିଁ । ପାହାଡ଼ ଉପରକୁ ଚଢ଼ିଲା ବେଳେ ଅନେକ ଦୂର
ଯାଏ ଦେଖା ଯାଉଥିଲା, ନୀଳ ଧନ୍ଝେରି ଶୈଳମାଳା ଭାନୁମତୀର ଦେଶକୁ, ରାଜ୍ୟହୀନ
ରାଜା ଦୋବରୁ ପାନ୍ନାଙ୍କ ରାଜ୍ୟକୁ ମେଖଲାକାରରେ ବେଢ଼ି ରହିଛି । ବହୁ ଦୂରରୁ ହୁ ହୁ
ହୋଇ ଖୋଲା ପବନ ବହି ଆସୁଛି ।

ଭାନୁମତୀ ଯାଉଁ ଯାଉଁ ରହିଯାଇ ମୋ ଆଡ଼କୁ ଚାହିଁ କହିଲା- ବାବୁଜୀ,
ଉଠିବାକୁ କଷ୍ଟ ହେଉଛି ?

– ଆଦୌ ନୁହେଁ । ଖାଲି ଟିକିଏ ଆସ୍ତେ ଚାଲ- କଷ୍ଟ କଣ ?

ଆଉ ଟିକିଏ ଚାଲି ଯାଇ ସେ କହିଲା- ଜେଜେ ଚାଲିଗଲେ, ଏ ସଂସାରରେ
ମୋର ଆଉ କେହି ରହିଲା ନାହିଁ, ବାବୁଜୀ-

ଭାନୁମତୀ ପିଲାଙ୍କ ପରି କାନ୍ଦ-କାନ୍ଦ ହୋଇ କଥାଟା କହିଲା ।

ତାହାର କଥା ଶୁଣି ମୋତେ ହସ ମାଡ଼ିଲା । ବୃଦ୍ଧ ପ୍ରପିତାମହ ସିନା ମରିଗଲେ,
ଆଉ ମାଆ ବି ନାହିଁ, ନଚେତ୍ ତାହାର ବାବା, ଭାଇ, ଗୋସେଇଁ ବାବା ସମସ୍ତେ
ବଞ୍ଚିଛନ୍ତି, ଚତୁର୍ଦ୍ଦିଗରେ ଜାଜ୍ୱଲ୍ୟମାନ ସଂସାର । ହଜାରେ ହେଲେ ସୁଦ୍ଧା, ଭାନୁମତୀ
ନାରୀ ଓ ବାଳିକା, ପୁରୁଷ ଠାରୁ ଟିକିଏ ସହାନୁଭୂତି ଆକର୍ଷଣ କରିବା ଓ ନାରୀ-ସୁଲଭ
ଆଦର ଲାଭ କରିବାର ପ୍ରବୃତ୍ତି ତା ପକ୍ଷରେ ସ୍ୱାଭାବିକ ।

ଭାନୁମତୀ କହିଲା- ଆପଣ ମଝିରେ ମଝିରେ ଆସିବେ, ବାବୁଜୀ ଆମର
ଟିକିଏ ଦେଖାଶୁଣା କରିବେ- ଭୁଲି ଯିବେ ନାହିଁ କିନ୍ତୁ ।

ନାରୀ ସବୁ ଜାଗାରେ ସବୁ ଅବସ୍ଥାରେ ସମାନ । ବନ୍ୟ ବାଳିକା ଭାନୁମତୀ
ମଧ ସେହି ଏକ ଧାତୁରେ ଗଢ଼ା ।

କହିଲି- କାହିଁକି ଭୁଲିଯିବି ? ମଝିରେ ମଝିରେ ନିଶ୍ଚୟ ଆସୁଥିବି ।

ଭାନୁମତୀ ଏକ ପ୍ରକାର ଅଭିମାନର ସ୍ୱରରେ ଓଠ ଫୁଲାଇ କହିଲା- ହଁ, ବଡ଼
ଦେଶକୁ ଗଲେ, କଲିକତା ସହରକୁ ଗଲେ ଆପଣଙ୍କର କଣ ମନେ ରହିବ ଏ ପାହାଡ଼ୀ
ଜଙ୍ଗଲୀ ଦେଶର କଥା ? ଟିକିଏ ରହିଯୋଇ କହିଲା- ଆମ କଥା, ମୋ କଥା-

ସ୍ନେହର ସ୍ୱରରେ କହିଲି- କାହିଁକି, ମନେ ନ ଥିଲା, ଭାନୁମତୀ ? ଐଣୀ
ପାଇ ନାହିଁ ? ମନେ ଥିଲା କି ନ ଥିଲା ଭାବ ତ ଦେଖ-

ଭାନୁମତୀ ଉଜ୍ଜ୍ବଳ ମୁଖରେ କହିଲା– ଓଃ ବାବୁଜୀ, ବଡ଼ ଚମକ୍କାର ଅଇନା– ସତରେ, ସେ କଥା ଆପଣଙ୍କୁ ଜଣାଇବାକୁ ଭୁଲି ଯାଇଛି ।

ଯେତେବେଳେ ସମାଧି-ସ୍ଥାନରେ ସେହି ବରଗଛ ତଳେ ଯାଇ ଠିଆ ହେଲୁଁ, ସେତେବେଳେ ବେଳ ଗଡ଼ି ଗଲାଣି ବୋଲି କହିବାକୁ ହେବ । ଦୂର ପାହାଡ଼ ଶ୍ରେଣୀର ଅନ୍ତରାଳରେ ସୂର୍ଯ୍ୟ ଲୋହିତ ବର୍ଣ୍ଣ ଧାରଣ କରି ମଳି ପଡ଼ୁଛନ୍ତି, କେତେବେଳେ କ୍ଷୀଣାଙ୍ଗ ଚାନ୍ଦ ଉଠି ବରଗଛ ତଳେ ଅପରାହ୍ନର ଏହି ଘନ ଛାୟା ଓ ସମ୍ମୁଖବର୍ତ୍ତୀ ପ୍ରଦୋଷର ଗମ୍ଭୀର ଅନ୍ଧକାର ଯେ ଦୂର କରିବେ, ସ୍ଥାନଟି ଯେମିତି ତାଙ୍କର ସ୍ତବ୍ଧ ପ୍ରତୀକ୍ଷାରେ ନୀରବରେ ଠିଆ ହୋଇ ରହିଛି ।

ତାହାର ଜେଜେଙ୍କ ସମାଧିର ପଥର ଉପରେ ଅର୍ପଣ କରିବା ପାଇଁ କିଛି ବଣ ଫୁଲ ଗୋଟାଇ ଆଣିବାକୁ ମୁଁ ଭାନୁମତୀକୁ କହିଲି । ସମାଧି ଉପରେ ଫୁଲ-ଅର୍ପଣ- ପ୍ରଥା ଏମାନଙ୍କ ଦେଶରେ ପ୍ରଚଳିତ ନାହିଁ । ମୋ ଉସ୍ଵାହରେ ସେ ନିକଟସ୍ଥ ଗୋଟାଏ ବଣ ଗଙ୍ଗାଶିଉଳି ଗଛ ତଳୁ କିଛି ଫୁଲ ସଂଗ୍ରହ କରି ଆଣିଲା । ତାପରେ ଭାନୁମତୀ ଓ ମୁଁ ଦୁହେଁ ରାଜା ଦୋବରୁ ପାନ୍ନାଙ୍କ ସମାଧି ଉପରେ ଫୁଲ ଅର୍ପଣ କଲୁ ।

ଠିକ୍ ସେହି ସମୟରେ ବରଗଛର ଅଗ ଡ଼ାଳରୁ ଦଳେ ସିଲ୍ଲୀ ଡେଣା ପିଟି ପିଟି ଡାକ ଛାଡ଼ି ଛାଡ଼ି ଉଡ଼ିଗଲେ– ଯେମିତି ଭାନୁମତୀ ଓ ରାଜା ଦୋବରୁଙ୍କର ସମସ୍ତ ଅବହେଳିତ ଅତ୍ୟାଚାରିତ ପ୍ରାଚୀନ ପୂର୍ବ ପୁରୁଷଗଣ ମୋର କାର୍ଯ୍ୟରେ ତୃପ୍ତି ଲାଭ କରି ସମସ୍ଵରେ କହି ଉଠିଲେ– ସାଧୁ – ସାଧୁ ! କାରଣ ଅନାର୍ଯ୍ୟ ରାଜ-ସମାଧି ଉଦ୍ଦେଶ୍ୟରେ ଆର୍ଯ୍ୟ-ଜାତିର ବଂଶଧରର ଏହି ହେଉଛି ବୋଧହୁଏ ପ୍ରଥମ ସମ୍ମାନ ।

ପଞ୍ଚଦଶ ପରିଚ୍ଛେଦ

୧

ମହାଜନ ଧାଓତାଲ ସାହୁ ପାଖରେ ମୋତେ ଥରେ ହାତ ପାତିବାକୁ ହେଲା । ସେଥର ଆଦାୟ ହେଲା କମ, ଅଥଚ ଦଶ ହଜାର ଟଙ୍କା ଖଜଣା ଦାଖଲ କରିବାକୁ ହେବ । ତହସିଲଦାର ବନୋୟାରୀଲାଲ ପରାମର୍ଶ ଦେଲା, ବାକୀ ଟଙ୍କାଟା ଧାଓତାଲ ସାହୁ ଠାରୁ କରଜ କରନ୍ତୁ । ସେ ଆପଣଙ୍କୁ ଦେବାକୁ କଦାପି ଆପତ୍ତି କରିବ ନାହିଁ । ଧାଓତାଲ ସାହୁ ମୋ ମାହାଲର ପ୍ରଜା ନୁହେଁ, ସେ ସରକାରୀ ଖାସ ମାହାଲରେ ରହେ । ଆମ ସାଙ୍ଗରେ ତାହାର କୌଣସି ପ୍ରକାର ବାଧ ବାଧକତା ନାହିଁ, ଏପରି ଅବସ୍ଥାରେ ସେ ଯେ କହିଲା ମାତ୍ରେ ମୋତେ ବ୍ୟକ୍ତିଗତ ଭାବରେ ତିନି ହଜାର ଟଙ୍କା ଧାର ଦେବ, ଏ ବିଷୟରେ ମୋର ଯଥେଷ୍ଟ ସନ୍ଦେହ ଥିଲା ।

କିନ୍ତୁ ଗରଜ ବଡ଼ କଥା । ଦିନେ ବନୋୟାରୀଲାଲକୁ ସାଙ୍ଗରେ ଧରି ଗୋପନରେ ଧାଓତାଲ ସାହୁର ଘରକୁ ଗଲି, କାରଣ କଚେରୀର ଅପର କାହାକୁ ବି ଜାଣିବାକୁ ଦେବାକୁ ଚାହେଁ ନା ଯେ କରଜ କରି ଖଜଣା ଦେବାକୁ ହେଉଛି ।

ଧାଓତାଲ ସାହୁର ଘର ପଓସଦିଆର ଗୋଟାଏ ଘଞ୍ଚ ଟୋଲା ଭିତରେ । ଗୋଟା ବଡ଼ ଖପରଲି ଘର ସାମନାରେ କେତୋଟି ଦଉଡ଼ିଆ ଖଟିଆ ପଡ଼ିଛି । ଧାଓତାଲ ସାହୁ ଅଗଣାରେ ଏକ ପାଖରେ ଧୂଆଁପତ୍ର ଖେତ ପରସ୍କାର କରୁଥିଲା– ଆମକୁ ଦେଖି ପାରି ବ୍ୟସ୍ତରେ ଧାଇଁ ଆସିଲା, କେଉଁଠି ବସାଇବ, କଣ କରିବ ଭାବିପାରିଲା ନାହିଁ, କିଛି କ୍ଷଣ ପାଇଁ ଯେମିତି ସେ ଦିଗହରା ହୋଇଗଲା ।

– ଏ କ'ଣ? ହଜୁର ଗରିବ ଘରକୁ ଆସିଛନ୍ତି, ଆସନ୍ତୁ, ଆସନ୍ତୁ । ବସନ୍ତୁ, ହଜୁର । ଆସନ୍ତୁ ତହସିଲଦାର ସାହେବ ।

ଧାଓତାଲ ସାହୁର ଘରେ ଚାକର ବାକର ଦେଖିବାକୁ ପାଇଲି ନାହିଁ। ତାହାର ଜଣେ ହୃଷ୍ଟ ପୁଷ୍ଟ ନାତି, ନାମ ରାମଲିଖିୟା, ସେ ହିଁ ଆମ ପାଇଁ ଧାଁ ଧପଡ଼ କରିବାକୁ ଲାଗିଲା। ଘର ଦୁଆର ଆସବାବପତ୍ର ଦେଖି କିଏ କହିବ, ଏହା ଜଣେ ଲକ୍ଷପତି ମହାଜନର ଘର।

ରାମଲିଖିଆ ମୋ ଘୋଡ଼ାର ପିଠିରୁ ଜିନ୍ ଇତ୍ୟାଦି ଖୋଲିଆଣି ଘୋଡ଼ାକୁ ବାନ୍ଧି ଦେଲା। ଆମ ପାଇଁ ଗୋଡ଼ ଧୋଇବାକୁ ପାଣି ଆଣିଦେଲା। ନିଜେ ଧାଇତାଲ ସାହୁ ଖଣ୍ଡିଏ ତାଳ ପଙ୍ଖାରେ ଆମକୁ ବିଞ୍ଜିବାକୁ ଲାଗିଲା। ସାହୁଜୀର ଗୋଟିଏ ନାତୁଣୀ ହୁକା ସାଜିବାକୁ ଧାଇଁଗଲା। ସେମାନଙ୍କ ଯନ୍ତରେ ମୁଁ ବଡ଼ ବିବ୍ରତ ହୋଇପଡ଼ିଲା। କହିଲି– ବ୍ୟସ୍ତ ହେବାର ଦରକାର ନାହିଁ ସାହୁଜୀ, ହୁକା ଆଣିବାକୁ ପଡ଼ିବ ନାହିଁ, ମୋ କଟିରେ ଚୁରୁଟ ଅଛି।

ଯେତେ ଆଦର ଆପ୍ୟାୟନ କରୁ ପଛେକେ, ଅସଲ ବିଷୟ ପକାଇବାକୁ ଟିକିଏ ସଂକୋଚ ବୋଧ ହେଉଥିଲା, କେମିତି ଭାବରେ କଥାଟା ପକାଇବି ?

– ନା, ତୁମରି ପାଖକୁ ଆସିଥିଲି, ସାହୁଜୀ।

– ମୋ ପାଖକୁ, ହଜୁର ? କଣ ଦରକାର କହନ୍ତୁ ନା ?

– ଆମ ସଦର କଚେରୀର ଖଜଣା ଟଙ୍କା କମ ପଡ଼ିଗଲା, ସାଢ଼େ ତିନି ହଜାର ଟଙ୍କା ନିତାନ୍ତ ଦରକାର, ସେଇଥିପାଇଁ ତୁମ ପାଖକୁ ଆସିଥିଲି।

ମାଲା ଭଳିଆ ହୋଇ କଥାଟା କହି ପକାଇଲି, ଯେହେତୁ କହିବାକୁ ତ ହେବ।

ଧାଓତାଲ ସାହୁ ତିଲେ ମାତ୍ର ଚିନ୍ତା ନ କରି କହିଲା– ସେଇଥିପାଇଁ ଫେର୍ ଚିନ୍ତା କଣ, ହଜୁର ? ତାହା ଏକ୍ଷଣି ହୋଇଯିବ, ତେବେ ଏଥିପାଇଁ କଷ୍ଟ କରି ଆପଣଙ୍କର ଆସିବାର କି ଦରକାର ଥିଲା ? ଖଣ୍ଡିଏ ଚିରକୂଟ ଲେଖି ତହସିଲଦାର ସାହେବଙ୍କ ହାତରେ ପଠାଇ ଦେଇଥିଲେ ତ ଆପଣଙ୍କର ହୁକୁମ ତାମିଲ ହୋଇଥାନ୍ତା।

ମନେ ମନେ ଭାବିଲି, ଏକ୍ଷଣି ଅସଲ କଥାଟା କହିବାକୁ ହେବ। ଟଙ୍କାଟା ମୁଁ ବ୍ୟକ୍ତିଗତ ଭାବରେ ନେବି, କାରଣ ଜମିଦାରଙ୍କ ନାମରେ ଟଙ୍କା କରଜ କରିବାର ଆମମୋକ୍ତାରନାମା ଖଣ୍ଡିକ ମୋ ଠାରେ ନାହିଁ। ଏ କଥା ଶୁଣିଲା କ୍ଷଣି ଧାଓତାଲି କଣ ମୋତେ ଟଙ୍କା ଦେବ ? ବିଦେଶୀ ଲୋକ ମୁଁ। ଏଠାରେ ମୋର କି ସମ୍ପତି ଅଛି ଯେ ସେ ଏତେଗୁଡ଼ାଏ ଟଙ୍କା ବିନା ବନ୍ଧକରେ ମୋତେ ଦେଇଦେବ ? କଥାଟା ଟିକିଏ ଖାତିର ଉପରେ କହିଲି।

– ସାହୁଜୀ, ଲେଖାଲେଖିଟା କିନ୍ତୁ ମୋ ନାମରେ କରିବାକୁ ହେବ। ଜମିଦାରଙ୍କ ନାମରେ ହେବ ନାହିଁ।

ଧାଓତାଲି ସାହୁ ଆଶ୍ଚର୍ଯ୍ୟ ହେବା ଭଳି ସ୍ୱରରେ କହିଲା– କି ଲେଖାଲେଖି ହଜୁର ? ଆପଣ ମୋ ଦୁଆର ମୁହଁକୁ ଆସିଛନ୍ତି, ସାମାନ୍ୟ ଟଙ୍କାର ଅଭାବ ପଡ଼ିଛି, ତାହା ନେବାକୁ। ଆପଣଙ୍କର ତ ଆସିବାର ଦରକାର ନ ଥିଲା। ହୁକୁମ ପଠେଇ ଦେଇଥିଲେ ତ ମୁଁ ଟଙ୍କା ନେଇ ଦେଇଥାଆନ୍ତି। ତା'ପରେ ନିଜେ ଯେତେବେଳେ ଆସିଛନ୍ତି– ସେତେବେଳେ କି ଲେଖାଲେଖି ? ଆପଣ ସ୍ୱଚ୍ଛନ୍ଦରେ ନେଇ ଯାଆନ୍ତୁ, ଯେବେ କଚେରୀରେ ଆଦାୟ ହେବ, ମୋ ପାଖକୁ ପଠାଇ ଦେଲେ ଚଳିବ।

ମୁଁ କହିଲି– ହେଣ୍ଟନୋଟ କରି ଦେଉଛି, ସାଙ୍ଗରେ ଟିକଟ ଧରି ଆସିଛି। କିମ୍ବା ତୁମର ପକା ଖାତା ବାହାର କର, ସଇ କରି ଦେଇ ଯିବି।

ଧାଓତାଲ ସାହୁ ହାତ ଯୋଡ଼ି କହିଲା– ମାଫ୍ କରିବେ ହଜୁର। ସେ କଥା ବି ତୁଣ୍ଡରେ ଧରିବେ ନାହିଁ। ମୋ ମନରେ ବଡ଼ କଷ୍ଟ ହେବ। ଲେଖାଲେଖି କିଛି ଦରକାର ନାହିଁ, ଆପଣ ଟଙ୍କା ନେଇ ଯାଆନ୍ତୁ।

ମୋର କଥାକୁ ଧାଓତାଲ କର୍ଣ୍ଣପାତ ବି କଲା ନାହିଁ। ଭିତରୁ ନୋଟର ତାଡ଼ା ଗଣି ଆଣି ମୋତେ ଦେଇ କହିଲା– ହଜୁର, ମୋର କିନ୍ତୁ ଗୋଟାଏ ଅନୁରୋଧ ଅଛି।

– କଣ ?

– ଏ ବେଳା ଯିବା ହେବ ନାହିଁ। ସିଧା କାଢ଼ି ଦେଉଛି, ରୋଷେଇବାସ କରି ଭୋଜନ ସାରି ଚାଲିଯିବେ।

ପୁନରାୟ ଆପତ୍ତି କଲି, ତାହା ବି ରହିଲା ନାହିଁ। ତହସିଲଦାରକୁ କହିଲି– ବନୋୟାରୀଲାଲ, ରାନ୍ଧି ପାରିବ ତ ? ମୋ ଦ୍ୱାରା ସୁବିଧା ହେବ ନାହିଁ।

ବନୋୟାରୀ କହିଲା– ସେ କଥା ପଚିବ ନାହିଁ, ହଜୁର। ଆପଣଙ୍କୁ ରାନ୍ଧିବାକୁ ହେବ। ମୋର ରୋଷେଇରୁ ଖାଇଲେ ଏ ମଫସଲ ଗାଁରେ ଆପଣଙ୍କର ଦୁର୍ନାମ ହେବ। ମୁଁ ପଛକେ ଏକ୍ଷଣି ସବୁ ଯୋଗାଡ଼ କରି ଦେଉଛି।

ଧାଓତାଲ ସାହୁର ନାତି ଗୋଟାଏ ପ୍ରକାଣ୍ଡ ସିଧା ଆଣି ଧୋଇଦେଲା। ରନ୍ଧନ ସମୟରେ ନାତି ଓ ଗୋସାଇଁ ବାପା ମିଶି ମୋତେ ରନ୍ଧନ ବିଷୟରୋ ନାନା ରକମ ଉପଦେଶ-ପରାମର୍ଶ ଦେବାକୁ ଲାଗିଲେ।

ଗୋସାଇଁ ବାପାଙ୍କ ଅନୁପସ୍ଥିତିରେ ନାତି କହିଲା– ବାବୁଜୀ, ଏହି ଦେଖୁଛନ୍ତି ତ ମୋର ଗୋସାଇଁବାପା କି ଭଳି ମଣିଷ, ଠାକୁରି ପାଇଁ ସବୁ ଯିବ। ଏତେ ଲୋକଙ୍କୁ ଟଙ୍କା ଧାର ଦେଉଛନ୍ତି ବିନା ସୁଧରେ, ବିନା ବନ୍ଧକରେ, ବିନା ତମସୁକରେ– ଏବେ ଆଉ ଟଙ୍କା ଆଦାୟ ହୋଇ ପାରୁନାହିଁ। ସମସ୍ତଙ୍କୁ ବିଶ୍ୱାସ କରନ୍ତି, ଅଥଚ କେତେ ଲୋକ ଫାଙ୍କି ଦେଇଛନ୍ତି। ଲୋକଙ୍କ ଘରକୁ ଯାଇ ଟଙ୍କା ଧାର ଦେଇ ଆସନ୍ତି।

ଗ୍ରାମର ଆଉ ଜଣେ ଲୋକ ବସିଥିଲା, ସେ କହିଲା– ବାବୁଜୀ, ବିପଦ ଆପଦରେ ସାହୁଜୀଙ୍କ ପାଖରେ ହାତ ପାତିଲେ କାହାକୁ ଫେରି ଯିବାର ମୁଁ କେବେ ଦେଖି ନାହିଁ। ମରହଟ୍ଟି ଧରଣର ଲୋକ, ଏତେ ବଡ଼ ମହାଜନ, କେବେ ହେଲେ ଅଦାଲତରେ ମକଦ୍ଦମା କରନ୍ତି ନାହିଁ। ଅଦାଲତକୁ ଯିବାକୁ ତାଙ୍କୁ ଡର ମାଡ଼େ। ବେଜାୟ ଭୟାଳୁ ଓ ଭଲ ମଣିଷ।

ସେ ଦିନ ଧାଓଟାଲ ସାହୁଠାରୁ ଯେଉଁ ଟଙ୍କା ଆଣିଥିଲି, ତାହା ପରିଶୋଧ କରିବାକୁ ପ୍ରାୟ ଛଅମାସ ଡେରି ହୋଇଗଲା– ଏହି ଛଅମାସ ଭିତରେ ଧାଓଟାଲ ସାହୁ ଆମ ଇସମାଇଲପୁର ମଉଜାର ତ୍ରିସୀମା ବି ମାଡ଼ି ନାହିଁ, କାଲେ ମୁଁ ମନେକରିବି ଯେ ସେ ଟଙ୍କାର ତାଗଦା କରିବାକୁ ଆସିଟି। ଭଦ୍ରଲୋକ ଆଉ କାହାକୁ କହନ୍ତି।

9

ପ୍ରାୟ ବର୍ଷେ ହେଲା ରାଖାଲ ବାବୁଙ୍କ ଘରକୁ ଯିବା ହୋଇ ନାହିଁ। ଫସଲର ମେଲା ପରେ ଦିନେ ସେଠାକୁ ଗଲି। ମୋତେ ଦେଖି ରାଖାଲ ବାବୁଙ୍କ ସ୍ତ୍ରୀ ଭାରି ଖୁସି ହେଲେ। କହିଲେ– ଆଉ କାହିଁକି ଭାଇ ଆସୁନାହାନ୍ତି, କି ଆମର କିଛି ହାଲ ଚାଲ ବୁଝି ନାହାନ୍ତି– ଏହି ନିର୍ବାନ୍ଧବ ଜାଗାରେ ବଙ୍ଗାଳୀର ମୁହଁ ଦେଖିବା ଯେ ସ୍ୱପ୍ନ– ଆଉ ଆମର ଏପରି ଅବସ୍ଥାରେ–

କହି ଅପା ନିଃଶବ୍ଦରେ କାନ୍ଦିବାକୁ ଲାଗିଲେ।

ମୁଁ ଚାରିଆଡ଼େ ଆଖି ବୁଲାଇ ଦେଖିନେଲି। ଘର ଦ୍ୱାରର ଅବସ୍ଥା ଆଗ ଭଲି ହୀନ, ତେବେ ଏଥର ସେତେଟା ବିଶୃଙ୍ଖଳ ନୁହେଁ। ରାଖାଲ ବାବୁଙ୍କ ବଡ଼ ପୁଅଟି ଘରେ ଟିଣ-ମିସ୍ତ୍ରୀ କାମ କରେ– ସାମାନ୍ୟ ଉପାର୍ଜନ– ତେବେ ଯାହା ହେଉ ସଂସାର ଏକପ୍ରକାର ଚଲି ଯାଉଛି।

ରାଖାଲ ବାବୁଙ୍କ ସ୍ତ୍ରୀକୁ କହିଲି– ଅନ୍ତତ ସାନ ପୁଅଟିକୁ ତା ମାମୁଁ ପାଖରେ କାଶୀରେ ରଖାଇ ଟିକିଏ ଲେଖାପଢ଼ା ଶିଖାଅ।

ସେ କହିଲେ– ନିଜର ମାମୁଁ କାହିଁ, ଭାଇ? ଦୁଇ-ତିନି ଖଣ୍ଡ ଚିଠି ଲେଖା ଯାଇଥିଲା, ଏତେ ବଡ଼ ବିପଦର ଖବର ଦେଇ– ଦଶଟି ଟଙ୍କା ପଠାଇ ଦେଇ ସେହି ସେ ଚୁପ୍ ହୋଇ ବସିଲେ– ଦେଢ଼ ବର୍ଷ ହେଲା ଆଉ କିଛି ସୋର ଶବଦ ନାହିଁ। ତା ଠାରୁ ବରଂ ଭଲ ଭାଇ, ସେମାନେ ମିକା କାଟିବେ, ଜନା କାଟିବେ, ମେଛ୍ଷ ଚରେଇବେ– ତଥାପି ସେମିତି ମାମୁଁ ଦୁଆର ସେମାନେ ମାଡ଼ିବେ ନାହିଁ।

ମୋର ତୁରନ୍ତ ଘୋଡ଼ାରେ ଫେରି ଆସିବା କଥା- କିନ୍ତୁ ଅପା କୌଣସି ମତେ ଛାଡ଼ି ଦେଲେ ନାହିଁ। ସେ ବେଳାଟା ରହିବାକୁ ହେବ। ସେ ମୋତେ ନିଜ ହାତରେ ରାନ୍ଧି ନ ଖୁଆଇ ଛାଡ଼ିବେ ନାହିଁ।

ଅଗତ୍ୟା ଅପେକ୍ଷା କରିବାକୁ ହେଲା। ମକା ଛତୁ ସାଙ୍ଗରେ ଘିଅ ଓ ଚିନି ମିଶାଇ ଏକ ପ୍ରକାର ଲଡ଼ୁ ବାନ୍ଧି ଓ କିଛି ହାଲୁକା ତିଆରି କରି ଅପା ମୋତେ ଖାଇବାକୁ ଦେଲେ। ଦରିଦ୍ର ସଂସାରରେ ଯେତେଟା ଆଦର ଅଭ୍ୟର୍ଥନା କରାଯାଇପାରେ, ସେ ତାହାର ତ୍ରୁଟି କଲେ ନାହିଁ।

କହିଲେ- ଭାଇ, ଭାଦ୍ରମାସର ମକା ଆପଣଙ୍କ ଲାଗି ରଖିଥିଲି। ଆପଣ ଭୁଟ୍ଟା-ପୋଡ଼ା ଖାଇବାକୁ ଭଲ ପାଆନ୍ତି, ସେଇଥିପାଇଁ।

ପଚାରିଲି- ମକା କେଉଁଠୁ ପାଇଲ ? କିଣିଥିଲ ?

– ନାଁ, ବିଲରୁ ସାଉଁଟି ଆଣେ। ଫସଲ କାଟି ନେଇଗଲେ ଯେଉଁ ସବୁ ଭଙ୍ଗା ଢ଼େଡ଼ା ଭୁଟ୍ଟା ବିଲରେ ପଡ଼ିଥାଏ- ଗାଁର ମାଇପି ଲୋକେ ଯାଆନ୍ତି, ମୁଁ ବି ସେମାନଙ୍କ ସାଙ୍ଗରେ ଯାଏ- ନିତି ଏକ ଟୋକେଇ, ଦେଖ ଟୋ'କେଇ ଲେଖାଏଁ ସାଉଁଟି ଆଣେ।

ମୁଁ ଅବାକ୍ ହୋଇ କହିଲି- ବିଲକୁ ସାଉଁଟିବାକୁ ଯାଅ ?

– ହଁ, ରାତିରେ ଯାଏଁ, କେହି ପରା ପାଆନ୍ତି ନାହିଁ। ଗାଁର କେତେ ମାଇପେ ତ ଯାଆନ୍ତି। ସେମାନଙ୍କ ସାଙ୍ଗରେ ଏହି ଭାଦ୍ରବ ମାସରେ ଯାଇ ଅତି କମରେ ଦଶ ଟୋ'କେଇ ଭୁଟ୍ଟା ସାଉଁଟି ଆଣିଥିଲି।

ମୋ ମନରେ ଗଭୀର ଦୁଃଖ ହେଲା। ଏ କାମ ଗରିବ ଗାଙ୍ଗୋତ ମାଇପେ ସବୁ କରନ୍ତି- ଏ ଅଞ୍ଚଳର ଛତ୍ରୀ ବା ରାଜପୁତ ସ୍ତ୍ରୀମାନେ ଗରିବ ହେଲେ ସୁଦ୍ଧା ବିଲରୁ ଫସଲ ସାଉଁଟିବାକୁ ଯାଆନ୍ତି ନାହିଁ। ସେପରି ସ୍ଥଳେ ଜଣେ ବଙ୍ଗାଳୀ ସ୍ତ୍ରୀକୁ ଏ କାମ କରିବାର ଶୁଣିଲେ ମନରେ ଭୀଷଣ ଆଘାତ ଲାଗେ। ଏହି ଅଶିକ୍ଷିତ ଗାଙ୍ଗୋତଙ୍କ ଗ୍ରାମରେ ବାସ କରି ଅପା ଏହିସବୁ ହୀନ ବୃତ୍ତି ଶିଖିଛି- ସଂସାରର ଦାରିଦ୍ର୍ୟ ଯେ ତାର ଏକ ପ୍ରଧାନ କାରଣ ସେ ବିଷୟରେ ଭୁଲ ନାହିଁ। ମୁହଁ ଫିଟାଇ କିଛି କହିପାରିଲି ନାହିଁ, କାଳେ ତା'ମନରେ କିଛି କଷ୍ଟ ହେବ। ଏହି ନିଃସ୍ୱ ବଙ୍ଗାଳୀ-ପରିବାର ବଙ୍ଗର କୌଣସି ଶିକ୍ଷା-ସଂସ୍କୃତି ପାଇଲା ନାହିଁ, କେତେଟା ବର୍ଷ ପରେ ସେ ଭାଷା, ଚାଲିଚଳଣ ଓ ଢଙ୍ଗ-ରଙ୍ଗରେ ଚାଷୀ ଗାଙ୍ଗୋତରେ ପରିଣତ ହେବ। ଏତିକି ବେଳୁ ସେହି ବାଟରେ ସେ ଅନେକ ଦୂର ଅଗ୍ରସର ହୋଇଛି।

ରେଲଷ୍ଟସନ ଠାରୁ ବହୁ ଦୂରରେ ନିପଟ ପଲ୍ଲୀ ଗ୍ରାମରେ ମୁଁ ଏହିପରି ଆଉ ଗୋଟିଏ-ଦୁଇଟି ବଙ୍ଗାଳୀ ପରିବାର ଦେଖିଛି। ଏହିସବୁ ପରିବାରରେ ଝିଅର ବିବାହ

ଦେବା ଯେ କି ଦୁଃସାଧ କଥା ! ଏହିପରି ଆଉ ଗୋଟିଏ ବଙ୍ଗାଳୀ ବ୍ରାହ୍ମଣ ପରିବାରକୁ ଜାଣିଥିଲି- ଦକ୍ଷିଣ-ବିହାରରେ ଗୋଟିଏ ନିପଟ ପଲ୍ଲୀ ଗ୍ରାମରେ ସେମାନେ ରହନ୍ତି। ଅବସ୍ଥା ନିତାନ୍ତ ହୀନ, ଘରେ ତାଙ୍କର ତିନୋଟି ଝିଅ ଥିଲେ, ବଡ଼ଟିର ବୟସ ଏକୋଇଶ-ବାଇଶ ବର୍ଷ, ମଝିଆଁଟିକୁ କୋଡ଼ିଏ ଓ ସବା ସାନଟିକୁ ସତର। ଏମାନଙ୍କର ବିବାହ ହୋଇନାହିଁ, ହେବାର ବି କୌଣସି ଉପାୟ ନାହିଁ- ସ୍ୱଜାତି ବଙ୍ଗାଳୀ ପାତ୍ରର ସନ୍ଧାନ ମିଳିବା ଏସବୁ ଅଞ୍ଚଳରେ କାଠିକର ପାଠ।

ବାଇଶ ବର୍ଷର ବଡ଼ ଝିଅଟି ଦେଖିବାକୁ ସୁଶ୍ରୀ- ଯଦେ ହେଲେ ବଙ୍ଗଳା ଜାଣେ ନା- ରୂପ-ଗୁଣରେ ଖାସ୍ତି ଗାଉଁଲୀ ବିହାରୀ ଝିଅ- ବିଲରୁ ବିରି, ଗହମ ଭୁଷି ମଥାରେ ମୁଣ୍ଡାଇ ନେଇ ଆସେ।

ଏହି ଝିଅଟିର ନାମ ହେଉଛି ଧ୍ରୁବା। ପୁରାପୁରି ବିହାରୀ ନାମ।

ତାହାର ବାବା ପ୍ରଥମେ ଏହି ଗ୍ରାମକୁ ହୋମିଓପ୍ୟାଥ୍ ଡାକ୍ତରୀ କରିବାକୁ ଆସି ଜମିବାଡ଼ି କରି ଚାଷବାସ ଆରମ୍ଭ କଲେ। ତା ପରେ ସେ ମରିଗଲେ। ବଡ଼ ପୁଅ ବିଲକୁଲ ହିନ୍ଦୁସ୍ତାନୀ- ଚାଷବାସ ଦେଖାଶୁଣା କରୁଥିଲା। ସେ ଚେଷ୍ଟା କରି ସୁଦ୍ଧା ବୟସ୍କା ଭଉଣୀକୁ ବିବାହ ଦେଇ ପାରିଲା ନାହିଁ। ବିଶେଷତଃ ଯୌତୁକ ଦେବାର କ୍ଷମତା ସେମାନଙ୍କର ଆଦୌ ନଥିଲା।

ଧ୍ରୁବା ଥିଲା ଏକବାରେ କପାଳକୁଣ୍ଡଳା। ମୋତେ ଭାଇୟା ଅର୍ଥାତ୍ ଭାଇ ବୋଲି ଡାକୁଥିଲା। ଦେହରେ ଅସୀମ ଶକ୍ତି। ଗହମ ପେଷିବାରେ, ଢିଙ୍କିରେ ଛତୁ କୁଟିବାରେ, ବୋଝ ବୋହି ଆଣିବାରେ, ଗୋରୁ-ମଇଁଷି ଚରାଇବାରେ, ଘରର କାମ ଦାମ କରିବାରେ ସେହି ଝିଅଟି ଅତିଶୟ ପଟୁ। ତାହାର ଭାଇ ଏହି ପ୍ରସ୍ତାବ କରିଥିଲା ଯେ, ଯଦି ସେମିତି କୌଣସି ପାତ୍ର ମିଳନ୍ତି, ତାହାଲେ ତିନୋଟି ଝିଅଙ୍କୁ ଗୋଟିଏ ପାତ୍ରକୁ ସମ୍ପ୍ରଦାନ କରି ଦିଅନ୍ତେ। ଝିଅ ତିନୋଟିଙ୍କର କୁଆଡ଼େ ଏଥରେ ଅମତ ନଥିଲା।

ମଝିଆ ଝିଅ ଜବାକୁ ପଚାରିଥିଲି- ବଙ୍ଗ ଦେଶ ଦେଖିବାକୁ ଇଚ୍ଛା ହୁଏ ନା ?

ଜବା ଜବାବ ଦେଇଥିଲା- ନେଇ ଭେଇୟା, ଉହାଁକୋ ପାନି ବଡ଼କି ନରମ ହ୍ଛେ-

ଶୁଣିଥିଲି ଧ୍ରୁବାର ବି ବିବାହ କରିବାକୁ ଖୁବ୍ ଆଗ୍ରହ। ସେ ନିଜେ କୁଆଡ଼େ କାହାକୁ କହିଥିଲା, ତାକୁ ଯେ ବିବାହ କରିବ, ତା ଘରେ ଗାଈ ଦୁହିଁବା ବା ଢିଙ୍କି କୁଟିବା ଲାଗି ଲୋକ ଡାକିବାକୁ ହେବ ନାହିଁ- ସେ ଏକାକୀ ଘଣ୍ଟାରେ ପାଞ୍ଚ ସେର ଗହମ କୁଟି ଛତୁ କରିପାରିବ।

ହାୟ ହତଭାଗିନୀ ବଙ୍ଗାଳୀ କୁମାରୀ ! ଏତେ ବର୍ଷ ପରେ ସେ ଆଜି ନିଶ୍ଚୟ

ଗାଙ୍ଗାତୁଣୀ ସାଜି ଭାଇର ଘରେ ଯବ କୁଟୁଥିବ, ବିରି ବୋଝ ମଥାରେ ମୁଣ୍ଡାଇ ବିଲରୁ ଆଣୁଥିବ, କିଏ ବା ସେହି ଦରିଦ୍ର ଗାଉଁଲୀ ବୟସ୍କା ଝିଅକୁ ବିନା ପଣରେ ବିବାହ କରି ପାଲିଙ୍କିରେ ବସାଇ ମଙ୍ଗଳ-ଶଙ୍ଖ ଓ ହୁଲହୁଲି ଧ୍ୱନି ଭିତରେ ତା ଘରକୁ ନେଇ ଯାଇଥିବ।

ଯେତେବେଳେ ଶାନ୍ତ ମୁକ୍ତ ପ୍ରାନ୍ତରରେ ସନ୍ଧ୍ୟା ନଇଁ ଆସେ, ଦୂର ପାହାଡ଼ର ଦେହ ଉପରେ ଯେଉଁ ସରୁ ବାଟଟି ଘନ ବଣ ଭିତରେ ମଥାର ସିନ୍ଥି ଭଲି ଦିଶେ, ଏତେ ବର୍ଷ ପରେ ହୁଏତ ଆଜି ବି ସେହି ବାଟେ ବ୍ୟର୍ଥଯୌବନା ଦରିଦ୍ରା ଧୁବା ଶୁଖିଲା କାଠ ବୋଝ ମଥାରେ ମୁଣ୍ଡାଇ ପାହାଡ଼ରୁ ଓହ୍ଲାଇ ଆସୁଥିବ- ଏହି ଛବି କେତେ ଥର କଳ୍ପନା-ନେତ୍ରରେ ପ୍ରତ୍ୟକ୍ଷ କରିଛି- ସେହିପରି ମଧ୍ୟ ପ୍ରତ୍ୟକ୍ଷ କରିଛି ମୋର ଭଉଣୀ, ରାଖାଲ ବାବୁଙ୍କ ସ୍ତ୍ରୀ, ହୁଏତ ତ ଆଜି ବି ବୃଦ୍ଧା ଗାଙ୍ଗାତୁଣୀଙ୍କ ପରି ଗଭୀର ରାତିରେ ଚୋରଙ୍କ ପରି ଲୁଟି ଲୁଟି ବିଲବାଡ଼ିରେ ଶୁଖିଲା ତଲେ-ଝଡ଼ି-ପଡ଼ିଥିବା ଭୁଟ୍ଟା ସାଉଁଟି ଟୋକେଇରେ ନେଇ ଫେରୁଥିବ।

୩

ଭାନୁମତୀ ଇତ୍ୟାଦିଙ୍କ ପାଖକୁ ଫେରିବା ପରେ ସେଥର ଶ୍ରାବଣ ମାସର ମଝାମଝି ବେଳକୁ ଘୋର ବର୍ଷା ହେଲା। ଦିନରାତି ଅବିଶ୍ରାନ୍ତ ବୃଷ୍ଟି, ଘନ କଜ୍ଜଳ-କଳା ମେଘପୁଞ୍ଜରେ ନାଢ଼ା ଓ ଫୁଲକିୟାର ଆକାଶ ଆଚ୍ଛନ୍ନ, ବଇହାରର ଦିଗନ୍ତ ରେଖା ବୃଷ୍ଟିର ଧୁଆଁରେ ଝାପସା, ମହାଲିଖାରୂପ ପାହାଡ଼ ମିଳାଇ ଯାଇଛି- ମୋହନପୁରା ସଂରକ୍ଷିତ ଜଙ୍ଗଲର ଅଗ୍ରଭାଗ କେତେବେଳେ ଈଷତ୍ ଅସ୍ପଷ୍ଟ ଦେଖାଯାଏ, କେତେବେଳେ ବା ଯାଏ ନା। ଶୁଣିଲି ପୂର୍ବରେ କୋଶୀ ଓ ଦକ୍ଷିଣରେ କାରୋ ନଦୀରେ ବନ୍ୟା ଆସିଛି।

ମାଇଲ ପରେ ମାଇଲ ବ୍ୟାପ୍ତ କାଶ ଓ ଝାଉଁ ବଣ ବର୍ଷା ପାଣିରେ ଭିଜୁଛି। ମୋ ଅଫିସ ଘରର ବାରଣ୍ଡାରେ ଚୌକି ପକାଇ ବସି ଦେଖିଲି, ମୋ ସାମନାରେ କାଶ ବଣ ଭିତରେ ଗୋଟିଏ ବଣଝାଉଁର ଡାଲରେ ସାଥୀ ହରା କପୋତଟିଏ ବସି ପାଣିରେ ଭିଜୁଛି, ଘଣ୍ଟା ଘଣ୍ଟା ଧରି ଏକ ଭାବରେ ବସି ରହିଛି- ମଝିରେ ମଝିରେ ଡେଣା ଝାଡ଼ିଦେଇ ମେଲାଇ ରଖି ବୃଷ୍ଟିର ଜଲ ଅଟକାଇବାକୁ ଚେଷ୍ଟା କରେ, କେତେବେଳେ ବା ଏମିତି ବସି ରହିଥାଏ।

କିନ୍ତୁ ଏମିତି ଦିନରେ ଅଫିସ ଘରେ ବସି ରହି ସମୟ କଟାଇବା ମୋ ପକ୍ଷରେ

ଅସମ୍ଭବ ବୋଧ ହୁଏ। ଘୋଡ଼ାରେ ଜିନ୍‍ କଷି ବର୍ଷାତି ପିନ୍ଧି ବାହାରି ପଡ଼େଁ। ସେ କି ମୁକ୍ତି! କି ଉଦ୍ଦାମ ଜୀବନାନନ୍ଦ! ଆଉ ଚତୁର୍ଦ୍ଦିଗରେ କି ଅପରୂପ ସବୁଜର ସମୁଦ୍ର। ବର୍ଷା ଜଳରେ ନବୀନ, ସତେଜ, ଘନ-ସବୁଜ କାଶବଣ ଗଜା ମାରୁଛି—ଯେତେ ଦୂରକୁ ଦୃଷ୍ଟି ଯାଏ, ଏ ଆଡ଼େ ନାଡ଼ା ବଇହାରର ସୀମା ଠାରୁ ସେଆଡ଼େ ମୋହନପୁରା ଅରଣ୍ୟର ଅସ୍ପଷ୍ଟ ନୀଳ ସୀମା-ରେଖା ପର୍ଯ୍ୟନ୍ତ ବିସ୍ତୃତ ଏହି ସବୁଜର ସମୁଦ୍ର ତରଙ୍ଗାୟତ ହେଉଛି— ବର୍ଷା-ସଜଳ ପବନରେ ମେଘ ଉଜ୍ଜ୍ୱଲ ଆକାଶ ତଳେ ଏହି ଦୀର୍ଘ ମରକତ-ଶ୍ୟାମ ତୃଣ ଭୂମିର ମୁଣ୍ଡ ଉପରେ ଢେଉ ଖେଳି ଯାଉଛି— ମୁଁ ଯେମିତି ଏକା ଏହି ଅକୂଲ ସମୁଦ୍ରରେ ନାବିକ— କେଉଁ ରହସ୍ୟମୟ ସ୍ୱପ୍ନ-ବନ୍ଦର ଉଦ୍ଦେଶ୍ୟରେ ଯାତ୍ରା କରୁଛି।

ଏହି ବିସ୍ତୃତ ମେଘ-ଛାୟା-ଶ୍ୟାମଳ ମୁକ୍ତ ତୃଣଭୂମି ମଝିରେ ମାଇଲ ପରେ ମାଇଲ ଘୋଡ଼ା ଦଉଡ଼ାଇଥିଲି— କେତେବେଳେ ସରସ୍ୱତୀ କୁଣ୍ଡୀର ବଣ ଭିତରେ ପଶି ଦେଖିଛି—ପ୍ରକୃତିର ଏହି ଅପୂର୍ବ ନିଭୃତ ସୌନ୍ଦର୍ଯ୍ୟଭୂମି ଯୁଗଲ ପ୍ରସାଦର ସ୍ୱହସ୍ତ-ରୋପିତ ନାନା ଜାତୀୟ ବନ୍ୟ ଫୁଲ ଓ ଲତାରେ ସଜିତ ହୋଇ ଆହୁରି ସୁନ୍ଦର ଦିଶୁଛି। ସମଗ୍ର ଭାରତବର୍ଷ ମଧରେ ସରସ୍ୱତୀ ହ୍ରଦ ଓ ତାର ତୀରବର୍ତ୍ତୀ ବନାନୀ ପରି ସୌନ୍ଦର୍ଯ୍ୟଭୂମି ଖୁବ୍‍ ବେଶୀ ନାହିଁ— ଏହା ମୁଁ ନିଃସନ୍ଦେହରେ କହିପାରେ। ଏହି ବର୍ଷା କାଳରେ ହ୍ରଦ ଧାରରେ ରେଡ଼୍‍ କ୍ୟାମ୍ପିୟନର ମେଲା ବସିଛି— ହ୍ରଦର ଜଳର ଧାର ନିକଟରେ। ଜଳଜ ଓୟାଟାରକ୍ରୋଫୁଟ୍‍ ବଡ଼ ବଡ଼ ନୀଳାଭ ସାଦା ଫୁଲରେ ଭରି ଯାଇଛି। ଯୁଗଲପ୍ରସାଦ ସେ ଦିନ କଣ ଗୋଟାଏ ବନ୍ୟ ଲତା ଆଣି ଲଗାଇ ଦେଇ ଯାଇଥିବାର ମୁଁ ଜାଣେ। ସେ ଆଜମାବାଦ କଚେରୀରେ ମୋହରିର କାମ କରେ ସତ, କିନ୍ତୁ ତାହାର ମନ ଲାଖି ରହିଥାଏ ସରସ୍ୱତୀ କୁଣ୍ଡୀର ତୀରବର୍ତ୍ତୀ ଲତା-ବିତାନ ଓ ବନ୍ୟ-ପୁଷ୍ପର କୁଞ୍ଜରେ।

ସରସ୍ୱତୀ କୁଣ୍ଡୀର ବଣରୁ ବାହାରି ପଡ଼େ— ପୁଣି ମୁକ୍ତ ପ୍ରାନ୍ତର, ଦୀର୍ଘ ତୃଣଭୂମି— ବଣର ମୁଣ୍ଡ ଉପରେ ଘନ ନୀଲ ମେଘ ଜମି ଯାଉଛି, ସମଗ୍ର ଜଳଭାର ଅଜାଡ଼ି ଦେଇ ରିକ୍ତ ହେବା ପୂର୍ବରୁ ପୁଣି ନବ ମେଘକୁଞ୍ଜ ଉଡ଼ି ଆସୁଛି— ଗୋଟିଏ ଦିଗର ଆକାଶରେ ଏକ ଅଦ୍‍ଭୁତ ଧରଣର ନୀଲ ରଙ୍ଗ ଫୁଟି ଉଠିଛି— ତାହା ଭିତରେ ଖଣ୍ଡିଏ ଲଘୁ ମେଘ ଅସ୍ତ-ଦିଗନ୍ତର ରଙ୍ଗରେ ରଞ୍ଜିତ ହୋଇ ବହିର୍ବିଶ୍ୱର ଦିଗନ୍ତରେ କେଉଁ ଏକ ଅଜଣା ପର୍ବତ-ଶିଖର ଭଲି ଦେଖା ଯାଉଛି।

ସନ୍ଧ୍ୟାର ବିଲମ୍ବ ନାହିଁ। ଦିଗନ୍ତହରା ଫୁଲକିୟା ବଇହାରର ମଝିରେ ବିଲୁଆ ଡାକ ଛାଡ଼େ— ଏକ ମେଘର ଅନ୍ଧକାର, ତା ଉପରେ ସନ୍ଧ୍ୟାର ଅନ୍ଧକାର ନଇଁ ଆସୁଛି— ଘୋଡ଼ାର ମୁହଁ କଚେରୀ ଆଡ଼କୁ ବୁଲାଇ ଦିଏଁ।

ଏହି କ୍ଷାନ୍ତ-ବର୍ଷଣ ମେଘ-ମନ୍ଦ୍ର ସନ୍ଧ୍ୟାର ମୁକ୍ତ ପ୍ରାନ୍ତରରେ ସୀମାହୀନତା ମଝିରେ ଯେମିତି କେତେଥର କେଉଁ ଦେବତାକୁ ସ୍ୱପ୍ନ ଦେଖିଛି- ଏହି ମେଘ, ଏହି ସନ୍ଧ୍ୟା, ଏହି ବଣ, କୋଲାହଲରତ ବିଲୁଆ ଦଳ, ସରସ୍ୱତୀ ହ୍ରଦର ଜଳଜ ପୁଷ୍ପ, ମଞ୍ଜୀ, ରାଜୁ ପାଣ୍ଡେ, ଭାନୁମତୀ, ମହାଲିଖାରୂପ ପାହାଡ଼, ସେହି ଦରିଦ୍ର ଗୋଁଡ଼-ପରିବାର, ଆକାଶ, ବ୍ୟୋମ ସବୁ ହିଁ ତାଙ୍କରି ସୁମହତୀ କଳ୍ପନାରେ ଦିନେ ବୀଜ ରୂପେ ନିହିତ ଥିଲା- ତାଙ୍କରି ଆଶୀର୍ବାଦ ଆଜିର ଏହି ନବନୀଳ-ନୀରଦମାଳା ସଦୃଶ ସମଗ୍ର ବିଶ୍ୱକୁ ଅସ୍ତିତ୍ୱର ଅମୃତ ଧାରାରେ ସିକ୍ତ କରୁଅଛି- ଏହି ବର୍ଷା- ସନ୍ଧ୍ୟା ତାଙ୍କରି ପ୍ରକାଶ, ଏହି ମୁକତ ଜୀବନାନନ୍ଦ ତାଙ୍କରି ବାଣୀ, ଅନ୍ତରର ଅନ୍ତରରେ ଯେଉଁ ବାଣୀ ମଣିଷକୁ ସଚେତନ କରିଦିଏ। ସେହି ଦେବତାଙ୍କୁ ଭୟ କରିବାର କିଛି କାରଣ ନାହିଁ- ଏହି ସୁବିଶାଲ ଫୁଲକିଆ ବଇହାରି ଠାରୁ, ଏହିବିଶାଲ ମେଘଭରା ଆକାଶଠାରୁ ବି ୟା ସୀମାହୀନ ଓ ଅନନ୍ତ ତାଙ୍କର ପ୍ରେମ ଓ ଆଶୀର୍ବାଦ। ଯେ ଯେତେ ହୀନ, ଯେ ଯେତେ ଛୋଟ, ସେହି ବିରାଟ ଦେବତାଙ୍କ ଅଦୃଶ୍ୟ ପ୍ରସାଦ ଓ ଅନୁକମ୍ପା ତା ଉପରେ ସେତେ ବେଶୀ ପତିତ।

ମୋ ମନ ଭିତରେ ଯେଉଁ ଦେବତାଙ୍କ ସ୍ୱପ୍ନ ଜାତ ହୁଏ, ସେ ଯେ କେବଳ ପ୍ରବୀଣ ବିଚାରକ, ନ୍ୟାୟ ଓ ଦଣ୍ଡମୁଣ୍ଡର କର୍ତ୍ତା, ବିଜ୍ଞ ଓ ବହୁଦର୍ଶୀ କିମ୍ବା ଅବ୍ୟୟ, ଅକ୍ଷୟ ପ୍ରଭୃତି ଦୁରୂହ ଦାର୍ଶନିକତାର ଆବରଣରେ ଆବୃତ ବିଷୟ ତାହା ନୁହେଁ- ନାଢ଼ା ବଇହାରର କି ଅଜମାବାଦର ମୁକ୍ତ ପ୍ରାନ୍ତରରେ କେତେ ଗୋଧୂଲି ବେଲାରେ ରକ୍ତମେଘ ସ୍ତୂପ,   କେତେ ଦିଗନ୍ତହରା ଜନହୀନ ଜ୍ୟୋସ୍ନାଲୋକିତ ପ୍ରାନ୍ତର ଆଡ଼କୁ ଅନାଇ ମୋର ମନେ ହୁଏ ସେ ହିଁ ପ୍ରେମ ଓ ରୋମାନ୍ସ, କବିତା ଓ ସୌନ୍ଦର୍ଯ୍ୟ, ଶିଳ୍ପ ଓ ଭାବୁକତା- ସେ ପ୍ରାଣ ଦେଇ ଭଲ ପାଆନ୍ତି, ସୁକୁମାର କଳାବୃଦ୍ଧି ଦେଇ ସୃଷ୍ଟି କରନ୍ତି, ନିଃଶେଷରେ ପ୍ରିୟଜନଙ୍କ ପ୍ରୀତି ପାଇଁ ନିଜକୁ ସମ୍ପୂର୍ଣ୍ଣ-ରୂପେ ଉତ୍ସର୍ଗ କରି ଦିଅନ୍ତି- ପୁଣି ବିରାଟ ବୈଜ୍ଞାନିକର ଶକ୍ତି ଓ ଦୃଷ୍ଟି ଦେଇ ଗ୍ରହ-ନକ୍ଷତ୍ର-ନିହାରିକା ସୃଷ୍ଟି କରନ୍ତି।

୪

ଏହି ଭଲି ଏକ ବର୍ଷା-ମୁଖର ଶ୍ରାବଣ ଦିନରେ ଧାତୁରିଆ ଇସଲାମପୁର କଚେରୀରେ ଆସି ହାଜର ହେଲା।

ଅନେକ ଦିନ ପରେ ତାକୁ ଦେଖି ଖୁସି ହେଲି।

- କଣ କିରେ ? ଧାତୁରିଆ ? ଭଲ ଅଛୁ ତ ?

ଯେଉଁ ଛୋଟ ପୁଟୁଲିଟି ଭିତରେ ତାହାର ସବୁ ଜାଗତିକ ସମ୍ପତ୍ତି ରହିଛି, ସେଟା ଥୋଇଦେଇ ମୋତେ ହାତ ଉଠାଇ ନମସ୍କାର କରି କହିଲା– ବାବୁଜୀ, ନାଚ ଦେଖାଇବାକୁ ଆସିଲି । ବଡ଼ ଦୁଃଖରେ ପଡ଼ିଛି, ଆଜିକି ମାସେ ହେଲା କେହି ନାଚ ଦେଖୁ ନାହାନ୍ତି । ଭାବିଲି, କଚେରୀକୁ ବାବୁଙ୍କ ପାଖକୁ ଯାଏଁ, ସେଠାକୁ ଗଲେ ସେମାନେ ନିଶ୍ଚୟ ଦେଖିବେ । ଆହୁରି ଭଲ ନାଚ ଶିଖିଛି, ବାବୁଜୀ ।

ଧାତୁରିଆ ସେମିତି ଆହୁରି ରୋଗା ହୋଇଯାଇଛି । ତାକୁ ଦେଖି ଦୁଃଖ ଲାଗିଲା ।

– କିଛି ଖାଇବୁ, ଧାତୁରିଆ ?

ଧାତୁରିଆ ସଲଜ୍ଜ ଭାବରେ ମୁଣ୍ଡ ହଲାଇ ଜଣାଇଲା, ସେ ଖାଇବ ।

ପୁଖାରୀକୁ ଡାକି ଧାତୁରିଆକୁ କିଛି ଖାଇବାକୁ ଦେବାକୁ କହିଲି । ସେତେବେଳେ ଭାତ ନ ଥିଲା, ପୁଖାରୀ ଦୁଧ ଓ ଚୁଡ଼ା ଆଣି ଦେଲା । ଧାତୁରିଆର ଖାଇବା ଦେଖି ମନେ ହେଲା, ଅନ୍ତତଃ ଦୁଇ ଦିନ ହେଲା ସେ କିଛି ବୋଧହୁଏ ଖାଇବାକୁ ପାଇ ନାହିଁ ।

ସନ୍ଧ୍ୟା ପୂର୍ବରୁ ଧାତୁରିଆ ନାଚ ଦେଖାଇଲା । ଧାତୁରିଆର ନାଚ ଦେଖିବା ସକାଶେ ସେହି ବନ୍ୟ ଅଞ୍ଚଳର ଅନେକ ଲୋକ କଚେରୀ ପ୍ରାଙ୍ଗଣରେ ରୁଣ୍ଡ ହୋଇଥିଲେ । ଧାତୁରିଆ ଭିତରେ ଯଥାର୍ଥ ଶିଳ୍ପୀର ଦରଦ ଓ ସାଧନା ଅଛି । ମୁଁ ନିଜେ କିଛି ଦେଲି, କଚେରୀର ଲୋକମାନେ ବି ଚାନ୍ଦା କରି କିଛି ଦେଲେ । ଏଥରେ ତାହାର କେତେ ଦିନ ବା ଚଳିବ ?

ପରଦିନ ସକାଳେ ଧାତୁରିଆ ମୋ ଠାରୁ ବିଦାୟ ନେବାକୁ ଆସିଲା ।

– ବାବୁଜୀ, କେବେ କଲିକତା ଯିବେ ?

– କାହିଁକି କହ ତ ?

– ମୋତେ ଟିକିଏ କଲିକତା ନେଇଯିବେ; ବାବୁଜୀ ? ସେହି ଯେ ଆପଣଙ୍କୁ କହିଥିଲି ।

– ତୁ ଏଷଣି କୁଆଡ଼େ ଯିବୁ, ଧାତୁରିଆ ? ରହ ଖାଇ ପିଇ ଯିବୁ ।

– ନା ବାବୁଜୀ, ଝଲୁଟୋଲାରେ ଜଣେ ଭୂଇଦାର ବ୍ରାହ୍ମଣ ଘର, ତା ଝିଅର ବାହାଘର ହେବ, ହୁଏତ ସେଠାରେ ନାଚ ଦେଖି ପାରନ୍ତି । ସେହି ଚେଷ୍ଟାରେ ଯାଉଛି । ଏଠାରୁ ଆଠ କୋଶ ରାସ୍ତା– ଏଷଣି ବାହାରିଲେ ଦିପହର ବେଳକୁ ପହଞ୍ଚିବି ।

ଧାତୁରିଆକୁ ଛାଡ଼ି ଦେବାକୁ ମନ ବଳେ ନାହିଁ । କହିଲି– ଯଦି ତୋତେ କଚେରୀକୁ କିଛି ଜମି ଦିଏଁ, ତାହେଲେ ଏଠାରେ ରହି ପାରିବୁ ତ ? ଚାଷବାସ କର, ରହ ।

ଦେଖିଲି ମଟୁକନାଥ ପଣ୍ଡିତକୁ ବି ଧାତୁରିଆ ଖୁବ୍ ଭଲ ଲାଗିଛି । ତାହାର ଇଚ୍ଛା, ସେ ଧାତୁରିଆକୁ ଟୋଲର ଛାତ୍ର କରିନେବ । କହିଲା- କହନ୍ତୁ ନା ବାବୁଜୀ ତାକୁ, ବର୍ଷ ଦୁଇଟା ଭିତରେ ତାକୁ ମୁଗ୍ଧବୋଧ ଶେଷ କରାଇ ଦେବି । ସେ ରହୁ ଏଠାରେ ।

ଜମି ଦେବା କଥାରେ ଧାତୁରିଆ କହିଲା- ବାବୁଜୀ, ଆପଣ ମୋର ବଡ଼ ଭାଇ ପରି, ଆପଣଙ୍କର ଅପାର ଦୟା । କିନ୍ତୁ ଚାଷ କାମ କଣ ମୋ ଦେଇ ହେବ ? ସେ ଆଡ଼େ ଯେ ମୋର ମନ ନାହିଁ । ନାଚ ଦେଖାଇବାକୁ ପାଇଲେ ମୋର ମନଟା ଭାରି ଖୁସି ହୁଏ । ଆଉ କିଛି ସେମିତି ଭଲ ଲାଗେ ନା ।

– ବେଶ୍, ମଝିରେ ମଝିରେ ନାଚ ଦେଖାଇବୁ । ଚାଷ କଲେ ତ ଜମି ସାଙ୍ଗରେ ତୋତେ କେହି ଦଉଡ଼ିରେ ବାନ୍ଧି ରଖିବ ନାହିଁ ?

ଧାତୁରିଆ ଖୁବ୍ ଖୁସି ହେଲା । କହିଲା- ଆପଣ ଯାହା କହିବେ, ମୁଁ ତାହା କରିବି । ଆପଣଙ୍କୁ ମୋତେ ଭାରି ଭଲ ଲାଗେ, ବାବୁଜୀ । ମୁଁ ଝ୍ଲୁ‍ଟୋଲାରୁ ଟିକିଏ ଘୁରି ଆସେ- ଫେର ଆପଣଙ୍କ ଏଠାକୁ ଆସିବି ।

ମଟୁକନାଥ ପଣ୍ଡିତ କହିଲା- ଆଉ ସେତିକି ବେଳେ ତୋତେ ଟୋଲରେ ବି ଭର୍ତ୍ତି କରି ଦେବି । ନ ହେଲେ ତୁ ରାତିରେ ଆସି ମୋ ପାଖରେ ପଢ଼ । ମୂର୍ଖ ହୋଇ ରହିବା ଭାରି ଖରାପ । କିଛି ବ୍ୟାକରଣ, କିଛି କାବ୍ୟ ମୁଖସ୍ଥ ରହିବା ଦରକାର ।

ତା ପରେ ଧାତୁରିଆ ବସି ବସି ନୃତ୍ୟ-ଶିକ୍ଷ ବିଷୟରେ କଣ ସବୁ ନାନା ପ୍ରକାର କଥା କହିଲା, ମୁଁ ସେ ସବୁ କାନକୁ ନେଲି ନାହିଁ । ପୂର୍ଣ୍ଣିଆର ହୋ-ହୋ ନାଚର ଭଙ୍ଗୀ ସାଙ୍ଗରେ ଧରମପୁର ଅଞ୍ଚଲର ସେହି ଶ୍ରେଣୀର ନାଚର କି ତଫାତ୍- ସେ ନିଜେ ନୂଆ କଣ ଗୋଟାଏ ହାତର ମୁଦ୍ରା ପ୍ରବର୍ତ୍ତନ କରିଛି- ଏହି ଧରଣର କଥାସବୁ ।

– ବାବୁଜୀ, ଆପଣ ବାଲିଆ ଜିଲାରେ ଛଟ୍ ପରବ ସମୟରେ ଝିଅଙ୍କର ନାଚ ଦେଖିଛନ୍ତି ? ଗୋଟାଏ ଜାଗାରେ ତା ସାଙ୍ଗରେ ଛକ୍‍କର ବାଜି ନାଚର ବେଶ୍ ମେଲ ଅଛି । ଆପଣଙ୍କ ଦେଶରେ ନାଚ କେମିତି ହୁଏ ?

ମୁଁ ତାକୁ ଗଲାବର୍ଷ ଫସଲର ମେଲାରେ ଦେଖିଥିବା ନନୀଚୋର ନାଟୁଆର ନାଚ କଥା ପଚାରିଲି । ଧାତୁରିଆ ହସି ହସି କହିଲା- ସେ କିଛି ନୁହେଁ ବାବୁଜୀ, ସେ ହେଉଛି ମୁଞ୍ଚେରର ଗାଉଁଲି ନାଚ । ଗାଞ୍ଜୀତାମାନଙ୍କୁ ଖୁସି କରିବାର ନାଚ । ତା ଭିତରେ ଖାଣ୍ଟି ଜିନିଷ କିଛି ନାହିଁ । ସେ ତ ଭାରି ସହଜ ।

ପଚାରିଲି- ତୁ ଜାଣୁ ? ନାଚି ଦେଖା ତ ?

ଦେଖିଲି, ଧାତୁରିଆ ନିଜ ଶାସ୍ତ୍ରରେ ବେଶ୍ ଅଭିଜ୍ଞ । ସତରେ ‘ନନୀଚୋର ନାଟୁଆର’ ନାଚ ଚମତ୍କାର ଭାବରେ ନାଚିଲା- ସେହି କଇଁ କଇଁ ହୋଇ ପିଲାଙ୍କ

ପରି କାନ୍ଦଣା, ସେହି ଚୋରା ନନୀ ବିତରଣ କରିବାର ଭଙ୍ଗୀ-ସେହି ସବୁ। ପ୍ରକୃତରେ ବାଳକଟିଏ ବୋଲି ତାକୁ ସେହି ବେଶ ବେଶ୍ ସାଜିଲା।

ଧାତୁରିଆ ବିଦାୟ ନେଇ ଚାଲିଗଲା। ଯିବାବେଳେ କହିଲା- ଏତେ ମେହରବାନି ଯେବେ କଲେ ବାବୁଜୀ, ଥରେ କଲିକତା କାହିଁକି ନେଇ ଯାଉନାହାନ୍ତି ? ସେଠାରେ ନାଚର ଆଦର ଅଛି।

ଧାତୁରିଆ ସହିତ ଏଟା ମୋର ଶେଷ ଦେଖା।

ଦୁଇ ମାସ ପରେ ଶୁଣାଗଲା, ବି.ଏନ.ଡବଲିଉ. ରେଲ ଲାଇନର କାଟାରିଆ ଷ୍ଟେସନର ଅଦୂରରେ ଲାଇନ ଉପରେ ଗୋଟିଏ ବାଳକର ମୃତ ଦେହ ମିଳିଲା- ନାଚୁଆ ବାଳକ ଧାତୁରିଆର ମୃତ ଦେହ ବୋଲି ସମସ୍ତେ ଚିହ୍ନିଲେ। ଏହା ଆତ୍ମହତ୍ୟା କି ଦୁର୍ଘଟଣା, ତାହା କହିପାରିବ ନାହିଁ। ଆତ୍ମହତ୍ୟା ହୋଇଥିଲେ, କି ଦୁଃଖରେ ବା ସେ ଆତ୍ମହତ୍ୟା କଲା ?

ସେହି ବନ୍ୟ ଅଞ୍ଚଳରେ ଦୁଇବର୍ଷ କଟାଇବା ସମୟରେ ଯେତେଗୁଡ଼ିଏ ନରନାରୀଙ୍କ ସଂସର୍ଶରେ ଆସିଥିଲି- ତାଙ୍କ ଭିତରେ ଧାତୁରିଆ ଥିଲା ସମ୍ପୂର୍ଣ୍ଣ ଭିନ୍ନ ପ୍ରକୃତିର। ତାହା ଭିତରେ ଯେଉଁ ନିର୍ଲୋଭ, ସଦାଚଞ୍ଚଳ, ସଦାନନ୍ଦ, ଅବୈଷୟିକ, ଖାଣ୍ଟି ଶିଳ୍ପୀ ମନର ସାକ୍ଷାତ ପାଇଥିଲି, ତାହା ଖାଲି ବନ୍ୟ ଦେଶରେ କାହିଁକି, ସଭ୍ୟ ଅଞ୍ଚଳର ମଣିଷଙ୍କ ଭିତରେ ବି ସୁଲଭ ନୁହେଁ।

୫

ଆହୁରି ତିନି ବର୍ଷ କଟିଗଲା।

ନାଢ଼ା ବଇହାର ଓ ଲବଟୁଲିୟାର ସବୁଦାୟ ଜଙ୍ଗଲ-ମାହାଲ ବନ୍ଦୋବସ୍ତ ହୋଇ ଯାଇଛି। ଏକ୍ଷଣି ଆଉ କେଉଁଠି ପୂର୍ବ ପରି ବଣ ନାହିଁ। ପ୍ରକୃତି କେତେବର୍ଷ ହେଲା ନିର୍ଜନରେ ନିଭୃତରେ ଯେଉଁ କୁଞ୍ଜ ରଚନା କରି ରଖିଥିଲା, କେତେ ଝାଙ୍କୁଲା ନିଭୃତ ଲତା-ବିତାନ, କେତେ ସ୍ୱପ୍ନ ଭୂମି- ମୂଲିଆମାନେ ନିର୍ମମ ହାତରେ ସେ ସେବୁ କାଟି ଫିଙ୍ଗି ଦେଲେ, ପଚାଶ ବର୍ଷ ଭିତରେ ଯାହା ଗଢ଼ି ଉଠିଥିଲା ଦିନକ ଭିତରେ ତାହା ଉଭେଇଗଲା। ଏକ୍ଷଣି ଆଉ କେଉଁଠି ସେ ରହସ୍ୟମୟ ଦୂର-ବିସର୍ପୀ ପ୍ରାନ୍ତର ନାହିଁ, ଯେଉଁଠାରେ ଜ୍ୟୋସ୍ନାଲୋକିତ ରାତିରେ ମାୟାପରୀମାନେ ଓହ୍ଲାଇ ଆସି କ୍ରୀଡ଼ା କରୁଥିଲେ ଏବଂ ବଣ ମଇଁଷି ଦଲରେ ଦେବତା ଚାଡ଼ିବାୟୋ ଠିଆ ହୋଇ ହାତ ଟେକି ବଣ ମଇଁଷି ଦଲକୁ ଧ୍ୱଂସ ମୁଖରୁ ରକ୍ଷା କରୁଥିଲେ।

ନାଡ଼ା ବ୍ୟବହାରର ନାମ ଲିଭି ଯାଇଛି। ଲବଟୁଲିୟା ଏକ୍ଷଣି ଗୋଟିଏ ବସ୍ତି ମାତ୍ର। ଯେଉଁଆଡ଼େ ଦୃଷ୍ଟି ପକାଇବ, ଦେଖିବ ଖାଲି ଟ୍ୟାଲ୍‌କୁ ଟ୍ୟାଲ୍ ଲାଗି ନିକୃଷ୍ଟ ଖପରଲି ଘର ସବୁ। କେଉଁଠି ବା କାଶ ଘର। ଘନ ଘଞ୍ଚ ବସତି- ଟୋଲା ଟୋଲାରେ ବିଭକ୍ତ- ଫାଙ୍କା ଜାଗାରେ ଖାଲି ଫସଲର କ୍ଷେତ। ଏତେ ଟିକିଏ କ୍ଷେତର ଚାରିଆଡ଼େ ସପ୍ତଫେଣୀ ବାଡ଼। ଏମାନେ ଧରଣୀର ମୁକ୍ତ ରୂପକୁ ଟିକି ଟିକି କରି କାଟି ନଷ୍ଟ କରି ଦେଇଛନ୍ତି।

ଅଛି କେବଳ ଗୋଟିଏ ସ୍ଥାନ, ସରସ୍ୱତୀ କୁଣ୍ଡିର ତୀରବର୍ତ୍ତୀ ବନଭୂମି।

ଚାକିରିର ଖାତିରେ ମୁନିବର ସ୍ୱାର୍ଥରକ୍ଷା ପାଇଁ ସବୁ ଜମି ପ୍ରଜାଙ୍କୁ ପଟା କରି ଦେଇଛି, କିନ୍ତୁ ଯୁଗଳ ପ୍ରସାଦର ହାତରେ ସଜା ହୋଇଥିବା ସରସ୍ୱତୀ-ତୀରରଅପୂର୍ବ ବନ-କୁଞ୍ଜରେ କୌଣସି ମତେ ପ୍ରାଣ ଧରି ବନ୍ଦୋବସ୍ତ କରିପାରିଲି ନାହିଁ। କେତେ ଥର ଦଳକୁ ଦଳ ପ୍ରଜା ଆସିଛନ୍ତି ସରସ୍ୱତୀ କୁଣ୍ଡିର ତୀରବର୍ତ୍ତୀ ଜମି ନେବାକୁ- ବର୍ଦ୍ଧିତ ହାରରେ ସଲାମୀ ଓ ଖଜଣା ବି ଦେବାକୁ ଚାହିଁଛନ୍ତି, କାରଣ ଏକେ ତ ସେହି ଜମି ଖୁବ୍ ଉର୍ବର, ତା ଉପରେ ନିକଟରେ ପାଣି ଥିବାରୁ ମକା ପ୍ରଭୃତି ଫସଲ ଭଲ ହେବ। କିନ୍ତୁ ମୁଁ ରାଜି ହୋଇ ନାହିଁ।

ତେବେ କେତେ ଦିନ ଆଉ ରଖି ପାରିବି ? ସଦର ଅଫିସରୁ ମଝିରେ ମଝିରେ ଚିଠି ଆସୁଛି, ସରସ୍ୱତୀ କୁଣ୍ଡିର ଜମି ମୁଁ କାହିଁକି ପଟା ଦେବାକୁ ବିଲମ୍ବ କରୁଛି। ନାନା ଓଜର-ଆପତ୍ତି ଉଠାଇ ଆଜି ଯାଏ ରଖିଛି ସତ କିନ୍ତୁ ଆଉ ବେଶୀ ଦିନ ରଖିପାରିବି ନାହିଁ। ମଣିଷର ଲୋଭ ଖୁବ୍। ଜାଣେ, କେତୋଟି ଭୁଆ କେନ୍ଦା ଓ ଚୀନା ଘାସର ମାଣେ ଦାନା ପାଇଁ ପ୍ରକୃତିର ଏପରି ସ୍ୱପ୍ନ-କୁଞ୍ଜ ଧ୍ୱଂସ କରିବାକୁ ସେମାନଙ୍କୁ ତିଲେ ମାତ୍ର ବାଧିବ ନାହିଁ। ବିଶେଷତଃ ଏଠାକାର ଲୋକମାନେ ଗଛପତ୍ରର ସୌନ୍ଦର୍ଯ୍ୟ ବୁଝନ୍ତି ନାହିଁ, ରମ୍ୟ ଭୂମିଶ୍ରୀର ମହିମା ଦେଖିବାକୁ ତାଙ୍କର ଆଖି ନାହିଁ, ସେମାନେ ଜାଣନ୍ତି ପଶୁ ପରି ପେଟେ ଖାଇ ଜୀବନ ଯାପନ କରିବା। ଅନ୍ୟ ଦେଶ ହୋଇଥିଲେ ଆଇନ କରି ଏମିତି ସବୁ ସ୍ଥାନ ସୌନ୍ଦର୍ଯ୍ୟ-ପିପାସୁ ପ୍ରକୃତି-ରସିକ ନରନାରୀଙ୍କ ପାଇଁ ସୁରକ୍ଷିତ ହୋଇ ରହି ଥାଆନ୍ତା- ଯେମିତି କାଲିଫର୍ଣ୍ଣିୟାରେ ଅଛି ଯୋସେମାଇ ଜାତୀୟ ଉଦ୍ୟାନ, ଦକ୍ଷିଣ ଆଫ୍ରିକାରେ ଅଛି କ୍ରୁଗ୍ରାର ଜାତୀୟ ଉଦ୍ୟାନ, ଆଉ ବେଲଜିୟାନ କଙ୍ଗୋରେ ଅଛି ଆଲବାର୍ଟ ଜାତୀୟ ଉଦ୍ୟାନ। ମୋ ଜମିଦାରମାନେ ବି ଲ୍ୟାଣ୍ଡସ୍କେଚ ବୁଝିବେ ନାହିଁ, ଖାଲି ବୁଝିବେ ସଲାମୀ ଟଙ୍କା, ଖଜଣା ଟଙ୍କା, ଆଦାୟ ଅସୁଲ, ହସ୍ତମୁଦି।

ଏହି ଜନ୍ମାନ୍ଧ ମଣିଷର ଦେଶରେ ଜଣେ ଯୁଗଳ ପ୍ରସାଦ କିପରି ଜନ୍ମିଥିଲା ଜାଣେ ନା- ଖାଲି ତାରି ମୁହଁକୁ ଅନାଇ ଆଜି ସୁଦ୍ଧା ସରସ୍ୱତୀ ହ୍ରଦର ତୀରବର୍ତ୍ତୀ ବନାନୀ ଅକ୍ଷୁର୍ଣ୍ଣ ରହିଛି।

କିନ୍ତୁ କେତେ ଦିନ ଆଉ ରଖି ପାରିବି ?

ଛାଡ଼, ମୋର ବି କାମ ଶେଷ ହେବା ଉପରେ ।

ପ୍ରାୟ ତିନି ବର୍ଷ ହେଲା ବଙ୍ଗ ଦେଶକୁ ଯାଇ ନାହିଁ– ମଝିରେ ମଝିରେ ବଙ୍ଗ ଦେଶ ପାଇଁ ମନ ବଡ଼ ଉଛାଟ ହୁଏ । ସମଗ୍ର ବଙ୍ଗ ଦେଶ ଯେମିତି ମୋର ଘର– ଯେଉଁଠି ତରୁଣୀ କଲ୍ୟାଣୀ ବଧୂ ନିଜ ହାତରେ ସନ୍ଧ୍ୟା-ପ୍ରଦୀପ ଜାଳେ, ମାତ୍ର ଏଠାକାର ଏମିତି ଲକ୍ଷ୍ମୀଛଡ଼ା ଉଦାସ ବିରାଟ ପ୍ରାନ୍ତର ଓ ଘନ ବନାନୀ ନୁହେଁ– ଯେଉଁଠି ନାରୀର ହାତର ସ୍ପର୍ଶ ନାହିଁ ।

କି ହେତୁ ଯେ ମନରେ ଅକାରଣ ଆନନ୍ଦର ବନ୍ୟା ଖେଳିଲା ଜାଣେ ନା । ଜ୍ୟୋସ୍ନା ରାତି– ତତ୍‍କ୍ଷଣାତ୍ ଘୋଡ଼ାରେ ଜିନ୍ ବସି ସରସ୍ୱତୀ କୁଣ୍ଠୀ ଆଡ଼କୁ ବାହାରି ପଡ଼ିଲି, କାରଣ ସେତେବେଳେ ନାଢ଼ା ଓ ଲବଟୁଲିୟା ବଇହାରର ବଣ ସବୁ ଶେଷ ହୋଇ ଗଲାଣି– ଯାହା କିଛି ଅରଣ୍ୟ-ଶୋଭା ଓ ନିର୍ଜନତା ଅଛି, ତାହା କେବଳ ସରସ୍ୱତୀର ତୀରରେ । ମୁଁ ମନେ ମନେ ବେଶ ବୁଝି ପାରିଲି, ଏ ଆନନ୍ଦକୁ ଉପଭୋଗ କରିବାର ଏକମାତ୍ର ପଟ୍ଭୂମି ହେଉଛି ସରସ୍ୱତୀ ହ୍ରଦର ତୀରବର୍ତ୍ତୀ ବନାନୀ ।

ସେହି ସରସ୍ୱତୀର ଜଳ ଜ୍ୟୋସ୍ନାଲୋକରେ ଚକ୍ ଚକ୍ କରୁଛି– ଖାଲି କଣ ଚକ୍ ଚକ୍ କରୁଛି ? ତାର ଢେଉ ଉପରେ ଜ୍ୟୋସ୍ନା ଭାଙ୍ଗି ପଡ଼ୁଛି ହ୍ରଦ ଜଳର ତିନିଦିଗ ବେଷ୍ଟନ କରୁଛି ନିର୍ଜନ ଓ ସ୍ତବ୍ଧ ବନାନୀ, ବନ୍ୟ ଲାଲ ହଂସର କାକଲୀ, ବଣ ଶେଫାଲୀ ଫୁଲର ସୌରଭ, କାରଣ ଯଦିଚ ଜ୍ୟେଷ୍ଠମାସ, ଏଠାରେ ଶେଫାଲୀ ଫୁଲ ବାର ମାସ ଫୁଟେ ।

କେତେବେଳ ଯାଏ ହ୍ରଦ ତୀରରେ ଏଣେ ତେଣେ ଇଚ୍ଛାନୁଯାୟୀ ଘୋଡ଼ା ଦଉଡ଼ାଇ ବୁଲିଲି । ହ୍ରଦର ଜଳରେ ପଦ୍ମ ଫୁଟିଛି, ତୀର ଆଡ଼କୁ ଓୟାଟାରକ୍ରୋଫୁଟ୍ ଓ ଯୁଗଳ ପ୍ରାସାଦର ଆନୀତ ସ୍ୱାଇଡ଼ାର ଲିଲି ବୁଦା ମାଡ଼ିଲାଣି । କେତେ କାଳ ପରେ ଦେଶକୁ ଫେରିଯାଉଛି, ଏ ନିର୍ଜନ ଅରଣ୍ୟବାସରୁ ମୁକ୍ତି ପାଇବି, ସେଠାରେ ବଙ୍ଗାଳୀ ଝିଅର ହାତର ରାନ୍ଧଣା ଖାଇ ବଞ୍ଚିବି, କଲିକତାରେ ଦିନେଅଧେ ରହି ସିନେମା-ଥ୍ୟେଟର ଦେଖିବି, କେତେ କାଳ ପରେ ବନ୍ଧୁ-ବାନ୍ଧବଙ୍କ ସାଙ୍ଗରେ ପୁଣି ଦେଖା ହେବ ।

ଏଥର ସେହି ଅନୁଭୂତ ଆନନ୍ଦର ବନ୍ୟା ଧୀରେ ଧୀରେ ମୋ ମନର କଳ ଭସାଇ ଚହଲିବାକୁ ଲାଗିଲା । ବୋଧହୁଏ ଅଦ୍ଭୁତ ଯୋଗାଯୋଗ ହୋଇଥିଲା– ଏତେ ଦିନ ପରେ ସ୍ୱଦେଶ ପ୍ରତ୍ୟାବର୍ତ୍ତନ, ସରସ୍ୱତୀ ହ୍ରଦର ଜ୍ୟୋସ୍ନାଲୋକିତ ବାରିରାଶି ଓ ବଣ ଫୁଲର ଶୋଭା, ବନ୍ୟ ଶେଫାଲୀର ଜ୍ୟୋସ୍ନା-ବୋଳା ସୁବାସ, ଶାନ୍ତ ସ୍ତବ୍ଧତା–

ଭଲ ଘୋଡ଼ାର ଚମକ୍ରାର କଣିକିଆ କ୍ୟାଣ୍ଡାର ଚାଲି, ହୁ ହୁ ପବନ– ସବୁ ମିଶି ଗୋଟାଏ ସ୍ୱପ୍ନ! ସ୍ୱପ୍ନ! ଆନନ୍ଦର ଘନ ନିଶା । ମୁଁ ଯେମିତି ଯୌବନାନ୍ଦ ତରୁଣ ଦେବତା, ବାଧ-ବନ୍ଧହୀନ, ମୁକ୍ତ ଗତିରେ ସମୟର ସୀମା ପାରି ହୋଇ ଚାଲିଛି– ଏହି ଯାତ୍ରା ଯେମିତି ମୋର ଅଦୃଷ୍ଟର ଜୟଲିପି, ମୋର ସୌଭାଗ୍ୟ, ମୋ ପ୍ରତି କୌଣସି ସୁପ୍ରସନ୍ନ ଦେବତାଙ୍କର ପରମ ଆଶୀର୍ବାଦ ।

ହୁଏତ ମୁଁ ଆଉ ଏଠାକୁ ଫେରିବି ନାହିଁ– ଦେଶକୁ ଫେରି ମରି ବି ଯାଇପାରେ । ବିଦାୟ– ସରସ୍ୱତୀ କୁଣ୍ଠୀ, ବିଦାୟ– ତୀର-ତରୁଗଣ, ବିଦାୟ– ଜ୍ୟୋତ୍ସ୍ନାଲୋକିତ ମୁକ୍ତ ବନାନୀ ! କଲିକତାର କୋଲାହଲମୁଖର ରାଜପଥରେ ଠିଆ ହୋଇ ତୁମ କଥା ମନେ ପଡ଼ିବ, ବିସ୍ତୃତ ଜୀବନ-ଦିନର ବୀଣାର ଅନତିସ୍ପଷ୍ଟ ଝଙ୍କାର ପରି– ମନେ ପଡ଼ିବ ଯୁଗଳ ପ୍ରସାଦ ଆଣିଥିବା ଗଛ ଗୁଡ଼ିକର କଥା, ଜଳଧାରରେ ସ୍ୱାଇଡ଼ାର ଲିଲି ଓ ପଦ୍ମ ବଣ, ତୁମର ବଣର ନିବିଡ଼ ଡାଲପତ୍ର ଭିତରେ ସ୍ତବ୍ଧ ମଧ୍ୟାହ୍ନରେ କପୋତର ଡାକ, ଅସ୍ତ-ମେଘର ଛାୟା-ରଞ୍ଜିତ ମୟନାକଣ୍ଠାର ଗଣ୍ଠି ଓ ଡାଲ, ତୁମର ନୀଳ ଜଳ ଉପରେ ନୀଳ ଆକାଶରେ ଦଲେ ଦଲେ ଉଡ଼ନ୍ତା ସିଲ୍ଲି ଓ ଲାଲ ହଂସ– ଜଳଧାରରେ ନରମ କାଦୁଅ ଉପରେ ହରିର ଶିଶୁର ପଦଚିହ୍ନ... ନିର୍ଜନତା, ସୁଗଭୀର ନିର୍ଜନତା । ... ବିଦାୟ, ସରସ୍ୱତୀ କୁଣ୍ଠୀ !

ଫେରିବା ବେଳେ ବାଟରେ ଦେଖିଲି ସରସ୍ୱତୀ ହ୍ରଦର ବଣରୁ ବାହାରି ଆସିଲେ ମାଇଲିଏ ଖଣ୍ଡେ ଦୂରରେ ଗୋଟାଏ ଜାଗାରେ ବଣ କାଟି ଖଣ୍ଡିଏ ଘରତୋଲି ଲୋକ ବାସ କରୁଛି– ଏହି ଜାଗାଟିର ନାମ ହୋଇଛି ନୟା ଲବଟୁଲିଆ– ଯେମିତି ନିଉ ସାଉଥ ଓୟେଲ୍ସ ବା ନିଉୟକର୍କ । ନୂତନ ଗୃହସ୍ଥ ପରିବାର ଆସି ବଣର ଡାଲପତ୍ର କାଟି (ନିକଟରେ ବଡ଼ ବଣ ନାହିଁ, ସୁତରାଂ ସରସ୍ୱତୀର ତୀରବର୍ତ୍ତୀ ବଣରୁ ନିଶ୍ଚୟ ଆମଦାନୀ ହୋଇଛି) ଘାସ ଛାଉଣୀ କିର ତିନି-ଚାରୋଟି ନୀଚା ନୀଚା ଖୁପରୀ ତୋଲିଛି । ତାରି ତଳେ ଏପର୍ଯ୍ୟନ୍ତ ଓଦା ଥିବା ଚଟାଣ ଉପରେ ଗୋଟିଏ ମୁହଁ-ଭଙ୍ଗା ନଡ଼ିଆ କିମ୍ୱା କଡୁଆ ତଳେ ବୋତଲ, ଗୋଟିଏ ଉଲଙ୍ଗ ହାମୁଡ଼ୋଉଥିବା କୃଷକାୟ ଶିଶୁ, ସାହାଡ଼ା ଗଛର ସରୁ ଡାଲରେ ବୁଣା କେତୋଟି ଟୋକେଇ, ମୋଟା ରୂପା ଅନନ୍ତ ପିନ୍ଧା ଯକ୍ଷ ପରି କଳା କୁଦିଲା ଗଢ଼ଣର ବୋହୂଟିଏ, କେତୋଟି ପିତଳ ଲୋଟା ଓ ଥାଲି ଏବଂ ଦା, ଖଣ୍ଟି, କୋଦାଲ । ଏତକ ନେଇ ଏମାନେ ପ୍ରାୟ ସମସ୍ତେ ସଂସାର କରନ୍ତି । ଖାଲି ନିଉ ଲବଟୁଲିଆ କାହିଁକି, ଇସମାଇଲପୁର ଓ ନାଢ଼ା ବଇହାରର ସର୍ବତ୍ର ଏତାଦୃଶ ରୂପ । କେଉଁଠୁ ଉଠି ଆସିଛି ଏହା ଜାଣିପାରୁନାହିଁ; ଭଦ୍ରାସନ ନାହିଁ, ପୈତୃକ ଭିଟା ନାହିଁ, ଗ୍ରାମର ମାୟା ନାହିଁ, କି ପ୍ରତିବେଶୀର ସ୍ନେହ ମମତା ନାହିଁ– ଆଜି ଇସମାଇଲପୁରର ବଣରେ, କାଲି

ମୁଙ୍ଗେରର ଦିୟାଡ଼ା ଚରରେ, ପହରିଦିନ ଜୟନ୍ତୀ ପାହାଡ଼ ତଳେ ତରାଇ ଭୂମିରେ– ସର୍ବତ୍ର ଏମାନଙ୍କର ଗତି, ସର୍ବତ୍ର ହିଁ ଏମାନଙ୍କର ଘର।

ପରିଚିତ କଣ୍ଠ ସ୍ୱର ଶୁଣି ଦେଖେଁ ତ ରାଜୁ ପାଣ୍ଡେ ଏହି ଧରଣର ଗୋଟିଏ ଗୃହସ୍ଥ ଘରେ ବସି ଧର୍ମତତ୍ତ୍ୱ ଆଲୋଚନା କରୁଛି। ତାକୁ ଦେଖି ଘୋଡ଼ାରୁ ଓହ୍ଲାଇଲି। ସମସ୍ତେ ମିଳି ମୋତେ ଖାତିର କରି ବସାଇଲେ।

ରାଜୁକୁ ପଚାରି ବୁଝିଲି ଯେ ସେ ଏଠାକୁ କବିରାଜି କରିବାକୁ ଆସିଥିଲା। ଦର୍ଶନୀ ସ୍ୱରୂପ ପାଇ ୪ କଠା ଯବ ଓ ନଗଦ ଆଠ ପଇସା। ଏଥିରେ ସେ ମହା ଖୁସି ହୋଇ ଏମାନଙ୍କ ସହିତ ଆସର ଜମାଇ ଦାର୍ଶନିକ ତତ୍ତ୍ୱ ଆଲୋଚନାରେ ମଗ୍ନ ହୋଇଛି।

ସେ ମୋତେ କହିଲା– ବସନ୍ତ, ଗୋଟାଏ କଥାର ମୀମାଂସା କରି ଦିଅନ୍ତୁ ତ, ବାବୁଜୀ! ଆଚ୍ଛା, ପୃଥିବୀର କଣ ଶେଷ ଅଛି ? ମୁଁ ତ ଏମାନଙ୍କୁ କହୁଛି ବାବୁ, ଯେମିତି ଆକାଶର ଶେଷ ନାହିଁ, ସେମିତି ପୃଥିବୀର ବି ଶେଷ ନାହିଁ। କଣ ସେୟା ଠିକ୍ ନା, ବାବୁଜୀ ?

ବୁଲିବାକୁ ଆସି ଏମିତି ଗୁରୁତର ଜଟିଳ ବୈଜ୍ଞାନିକ ତତ୍ତ୍ୱର ସମ୍ମୁଖୀନ ହେବାକୁ ପଡ଼ିବ, ତାହା ମୁଁ ଭାବି ନଥିଲି।

ଜାଣେ ରାଜୁ ପାଣ୍ଡେର ଦାର୍ଶନିକ ମନ ସର୍ବଦା ଜଟିଳ ତତ୍ତ୍ୱ ନେଇ କାରବାର କରେ ଏବଂ ଯ୍ଯା ମଧ ଜାଣେ ଯେ ସେ ସବୁର ସମାଧାନରେ ସେ ସର୍ବଦା ମୌଳିକ ଚିନ୍ତାର ପରିଚୟ ଦେଇ ଆସୁଛି, ଠିକ୍ ଯେମିତି ଇନ୍ଦ୍ରଧନୁ ଉଇହୁଙ୍କାରୁ ବାହାରେ, ନକ୍ଷତ୍ରରାଜି ଯମଙ୍କର ଅନୁଚର, ମଣିଷ କେଉଁ ପରିମାଣରେ ବଢ଼ୁଛି ତାର ସାରାଜମିନ ତଦନ୍ତ କରିବା ନିମନ୍ତେ ସେମାନେ ଯମଙ୍କ ଦ୍ୱାରା ପ୍ରେରିତ ହୁଅନ୍ତି– ଇତ୍ୟାଦି।

ମୋତେ ପୃଥିବୀ ତତ୍ତ୍ୱ ଯେତେଟା ଜଣା ଅଛି ତାହା ବୁଝାଇ କହିବାରୁ ରାଜୁ ପଚାରିଲା– ସୂର୍ଯ୍ୟ କାହିଁକି ପୂର୍ବଦିଗରୁ ଉଦୟ ହୁଅନ୍ତି, ଆଉ ପଶ୍ଚିମ ଦିଗରେ ଅସ୍ତ ଯାନ୍ତି ? ଆଚ୍ଛା, ସୂର୍ଯ୍ୟ କେଉଁ ସାଗରରୁ ଉଠନ୍ତି, ଆଉ କେଉଁ ସାଗରରେ ଡୁବି ଯାଆନ୍ତି, କେହି ତାର ନିରାକରଣ କରିପାରିଛି ? ରାଜୁ ସଂସ୍କୃତ ପଢ଼ିଛି, 'ନିରାକରଣ' ଶବ୍ଦଟା ବ୍ୟବହାର କରିବାରୁ ଗାଙ୍ଗୋତା ଗୃହସ୍ଥ ଓ ତାର ପରିବାର ବର୍ଗ ସପ୍ରଶଂସ ଓ ବିମୁଗ୍ଧ ଦୃଷ୍ଟିରେ ରାଜୁ ଆଡ଼କୁ ଚାହିଁ ରହିଲେ ଏବଂ ସଙ୍ଗେ ସଙ୍ଗେ ଏହା ମଧ ଭାବିଲେ ଯେ କବିରାଜ ମହାଶୟ ଇଂରେଜୀ-ନବିଶ ବଙ୍ଗାଳୀ ବାବୁକୁ ଏକବାରେ ଅଥଳ ଜଳକୁ ଟାଣି ନେଇ ଯାଇଛନ୍ତି। ବଙ୍ଗାଳୀ ବାବୁ ଏଥର ଉବୁଟୁବୁ ହୋଇ ମଲେ ଦେଖୁଛି।

କହିଲି– ରାଜୁ, ତୁମ ଚକ୍ଷୁର ଭୁଲ୍, ସୂର୍ଯ୍ୟ କୁଆଡ଼େ ଯାଆନ୍ତି ନାହିଁ। ଗୋଟାଏ ଜାଗାରେ ସ୍ଥିର ଅଛନ୍ତି।

ରାଜୁ ମୋ ମୁହଁକୁ ବଲବଲ କରି ଚାହିଁଲା । ଗାଞ୍ଜୋତାମାନେ ହା ହା କରି ତାଚ୍ଛଲ୍ୟ ସ୍ଵରରେ ହସି ପକାଇଲେ । ହାୟ ଗାଲିଲିଓ, ଏହି ନାସ୍ତିକ ବିଚାର-ମୂଢ଼ ପୃଥିବୀରେ ହିଁ ତୁମେ କାରାରୁଦ୍ଧ ହୋଇଥିଲ ।

ବିସ୍ମୟର ପ୍ରଥମ ଝଲକ କଟି ଯିବାରୁ ରାଜୁ ମୋତେ କହିଲା- ସୂରଜ ନାରାୟଣ କଣ ପୂର୍ବରେ ଉଦୟ ପାହାଡ଼ରୁ ଉଠନ୍ତି ନାହିଁ କି ପଶ୍ଚିମ ସମୁଦ୍ରରେ ଅସ୍ତ ଯାନ୍ତି ନାହିଁ ?

କହିଲି- ନା ।

- ଏ କଥା ଇଂରେଜୀ ବହିରେ ଲେଖା ଅଛି ?

- ହଁ ।

ସତରେ ଜ୍ଞାନ ମଣିଷକୁ ସାହସୀ କରେ । ଯେଉଁ ଶାନ୍ତ, ନିରୀହ ରାଜୁ ପାଞ୍ଚେର ତୁଣ୍ଡରୁ କେବେ ହେଲେ ଉଚ୍ଚ ସ୍ଵରରେ କଥା ଶୁଣି ନାହିଁ- ସେ ସତେଜରେ, ସଦର୍ପରେ କହିଲା- ମିଛ କଥା, ବାବୁଜୀ । ଉଦୟ ପାହାଡ଼ର ଯେଉଁ ଗୁହାରୁ ସୂର୍ଯ୍ୟନାରାୟଣ ନିତି ଉଠନ୍ତି, ମୁଙ୍ଗେରର ଜଣେ ସାଧୁ ଥରେ ସେହି ଗୁହା ଦେଖି ଆସିଥିଲେ । ବହୁତ ଦୂର ଚାଲି କରି ଯିବାକୁ ହୁଏ, ପୂର୍ବ ଦିଗର ଏକବାର ଶେଷ ସୀମାରେ ସେହି ପାହାଡ଼, ଗୁହା-ମୁହଁରେ ମସ୍ତ ବଡ଼ ପଥର ଦରଜା, ତାଙ୍କର ଅଭ୍ର ରଥ ସେହି ଗୁହା ଭିତରେ ଥାଏ । ଯିଏ-ସିଏ କଣ ଦେଖିପାରେ, ହଜୁର ? ବଡ଼ ବଡ଼ ସାଧୁ ସନ୍ତ ହିଁ ଦେଖନ୍ତି । ସେହି ସାଧୁ ଅଭ୍ର-ରଥରୁ ଖଣ୍ଡିଏ ଚକଟି ଆଣିଥିଲେ- ଏତେ ବଡ଼ ଚକ ଚକିଆ ଅଭ୍ର- ମୋର ଗୁରୁ-ଭାଇ କାମତାପ୍ରସାଦ ସ୍ଵଚକ୍ଷୁରେ ଦେଖିଛନ୍ତି ।

କଥା ଶେଷ କରି ରାଜୁ ସଗର୍ବରେ ଥରେ ସମବେତ ଗାଞ୍ଜୋତମାନଙ୍କ ମୁହଁ ଆଡ଼କୁ ଆଖି ବୁଲାଇ ଚାହିଁଲା ।

ଉଦୟ-ପର୍ବତର ଗୁହାରୁ ସୂର୍ଯ୍ୟଙ୍କ ଉତ୍ଥାନର ଏତେ ବଡ଼ ଅକାଟ୍ୟ ଓ ଚାକ୍ଷୁଷ ପ୍ରମାଣ ଉତ୍ଥାପିତ ହେବା ପରେ ମୁଁ ସେ ଦିନ ଏକାବେଳେ ମୂକ ହୋଇଗଲି ।

ଷୋଡ଼ଶ ପରିଚ୍ଛେଦ

୧

ଦିନେ ଯୁଗଳ ପ୍ରସାଦକୁ କହିଲି– ଚାଲ, ମହାଲିଖାରୂପ ପାହାଡ଼ରେ ନୂତନ ଗଛପତ୍ର ସନ୍ଧାନ କରିଆସିବା।

ଯୁଗଳ ପ୍ରସାଦ ସୋସ୍ସାହରେ କହିଲା– ସେହି ପାହାଡ଼ର ଜଙ୍ଗଲରେ ଏକ ପ୍ରକାର ଲତା ଗଛ ଅଛି, ଆଉ କେଉଁଠି ନାହିଁ। ଏ ଅଞ୍ଚଳରେ ତାକୁ ଚିହଡ଼ ଫଳ କହନ୍ତି। ଚାଲନ୍ତୁ ଖୋଜି ଦେଖିବା।

ନାଢ଼ା ବଇହାରର ନୂତନ ବସ୍ତିଗୁଡ଼ିକ ଭିତର ଦେଇ ବାଟ। ଇତି ମଧରେ ଗୋଟିଏ ଗୋଟିଏ ପଡ଼ାର ସର୍ଦ୍ଦାରଙ୍କ ନାମାନୁସାରେ ଟୋଲାର ନାମକରଣ ହୋଇଛି– ଝଲ୍ଲୁଟୋଲା, ରୂପଦାସଟୋଲା, ବେଗମଟୋଲା ଇତ୍ୟାଦି। ଡିଙ୍ଗିରେ ଯଅ କୁଟା ହେଉଛି, ଖପରଲି–ମାଟି ଘରୁ କୁଣ୍ଡଳୀ ପକାଇ ଧୂଆଁ ଉପରକୁ ଉଠୁଛି– ଉଲଙ୍ଗ କୃଷ୍ଣକାୟ ଶିଶୁ ଦଲ ଦଲ ହୋଇ ରାସ୍ତା କଡ଼ରେ ଧୂଳି ବାଲିରେ ଖେଳୁଛନ୍ତି।

ନାଢ଼ା ବଇହାରର ଉତ୍ତର ସୀମା ଏକ୍ଷଣି ବି ଘନ ବନଭୂମି। ତେବେ ଲବଟୁଲିୟା ବଇହାରରେ ଆଉ ତିଲେ ହେଲେ ବଣଜଙ୍ଗଲ ବା ଗଛପତ୍ର ନାହିଁ– ନାଢ଼ ବଇହାରର ଶୋଭାମୟୀ ବନଭୂମିର ବାର ଆଣା ଯାଇଛି, କେବଲ ଉତ୍ତର ସୀମାରେ ଦୁଇ ହଜାର ବିଘା ଜମି ଏବେ ବି ପ୍ରଜାଙ୍କୁ ପଟା ଦିଆଯାଇନାହିଁ। ଦେଖିଲି ଯୁଗଳ ପ୍ରସାଦ ଏଥିରେ ବଡ଼ ଦୁଃଖିତ।

କହିଲା– ଗାଙ୍ଘୋତାମାନଙ୍କୁ ବସାଇ ସବୁ ନଷ୍ଟ କଲେ, ହଜୁର। ସେମାନଙ୍କର ଘରଦ୍ୱାର ନାହିଁ, ବାରବୁଲା ଜାତି। ଆଜି ଏଠି ତ କାଲି ସେଠି। ଏମିତି ସୁନ୍ଦର ବଣ ନଷ୍ଟ କଲେ।

କହିଲି– ସେମାନଙ୍କର ଦୋଷ ନାହିଁ, ଯୁଗଳ ପ୍ରସାଦ । ଜମିଦାର କାହିଁକି ଜମି ପକାଇ ରଖିବେ, ସେମାନେ ତ ପୁଣି ସରକାରଙ୍କୁ ଖଜଣା ଦେଉଛନ୍ତି, ଚିରକାଳ କଣ ଘରୁ ଖଜଣା ଗଣୁଥିବେ ? ଜମିଦାର ତ ସେମାନଙ୍କୁ ଆଶିଛନ୍ତି, ସେମାନଙ୍କର କି ଦୋଷ ?

– ସରସ୍ୱତୀ କୁଣ୍ଠୀ ଦେବେ ନାହିଁ, ହଜୁର । ବଡ଼ କଷ୍ଟରେ ଗଛ ପତ୍ର ସଂଗ୍ରହ କରି ଆଣି ସେଠାରେ ଲଗାଇଛି ।

– ମୋର ଇଚ୍ଛାରେ ତ ହେବ ନାହିଁ, ଯୁଗଳ । ଏତେ ଦିନ ଯାଏ ବଜାୟ ରଖିଛି ଏହା ହିଁ ଯଥେଷ୍ଟ, ଆଉ କେତେଦିନ ରଖାଯିବ କୁହ । ସେଆଡ଼େ ଜମି ଭଲ ଦେଖି ପ୍ରଜାସବୁ ଉଲୁଛନ୍ତି ।

ମୋ ସାଙ୍ଗରେ ଦୁଇ-ତିନିଜଣ ସିପାହୀ ଥିଲେ । ଆମ କଥାବାର୍ତ୍ତାର ଗତି ବୁଝିନପାରି ସେମାନେ ମୋତେ ଉସ୍ସାହ ଦେବା ପାଇଁ କହିଲେ– କିଛି ଚିନ୍ତା କରିବେ ନାହିଁ, ହଜୁର । ଆସନ୍ତା ଚୈତ୍ର ଫସଲ ପରେ ସରସ୍ୱତୀ କୁଣ୍ଠୀର ଟିପେ ହେଲେ ଜମି ପଡ଼ି ରହିବ ନାହିଁ ।

ମହାଲିଖାରୂପ ପାହାଡ଼ ପ୍ରାୟ ନଅ ମାଇଲ ଦୂରରେ । ମୋ ଅଫିସ ଘରର ଝରକା ବାଟେ ଧୂଆଁଳିଆ ଦେଖାଯାଏ । ପାହାଡ଼ ତଳେ ପହଞ୍ଚିବାକୁ ଦଶଟା ବେଳ ହୋଇଗଲା ।

ସେ ଦିନ କି ସୁନ୍ଦର ରୌଦ୍ର ଓ କି ଅଦ୍ଭୁତ ନୀଳ ଆକାଶ । ଏମିତି ନୀଳ ଯେମିତି କେବେ ଆକାଶରେ ଦେଖି ନାହିଁ– କାହିଁକି ଯେ ଦିନେ ଦିନେ ଆକାଶ ଏମିତି ଗାଢ଼ ନୀଳହୁଏ, ରୌଦ୍ରର କି ଅପୂର୍ବ ରଙ୍ଗ, ନୀଳ ଆକାଶ ଯେମିତି ମଦର ନିଶା ପରି ମନକୁ ଆଚ୍ଛନ୍ନ କରେ । କଅଁଳିଆ ପତ୍ର-ପଲ୍ଲବ ଦେହର ରୌଦ୍ର ପଡ଼ି ସ୍ୱଚ୍ଛ ଦେଖାଯାଏ– ଆଉ ନାଢ଼ ବଇହାର ଓ ଲବଟୁଲିୟାରେ ଦଳ ଦଳ ବଣୁଆ ପକ୍ଷୀଙ୍କର ବସା ଭାଙ୍ଗିଯିବାରୁ କେତେକ ସରସ୍ୱତୀ ସରୋବର ବଣରେ, କେତେକ ଏଠାରେ ଓ ମୋହନପୁରା ସଂରକ୍ଷିତ ଜଙ୍ଗଲରେ ଆଶ୍ରୟ ନେଇଛନ୍ତି– ସେମାନଙ୍କର କି ଅବିଶ୍ରାନ୍ତ କୂଜନ ।

ଘନ ବଣ । ଏଭଳି ଘନ ନିର୍ଜନ ଅରଣ୍ୟ ଭୂମିରେ ମନ ଭିତରେ ଗୋଟାଏ ଅପୂର୍ବ ଶାନ୍ତି ଓ ମୁକ୍ତ ଅବାଧ ସ୍ୱାଧୀନତାର ଭାବ ଜାତ ହୁଏ– କେତେ ଗଛ, କେତେ ଡାଳ ପତ୍ର, କେତେ ବଣ ଫୁଲ, କେତେ ବଡ଼ ବଡ଼ ବିକ୍ଷିପ୍ତ ପଥର ଖଣ୍ଡ– ଯେଉଁଠି ପାରେ ସେଇଠି ବସି ରୁହ, ଶୋଇପଡ଼, ପ୍ରସ୍ଫୁଟିତ ପିଆଲ ବୃକ୍ଷର ନିବିଡ଼ ଛାୟାରେ ବସି ଆଲସ୍ୟ ଜୀବନର ମୁହୂର୍ତ୍ତ କଟାଇ ଦିଅ– ବିଶାଳ ନିର୍ଜନ ଅରଣ୍ୟ ଭୂମି ତୁମର ଶାନ୍ତ ସ୍ନାୟୁ ମଣ୍ଡଳୀକୁ ସତେଜ କରିଦେବ ।

ଆମେ ପାହାଡ଼ ଚଢ଼ିବାକୁ ଆରମ୍ଭ କରିଛୁ– ବଡ଼ ବଡ଼ ଗଛର ଅଗରେ ସୂର୍ଯ୍ୟକିରଣ ଅଟକି ଯାଇଛି– ଛୋଟ ବଡ଼ ଝରଣା କୁଲୁକୁଲୁ ନାଦରେ ବଣଭିତର ଦେଇ ଓହ୍ଲାଇ ଆସୁଛି– ହରିଡ଼ା ଗଛ ଓ କେଲି କଦମ୍ବ ଗଛର ସାଗୁଆନ ପତ୍ର ପରି ବଡ଼ ବଡ଼ ପତ୍ରରେ ପବନ ବାଜି ସଁ ସଁ ଶବ୍ଦ ହେଉଛି। ବଣଭିତରେ ମୟୂରର କେକା ଶୁଣାଗଲା।

ମୁଁ କହିଲି– ଯୁଗଲପ୍ରସାଦ, ଚୀହଡ଼ ଫଳର ଗଛ କେଉଁଠି, ଖୋଜ।

ଆହୁରି ଅନେକ ଉପରକୁ ଉଠିବାରୁ ଚୀହଡ଼ ଫଳର ଗଛ ଦେଖାଗଲା। ସ୍ଥଲପଦ୍ମର ପତ୍ର ପରି ପତ୍ର, ଖୁବ୍ ମୋଟା କାଷ୍ଠମୟ ଲତା, ଅଙ୍କାବଙ୍କା ହୋଇ ଅନ୍ୟ ଗଛକୁ ଆଶ୍ରୟ କରି ଉଠିଛି। ଫଳଗୁଡ଼ିକ ଶିମ ଜାତୀୟ, ମାତ୍ର ଶିମର ଦୁଇଟି ଚୋପା କଟକୀ ଚଟି–ଯୋତା ପରି ବଡ଼, କଠିନ ଓ ଚଉଡ଼ା– ଭିତରେ ଗୋଲ ମଞ୍ଜି। ଆମେ ଶୁଖିଲା ଲତାପତ୍ର ଜାଳି ମଞ୍ଜି ପୋଡ଼ି ଖାଇଛୁ– ଠିକ୍ ଯେମିତି ଗୋଲ ଆଲୁ ପରି ସ୍ୱାଦ।

ଅନେକ ଉପରକୁ ଉଠିଛି। ସେହି ଦୂରରେ ମୋହନପୁରା ଜଙ୍ଗଲ– ଦକ୍ଷିଣରେ ସେହି ଆମର ମାହାଲ, ସେହି ସରସ୍ୱତୀ କୁଣ୍ଡିର ତୀରବର୍ତ୍ତୀ ଜଙ୍ଗଲ ଅସ୍ପଷ୍ଟ ଭାବରେ ଦେଖା ଯାଉଛି। ସେହି ନାଢ଼ା ବଇହାରର ଅବଶିଷ୍ଟ ଚଉଠଭାଗ ବଣ– ସେହି ଦୂରରେ କୋଶୀ ନଦୀ ମୋହନପୁରା ସଂରକ୍ଷିତ ଜଙ୍ଗଲର ପୂର୍ବ ସୀମାକୁ ଲାଗି ପ୍ରବାହିତ ହେଉଛି– ନିମ୍ନସ୍ଥ ସମତଲ ଭୂମିର ଦୃଶ୍ୟ ଯେମିତି ଛବି ପରି ଦିଶୁଛି।

– ମୟୂର! ମୟୂର– ହଜୁର, ହେଇ ଦେଖନ୍ତୁ, ମୟୂର।

ଗୋଟାଏ ପ୍ରକାଣ୍ଡ ମୟୂର ମୁଣ୍ଡ ଉପରେ ଗୋଟାଏ ଗଛ ଡାଲରେ ବସିଛି। ଜଣେ ସିପାହୀ ବନ୍ଦୁକ ନେଇ ଆସିଥିଲା, ସେ ଗୁଲି କରିବାକୁ ବସିଲା, ମୁଁ ତାକୁ ବାରଣ କଲି।

ଯୁଗଲପ୍ରସାଦ କହିଲା– ବାବୁଜୀ, ପାହାଡ଼ ଭିତରେ ଜଙ୍ଗଲରେ କୁଆଡ଼େ ଗୋଟାଏ ଗୁହା ଅଛି– ତାରି ଦେହରେ ଛବିସବୁ ଅଙ୍କା ହୋଇଛି– କେତେ କାଳର କେହି ଜାଣନ୍ତି ନାହିଁ, ସେଟା ଖୋଜୁଛି।

ହୁଏତ ପ୍ରାଗୈତିହାସିକ ଯୁଗରେ ମଣିଷର ହାତରେ ଗୁହାର କଠିନ ପଥର ଉପରେ ଛବି ସବୁ ଅଙ୍କିତ ବା ଖୋଦିତ ହୋଇଛି। ପୃଥ୍ବୀର ଇତିହାସର ଲକ୍ଷ ଲକ୍ଷ ବର୍ଷର ଯବନିକା ଏକ ମୁହୂର୍ତ୍ତରେ ଅପସାରିତ ହୋଇ ସମୟର ସ୍ରୋତରେ ଆମକୁ କୁଆଡ଼େ ଭସାଇ ନେଇଯିବ।

ପ୍ରାଗୈତିହାସିକ ଯୁଗର ଗୁହାଙ୍କିତ ଛବି ଦେଖିବାର ପ୍ରବଲ ଆଗ୍ରହରେ ଜଙ୍ଗଲ ଭିତରେ ଗୁହା ଖୋଜି ବୁଲିଲୁ– ଗୁହା ବି ମିଳିଲା, କିନ୍ତୁ ତା ଭିତରେ ଯେଉଁ ଅନ୍ଧକାର

ଆମର ପଶିବାକୁ ସାହସ ହେଲାନାହିଁ। ପଶିଲେ ବା ଅନ୍ଧକାର ଭିତରେ କଣ ଦେଖିବୁ! ଆଉ ଦିନେ ପଛେ ଜାକଜମକରେ ଆସିବାକୁ ହେବ– ଆଜି ଥାଉ। ଶେଷରେ କଣ ଅନ୍ଧକାରରେ ଭୀଷଣ ବିଷଧର ଚନ୍ଦ୍ରବୋଡ଼ା କିମ୍ବା ଶଙ୍ଖଚୂଡ଼ ସାପ ମୁହଁରେ ପ୍ରାଣ ଦେବା ? ଏସବୁ ସ୍ଥାନରେ ତ ସେମାନଙ୍କର ଅଭାବ ନାହିଁ।

ଯୁଗଳପ୍ରସାଦକୁ କହିଲି– ଏ ଜଙ୍ଗଲରେ କିଛି ନୂତନ ଧରଣର ଗଛପତ୍ର ଲଗାଅ। ପାହାଡ଼ର ବଣ କେହି କେବେ କାଟିବେ ନାହିଁ। ଲବଟୁଲିୟା ତ ଗଲା– ସରସ୍ୱତୀ କୁଣ୍ଠିର ଆଶା ବି ଛାଡ଼।

ଯୁଗଳପ୍ରସାଦ କହିଲା– ଠିକ୍ କହିଛନ୍ତି ହଜୁର। କଥାଟା ମନକୁ ପାଇଲା। କିନ୍ତୁ ଆପଣ ତ ଆସିବେ ନାହିଁ, ମୋତେ ଏକା ସବୁ କରିବାକୁ ହେବ।

– ମୁଁ ମଝିରେ ମଝିରେ ଆସି ଦେଖି ଯାଉଥିବି। ତୁମେ ଲଗାଅ ନା ଆଗେ।

ମହାଲିଖାରୂପ ପାହାଡ଼ ତ ଖାଲି ଗୋଟାଏ ପାହାଡ଼ ନୁହେଁ, ଗୋଟାଏ ନାତିଦୀର୍ଘ ଅନୁଚ ପାହାଡ଼ ଶ୍ରେଣୀ, କେଉଁଠି ଦେଢ଼ ହଜାର ଫୁଟରୁ ଅଧିକ ଉଚ ନୁହେଁ– ହିମାଳୟର ପାଦ–ଶୈଲର ନିମ୍ନତର ଶାଖା, ଯଦିଚ ତରାଇ ପ୍ରଦେଶର ଜଙ୍ଗଲ ଓ ଅସଲ ହିମାଳୟ ଏଠାରୁ ଶହେ କି ଦେଢ଼ଶହ ମାଇଲ ଦୂରରେ। ମହାଲିଖାରୂପ ପାହାଡ଼ ଉପରେ ଠିଆ ହୋଇ ନିମ୍ନସ୍ଥ ସମତଳ ଭୂମି ଆଡ଼କୁ ଅନାଇଲେ ମନେ ହୁଏ ପ୍ରାଚୀନ ଯୁଗର ମହାସମୁଦ୍ର ଏକ ସମୟରେ ଏହି ବାଲୁକାମୟ ଉଚ ତଟଭୂମି ଉପରେ ଆସି କଚାଡ଼ି ହେଉଥିଲା, ଗୁହାବାସୀ ମାନବ ସେତେବେଳେ ଭବିଷ୍ୟତର ଗର୍ଭରେ ନିଦ୍ରିତ ଏବଂ ମହାଲିଖାରୂପ ପାହାଡ଼ ସେତେବେଳେ ସେହି ସୁପ୍ରାଚୀନ ମହାସାଗରର ବାଲୁକାମୟ ବେଲାଭୂମି।

ଯୁଗଳପ୍ରସାଦ ଅନ୍ତତଃ ଆଠ–ଦଶ ରକମର ନୂତନ ଗଛଲତା ଆଣି ଦେଖାଇଲା– ସମତଳ ଭୂମିର ବଣରେ ଏଗୁଡ଼ିକ ନାହିଁ– ପାହାଡ଼ର ଉପର ଅଂଶରେ ବଣର ପ୍ରକୃତି ଅନ୍ୟ ଧରଣର– ଅନେକ ଗଛପତ୍ର ମଧ ଅନ୍ୟ ପ୍ରକାରର।

ବେଲ ଗଡ଼ି ଯିବାକୁ ବସିଲା। ବଣଫୁଲର କି ରକମ ଗୋଟାଏ ଗନ୍ଧ ଆସି ନାକରେ ବାଜୁଥିଲା– ବେଲ ବଢ଼ିବା ସଙ୍ଗେ ସଙ୍ଗେ ଗନ୍ଧଟା ଯେମିତି ନିବିଡ଼ତର ହୋଇଗଲା। ଗଛର ଡାଲରେ କପୋତ, ପାହାଡ଼ୀ ବଣତିଆ, ହରଟିଟ ପ୍ରଭୃତି କେତେ ପ୍ରକାର ପକ୍ଷୀର କୂଜନ !

ବାଘର ଭୟ ହେତୁ ସଙ୍ଗୀମାନେ ପାହାଡ଼ରୁ ଓହ୍ଲାଇବା ସକାଶେ ବ୍ୟସ୍ତ ହୋଇ ପଡ଼ିଲେ, ନତୁବା ଏହି ଆସନ୍ନ ସନ୍ଧ୍ୟାର ନିବିଡ଼ ଛାୟାରେ ନିର୍ଜନ ଶୈଲସାନୁର ବଣଭୂମିରେ ଯେଉଁ ଶୋଭା ଫୁଟିଛି, ତାହା ଛାଡ଼ି ଆସିବାକୁ ଇଚ୍ଛା ହୁଏ ନାହିଁ।

ମୁନେଶ୍ୱର ସିଂ କହିଲା– ହଜୁର, ମୋହନପୁରା ଜଙ୍ଗଲ ଠାରୁ ବି ଏଠାରେ

ବାଘର ଭୟ ବେଶୀ। ଏଠାକୁ ଯେଉଁମାନେ ଜାଳକାଠ ନେବାକୁ ଆସନ୍ତି, ବେଳ ଗଡ଼ିବା ଆଗରୁ ସମସ୍ତେ ତଳକୁ ଓହ୍ଲାଇ ଯାଆନ୍ତି। ତା ଛଡ଼ା ଦଳ ନ ବାନ୍ଧି ଏକା କେହି ଏ ପାହାଡ଼କୁ ଆସନ୍ତି ନାହିଁ। ବାଘ ଅଛନ୍ତି, ଶଙ୍ଖଚୂଡ଼ ସାପ ଅଛନ୍ତି- ଦେଖୁ ନାହାନ୍ତି ପାହାଡ଼ ସାରା କି ଅଝାଡ଼ ଜଙ୍ଗଲ।

ଅଗତ୍ୟା ଆମେ ଓହ୍ଲାଇବାକୁ ଲାଗିଲୁ। ପାହାଡ଼ୀ ଜଙ୍ଗଲରେ ବଡ଼ ବଡ଼ କେଳିକଦମ୍ବ ପତ୍ରର ଅନ୍ତରାଳରେ ଶୁକ୍ର ଓ ବୃହସ୍ପତି ନକ୍ଷତ୍ର ଉଦ୍‌ଭାସିତ।

୬

ଦିନେ ଦେଖିଲି ଏହିପରି ଏକ ନୂତନ ଗୃହସ୍ତର ମେଳାରେ ବସି ସ୍କୁଲମାଷ୍ଟର ଗନୋରୀ ତେଓ୍ୱାରୀ ଶାଲ ପତ୍ର ଉପରେ ପେଣ୍ଡୁଲାଏ ଛତୁ ଚକଟି ଖାଉଛି।

– ହଜୁର ଯେ! ଭଲ ଅଛନ୍ତି?

– ହଁ, ଭଲ ଅଛି। ତୁମେ କେବ ଆସିଲ? ଏତେ ଦିନ ଯାଏ କେଉଁଠି ଥିଲ? ଏମାନେ ତୁମର କେହି ହୁଅନ୍ତି ନା କଣ?

– କେହି ନୁହନ୍ତି। ଏହି ବାଟେ ଯାଉଥିଲି, ବେଳ ହୋଇଗଲା, ବ୍ରାହ୍ମଣ ଲୋକ, ଏମାନଙ୍କର ଏଠାରେ ଅତିଥ୍ ହେଲି। ତେଣୁ ମୁଠାଏ ଖାଉଛି। ଜଣାଶୁଣା ନ ଥିଲା, ତେବେ ଆଜି ହେଲା।

ଗୃହକର୍ତ୍ତା ଆଗେଇ ଆସି ମୋତେ ନମସ୍କାର କରି କହିଲା- ଆସନ୍ତୁ, ହଜୁର, ଉପରକୁ ଆସି ବସନ୍ତୁ।

– ନା, ବସିବି ନାହିଁ। ଏମିତି ଭଲ ଅଛି। କେତେ ଦିନ ହେଲା ଜମି ନେଇଛ?

– ଦୁଇ ମାସ ହେଲା, ହଜୁର। ଏଯାଏ ବି ଜମି ଚାଷ କରିପାରି ନାହିଁ। ଗୋଟିଏ ଛୋଟ ଝିଅ ଆସି ଗନୋରୀ ତେଓ୍ୱାରୀକୁ କେତୋଟି କଣ୍ଠାଲଙ୍କା ଦେଇଗଲା। ସେ ବିରି ଛତୁ, ଲୁଣ ଓ ଲଙ୍କା ଖାଉଥାଏ। ଛତୁର ସେହି ବିରାଟ ଟେଲାଟା ଶୀର୍ଷ ଗନୋରୀ ତେଓ୍ୱାରୀର ପେଟରେ କେଉଁଠି ଧରିବ, ବୁଝିବା କଠିନ। ଗନୋରୀ ନିପଟଣ ବାରବୁଲା। ସେ କେଉଁଠି ଖାଇ ବସିଥାଏ, ସେହି ମେଳାର ଏକ ପାଖରେ ଗୋଟିଏ ମଇଲା କନାର ପୁଟୁଲି ଓ ଗୋଟିଏ ଗେଲାପ, ଅର୍ଥାତ୍ ପତଲା ରେଜେଇ ଦେଖି ବୁଝିପାରିଲି ତାହା ଗନୋରୀର – ଏବଂ ତାହା ହିଁ ତାହାର ସମଗ୍ର ଜାଗତିକ ସମ୍ପତ୍ତି। ଗନୋରୀକୁ କହିଲି- ବ୍ୟସ୍ତ ଅଛି ଏଖଣି, ଆର ଓଳି ତୁମେ କଚେରୀକୁ ଯିବ।

ଦି'ପହରେ ଗନୋରୀ କଚେରୀକୁ ଆସିଲା।

ପଚାରିଲି– କେଉଁଠି ଥିଲା ଗନୋରୀ ?

– ବାବୁଜୀ, ମୁଙ୍ଗେର ଜିଲାର ଗାଉଁଲି ଅଞ୍ଚଳରେ । ବହୁତ ପଡ଼ାଗାଁରେ ଘୂରିଛି ।

– ବୁଲି କଣ କରୁଥିଲା ?

– ପାଠଶାଳା ଖୋଲୁଥିଲି । ପିଲାଙ୍କୁ ପଢ଼ାଉଥିଲି ।

– କୌଣସି ପାଠଶାଳା କଣ ରହିଲା ନାହିଁ ?

– ଦୁଇ–ତିନି ମାସରୁ ବେଶୀ ନୁହେଁ, ହଜୁର । ପିଲାଏ ଦରମା ଦିଅନ୍ତି ନାହିଁ ।

– ବିଭା–ଫିଭା ହୋଇଛି ? ବୟସ କେତେ ହେଲା ?

– ନିଜର ପେଟ ତ ଚଲୁ ନାହିଁ ହଜୁର, ବିଭା ହେବି କଣ ? ବୟସ ଚଉତିରିଶ–ପଇଁତିରିଶ ହେବ ।

ଗନୋରୀ ପରି ଏତେ ଦରିଦ୍ର ଲୋକ ଏ ଅଞ୍ଚଳରେ ବେଶୀ ଦେଖା ଯାଆନ୍ତି ନାହିଁ । ମନେ ପଡ଼ିଲା, ପ୍ରଥମେ ଯେବେ ମୁଁ ଏଠାକୁ ଆସିଲି, ଗନୋରୀ ଥରେ ବିନା ନିମନ୍ତ୍ରଣରେ ଭାତ ଖାଇବାକୁ ମୋ କଚେରୀକୁ ଆସିଥିଲା । ବର୍ତ୍ତମାନ ବୋଧହୁଏ କେତେ ଦିନ ହେଲା ସେ ଭାତ ଖାଇବାକୁ ପାଇନଥିବ । ଗାଞ୍ଜୋତ, ଘରେ ଅତିଥି ହୋଇ ବିରିଛତୁ ଖାଇ ସେ ଦିନ କଟାଉଛି ।

କହିଲି–ଗନୋରୀ, ଆଜି ରାତିରେ ଆମ ଏଠାରେ ଖାଇବ । କଣ୍ଢୁ ମିଶିରି ରାନ୍ଧୁଛି, ତା ହାତରୁ ଖାଇବାରେ ତୁମର ତ କିଛି ଆପଉି ନାହିଁ ।

ଗନୋରୀ ଭାରି ଖୁସି ହେଲା । ହସି ହସି କହିଲା– କଣ୍ଢୁ ଆମରି ବ୍ରାହ୍ମଣ, ତା ହାତରୁ ଆଗେ ତ ଖାଇଛି– ଏବେ ଆପଉି କଣ ?

ତାପରେ କହିଲା– ହଜୁର, ବିଭାଘର କଥା ଯେତେବେଳେ ଉଠାଇଲେ ମୁଁ କିଛି କହୁଛି । ଆରବର୍ଷ ଶ୍ରାବଣ ମାସରେ ଗୋଟିଏ ଗାଁରେ ପାଠଶାଳା ଖୋଲିଥିଲି । ସେ ଗାଁରେ ଆମ ବ୍ରାହ୍ମଣ ଘରେ ମାତ୍ର ଥିଲା । ତାରି ଘରେ ରହୁଥିଲି । ତାହାର ଝିଅ ସାଙ୍ଗରେ ମୋର ବିଭାଘର କଥା ସବୁ ଠିକ୍‌ଠାକ୍‌, ଏମିତି କି ମୁଁ ମୁଙ୍ଗେରୁ ଗୋଟିଏ ଭଲ ମେରଜାଇ କିଣି ଆଣିଲି– ତା ପରେ ଗାଁର ଲୋକେ ଭାଙ୍ଗି ଦେଲେ– କହିଲେ– ସେ ଗରିବ ସ୍କୁଲ ମାଷ୍ଟରଟାଏ, ତାହାର ଘର ନାହିଁ କି ଦୁଆର ନାହିଁ, ତାକୁ ଝିଅ ଦିଅ ନାହିଁ । ତେଣୁ ସେ ବିଭାଘର ଭାଙ୍ଗିଗଲା । ମୁଁ ମଧ ସେ ଗାଁ ଛାଡ଼ି ଚାଲି ଆସିଲି ।

– ଝିଅଟିକୁ ଦେଖିଥିଲ ? ଦେଖିବାକୁ ଭଲ ?

– ଦେଖି ନାହିଁ ? ଚମକ୍ଵାର ଝିଅ, ହଜୁର । ତାକୁ ବା ମୋତେ ଦେବେ କାହିଁକି ? ସତ କଥା, ମୋର କଣ ଅଛି କୁହନ୍ତୁ ତ ?

ଦେଖିଲି, ବିବାହ ଫସରଫାଟି ଯିବାରୁ ଗନୋରୀ ଅତ୍ୟନ୍ତ ଦୁଃଖିତ ହୋଇଛି,

ଝିଅଟି ତାହାର ମନଲାଖି ହୋଇଥିଲା ।

ତାପରେ ସେ ଅନେକ ସମୟ ବସି ଗପ କଲା । ତାହାରକଥା ଶୁଣି ମନେ ହେଲା, ଜୀବନ ତାକୁ କୌଣସି ଜିନିଷ ଦେଇ ନାହିଁ– ପେଟକୁ ଗଣ୍ଡାଏ ଖାଇବା ପାଇଁ ସେ ଗାଁ ଗାଁ ଘୁରି ବୁଲିଛି, ତାହା ବି ଯୋଗାଡ଼ କରିପାରି ନାହିଁ । ଗାଙ୍ଗୋତାମାନଙ୍କ ଦୁଆରେ ଦୁଆରେ ବୁଲି ତାହାର ଅଧେ ଜୀବନ କଟାଇଦେଲା ।

କହିଲା– ତେଣୁ ଅନେକ ଦିନ ପରେ ଲବଟୁଲିୟାକୁ ଆସିଲି । ଶୁଣିଲି ଏଠାରେ ଅନେକ ନୂଆ ବସ୍ତି ହୋଇଛି । ଆଗର ସେ ଜଙ୍ଗଲ ମାହାଲ ଆଉ ନାହିଁ । ଯଦି ଏଠାରେ ଗୋଟିଏ ପାଠଶାଳା ଖୋଲି ପାରନ୍ତି– ତେଣୁ ଆସିଲି । ଚଳିବ ନାହିଁ, କଣ କହୁଛନ୍ତି ହଜୁର ?

ସେତେବେଳ ମନେ ମନେ ଭାବିଲି, ଏଠାରେ ଗୋଟାଏ ପାଠଶାଳା ଖୋଲିଦେଇ ଗନୋରୀକୁ ରଖାଇ ଦେବି । ମୋ ମାହାଲରେ ଏତେଗୁଡ଼ିଏ ନବ ଆଗନ୍ତୁକ ଛୋଟ ଛୋଟ ପୁଅ ଝିଅ, ସେମାନଙ୍କ ଶିକ୍ଷାର ଗୋଟାଏ ବ୍ୟବସ୍ଥା କରିବା ମୋର କର୍ତ୍ତବ୍ୟ । ଦେଖୌଁ, କଣ କରାଯାଇପାରେ ।

୩

ଅପୂର୍ବ ଜ୍ୟୋସ୍ନା ରାତି । ଯୁଗଲ ପ୍ରସାଦ ଓ ରାଜୁ ପାଣ୍ଡେ ଗପ କରିବାକୁ ଆସିଲେ । କଚେରୀଠୁଁ କିଛି ଦୂରରେ ଗୋଟିଏ ଛୋଟ ବସ୍ତି ବସିଛି । ସେଠାର ଜଣେ ଲୋକ ବି ଆସିଲା । ଆଜିକି ମାତ୍ର ଚାରିଦିନ ହେଲା ସେମାନେ ଛାପ୍ରା ଜିଲାରୁ ଆସି ଏଠାରେ ବାସ କରୁଛନ୍ତି ।

ଲୋକଟି ତା ଜୀବନର ଇତିହାସ କହୁଥିଲା । ସ୍ତ୍ରୀ-ପୁତ୍ର ଧରି କେତେ ଜାଗା ବୁଲିଛି, କେତେ ଚରରେ ଜଙ୍ଗଲରେ ବଣ କାଟି କେତେ ଥର ଘର ବାନ୍ଧିଛି । କେଉଁଠ ତିନିବର୍ଷ, କେଉଁଠ ପାଞ୍ଚବର୍ଷ, କୋଶୀ ନଦୀ କୂଳରେ ଗୋଟାଏ ଜାଗାରେ ଦଶବର୍ଷ ଥିଲା । କେଉଁଠ ସେ ଉନ୍ନତି କରିପାରି ନାହିଁ । ଏଥର ଉନ୍ନତି କରିବାକୁ ସେ ଲବଟୁଲିୟା ବଇହାରକୁ ଆସିଛି ।

ଏହି ସବୁ ଯାୟାବର ଗୃହସ୍ଥ-ଜୀବନ ବଡ଼ ବିଚିତ୍ର । ଏମାନଙ୍କ ସାଙ୍ଗରେ କଥା ହୋଇ ଦେଖିଛି, ଏମାନଙ୍କର ଜୀବନ ସମ୍ପୂର୍ଣ୍ଣ ବନ୍ଧନ-ମୁକ୍ତ ଓ ବ୍ରାତ୍ୟ– ସମାଜ ନାହିଁ, ସଂସ୍କାର ନାହିଁ, ଭିତର ମାୟା ନାହିଁ, ନୀଲ ଆକାଶ ତଳେ ସଂସାର ରଚନା କରି ଏମାନେ ବଣରେ ଶୈଲ, ଶ୍ରେଣୀର ମଧ୍ୟସ୍ଥ ଉପତ୍ୟକାରେ ଓ ବଡ଼ ନଦୀର ନିର୍ଜନ

ଚରରେ ବାସ କରନ୍ତି । ଆଜି ଏଠାରେ ତ କାଲି ସେଠାରେ ।

ଏମାନଙ୍କର ପ୍ରେମ-ବିରହ, ଜୀବନ-ମୃତ୍ୟୁ ସବୁ ହିଁ ମୋ ପକ୍ଷରେ ନୂତନ ଓ ଅଦ୍ଭୁତ । କିନ୍ତୁ ସବୁଠାରୁ ବେଶୀ ଅଦ୍ଭୁତ ଲାଗିଲା ବର୍ତ୍ତମାନ ଏହି ଲୋକଟିର ଉନ୍ନତିର ଆଶା ଦେଖି ।

ଏହି ଲବଟୁଲିୟା ଜଙ୍ଗଲରେ ସାମାନ୍ୟ ପାଞ୍ଚ କି ଦଶ ବିଘା ଜମିରେ ଗହମ ଚାଷ କରି ସେ କିପରି ଭାବରେ ଉନ୍ନତିର ଆଶା କରୁଛି, ତାହା ବୁଝିବା କଠିନ ।

ଲୋକଟିର ବୟସ ପଚାଶ ଟପି ଗଲାଣି । ନାମ ବଳଭଦ୍ର ସେଙ୍ଗାଇ, ଜାତିରେ ଚଷା କଲୋୟାର, ଅର୍ଥାତ୍ କଲୁ । ଏହି ବୟସରେ ବି ସେ ଏକ୍ଷଣି ଜୀବନରେ ଉନ୍ନତି କରିବାକୁ ଆଶା କରୁଛି ।

ମୁଁ ପଚାରିଲି -ବଳଭଦ୍ର, ୟା ଆଗରୁ କେଉଁଠି ଥିଲ ?

- ହଜୁର, ମୁଙ୍ଗେର ଜିଲାର ଗୋଟାଏ ଦିଆଡ଼ାର ଚରରେ । ଦୁଇବର୍ଷ ସେଠାରେ ଥିଲି- ତାପରେ ମରୁଡ଼ି ହୋଇ ମକା ଫସଲ ନଷ୍ଟ ହୋଇଗଲା । ଦେଖିଲି ସେ ଜାଗାରେ ଉନ୍ନତି ହେବାର ଆଶା ନାହିଁ । ହଜୁର, ସଂସାରରେ ସମସ୍ତେ ଉନ୍ନତି କରିବା ପାଇଁ ଚେଷ୍ଟା କରୁଛନ୍ତି । ଏଥର ଦେଖେ ହଜୁରଙ୍କ ଆଶ୍ରୟରେ-

ରାଜୁ ପାଣ୍ଡେ କହିଲା- ମୋର ଯେତେବେଳେ ଛଅଟା ମଇଁଷି ଥିଲେ ପ୍ରଥମେ ଏଠାକୁ ଆସିଲି- ଏକ୍ଷଣି ଦଶଟା ହେଲାଣି । ଲବଟୁଲିୟା ଉନ୍ନତିର ଜାଗା-

ବଳଭଦ୍ର କହିଲା- ପାଣ୍ଡେଜୀ, ମୋତେ ଯୋଡ଼ାଏ ମଇଁଷି କିଣି ଦିଅ । ଏଥର ଫସଲ ହେଉ, ସେହି ଟଙ୍କାରେ ମଇଁଷି କିଣିବାକୁ ହେବ- ଏହା ନ କଲେ ଉନ୍ନତି ଅସମ୍ଭବ ।

ଗନୋରୀ ଏମାନଙ୍କ କଥା ଶୁଣୁଥିଲା । ସେ ମଧ୍ୟ କହିଲା- ଠିକ୍ କଥା । ମୋର ବି ଇଚ୍ଛା ଅଛି ଗୋଟାଏ ଦୁଇଟା ମଇଁଷି କିଣିବି । କେଉଁଠି ଟିକିଏ ବସ ପାରିଲେ-

ମହାଲିଖାରୂପ ପାହାଡ଼ର ଗଛପତ୍ର ଏବଂ ତା ପଛରେ ଧନ୍‌ଝରି ଶୈଳମାଳା ଜ୍ୟୋତ୍ସ୍ନା ଆଲୋକରେ ଅସ୍ପଷ୍ଟ ଦିଶୁଛି । ଶୀତ ଟିକିଏ ପଡ଼ିଛି ବୋଲି ଆମ ସାମନାରେ ଗୋଟାଏ ଛୋଟ ଅଗ୍ନିକୁଣ୍ଡ କରା ହୋଇଛି- ଗୋଟାଏ ପଟେ ରାଜୁ ପାଣ୍ଡେ ଓ ଯୁଗଲପ୍ରସାଦ, ଅନ୍ୟ ପଟେ ବଳଭଦ୍ର ଓ ତିନି-ଚାରି ଜଣ ନବାଗତ ପ୍ରଜା ।

ଏମାନଙ୍କ ବୈଷୟିକ ଉନ୍ନତିର କଥା ମୋତେ ଭାରି ଅଦ୍ଭୁତ ମାଲୁମ ହେଉଥିଲା । ଉନ୍ନତି ସମ୍ବନ୍ଧରେ ଏମାନଙ୍କର ଧାରଣା ଅଭାବନୀୟ ଧରଣର ଉଚ୍ଚ ନୁହେଁ- ଛଅଟି ମଇଁଷି ସ୍ଥାନରେ ଦଶଟି ମଇଁଷି, ନ ହେଲେ ବାରଟି ମଇଁଷି- ଏହି ସୁଦୂର ଦୁର୍ଗମ ଅରଣ୍ୟ ଓ ଶୈଳମାଳା ବେଷ୍ଟିତ ବନ୍ୟ ଦେଶରେ ବି ମଣିଷର ମନର ଆଶା-

ଆକାଂକ୍ଷା କେମିତି, ତାହା ଜାଣିବାର ସୁଯୋଗ ପାଇ ଆଜିର ଜ୍ୟୋସ୍ନା ରାତିଟା ମୋ ନିକଟରେ ଅପୂର୍ବ ରହସ୍ୟମୟ ବୋଧ ହେଲା। ଖାଲି ଜ୍ୟୋସ୍ନା-ରାତି କାହିଁକି, ସେହି ମହାଲିଖୋରୂପ ପାହାଡ଼, ଦୂରରେ ସେହି ଧନ୍ଝରି ଶୈଳମାଳା, ସେହି ପାହାଡ଼ ଉପରେ ଘନ ବନ ଶ୍ରେଣୀ।

କେବଳ ଯୁଗଳପ୍ରସାଦ ଏସବୁ ବୈଷୟିକ କଥାବାର୍ତ୍ତାରେ ନଥାଏ। ସେ ଆଉ ଏକ ଧରଣର ବ୍ରାତ୍ୟ ମନ ଘେନି ପୃଥିବୀକୁ ଆସିଛି- ଜମି-ଜମା, ଗୋରୁ-ମଇଁଷି କଥା ଆଲୋଚନା କରିବାକୁ ତାକୁ ଭଲ ଲାଗେ ନାହିଁ, ସେଥିରେ ବି ସେ ଯୋଗ ଦିଏ ନାହିଁ।

ସେ କହିଲା- ସରସ୍ବତୀ କୁଣ୍ଠୀର ପୂର୍ବ ତଟ ଜଙ୍ଗଲରେ ଯେତେଗୁଡ଼ିଏ ହଂସଲତା ଲଗାଇଥିଲି, ସବୁଗୁଡ଼ିକ କେମିତି ଝଙ୍କାଳିଆ ହୋଇ ଗଲାଣି ଦେଖିଛନ୍ତି, ବାବୁଜୀ ? ଏଥର ପାଣି କଡ଼ରେ ସ୍ୱାଇଦର-ଲିଲିର ବାହାର ବି ଖୁବ୍ ଚମତ୍କାର। ଚାଲନ୍ତୁ, ଜ୍ୟୋସ୍ନା ରାତିରେ ବୁଲିବାକୁ ଯିବେ ?

ଦୁଃଖ ହୁଏ- ଯୁଗଳପ୍ରସାଦର ଏତେ କାମନାର ସରସ୍ବତୀ କୁଣ୍ଠୀର ବଣ ଭୂମି- କେତେ ଦିନ ବା ରଖିପାରିବି ? ହଂସଲତା ଓ ବନ୍ୟ-ଶେଫାଲୀ-ବଣ କୁଆଡ଼େ ଅପସୃତ ହୋଇଯିବ। ତା ସ୍ଥାନରେ ଦେଖାଦେବ ଉପରକୁ ଉଠିଥିବା ମକା ଓ ଜନାର ଖେତ ଏବଂ ଧାଡ଼ି ଧାଡ଼ି ଖରଲି ଘର, ଚାଲକୁ ଚାଲ ବାଜୁଛି, ସାମନାରେ ଖଟିଆ ପଡ଼ିଛି। କାଦୁଅ ପଚପଚ ଅଗଣାରେ ଗୋରୁ-ମଇଁଷି କୁଣ୍ଠା-ତୋରାଣି ଖାଉଛନ୍ତି।

ଏତିକିବେଳେ ମଟୁକନାଥ ପଣ୍ଡିତ ହାଜର ହୋଇଗଲା। ଆଜିକାଲି ମଟୁକନାଥର ଟୋଲରେ ପ୍ରାୟ ପନ୍ଦର ଜଣ ଛାତ୍ର କଳାପ ଓ ମୁଗ୍ଧବୋଧ ପଢ଼ୁଛନ୍ତି। ତାହାର ଅବସ୍ଥା ଏବେ ଟିକିଏ ଫେରିଛି। ଗତ ଫସଲ ବେଳେ ସେ ଯଜମାନଙ୍କ ଘରୁ ଏତେ ଗହମ ଓ ମକା ପାଇଛି ଯେ, ଟୋଲର ଅଗଣାରେ ତାକୁ ଗୋଟାଏ ଛୋଟ ଗୋଲା ବସାଇବାକୁ ହୋଇଛି।

ଅଧ୍ୟବସାୟୀ ଲୋକର ଯେ ନିଶ୍ଚୟ ଉନ୍ନତି ହେବ- ମଟୁକନାଥ ପଣ୍ଡିତ ତାହାର ଅକାଟ୍ୟ ପ୍ରମାଣ।

ଉନ୍ନତି !- ଫେର ସେହି ଉନ୍ନତିର କଥା ଆସି ପଡ଼ିଲା।

କିନ୍ତୁ ଉନ୍ନତିର କଥା ନ ପଡ଼ି ଉପାୟ ନାହିଁ। ଆଖି ଆଗରେ ଦେଖି ପାରୁଛି ମଟୁକନାଥ ଉନ୍ନତି କରିଛି ବୋଲି ଆଜିକାଲି ତାହାର ଖୁବ୍ ମାନ ସମ୍ମାନ- ମୋ କଚେରୀର ଯେଉଁ ସିପାହୀ ଓ ଅମଲାମାନେ ମଟୁକନାଥକୁ ପାଗଲ ବୋଲି ଉପେକ୍ଷା କରୁଥିଲେ- ମୁଁ ଲକ୍ଷ୍ୟ କରୁଛି ଗୋଲା ବସାଇବା ଦିନ ଠାରୁ ସେମାନେ ମଟୁକନାଥକୁ

ମାନ ଖାତିର କରି ଚାଲିଛନ୍ତି । ତହିଁ ସଙ୍ଗେ ସଙ୍ଗେ ଟୋଲର ଛାତ୍ର ସଂଖ୍ୟା ମଧ୍ୟ ବଢ଼ି ଚାଲିଛି । ଅଥଚ ଯୁଗଳପ୍ରସାଦ ବା ଗନୋରୀ ତେଓୱାରୀକୁ କେହି ହେଲେ ପଚାରୁ ନାହିଁ । ରାଜୁ ପାଣ୍ଡେ ବି ନବାଗତ ପ୍ରଜାମାନଙ୍କ ଭିତରେ ଖୁବ୍ ଖାତିର ପ୍ରସାର କଲ୍ୟାଣି-ଜଡ଼ି ବୁଟିର ପୁଟୁଲି ହାତରେ ଧରି ତାକୁ ଗୃହସ୍ଥ ଘରର ପୁଅଝିଅଙ୍କ ନାଡ଼ି ପରୀକ୍ଷା କରି ବୁଲିବାର ପ୍ରାୟ ଦେଖାଯାଏ । ତେବେ ରାଜୁ ପାଣ୍ଡେର ପଇସା ଉପରେ ସେତେ ନଜର ନାହିଁ, ଖାତିର ପାଇବା ଓ ଗପ କରିବାରେ ହିଁ ସେ ସନ୍ତୁଷ୍ଟ ।

୪

ତିନି-ଚାରି ମାସ ଭିତରେ ମହାଲିଖାରୂପ ପାହାଡ଼ର କୋଲରୁ ଲବଟୁଲିୟା ଓ ନାଢ଼ ବଇହାରର ଉତ୍ତର ସୀମା ପର୍ଯ୍ୟନ୍ତ ପ୍ରଜାସବୁ ବସିଗଲେ । ଆଗରୁ ଜମି ପଟ୍ଟା ଦିଆଯାଇ ଚାଷ ଆରମ୍ଭ ହୋଇଥିଲା ସତ, କିନ୍ତୁ ଲୋକବସତି ଏତେ ହୋଇନଥିଲା-ଏ ବର୍ଷ ଲୋକମାନେ ଦଳ ଦଳ ହୋଇ ଆସି ରାତାରାତି ଗ୍ରାମ ବସାଇବାକୁ ଲାଗିଲେ ।

କେତେ ଧରଣର ପରିବାର । ଶୀର୍ଷ ତଟୁ ଘୋଡ଼ାର ପିଠିରେ ବିଛଣାପତ୍ର, ବାସନକୁଶନ, ପିତଳ ମାଠିଆ, କାଠ ବିଡ଼ା, ଗୃହଦେବତା, ଉଠା ଚୁଲି ବୋଝାଇ କରି ଗୋଟିଏ ପରିବାରକୁ ଆସିବାର ଦେଖାଗଲା । ମଇଁଷି ପିଠିରେ ଛୋଟ ଛୋଟ ପିଲାଛୁଆ, ହାଣ୍ଡିକୁଣ୍ଡି, ଭଙ୍ଗା ଲଣ୍ଠଣ, ଏପରି କି ଖଟିଆ ସୁଦ୍ଧା ଲଦି ଆଉ ଏକ ପରିବାର ଆସିଲା । କୌଣସି କୌଣସି ପରିବାରର ସ୍ୱାମୀ-ସ୍ତ୍ରୀ ଦୁହେଁ ମିଳି ଜିନିଷପତ୍ର ଓ ଶିଶୁମାନଙ୍କୁ ବାହୁଙ୍ଗୀର ଦୁଇ ମୁଣ୍ଡରେ ବସାଇ ବହୁ ଦୂରକୁ ଚାଲିକରି ଆସୁଛନ୍ତି ।

ଏମାନଙ୍କ ଭିତରେ ସଦାଚାରୀ, ଗର୍ବିତ ମୈଥିଳୀ ବ୍ରାହ୍ମଣ ଠାରୁ ଆରମ୍ଭ କରି ଗାଙ୍ଗୋତ ଓ ଦୋସାଦ ପର୍ଯ୍ୟନ୍ତ ସମାଜର ସବୁ ଶ୍ରେଣୀର ଲୋକ ଅଛନ୍ତି । ଯୁଗଳପ୍ରସାଦ ମୋହରୀରକୁ ପଚାରିଲି- ଏମାନେ କଣ ଏତେ ଦିନ ଗୃହହୀନ ଅବସ୍ଥାରେ ଥିଲେ ? ଏତେ ଲୋକ କେଉଁଠୁ ଆସୁଛନ୍ତି ?

ଯୁଗଳପ୍ରସାଦର ମନ ଭଲ ନ ଥିଲା । କହିଲା- ଏ ଦେଶର ଲୋକେ ଏହି ଧରଣର । ଶୁଣିଲେ ଏଠାରେ ଜମି ଶସ୍ତାରେ ପଟ୍ଟା ଦିଆ ହେଉଛି, ତେଣୁ ଦଳ ଦଳ ହୋଇ ଆସୁଛନ୍ତି । ସୁବିଧା ବୁଝି ରହିବେ, ନ ହେଲେ ପୁଣି ଡେରା ଉଠାଇ ଅନ୍ୟ ଜାଗାକୁ ଚାଲିଯିବେ ।

- ଏମାନଙ୍କ ନିକଟରେ ପିତୃପିତାମହଙ୍କ ଭିଟା ମାଟି ପ୍ରତି କଣ କୌଣସି

ମାୟା ମମତା ନାହିଁ ?

- ମୋଟେ ନା, ବାବୁଜୀ ! ଏମାନଙ୍କର ଉପଜୀବିକା ହେଲା ନୂତନ ବାହାରିଥିବା ଚର ବା ଜଙ୍ଗଲ ମାହାଲ ପଟା ନେଇ ଚାଷବାସ କରିବା। ବାସ କରିବାଟା ଆନୁସଙ୍ଗିକ। ଯେତେ ଦିନ ଫସଲ ଭଲହେବ, ଖଜଣା କମ ରହିଥିବ, ସେତେ ଦିନ ସେମାନେ ଏଠାରେ ରହିଥିବେ।

- ତାପରେ ?

- ତାପରେ ଖୋଜ କରିବେ ଆଉ କେଉଁଠି ନୂତନ ଚର ବା ଜଙ୍ଗଲ ପଟା ଦିଆ ଯାଉଛି, ସେଠାକୁ ଚାଲିଯିବେ। ଏମାନଙ୍କର ବ୍ୟବସାୟ ଏୟା।

୫

ସେ ଦିନ ଗ୍ରାଣ୍ଡ ସାହେବଙ୍କ ବରଗଛ ତଳେ ଜମି ମାପ ଦେଖିବାକୁ ଯାଇଛି, ଆସରଫି ଟିଣ୍ଢେଲ ଜମି ମାପୁଥିଲା, ମୁଁ ଘୋଡ଼ା ଉପରେ ବସି ଦେଖୁଥିଲି, ଏହି ସମୟରେ କୁନ୍ତାକୁ ସେହି ବାଟରେ ଯିବାର ଦେଖିଲି।

ଅନେକ ଦିନ ହେଲା କୁନ୍ତାକୁ ଦେଖି ନାହିଁ। ଆସରଫିକୁ ପଚାରିଲି- କୁନ୍ତା ଆଜିକାଲି କେଉଁଠି ରହୁଛି କି, ତାକୁ ତ ଦେଖିବାକୁ ପାଉ ନାହିଁ ?

ଆସରଫି କହିଲା- ତା କଥା ଶୁଣି ନାହାନ୍ତି ବାବୁଜୀ ? ସେ ମଝିରେ ଅନେକ ଦିନ ହେଲା ଏଠାରେ ନଥିଲା।

- କାହିଁକି ?

- ରାସବିହାରୀ ସିଂ ତାକୁ ତା ଘରକୁ ନେଇ ଯାଇଥିଲା। କହିଲା, ତୁ ଆମ ଜାତି ଭାଇର ସ୍ତ୍ରୀ, ଆମ ଏଠାରେ ଆସି ରହ।

- ବେଶ୍।

- ସେଠାରେ କିଛି ଦିନ ରହିଲା ପରେ- ତାହାର ଚେହେରା ଦେଖିଛନ୍ତି ତ ବାବୁଜୀ, ଏତେ ଦୁଃଖ କଷ୍ଟରେ ବି ଏକ୍ଷଣି- ତାପରେ ରାସବିହାରୀ ସିଂ ତାକୁ କଣ ସବୁ କଥା କହିଲା- ଏପରି କି ତା ଉପରେ ଅତ୍ୟାଚାର କରିବାକୁ ବସିଲା- ତେଣୁ ଆଜିକି ମାସେ ଖଣ୍ଡେ ହେଲା ସେ ସେଠାରୁ ପଲାଇ ଆସି ଅନ୍ୟଠି ରହିଛି। ଶୁଣିଲି, ରାସବିହାରୀ ଛୁରୀ କାଢ଼ି ତାକୁ ଭୟ ଦେଖାଇଲା। କିନ୍ତୁ ସେ କହିଲା- ମାରି ପକାଅ ବାବୁଜୀ, ଜୀବନ ଦେବି ପଛେ, ଧରମ ନ ଦିଏଁ।

- କେଉଁଠି ରହୁଛି ?

– ଝ୍ଲୁଟୋଲାର ଗୋଟିଏ ଗାଙ୍ଗୋତା ଘରେ ଆଶ୍ରୟ ନେଇଛି । ତାଙ୍କ ଗୁହାଲ ଘରର କଡ଼ରେ ଖଣ୍ଡିଏ ଛୋଟ ଚାଲିଆ ଅଛି, ସେଠାରେ ରହିଛି ।

– ଚଲୁଛି କେମିତି ? ତାହାର ଦୁଇ-ତିନୋଟି ଛୁଆପିଲା ପରା !

– ଭିକ ମାଗେ, ବିଲରୁ ଫସଲ ସାଉଁଟି ଆଣେ । ବିରି ଗହମ କାଟେ । ବାବୁ, ବଡ଼ ଭଲ ମାଇପିଟିଏ କୁନ୍ତା । ବାଇଜୀର ଝିଅ ହେଲେ କଣ ହେବ, ଭଲ ଘରର ଝିଅ ପରି ତାହାର ଚାଲି-ଚଲଣ- କୌଣସି ଅସତ୍ କାମ ତା ଦେଇ ହେବ ନାହିଁ ।

ଜରିବ ଶେଷ ହେଲା । ବଲିୟା ଜିଲ୍ଲାର ଜଣେ ପ୍ରଜା ଏହି ଜମି ପଟା ନେଇଛି- କାଲି ଠାରୁ ସେ ଏଠାରେ ଘର ବାନ୍ଧିବ । ଗ୍ରାଣ୍ଟ ସାହେବଙ୍କ ବରଗଛର ମହିମା ବି ଧ୍ୱସ ହେଲା ।

ମହାଲିଖାରୂପ ପାହାଡ଼ ଉପରେ ଥିବା ବଡ଼ ବଡ଼ ଗଛପତ୍ରର ଅଗରେ ରୌଦ୍ର ରଙ୍ଗୀନ ହୋଇ ଆସିଲା । ଦଲେ ଦଲେ ସିଲ୍ଲୀ ସରସ୍ୱତୀ କୁଣ୍ଠୀ ଆଡ଼କୁ ଉଡ଼ି ଯାଉଛନ୍ତି । ସନ୍ଧ୍ୟା ହେବାକୁ ଆଉ ଡେରି ନାହିଁ ।

ଗୋଟିଏ କଥା ଭାବିଲି ।

ଯାହା ଜଣା ଯାଉଛି, ଏହି ବିଶାଳ ଲବଟୁଲିୟା ଓ ନାଢ଼ା ବଇହାରରେ ଆଉ କାଣିଚାଏ ହେଲେ ଜମି କେଉଁଠି ରହିବ ନାହିଁ । ଅପରିଚିତ ଲୋକ ଦଲ ଦଲ ହୋଇ ଆସି ଜମିନେବାକୁ ବସିଲେ- କିନ୍ତୁ ଏହି ଅରଣ୍ୟ ଭୂମିର କୋଲରେ ଯେଉଁମାନେ ଚିରଦିନ ମଣିଷ, ଅଥଚ ଯେଉଁମାନେ ନିଃସ୍ୱ, ହତଭାଗ୍ୟ- ଜମି ପଟା ନେବାକୁ ପଇସା ନାହିଁ ବୋଲି କଣ ସେମାନେ ବଞ୍ଚିତ ହେବେ ? ଯେଉଁମାନଙ୍କୁ ଭଲପାଏ, ସେମାନଙ୍କର ଅନ୍ତତଃ ଏତିକିବେଲେ ଉପକାର କରିବି ।

ଆସ୍ରଫିକୁ କହିଲି- ଆସରଫି, କାଲି ସକାଲେ କୁନ୍ତାକୁ କଚେରୀରେ ହାଜର କରିପାରିବ ? ତା ସାଙ୍ଗରେ ଟିକିଏ ଦରକାର ଅଛି ।

– ହଁ, ହଜୁର, ଯେତେବେଲେ କହିବେ ।

ପରଦିନ ସକାଲେ ନଅଟା ବେଲେ ଆସ୍ରଫି କୁନ୍ତାକୁ ଆଣି ମୋ ଅଫିସ- ଘର ସାମନାରେ ହଜାର କରାଇଲା ।

ପଚାରିଲି- କୁନ୍ତା, କେମିତି ଅଛୁ ?

ଦୁଇ ହାତ ଯୋଡ଼ି ମୋତେ ପ୍ରଣାମ କରି କୁନ୍ତା କହିଲା- ହଁ ହଜୁର, ଭଲ ଅଛି ।

– ତୁମ ପୁଅଝିଅ ସବୁ ?

– ହଜୁରଙ୍କ ଦୟାରୁ ଭଲ ଅଛନ୍ତି ।

- ବଡ଼ ପୁଅଟିକୁ କେତେ ବର୍ଷ ହେଲା ?

- ଏହି ଆଠ ବର୍ଷରେ ପଡ଼ିଲା, ହଜୁର ।

- ମଇଁଷି ଚରାଇ ପାରୁଛି ନା ?

- ଏଡ଼େ ଟିକିଏ ପିଲାକୁ କିଏ ମଇଁଷି ଚରାଇବାକୁ ଦେବ, ହଜୁର ?

ସତରେ ଏବେ ବି କୁନ୍ତା ବେଶ୍‌ ଦିଶୁଛି, ତା ମୁହଁରେ ଅସହାୟ ଜୀବନର ଦୁଃଖ କଷ୍ଟ ଯେମିତି ଛାପ ମାରି ଦେଇଯାଇଛି– ସାହସ ଓ ପବିତ୍ରତା ମଧ ସେହିପରି ଦୁର୍ଲ୍ଲଭ ଜୟ ଚିହ୍ନ ଆଙ୍କି ଦେଇଛି ।

ଏହି ସେହି କାଶୀର ବାଈଜୀର ଝିଅ, ପ୍ରେମ ବିହ୍ୱଳା କୁନ୍ତା ! ପ୍ରେମର ଉଜ୍ଜ୍ୱଳ ବର୍ତ୍ତିକା ଏବେ ସୁଦ୍ଧା ଏହି ଦୁଃଖିନୀ ରମଣୀର ହାତରେ ସଗୌରବରେ ଜଳୁଛି । ତେଣୁ ତାହାର ଏତେ ଦୁଃଖ-ଦୈନ୍ୟ, ଏତେ ହିନସ୍ତା, ଏତେ ଅପମାନ । ପ୍ରକୃତରେ କୁନ୍ତା ପ୍ରେମର ମାନ ରଖିଛି ।

ପଚାରିଲି– କୁନ୍ତା, ଜମି ନେବୁ ?

କୁନ୍ତା କଥାଟି ଠିକ୍‌ ଶୁଣିଛି କି ନା, ବୋଧହୁଏ ବୁଝି ପାରିଲା ନାହିଁ । ବିସ୍ମିତ ମୁଖରେ କହିଲା– ଜମି, ହଜୁର ?

- ହଁ, ଜମି । ନୂଆ ପଟାଦିଆ ଜମି ।

କୁନ୍ତା କିଛିକ୍ଷଣ କଣ ଭାବିଲା । ତାପରେ କହିଲା– ଆଗେ ତ ଆମର କେତେ ଜମିବାଡ଼ି ଥିଲା । ପ୍ରଥମେ ପ୍ରଥମେ ଆସି ଦେଖିଛି । ତାପରେ ଏକେ ଏକେ ସବୁ ଗଲା । ଏଷଣି ଆଉ କଣ ଦେଇ ଜମି ନେବି, ହଜୁର ?

- କାହିଁକି, ସଲାମୀ ଟଙ୍କା ଦେଇ ପାରିବୁ ନି ?

- କୁଆଡୁ ଦେବି ? ରାତି ହେଲେ ବିଲରୁ ଫସଲ ସାଉଁଟି ଆଣେ, କାଲେ ଦିନରେ କେହି ଦେଖିଲେ ଅପମାନ ଦେବ । ଟୋକେଇଏ ଅଧ ଟୋକେଇଏ ବିରି ପାଇଁ– ତାକୁ ପେଷି କରି ଛତୁ କରି ପିଲାଙ୍କୁ ଖୁଆଏ । ନିଜେ ସବୁ ଦିନେ ମୁଠାଏ ଖାଇବାକୁ ପାଏନା ।

କୁନ୍ତା କଥା ବନ୍ଦ କରି ଆଖି ନୁଆଁଇଲା । ତାହାର ଦୁଇଆଖିରୁ ଥପଥପ ହୋଇ ଲୁହ ଗଡ଼ିପଡ଼ିଲା ।

ଆସରଫି ଘୁଷୁରିଗଲା । ପିଲାଟିର ହୃଦୟ କୋମଳ, ଏଷଣି ବି ସେ ପରର ଦୁଃଖ ଆଦୌ ସହ୍ୟ କରି ପାରୁନାହିଁ ।

ମୁଁ କହିଲି– କୁନ୍ତା, ଆଛା ଧର ଯଦି ସଲାମୀ ନ ଲାଗେ ?

କୁନ୍ତା ଆଖି ଟେକି ଲୋତକ-ଭରା ବିସ୍ମିତ ଚକ୍ଷୁରେ ମୋ ମୁହଁ ଆଡ଼କୁ ଚାହିଁଲା ।

ଆସ୍ରଫ୍ ତୁରନ୍ତ ପାଖକୁ ଆସି କୁନ୍ତା ସାମନାରେ ହାତ ହଲାଇ କହିଲା—
ହଜୁର ତୋତେ ସେମିତି ଜମି ଦେବେ, ସେମିତି ଜମି ଦେବେ, ବୁଝି ପାରୁନୁ ବାଇଜୀ ?

ଆସ୍ରଫ୍‌କୁ କହିଲି— ତାକୁ ଜମି ଦେଲେ ସେ ଚାଷ କିପରି କରିବ, ଆସ୍ରଫ୍ ?

ଆସ୍ରଫ୍ କହିଲା— ସେ କିଛି ବେଶୀ କଠିନ କଥା ନୁହେଁ, ହଜୁର। ସମସ୍ତେ
ଦୟା କରି ତାକୁ ଗୋଟାଏ କି ଦୁଇଟା ହଳ ସାହାଯ୍ୟ କରିବେ। ଏତେ ଘର ଗାଁଠାତ
ପ୍ରଜା ଅଛନ୍ତି, ଘର ପିଛା ଗୋଟାଏ ଲେଖାଁଏ ହଳ ଦେଲେ ତାହାର ଜମି ଚାଷ
ହୋଇଯିବ। ମୁଁ ସେ ଭାର ନେବି, ହଜୁର।

– ଆଛା, କେତେ ବିଘା ଜମି ହେଲେ ତାହାର ହେବ, ଆସ୍ରଫ୍ ?

– ଦେଉଛନ୍ତି ଯେବେ ମେହେରବାନି କରି ହଜୁର, ତାହାହେଲେ ଦଶ ବିଘା
ଦିଅନ୍ତୁ।

କୁନ୍ତାକୁ ପଚାରିଲି— କୁନ୍ତା, କଣ କହୁଛୁ, ଯଦି ତୋତେ ବିନା ସଲାମୀରେ
ଦଶ-ବିଘା ଜମି ଦିଆଯାଏ, ତୁ ଠିକ୍ ଭାବରେ ଚାଷ କରି ଫସଲ ଆବାଦ କରି
କଚେରୀର ଖଜଣା ଦେଇ ପାରିବୁ ତ ? ଅବଶ୍ୟ ପ୍ରଥମ ଦି'ବର୍ଷ ତୋର ଖଜଣା ଛାଡ଼।
ତୃତୀୟ ବର୍ଷ ଠାରୁ ତୋତେ ଖଜଣା ଦେବାକୁ ପଡ଼ିବ।

କୁନ୍ତା ଯେମିତି ହତବୁଦ୍ଧି ହୋଇ ଯାଇଥିଲା। ଆମେ ତାକୁ ଠଟା କରୁଛୁ, କି
ସତ କଥା କହୁଛି— ତାହା ବୋଧହୁଏ ସେ ଏ ଯାଏ ଠିକ୍ ବୁଝିପାରି ନାହିଁ।

କେତେକ ପରିମାଣରେ ଦିଗହରା ହୋଇ ସେ କହିଲା— ଜମି ! ଦଶ ବିଘା
ଜମି !

ଆସ୍ରଫ୍ ମୋ ତରଫରୁ କହିଲା— ହଁ, ହଜୁର ତୋତେ ଦେଉଛନ୍ତି। ଏକ୍ଷଣି ଦି
ବର୍ଷ ଖଜଣା ଛାଡ଼। ତିସରା ସାଲଠୁଁ ଖଜଣା ଦେବୁ।

କୁନ୍ତା ଲଜ୍ଜା ଜଡ଼ିତ ମୁଖରେ ମୋ ଆଡ଼କୁ ଚାହିଁ କହିଲା— ହଜୁରଙ୍କ
ମେହେରବାନି। ତାପରେ ହଠାତ୍ ବିହ୍ୱଳ ହୋଇ କାନ୍ଦି ପକାଇଲା।

ମୋ ଇଙ୍ଗିତରେ ଆସ୍ରଫ୍ ତାକୁ ନେଇ ଚାଲି ଗଲା।

ସପ୍ତଦଶ ପରିଚ୍ଛେଦ

୧

ସନ୍ଧ୍ୟା ପରେ ଲବଟୁଲିୟାର ନୂତନ ବସ୍ତିଗୁଡ଼ିକର ରୂପ ଖୁବ୍ ସୁନ୍ଦର ଦିଶେ। କୁହୁଡ଼ି ହେଉଛି ବୋଲି ଜ୍ୟୋସ୍ନା ଟିକିଏ ଅସ୍ୱଷ୍ଟ, ବିସ୍ତୀର୍ଣ୍ଣ ପ୍ରାନ୍ତର ବ୍ୟାପୀ କୃଷି କ୍ଷେତ୍ର, ଦୂରରେ ଦୂରରେ ବିଭିନ୍ନ ବସ୍ତିରେ ଦୁଇଚାରୋଟି ଆଲୁଅ ଜଳୁଛି। ଆମ ମାହାଲକୁ କେତେ ଲୋକ, କେତେ ପରିବାର ଅନ୍ନର ସଂସ୍ଥାନ କରିବାକୁ ଆସିଛନ୍ତି- ବଣ କାଟି ଗ୍ରାମ ବସାଇଛନ୍ତି, ଚାଷ ଆରମ୍ଭ କରିଛନ୍ତି। ମୁଁ ସବୁ ବସ୍ତିର ନାମ ଜାଣି ନାହିଁ, କି ସମସ୍ତଙ୍କୁ ବି ଚିହ୍ନ ନାହିଁ। କୁୟାସାବୃତ ଜ୍ୟୋସ୍ନାଲୋକରେ ଏଠାରେ-ସେଠାରେ ଦୂରରେ- ନିକଟରେ ବିକ୍ଷିପ୍ତ ବସ୍ତିଗୁଡ଼ିକ କିପରି ରହସ୍ୟମୟ ଦେଖା ଯାଉଛି। ଯେଉଁ ଲୋକମାନେ ଏହି ସବୁ ବସ୍ତିରେ ବାସ କରନ୍ତି, ସେମାନଙ୍କର ଜୀବନ ବି ମୋ ନିକଟରେ ଏହି କୁୟାସାଚ୍ଛନ୍ନ ଜ୍ୟୋସ୍ନାମୟୀ ରାତ୍ରି ପରି ରହସ୍ୟାବୃତ। ଏମାନଙ୍କ ଭିତରୁ କାହା କାହା ସାଙ୍ଗରେ ଆଲାପ କରି ଦେଖିଛି- ଜୀବନ ସମ୍ବନ୍ଧରେ ଏମାନଙ୍କର ଦୃଷ୍ଟିଭଙ୍ଗୀ, ଏମାନଙ୍କର ଜୀବନ-ଯାତ୍ରା-ପ୍ରଣାଳୀ ମୋତେ ଭାରି ଅଦ୍ଭୁତ ଜଣାଯାଏ।

ପ୍ରଥମେ ଧରାଯାଉ ଏମାନଙ୍କର ଖାଦ୍ୟ କଥା। ଆମ ମାହାଲର ଜମିରେ ବର୍ଷକୁ ତିନୋଟି ଖାଦ୍ୟ ଶସ୍ୟ ଉତ୍ପନ୍ନ ହୁଏ- ଭାଦ୍ର ମାସରେ ମକା, ପୌଷ ମାସରେ ବିରି ଓ ବୈଶାଖ୍ୟ ମାସରେ ଗହମ। ମକା ଖୁବ୍ ବେଶୀ ହୁଏ ନାହିଁ, କାରଣ ଏଥିପାଇଁ ଉପଯୁକ୍ତ ଜମି ବେଶୀ ନାହିଁ। ବିରି ଓ ଗହମ ଯଥେଷ୍ଟ ଉତ୍ପନ୍ନ ହୁଏ, ବିରି ବେଶୀ, ଗହମ ତାର ଅଧେ। ସୁତରାଂ ଲୋକଙ୍କର ପ୍ରଧାନ ଖାଦ୍ୟ ହେଲା ବିରି ଛତୁ।

ଧାନ ବିଲକୁଲ ହୁଏ ନା- ଧାନ ପାଇଁ ଉପଯୁକ୍ତ ସରସ ଜମି ଏ ଅଞ୍ଚଲରେ କେଉଁଠି ନାହିଁ- ଏପରି କି କଡ଼ାରୀ ଜମିରେ କିମ୍ବା ସରକାରୀ ଖାସ ମାହାଲରେ ବି

ଧାନ ହୁଏ ନା। ସୁତରାଂ ଏଠାକାର ଲୋକମାନେ ଭାତ ଜିନିଷଟା ଅକାଲେ ସକାଲେ କେବେ ଖାଇବାକୁ ପାଆନ୍ତି- ଭାତ ଖାଇବାଟା ଗୋଟାଏ ସଉକ ବା ବିଲାସିତା ବୋଲି ଧରାଯାଏ। ଦୁଇ-ଚାରି ଜଣ ଖାଦ୍ୟ-ବିଲାସୀ ଲୋକ ଗହମ କିମ୍ବା ବିରି ବିକ୍ରି କରି ଧାନ କିଣି ଆଣନ୍ତି ସତ, କିନ୍ତୁ ସେମାନଙ୍କର ସଂଖ୍ୟା ଆଙ୍ଗୁଳିରେ ଗଣି ହୋଇଯାଏ।

ତାପରେ ଧରାଯାଉ ଏମାନଙ୍କର ବାସଗୃହ କଥା। ଏହି ଯେ ଆମ ମାହାଲର ଦଶହଜାର ବିଘା ଜମିରେ ଅଗଣିତ ଗ୍ରାମ ବସିଛି- ସବୁ ଗୃହସ୍ଥଙ୍କ ଘର ଜଙ୍ଗଲୀ କାଶରେ ଛାଉଣୀ, କାଶ ଝଟାର ବାଡ଼, କେହି କେହି ତା ଉପରେ ମାଟି ଲେଶିଛନ୍ତି, କେହି କେହି ତାହା କରି ନାହାନ୍ତି। ଏ ଅଞ୍ଚଳରେ ବାଉଁଶ ଗଛ ଆଦୌ ନାହିଁ, ସୁତରାଂ ଘରେ ଜଙ୍ଗଲୀ ଗଛର, ବିଶେଷ କରି କେନ୍ଦୁ ଓ ପିଆଳ ଡାଲର ବତା, ଖୁଣ୍ଟ ଓ ଅଡ଼ା ଦେଇଛନ୍ତି।

ଧର୍ମ କଥା କହି କୌଣସି ଲାଭ ନାହିଁ। ଯଦିଚ ଏମାନେ ହିନ୍ଦୁ, କିନ୍ତୁ ତେତିଶ କୋଟି ଦେବତାଙ୍କ ଭିତରୁ ଏମାନେ ହନୁମାନଜୀଙ୍କୁ କିପରି ବାଛି ବାହାର କରି ନେଇଛନ୍ତି ଜାଣେ ନା- ପ୍ରତ୍ୟେକ ବସ୍ତିରେ ଗୋଟାଏ ଉଚ୍ଚ ହନୁମାନଜୀ ଧ୍ୱଜା ଥିବ- ଏହି ଧ୍ୱଜା ରୀତିମତ ପୂଜା ହୁଏ, ଧ୍ୱଜା ଦେହରେ ସିନ୍ଦୂର ବୋଲା ହୁଏ। ରାମ-ସୀତାଙ୍କ କଥା କ୍ୱଚିତ୍ ଶୁଣାଯାଏ, ସେମାନଙ୍କ ସେବକର ଗୌରବ ସେମାନଙ୍କର ଦେବତ୍ୱକୁ ଟିକିଏ ବେଶୀ ଅନ୍ତରାଲକୁ ଠେଲି ଦେଇଛି। ବିଷ୍ଣୁ, ଶିବ, ଦୁର୍ଗା, କାଳୀ ପ୍ରଭୃତି ଦେବ- ଦେବୀଙ୍କର ପୂଜାର ପ୍ରଚାର ସେତେ ନାହିଁ- ଆଦୌ ଅଛି କି ନା ସନ୍ଦେହ, ଅନ୍ତତଃ ଆମ ମାହାଲରେ ତ ମୁଁ ଦେଖି ନାହିଁ।

ଭୁଲି ଯାଇଛି, ସତରେ ଜଣେ ଶିବଭକ୍ତ ଦେଖିଛି। ତାହାର ନାମ ଦୋଶ ମାହାତୋ, ଜାତିରେ ଗାଙ୍ଗୋତା। ଆଜିକି ଦଶ-ବାର ବର୍ଷ ହେଲା କିଏ କୁଆଡ଼ୁ ଖଣ୍ଡିଏ ପଥର ଆଣି କଚେରୀର ହନୁମାନଜୀଙ୍କ ଧ୍ୱଜା ତଳେ ରଖି ଦେଇଛି- ସିପାହୀମାନେ ମଝିରେ ମଝିରେ ପଥର ଖଣ୍ଡିକରେ ସିନ୍ଦୂର ବୋଲନ୍ତି, କେହି କେହି ଲୋଟାଏ ପାଣି ଆଣି ଢାଲି ଦିଅନ୍ତି। କିନ୍ତୁ ଅଧିକାଂଶ ସମୟରେ ପଥର ଖଣ୍ଡିକ ଅନାଦୃତ ଅବସ୍ଥାରେ ପଡ଼ି ରହିଥାଏ।

ଆଜିକି ଦୁଇମାସ ହେଲା କଚେରୀର କିଛି ଦୂରରେ ଗୋଟାଏ ନୂଆ ବସ୍ତି ଆରମ୍ଭ ହୋଇଛି- ଦୋଶ ମାହାତୋ ସେଠାରେ ଆସି ଘର ତୋଳିଛି। ଦୋଶର ବୟସ ସତୁରୀରୁ ବେଶୀ ହେବ ପଛକେ କମ୍ ନୁହେଁ- ପୁରୁଣା କାଳିଆ ଲୋକ ବୋଲି ତାର ନାମ ଦୋଶ। ଆଧୁନିକ ଯୁଗର ଛୁଆପିଲା ହୋଇଥିଲେ ତାହାର ନାମ ହୋଇଥାନ୍ତା ତେମନ, ଲୋଧାଇ, ମହାରାଜ ଇତ୍ୟାଦି। ଏସବୁ ବାବୁଗିରି ନାମ ସେ କାଲରେ ବାପ-ମାଆମାନେ ଦେବାକୁ ଲଜ୍ଜା ବୋଧ କରୁଥିଲେ।

ଯାହାହେଉ, ଥରେ ବୃଦ୍ଧ ଦ୍ରୋଣ କଚେରୀରୁ ଆସି ହନୁମାନ-ଧ୍ୱଜା ତଳେ ପଥର ଖଣ୍ଡିକ ଲକ୍ଷ୍ୟ କଲା । ତାପର ଠାରୁ ବୃଦ୍ଧ ନିତି କଳବଲିୟା ନଦୀରେ ପ୍ରାତଃସ୍ନାନ କରି ଲୋଟାଏ ପାଣି ଆଣି ନିୟମିତ ଭାବରେ ପଥର ଖଣ୍ଡିକ ଉପରେ ଢାଳେ ଏବଂ ପରମ ଭକ୍ତିଭରେ ସାତ ଥର ପ୍ରଦକ୍ଷିଣ କରି ସାଷ୍ଟାଙ୍ଗ ପ୍ରଣାମ କରିସାରି ଯାଇ ଘରକୁ ଫେରେ ।

ଦ୍ରୋଣକୁ କହିଲି- କଳବଲିୟା ତ କୋଶେ ଦୂର, ନିତି ସେଠାକୁ ଯାଉଛ, ତା ଅପେକ୍ଷା ଛୋଟ କୁଣ୍ଠିରୁ ପାଣି ଆଣିଲେ ତ ଭଲ ହୁଅନ୍ତା ।

ଦ୍ରୋଣ କହିଲା- ମହଦେଓଁାନୀ ସ୍ରୋତର ଜଳରେ ତୁଷ୍ଟ ହୁଅନ୍ତି, ବାବୁଜୀ । ମୋର ଜନ୍ମ ସାର୍ଥକ ଯେ, ତାଙ୍କୁ ନିତି ଜଳରେ ସ୍ନାନ କରାଇ ପାରିଛି ।

ଭକ୍ତ ବି ଭଗବାନଙ୍କୁ ଗଢ଼େ । ଦ୍ରୋଣ ମାହାତୋର ଶିବପୂଜାର କାହାଣୀ ଲୋକ ମୁଖରେ ବିଭିନ୍ନ ବସ୍ତିରେ ବ୍ୟାପି ଯିବାରୁ ଦେଖିଲି ମଝିରେ ମଝିରେ ଦୁଇ-ଚାରି ଜଣ ନରନାରୀ ଶିବପୂଜା କରିବାକୁ ଯାତାୟାତ ଆରମ୍ଭ କଲେ । ଏ ଅଞ୍ଚଳରେ ଏକ ପ୍ରକାର ସୁଗନ୍ଧ ଘାସ ଜଙ୍ଗଲରେ ଉତ୍ପନ୍ନ ହୁଏ । କେରାଏ ଘାସ ହାତରେ ଧରି ଶୁଙ୍ଘିଲେ ଚମତ୍କାର ବାସେ ।

ଘାସ ଯେତିକି ଶୁଖିଯାଏ, ଗନ୍ଧ ସେତିକି ତୀବ୍ର ହୁଏ । କିଏ ଜଣେ ସେହି ଘାସ ଆଣି ଶିବଲିଙ୍ଗର ଚାରିପଟେ ରୋପଣ କଲା । ଦିନେ ମଟୁକନାଥ ପଣ୍ଡିତ ଆସି କହିଲା- ବାବୁଜୀ, ଜଣେ ଗାଙ୍ଗୋତା କଚେରୀର ଶିବଙ୍କ ଉପରେ ପାଣି ଢାଳୁଛି, ଏଟା କଣ ଭଲ ହେଉଛି ?

କହିଲି - ପଣ୍ଡିତଜୀ, ମୁଁ ଯେତେ ଦୂର ଦେଖି ପାରୁଛି ସେହି ଗାଙ୍ଗୋତାଟି ଏହି ଠାକୁରଙ୍କୁ ଲୋକ ସମାଜରେ ପ୍ରଚାର କରିଛି । କାହିଁ ତୁମେ ବି ତ ଥିଲ, କେଉଁ ଦିନ ହେଲେ ଗୋଟାଏ ପାଣି ଢାଳିବାର ତୁମକୁ ତ ମୁଁ ଦେଖିନାହିଁ ।

ରାଗି ଯାଇ କଥାର ଖିଅ ଭାଙ୍ଗି ଦେଇ ମଟୁକନାଥ କହି ପକାଇଲା- ସେ ଶିବଲିଙ୍ଗ ନୁହେଁ, ବାବୁଜୀ । ପ୍ରତିଷ୍ଠା ନ କଲେ ଠାକୁର ପୂଜା ପାଇବାର ଯୋଗ୍ୟ ହୁଏ ନାହିଁ । ସେ ତ ଖଣ୍ଡିଏ ପଥର ।

– ତା ହେଲେ ଆଉ କହୁଛ କାହିଁକି ? ଖଣ୍ଡିଏ ପଥର ଉପରେ ସେ ପାଣି ଢାଳିଲେ ତୁମର ଆପଉି କାହିଁକି ? ସେହି ଦିନଠୁଁ ଦ୍ରୋଣ ମାହାତୋ କଚେରୀର ଶିବ ଲିଙ୍ଗର ଧରବନ୍ଧା ପୂଜାରୀ ହୋଇ ରହିଲା ।

କାର୍ତ୍ତିକ ମାସରେ ଛଟ୍-ପର୍ବ ଏଦେଶରେ ବଡ଼ ଉତ୍ସବ । ବିଭିନ୍ନ ଟୋଲାରୁ ସ୍ତ୍ରୀମାନେ ହଳଦିଆ ଛାପା ଶାଢ଼ୀ ପିନ୍ଧି ଦଲ ଦଲ ହୋଇ ଗୀତ ବୋଲି ବୋଲି କଳବଲିୟା

ନଦୀକୁ ଛଟ୍ ଭସାଇବାକୁ ଯାଇଛନ୍ତି। ଦିନ ସାରା ଉତ୍ସବର ଧୁମଧାମ ଚାଲେ। ସନ୍ଧ୍ୟାବେଳେ ବସ୍ତିଗୁଡ଼ିକ ପାଖ ଦେଇ ଗଲେ ଛଟ୍-ପର୍ବର ପିଠା କରିବାର ବାସନା ନାକରେ ଆସି ବାଜେ। କେତେ ରାତି ଯାଏ ପିଲାଛୁଆଙ୍କର ହସ-କଲରବ, ଝିଅମାନଙ୍କର ଗୀତ ଚାଲେ- ଯେଉଁ ଗଭୀର ରାତିରେ ନୀଳ ଗାଈ ପଲ ଦୌଡ଼ାଦୌଡ଼ି କରୁଥିଲେ, ହେଟାର ହସ ଓ ବାଘର କାଶ (ଅଭିଜ୍ଞ ବ୍ୟକ୍ତିମାନେ ଜାଣନ୍ତି, ବାଘ ଅବିକଳ ମଣିଷ ଗଳାର କାଶ ପରି ଏକ ପ୍ରକାର ଶବ୍ଦ କରେ) ଶୁଣା ଯାଉଥିଲା- ସେଠାରେ ଆଜି କଳହାସ୍ୟ ମୁଖରିତ, ଗୀତିରବପୂର୍ଣ୍ଣ ଉତ୍ସବ ଦୀପ୍ତ ଏବଂ ବିସ୍ତୀର୍ଣ୍ଣ ଜନପଦ ଗଢ଼ି ଉଠିଛି।

ଛଟ୍-ପର୍ବ ଦିନ ସନ୍ଧ୍ୟାବେଳେ ଝଲୁଟୋଲାକୁ ନିମନ୍ତ୍ରଣ ରକ୍ଷା କରିବାକୁ ଗଲି। ଖାଲି ଏହି ଗୋଟିଏ ଟୋଲାରୁ ନୁହେଁ- ବିଭିନ୍ନ ପଦରଟି ଟୋଲାରୁ କଚେରୀର ସମସ୍ତ ଅମଲାଙ୍କୁ ଛଟ୍-ପର୍ବର ନିମନ୍ତ୍ରଣ ଆସିଛି।

ଝଲୁଟୋଲାର ମୁଖିଆ ଝଲୁ ମାହାତୋର ଘରକୁ ପ୍ରଥମେ ଗଲୁ।

ଦେଖିଲି ଝଲୁ ମାହାତୋର ଘରର ଗୋଟାଏ ପାଖରେ ଏବେ ବି କିଛି ଜଙ୍ଗଲ ଅଛି। ଝଲୁ ଅଗଣାରେ ଖଣ୍ଡିଏ ଛିଣ୍ଡା ସାମିଆନା ଟଙ୍ଗାଇଛି- ତାରି ତଲେ ଆମକୁ ଆଦର କରି ବସାଇଲା। ଟୋଲାର ସବୁ ଲୋକ ସଫା ଧୋତି ଓ ମେରଜାଇ ପିନ୍ଧି ସେଠାରେ ଏକ ପ୍ରକାର ଘାସ-ବୁଣା ସପ ଉପରେ ବସିଛନ୍ତି। କହିଲି- ଖାଇବାକୁ ଅନୁରୋଧ ରଖି ପାରିବି ନାହିଁ, କାରଣ ଅନେକ ସ୍ଥାନକୁ ଯିବାକୁ ପଡ଼ିବ।

ଝଲୁ କହିଲା- ଟିକିଏ କିଛି ତୁଣ୍ଡରେ ନ ଦେଲେ ଚଳିବ! ନ ହେଲେ ସ୍ତ୍ରୀ ଲୋକମାନେ ବଡ଼ କ୍ଷୁର୍ଣ୍ଣ ହେବେ। ଆପଣ ପଦ-ଧୂଲି ଦେବେ ବୋଲି ସେମାନେ ଅତି ଉସ୍ୱାହରେ ପିଠା ତିଆରି କରିଛନ୍ତି।

ଉପାୟ ନାହିଁ। ଗୋଷ୍ଠ ବାବୁ ମୋହରୀର, ମୁଁ ଓ ରାଜୁ ପାଣ୍ଡେ ବସି ପଡ଼ିଲୁ? ଶାଲ ପତ୍ରରେ କେତେ ଖଣ୍ଡ ଅଟା ଓ ଗୁଡ଼ର ପିଠା ଆସିଲା- ଖଣ୍ଡିଏ ଖଣ୍ଡିଏ ପିଠା ଇଞ୍ଜେ ମୋଟର ଇଟା ପରି ଶକ୍ତ, ଫୋପାଡ଼ିଲେ ଦେହରେ ବାଜି ମଣିଷ ମରି ନ ଗଲେ ସୁଦ୍ଧା ପୁରାପୁରି ଜଖମ ହୋଇଯିବ। ଅଥଚ ପ୍ରତ୍ୟେକ ପିଠା ଖଣ୍ଡ ଛାଞ୍ଚରେ ଢଳା ଚନ୍ଦ୍ରପୁଲି ପରି ବେଶ୍ ଲତାପତ୍ର – କଟା। ଛାଞ୍ଚରେ ଢଳା ହେବା ପରେ ଘିଅରେ ଭଜା ଯାଇଛି।

ଏତେ ଯନ୍ତ୍ରେ ସ୍ତ୍ରୀ ଲୋକଙ୍କ ହାତରେ ପ୍ରସ୍ତୁତ ପିଠାର ସଦ୍ବ୍ୟବହାର କରିପାରିଲି ନାହିଁ। ଅତି କଷ୍ଟରେ ଖଣ୍ଡକରୁ ଅଧେ ଖାଇଲା। ନା ମିଠା, ନା କୌଣସି ସ୍ୱାଦ। କିନ୍ତୁ ଦେଖୁଁ ଦେଖୁଁ ରାଜୁପାଣ୍ଡେ ସେହି ବଡ଼ ବଡ଼ ପିଠାରୁ ଚାରି-ପାଞ୍ଚ ଖଣ୍ଡ ଖାଇ ପକାଇଲା ଏବଂ ଆମ ସାମନାରେ ଚକ୍ଷୁ ଲଜ୍ଜା ହେତୁ ବୋଧହୁଏ ଆଉ ମାଗି ପାରିଲା ନାହିଁ।

ଝେଲୁଟୋଲାରୁ ଗଲୁ ଲୋଧାଇଟୋଲା। ତାପରେ ପର୍ବତଟୋଲା, ଭୀମଦାସଟୋଲା, ଆସ୍ରଫିଟୋଲା, ଲଛମନିୟାଟୋଲା, ପ୍ରତ୍ୟେକ ଟୋଲାରେ ନାଚ ଗୀତ, ହସ ଖୁସିର ଧୁମ୍‌ଧାମ। ଆଜି ରାତି ସାରା ଏମାନେ ଶୋଇବେ ନାହିଁ। ଏ ଘରୁ ସେ ଘର ଖିଆପିଆ ଓ ନାଚଗୀତ କରି କଟାଇ ଦେବେ।

ଗୋଟିଏ କଥା ଦେଖି ମୁଁ ଖୁସି ହେଲି, ସବୁ ଟୋଲାରେ ସ୍ତ୍ରୀ ଲୋକମାନେ କୁଆଡ଼େ ଆମରି ଲାଗି ଏତେ ଯନ୍‌ କରି ପିଠାପଣା ତିଆରି କରିଛନ୍ତି। ମ୍ୟାନେଜର ବାବୁ ନିମନ୍ତ୍ରଣକୁ ଆସିବେ ଶୁଣି ସେମାନେ ଅତି ଉସ୍ସାହ ଓ ଯନ୍‌ ସହକାରେ ନିଜ ନିଜର ଚରମ ରନ୍ଧନ-କୌଶଳ ପ୍ରଦର୍ଶନ କରି ପିଠା ତିଆରି କରିଛନ୍ତି। ସ୍ତ୍ରୀ ଲୋକମାନଙ୍କ ସହୃଦୟତା ନିମନ୍ତେ ମନେ ମନେ ଯଥେଷ୍ଟ କୃତଜ୍ଞ ହେଲେ ସୁଦ୍ଧା ସେମାନଙ୍କ ରନ୍ଧନ- ବିଦ୍ୟାର ପ୍ରଶଂସା କରିପାରିଲି ନାହିଁ, ଏହା ମୋ ପକ୍ଷରେ ଖୁବ୍‌ ଦୁଃଖର ବିଷୟ। ସ୍ଥାନେ ସ୍ଥାନେ ଝେଲୁଟୋଲା ଠାରୁ ନିକୃଷ୍ଟତର ପିଠା ସହିତ ବି ପରିଚୟ ଘଟିଲା।

ସବୁ ଜାଗାରେ ଦେଖିଲି, ରଙ୍ଗୀନ ଶାଢ଼ୀ ପିନ୍ଧି ସ୍ତ୍ରୀ ଲୋକମାନେ ଅନ୍ତରାଳରୁ କୌତୁହଳପୂର୍ଣ୍ଣ ଦୃଷ୍ଟିରେ ଭୋଜନରତ ବଙ୍ଗାଳୀ ବାବୁଙ୍କ ଆଡ଼େ ଚାହିଁ ରହିଛନ୍ତି। ରାଜ୍‌ପାଣ୍ଡେ କାହାରି ମନରେ କଷ୍ଟଦେଲା ନାହିଁ- ପିଠା ଭକ୍ଷଣର ସୀମା ଅତିକ୍ରମ କରି ରାଜ୍‌ପାଣ୍ଡେ କ୍ରମଶ ଅସୀମ ଆଡ଼କୁ ଚାଲିବାକୁ ଲାଗିଲା ଦେଖି ମୁଁ ଗଣନା କରିବା କଥା ଛାଡ଼ି ଦେଲି- ସୁତରାଂ ସେ କେତେ ଖଣ୍ଡ ପିଠା ଖାଇଲା କହି ପାରିବି ନାହିଁ।

କାଲି ରାଜୁ କାହିଁକି- ନିମନ୍ତ୍ରିତ ଗାଙ୍ଗୋତମାନଙ୍କ ଭିତରୁ ଜଣେ ଜଣେ ସହ ଇଟା ପରି ପିଠା କୋଡ଼ିଏ ଦେଢ଼ କୋଡ଼ି ଲେଖାଏଁ ଖାଇଦେଲେ- ଆଖିରେ ନ ଦେଖିଲେ ବିଶ୍ୱାସ କରିବା କଠିନ ଯେ ସେହି ଜିନିଷ ମଣିଷ ଏତେ ଖାଇପାରେ।

ନାଢ଼ା ବଇହାରରେ ଛନିୟା ଓ ସୁରତିୟାଙ୍କ ଘରକୁ ବି ଗଲି।

ମୋତେ ଦେଖି ସୁରତିୟା ଧାଇଁ ଆସିଲା।

– ବାବୁଜୀ, ଏତେ ରାତି କରି ଦେଲ ? ମୁଁ ଆଉ ମା ଦୁହେଁ ବସି ଆପଣଙ୍କ ଲାଗି ଅଲଗା ପିଠା ଗଢ଼ିଛୁଁ- ଆମେ ଅନାଇ ବସିଛୁଁ ଆଉ ଭାବୁଛୁଁ ଏତେ ଡେରି କାହିଁକି ହଉଛି। ଆସନ୍ତୁ, ବସନ୍ତୁ।

ନକ୍‌ଛେଦୀ ସମସ୍ତଙ୍କୁ ଖାତିର କରି ବସାଇଲା।

ତୁଳସୀକୁ ଖୁବ୍‌ ଯନ୍‌ ସହକାରେ ଖାଇବାର ଆସନ କରିବାର ଦେଖି ମନେ ମନେ ହସିଲି। ଏମାନଙ୍କର ଏଠାରେ କଣ ଆଉ ମୋର ଖାଇବାର ଅବସ୍ଥା ଅଛି ?

ସୁରତିୟାକୁ କହିଲି- ତୁମ ମାଆକୁ କହ ପିଠା କାଢ଼ି ନେବ। ଏତେ କିଏ ଖାଇବ ?

ସୁରତିଆ ବିସ୍ମିତ ଦୃଷ୍ଟିରେ ମୋ ଆଡ଼କୁ ଚାହିଁ କହିଲା- ସେ କଣ ବାବୁଜୀ, ଏଇ କେତେ ଖଣ୍ଡ ଖାଇବେ ନାହିଁ? ମୁଁ ଆଉ ଛନିଆ ତ ପନ୍ଦର-ଷୋହଳ ଖଣ୍ଡ ଲେଖାଏଁ ଖାଇଛୁଁ। ଖାଆନ୍ତୁ- ଆପଣ ଖାଇବେ ବୋଲି ମାଆ ତା ଭିତରେ କିସମିସ ଦେଇଛି- ବାବା ଭୀମଦାସଟୋଲାରୁ ଭଲ ଅଟା ଆଣିଛି।

ଖାଇବି ନାହିଁ କହି ଭଲ କରି ନାହିଁ। ଏହି ବାଳକ-ବାଳିକାମାନେ ବର୍ଷ ଯାକ ଏହିସବୁ ସୁଖାଦ୍ୟର ଚେହେରା ଦେଖିବାକୁ ପାଆନ୍ତି ନାହିଁ। ଏମାନଙ୍କର କେତେ କଷ୍ଟର, କେତେ ଆଶାର ଜିନିଷ! ପିଲାମାନଙ୍କୁ ଖୁସି କରିବା ପାଇଁ ମୁଁ ମରିପଡ଼ି ଦୁଇଖଣ୍ଡ ପିଠା ଖାଇଦେଲି।

ସୁରତିଆକୁ ଖୁସି କରିବା ପାଇଁ କହିଲି- ଚମତ୍କାର ପିଠା। କିନ୍ତୁ ସବୁ ଜାଗାରେ ଟିକିଏ ଟିକିଏ ଖାଇଛି ବୋଲି ଏଠି ବେଶୀ ଖାଇ ପାରିଲି ନାହିଁ, ସୁରତିଆ। ଆଉ ଦିନେ ଆସି ଖାଇଯିବି।

ରାଜୁ ପାଖେର ହାତରେ ଗୋଟିଏ ଛୋଟ କାଚର ବୁଜୁଲି। ସେ ପ୍ରତି ଘରୁ ଛଦା ବାନ୍ଧିଛି। ଖଣ୍ଡ ଖଣ୍ଡି କରି ପିଠାର ଓଜନ ବିବେଚନା କଲେ ରାଜୁର ବୁଜୁଲିର ଓଜନ କୌଣସି ମତେ ପ୍ରାୟ ଦଶ-ବାର ସେରରୁ କମ ହେବ ନାହିଁ।

ରାଜୁ ଖୁବ୍ ଖୁସି। କହିଲା- ଏ ପିଠା ହଠାତ୍ ନଷ୍ଟ ହୁଏ ନା, ହଜୁର। ଦୁଇ- ତିନି ଦିନ ମୋତେ ଆଉ ରାନ୍ଧିବାକୁ ପଡ଼ିବ ନାହିଁ। ପିଠା ଖାଇ ଚଳିଯିବି।

ପରଦିନ ସକାଳେ କୁନ୍ତା ଗୋଟିଏ ପିତଳ ଥାଲି ଆଣି କଚେରୀରେ ମୋ ସାମନାରେ ସଙ୍କୋଚରେ ଥୋଇ ଦେଲା। ଖଣ୍ଡିଏ ସଫା କନା ଥାଲି ଉପରେ ଢଙ୍କା ହୋଇଥିଲା।

ପଚାରିଲି- ସେଥିରେ କ'ଣ କୁନ୍ତା?

କୁନ୍ତା ସଲଜ୍ଜ କଣ୍ଠରେ କହିଲା- ଛଟ୍-ପର୍ବର ପିଠା, ବାବୁଜୀ କାଲି ରାତିରେ ଦୁଇ ଥର ଆସି ଫେରାଇ ନେଇଗଲି।

କହିଲି- କାଲି ଅନେକ ରାତିରେ ଫେରିଲି। ଛଟ୍-ପର୍ବର ନିମନ୍ତ୍ରଣ ରକ୍ଷା କରିବାକୁ ବାହାରିଥିଲି। ହେଉ, ରଖିଦେଇ ଯାଅ, ଏଖଣି ଖାଇବି।

ଢାଙ୍କୁଣୀ ଖୋଲି ଦେଖିଲି- ଥାଲିରେ କେତେ ଖଣ୍ଡ ପିଠା, ଟିକିଏ ଚିନି, ଦୁଇଟା କଦଳୀ, ଖଣ୍ଡିଏ ନଡ଼ିଆ, ଗୋଟାଏ କମଳା ଲେମ୍ବୁ।

କହିଲି- ବାଃ, ବେଶ୍ ପିଠା ଜଣାଯାଉଛି ତ!

କୁନ୍ତା ପୂର୍ବ ପରି ମୃଦୁ ସ୍ୱରରେ ସଙ୍କୋଚରେ କହିଲା- ବାବୁଜୀ, ସବୁଗୁଡ଼ିକ ମେହେରବାନି କରି ଖାଇବେ। ଆପଣ ଖାଇବେ ବୋଲି ଅଲଗା ତିଆରି କରିଛି। ମାତ୍ର

ଆପଣଙ୍କୁ ଗରମ ଗରମ କରି ଖୁଆଇ ପାରିଲି ନାହିଁ, ସେଥିପାଇଁ ଗୋଟାଏ ବଡ଼ ଅବଶୋଷ ରହିଗଲା।

– ସେଥିରେ କିଛି ଯାଏ ଆସେ ନାହିଁ, କୁନ୍ତା। ମୁଁ ସବୁଟିକ ଖାଇବି। ଭାରି ଚମକ୍ରାର ଦିଶୁଛି ସବୁ।

କୁନ୍ତା ପ୍ରଣାମ କରି ଚାଲିଗଲା।

୨

ଦିନେ ମୁନେଶ୍ୱର ସିଂ ସିପାହୀ ଆସି ଜଣାଇଲା– ହୁଜୁର, ଏହି ବଣ ଭିତରେ ଗୋଟାଏ ଗଛ ତଳେ ଜଣେ ଲୋକ ଛିଣ୍ଡା ଲୁଗା ପାରି ଶୋଇଛି। ଲୋକମାନେ ତାକୁ ବସ୍ତିରେ ପୁରାଇ ଦେଉ ନାହାନ୍ତି, ତାକୁ ଟେକା ମାରୁଛନ୍ତି। ଆପଣ ହୁକୁମ ଦେଲେ ମୁଁ ତାକୁ ନେଇ ଆସିବି।

କଥାଟା ଶୁଣି ଆଶ୍ଚର୍ଯ୍ୟ ହେଲି। ଦି’ପହର ବେଳ, ସନ୍ଧ୍ୟା ହେବାକୁ ବେଶୀ ଡେରି ନାହିଁ, ଶୀତ ସେମିତି ନ ହେଲେ ସୁଦ୍ଧା କାର୍ତ୍ତିକ ମାସ, ରାତିରେ ଯଥେଷ୍ଟ ଶିଶିର ପଡ଼େ, ରାତି ପାହାନ୍ତାକୁ ବେଶ୍‌ ଥଣ୍ଡା ହୁଏ। ଏପରି ଅବସ୍ଥାରେ ଜଣେ ଲୋକ ବଣ ଭିତରେ ଗୋଟାଏ ଗଛ ତଳେ କାହିଁକି ଆଶ୍ରୟ ନେଇଛି, ଲୋକମାନେ ବା କାହିଁକି ତାକୁ ଟେକା ମାରୁଛନ୍ତି ବୁଝି ପାରିଲି ନାହିଁ।

ଯାଇ ଦେଖିଲି ଗ୍ରାଣ୍ଟ ସାହେବଙ୍କ ବରଗଛ ଆଡ଼େ (ଆଜିକି ପ୍ରାୟ ତିରିଶ ବର୍ଷ ତଳେ ଗ୍ରାଣ୍ଟ ସାହେବ ଅମୀନ ଲବଟୁଲିୟାର ଜଙ୍ଗଲ ମାହାଲ ଜରିବ କରିବାକୁ ଆସି ଏହି ବରଗଛ ତଳେ ତମ୍ବୁ ପକାଇଥିଲେ, ସେହି ଦିନରୁ ଗଛଟିର ଏହି ନାମ ଚଳି ଆସୁଛି) ଗୋଟାଏ ବୁଦା ଭିତରେ ଗୋଟାଏ ଅର୍ଜୁନ ଗଛ ତଳେ ଛିଣ୍ଡା ମଇଲା କନା ପାରି ଜଣେ ଲୋକ ଶୋଇଛି। ବୁଦାର ଅନ୍ଧକାରରେ ଲୋକଟିକୁ ଭଲ କରି ଦେଖି ନ ପାରି କହିଲି– କିଏ ସେଠାରେ? ଘର କେଉଁଠି? ବାହାରି ଆସୁଛ ନା–

ଲୋକଟି ବାହାରି ଆସିଲା– ପ୍ରାୟ ହାମୁଡ଼େଇ ହାମୁଡ଼େଇ, ଅତି ଧୀରେ ଧୀରେ– ବୟସ ପଚାଶ ଉପରେ, ଜୀର୍ଣ୍ଣଶୀର୍ଣ୍ଣ ଚେହେରା, ଦେହରେ ମଇଲା ଛିଣ୍ଡା ଲୁଗା ଓ ମେରଜାଇ– ଯେତେବେଳେ ସେ ବୁଦା ଭିତରୁ ବାହାରି ଆସୁଥିଲା, କିପରି ଗୋଟାଏ ଅଦ୍ଭୁତ ଅସହାୟ ଭାବରେ, ଶିକାରୀ ଦ୍ୱାରା ତାଡ଼ିତ ପଶୁ ପରି ଭୟାର୍ତ ଦୃଷ୍ଟିରେ ମୋ ଆଡ଼କୁ ଚାହିଁ ରହିଥିଲା।

ବୁଦାର ଅନ୍ଧକାରରୁ ଦିନର ଆଲୁଅକୁ ବାହାରି ଆସିବାରୁ ଦେଖିଲି ତାହାର

ବାମ ହାତ ବାମ ପାଦରେ ଭୀଷଣ କ୍ଷତ । ବୋଧହୁଏ ସେଇଥିପାଇଁ ସେ ଥରେ ବସିଲେ ବା ଶୋଇଲେ ହଠାତ୍ ଆଉ ସିଧା ହୋଇ ଠିଆ ହୋଇପାରୁନଥିଲା ।

ମୁନେଶ୍ୱର ସିଂ କହିଲା– ହଜୁର, ଯାର ଏହି ଘା’ ଯୋଗୁଁ କେହି ଯାକୁ ବସ୍ତିରେ ପୂରେଇ ଦେଉନାହାନ୍ତି– ପାଣି ମୁଦିଏ ମାଗିଲେ ବି ଦେଉ ନାହାନ୍ତି । ଟେକା ମାରୁଛନ୍ତି, ଦୂର ଦୂର କରି ତଡ଼ି ଦେଉଛନ୍ତି ।

ଜଣା ପଡ଼ିଲା, ସେଇଥିପାଇଁ ହେମନ୍ତର ଏହି ଶିଶିରାର୍ଦ୍ର ରାତିରେ ଲୋକଟା ବଣର ପଶୁଙ୍କ ପରି ବଣ-ବୁଦା ଭିତରେ ଆଶ୍ରୟ ନେଇଛି ।

ପଚାରିଲି– ତୋର ନାମ କଣ ? ଘର କେଉଁଠି ?

ଲୋକଟି ମୋତେ ଦେଖି ଭୟରେ କେମିତି ହୋଇ ଯାଇଛି– ତାହାର ଆଖିରେ ରୋଗ-କାତର ଓ ଭୀତ ଅସହାୟ ଦୃଷ୍ଟି । ତାହା ଛଡ଼ା ମୋ ପଛରେ ଲାଠି ହାତରେ ସିପାହୀ ମୁନେଶ୍ୱର ସିଂ ଠିଆ ହୋଇଛି । ବୋଧହୁଏ ସେ ଭାବିଲା, ଯେଉଁ ବଣରେ ସେ ଆଶ୍ରୟ ନେଇଛି, ସେଥିରେ ବି ଆମର ଆପଉ ଅଛି– ତାକୁ ତଡ଼ିଦେବା ପାଇଁ ମୁଁ ସାଙ୍ଗରେ ସିପାହୀ ଧରି ସେଠାକୁ ଯାଇଛି ।

ଜବାବ ଦେଲା– ମୋର ନାମ ? ହଜୁର, ମୋ ନାମ ଗିରିଧାରୀଲାଲ, ଘର ତିନିଟାଙ୍ଗା । ପର ମୁହୂର୍ତ୍ତରେ କେମିତି ଗୋଟାଏ ଅଭୂତ ସ୍ୱରରେ– ମିନତି, ପ୍ରାର୍ଥନା ଓ ବିକାରଗ୍ରସ୍ତ ରୋଗୀର ଅସଙ୍ଗତ ଅନୁଯୋଗର ସ୍ୱର– ଏହି କେତୋଟି ମିଶାଇ ଏକ ଧରଣର ସ୍ୱରରେ କହିଲା– ଟିକିଏ ପାଣି ପିଇବି– ପାଣି–

ମୁଁ ସେତେବେଳକୁ ଲୋକଟିକୁ ଚିହ୍ନି ସାରିଲିଣି । ସେଥର ପୌଷମାସର ମେଳାରେ ଠିକାଦାର ବ୍ରହ୍ମା ମାହାତୋର ତମ୍ବୁରେ ଯାହାକୁ ଦେଖିଥିଲି, ସେହି ଗିରିଧାରୀଲାଲ । ସେହି ଭୀତ ଦୃଷ୍ଟି, ସେହି ନମ୍ର ମୁଖର ଭାବ ।

ଦରିଦ୍ର, ନମ୍ର, ଭୀରୁ ଲୋକମାନଙ୍କୁ କ’ଣ ଭଗବାନ ସଂସାରରେ ଏତେ ବେଶୀ କଷ୍ଟ ଦିଅନ୍ତି ! ମୁନେଶ୍ୱର ସିଂକୁ କହିଲି– କଟେରୀକୁ ଯାଆ, ଚାରି-ପାଞ୍ଚ ଜଣ ଲୋକ ଆଉ ଗୋଟାଏ ଖଟିଆ ନେଇ ଆସିବ ।

ସେ ଚାଲିଗଲା ।

ମୁଁ ପଚାରିଲି– କଣ ହୋଇଛି ଗିରିଧାରୀଲାଲ ? ମୁଁ ତ ତୋତେ ଚିହ୍ନେ । ତୁ ମୋତେ ଚିହ୍ନି ପାରୁନୁ ? ସେହି ଯେ ସେଠର ବ୍ରହ୍ମା ମାହାତୋର ତମ୍ବୁରେ ମେଳା ସମୟରେ ତୋ ସାଙ୍ଗରେ ଦେଖା ହୋଇଥିଲା– ତୋହର କଣ ମନେ ନାହିଁ ? କୌଣସି ଭୟ ନାହିଁ, କହ, କଣ ହୋଇଛି ତୋହର ?

ଗିରିଧାରୀଲାଲ ଭୋ ଭୋ କରି କାନ୍ଦି ପକାଇଲା । ହାତ ଗୋଡ଼ କାଢ଼ି ଦେଖାଇ

କହିଲା- ହଜୁର, କାଟି ଯାଇ ଘା ହେଲା। କେଉଁଥିରେ ସେ ଘା ଭଲ ହେଲାନାହିଁ,
ଯେ ଯାହା କହିଲା ତାହା କଲି- ଘା କ୍ରମେ କ୍ରମେ ବଢ଼ିଲା। ତାହା ପାର ସମସ୍ତେ
କହିବାକୁ ଲାଗିଲେ- ତୋର କୁଷ୍ଠ ହୋଇଛି। ସେଇଥିପାଇଁ ଆଜିକି ଚାରି-ପାଞ୍ଚ ମାସ
ହେଲା ଏହି ରକମ କଷ୍ଟ ପାଉଛି। ବସ୍ତି ଭିତରେ ପୁରାଇ ଦେଉନାହାନ୍ତି। ଭିକ ମାଗି
କୌଣସି ମତେ ଚଳୁଛି। ରାତିରେ କେଉଁଠି ଜାଗା ଦିଅନ୍ତି ନାହିଁ। ତେଣୁ ବଣ ଭିତରକୁ
ଯାଇ ଶୋଇପଡ଼ିବି ବୋଲି-

– ଏଣେ କୁଆଡ଼େ ଯାଉଥିଲୁ? ଏଠାକୁ କେମିତି ଭାବରେ ଆସିଲୁ?

ଗିରିଧାରୀଲାଲ ଯା ଭିତରେ ଧଇଁ ସଇଁ ହୋଇ ଯାଇଥିଲା। ଟିକିଏ ଦମ
ନେଇ ସେ କହିଲା- ପୂର୍ଣ୍ଣିୟା ଡାକ୍ତରଖାନାକୁ ଯାଉଥିଲି, ହଜୁର- ନ ହେଲେ ଘା ତ
ଭଲ ହେବ ନାହିଁ।

ଆଶ୍ଚର୍ଯ୍ୟ ନ ହୋଇ ରହିପାରିଲି ନାହିଁ। ବଞ୍ଚିବା ଲାଗି ମଣିଷର କି ଆଗ୍ରହ।
ଗିରିଧାରୀଲାଲ ଯେଉଁଠି ଅଛି, ପୂର୍ଣ୍ଣିୟା ସେଠାରୁ ଚାଳିଶ ମାଇଲରୁ କମ ହେବ ନାହିଁ-
ସାମନାରେ ମୋହନପୁରା ସଂରକ୍ଷିତ ଜଙ୍ଗଲ ପରି ଏକ ଶ୍ବାପଦସଂକୁଲ ଅରଣ୍ୟଭୂମି-
କ୍ଷତରେ ଅବଶ ହାତଗୋଡ଼ ନେଇ ସେ ଦୁର୍ଗମ ପାହାଡ଼-ଜଙ୍ଗଲର ବାଟ ଘାଟ ଡେଇଁ
ପୂର୍ଣ୍ଣିୟା ଡାକ୍ତରଖାନା ଅଭିମୁଖେ ଚାଲିଛି।

ଖଟିଆ ଆସିଲା। ସିପାହୀଙ୍କ ବସା କଟିରେ ଗୋଟିଏ ଖାଲି ଘରକୁ ନେଇଯାଇ
ତାକୁ ଶୁଆଇ ଦେଲି। ସିପାହୀମାନେ ମଧ କୁଷ୍ଠ ବୋଲି ଟିକିଏ ଆପଢ଼ି ଉଠାଇଥିଲେ,
ମାତ୍ର ମୁଁ ବୁଝାଇ ଦେବାରୁ ସେମାନେ ବୁଝିଗଲେ।

ଗିରିଧାରୀଲାଲ ଖୁବ୍ କ୍ଷୁଧାର୍ତ ବୋଲି ମନେ ହେଲା। ଅନେକ ଦିନ ହେଲା
ସେ ଯେମିତି ପେଟପୁରା ଖାଇବାକୁ ପାଇ ନାହିଁ। କିଛି ଗରମଦୁଧ ପିଆଇ ଦେବାରୁ
ସେ ଟିକିଏ ସୁସ୍ଥ ହେଲା।

ସନ୍ଧ୍ୟାବେଳେ ତାହାର ଘରକୁ ଯାଇ ଦେଖେ ତ ସେ ନିଘୋଡ଼ ନିଦରେ
ଶୋଇ ପଡ଼ିଛି।

ପରଦିନ ସ୍ଥାନୀୟ ବିଶିଷ୍ଟ ଚିକିତ୍ସକ ରାଜୁପାଣ୍ଡେକୁ ଡକାଇଲି। ରାଜୁ ଗମ୍ଭୀର
ମୁହଁରେ ଅନେକ ବେଳଯାଏ ରୋଗୀର ନାଡ଼ି ପରୀକ୍ଷା କଲା। ରାଜୁକୁ ପଚାରିଲି-
ଦେଖ, ତୁମ ଦ୍ୱାରା ହେବ, ନା ପୂର୍ଣ୍ଣିୟାକୁ ପଠାଇବି?

ରାଜୁ ଆହତ ଅଭିମାନର ସ୍ୱରରେ କହିଲା- ହଜୁର, ଆପଣଙ୍କ ବାପ-ମାଆଙ୍କ
ଆଶୀର୍ବାଦରୁ ଅନେକ ଦିନ ହେଲା ଏହି କାମ କରିଆସୁଛି। ପନ୍ଦରଟା ଦିନ ଭିତରେ
ଘା ଭଲ ହୋଇଯିବ।

ପରେ ବୁଝି ପାରିଲି, ଗିରିଧାରୀକୁ ଡାକ୍ତରଖାନାକୁ ପଠାଇ ଦେଇଥିଲେ ଭଲ ହୋଇଥାନ୍ତା। ଘା ଯୋଗୁ ନୁହେଁ, ରାଜୁ ପାଣ୍ଡେର ଜଡ଼ିବୁଟି ଗୁଣରେ ପାଞ୍ଚ-ଛଅ ଦିନ ଭିତରେ ଘା'ର ଚେହେରା ବଦଳିଗଲା– କିନ୍ତୁ ମୁସ୍କିଲ ହେଲା ତାହାର ସେବାଶୁଶ୍ରୂଷା ନେଇ। ତାକୁ କେହି ଛୁଇଁବାକୁ ଚାହାନ୍ତି ନାହିଁ, ତାହାର ଘା'ରେ ଔଷଧ ଲଗାଇ ଦେବାକୁ କେହି ରାଜି ହୁଅନ୍ତି ନାହିଁ, ଆଉ ତାହାର ପାଣି ପିଇବା ଲୋଟାଟି ସୁଦ୍ଧା ଟିକିଏ ମାଜି ଦେବାକୁ ସମସ୍ତେ ଆପତ୍ତି କରନ୍ତି।

ତାହା ପରେ ବିଚରାକୁ ହେଲା ଜର, ଖୁବ୍ ବେଶୀ ଜର।

ନିରୁପାୟ ହୋଇ କୁନ୍ତାକୁ ଡକାଇଲି। ତାହାକୁ କହିଲି– ବସ୍ତିରୁ ଜଣେ ଗାଙ୍ଗୋତା ମାଇକିନା ଡାକି ଦିଅ, ପଇସା ଦେବି। ୟାକୁ ଟିକିଏ ଦେଖାଶୁଣା କରିବ। କୁନ୍ତା ତିଲେ ହେଲେ କି ନ ଭାବି ନ ଚିନ୍ତି ତତ୍‌କ୍ଷଣାତ୍ କହିଲା ମୁଁ କରିବି, ବାବୁଜୀ। ପଇସା ଦେବାକୁ ପଡ଼ିବ ନାହିଁ।

କୁନ୍ତା ରାଜପୁତର ସ୍ତ୍ରୀ, ସେ ଗାଙ୍ଗୋତା ରୋଗୀର ସେବା କରିବ କିପରି ? ଭାବିଲି, ବୋଧହୁଏ ସେ ମୋ କଥା ବୁଝି ପାରିନାହିଁ।

କହିଲି– ସେ ତ ଉଠିବସି ପାରୁନାହିଁ, ତାହାର ଅଇଁଠା ବାସନ ମାଜିବାକୁ ହେବ, ତାକୁ ଖୁଆଇ ଦେବାକୁ ହେବ। ସେ ସବୁ ତୁମ ଦେଇ କେମିତି ହେବ ?

କୁନ୍ତା କହିଲା– ଆପଣ ହୁକୁମ ଦେଲେ ମୁଁ ସବୁ କରିବି। ମୁଁ ରାଜପୁତ କାହିଁକି ହେବି, ବାବୁଜୀ ? ମୋର ଜାତି-ଭାଇ କେହି ଏତେ ଦିନଯାଏ କଣ ମୋତେ ଦେଖିଛନ୍ତି ? ଆପଣ ଯାହା କହିବେ ତାହା ମୁଁ କରିବି। ମୋର ଫେର୍ ଜାତି-ପତି କଣ !

ରାଜୁ ପାଣ୍ଡେର ଜଡ଼ିବୁଟି ଗୁଣରୁ ଓ କୁନ୍ତାର ସେବା ଶୁଶ୍ରୂଷାରୁ ମାସକ ଭିତରେ ଗିରିଧାରୀଲାଲ ତାଜା ହୋଇ ଉଠିବସିଲା। ଏଥିପାଇଁ କୁନ୍ତାକୁ କିଛି ଦେବାରୁ ସେ ନେଲା ନାହିଁ। ଦେଖିଲି, ଇତି ମଧ୍ୟରେ ସେ ଗିରିଧାରୀଲାଲକୁ 'ବାବା' ବୋଲି ଡାକିବାକୁ ଆରମ୍ଭ କରିଛି। କହିଲା– ଆହା, ବାବା ବିଚରା ବଡ଼ ଦୁଃଖୀ, ବାବାର ସେବା କରି ଫେର ପଇସା ନେବି ? ଧରମରାଜ କଣ ମଥା ଉପରେ ନାହାନ୍ତି ?

ଜୀବନରେ ଯେଉଁ କେତୋଟି ସତ୍‌କାର୍ଯ୍ୟ କରିଛି, ତା' ଭିତରୁ ଗୋଟିଏ ପ୍ରଧାନ ସତ୍ କାର୍ଯ୍ୟ ହେଉଛି ନିରୀହ ଓ ନିଃସ୍ୱ ଗିରିଧାରୀଲାଲକୁ ବିନା ସଲାମୀରେ କିଛି ଜମି ଦେଇ ଲବଟୁଲିୟାରେ ବସାଇବା।

ଦିନେ ତାହାର ଖୁପରୀକୁ ଯାଇଥିଲି।

ସେ ନିଜ ହାତରେ ସଫା କରି ନିଜର ପାଞ୍ଚ ବିଘା ଜମିରେ ଗହମ ବୁଣିଛି। ଖୁପରୀର ଚାରିପଟେ କେତେଗୁଡ଼ିଏ କଣ୍ଟା ଲେମ୍ବୁ ଗଛ ଲଗାଇଛି।

– ଏତେ କଣ୍ଢା-ଲେମ୍ବୁ ଗଛ କ'ଣ ହେବ ଗିରିଧାରୀଲାଲ ?

– ହଜୁର, ସେଗୁଡ଼ାକ ସରବତୀ ଲେମ୍ବୁ । ମୁଁ ଖାଇବାକୁ ଭାରି ଭଲପାଏଁ । ଚିନି ବା ମିଶ୍ରି ତ ଆମକୁ ଯୁଟେ ନାହିଁ, ଗୁଡ଼ରେ ସରବତ କରି ଏହି ଲେମ୍ବୁ ରସ ଦେଇ ଖାଇଲେ ଭାରି ଭଲ ଲାଗେ ।

ଦେଖିଲି, ଆଶାର ଆନନ୍ଦରେ ଗିରିଧାରୀଲାଲର ନିରୀହ ଚକ୍ଷୁ ଦୁଇଟି ଉଜ୍ଜ୍ୱଲ ଦିଶୁଛି ।

– ଭଲ କଲମୀ ଲେମ୍ବୁ । ଗୋଟାଏ ଗୋଟାଏ ପାଏ ଲେଖାଏଁ ହେବ । ଅନେକ ଦିନରୁ ମୋର ଇଚ୍ଛା ଥିଲା, ଯଦି କେବେ କିଛି ଜମିବାଡ଼ି କରିପାରେଁ, ତାହାହେଲେ ଭଲ ସରବତୀ ଲେମ୍ବୁଗଛ ଲଗାଇବି । ପର ଦୁଆରକୁ ଲେମ୍ବୁ ମାଗିବାକୁ ଯାଇ କେତେ ଥର ଅପମାନ ପାଇଛି, ହଜୁର । ସେ ଦୁଃଖ ଆଉ ରହିବ ନାହିଁ ।

ଅଷ୍ଟାଦଶ ପରିଚ୍ଛେଦ

୧

ଏଠାରୁ ଚାଲି ଯିବାର ସମୟ ହୋଇଛି । ଥରେ ଭାନୁମତୀ ସାଙ୍ଗରେ ଯାଇ ଦେଖା କରିବାକୁ ପ୍ରବଳ ଇଚ୍ଛା ହେଲା । ଧନ୍ଝରି ଶୈଳମାଳା ଗୋଟିଏ ସୁନ୍ଦର ସ୍ୱପ୍ନ କରି ମୋ ମନକୁ ଅଧିକାର କରି ବସିଛି– ତାହାର ବନାନୀ... ତାହାର ଜ୍ୟୋସ୍ନାଲୋକିତ ରାତ୍ରି...

ଯୁଗଳପ୍ରସାଦକୁ ସାଙ୍ଗରେ ନେଲି ।

ଯୁଗଳପ୍ରସାଦ ତହସିଲଦାର ସଜ୍ଜନ ସିଂର ଘୋଡ଼ାରେ ବସିଥିଲା–

ଆମ ମାହାଲର ସୀମା ନ ଟପୁଣୁ କହିଲା– ହଜୁର, ଏ ଘୋଡ଼ା ଆଉ ଚଲିବ ନାହିଁ, ଜଙ୍ଗଲ ରାସ୍ତାରେ ଅମାନିଆ ହୋଇ ଦୁଣ୍ଡିଲେ ସେ ତ କଟାଡ଼ି ପଡ଼ିବ, ସଙ୍ଗେ ସଙ୍ଗେ ମୋର ବି ଗୋଡ଼ ଭାଙ୍ଗିଯିବ । ବଦଲାଇ ନେଇ ଆସେଁ ।

ତାକୁ ଆଶ୍ୱାସନା ଦେଲି । ସଜ୍ଜନ ସିଂ ଭଲ ସବାର, ସେ କେତେଥର ଏହି ଘୋଡ଼ା ନେଇ ପୂର୍ଣ୍ଣିଆକୁ ମକଦମା ତଦ୍‌ବିର କରିବାକୁ ଯାଇଛି । ପୂର୍ଣ୍ଣିଆ ଯିବାକୁ ହେଲେ ଯେଉଁ ବାଟରେ ଯିବାକୁ ହୁଏ, ଯୁଗଳପ୍ରସାଦର ତାହା ନିଶ୍ଚୟ ଅଜ୍ଞାତ ନୁହେଁ ।

ଶୀଘ୍ର କାରୋ ନଦୀ ପାର ହେଲୁ ।

ତାହା ପରେ ଅରଣ୍ୟ, ଅରଣ୍ୟ– ସୁନ୍ଦର, ଅପୂର୍ବ, ଘନ ନିର୍ଜନ ଅରଣ୍ୟ ! ଆଗରୁ କହିଛି, ଏ ଜଙ୍ଗଲର ମୁଣ୍ଡ ଉପରେ ଗଛପତ୍ର ସବୁ ଡାଲକୁ ଡାଲ ଛଦାଛଦି ହୋଇନାହିଁ– ଗଜା ଗଜା କେନ୍ଦୁ ଗଛ, ଶାଲ ଗଛ, ପଲାଶ, ମହୁଆ, କୋଲିର ଅରଣ୍ୟ– ପ୍ରସ୍ତରକୀର୍ଣ୍ଣ ରଙ୍ଗ ମାଟିର ମୁଣ୍ଡିଆ, ଉଚ୍ଚ ନୀଚା ମଝିରେ ମଝିରେ ମାଟି ଉପରେ ବନ୍ୟ ହସ୍ତୀର ପଦ-ଚିହ୍ନ । ଜନ ମାନବ ନାହାନ୍ତି ।

ଲବଟୁଲିୟାର ନୂତନ ତିଆରି ଘଞ୍ଚ କୁଶ୍ରୀ ଟୋଲା ଓ ବସ୍ତି ଏବଂ ଏକ ଧରଣର ଧୂସର ଚାଷ ଜମି ଦେଖିବା ପରେ ନିଶ୍ୱାସ ଛାଡ଼ି ବଞ୍ଚିଲି। ଏ ପ୍ରକାର ଅରଣ୍ୟ ପ୍ରଦେଶ ଏଆଡ଼େ ଆଉ କେଉଁଠି ନାହିଁ।

ଏହି ରାସ୍ତାର ସେହି ଦୁଇଟି ବନ୍ୟ ଗ୍ରାମ୍ୟ- ବୁରୁଡ଼ି ଓ କୁଲ୍‌ପାଲ- ଦିନ ବାରଟା ଭିତରେ ଛାଡ଼ି ଦେଇ ଗଲୁଁ। ତାହା ପରେ ଫାଙ୍କା ଜଙ୍ଗଲ ପଛରେ ପଡ଼ି ରହିଲା- ସାମ୍‍ନାରେ ବଡ଼ ବଡ଼ ବନସ୍ପତିର ଘନ ଅରଣ୍ୟ। କାର୍ତ୍ତିକର ଶେଷ, ଥଣ୍ଡା ପବନ- ଲେଶ ମାତ୍ର ଗରମ ନାହିଁ।

ଦୂରରେ ଧନ୍‌ଝରି ପାହାଡ଼ ଶ୍ରେଣୀ ବେଶ୍ ସ୍ପଷ୍ଟ ହୋଇ ଫୁଟି ଉଠିଲା।

ସନ୍ଧ୍ୟା ପରେ କଚେରୀରେ ପହଞ୍ଚିଲି। ଯେଉଁ ବିଡ଼ିପତ୍ର ଜଙ୍ଗଲକୁ ଆମ ଷ୍ଟେଟ ନିଲାମର ଡାକି ଧରିଥିଲା, ଏ କଚେରୀ ହେଉଛି ସେହି ଜଙ୍ଗଲର ଠିକାଦାରର।

ଲୋକଟା ମୁସଲମାନ, ଶାହାବାଦ ଜିଲାରେ ଘର। ନାମ ଆବଦୁଲ ଓ୍ୱାହେଦ। ଖୁବ୍ ଖାତିର କରି ସେ ମୋତେ ରଖାଇଲା। କହିଲା- ସନ୍ଧ୍ୟାବେଳେ ପହଞ୍ଚିଛନ୍ତି, ଭଲ ହୋଇଛି, ବାବୁଜୀ। ଜଙ୍ଗଲରେ ଭାରି ବାଘ ଭୟ।

ନିର୍ଜ୍ଜନ ରାତି।

ବଡ଼ ବଡ଼ ଗଛରେ ଶନ୍ ଶନ୍ ହୋଇ ପବନ ଧକ୍କା ଖାଉଛି।

କଥାଟା ଶୁଣି କଚେରୀର ବାରଣ୍ଡାରେ ବସିବାକୁ ଭରସି ହେଲା ନାହିଁ।

ଝରକା ଖୋଲି ଦେଇ ଘର ଭିତରେ ବସି ଗପ କରୁଛି- ହଠାତ୍ ବଣ ଭିତରେ କଅଣ ଗୋଟାଏ ଜନ୍ତୁ ଡାକ ଛାଡ଼ିଲା। ଯୁଗଲକୁ ପଚାରିଲି- କଣ ସେଟା ?

ଯୁଗଲ କହିଲା- ସେ କିଛି ନୁହେଁ, ହୁଡ଼ାଲ। ଅର୍ଥାତ୍ ହେଟା ବାଘ।

ଥରେ ଗଭୀର ରାତିରେ ବଣ ଭିତରେ ହେଟାର ହସ ଶୁଣାଗଲା- ହଠାତ୍ ଶୁଣିଲେ ଭୟରେ ଛାତିର ରକ୍ତ ଜମାଟ ବାନ୍ଧିଯାଏ, ଠିକ୍ ସେମିତି କାଶ ରୋଗୀର ହସ, ମଝିରେ ମଝିରେ ଦମ ବନ୍ଦ ହୋଇଯାଏ, ମଝିରେ ମଝିରେ ହସର ଉଚ୍ଛ୍ୱାସ।

ପରଦିନ ଭୋରରୁ ବାହାରି ସକାଳ ନଅଟା ଭିତରେ ଦୋବରୁ ପାନ୍ନାର ରାଜଧାନୀ ଚକ୍‌ମକିଟୋଲାରେ ଯାଇ ପହଞ୍ଚିଲି। ମୋର ଅପ୍ରତ୍ୟାଶିତ ଆଗମନରେ ଭାନୁମତୀ କି ଖୁସି! ତାହାର ମୁହଁ-ଆଖିରେ ଖୁସି ଯେମିତି ଚାପି ହୋଇ ରହିପାରୁନି, ଉଛୁଳି ପଡ଼ୁଚି।

– ଆପଣଙ୍କ କଥା କାଲି ଭାବୁଥିଲି, ବାବୁଜୀ। ଏତେଦିନ ହେଲା କାହିଁକି ଆସିଲେ ନାହିଁ ?

ଭାନୁମତୀ ଟିକିଏ ଡେଙ୍ଗୀ ଦିଶୁଛି, ଟିକିଏ ରୋଗଣା ବି। ତାହା ଛଡ଼ା ମୁଖଶ୍ରୀ ଠିକ୍ ସେମିତି ଲାବଣ୍ୟ ଭରା ସେହି ନିଟୋଲ ଗଢ଼ଣ ଅବିକଳ ସେମିତି ଅଛି।

– ଝରଣାରେ ଗାଧୋଇବେ ତ ? ମହୁଆ ତେଲ ଆଣିବି, ନା କଡୁଆ ତେଲ ? ଚାଲନ୍ତୁ ଦେଖିବେ ଏଥର ବର୍ଷାରେ ଝରଣାର ପାଣି କି ସୁନ୍ଦର ହୋଇଛି ।

ଆଉ ଗୋଟାଏ କଥା ଲକ୍ଷ୍ୟ କରି ଆସୁଛି– ଭାନୁମତୀ ଭାରି ପରିଷ୍କାର ପରିଚ୍ଛନ୍ନ, ସେହି ବିଷୟରେ ସାଧାରଣ ସାନ୍ତାଲ ଝିଅମାନଙ୍କ ସାଙ୍ଗରେ ତାହାର ତୁଲନା ହୋଇନପାରେ– ତାହାର ବେଶଭୂଷା ଓ ପ୍ରସାଧନର ସହଜ ସୌନ୍ଦର୍ଯ୍ୟ ଓ ରୁଚିବୋଧ ହିଁ ତାକୁ ଅଭିଜାତ ବଂଶର ଝିଅ ବୋଲି ପରିଚୟ ଦିଏ ।

ଯେଉଁ ମାଟି ଘରର ମେଲାରେ ବସିଛୁଁ, ତାରି ଅଗଣାରେ ଚାରି ପାଖରେ ବଡ଼ ବଡ଼ ଅସନ ଓ ଅର୍ଜୁନ ଗଛ । ଦଳେ ସବୁଜ ବଣଶୁଆ ସାମନା ଅସନ ଗଛଟାର ଡାଳରେ କଳରବ କରୁଛନ୍ତି । ହେମନ୍ତର ପ୍ରଥମ ଭାଗ, ବେଳ ବୁଡ଼ିଲେ ସୁଦ୍ଧା ପବନ ହେମାଳ ଅଛି । ମୋ ସାମନାରେ ଅଧମାଇଲରୁ କମ୍ ଦୂରରେ ଧନଝରି ପାହାଡ଼ ଶ୍ରେଣୀ, ପାହାଡ଼ର ଦେହ ବହି ଚିରା ସିନ୍ଦୁ ପରି ରାସ୍ତା ତଳକୁ ଗଡ଼ି ଆସିଛି– ଏକ ଦିଗରେ ଅନେକ ଦୂରରେ ନୀଳ ମେଘ ପରି ଦୃଶ୍ୟମାନ ଗୟା ଜିଲ୍ଲାର ପାହାଡ଼ ଶ୍ରେଣୀ ।

ବିଡ଼ିପତ୍ର ଜଙ୍ଗଲ ଠିକା ନେଇ ଏହି ଶାନ୍ତ ଜନ-ବିରଳ ବନ୍ୟ ପ୍ରଦେଶର ପଲ୍ଲବାଚ୍ଛାଦିତ ଉପତ୍ୟକାର କୌଣସି ପାହାଡ଼ୀ ଝରଣାର ତୀରରେ ହେଲେ କୁଟୀର ବାନ୍ଧି ଚିରଦିନ ବାସ କରିଥାନ୍ତି ! ଲବଟୁଲିୟା ତ ଗଲା, ମାତ୍ର ଭାନୁମତୀର ଦେଶରେ ଏହି ବଣକୁ କେହି ନଷ୍ଟ କରିବେ ନାହିଁ । ଏ ଅଞ୍ଚଲର ମାଟିରେ ମୋରମ, କଙ୍କର ଓ ପାଇଓରାଇଟ୍ ବେଶୀ, ତେଣୁ ଫସଲ ସେମିତି ହୁଏ ନା– ହେଉଥିଲେ ଏ ବଣ କେଉଁ କାଳରୁ ଉଭେଇ ଯାଆନ୍ତାଣି । ତେବେ ଯଦି ତମ୍ବା ଖଣି ବାହାରିପଡ଼େ, ସେ ତ ସ୍ୱତନ୍ତ୍ର କଥା ।...

ତମ୍ବା କାରଖାନାର ଚିମଣି, ଟ୍ରଲି ଲାଇନ, ଧାଡ଼ି ଧାଡ଼ି କୁଲି ବସ୍ତି, ମଇଳା ପାଣିର ନଳା, ଇଞ୍ଜିନ-ନିର୍ଗତ କୋଇଲା ପାଉଁଶର ସ୍ତୂପ– ଦୋକାନ ଘର, ଚାହା ଦୋକାନ, ଶସ୍ତା ସିନେମାର 'ଜୋୟାନୀ-ହାୟାଁ'ଓ 'ଶେର ଶମେଶେର', 'ପ୍ରଣୟେର ଜେର' (ମାଟିନିରେ ତିନି ଅଣା, ପୂର୍ବାହ୍ନରେ ଆସନ ଦଖଲ କରନ୍ତୁ) – ଦେଶୀମଦ ଦୋକାନକୁ, ଦରଜୀ ଦୋକାନ, ହୋମିଓ ଫାର୍ମାସୀ (ସମାଗତ ଦରିଦ୍ର ରୋଗୀମାନଙ୍କୁ ବିନା ମୂଲ୍ୟରେ ଚିକିସା କରାଯାଏ), ଆଦି ଓ ଅକୃତ୍ରିମ ଆଦର୍ଶ ହିନ୍ଦୁ ହୋଟେଲ ।

କଳର ବଂଶୀରେ ତିନିଟାରେ ସିଟି ବାଜିଲା ।

ଭାନୁମତୀ ମୁଣ୍ଡରେ ଇଞ୍ଜିନର ଝଡ଼ା କୋଇଲା ଟୋକେଇ ଧରି ବଜାରରେ ବୁଲି ବିକିବାକୁ ବାହାରିଛି– କୋ–ଇ–ଲା–ଲୋ–ଡ଼ା– ଟୋକେଇ ଚାରି ପଇସା ।

ଭାନୁମତୀ ତେଲ ଆଣି ସାମନାରେ ଠିଆ ହେଲା । ତାଙ୍କ ଘରର ସମସ୍ତେ ଆସି

ନମସ୍କାର କରି ମୋତେ ଘେରି ଠିଆ ହେଲେ। ଭାନୁମତୀର ସାନ କକା ନବୀନ ଯୁବକ ଜଗରୁ ଖଣ୍ଡିଏ ଗଛର ଡାଲ୍ ଛେଲି ଛେଲି ଆସି ମୋ ଆଡ଼କୁ ଚାହିଁ ହସିଦେଲା। ଏହି ପିଲାଟିକୁ ମୁଁ ଖୁବ୍ ପସନ୍ଦ କରେ। ତାହାର ଚେହେରା ରାଜପୁତ୍ର ପରି, କଳା ଦେହରେ କି ରୂପ! ଏମାନଙ୍କର ଘର ଭିତରେ ଏହି ଯୁବକ ଓ ଭାନୁମତୀ, ଏହି ଦୁଇଜଣଙ୍କୁ ଦେଖିଲେ ସତରେ ଯେ ଏମାନେ ବନ୍ୟ ଜାତି ଭିତରେ ଅଭିଜାତ ବଂଶ, ଏହା ସ୍ୱୀକାର ନ କରିବାର ବାଟ ନାହିଁ।

ପଚାରିଲି- କି ଜଗରୁ, ଶିକାର-ଫିକାର କେମିତି ଚାଲିଛି ?

ଜଗରୁ ହସି ହସି କହିଲା- ଆପଣଙ୍କୁ ଆଜି ଖୁଆଇବି ବାବୁଜୀ, କିଛି ଚିନ୍ତା କରିବେ ନାହିଁ। କହନ୍ତୁ କଣ ଖାଇବେ, ଢିଙ୍କ, ନା ହରିଣ ନା ବଣ କୁକୁଡ଼ା ?

ଗାଧୋଇ ଆସିଲି। ଭାନୁମତୀ ନିଜର ସେହି ଅଇନା ଖଣ୍ଡିକ (ସେଥର ଯେଉଁଟା ପୂର୍ଣ୍ଣିଆରୁ ଆଣି ଦେଇଥିଲି) ଓ ଖଣ୍ଡିଏ କାଠ ପାନିଆ ମୁଣ୍ଡ କୁଣ୍ଢାଇବା ପାଇଁ ଆଣିଦେଲା।

ଆହାରାଦି ପରେ ବିଶ୍ରାମ କରୁଛି, ଏଣେ ବେଳ ଗଡ଼ି ଯାଉଛି, ଭାନୁମତୀ ପ୍ରସ୍ତାବ କଲା- ବାବୁଜୀ ଉଠନ୍ତୁ, ପାହାଡ଼ ଚଢ଼ିବେ ନାହିଁ ? ଆପଣ ପରା ସେୟା ଭଲ ପାନ୍ତି।

ଯୁଗଳପ୍ରସାଦ ଶୋଇ ପଡ଼ିଥିଲା। ସେ ଉଠିବାରୁ ଆମେ ବୁଲି ବାହାରିଲୁ। ସାଙ୍ଗରେ ଗଲେ ଭାନୁମତୀ, ତାହାର ଖୁଡ଼ୁତା ଝିଅ ଭଉଣୀ- ଜଗରୁ ପାନ୍ନାର ମଝିଆ ଭାଇର ଝିଅ, ବୟସ ବାର ବର୍ଷ- ଆଉ ଯୁଗଳପ୍ରସାଦ।

ଅଧ ମାଇଲିଏ ଚାଲି ଚାଲି ଯାଇ ପାହାଡ଼ ତଳେ ପହଞ୍ଚିଲୁ।

ଧନ୍ଝିରିର ପାଦ ମୂଳରେ ଏହି ସ୍ଥାନରେ ବଣର ଦୃଶ୍ୟ ଏତେ ଅପୂର୍ବ ଯେ, କିଛି ସମୟ ଠିଆ ହୋଇ ଦେଖିବାକୁ ଇଚ୍ଛା ହୁଏ। ଯେଉଁ ଦିଗକୁ ଆଖି ବୁଲାଏଁ ଦେଖେଁ ତେଣେ ବଡ଼ ବଡ଼ ଗଛ, ଲତା, ଉପଲ-ମିଶ୍ରିତ ଝରଣାର ଖାତ, ଇତସ୍ତତଃ ବିକ୍ଷିପ୍ତ ଛୋଟ-ବଡ଼ ଶିଳା-ସ୍ତୂପ। ଧନ୍ଝିରି ଆଡ଼କୁ ବଣ ଓ ପାହାଡ଼ର ଅନ୍ତରାଳରେ ଆକାଶଟା କେମିତି ସରୁ ହୋଇ ଯାଇଛି, ସାମନାରେ ଲାଲ ଗୋଡ଼ି-ମାଟିର ରାସ୍ତା ଉଞ୍ଚା ହୋଇ ଘନ ଜଙ୍ଗଲ ଭିତର ଦେଇ ପାହାଡ଼ର ସେ ପାଖରେ ଯାଇ ଉଠିଛି, କେମିତି ଶୁଖିଲା ଖଡ଼ ଖଡ଼ ଟାଣ ମାଟି, କେଉଁଠି ଓଦା କି ସନ୍ତସନ୍ତିଆ ନୁହେଁ। ଝରଣାର ଖାତରେ ବି ଟିକିଏ ହେଲେ ପାଣି ନାହିଁ।

ପାହାଡ଼ ଉପରେ ଘନ ବଣ ଭିତରେ କିଛି ଦୂର ଯିବାରୁ ଗୋଟାଏ ମଧୁର ସୁଗନ୍ଧରେ ମନ ପ୍ରାଣ ଉନ୍ମତ୍ତ ଉତ୍ଫୁଲ୍ଲ ହୋଇଗଲା, ଗନ୍ଧଟା ଅତ୍ୟନ୍ତ ପରିଚିତ- ପ୍ରଥମେ ଧରିପାରିଲି ନାହିଁ। ତା'ପରେ ଚାରିକଡ଼କୁ ଚାହିଁ ଦେଖିଲି- ଧନ୍ଝିରି ପାହାଡ଼ରେ ଯେ

ଏତେ ଛତିଅନା ଗଛ ପୂରି ରହିଛି ତାହା ପୂର୍ବରୁ ଲକ୍ଷ୍ୟ କରି ନାହିଁ- ଏକ୍ଷଣି ପ୍ରଥମ ହେମନ୍ତରେ ଛତିଅନା ଗଛରେ ଫୁଲ ଫୁଟିଛି, ତାରି ସୁବାସ।

ସେ କଣ ଦୁଇ-ଚାରିଟା ଛତିଅନା ଗଛ? ସପ୍ତବର୍ଣ୍ଣର ବଣ, ସପ୍ତବର୍ଣ୍ଣ ଆଉ କେହିକଦମ୍ବ- କଦମ୍ବ ଫୁଲ ଗଛ ନୁହେଁ, କେଳି କଦମ୍ବ ଭିନ୍ନ ଜାତୀୟ ଗଛ, ସାଗୁଆନ୍ ପତ୍ର ପରି ବଡ଼ ବଡ଼ ପତ୍ର, ଚମତ୍କାର ବଙ୍କା ଢଙ୍କା ଶାଖା-ପ୍ରଶାଖା ବିଶିଷ୍ଟ ବନସ୍ପତି ଶ୍ରେଣୀୟ ବୃକ୍ଷ।

ହେମନ୍ତର ଏକ ଅପରାହ୍ନରେ ସୁଶୀତଳ ସମୀରଣରେ ପୁଷ୍ପିତ ବନ୍ୟ ସପ୍ତପର୍ଣ୍ଣର ଘନବଣରେ ଠିଆ ହୋଇ ନିଟୋଲ ସ୍ୱାସ୍ଥ୍ୟବତୀ କିଶୋରୀ ଭାନୁମତୀ ଆଡ଼କୁ ଚାହିଁ ମନେ ହେଲା, ମୂର୍ତ୍ତିମତୀ ବନଦେବୀଙ୍କ ସଙ୍ଗଲାଭ କରି ମୁଁ ଧନ୍ୟ ହୋଇଛି- କୃଷ୍ଣା ବନଦେବୀ। ସେ ତ ରାଜକୁମାରୀ ସତ, ଏହି ବନାଞ୍ଚଳ, ଏହି ପାହାଡ଼, ସେହି ମିଚ୍ଛି ନଦୀ ଓ କାରୋ ନଦୀର ଉପତ୍ୟକା, ଏଣେ ଧନ୍ଝରି ଆଉ ତେଣେ ନଓ୍ୱାଦାର ଶୈଳଶ୍ରେଣୀ- ଏହି ସମସ୍ତ ସ୍ଥାନ ଏକ ସମୟରେ ଯେଉଁ ପରାକ୍ରାନ୍ତ ରାଜବଂଶର ଅଧୀନ ଥିଲା, ସେ ଏହି ରାଜବଂଶର କନ୍ୟା- ଆଜି ଭିନ୍ନ ଯୁଗର ଆବହାଓ୍ୱାରେ ଭିନ୍ନ ସଭ୍ୟତାର ସଂଘାତରେ ଯେଉଁ ରାଜବଂଶ ବିପର୍ଯ୍ୟସ୍ତ, ଦରିଦ୍ର, ପ୍ରଭାବହୀନ- ତେଣୁ ଆଜି ଭାନୁମତୀକୁ ସାନ୍ତାଳ ଝିଅ ରୂପେ ଦେଖୁଛି। ତାକୁ ଦେଖିଲା ମାତ୍ରେ ଅଲିଖିତ ଭାରତବର୍ଷର ଇତିହାସର ଏହି ବିୟୋଗାନ୍ତ ଅଧ୍ୟାୟଟି ମୋ ମାନସ ପଟରେ ଭାସିଯାଏ।

ଆଜିର ଏହି ଅପରାହ୍ନଟି ମୋ ଜୀବନର ଆହୁରି ବହୁ ସୁନ୍ଦର ଅପରାହ୍ନ ସାଙ୍ଗରେ ମିଶି ମଧୁମୟ ସ୍ମୃତିର ସମାରୋହରେ ଉଜ୍ଜ୍ୱଲ ହୋଇଗଲା - ସ୍ୱପ୍ନ ପରି ମଧୁର, ସ୍ୱପ୍ନ ପରି ଅବାସ୍ତବ।

ଭାନୁମତୀ କହିଲା- ଚାଲନ୍ତୁ, ଆଉ ଉପରକୁ ଉଠିବେ ନାହିଁ?

- କି ସୁନ୍ଦର ଫୁଲର ଗନ୍ଧ କୁହ ତ! ଟିକିଏ ବସିବ ନାହିଁ ଏଠାରେ? ସୂର୍ଯ୍ୟ ଅସ୍ତ ହେଉଛନ୍ତି, ଦେଖିବା-

ଭାନୁମତୀ ହସହସ ମୁଖରେ କହିଲା- ଆପଣଙ୍କର ଯାହା ଖୁସି, ବାବୁଜୀ। ବସିବାକୁ କହିଲେ ଏଠାରେ ବସିବି। କିନ୍ତୁ ଜେଜେଙ୍କ କବରରେ ଫୁଲ ଚଢ଼ାଇବେ ନାହିଁ? ସେହି ଯେ ଆପଣ ଶିଖାଇ ଦେଇଥିଲେ, ମୁଁ ନିତି ଫୁଲ ଚଢ଼ାଇବାକୁ ପାହାଡ଼କୁ ଆସେଁ। ଏକ୍ଷଣି ତ ବଣରେ କେତେ ଫୁଲ।

ଦୂରରେ ମିଚ୍ଛି ନଦୀ ଉତ୍ତରମୁଖୀ ହୋଇ ପାହାଡ଼ ତଳ ଦେଇ ଘୁରି ଯାଉଛି। ନଓ୍ୱାଦା ଆଡ଼େ ଯେଉଁ ଅସ୍ପଷ୍ଟ ପାହାଡ଼ ଶ୍ରେଣୀ, ତାରି ପଛରେ ସୂର୍ଯ୍ୟ ଅସ୍ତ ଗଲେ। ସଙ୍ଗେ ସଙ୍ଗେ ପାହାଡ଼ି ହାଓ୍ୱା ଆହୁରି ଶୀତଳ ହୋଇଗଲା। ଛତିଅନା ଫୁଲର ସୁବାସ

ଆହୁରି ଘନ ହୋଇଗଲା ଏବଂ ଛାୟା ଗାଢ଼ ହୋଇ ଶୈଳ ସାନୁର ବନସ୍ଥଳୀରେ, ନିମ୍ନସ୍ଥ ବନାବୃତ ଉପତ୍ୟକାରେ, ମିଛ ନଦୀର ପରପାରରେ ଗଣ୍ଡ-ଶୈଳମାଳାର ଗାତ୍ରରେ ଓହ୍ଲାଇ ପଡ଼ିଲା ।

ଭାନୁମତୀ ପେନ୍ଥାଏ ଛତିଅନା ଫୁଲ ତୋଳି ଗଛାରେ ଖୋସିଲା । କହିଲା- ବସିବି, ନା ଉଠିବେ ବାବୁଜୀ ?

ପୁଣି ଉଠିବାକୁ ଆରମ୍ଭ କଲି । ପ୍ରତ୍ୟେକଙ୍କ ହାତରେ ଖଣ୍ଡିଏ ଲେଖାଏଁ ଛତିଅନା ଫୁଲର ଡାଳ । ଏକବାରେ ପାହାଡ଼ ଉପରକୁ ଉଠିଗଲି । ସେହି ପ୍ରାଚୀନ ବରଗଛଟି ଓ ତାରି ତଳେ ପ୍ରାଚୀନ ରାଜ-ସମାଧ । ବଡ଼ ବଡ଼ ମସଲା-ବଟା ଶିଳ ଭଳି ପଥର ଚାରିଆଡ଼େ ପଡ଼ିଛି । ରାଜା ଦୋବରୁ ପାନ୍ନାଙ୍କ କବର ଉପରେ ଭାନୁମତୀ ଓ ତାହାର ଭଉଣୀ ନିଛକୀ ଫୁଲ ଚଢ଼ାଇଲେ । ମୁଁ ଓ ଯୁଗଳପ୍ରସାଦ ବି ଫୁଲ ଚଢ଼ାଇଲୁ ।

ଭାନୁମତୀ ବାଳିକା ସତ, ସରଳା ବାଳିକା ପରି ମହା ଖୁସୀ । ବାଳିକାଙ୍କ ପରି ଅନୁଯୋଗର ସ୍ୱରରେ ସେ କହିଲା- ଏଠାରେ ଟିକିଏ ଠିଆ ହେବା, ବାବୁଜୀ ? କେମିତି ? ଭଲ ଲାଗୁଛି ନା ?

ମୁଁ ଭାବୁଥିଲି- ଏହି ଶେଷ । ଆଉ ଏଠାକୁ ଆସିବି ନାହିଁ । ଏହି ପାହାଡ଼ ଉପରର ସମାଧ ସ୍ଥାନ, ଏ ବନାଞ୍ଚଳ ଆଉ ଦେଖିବି ନାହିଁ । ଧନ୍ଝରିର ଶୈଳ ଚୂଡ଼ାରେ ପୁଷ୍ପିତ ସପ୍ତପର୍ଣ୍ଣ ନିକଟରୁ, ଭାନୁମତୀ ନିକଟରୁ ଏହି ମୋର ଚିର-ବିଦାୟ । ଛଅବର୍ଷର ଦୀର୍ଘ ବନବାସ ସାଙ୍ଗ କରି କଳିକତା ନଗରୀକୁ ଫେରିଯିବି- କିନ୍ତୁ ଯିବାର ଦିନ ଘନେଇ ଆସିବା ସଙ୍ଗେ ସଙ୍ଗେ ଏମାନଙ୍କୁ କାହିଁକି ଏତେ ବେଶୀ ଜାବୁଡ଼ି ଧରୁଛି ।

କଥାଟା ଭାନୁମତୀକୁ କହିବାକୁ ଇଚ୍ଛା ହେଲା, ମୁଁ ଆଉ ଆସିବି ନାହିଁ ଶୁଣିଲେ ଭାନୁମତୀ କଣ କହିବ- ଜାଣିବାକୁ ଇଚ୍ଛା ହେଲା । କିନ୍ତୁ କଣ ହେବ ସରଳା ବନ- ବାଳାକୁ ବୃଥା ଭଲ ପାଇବାର, ଆଦରର କଥା କହି ?

ସନ୍ଧ୍ୟା ବେଳେ ଆଉ ଗୋଟିଏ ନୂତନ ସୁବାସ ମିଳିଲା । ପାଖ ଆଖରେ ବଣ ଭିତରେ ଯଥେଷ୍ଟ ଗଙ୍ଗଶିଉଳି ଗଛ ଅଛି । ବେଳ ଗଡ଼ିଯିବା ସଙ୍ଗେ ସଙ୍ଗେ ଶିଉଳୀ ଫୁଲର ଘନ ସୁଗନ୍ଧ ସାନ୍ଧ୍ୟ-ସମୀରଣକୁ ସୁମିଷ୍ଟ କରି ପକାଇଛି । ଛତିଅନା ବଣ ଏଠାରେ ନାହିଁ- ଆହୁରି ତଳକୁ ଗଲେ ପଡ଼ିବ । ଇତିମଧ୍ୟରେ ଗଛଲତାର ଡାଳରେ ଝୁଲ୍‌ଝୁଲିଆ ପୋକ ଜଳି ଉଠିଲେଣି । ପବନ କି ସତେଜ, ମଧୁର, ପ୍ରାଣାରାମ ! ସକାଳେ-ସଞ୍ଝେ ଏହି ପବନ ଉପଭୋଗ କଲେ ଆୟୁଷ ନ ବଢ଼ି ରହିବ ? ଓହ୍ଲାଇବାକୁ ଇଚ୍ଛା ହେଉ ନଥିଲା, କିନ୍ତୁ ବଣ ଜନ୍ତୁର ଭୟ ଅଛି- ତା ଛଡ଼ା ସାଙ୍ଗରେ ଭାନୁମତୀ ରହିଛି । ଯୁଗଳପ୍ରସାଦ ବୋଧ ହୁଏ ଭାବୁଥିଲା, କୌଣସି ନୂଆ କିସମର ଗଛ ଲତା ଏ ଜଙ୍ଗଲରୁ ନେଇ ଯାଇ

ଅନ୍ୟତ୍ର ରୋପଣ କରିପାରିବ କି ନା । ଦେଖିଲି, ତାହାର ସମସ୍ତ ମନୋଯୋଗ ନୂତନ ଲତାପତ୍ରର ଫୁଲ, ସୁଦୃଶ୍ୟ ପତ୍ରର ଗଛ ପ୍ରଭୃତି ଉପରେ ନିବଦ୍ଧ- ଅନ୍ୟ ଦିଗକୁ ତାହାର ଦୃଷ୍ଟି ନାହିଁ । ଯୁଗଳପ୍ରସାଦ ପାଗଳ ସତ, କିନ୍ତୁ ସେହି ଏକ ଧରଣର ପାଗଳ ।

ନୂରଜାହାନ କୁଆଡେ ପାରସ୍ୟରୁ ଚେନାର ଗଛ ଆଣି କାଶ୍ମୀରରେ ରୋପଣ କରିଥିଲେ । ଏବେଣି ନୂରଜାହାନ ନାହାନ୍ତି, କିନ୍ତୁ କାଶ୍ମୀର ଯାକ ସୁଦୃଶ୍ୟ ଚେନାର ବୃକ୍ଷରେ ଭରି ଯାଇଛି । ଯୁଗଳପ୍ରସାଦ ମରିଯିବ, କିନ୍ତୁ ସରସ୍ୱତୀ ହ୍ରଦର ଜଳରେ ଆଜିଠାରୁ ଶହେବର୍ଷ ପରେ ବି ହେମନ୍ତରେ ଫୁଟିଲା ସ୍ୱାଇଡ଼ାର-ଲିଲି ପବନରେ ସୁଗନ୍ଧ ଖେଳାଇବ, କିମ୍ବା କୌଣସି ନା କୌଣସି ବଣ ବୁଦାରେ ବନ୍ୟ ହଂସଲତାର ହଂସାକୃତି ନୀଳ ଫୁଲ ଦୋହଲିବ, ଯୁଗଳପ୍ରସାଦ ଯେ ଦିନେ ସେଗୁଡ଼ିକ ନାଡ଼ା, ବଇହାରର ଜଙ୍ଗଲକୁ ଆମଦାନି କରିଥିଲା- ଏ କଥା କେହି ନ କହିଲେ ନାହିଁ !

ଭାନୁମତୀ ପଚାରିଲା- ବାଁ ପଟେ ସେହି ଚାଁଡ଼ବାରୋର-ଗଛ ଚିହ୍ନିଛନ୍ତି ?

ବଣ ମଇଁଷିର ରକ୍ଷାକର୍ତା । ସଦୟ ଦେବତା ଚାଁଡ଼ବାରୋର ଗଛ ଅନ୍ଧକାରରେ ଚିହ୍ନି ପାରିଲି ନାହିଁ । ଆକାଶରେ ଜହ୍ନ ନାହିଁ, କୃଷ୍ଣ ପକ୍ଷ ରାତ୍ରି ।

ଅନେକ ତଳକୁ ଓହ୍ଲାଇ ଆସିଛୁଁ । ପୁଣି ସେହି ଛତିଅନା ବଣ । କି ମଧୁର ମନ-ମତାଣିଆ ସୌରଭ ।

ଭାନୁମତୀକୁ କହିଲି- ଟିକିଏ ବସିବା ।

ପରେ ସେହି ବଣ ପଥରେ ଅନ୍ଧକାରରେ ଓହ୍ଲାଉଁ ଓହ୍ଲାଉଁ ଭାବିଲି- ଲବଟୁଲିଆ ଯାଇଛି, ନାଡ଼ା ଓ ଫୁଲକିୟା ବଇହାର ଯାଇଛି- କିନ୍ତୁ ମହାଲିଖାରୂପ ପାହାଡ଼ ରହିଲା- ଭାନୁମତୀର ଧନଝରି, ପାହାଡ଼ର ବନଭୂମି ରହିଲା । ହୁଏତ ଦେଶରେ ଏମିତି ସମୟ ଆସିବ, ଯେତେବେଳେ ମଣିଷ ଅରଣ୍ୟ ଦେଖିବାକୁ ପାଇବ ନାହିଁ- ଖାଲି ବିଲବାଡ଼ି ଆଉ କଳକାରଖାନା । ଲୁଗାକଳର ଚିମନୀ ଆଖିରେ ପଡ଼ିବ । ଲୋକେ ଯେମିତି ତୀର୍ଥ କରିବାକୁ ଆସନ୍ତି, ସେତେବେଳେ ସେମାନେ ସେମିତି ଏହି ନିଭୃତ ଅରଣ୍ୟ ଅଞ୍ଚଳକୁ ଆସିବେ । ସେହିସବୁ ଅନାଗତ ଦିନର ମଣିଷଙ୍କ ପାଇଁ ଏ ବଣ ଅକ୍ଷୁର୍ଣ ଥାଉ ।

9

ରାତିରେ ବସି ଜଗରୁ ପାନ୍ନା ଓ ତାହାର ଭାଇ ଠାରୁ ସେମାନଙ୍କ ସମ୍ବନ୍ଧରେ ଅନେକ କଥା ଶୁଣିଲି । ଏବେ ସୁଦ୍ଧା ମହାଜନର ଦେଣା ସୁଝି ଯାଇନାହିଁ, ଧାର କରି ଦୁଇଟି ମଇଁଷ କିଣିବାକୁ ପଡ଼ିଛି, ନ କିଣିଲେ ଚଳୁ ନାହିଁ, ଗୟାରୁ ଜଣେ ମାରୁଆଡ଼ି

ମହାଜନ ଆଗରୁ ଆସି ଘିଅ କିଣି ନେଇ ଯାଉଥିଲା- ଆଜିକି ତିନି ଚାରିମାସ ହେଲା ତାହାର ଆଉ ଦେଖା ନାହିଁ। ପ୍ରାୟ ଅଧ ମହଣେ ଘିଅ ଘରେ ମହଜୁତ ଅଛି, ମାତ୍ର ଖରିଦଦାର ନାହିଁ।

ଭାନୁମତୀ ଆସି ମେଲାରେ ଗୋଟିଏ ପଟରେ ବସିଲା। ଯୁଗଳପ୍ରସାଦ ଅତ୍ୟନ୍ତ ଚାହାଖୋର, ମୁଁ ଜାଣେ ସେ ଚାହା-ଚିନି ସାଙ୍ଗରେ ଆଣିଛି। କିନ୍ତୁ ଲଜ୍ଜା ବଶତଃ ଗରମ ପାଣି କଥା କହି ପାରୁନାହିଁ। ତାହା ବି ମୁଁ ଜାଣେ। ପଚାରିଲି- ଟିକିଏ ଚାହା ପାଣି ଗରମ କରି ଦେଇପାରିବ କି ଭାନୁମତୀ ?

ରାଜକୁମାରୀ ଭାନୁମତୀ କେବେ ଚାହା କରିନାହିଁ। ଚାହା ଖାଇବାର ରୀତି ମଧ ଏଠାରେ ନାହିଁ। ତାକୁ ପାଣିର ପରିମାଣ ବୁଝାଇ ଦେବାରୁ ସେ ଗୋଟିଏ ମାଟିହାଣ୍ଡିରେ ପାଣି ଗରମ କରି ଆଣିଲା। ତାହାର ସାନ ଭଉଣୀ କେତୋଟି ପଥର ଗିନା ଆଣିଲା। ଭାନୁମତୀକୁ ଚାହା ଖାଇବାକୁ ଅନୁରୋଧ କଲି, ସେ ମନା କଲା। ଜଗରୁ ପାନ୍ନା ଛୋଟ ପଥର ଗିନାରେ ଗିନାଏ ଚାହା ପିଇଦେଇ ଆଉ ଟିକିଏ ମାଗି ନେଲା।

ଚାହା ପାନ ସାରି ସମସ୍ତେ ଉଠିଗଲେ, କିନ୍ତୁ ଭାନୁମତୀ ଗଲା ନାହିଁ। ମୋତେ କହିଲା- କେତେ ଦିନ ଏଠାରେ ରହିବେ ବାବୁଜୀ ? ଏଥର ଖୁବ୍ ଡେରି କରି ଆସିଛନ୍ତି। କାଲି ତ ଆପଣଙ୍କୁ ଚାଲିଯିବାକୁ ଦେବି ନାହିଁ। ଚାଲନ୍ତୁ, କାଲି ଆପଣଙ୍କୁ ଝାଟି ଝରଣାରୁ ବୁଲାଇ ଆଣିବି। ଝାଟି ଝରଣାରେ ଆହୁରି ଭୟାନକ ଜଙ୍ଗଲ। ତେଣେ ବଣ-ହାତୀ ଖୁବ୍ ବେଶୀ। ଅନେକ ବଣ ମୟୂର ବି ଦେଖିବାକୁ ପାଇବେ। ଚମତ୍କାର ଜାଗା। ପୃଥିବୀ ଭିତରେ ଏମିତି ଜାଗା ଆଉ ନାହିଁ।

ଭାନୁମତୀର ପୃଥିବୀ କେଡ଼ିକିଟିଏ ଜାଣିବାକୁ ମୋର ଭାରି ଇଚ୍ଛା ହେଲା। ପଚାରିଲି- ଭାନୁମତୀ ! କେବେ କୌଣସି ସହର ଦେଖିଛ ?

- ନା, ବାବୁଜୀ।

- ଗୋଟିଏ ଦୁଇଟି ସହରର ନାମ କୁହନି ?

- ଗୟା, ମୁଙ୍ଗେର, ପାଟନା।

- କଲିକତାର ନାମ ଶୁଣି ନାହଁ ?

- ହଁ, ବାବୁଜୀ।

- କେଉଁ ଆଡ଼େ ଜାଣ ?

- କେଜାଣି, ବାବୁଜୀ।

- ଆମେ ଯେଉଁ ଦେଶରେ ବାସ କରୁ, ତାର ନାମ ଜାଣ ?

– ଆମେ ଗୟା ଜିଲ୍ଲାରେ ବାସ କରୁ ।

– ଭାରତବର୍ଷର ନାମ ଶୁଣିଛ ?

ଭାନୁମତୀ ମଥା ହଲାଇ ଜଣାଇଲା, ସେ ଶୁଣି ନାହିଁ । ଚକମକିଟୋଲା ଛାଡ଼ି ସେ କେବେ କେଉଁଠାକୁ ଯାଇ ନାହିଁ । ଭାରତବର୍ଷ କେଉଁଆଡ଼େ ?

ଟିକିଏ ପରେ ସେ କହିଲା– ମୋର ଜେଜେ ଗୋଟାଏ ମଇଁଷି ଆଣିଥିଲେ, ସେଟା ଏ ଓଲି ତିନି ସେର, ସେ ଓଲି ତିନି ସେର ଦୁଧ ଦେଉଥିଲା । ସେତେବେଳେ ଆମର ୟା ଠାରୁ ଭଲ ଅବସ୍ଥା ଥିଲା, ବାବୁଜୀ । ସେତେବେଳେ ଯଦି ଆପଣ ଆସିଥାନ୍ତେ, ଆପଣଙ୍କୁ ନିତି ଖୁଆ ଖୁଆଇଥାନ୍ତି । ଜେଜେ ନିଜ ହାତରେ ଖୁଆ ତିଆରି କରୁଥିଲେ । କି ମିଠା ଖୁଆ ! ଏକ୍ଷଣି ସେମିତି ଦୁଧ ତ ନାହିଁ, ଖୁଆ କଥା ଛାଡ଼ । ସେତେବେଳେ ଆମର ୟା ଠାରୁ ଖାତିର ବେଶୀ ଥିଲା ।

ତା'ପରେ ଥରେ ହାତ ଉଠାଇ ଚାରିଆଡ଼େ ବୁଲାଇ ସେ ଗର୍ବର ସହିତ କହିଲା– ଜାଣନ୍ତି, ବାବୁଜୀ, ଏହି ସବୁ ଅଞ୍ଚଳ ଆମର ରାଜ୍ୟ ଥିଲା । ସାରା ପୃଥ୍ୱୀଟା । ବଣରେ ଯେଉଁ ଗୋଣ୍ଡ ଦେଖନ୍ତି, ସାନ୍ତାଳ ଦେଖନ୍ତି, ସେମାନେ ଆମ ଜାତି ନୁହନ୍ତି । ଆମେ ହେଉଛୁଁ ରାଜ ଗୋଣ୍ଡ । ସେମାନେ ଆମର ପ୍ରଜା, ଆମକୁ ରାଜା ବୋଲି ମାନନ୍ତି ।

ତାହାର କଥାରେ ଦୁଃଖ ହେଲା, ହସ ବି ମାଡ଼ିଲା । ଦେଣାର ଦାୟରେ ମହାଜନ ଦୁଇ ଓଲି ଯାହାଙ୍କ ମଇଁଷିକୁ ଧରି ନେଇଯାଏ, ସେ ବି ରାଜବଂଶର ଗର୍ବ କରିବାକୁ ଛାଡ଼େ ନାହିଁ ।

କହିଲି– ମୁଁ ଜାଣେ ଭାନୁମତୀ, ତୁମର କେତେ ବଡ଼ ବଂଶ ।

ଭାନୁମତୀ କହିଲା– ତା'ପରେ ଶୁଣନ୍ତୁ, ବାବୁଜୀ ଆମର ସେହି ମଇଁଷିଟାକୁ ବାଘ ନେଇଗଲା । ଜେଜେ ଯେଉଁ ମଇଁଷିଟା ଆଣିଥିଲେ ।

– କିପରି ?

– ଜେଜେ ତାକୁ ସେହି ପାହାଡ଼ ତଳକୁ ଚରାଇବାକୁ ନେଇଯାଇ ଗୋଟାଏ ଗଛତଳେ ବସିଥିଲେ, ସେଠାରେ ବାଘ ଧରିଲା ।

ପଚାରିଲି– ତୁମେ କେବେ ବାଘ ଦେଖିଛ ?

ଭାନୁମତୀ ଆଶ୍ଚର୍ଯ୍ୟ ହେବାର ଭଙ୍ଗୀରେ କଳା ଭ୍ରୂ ଦୁଇଟି ଉପରକୁ ଟେକି କହିଲା– ବାଘ ଦେଖି ନାହିଁ, ବାବୁଜୀ ! ଶୀତ ଦିନରେ ଆସିବେ ଚକମକି ଟୋଲାକୁ– ବାଘ ଆସି ଘରର ଅଗଣାରୁ ଗୋରୁ-ବାଛୁରୀ ଧରି ନେଇଯାଏ ।

ଏହା କହି ସେ ଡାକିଲା– ନିଛନି, ନିଛନି, – ଶୁଣ ।

ସାନ ଭଉଣୀ ଆସି ପହଞ୍ଚିବାରୁ ସେ କହିଲା– ନିଛନି, ବାବୁଜୀଙ୍କୁ ଶୁଣାଇ ଦେ ତ

ଆରବର୍ଷ ଶୀତ ଦିନରେ ବାଘ ନିତି ରାତିରେ ଆମ ଅଗଣାରେ ଆସି କିପରି ବୁଲୁଥିଲା। ଜଗରୁ ଦିନେ ଫାନ୍ଦ ବସାଇ ଥିଲା। ଧରା ପଡ଼ିଲା ନାହିଁ।

ତାହା ପରେ ସେ ହଠାତ୍‌ କହି ପକାଇଲା– ଭଲ କଥା, ବାବୁଜୀ। ଖଣ୍ଡିଏ ଚିଠି ପଢ଼ି ଦେବେ ? କେଉଁଠୁ ଖଣ୍ଡିଏ ଚିଠି ଆସିଥିଲା, କିଏ ପଢ଼ିବ, ସେମିତି ପଡ଼ି ରହିଛି। ଯାଆଣ୍ତ ନିଛନି ଚିଠି ଖଣ୍ଡିକ ନେଇ ଆସିବୁ, ଆଉ ଜଗରୁ ଦାଦାଙ୍କୁ ବି ଡାକି ଆଣିବୁ।

ନିଛନି ଚିଠି ପାଇଲା ନାହିଁ। ତହୁଁ ଭାନୁମତୀ ନିଜେ ଯାଇ ଅନେକ ଖୋଜା ଖୋଜି କରି ସେଟା ନେଇ ଆସି ମୋ ହାତରେ ଦେଲା।

ପଚାରିଲି– କେବେ ଏଟା ଆସିଛି ?

ଭାନୁମତୀ କହିଲା– ଛଅ-ସାତ ମାସ ହେବ, ବାବୁଜୀ। ଆଣି ରଖି ଦେଇଥିଲି, ଆପଣ ଆସିଲେ ପଢ଼ାଇ ନେବି ବୋଲି। ଆମେ ତ କେହି ପଢ଼ିପାରୁ ନାହିଁ। ଏ ନିଛନି, ଜଗରୁ ଦାଦାଙ୍କୁ ଡାକି ଆଣ। ଚିଠି ପଢ଼ା ହେବ– ସମସ୍ତଙ୍କୁ ଡାକି ଦେ।

ଛଅ-ସାତ ମାସ ତଳର ପୁରୁଣା ଅପଠିତ ଚିଠି ଖଣ୍ଡିକ ମୁଁ ଯୁଗଲ ପ୍ରସାଦର ଚୁଲି-ଆଲୁଅରେ ପଢ଼ି ବସିଲି– ଚିଠି ଶୁଣିବା ପାଇଁ ଘର ଯାକର ଲୋକ ମୋ ଚାରିପଟେ ଘେରି ବସିଲେ। ଚିଠି ଖଣ୍ଡିକ କାଇଥୀ ହିନ୍ଦୀରେ ଲେଖା– ରାଜା ଦୋବରୁ ପାନ୍ନାଙ୍କ ନାମରେ ଚିଠି। ପାଟନାର ଜନୈକ ମହାଜନ ରାଜା ଦୋବରୁଙ୍କୁ ପଚାରିଛି– ଏଠାରେ ବିଡ଼ି-ପତ୍ର ଜଙ୍ଗଲ ଅଛି କି ନା, ଆଉ ଥିଲେ କି ଦରରେ ଠିକା ଦିଆଯାଏ।

ଏ ପତ୍ର ସାଙ୍ଗରେ ଏମାନଙ୍କର କୌଣସି ସମ୍ପର୍କ ନାହିଁ– ଏମାନଙ୍କ ଅଧୀନରେ କୌଣସି ବିଡ଼ିପତ୍ର ଜଙ୍ଗଲ ନାହିଁ। ରାଜା ଦୋବରୁ, ଖାଲି ନାମକୁ ରାଜା ଥିଲେ, ଚକ୍‌ମକ୍‌ଟୋଲାରେ ନିଜ ଘର ବାଡ଼ି ଛଡ଼ା ବାହାରେ ତାଙ୍କର ଯେ ବିଶ୍ୱାଇ ଜମି ନାହିଁ, ଏକଥା ପାଟନାର ଉକ୍ତ ପତ୍ର ଲେଖକ ମହାଜନ ଜାଣିଥିଲେ ଡାକ ମାସୁଲ ଖର୍ଚ କରି ନିଶ୍ଚୟ ବୃଥା ପତ୍ର ଦେଇ ନଥାନ୍ତ।

ଟିକିଏ ଛଡ଼ାରେ ମେଲାରେ ସେ ପଟରେ ଯୁଗଲପ୍ରସାଦ ରୋଷେଇ କରୁଛି। ତାହାର କାଠ ଚୁଲିର ଆଲୁଅରେ ମେଲାର କିଛି ଅଂଶ ଆଲୋକିତ ହୋଇଛି। ଏଣେ ମେଲାର ଅଧକରେ ଜହ୍ନ ପଡ଼ିଛି, ଯଦିଚ ଆଜି କୃଷ୍ଣ ପକ୍ଷର ତୃତୀୟା ତିଥି– ଧନ୍ଝରି ପାହାଡ଼ର ଆଉଝାଲ କଟାଇ ଏହି କିଛିକ୍ଷଣ ହେଲା ଚାନ୍ଦ ଫାଙ୍କା ଆକାଶରେ ଦୃଶ୍ୟମାନ ହୋଇଛି। ସାମନାରେ କିଛି ଦୂରରେ ଅର୍ଦ୍ଧ ଚନ୍ଦ୍ରାକୃତି ପାହାଡ଼ ଶ୍ରେଣୀ– ଚକ୍‌ମକ୍‌ଟୋଲାର ବସ୍ତିରେ ଛୁଆପିଲାଙ୍କର କଥା ଓ କଳରବ ଶୁଣା ଯାଉଛି। ... ଏହି ବନ୍ୟ ଗ୍ରାମରେ ଯାପିତ ଏହି ରାତ୍ରିଟି କି ସୁନ୍ଦର ଓ ଅପୂର୍ବ ମନେ ହେଉଥିଲା। ଭାନୁମତୀର ତୁଚ୍ଛ ଓ

ସାଧାରଣ ଗପ ବି କି ଆନନ୍ଦ ହେଉଥିଲା! ସେ ଦିନ ବଳଭଦ୍ରର ମୁହଁରୁ ଶୁଣିଥିବା ସେହି ଉନ୍ନତି କରିବାର କଥା ମନେ ପଡ଼ିଲା।

ମଣିଷ କଣ ଚାହେଁ– ଉନ୍ନତି, ନା ଆନନ୍ଦ? ଉନ୍ନତି କରି କଣ ହେବ, ଯଦି ସେଥିରେ ଆନନ୍ଦ ନଥାଏ? ମୁଁ ଏପରି କେତେ ଲୋକଙ୍କ କଥା ଜାଣେ, ଯେଉଁମାନେ ଜୀବନରେ ଉନ୍ନତି କରିଛନ୍ତି ସତ, କିନ୍ତୁ ଆନନ୍ଦ ହରାଇଛନ୍ତି। ଅତିରିକ୍ତ ଭୋଗରେ ମନୋବୃଦ୍ଧିର ଧାର ଘୁରି ଘୁରି ଦବ୍‌ଡ଼ା ହୋଇ ଯାଇଛି– ଏଖଣି ଆଉ କିଛିରେ ସେମିତି ଆନନ୍ଦ ପାଆନ୍ତି ନାହିଁ, ସେମାନଙ୍କ ନିକଟରେ ଜୀବନ ଏକ ପ୍ରକାର, ଏକରଙ୍ଗିଆ, ଅର୍ଥହୀନ। ମନ ଶାଣ-ଦିଆ-ରସ ଗ୍ରହଣ କରିପାରନ୍ତି ନାହିଁ।

ଯଦି ଏଠାରେ ରହି ପାରିଥାନ୍ତି! ଭାନୁମତୀକୁ ବିବାହ କରିଥାନ୍ତି। ଏହି ମାଟି ଘରର ଜନ୍ମ–ପଡ଼ିଥିବା ମେଲାରେ ବସି ସରଳା ବନ୍ୟବାଳା ରାନ୍ଧୁ ରାନ୍ଧୁ ଏମିତି କେତେ ପିଲାଳିଆ ଗପ କରୁଥାନ୍ତ– ମୁଁ ବସି ବସି ଶୁଣୁଥାନ୍ତି। ଆହୁରି ଶୁଣୁଥାନ୍ତି ବେଶୀ ରାତିରେ ସେହି ବଣରେ ହେଟାର ଡାକ, ବଣ-କୁକୁଡ଼ାର ଡାକ, ବନ୍ୟ ହସ୍ତୀର ବୃଂହତି, ଗଧିଆର ହସ। ଭାନୁମତୀ କାଳୀ ସତ, କିନ୍ତୁ ଏମିତି ନିଟୋଳ ସ୍ୱାସ୍ଥ୍ୟବତୀ ଝିଅ ବଙ୍ଗ ଦେଶରେ ମିଳିବେ ନାହିଁ। ଆଉ ତାହାର ସେହି ସତେଜ ସରଳ ମନ! ଦୟା ଅଛି, ମାୟା ଅଛି, ସ୍ନେହ ଅଛି– ତାହାର କେତେ ପ୍ରମାଣ ପାଇଛି।

… ଭାବିଲେ ମଜା ଲାଗେ। କି ସୁନ୍ଦର ସ୍ୱପ୍ନ! କଣ ହେବ ଉନ୍ନତି କରି? ବଳଭଦ୍ର ସେଠାକ୍‌ ଯାଇ ଉନ୍ନତି କରୁ। ରାସବିହାରୀ ସିଂ ଉନ୍ନତି କରୁ।

ଯୁଗଳପ୍ରସାଦ ପଚାରିଲା, ରୋଷେଇ ସରିଲାଣି, ପତ୍ର ପକାଇବି କି ନା। ଭାନୁମତୀର ଘରେ ଆତିଥ୍ୟର କୌଣସି ତ୍ରୁଟି ହୁଏ ନା। ଏ ଅଞ୍ଚଳରେ ପନିପରିବା ମିଳେ ନା, ତଥାପି ଜଗରୁ କେଉଁଠୁ ବାଇଗଣ ଓ ଆଲୁ ଆଣିଛି। ମସୁର ଡାଲି, ପକ୍ଷୀ ମାଂସ, ଘରେ ତିଆରି ଅତି ଉକ୍ରୁଷ୍ଟ ତତ୍‌କା ମଇଁଷି ଘିଅ, ଦୁଧ। ଯୁଗଳପ୍ରସାଦର ହାତର ରାନ୍ଧଣା ବି ଚମତ୍କାର।

ଭାନୁମତୀ, ଜଗରୁ, ଜଗରୁର ଭାଇ, ନିଛନି– ସମସ୍ତେ ଆଜି ଆମ ସାଙ୍ଗରେ ବସି ଖାଇବେ– ମୁଁ ଖାଇବାକୁ କହିଛି। କାରଣ ଏପରି ରାନ୍ଧଣା ସେମାନେ କେବେ ଖାଇବାକୁ ପାଆନ୍ତି ନାହିଁ। କହିଲି– ଟିକିଏ ଛଡ଼ାରେ ସେମାନେ ବି ଏକ ସାଙ୍ଗରେ ସମସ୍ତେ ବସନ୍ତୁ। ଯୁଗଳପ୍ରସାଦର ପରିଷିବାକୁ ସୁବିଧା ହେବ। ଏକାଠି ଭୋଜନ ହେଉ।

ସେମାନେ ରାଜି ହେଲେ ନାହିଁ। ଆମର ଆଗ ଖିଆ ନ ସରିଲେ ସେମାନେ ଖାଇବେ ନାହିଁ।

ପରଦିନ ଆସିବା ବେଳେ ଭାନୁମତୀ ଗୋଟାଏ କାଣ୍ଡ ଭିଆଇଲା।

ହଠାତ୍ ମୋ ହାତ ଧରି ପକାଇ କହିଲା– ଆଜି ଯିବାକୁ ଦେବି ନାହିଁ, ବାବୁଜୀ।

ମୁଁ ହଠାତ୍ ଆବାକ୍ ହୋଇ ତାହାର ମୁହଁ ଆଡ଼କୁ ଚାହିଁ ରହିଲି । କଷ୍ଟ ହେଲା । ତାହାର ଅନୁରୋଧ ଯୋଗୁଁ ସକାଳେ ବାହାରି ପାରିଲି ନାହିଁ– ଭୋଜନାଦି ପରେ... ଅପରାହ୍ନରେ ବିଦାୟ... ନେଲି...।

ପୁଣି ଦୁଇ ପଟେ ଛାୟା ନିବିଡ଼ ବନ ପଥ । ପଥ କଡ଼ରେ ରାଜକୁମାରୀ ଭାନୁମତୀ ଯେମିତି କେଉଁଠି ଠିଆ ହୋଇଛି– ବାଳିକା ନୁହେଁ, ଯୁବତୀ ଭାନୁମତୀ– ମୁଁ ତାକୁ କେବେ ଦେଖି ନାହିଁ । ତାହାର ସାଗ୍ରହ ଦୃଷ୍ଟି, ନିଜ ପ୍ରଣୟୀର ଆଗମନ-ପଥ ଉପରେ ନିବଦ୍ଧ– ହୁଏ ତ ସେ ପାହାଡ଼ର ସେ ପଟ ବଣକୁ ଶିକାର କରିବାକୁ ଯାଇଛି, ଫେରିବାକୁ ଡେରି ନାହିଁ । ମନେ ମନେ ତରୁଣୀକୁ ଆଶୀର୍ବାଦ କଲି । ଧନ୍‍ଝରି ପାହାଡ଼ରେ ଜୁଲୁଜୁଲିଆ-ପ୍ରଜ୍ୱଳିତ ନିସ୍ତବ୍ଧ ଛତିଅନା ଫୁଲର ବଣ ଓ ଅପୂର୍ବ ଦୂରଚ୍ଛଦା ସନ୍ଧ୍ୟାର ଅନ୍ତରାଳରେ ବନବାଳାର ଗୋପନ ଅଭିସାର ସାର୍ଥକ ହେଉ ।

ମାହାଲକୁ ଫେରିଆସି ସପ୍ତାହକ ଭିତରେ ସମସ୍ତଙ୍କ ଠାରୁ ବିଦାୟ ନେଇ ଲବଟୁଲିୟା ତ୍ୟାଗ କଲି ।

ଆସିବା ସମୟରେ ରାଜୁ ପାଣ୍ଡେ, ଗନୋରୀ, ଯୁଗଳପ୍ରସାଦ ଆସରଫି ଟିଣ୍ଡେଲ ପ୍ରଭୃତି ପାଲିଙ୍କି ଚାରିପଟେ ଘେରି ପାଲିଙ୍କି ସାଙ୍ଗେ ସାଙ୍ଗେ ଲବଟୁଲିୟା ସୀମାର ନୂତନ ବସ୍ତି ମହାରାଜଟୋଲା ପର୍ଯ୍ୟନ୍ତ ଆସିଲେ । ମଟୁକନାଥ ସଂସ୍କୃତରେ ସ୍ୱସ୍ତି ବଚନ ଉଚ୍ଚାରଣ କରି ମୋତେ ଆଶୀର୍ବାଦ କଲା । ରାଜୁ କହିଲା– ହଜୁର, ଆପଣ ଚାଲିଗଲେ, ଲବଟୁଲିୟା ଉଦାସ ହୋଇଯିବ ।

ପ୍ରସଙ୍ଗ କ୍ରମେ କହି ରଖୁଛି, ଏ ଅଞ୍ଚଳରେ 'ଉଦାସ' ଶବ୍ଦର ବ୍ୟବହାର ଏବଂ ତାର ଅର୍ଥର ବ୍ୟାପକତା ଅତ୍ୟନ୍ତ ବେଶୀ । ମକା-ଭଜା ଖାଇବାକୁ ଖରାପ ଲାଗିଲେ କହନ୍ତି, 'ଭଜା ଉଦାସ ଲାଗୁଛି' । ମୋ ସମ୍ପର୍କରେ କି ଅର୍ଥରେ ତାହା ବ୍ୟବହୃତ ହେଲା ଠିକ୍ କରି କହିପାରିବି ନାହିଁ ।

ମୁଁ ବିଦାୟ ନେଇ ଆସିବା ସମୟରେ ଜଣେ ସ୍ତ୍ରୀ ଲୋକ କାନ୍ଦିଥିଲା । ଆଜି ସକାଳୁ ଆସି ସେ କଚେରୀର ଅଗଣାରେ ଠିଆ ହୋଇଥିଲା–

ଯେତେବେଳେ ମୋର ପାଲିଙ୍କି ଉଠାଗଲା, ସେତେବେଳେ ଅନାଇ ଦେଖିଲି ଲୋତକ ଭରା ନୟନରେ ସେ କାନ୍ଦୁଛି । ସ୍ତ୍ରୀ ଲୋକଟି ହେଉଛି କୁନ୍ତା ।

ନିରାଶ୍ରୟା କୁନ୍ତାକୁ ଜମି ଦେଇ ବସବାସ କରାଇଛି, ମୋର ମ୍ୟାନେଜରୀ ଜୀବନରେ ଏହା ଗୋଟିଏ ସତ୍ କାର୍ଯ୍ୟ । ସେହି ବନ୍ୟ ବାଳିକା ମଞ୍ଜୀର କିଛି କରିପାରିଲେ ନାହିଁ । ଅଭାଗିନୀକୁ କିଏ ଯେ କୁଆଡ଼େ ଭୁଲାଇ ନେଇଗଲା ! – ଆଜି ଯଦି ସେ ଥାନ୍ତା କିଛି ଜମି ତାହାର ନାମରେ ବିନା ସଲାମୀରେ କରି ଦେଇଥାନ୍ତି ।

ନାଢ଼ା ବଇହାରର ସୀମାରେ ନକ୍ଛେଦୀର ଘର ଦେଖି ତାହାର କଥା ଆହୁରି ମନେ ପଡ଼ିଲା । ସୁରତିୟା ଘରର ବାହାର ଆଡ଼େ କଣ କରୁଥିଲା । ମୋର ପାଲିଙ୍କି ଦେଖିପାରି କହିଲା– ବାବୁଜୀ, ବାବୁଜୀ, ଟିକିଏ ରହନ୍ତୁ ।

ତତ୍‌କ୍ଷଣାତ୍‌ ସେ ଧାଇଁ ଆସି ପାଲିଙ୍କି ପାଖରେ ଠିଆ ହେଲା । ତା ପଛେ ପଛେ ଛନିଆ ବି ଆସିଲା ।

– ବାବୁଜୀ, କୁଆଡ଼େ ଯାଉଛନ୍ତି ?

– ଭାଗଲପୁରକୁ । ତୋର ବାବା କାହିଁ ?

– ଝଲ୍‌ ଟୋଲାକୁ ଗହମ ବିହନ ଆଣିବାକୁ ଯାଇଛି । ଆପଣ କେବେ ଆସିବେ ?

– ଆଉ ଆସିବି ନାହିଁ ।

– ଇସ୍‌ ! କି ମିଛ କଥା...

ନାଢ଼ା ବଇହାରର ସୀମା ଟପିଲା କ୍ଷଣି ପାଲିଙ୍କିରୁ ମୁହଁ କାଢ଼ି ଥରେ ପଛକୁ ଚାହିଁ ଦେଖିଲି ।

ବହୁ ବସ୍ତି, ଚାଲକୁ ଚାଲ ଲାଗି ଘର, ଲୋକଙ୍କର କଥାବାର୍ତ୍ତା, ବାଳକ-ବାଳିକାଙ୍କର କଳହାସ୍ୟ, ଚିତ୍କାର, ଗୋରୁ-ମଇଁଷି, ଫସଲର ଗୋଲା । ଘନ ବଣ କାଟି ଛଅ-ସାତ ବର୍ଷ ଭିତରେ ମୁଁ ହିଁ ଏହି ହାସ୍ୟଦୀପ୍ତ ଶସ୍ୟପୂର୍ଣ୍ଣ ଜନପଦ ବସାଇଛି । କାଲି ସମସ୍ତେ ସେୟା କହୁଥିଲେ– ବାବୁଜୀ, ଆପଣଙ୍କ କାମ ଦେଖି ଆମେ ସମସ୍ତେ ଅବାକ୍‌ ହୋଇ ଯାଇଛୁଁ, ନାଢ଼ା ଲବଟୁଲିୟା କଣ ଥିଲା, ଆଉ ଆଜି କଣ ହେଲା !

ମୁଁ ବି କଥାଟା ଭାବି ଭାବି ଚାଲିଛି । ନାଢ଼ା ଲବଟୁଲିୟା କଣ ଥିଲା, ଆଉ କଣ ହୋଇଛି !

ଦିଗନ୍ତଲୀନ ମହାଲିଖାରୂପ ପାହାଡ଼ ଓ ମୋହନପୁରା ଅରଣ୍ୟାନୀ ଉଦ୍ଦେଶ୍ୟରେ ଦୂରରୁ ନମସ୍କାର କଲି ।

ହେ ଅରଣ୍ୟାନୀର ଆଦିମ ଦେବତାଗଣ, ମୋତେ କ୍ଷମା କର । ବିଦାୟ...

୩

ତା'ପରେ ଅନେକ ଦିନ ବିତି ଯାଇଛି– ପନ୍ଦର ଷୋଳ ବର୍ଷ ।

ବାଦାମ ଗଛ ତଳେ ବସି ଏହି ସବୁ କଥା ଭାବୁଥିଲି ।

ବେଳ ପ୍ରାୟ ଗଡ଼ି ଆସିଲାଣି ।...

ବିସ୍ତୃତ ପ୍ରାୟ ଅତୀତରେ ଯେଉଁ ନାଢ଼ା ଓ ଲବଟୁଲିୟାର ଅରଣ୍ୟ ପ୍ରାନ୍ତର ମୋ ହାତରେ ନଷ୍ଟ ହୋଇଥିଲା, ସରସ୍ବତୀ ହ୍ରଦ ତଟର ସେହି ଅପୂର୍ବ ବନାନୀ, ସେହି ସବୁ ସ୍ବପ୍ନ ପରି ମଝିରେ ମଝିରେ ଆସି ମନକୁ ଉଦାସ କରେ। ତତ୍‌କ୍ଷଣାତ୍‌ ମନେ ହୁଏ, କୁନ୍ତା କେମିତି ଅଛି, ସୁରତିୟା କେତେ ବଡ଼ ହେଲାଣି, ମଟୁକନାଥର ଟୋଲ ଏବେ ବି ଅଛି କି ନା, ଭାନୁମତୀ ତାଙ୍କର ସେହି ଶୈଳବେଷ୍ଟିତ ଅରଣ୍ୟ–ଭୂମିରେ କଣ କରୁଛି, ରାଖାଲ ବାବୁଙ୍କ ସ୍ତ୍ରୀ, ଧ୍ରୁବା, ଗିରିଧାରୀଲାଲ, ଇତ୍ୟାଦି, କିଏ ଜାଣେ ଏତେ କାଳ ପରେ କିଏ କିପରି ଅବସ୍ଥାରେ ଅଛି !...

ଆଉ ମଝିରେ ମଝିରେ ମଞ୍ଜୀର କଥା ମନେ ପଡ଼ିଯାଏ। ଅନୁତପ୍ତା ମଞ୍ଜୀ କଣ ପୁଣି ସ୍ବାମୀ ଠାକୁ ଫେରି ଆସିଛି, ନା ଆଜି ଆସାମର ଚାହା ବଗିଚାରେ ଚାହା ପତ୍ର ତୋଳୁଛି।

କେତେ କାଳ ହେଲା ସେମାନଙ୍କର ଆଉ ଖୋଜ ଖବର ରଖିନାହିଁ।

(ଶେଷ)

BLACK EAGLE BOOKS

www.blackeaglebooks.org
info@blackeaglebooks.org

Black Eagle Books, an independent publisher, was founded as a nonprofit organization in April, 2019. It is our mission to connect and engage the Indian diaspora and the world at large with the best of works of world literature published on a collaborative platform, with special emphasis on foregrounding Contemporary Classics and New Writing.